OBRAS ESCOGIDAS
DE
CORNELL WOOLRICH

CORNELL WOOLRICH
(«WILLIAM IRISH»)

OBRAS ESCOGIDAS

(NOVENA SELECCION)

EDICIONES ACERVO
Barcelona

Selección de
JOSÉ A. LLORENS y CÉSAR E. DÍAZ

Versión española de
J. M. A.

© EDICIONES ACERVO, 1973

Propiedad de la traducción y de la
presente edición: Editorial Acervo

Published by agreement with Scott Meredith
Literary Agency. Inc., 580 Fifth Avenue,
New York, N.Y. 10036.

I.S.B.N. 84 - 7002 - 151 - 6

UNA NOCHE EN HOLLYWOOD

En el curso de su primera noche en California, Buck Nelson tuvo una pesadilla. Algo poco compatible con el temperamento optimista y benévolo de aquel bravo policía. Después de varios años de servicio en la policía municipal neoyorquina, había pasado a depender del procurador del Estado y, en vez de perseguir a los delincuentes, se limitaba a vigilar a los reincidentes y, sobre todo, a los condenados en libertad bajo palabra. Les impedía portarse mal, en la medida de sus posibilidades, y a veces ayudaba a algunos a abrirse camino en la vida.

Aquella noche soñó que Hollywood era destruido por un temblor de tierra. Aquel espectáculo le despertó. Se volvió en la cama y trató de dormirse de nuevo, deseando soñar cosas más alegres. Pero el suelo continuó temblando.

Se sentó en la cama, completamente desvelado, y encendió la lámpara de su mesilla de noche. Decididamente, se trataba de un verdadero seísmo, ya que por regla general los sueños terminan cuando uno despierta. El hilo de su lámpara eléctrica oscilaba ligeramente, desempeñando el papel de un improvisado sismógrafo.

Peor todavía, aquel temblor de tierra producía ruido. Nelson quedó asombrado. Ignoraba aquel detalle. De cuando en cuando, el ruido se interrumpía para volver a resonar con más intensidad. Nelson pensó, sonriendo:

Ese seísmo funciona con corriente alterna.

Se frotó los ojos y saltó de la cama. Entonces comprendió dos cosas al mismo tiempo: *primo*, no dormía; *secundo*, no se trataba de un temblor de tierra. Alguien llamaba a su puerta o, mejor dicho, la sacudía vigorosamente. Nelson adivinó que su visitante nocturno había agarrado el pomo con las dos manos y le daba unas violentas sacudidas, como si quisiera arrancar la puerta de sus goznes.

—¡Basta! ¡Cálmese, amigo! ¡Ya voy! —gritó Nelson. Aquellas palabras no apaciguaron al desconocido, el cual, deseando entrar inmediatamente, no atendía a razones.

Nelson se puso su viejo batín, se dirigió hacia la puerta y la abrió, gruñendo:

—¿Qué es lo que le pasa? Diríase que clava usted remaches con un martillo neumático... ¿No sabe que detrás de esta puerta vive alguien?

El desconocido se precipitó literalmente sobre Nelson, le agarró con las dos manos, como si quisiera manifestar la alegría que experimentaba al entrar finalmente en la habitación.

—¡Uf! —suspiró—. ¡Creí que no iba usted a abrir nunca!

Era un hombre bajito, cuya frente quedaba casi al nivel del ombligo de Buck Nelson. Tenía un rostro de garduña de ojos agudos, pero que en aquel momento denotaban un intenso pánico. Aunque bastante elegantes, sus ropas aparecían muy arrugadas, como si hubiese pasado varias noches sin desvestirse.

Nelson se desasió y miró al hombrecillo con aire severo.

—¡Vaya una ventosa! —exclamó.

Luego, sus cejas se fruncieron todavía más.

—Pero, usted y yo nos hemos visto antes... Soy buen fisonomista, y su rostro no me es desconocido.

Aunque buen fisonomista, como él decía, Nelson tenía la memoria lenta. Finalmente reconoció a su interlocutor, y le aplicó violentamente la mano sobre el hombro como si quisiera hacerle pasar a través del suelo.

—¡Por fin! —exclamó—. ¡Ya eres mío, amigo! Hace dieciocho meses que te busco... Sí, eres tú, Clip Rogers en carne y hueso. ¡Ah, granuja, abandonaste tu residencia obligada! Vas a saber lo que es bueno... Te llevaré a Nueva York, y completarás el tiempo de reposo que el juez te concedió por falsificación y estafa.

—¡Por el amor de Dios, Nelson, protéjame! —suplicó Clip—. Me he entregado voluntariamente. Oí decir que estaba usted en Hollywood y me apresuré a buscarle. Lléveme donde quiera. Estoy en un lío espantoso... ¿Imagina lo terrible que es tener que buscar refugio en casa del enemigo? Pero no me queda otro recurso. Sólo usted puede sacarme del apuro.

—¿Sacarte del apuro, Clip? Lo que voy a hacer es arrastrarte por el cuello hasta la jefatura central de Nueva York.

Mientras hablaba, Nelson se iba vistiendo.

—Escuche, Nelson. Usted y yo somos enemigos por profesión y por naturaleza. Nunca he sido molesto. Cuando sabía que estaba usted en un lugar determinado, me marchaba a otra parte. Y he de admitir que nunca me ha atosigado usted. Por eso he venido a verle esta noche. Es usted mi última esperanza. Hace horas y horas que recorro la ciudad como un pollo decapitado.

Buck Nelson estaba preparado. Tenía su sombrero en la mano. En vez de colocárselo en la cabeza, lo hizo girar dos o tres veces sobre su dedo índice. Luego gruñó:

—Es cierto, Clip, que has venido voluntariamente. Tratándose de ti, eso es un milagro, y nunca te había visto tan asustado.

Apoyó el respaldo de una silla contra la puerta para dificultar toda tentativa de fuga, se puso el sombrero sobre la frente y cruzó los brazos en un gesto que significaba: «¡Cuidado! ¡Soy un tipo del Missouri!»

—Adelante, Clip, suelta lo que tengas que decir. No pierdo nada escuchándote. De todos modos, no tenemos ningún tren hasta mañana por la mañana.

El hombre de rostro de garduña se secó el sudor de la frente con el reverso de su manga y dijo:

—La historia empieza anteayer. Me encontraba a la puerta de un cine donde tenía lugar el estreno de una película. Se me había ocurrido una idea...

Clip Rogers esperaba pacientemente, en la acera del Hollywood Bulevar, delante del *Cine Egipcio*. La sesión tocaba a su fin. Unos potentes reflectores iluminaban la entrada del cine como si fuera de día. Una gran pancarta anunciaba: «Lucille Lafitte en *Mi Corazón Está de Vacaciones*».

Con la modestia de las personas que tienen muchos problemas, Clip se mantenía a la sombra de un obelisco. Estaba provisto, en esta ocasión, de un álbum de autógrafos, entre las páginas del cual había deslizado su pulgar a guisa de señal. Sus viejos amigos, presos o en libertad, se hubieran asombrado al ver que Clip se interesaba tanto por las estrellas de cine. Hasta entonces, sus actividades habían sido muy distintas.

Su paciencia se vio recompensada. Terminada la sesión, las puertas se abrieron y la multitud se derramó sobre la acera. La estrella de la película apareció en medio de sus admiradores a los cuales concedía generosamente la gracia de su sonrisa. La aplaudían, la felicitaban. Sus pieles blancas acrecentaban su aspecto angelical de rubia de ojos color de avellana.

Cuando pasó por delante del obelisco, Clip salió a su encuentro, con su álbum en una mano, su estilográfica en la otra. Sus ojos de garduña expresaban ahora una rendida admiración.

—Miss Lafitte... ¿podría... podría pedirle... un autógrafo? —tartamudeó.

La estrella se paró en seco. Contempló el álbum que Clip le tendía y preguntó, sorprendida:

—¿No tiene aún mi autógrafo?

—No, Miss Lafitte —suspiró Clip respetuosamente—. Voy a empezar este álbum, y me gustaría que su firma fuese la primera.

—Comprendo —sonrió la estrella, halagada—. Siendo así, ¿cómo podría negársela?

Dos policías privados al servicio del *Cine Egipcio* se disponían a intervenir. Lucille Lafitte lo impidió con un gesto, cogió el álbum y la estilográfica y empezó a escribir. Pero en el papel no apareció nada.

—Apriete un poco más la pluma, Miss Lafitte —dijo Clip, confuso—. Está casi vacía.

La estrella lo hizo de buena gana e inscribió su firma en el álbum.

Se lo devolvió a Clip, diciendo:

—Aquí está, joven.

Luego, con una sonrisa publicitaria, se dirigió hacia su automóvil andando como una reina.

—Gracias, Miss Lafitte, gracias ... —murmuró Clip, con los ojos empañados por la emoción.

Dio media vuelta y se deslizó de nuevo contra el obelisco, apretando su tesoro contra su pecho.

Cinco minutos más tarde, el álbum con la firma de la estrella aterrizaba en un cubo de basura, pero Clip había retirado de él, previamente, el cheque en blanco que se

encontraba debajo de una hoja de papel carbón detrás de la página sobre la cual había firmado Miss Lafitte.

En su cuarto, Clip repasó con tinta la firma marcada en el cheque, fijó el importe de su remuneración en doscientos cincuenta dólares e inscribió el nombre de Clifford C. Rogers como beneficiario. El cheque, como es lógico, era del banco en el cual tenía su cuenta corriente Miss Lafitte.

Clip lo dobló, lo acercó a sus labios y repitió:

—Gracias, Miss Lafitte, gracias, es usted mi benefactora.

—¡Pero eso no es la cárcel! —se asombró Clip al descender del automóvil entre los dos guardianes—. ¿Por qué me traen aquí?

—Sabemos que no es la cárcel. Pero Miss Lafitte quiere verle antes de presentar una denuncia contra usted —dijo uno de los detectives privados del banco.

—Tal vez confía en regenerarle —rio el otro.

—¿Cómo es posible que haya fracasado mi plan? —inquirió Clip, dirigiéndose hacia el porche de la imponente villa donde se alojaba la estrella—. El truco era perfecto. Sin embargo, apenas vio el cheque, el cajero apoyó el pie sobre el botón de su timbre de alarma.

—La firma era buena —dijo uno de los guardianes—, pero el nombre era falso. Lafitte es un seudónimo. Nuestra estrella nacional firma sus cheques con su verdadero nombre: Linhoffer.

Clip se golpeó la frente con su mano libre, gruñendo:

—¡Quién podía imaginarlo!

El portero filipino de Miss Linhoffer les hizo pasar a un vestíbulo lo bastante amplio como para poder servir de pista de patinaje. Esperaron un rato allí, luego, una joven pizpireta, la secretaria particular de la estrella, sin duda alguna, apareció y declaró:

—Miss Lafitte recibirá inmediatamente a ese individuo.

Los tres se pusieron en pie al mismo tiempo, pero la secretaria detuvo a los dos guardianes con un gesto autoritorio.

—El estafador únicamente, por favor. Miss Lafitte desea hablar con él a solas.

Los dos detectives se guiñaron el ojo, y uno de ellos murmuró, divertido:

—Es lo que yo decía: quiere regenerarle.

Pero el otro, más serio, dijo en voz alta:

—Es una imprudencia. No sabemos de qué puede ser capaz este tipo.

—No se preocupe —respondió la secretaria—. Mientras ustedes permanezcan detrás de la puerta, dispuestos a intervenir en caso necesario, no pasará nada.

—De acuerdo. Si este individuo se pone tonto, dígale a Miss Lafitte que nos llame.

Los dos detectives se sentaron, encogiéndose de hombros. Se sentían humillados, como todos los técnicos cuyos servicios son desdeñados por un aficionado.

—Todas esas estrellas de cine están un poco chifladas —susurró el primero.

Una pesada puerta acolchada se cerró, y Clip se encontró en una biblioteca frente a frente con la estrella a la cual había intentado estafar. Sentada detrás de un lujoso escritorio, parecía un juez a punto de dictar sentencia. Clip la encontró menos angelical que cuando la había visto por primera vez. Toda su dulzura se había desvanecido, y los hermosos ojos color de avellana no reflejaban más que una voluntad implacable. Llevaba pantalones y gafas, lo cual la hacía aún más áspera.

—Gracias, Miss Prescott, la llamaré si la necesito —dijo.

La secretaria desapareció en una habitación contigua, cuya puerta dejó ligeramente entreabierta.

Clip se quedó plantado en el centro de la biblioteca, aturdido y confuso. La idea de tener que aguantar las exhortaciones moralizadoras de Miss Lafitte le exasperaba. Y adivinaba que tales eran las intenciones de la estrella.

Miss Lafitte introdujo un cigarrillo en una larga boquilla de marfil, lo encendió y, apuntando con él a Clip, preguntó:

—¿Sabe usted lo que podría costarle lo que ha hecho? Desde luego, Clip lo sabía. Lo sabía incluso de memoria. De modo que asintió inclinando la cabeza con aire desolado.

—¿Por qué lo ha hecho? No parece usted tonto...

Clip no respondió. Tonto o no, era libre de hacer lo que le apetecía, por su cuenta y riesgo.

—¿Qué diría usted si me negara a presentar una denuncia?

—Le daría las gracias.

—Sin duda necesita usted dinero, ya que de no ser así no hubiese cometido esa tontería. ¿Quiere que le ofrezca quinientos dólares?

—Me encantaría —respondió Clip, pensando: «¡Me está tomando el pelo, la tunanta!».

Ella continuó observándole con aire impasible.

—No estoy decidida aún, pero podría negarme a presentar la denuncia y, además, entregarle quinientos dólares. ¿Le agradaría?

—Ya me lo ha preguntado.

—Le he formulado las dos preguntas por separado —puntualizó ella—. Ahora, le ofrezco las dos cosas a la vez.

—Entonces, le daré las gracias y estaré encantado.

—Acérquese a mí, quiero hablarle sin levantar la voz.

Clip obedeció de mala gana y se situó en el borde del escritorio, delante de Miss Lafitte.

La estrella hizo girar ligeramente su sillón, abrió un cajón y sacó de él un sobre alargado. Desplegó la hoja de papel contenida en el sobre y se la mostró a Clip.

—¡Mire! ¿Sabe qué es esto?

Clip sólo veía las primeras líneas:

Ciudadano:
El Presidente de los Estados Unidos de América se complace en saludarle y le ruega que se presente...

Miss Lafitte dobló la hoja antes de que Clip pudiera leer la continuación, pero dijo:

—Es una orden de movilización.

Ella permaneció callada unos instantes, volvió a meter el documento en el cajón, cruzó los brazos detrás de su nuca, hizo oscilar su sillón hasta apoyar el respaldo en la pared y preguntó, en voz baja:

—Dígame, Clifford Rogers, ¿sabe usted utilizar un arma de fuego?

—Depende de la clase de arma.

—Un revólver, por ejemplo.

—He visto algunos, y muy de cerca.

—¿Es usted buen tirador?

—No —dijo Clip, inclinando la cabeza afirmativamente—. No soy un buen tirador: soy un tirador infalible. Durante algún tiempo, trabajé en un tiro de pichón de Long Beach. Derribaba siempre los pájaros al primer disparo, para incitar a los espectadores a probar suerte.

Mis Lafitte inclinó secamente la cabeza para manifestar su satisfacción y dijo:

—En tal caso, creo que podremos entendernos.

—¡Oh! En asuntos de negocios soy muy acomodaticio.

—Antes de continuar quiero puntualizar que si al salir de aquí repite lo que le he dicho, nadie le creerá. Lo negaré todo. Será su palabra contra la mía: y yo soy Lucille Lafitte, y usted es un estafador.

Clip asintió con un gesto que significaba: es la evidencia misma.

—He aquí mi proposición —dijo la estrella—. ¿Ha visto usted la carta que acabo de enseñarle?

—Sí: una invitación del Tío Sam.

—Un amigo mío acaba de ser movilizado. No quiero que se marche. Y no quiero tampoco citar su nombre.

—Tengo muy poca influencia en las oficinas de reclutamiento, señorita —dijo Clip.

Ella le miró con aire severo, y luego vació su saco sin más rodeos:

—Mi amigo tiene que presentarse en el centro de movilización pasado mañana. Mañana por la noche organizo aquí una pequeña fiesta de despedida en honor suyo. Le entregaré un revólver. Dice usted que es un tirador infalible; estará usted en el jardín y se acercará a una ventana del salón en el cual recibo a mis invitados. Conduciré a mi amigo a un determinado lugar, muy cerca de la ventana, donde usted le distinguirá perfectamente, y, a las diez en punto...

Miss Lafitte respiró profundamente y apoyó las palmas de las manos sobre la mesa antes de añadir:

—Disparará usted de modo que no pueda marcharse.

Clip retrocedió un par de pasos y miró a la estrella con ojos suspicaces.

—¡Cuidado, señorita! Aquí hay un error. He falsificado su firma en un cheque. De acuerdo. No es mi primera estafa, he cometido otras. Pero tengo mis principios. Soy un artista, un experto en escritura, no un asesino. Llame a los polizontes y cumpliré mis dos años de cárcel.

La estrella se puso en pie bruscamente.

—¿Quién le ha hablado de matar? Déjeme terminar. Si quiero impedir que ese hombre vaya a la guerra, es porque le amo.

—¿Y me dice usted que dispare contra él?

—Exacto, pero quiero que le hiera en el brazo, simplemente. La herida tiene que ser lo bastante grave para que tengan que hospitalizarle diez o doce días, lo cual me dará tiempo para hacer intervenir a unos amigos influyentes.

—En tal caso, discúlpeme, la había entendido mal.

—Estaba segura de ello —dijo Miss Lafitte, volviendo a sentarse—. Concretemos: quiero que reciba una herida grave. Un rasguño no bastaría. Pero no quiero exponerme a que quede inválido o a que le rompa usted un hueso. ¿Se cree capaz de complacerme?

—Los pichones son muy pequeños y vuelan con mucha rapidez. Durante todo un verano, no fallé ni uno. No podía exponerme a que me echaran a la calle.

Miss Lafitte volvió a ponerse en pie y le dirigió un gesto de aprobación.

—Acompáñeme a aquella ventana y le enseñaré algo.

Apartó unos pesados cortinajes de terciopelo que ocultaban una ventana de forma ojival. Desde allí, la mirada de Clip se extendió sobre el jardín. Otra ala de la villa estaba salpicada de ventanas semejantes separadas del jardín por una pérgola cubierta de plantas trepadoras.

—Mire bien. Se colocará usted en la segunda ventana, empezando a contar por la derecha. Al pie de la pérgola hay una urna de piedra. Puede usted ocultarse detrás de las glicinas y apoyar el codo en la balaustrada, si lo desea. Nadie le verá. Estará en la sombra, y el follaje le ocultará. Tomaré mis medidas para que pueda entrar libremente en el parque y salir de él sin tropiezos.

«Desde el lugar donde se encontrará, verá un reloj de pared. A las diez en punto disparará contra el amigo que estará sentado a mi lado en un sofá, de espaldas a la ventana. A las diez, le pediré que coja un vaso colocado sobre una mesita, junto a mí. Eso le obligará a alargar el brazo. De modo que podrá usted apuntar sin peligro de herirle en otra parte.

—¿Y el revólver?

—Lo tendrá en el momento preciso. Estará en la urna de piedra. Después de utilizarlo, vuelva a dejarlo allí: yo lo haré desaparecer. A las diez menos cinco telefonearé al portero que vive cerca de la verja del parque y le haré venir aquí para que usted pueda entrar sin ser visto. Me las arreglaré para que permanezca en el interior de la casa hasta las diez y cinco. Tendrá usted, pues, diez minutos para ultimar el asunto. Son suficientes.

—¿Y el dinero?

—Si se lo entrego ahora, nada le obligará a mantener su promesa.

—Y, si promete usted entregármelo después, nada la obligará a mantener la suya...

—Cortemos la pera en dos: doscientos cincuenta dólares ahora, y doscientos cincuenta en un sobre cerrado que encontrará en la oficina central de correos, en la taquilla del Apartado número 36. Está alquilada por una de mis criadas, que se llama Benedetto. Aquí tiene un duplicado de la llave. Es inútil que trate de abrirla antes de haber llevado a cabo su parte del trato: el dinero no será depositado allí hasta mañana, a las diez de la noche. Incluiré también un billete de ferrocarril que le permitirá alejarse hasta que haya terminado la encuesta. No durará mucho. Pondré en juego la influencia de unos amigos bien situados en la policía.

Clip señaló la puerta con un gesto.

—¿Cómo va a arreglárselas con esos dos? —inquirió, intrigado.

—No hay problema. Si no presento una denuncia, el banco no puede perseguirle.

Viendo asomar un astuto resplandor a los ojos de Clip, Miss Lafitte añadió:

—Sé lo que está pensando. Cuando haya despedido a los dos detectives, será usted libre, nada le impedirá dejarme en la estacada. No se haga ilusiones.

Se quitó uno de sus anillos y lo depositó en la palma de su mano.

—Esta joya vale veinte mil dólares, mucho más de lo que usted pensaba estafarme. Si no cumple usted su promesa, le acusaré de haberme obligado a entregársela bajo la amenaza de un revólver. Robo a mano armada. Cinco años de cárcel, en vez de dos.

Desalentado, Clip lamentó haberse puesto a tiro de una mujer tan astuta.

Murmuró:

—De acuerdo.

Miss Lafitte se dirigió hacia la puerta, la entreabrió y dijo:

—Ya no les necesito, caballeros, pueden retirarse. No voy a presentar la denuncia, me he compadecido de ese individuo.

Se acercó de nuevo a Clip.

—Trato hecho —le dijo—. Mi mayordomo le hará salir por la puerta de servicio, lo cual le evitará tropezarse con los dos detectives. Aquí tiene doscientos cincuenta dólares, a cuenta. No falte mañana a la cita y todo irá bien.

A las diez menos cinco de la noche, Clip se presentó puntualmente en la entrada del parque, en el cual penetró sin ser visto, tal como le había prometido la estrella. Se orientó fácilmente y fue a agacharse, al pie de la pérgola, delante de las tres ventanas de un salón brillantemente iluminado. En su interior, hombres y mujeres bien vestidos iban y venían, como peces tropicales en un acuario.

Clip localizó el reloj de pared. Las diez menos tres minutos.

«No debí venir aquí», pensó.

Todo el día había estado vacilando, pero los argumentos de Miss Lafitte habían sido demasiado convincentes y, al llegar la noche, Clip había cedido al temor más que a la apetencia de un beneficio.

«Tal vez sea una broma», se dijo, para tranquilizarse. Pero, al encontrar la verja abierta, comprendió que se adentraba por una senda muy peligrosa. Miss Lafitte cumplía su palabra y esperaba que él hiciera otro tanto.

En el salón, alguien cantaba o recitaba, sin duda, ya que todas las miradas estaban vueltas en la misma dirección. Luego, todos aplaudieron.

Entonces, Clip reconoció a una mujer que llevaba un vestido de lamé plateado y que se acercó a la ventana: era la estrella. Levantó el brazo, como si llamara a alguien, y volvió ligeramente la cabeza para mirar el reloj.

Las diez menos dos minutos.

Clip hundió el brazo en la urna y de momento sólo encontró arena fina. Luego, su mano se cerró sobre un objeto duro y frío: un revólver del nueve largo.

Las diez menos un minuto.

Clip apoyó el codo en la balaustrada, pensando: «No puedo perder tiempo, si no quiero exponerme a encontrarme con el portero delante de la verja».

Nadie estaba sentado en el sofá.

Clip abrió el revólver. Cada alveolo contenía un proyectil. Volvió a cerrar el arma y quitó el seguro.

De nuevo, el lamé plateado resplandeció delante de la ventana. Lucille Lafitte se instaló en el sofá e hizo sentar a un hombre a su lado. Clip vio entonces al hombre al que debía herir: un tipo robusto vestido como sólo se visten los actores de cine

Lucille y su compañero reían. Eran las diez en punto. Con un gesto, la estrella señaló una mesita. El hombre alargó el brazo. Clip apuntó al bíceps.

¡Clac! El disparo hizo tanto ruido que Clip tuvo la impresión de haber disparado un cañonazo. Le pareció que las paredes temblaban.

Uno de los cristales de la ventana mostraba un agujero redondo, del cual irradiaban numerosas estrías. El brazo contra el cual había disparado Clip colgaba del borde del sofá... Pero también la cabeza.

Durante un breve instante, nadie se movió en el salón. Todo había sucedido tan bruscamente que nadie comprendía, sin duda, lo que acababa de pasar.

Sin perder un segundo, Clip tiró el revólver a la urna y huyó a lo largo de la pérgola.

Oyó un primer grito en el instante en que se adentraba en un sendero que discurría entre una rosaleda. El grito tenía algo de exagerado. «Sin duda es esa tunanta que representa una comedia», pensó Clip.

En la verja no había nadie. El hombre del rostro de garduña se precipitó a la calle y echó a correr hasta llegar a la avenida que conduce desde Santa Mónica al centro de Hollywood. Pasó un autobús. Clip saltó dentro y se dejó caer sobre un asiento, donde recobró el aliento.

Estaba trastornado. La imagen que se había llevado en su memoria le desagradaba. Trató de borrarla de su mente, pero la imagen permaneció allí, obsesionante.

Cuando un hombre recibe una herida en un brazo, su primera reacción consiste en llevarse la mano ilesa hacia la herida y apretarla con todas sus fuerzas. ¿Por qué se había desplomado el compañero de Lucille? Clip veía aún la cabeza inerte caída sobre el respaldo del sofá. Algo iba mal.

Clip se apeó del autobús al final del Bulevar, muy cerca de la pequeña habitación amueblada donde se alojaba desde hacía tres días, lo cual constituía casi una marca de estabilidad para un individuo tan versátil. Sin embargo, en vez de entrar en su alojamiento, penetró en una cervecería en la que servían bocadillos y comidas frías. Se encaramó a un taburete, encargó un café, en el cual agitó la cucharilla mientras escuchaba el aparato de radio puesto a pleno volumen. De repente, la música se interrumpió y el locutor dijo:

«Interrumpimos este programa para darles, sin demora, una noticia sensacional: Lew Dolan, el galán de las dos últimas películas protagonizadas por nuestra estrella nacional, Lucille Lafitte, acaba de ser asesinado en casa de esta última por un desconocido que se había ocultado en el jardín para disparar a través de un ventana. Hace menos de media hora que se ha producido el acontecimiento. Lew Dolan ha muerto de un balazo en la cabeza. La policía ha entrado ya en acción y busca a un hombre que ayer fue detenido por haber imitado la firma de Lucille Lafitte en un cheque y al que la estrella hizo soltar por compasión. Se trata, sin duda, de un maniático o de un alienado».

Clip se apeó del taburete y se largó antes de que el locutor diera su descripción personal.

Fuera, en la acera, se sintió acometido de vértigo.

«¡Esta vez lo he conseguido! —murmuró—. ¡He cambiado una pena de dos años por estafa por una condena a muerte por asesinato!»

Lo primero que se le ocurrió a Clip fue recurrir a Lucille Lafitte. Era peligroso, pero no había otra solución. Diciendo la verdad, la estrella demostraría a la policía que se trataba de un accidente y que Clip no había tenido en ningún momento la intención de matar a Lew Dolan. Sólo ella conocía la verdad. Los detectives la creerían, pero no creerían a Clip, desde luego. Clip era un delincuente, pero, por raro que pueda parecer, tenía el sentido de la responsabilidad. Aceptaría de buena gana que le condenaran por homicidio por imprudencia, pero encontraba injusto pasar por un asesino. El testimonio de Lucille descartaría la idea de premeditación. Era lo menos que podía hacer la estrella por él.

El número de Miss Lafitte no figuraba en el listín. Pero la víspera, en el banco, había oído llamar a Miss Lafitte, y Clip tenía buena memoria.

Se precipitó a una cabina telefónica y reconoció la voz de la pizpireta secretaria.

—Miss Lafitte no puede atender a nadie. Acaba de ocurrir una desgracia.

—Dígale..., dígale que la llamo desde el Apartado número 36... Eso bastará.

Aquella fórmula ingeniosa produjo efecto, ya que no tardó en reconocer la voz de Lucille.

—¿Sí? ¿Quién habla? ¿Qué historia es esa del Apartado de Correos? —inquirió.

—Miss Lafitte, soy yo: el hombre con el que usted hizo un trato ayer...

No pudo continuar. Un grito de horror brotó de la garganta de Lucille.

—¡Usted! ¡Es usted! Y tiene la desfachatez de...

—Miss Lafitte, tiene que sacarme de este apuro. Explíqueles que ha sido un accidente. Después de todo, usted es también responsable de lo sucedido. Fue usted quien inventó toda esa historia, quien me proporcionó el revólver y me pidió que...

—¿Proporcionado qué? Los inspectores tienen razón: está usted loco. Cogió usted el revólver del cajón de mi escritorio, me amenazó de muerte, me obligó a despedir a los dos detectives del banco, me robó doscientos cincuenta dólares y se marchó jurando que me mataría si le denunciaba. Tuve miedo y no dije nada. Dijo usted también que Lew Dolan le había hecho una mala pasada, y juró que le mataría como a un perro en la primera ocasión que se le presentase. Y es lo que ha hecho usted.

Temblando y empapado en sudor, Clip exclamó, indignado:

—¡Eso no es verdad, Miss Lafitte, no es verdad! Usted quería que le metiera un poco de plomo en el ala para que no pudiera ir a la guerra, y me propuso este asunto.

—¡Embustero! ¡Es usted un maníaco! ¿Por qué le mató? No le había hecho ningún daño...

Lucille se interrumpió y luego murmuró, dirigiéndose sin duda a alguien que estaba cerca de ella:

—Dése prisa. No podré retenerle mucho más al teléfono...

Clip colgó y echó a correr. A lo lejos resonaba ya la sirena de un coche de la policía. Aturdido, el estafador se adentró por la primera calle que encontró y desapareció en la oscuridad.

«¡Dios mío! —se lamentó—. Ahora es cuando sé de veras lo que es estar con el agua al cuello.»

Decidió abandonar la ciudad inmediatamente. ¿Qué otra cosa podía hacer? Si contaba la verdad, todo se volvería contra él.

Se dirigió en primer lugar hacia su habitación, a fin de recoger su maleta. No contenía gran cosa: dos camisas limpias, dos pares de calcetines. A nuestro hombre no le gustaba cargarse con equipajes demasiado pesados que podían entorpecer su libertad de movimientos.

Pero, antes de adentrarse en la calle donde vivía, echó un vistazo, desde el portal del inmueble situado en la esquina. Vio la puerta del edificio y no observó nada anormal.

Pero esperó unos instantes, ya que era demasiado hermoso para ser verdad.

Para más seguridad, examinó toda la fachada y localizó su ventana. Estaba tan oscura como las otras. Pero un automóvil pasó por la calle. A la claridad de los faros, vio que sus cortinillas estaban echadas. Clip enarcó las cejas. Desde luego, cuando estaba en su habitación echaba siempre las cortinillas: no le gustaba sentirse espiado por los vecinos. Pero, al salir, nunca se olvidaba de levantarlas. Y estaba convencido de que aquella noche lo había hecho. Por lo tanto, alguien había echado las cortinillas después de que él saliera del cuarto. Clip adivinó que la policía se había instalado en su habitación.

Súbitamente, la cortinilla se levantó y la ventana quedó ¡iluminada. Seguro de no haberse equivocado, Clip dio media vuelta y se marchó.

«Tengo que abandonar la ciudad sin llevarme las camisas ni los calcetines», murmuró, en tono desolado, ya que si bien se apoderaba sin escrúpulos de lo ajeno, Clip tenía mucho apego a sus pertenencias.

Perder su modesto vestuario le resultaba desagradable. Pero peor sería perder los doscientos cincuenta dólares y el billete de ferrocarril que le debían. Normalmente, la estrella no podía tener interés en revelar aquel detalle a los detectives. Además, las circunstancias le eran favorables: la oficina central de correos permanecía abierta hasta medianoche a fin de que los padres de los movilizados pudieran enviar paquetes y cartas a sus soldados.

Clip se encaminó a la oficina con paso inquieto. Al entrar en el edificio, un vagabundo se acercó a él y le susurró:

—Patrón, ¿no le sobran diez centavos, por casualidad?

A Clip no le había sobrado nunca un centavo, de modo

que sacudió negativamente la cabeza, alejándose. Empezó por recorrer la amplia sala con la mirada. Incluso a una hora tan tardía, la gente formaba cola delante de todas las taquillas, y unos individuos escribían apresuradamente, de pie delante de los pupitres.

Luego, Clip trató de localizar las taquillas de los Apartados. Ocupaban toda una pared, que parecía revestida de ladrillos de cristal. Al parecer, nadie las vigilaba.

Se acercó prudentemente, contando las pequeñas taquillas para encontrar el número 36. Pero se mantuvo a cierta distancia, se paró delante de un pupitre y cogió un listín de teléfonos, haciendo como que lo hojeaba. Sin embargo, espiaba a las personas que no hacían cola. Clip conocía la astucia de los detectives, lo cual le confería casi un sexto sentido. Sabía que si la policía tendía una trampa en el edificio para él, los detectives no estarían delante de la taquilla número 36 empuñando un revólver.

Se fijó en un hombre que parecía estar *demasiado* interesado en el telegrama que redactaba una y otra vez, obsesionado aparentemente por la perfección. ¿Por qué diablos hacía pedazos todos los impresos, inmediatamente después de haberlos rellenado?

Un detalle suplementario: había un paraguas colgado del borde del pupitre.

Otro individuo se mantenía a cierta distancia de las taquillas, y consultaba la tarifa postal en el cartel colgado de la pared. Llevaba en la mano un fajo de cartas y comprobaba el franqueo con un cuidado excesivo. De cuando en cuando iba a echar una carta a un buzón contiguo, para regresar inmediatamente al lado del cartel y comprobar los otros franqueos.

Clip cambió de lugar y fue a consultar otro listín, sin perder de vista a aquellos dos personajes. No tardó en comprobar que el paraguas no pertenecía al primer sospechoso. Una obesa dama lo cogió al pasar. Hum... Tal vez no era un detective, después de todo. Luego vio que el segundo individuo se desembarazaba poco a poco de todas sus cartas. Tal vez era un tipo meticuloso que no deseaba hacer pagar una sobretasa a los destinatarios de sus cartas y se aseguraba de que el franqueo era el correcto.

Clip sabía que los detectives eran capaces de cualquier

cosa, pero nunca había visto a ninguno de ellos llevar la preocupación por la verosimilitud hasta el extremo de gastarse el dinero en sellos para unas cartas ficticias.

«Bueno —se dijo—, no son detectives. Razón de más para ser prudente y desconfiar de mi criterio.»

Se dirigió hacia la puerta, encontró allí al vagabundo que le había abordado al entrar, le puso una moneda de diez centavos en la mano y le dijo:

—Tenga, y si quiere el doble, tome esta llave y tráigame lo que contiene la taquilla número 36.

Oculto entre la multitud que iba y venía alrededor de la puerta, Clip vio cómo su mensajero se acercaba a las taquillas, buscaba la número 36 e introducía la llave en la cerradura.

Súbitamente, el hombre que redactaba tan cuidadosamente su telegrama y el que comprobaba el franqueo de sus cartas con tanta minuciosidad abandonaron sus ocupaciones y se dirigieron hacia el mismo punto. Su movimiento convirgió hacia la taquilla número 36.

Clip no esperó a saber más y huyó precipitadamente.

Pero, ¿adónde ir? Tratar de abandonar la ciudad equivalía a meterse inexorablemente en la boca del lobo, ya que la policía debía esperarle en las estaciones de ferrocarril y en las paradas de autobuses. Y quedarse en la ciudad era también imposible.

¿Qué podía hacer?

—Hace unos días oí decir que había llegado usted a Hollywood y me había prometido a mí mismo evitarle —le dijo Clip a Nelson—. Pero ahora le encuentro mucho más simpático que todos los habitantes de California. He venido en busca suya...

Cómodamente sentado en la silla apoyada contra la puerta, con los brazos cruzados y el sombrero sobre la frente, Buck Nelson había escuchado el relato del estafador con una impasibilidad de juez. Permaneció en silencio varios minutos.

—¡Pues bien! Amigo mío... —dijo.

Luego dejó que Clip chapoteara en su angustia sin terminar su veredicto.

Finalmente continuó:

—Todos los polizontes del mundo te colocarían las esposas y te arrastrarían hasta la comisaría más próxima. Yo soy quizá demasiado ingenuo, pero algunos detalles de ese extravagante asunto me impulsan a creerte. En primer lugar, resulta demasiado inverosímil para que no sea verdad. Cuando un granuja como tú inventa algo, trata de que su historia sea verosímil a fin de hacer tragar sus mentiras más fácilmente. Lo que tú me has contado es tan absurdo que nadie puede creerlo.

»Además, hace mucho tiempo que ando detrás de ti y conozco tu carácter. Te considero incapaz de matar. No vacilarías en robarle la dentadura postiza a tu madre si cometiera la imprudencia de abrir la boca delante de ti, pero eres demasiado gallina para verter la sangre ajena.

»En fin, ahora me perteneces. Hace dieciocho meses que busco la manera de volver a meterte en la cárcel. Si los californianos te detuvieran, te quedarías aquí. Y no puedo permitirlo.»

Clip exhaló un hondo suspiro de alivio.

—Entonces, ¿va usted a ayudarme, jefe? —suplicó.

—Quisiera hacerlo, pero va a ser difícil. Te has enmarañado tanto en esa intriga, que me pregunto cómo podré sacarte de ella.

Las dos patas anteriores de la silla chocaron contra el suelo al mismo tiempo que las de Nelson, el cual se puso en pie, apartó la silla, abrió la puerta y dijo:

—Sígueme.

—Pero, ¿adónde .. adónde vamos? —tartamudeó Clip, aterrorizado.

—A donde tú no te hubieras atrevido nunca a ir solo —respondió Nelson—. A la casa de la bella Lafitte, a fin de que pueda darme cuenta por mí mismo de lo que ha pasado.

La puerta principal y la de servicio estaban cerradas, como era de esperar a una hora semejante. Nelson y Clip dieron la vuelta alrededor del parque, hasta el lugar en el que un pimentero extendía sus ramas por encima del muro.

—Arriba, Clip —dijo Nelson—. Puedes trepar, ¿verdad?

Claro que podía trepar. En un abrir y cerrar de ojos se encaramó a lo alto del muro, se sentó a horcajadas en él y se deslizó al otro lado. Para Nelson, la operación resultó mucho más difícil, debido a su peso. Pero la llevó a cabo —aunque con menos agilidad— gracias a su hercúlea fuerza.

Al llegar al parque, se sacudió el pantalón con la mano, gruñendo:

—Esto es casi tan ilegal como entrar violentando la puerta. No importa. Aunque me metan en la cárcel, no perderé mi empleo, puesto que soy un funcionario del Estado de Nueva York.

Clip condujo a su salvador a través de la rosaleda hasta los cuadros de césped que se extendían alrededor de la casa. Avanzaban uno detrás del otro con paso cauteloso. Todas las luces estaban apagadas, y los cristales de las ventanas destellaban bajo la luna como unos ojos de peces muertos.

—Aquí me oculté para disparar —susurró Clip—. Luego tiré el revólver allí dentro, tal como ella me había dicho.

Nelson hundió su brazo en la urna, hurgó en la arena y dijo:

—No hay nada. Alguien ha cogido el arma, y ese alguien sólo puede ser Miss Lafitte. Unicamente ella sabía dónde encontrar el revólver. No ha perdido el tiempo.

Señalando la ventana rota, Nelson añadió:

—Vamos a entrar por allí.

La ventana estaba cerrada. Pero Nelson arrancó unos trozos de cristal, deslizó la mano por la abertura y descorrió la falleba. Conteniendo la respiración, entró en el salón, procurando no pisar los trozos de cristal esparcidos por el suelo, e hizo una seña a Clip para que le siguiera. Durante unos instantes, en medio de la oscuridad, Clip oyó el tic-tac del reloj y notó que sus cabellos se erizaban.

Luego, un chasquido le hizo sobresaltar, y un haz luminoso brotó de la linterna que Nelson acababa de encender.

El ex inspector de policía examinó primeramente el sofá, sin encontrar nada interesante. El cadáver, como era de esperar, no se encontraba ya allí. Pero, por un milagroso azar, no había el menor rastro de sangre indicando que alguien había sido asesinado allí poco antes.

Nelson dirigió el haz luminoso de su linterna hacia el reloj. Eran cerca de las tres. Clip, que se apretaba miedosamente contra su guía, le puso vivamente una mano en el hombro.

La linterna iluminaba el reloj, pero también una fracción de la pared en la cual estaba colgado.

—¡Un momento! —susurró Clip—. Hay algo anormal.

—¿De qué se trata? Date prisa, no tenemos tiempo que perder.

Clip cerró los ojos y los ocultó detrás de su mano. Luego miró de nuevo la pared.

—Ese cuadro. Estoy seguro de que cuando disparé no estaba a la derecha del reloj, sino a la izquierda. En aquel momento, el salón estaba iluminado como en pleno día. Lo recuerdo perfectamente. Lo han cambiado de lugar.

—¿Y quién lo demostrará? El revólver ha desaparecido, la bella Lafitte te habló a solas. Todo eso no nos conduce a nada.

—Yo digo lo que sé. No invento nada. El cuadro ha cambiado de lugar. Es muy raro.

Nelson se acercó bruscamente a la pared, levantó el dorado marco y deslizó la linterna por debajo del cuadro.

Algo había penetrado profundamente en el yeso. Pero Nelson tenía la suficiente experiencia para saber que la bala no se encontraba ya en el agujero.

Sacudió la cabeza lentamente.

—Espero que te des cuenta —dijo—. Los que han sacado la bala de ahí no han sido los polizontes de Hollywood: ellos no hubiesen tapado la señal con un cuadro.

—Dios es testigo de que sólo disparé una vez —lloriqueó Clip.

Nelson paseó el haz de su linterna a lo largo de la pared y lo detuvo sobre una puerta.

—Quédate aquí un momento, no te muevas. He de comprobar algo —dijo, dirigiéndose hacia la puerta cautelosamente.

La entreabrió, esperó un momento y luego desapareció.

Clip oyó un extraño ruido. Le pareció que en alguna parte giraba una rueda. Luego percibió la voz ahogada de Nelson, pero no entendió lo que decía.

Un instante después Nelson regresó y apagó su linterna.

Los dos visitantes nocturnos se encontraron sumidos en una oscuridad absoluta.

—¿Qué ha hecho usted, jefe? —susurró Clip.

—He telefoneado a la policía.

Clip se sobresaltó, convencido de que Nelson acababa de entregarle.

Pero Nelson le explicó:

—Tengo un amigo en la brigada criminal. He procurado sonsacarle, sin que se diera cuenta. La bala que mató a Dolan estaba aún en su cráneo cuando se llevaron el cadáver de aquí, alrededor de medianoche. Por lo tanto, no era la que estaba incrustada en la pared. Dos personas dispararon al mismo tiempo sobre la víctima.

—Lo suponía. Yo sólo disparé una vez, estoy seguro.

—¿Cómo vamos a probarlo? No tienes el revólver, y no lo encontraremos nunca.

Clip suspiró, desolado, y murmuró en la sombra:

—Normalmente, el que conserva el arma con la cual ha disparado contra alguien está perdido. Esta vez, estoy perdido porque el arma ha desaparecido. Estas cosas sólo pueden pasarme a mí.

—A fin de cuentas, el detalle no tiene demasiada importancia, puesto que también la segunda bala ha desaparecido.

Nelson empujó a Clip hacia la ventana por la cual habían entrado y susurró:

—Pero, tranquilízate, no lamento haber venido aquí. He hecho un par de descubrimientos que valen la pena.

—¿De qué se trata? —inquirió Clip, con voz más discreta aún que la de un fantasma.

—En primer lugar, se ha cometido un asesinato en este salón, esta noche, a las diez. Para mí es un descubrimiento, porque no estaba completamente seguro de que la historia que me has contado fuese cierta. Eres tan granuja, que podías haberlo inventado todo. El segundo te interesará mucho más: el asesino no eres tú. Estoy convencido de ello. Ahora se trata de convencer a la brigada criminal de Hollywood.

—Entonces, ¿me cree usted, Mr. Nelson? ¿Me salvará usted?

—No sé si te salvaré, pero te creo, porque alguien ha

arrancado una bala de la pared, y ha tapado el agujero con un cuadro para que la policía no lo viera. Esta astucia perderá al culpable.

Nelson volvió a abrir la ventana y empujó a Clip a través de ella.

—¿Adónde vamos ahora, Mr. Nelson?

—En primer lugar, salgamos por donde hemos entrado. Luego entraremos por la puerta principal para entrevistarnos con los habitantes de la villa y sobre todo con la hermosa dama que imagina unos trucos demasiado complicados.

Lucille Lafitte fue la última en entrar en el salón brillantemente iluminado. Todos los demás se encontraban ya allí, pero una estrella de cine tarda un poco más en arreglarse, incluso cuando se trata de identificar a un asesino en plena noche.

Asistían a la «reunión»: Emma Prescott, la pizpireta secretaria; el ama de llaves, una mujer de rostro aristocrático y de cabellos blancos llamada Mrs. Britton; Rose Benedetto, la criada; y una obesa cocinera, Sophie. Vestidas apresuradamente, todas ellas manifestaban un gran nerviosismo. Todas, a excepción de Miss Prescott, que se había traído labor y hacía punto con una calma admirable.

Para salvar las apariencias, Nelson había colocado una esposa en la muñeca de Clip.

Finalmente entró la estrella, luciendo un espectacular salto de cama de satín blanco.

Al ver a Clip se llevó la mano al corazón y luego levantó el puño, como si apelara al cielo para castigar al malhechor. Dirigiéndose a Nelson, dijo:

—Veo que no ha perdido el tiempo. Perfecto. Le felicito. Espero que ese gusano...

Se interrumpió bruscamente y preguntó, en un tono menos dramático:

—Pero, ¿por qué le ha traído aquí a esta hora?

—Para estar seguro de que era el individuo que buscábamos. Si se le hubiese llevado directamente a jefatura habríamos tenido que molestarla a usted para que le identificara.

Mientras hablaba, Nelson exhibió su chapa. Miss Lafitte apenas la miró. Era auténtica, desde luego, pero en California no tenía ningún valor.

—Acabamos de detenerle por casualidad.

Miss Lafitte recorrió la estancia con la mirada y preguntó, ligeramente inquieta:

—Espero que no habrá venido solo con él...

—Tranquilícese, Miss Lafitte, hay toda una compañía de guardianes de la paz alrededor de su parque.

Probablemente era cierto, pero aquellos guardianes de la paz pública ignoraban que Clip, el presunto asesino, se encontraba en el interior de la villa. Nelson añadió galantemente:

—No he querido que invadieran su casa, teniendo en cuenta lo que ha tenido que soportar ya esta noche.

Miss Lafitte inclinó la cabeza con una condescendiente amabilidad.

A continuación, Nelson dijo:

—Siéntese, Miss Lafitte, y terminemos lo antes posible. No abusaré de su tiempo. Sé que mis colegas la han interrogado ya esta noche.

La estrella alzó hacia el cielo sus ojos de mártir.

—En primer lugar —dijo Nelson—, dígame si es éste el hombre que los detectives del banco trajeron aquí anteayer por la mañana.

Clip comprendió que aquello era un puro formulismo, un modo de justificar su visita a aquella hora intempestiva.

—¡Es él, lo juro ante Dios y ante los hombres! —exclamó la estrella con una elocuencia tan estudiada como si hubiera una cámara en el salón.

—¿Cuántos disparos oyó usted? —le preguntó Nelson, sin darle tiempo a reflexionar.

La estrella estaba a punto de introducir un cigarrillo en la larga boquilla de marfil. Lo dejó caer, se inclinó a recogerlo y respondió tranquilamente:

—Uno solo.

Un poco de sangre había afluido a su rostro. Era natural, puesto que acababa de agacharse. Por otra parte, no manifestaba el menor nerviosismo.

Nelson apuntó con el dedo a Mrs. Britton y preguntó:

—¿Y usted?

—Uno solo —respondió el ama de llaves.

—¿Y usted?

—Uno solo —respondió la criada.

—¿Y usted?

—Yo no oí nada —respondió Sophie—. Hay tanto ruido en la cocina... Estábamos preparando la cena.

—¿Y usted?

Emma Prescott dejó de tricotar, pero no respondió.

—Le he preguntado cuántas detonaciones ha oído.

—Ya lo había entendido... Una sola, creo.

—¿Por qué dice usted: «creo»?

—El disparo me pareció muy largo. Como si las paredes devolvieran el eco... Probablemente era el eco, en efecto.

Y la secretaria volvió a inclinarse sobre su labor. Pero sus párpados se fruncieron, tal vez porque Nelson la miraba intensamente. ¿O acaso era una seña que dirigía a Lucille Lafitte? La estrella expulsó una bocanada de humo. Al parecer, no había notado nada.

Clip cometió un error: movió la cabeza con aire de suficiencia para dar a entender que se había dado cuenta del detalle. Pero Nelson continuaba ya el interrogatorio.

—Creo que posee usted un revólver, Miss Lafitte...

—Sí, tenía uno, pero ese miserable se apoderó de él ayer, en mi despacho. Se lo he contado ya más de diez veces a sus colegas. Espero...

—Este individuo no llevaba ninguna arma encima: debió hacer desaparecer su revólver, que nos habría sido muy útil...

Nelson hizo una pausa y preguntó bruscamente:

—¿Podría decirme de qué calibre es su revólver?

—Ah... Ah... Ah...

Miss Lafitte tuvo tres fallos sucesivos. Si un director la hubiese oído, su carrera podría haberse visto comprometida. Luego se engalló súbitamente:

—No sé nada. ¿Por qué me pregunta eso? Yo no soy armero. No me divierto con los revólveres. Ni siquiera sé si había llegado a ver esa arma.

—Estaba en un cajón de su escritorio...

—Sí, pero nunca lo había tocado. Lo compré hace unos años, porque los ladrones entraron en una villa del barrio.

—¿Declaró usted la compra a la policía?

—Naturalmente.

—Entonces, enséñeme el comprobante de la declaración. En ella figurará el calibre.

—No sé dónde está. Necesito tiempo para buscarlo.

Miss Prescott pareció a punto de decir algo. El movimiento de sus agujas de tricotar se hizo más lento. Luego parpadeó varias veces. como si hubiera intuido que alguien la miraba. Las agujas recobraron su ritmo normal y la joven inclinó la cabeza. Si Nelson se fijó en el detalle, no lo dio a entender.

—¿A qué vienen todas esas historias de calibres? —inquirió Miss Lafitte con un gesto de princesa oriental—. Ese miserable mató a Lew. Lew está muerto. Eso debería bastar.

Clip hizo una mueca. Nelson se dio cuenta sin necesidad de volver la cabeza y aplastó el pie de su prisionero. Clip rectificó su postura.

Nelson era demasiado buen diplomático para insistir en una cuestión que desagradaba a su interlocutora. Desvió el curso de su interrogatorio.

—¿Querría usted decirme dónde se encontraba en el momento en que resonó el disparo?

Pero esta vez, en lugar de seguir el orden jerárquico, su dedo índice apuntó a la cocinera.

—En la cocina —respondió Sophie.

—¿Y usted?

—Yo estaba en el primer piso —dijo Rose Benedetto—. Una de las señoras estaba un poco bo... un poco mareada, y la atendía.

—¿Y usted?

—Yo estaba en mi habitación —respondió Mrs. Britton—. Acababa de acostarme.

—¿Y usted?

—Yo estaba en mi pequeño despacho, al lado de la biblioteca. Contestaba a los admiradores de Miss Lafitte. Por regla general no asisto a esas reuniones demasiado nume...

Nelson le planteó la pregunta de un modo más insidioso a Miss Lafitte.

—Naturalmente, usted se encontraba aquí, con sus invitados...

—Desde luego. Me encontraba aquí, en el preciso instante...

Esta vez no había error posible. Miss Prescott volvió bruscamente la cabeza hacia su patrona, pero se dominó inmediatamente, como si hubiese obedecido a un movimiento involuntario y desprovisto de toda lógica.

Miss Lafitte se interrumpió asimismo en medio de su frase. Ofreció una deslumbrante sonrisa a modo de disculpa y añadió:

—Perdón, hacía unos segundos que había salido para darle unas instrucciones al mayordomo, que estaba detrás de la puerta.

—¿Y habló con él? —preguntó Nelson.

—No, no estaba allí, y decidí hablar con él un poco más tarde. Al volver a entrar aquí oí el disparo.

Miss Prescott estaba tan absorta en su labor que casi tenía la nariz pegada a ella. Un gesto que revelaba quizá cierto temor. ¿Temor a represalias?

Nelson se puso en pie. Arrastrado por la esposa, Clip hizo otro tanto.

—Pues bien, ya que el arma ha desaparecido y usted ignora su calibre, tendremos que fiarnos de la bala que ha quedado en el cadáver.

—Pero, ¿por qué atribuye tanta importancia a esa minucia? —inquirió la estrella con una mueca de impaciencia.

—Porque es efectivamente muy importante. Acabaremos por encontrar el arma. Siempre se encuentra. En caso contrario, encontrará usted su licencia. Si no, nuestros archivos o los del armero nos darán la información... Pero, si los dos calibres no coinciden, no tendremos ninguna prueba contra este individuo.

Miss Lafitte inclinó la mirada con aire pensativo, y los demás se quedaron con la boca abierta ante aquel despliegue de ciencia policial.

Nelson se dirigió hacia la puerta con su cautivo. Antes de llegar a ella preguntó en tono indiferente:

—¿Qué disposiciones ha tomado usted para el entierro?

Miss Lafitte se estremeció con un consumado arte.

—Les he dicho a sus colegas que entreguen el cadáver de mi pobre Lew a la empresa de pompas fúnebres Sunset, a la cual he alquilado una capilla ardiente.

—¿Me permite llamar por teléfono? Esa cuestión del calibre me preocupa.

Miss Lafitte asintió.

Nelson y Clip entraron en la estancia contigua, unidos por la esposa que los hacía tan inseparables como dos hermanos siameses. El ex inspector neoyorquino descolgó el aparato, hizo girar el disco, esperó un momento, y luego habló con una voz sonora que debía oírse perfectamente en la estancia contigua.

—¿Eres tú, Ellis?... Aquí, Buck Nelson... ¿Y el informe de la autopsia?... ¡Diablo!

Acompañó aquella exclamación de un silbido de asombro. Luego pareció escuchar atentamente a su interlocutor. En la estancia contigua, todo el mundo tendía el oído con la misma atención. Se hubiera oído volar una mosca... de haber alguna mosca en casa de la estrella. Finalmente, Nelson dijo:

—Me he detenido en casa de Miss Lafitte para que identificara al individuo. Ahora mismo vamos para allá.

—¡Eh! —exclamó Clip, asustado.

Luego miró el aparato: Nelson había apoyado el pulgar sobre el gancho del receptor.

Cuando Nelson regresó al salón con su cautivo, todas las miradas convirgieron en él. Sacudió la cabeza, abrumado, y anunció:

—¡Una catástrofe! En vez de dejar el cadáver a disposición del médico forense, los empleados de la ambulancia lo han entregado a las pompas fúnebres.

—Eso no es una catástrofe —comentó Miss Lafitte, lívida.

—Sí. La bala está aún en el cráneo. El responsable de este error pretende que había que romper la caja craneana para extraerla. En tales casos, estamos obligados a solicitar la autorización de los parientes más próximos. Mientras mis colegas discutían, la ambulancia se marchó. Tendremos que reclamar el cadáver para enviarlo al laboratorio.

La estrella se irguió bruscamente.

—¡No! —exclamó, alzando los dos brazos al cielo—. ¡No lo permitiré! ¡Oh, Lew! ¿Qué van a hacer con tu perfil? Quiero que todo el mundo te admire en tu capilla ardiente. Te convertirían en un monstruo.

—Hay que proceder a la autopsia, Miss Lafitte. Si el calibre de la bala no coincide con el de su revólver, nada prueba que este hombre es culpable.

La estrella se sentó tan bruscamente como se había levantado y respondió, con una docilidad asombrosa:

—¡Ah! Comprendo.

Luego añadió:

—Podría hacer sacar una mascarilla antes de esa horrible operación. ¿Cuándo llegará Lew a manos del médico forense?

—Tiene usted tiempo. En Jefatura no queda mucha gente. Lo enviaremos a buscar mañana a primera hora.

Nelson dio una sacudida a las esposas. Clip le siguió hacia la puerta.

Al salir, vieron a Lucille Lafitte con la cabeza apoyada en el hombro de su secretaria. La oyeron murmurar:

—¡Lew, sólo te quedan unas horas de belleza!

Todavía era oscuro cuando llegaron a la acera, delante de la verja. Clip preguntó, inquieto:

—Oiga, ¿va usted a entregarme a la policía?

—No, aunque quizá lo lamentes cuando conozcas la continuación del programa —respondió Nelson en tono siniestro.

Su prisionero se paró, temblando.

—¿Adónde me lleva? —murmuró.

—A la empresa de pompas fúnebres Sunset, a la capilla alquilada por Miss Lafitte. Ocuparás el puesto del cadáver durante el resto de la noche.

Clip se sobresaltó dos veces seguidas, como si tuviera hipo, sus rodillas se doblaron y hubiese caído al suelo si Nelson no le hubiera agarrado por el hombro.

—¡Vamos, valor! No es el momento de hacer el marica.

—Pero, ¿por qué he de quedarme allí?

—Porque quiero saber quién visitará al cadáver antes de que la policía vaya a por él.

—¿Y por qué no nos ocultamos cerca para ver quien entra en la capilla? ¿Se da usted cuenta, jefe? ¡Ocupar el lugar de un muerto! ¡Brrr!

—El cadáver no está allí. Se encuentra aún en el laboratorio de la policía.

—Entonces, esperemos que termine la autopsia.

—La autopsia ha terminado. La operación no dura tanto tiempo. La primera vez telefoneé realmente a la policía y me enteré de que Lew Dolan tenía un proyectil del 6,35 en la cabeza. Un arma de mujer.

—Yo disparé con un revólver de 9 mm. Por lo tanto, la bala que mató a Dolan no fue la mía.

—¡Demuéstralo! Tu revólver ha desaparecido. ¿Es que no lo entiendes? Ahora, el culpable cree que la bala está aún en el cadáver. Irá a buscarla antes de que la policía se lleve el cadáver. Tú harás de cebo para atraerle.

—A veces me pregunto si no hubiese sido preferible vivir honradamente... —murmuró Clip, parándose otra vez.

Nelson dio una sacudida a las esposas para tirar de él y dijo:

—Elige: o te deslizas bajo la tela de caucho que cubre los cadáveres en la empresa de pompas fúnebres, o dejas que los polizontes te trabajen la piel a golpes de porra de caucho...

—Puesto que este asunto es tan elástico, ¿no podríamos estirarlo un poco más y encontrar una tercera solución?

—No —respondió secamente Nelson.

Clip tragó saliva enérgicamente y declaró, en tono viril:

—Pues bien: de acuerdo, jefe. Obedezco.

Apenas llegaron a la capilla cuando Clip empezó a retorcerse.

—¡Atchís! —estalló finalmente.

El eco repitió el estornudo, que resonó como un golpe de gong.

—¡Silencio! —ordenó Nelson.

—No puedo evitarlo, tengo frío.

—Si vuelves a estornudar, te...

La voz amenazadora se interrumpió bruscamente. Una puerta acababa de abrirse en alguna parte.

—¡Vamos, aprisa! Acuéstate y quédate quieto, alguien llega.

Nelson abrió las esposas y se ocultó detrás del catafalco, sobre el cual se tendió Clip.

Tras unos instantes de absoluto silencio, se oyó girar una

llave en la cerradura de la capilla. La puerta se abrió chirriando, lo cual despertó unos ecos cavernosos. Un haz luminoso taladró la oscuridad de la capilla, buscó su objetivo, vacilando, y luego se detuvo sobre una forma humana inmóvil bajo un sudario. La linterna eléctrica avanzó lentamente. Unos tacones altos resonaron sobre el suelo de mosaico. La persona que acababa de entrar, pues, era una mujer.

La linterna se paró. El fantasma la dejó en una esquina del catafalco para iluminar la cabeza del cadáver. Un bolso de mano se abrió con un leve chasquido. Una mano enguantada apareció y depositó en el borde del féretro un pañuelo en el cual iba envuelta una bala de revólver.

Las dos manos enguantadas cogieron el sudario para levantarlo... y luego quedaron paralizadas, ya que el cadáver pareció estremecerse ligeramente. Pero sin duda se trataba de una ilusión óptica.

La desconocida volvió a coger la linterna y paseó el haz luminoso a su alrededor, como si buscara algo. Finalmente, divisando una urna funeraria colocada sobre un trípode de bronce, se apoderó de ella, la dejó en el suelo y regresó hacia el cadáver blandiendo el trípode. Palpó el cadáver bajo el sudario, levantó el trípode por encima de su cabeza y lo balanceó como si fuera un martillo ...

Una sombra se irguió al lado del catafalco. La desconocida ahogó un grito y el trípode, escapando de sus manos, cayó al suelo ruidosamente.

—¡No se mueva! —dijo la voz de Nelson—. Estoy apoyando un revólver en sus costillas...

El sudario se levantó y el cadáver, repentinamente resucitado, huyó corriendo hacia el fondo de la capilla. El lienzo pegado a su espalda flotó unos instantes detrás de él antes de caer sobre las losas.

—Hay un interruptor en ese rincón, Clip —dijo Nelson—. Enciende la luz y nos veremos las caras.

La cúpula de la capilla se iluminó y los dos hombres vieron a una mujer con unos velos tan amplios de viuda que parecía un fantasma. Su rostro resultaba invisible.

Nelson cogió la bala envuelta en un pañuelo y se la guardó en un bolsillo.

—Acércate, Clip He encontrado la bala de 9 mm. que

esta dama arrancó de la pared y que se disponía a meter en la cabeza del cadáver, mas para ello tenía que abrir antes el cráneo con ese trípode.

Sin tenerlas todas consigo, Clip se acercó lentamente. Al pasar junto al lienzo lo recogió y lo mantuvo delante de él, como para protegerse contra algún maleficio.

Entretanto, Nelson, sin perder de vista a su prisionero, registraba el bolso de mano.

—He aquí la pistola del 6,35 con la cual fue disparada la bala que la policía extrajo del cadáver.

Se embolsó el arma y, dirigiéndose al fantasma negro, le dijo en tono burlón:

—Vamos, Miss Lafitte, ha caído usted en la trampa. Sólo una estrella de cine podía tragarse mis paparruchas. Hay que vivir en un mundo imaginario para creer que la policía podía dejar que se llevaran el cadáver sin practicarle la autopsia.

Nelson cogió el velo por una punta y tiró de él. Se encontró en presencia de Emma Prescott, la pizpireta secretaria de Lucille Lafitte.

—¡Diablo! —exclamó Clip, estupefacto.

A pesar de su impasibilidad profesional, Nelson parpadeó varias veces.

—Sí, soy yo —dijo amargamente Emma Prescott—. Ahora ya sabe usted la verdad.

—Vete al vestíbulo, Clip, y avisa a la policía —dijo Nelson.

—¿Yo? ¿Avisar a la policía? —inquirió Clip, desconcertado—. ¡Es lo único que me faltaba!

Cuando regresó, Emma Prescott decía:

—Estuvimos casados en otro tiempo y nunca pude olvidarle. Entonces era un pobre figurante. Pero, cuando la suerte empezó a sonreírle, se marchó a Méjico y se divorció sin que yo lo supiera. Al quedarme sola, busqué trabajo. Lucille Lafitte me contrató. Era ya una estrella. Lew Dolan se pegó a ella por ambición. No le reprocho nada a mi patrona. Ella lo ignoraba todo. Pero, cuando les veía juntos, sufría como una condenada. Le despreciaba, le maldecía... pero aún le amaba. Anteayer por la mañana trajeron a ese hombre (señaló a Clip) a la casa. Dejé entreabierta la puerta de mi despacho y me enteré del extravagante proyecto de Miss Lafitte. Inmediatamente comprendí que podría vengarme sin peligro. Poseía esa pistola desde hacía mucho tiempo, y el despacho en el cual trabajo se abre a una terraza situada enfrente del salón. A las diez, me puse al acecho. Agachado al pie de la pérgola, ese individuo se encontraba exactamente bajo mi línea de tiro. Desde mi ventana, veía el reloj. Ese hombre levantó su revólver. Yo hice otro tanto. Echó ligeramente la cabeza hacia atrás: comprendí que iba a disparar. Él apuntaba al brazo, yo a la cabeza. Los dos disparos se sucedieron con tanta rapidez que se confundieron. Las dos balas penetraron a través del mismo cristal. Tuve miedo. El estafador podría haberse dado cuenta de lo que pasaba. Pero apuntaba con demasiado cuidado.

Emma Prescott se retorció las manos y miró al suelo. Se calló.

—¿Y luego? —inquirió secamente Nelson.

—Salí a recoger el revólver oculto en la urna. La policía no había llegado aún. Un intenso pánico reinaba en el salón. Nadie me vio. Encontrará usted el arma bajo las losas de la chimenea, en la biblioteca.

Unos sollozos convulsivos sacudieron sus hombros. Se llevó las manos al rostro.

Nelson le habló con más suavidad, esta vez.

—Vamos, cuéntemelo todo. No es usted una profesional del asesinato. Ese crimen pesa sobre su conciencia y se sentirá mucho mejor cuando haya confesado.

—Después de ocultar el revólver, regresé al salón. Al entrar, vi un pequeño agujero en la pared y comprendí inmediatamente de qué se trataba. Era la bala del revólver de ese hombre, puesto que Lew había muerto y no estaba herido en el brazo. Los policías se encontraban ya en la casa, pero todo el mundo se agitaba alrededor de ellos. En su presencia, y sin que se diesen cuenta, desplacé uno de los cuadros para tapar el agujero. Cuando diga eso, no me creerán. Sin embargo, es la verdad. Por otra parte, al ver que la bala había entrado por la ventana, miraban especialmente por aquel lado, y la mayoría de ellos registraban el jardín. Cuando se marcharon, volví a entrar en el salón y con mi lima para las uñas saqué la bala de la pared.

»Pensaba estar a salvo de toda sospecha. Pero luego se

presentó usted con su prisionero y planteó el problema del calibre. Yo no tenía gran cosa que temer, puesto que el arma estaba oculta. Después habló usted de la licencia que le entregaron a Miss Lafitte en la Comisaría. Decidí destruirla. Pero, al final de la conversación, dijo usted que la policía encontraría la información en casa del armero. Entonces me sentí perdida. Había telefoneado a usted a Jefatura, y anunció que la bala estaba aún en el cadáver que se encontraba aquí por un milagroso azar. Mi única esperanza de salvación consistía en venir aquí, reemplazar una bala por la otra después de abrirle el cráneo al cadáver... Al menos, eso es lo que yo creía.

»Si hubiera reflexionado fríamente, hubiese comprendido que era inútil. ¿Por qué tenía que sospechar de mí la policía? Pero, cuando se acaba de matar a alguien y no se es un asesino, se pierde fácilmente la cabeza. Mientras usted interrogaba a todo el mundo en el salón, yo hacía punto tranquilamente, pero en realidad estaba loca de miedo. En aquel momento concebí la horrible idea de venir aquí.

—Pero, ¿cómo ha entrado usted aquí?

—Miss Lafitte me encargó que me ocupara de alquilar la capilla ardiente, y la empresa de pompas fúnebres me entregó la llave. En cuanto se marcharon ustedes, Miss Lafitte subió a acostarse. Me deslicé a la habitación —¡una habitación entera!— donde Miss Lafitte guarda sus vestidos. Encontré este disfraz de viuda, que sin duda fue utilizado en una película. Me lo puse y vine corriendo hacia aquí. Nelson se sentó en el catafalco y meditó unos instantes. Luego dijo:

—Y, como todos los asesinos, está arrepentida de lo que hizo, ¿verdad?

—No, no estoy arrepentida de nada. Usted no es mujer y no puede comprenderlo. Por otra parte, ni yo misma lo comprendo demasiado. No sé si le maté por amor o por odio. Pero estoy convencida de una cosa: el verle feliz junto a Miss Lafitte me resultaba insoportable. Ahora ya no tendré que presenciar aquel espectáculo que me volvía loca.

La puerta de la capilla se abrió. Entró un grupo de policías. Nelson se puso en pié.

—Les entrego a la culpable. Pero es una dama: trátenla como a tal. En cuanto a este estafador, es mío. Voy a llevarle a Nueva York, para que acabe de cumplir el tiempo de condena que le queda. Olvídense de él.

—Ha sido usted muy amable, jefe, permitiéndome venir aquí a recoger mis cosas antes de llevarme a la cárcel —dijo Clip, abriendo la puerta de su cuarto—. Como usted ya sabe circulo mucho, pero no me gusta abandonar unas prendas que aún pueden servir.

—En la cárcel te alimentarán, te lavarán la ropa e incluso te vestirán. Pero hemos de pasar juntos tres días en el tren, y quiero que vayas limpio, al menos.

Clip se inclinó, recogió un sobre del suelo y se lo metió en el bolsillo con aire distraído. Pero Nelson no le perdía de vista.

—¿Qué ocultas ahí? —inquirió, en tono severo.

—No lo sé. Una carta que ha debido llegar durante mi ausencia...

Abrió el sobre, sacó de él una cartulina y le mostró las primeras líneas a Nelson:

Ciudadano:
El Presidente de los Estados Unidos de América se complace en saludarle y le ruega que se presente...

Clip volvió a cerrar el sobre, se lo guardó de nuevo en el bolsillo, cogió su maleta y se dirigió hacia la puerta.

Bajaron la escalera. Al llegar a la acera, Clip murmuró:

—¿Vamos directamente a la estación?

—No —dijo Nelson—. A partir de ahora, el Ejército se encargará de vigilarte, y espero que cumpla su tarea mejor que yo. Aguardaré mi turno.

Dio un empujón a Clip y añadió:

—Piérdete de vista, antes de que cambie de opinión.

Clip se alejó rápidamente.

—¡Nos encontraremos después de la guerra, Clip! —gritó el policía.

—¡Nos encontraremos después de la guerra, jefe! —respondió Clip sin volverse.

Luego añadió en voz baja: «Pero no me verá usted, si soy el primero en echarle la vista encima...»

Al llegar a la esquina, echó a correr. Cuando consideró que se había alejado lo suficiente, entró en un café. Se encaramó a un taburete y suspiró:

«¡Uf! Afortunadamente, no ha leído la orden de movilización hasta el final. Es la de Lew Dolan. La birlé del escritorio de Miss Lafitte mientras Nelson telefoneaba.»

UNA NOCHE EN MONTREAL

Cuando Ted Hewitt bajó del tren en la estación de Bonaventure, todo su equipaje se reducía a la ropa que llevaba puesta, y su fortuna ascendía a setenta y cinco centavos. Numerosas personas han llegado a muchos lugares todavía más pobres que él. Pero el caso de Hewitt tenía algo de especial: había venido a Montreal para ganar una apuesta.

La antevíspera discutía con un boxeador, un corredor de apuestas y un individuo de ocupaciones imprecisas, pero cuyos asuntos iban mal. Al decirle Hewitt que carecía de impulso, el individuo replicó:

—Eso es muy fácil de decir. Usted es neoyorquino; pero yo acabo de llegar aquí y no conozco a nadie. En mi lugar, usted no se desenvolvería mejor.

—Yo saldría adelante, y bien.

—Eso está por ver. Usted no se ha encontrado nunca en esa situación —dijo el corredor de apuestas.

El boxeador tenía los bolsillos llenos de dinero. Depositó mil dólares sobre la mesa y declaró:

—¡Apostemos! Vete a una ciudad que no conozcas y en la que no conozcas a nadie. No te lleves ni un centavo. Apuesto a que antes de ocho días nos telegrafías pidiéndonos que te enviemos dinero para regresar.

Estimulado por aquel ejemplo, el corredor de apuestas sacó otro billete del mismo valor.

—¡Y nada de trucos! Tiene que ser una ciudad en la que no conozca a nadie y en la que no pueda encontrar trabajo gracias a sus relaciones.

Hewitt se dirigió hacia un rincón de la tasca, cogió un anuario comercial y lo echó sobre la mesa.

—Escojan la ciudad —dijo.

El hombre cuyos asuntos andaban mal abrió el anuario y leyó:

—Montreal... ¿Conoce usted a alguien en esa ciudad?

—Absolutamente a nadie —dijo Hewitt, sacando del bolsillo su libreta de direcciones—. Compruébelo, si quiere.

Dejó todo el dinero que poseía en manos de sus amigos, los cuales le devolvieron un dólar, le pagaron un billete de ferrocarril y le condujeron a la estación.

Media hora después de la salida del tren, Hewitt se preguntaba aún qué estaba haciendo allí. Luego se dijo que había bebido más de la cuenta y que debía de estar borracho cuando se embarcó en una aventura tan absurda. Pero tenía demasiado amor propio para capitular. De modo que se durmió.

Al despertar, reflexionó en su situación. En vez de preocuparse, se alegró. Desde hacía cinco años sólo se dedicaba a cortar los cupones de sus acciones, a beber y a jugar al polo. La ocasión le permitiría descubrir si era un simple hijo de papá, o si habría sido capaz de desenvolverse en la vida, aun en el caso de haber nacido pobre.

—¿Cuál es el mejor hotel de la ciudad? —le preguntó al chófer subiendo a un taxi.

—El *Mont Royal*.

Hewitt cerró la portezuela, diciendo:

—¡Vamos para allá!

Cualquier tonto, en su lugar, hubiese buscado el hotel más barato. La táctica contraria era la de los audaces, y él la adoptó de inmediato.

Al apearse delante del *Hotel Mont Royal*, Hewitt le dijo al portero que corrió a abrirle la portezuela:

—Pague el taxi y anote el importe en mi cuenta.

Y añadió para sí mismo:

«Y luego trate de hacerme pagar esa cuenta.»

En el vestíbulo, avanzó sin vacilar hacia el empleado de la recepción y le dijo:

—Quiero la mejor habitación disponible.

—¿Trae equipaje, caballero?

—Llegará más tarde.

El empleado abrió la boca para pedirle que pagara la habitación por adelantado. Pero Hewitt le aplastó con una mirada tan desdeñosa, que el desdichado se calló, confuso.

Nos parece indispensable concretar que Hewitt iba vestido de un modo impecable y que tenía el aspecto de lo que realmente era en su vida normal: un joven con la cartera repleta de billetes. Antes de subir a su habitación le ordenó al empleado:

—Hágame subir dos billetes para el mejor casino de la ciudad.

Examinó su habitación con aire crítico, inclinó la cabeza a guisa de aprobación aunque sin entusiasmo, como un viajero acostumbrado a hospedarse en los mejores hoteles de todas las ciudades.

—Prepáreme un baño —le dijo al botones que le había acompañado.

—Disculpe, caballero, pero no sé hacerlo. El cuarto de baño está al lado. Detrás de la puerta hay un cartel con las instrucciones para manejar los grifos.

—Bien, recuérdeme que le debo dos dólares y medio.

Después de haber cenado sin escrúpulos de ninguna clase, Hewitt se encontró en la calle Sainte-Catherine, el Broadway de Montreal, con dos billetes que le daban derecho a ocupar dos butacas de platea en el mejor *music-hall* de la ciudad.

«Y ahora es el momento de buscar una compañera para pasar la velada», se dijo. Luego, acercándose a una parada de autobuses, pensó: «Cualquiera podría hacer lo mismo. Basta con ser audaz y astuto».

En esto pecaba por orgullo, ya que el individuo que había provocado la discusión de la cual había surgido la apuesta no llevaba como él un traje de cien dólares. Y tampoco tenía los modales y el desparpajo del hombre al que nunca le ha faltado nada. El orgullo de Hewitt le impulsaba a exagerar la importancia de sus primeros éxitos. La apuesta estipulaba que tenía que permanecer seis días en Montreal y ganar lo suficiente para pagarse el viaje de regreso a Nueva York. Y sólo hacía tres horas que había llegado, y si hasta entonces había salido adelante, no había ganado un centavo.

Vio a una joven que esperaba el autobús. Sin vacilar, se acercó a ella, se tocó el ala del sombrero y le dijo:

—¿Le gustaría asistir al espectáculo del *Palace*?

—Llamaré a un policía —respondió la joven, volviendo la cabeza.

—No podrá ofrecerle una butaca de platea —replicó Hewitt, riendo—. Es mejor que acepte mi invitación. Tengo las entradas...

Se las enseñó, añadiendo:

—No tema nada, nos separaremos al terminar la representación. No conozco a nadie en Montreal y me horroriza la idea de acudir solo a un espectáculo.

La joven se volvió hacia él, barriéndole con una mirada severa, que estaba destinada sobre todo a apreciar el corte de su traje y la calidad de la tela. Luego miró las entradas que Hewitt le mostraba y vio que iban metidas en un pequeño sobre en el cual aparecía escrito a lápiz: «Hewitt, *Hotel Mont Royal*, apartamento 909».

Nuestro amigo adivinó lo que estaba pensando la joven. Se decía: «Hotel de lujo, traje impecable, forastero en Montreal». Además, su acento revelaba que se trataba de un norteamericano: el turista más ingenuo del mundo. La joven avanzó un par de pasos y giró sobre sus tacones para ponerse a su lado.

—De acuerdo. Acepto —dijo.

En el vestíbulo del *Palace*, ella le dijo, con un acento canadiense que Hewitt confundía con el de los franceses, pero que era más parecido al normando:

—Es la primera vez que me ocurre una cosa así. Me pregunto por qué me ha invitado usted.

—Ya se lo he dicho, porque estoy completamente solo y no conozco a nadie en la ciudad.

—¿Absolutamente nadie sabe que está usted aquí?

La mirada y el tono resultaron sospechosos para Hewitt. Aquella joven no era trigo limpio. Nuestro amigo tuvo la impresión de jugar con dinamita. Pero no estaba dispuesto a dejarse atemorizar por una explosión, de modo que respondió, mientras entregaba las entradas al conserje:

—No conozco a nadie que viva en Montreal.

—¡Pobre muchacho! —dijo ella, siguiendo a la acomodadora.

Durante la representación, Hewitt observó a su compañera por el rabillo del ojo. Al parecer, seguía el espectáculo con interés, pero sus pensamientos estaban muy lejos de allí: se reía siempre después de los demás, o a destiempo. «Va a llamar por teléfono dentro de poco», se dijo Hewitt.

Efectivamente, poco después, en el momento en que empezaba un número a base de perros, la joven se puso en pie y murmuró:

—Tengo que llamar por teléfono, para avisar que llegaré tarde, si no se preguntarían qué me ha pasado.

La dejó llegar al final del pasillo, luego se puso en pie y la siguió. Cuando llegó al vestíbulo se cerraba la puerta de una cabina telefónica. Hewitt entró en la cabina contigua y pegó su oído al tabique. Oía perfectamente, pero el idioma que ella hablaba no resultaba fácil de entender para un joven que sólo había pasado unos meses en París. Se fijó en tres palabras que reaparecían a menudo: Margot, Perroquet y Louis. Hewitt supuso que la joven se llamaba Margot, que Louis era su cómplice y que los dos se proponían llevarle a un local llamado *Le Perroquet* a fin de desvalijarle. Además, ella repetía con frecuencia la palabra «rico», y llegó a la conclusión de que Margot, teniendo en cuenta su condición de norteamericano, y lo elegante de sus ropas, le consideraba como un hombre adinerado. En todo caso, no se trataba de la conversación de una joven telefoneando a su mamá para justificar un retraso y que, en ausencia de su progenitora, confía un mensaje a su hermano Louis.

Sin esperar la continuación, Hewitt regresó a su butaca palpando en su bolsillo las tres monedas de veinticinco centavos que le quedaban. Según todas las apariencias, Margot y su Louis corrían hacia una decepción. En cuanto a Hewitt, no tenía nada que perder. De todos modos, daría una buena lección a aquellas personas malintencionadas. Además, era demasiado tarde para buscar una aventura en otra parte. Era preferible lanzarse a la que se le ofrecía.

La joven regresó a su asiento silenciosamente y contempló, boquiabierta, a un perrito que hacía girar un pequeño barril sobre el cual danzaba.

—¿Qué ha dicho su mamá? —inquirió Hewitt en voz baja.

—No le ha parecido mal.

Y Hewitt pensó:

«Lo suponía.»

Al final del espectáculo, subían juntos por el pasillo cuando ella le preguntó:

—¿Está usted cansado?

—Nunca estoy cansado antes de las cuatro de la mañana.

—Entonces, podríamos pasar un momento por *Le Perroquet*.

—Iba a proponérselo.

Ella se sobresaltó y le preguntó:

—¿Cómo? ¿Conoce usted *Le Perroquet*?

—Nunca había oído hablar de ese lugar, pero supongo que se trata de un club nocturno, y le hubiera pedido que escogiera uno.

—¡Ah, bueno! —suspiró ella, aliviada y sin malicia—. Entonces, vamos allá, es un local pequeño y muy íntimo.

Siguieron la calle de Sainte-Catherine hasta la entrada al barrio francés. La joven se dirigió sin vacilar hacia una calle bastante mal iluminada y se detuvo delante de *Le Perroquet*. No era un local que se anunciara estrepitosamente: una palabra y una cabeza de loro pintadas en la puerta bastaban. Entraron en un vestíbulo de aspecto mísero, del cual partía una escalera.

—Está arriba, espero que no le fatigará subir —dijo la joven.

Hewitt la tranquilizó con un gesto y la siguió hasta el primero, luego al segundo y finalmente hasta el último piso, mientras se preguntaba en qué estado volvería a bajar por aquella escalera. Pero aquella idea no le preocupaba demasiado.

Margot llamó a una puerta. Al ver que Hewitt mostraba cierto asombro, la joven explicó:

—Es un club privado. Hay que ser socio para entrar, pero a usted no le pondrán impedimentos.

La puerta se abrió y penetraron en una amplia sala amueblada con mesas y bancos de madera blanca. Un altavoz rugía en un rincón. Los camareros iban y venían por entre las mesas y una pequeña taquilla a través de la cual gritaban sus pedidos. Por lo visto, se trataba de un tugurio frecuentado por la escoria de Montreal. Pero Hewitt observó inmediatamente que los otros clientes no estaban confabulados con Margot. De ser así, no habrían manifestado tanta curiosidad en lo que a ella respecta. Llegó a la conclusión de que no le saltarían encima todos a la vez, lo que tenía algo de tranquilizador. Lo peor que podía ocurrir era un enfrentamiento con Louis y su Margot, y esa posibilidad no le asustaba.

Sin embargo, el local era tan siniestro que lamentó no llevar un revólver encima. A falta de otra cosa, se apoderó de un salero, cuyas dimensiones eran muy semejantes a las de un cañón de revólver, y lo deslizó disimuladamente en su bolsillo. Margot pidió de beber y luego apoyó los dos codos sobre la mesa y se volvió hacia él. Hewitt no se dejó engañar por su sonrisa, ya que unos resplandores inquietantes pasaban por su mirada.

Al parecer, Louis no había llegado aún, pues de encontrarse allí se hubiera sentado a la mesa con ellos. Hewitt sospechaba que su plan consistía en que Margot le hiciera beber y, cuando estuviera borracho, Louis le desvalijaría. Y si se ponía tonto, echaría su cadáver al San Lorenzo.

El plan tenía algunos fallos, especialmente dos: en primer lugar, Hewitt se desayunaba diariamente con un buen vaso de whisky, y se acostaba con la mente lúcida después de haber absorbido un litro de la misma bebida durante el día; en segundo lugar, no disponía de los medios necesarios para emborracharse en *Le Perroquet,* donde seguramente no servían a crédito.

Efectivamente, después de haberles servido, el camarero se quedó junto a la mesa, carraspeó y se movió nerviosamente para dar a entender que esperaba algo.

—Échele un pescado a ese tiburón —dijo Margot—. Es incapaz de darse cuenta de que es usted un caballero.

—¿Cuánto le debo? —preguntó Hewitt.

—Sesenta centavos —respondió el camarero.

Sin vacilar, Hewitt sacó toda su fortuna de su bolsillo.

—Guárdese el cambio —dijo.

Luego vació su vaso de un trago y añadió en voz baja, dirigiéndose a Margot:

—No se dé prisa en beber, o nos veremos obligados a marcharnos.

—¿Por qué? —inquirió ella, estupefacta—. Pediremos otra ronda.

Su asombro divirtió a Hewitt, que estalló en una carcajada, sacudió la cabeza y volvió su bolsillo del revés para mostrarle que estaba vacío.

—No me gusta beber a cuenta de mis amigos —dijo.

—¡Oh, Dios mío! ¡Con esa ropa! —exclamó Margot, decepcionada—. ¿Por qué me ha dicho usted que era un norteamericano rico?

—No le he dicho tal cosa, querida. En ningún momento he sugerido siquiera que llevaba dinero encima.

La joven se golpeó la frente con un gesto desesperado y exclamó:

—¡Me matará, seguro que me matará!

—¿Quién podría tener una idea semejante?

—Eso no le importa —dijo ella, sacudiéndole el hombro—. Váyase en seguida, antes de que...

Hewitt sacudió la cabeza con aire obstinado.

—Me gusta este lugar y pienso pasar la velada en él.

La agitación de Margot le divertía.

Al ver que no conseguiría hacerle marchar, la joven se puso en pie y se dirigió hacia la puerta.

—Espéreme un momento, tengo que explicarle algo a alguien.

Hewitt se levantó para seguirla. Ella le obligó a sentarse de nuevo, apoyando una mano en su hombro.

—No, por favor. Tiene muy mal genio y está metido ya en un lío tan espantoso... Vuelvo en seguida.

Y, en prenda, le echó su bolso sobre las rodillas.

No podía haber confesado más claramente sus malas intenciones. Hewitt se compadeció de ella y no consideró oportuno hurgar con el cuchillo en la llaga. Margot salió del local. Su conversación se había desarrollado en inglés, y los canadienses debieron imaginar que se trataba de una pelea de enamorados.

Hewitt le dio un par de minutos de ventaja, y luego se levantó de nuevo, ya que se moría de ganas de conocer a aquel famoso Louis y, sobre todo, quería evitar a la pobre muchacha los efectos de la rabia de un cómplice despechado.

Todo el mundo, en la sala, le seguía con la mirada. Al

llegar delante de la puerta, tropezó contra el borde de una
mesa. El salero que hinchaba su bolsillo chocó contra una
jarra de cerveza. Todos los ojos se clavaron en el bulto que
aquel objeto hacía en su chaqueta, y varios individuos intercambiaron unas miradas cargadas de sobreentendidos.
Con aire desenvuelto, Hewitt se metió el bolso de la joven
en el otro bolsillo, salió, cerró la puerta y empezó a bajar
por la escalera de puntillas, a fin de sorprender a Louis y
a Margot en plena conversación.

Un ruido sordo ascendía de la planta baja. Tal vez eran
los dos cómplices que discutían en francés. Pero, a tres
pisos de distancia, Hewitt no podía precisarlo. A medio
camino, comprobó que el ruido iba en aumento, no sólo
porque se aproximaba a él, sino también porque los dos
interlocutores alzaban la voz. Reconoció la de Margot que
lloriqueaba y suplicaba desesperadamente. Su interlocutor
no podía ser otro que Louis. Sin duda, la joven trataba de
impedir que subiera. Despechado, él acusaba a la pobre muchacha. De repente, Hewitt, desde el segundo piso, oyó resonar unas bofetadas.

—¡Ah! ¡El muy canalla! —exclamó nuestro amigo en
voz alta.

Y, dejando de lado toda prudencia, empezó a bajar los
peldaños de cuatro en cuatro. En aquel momento, la puerta de *Le Perroquet* se abrió, y varios clientes se inclinaron
por encima de la barandilla para ver lo que ocurría abajo.
Margot gritó algo en su idioma. Dos explosiones sacudieron
el inmueble. Al llegar al último rellano, Hewitt vio a su
compañera de una noche caída en el suelo, con los brazos
en cruz. Una ligera nube de humo azulado flotaba encima de
ella como el sudario transparente de un fantasma. La puerta de la calle estaba abierta de par en par. Y nadie habría
tenido tiempo de salir tan aprisa. Llevado por su impulso,
Hewitt tuvo que contorsionarse como un acróbata para no
saltar por encima del cadáver. Trató de pararse demasiado
pronto, resbaló y acabó aterrizando a cuatro patas sobre la
acera.

Oyó vagamente chirriar una puerta y resonar unos pasos sobre unos peldaños de piedra detrás de la escalera:
un sótano, sin duda...

Un agente de policía canadiense con un casco imponente

corría golpeando con su bastón blanco todos los faroles de gas, que resonaban como una campana.

Hewitt no esperó a que las sirenas de los coches de la policía respondieran a aquel preludio. Se trataba de capturar a Louis antes de que le detuvieran a él mismo y, para conseguirlo, no podía darle tiempo para que abandonara el sótano por otra salida.

Hewitt se puso en pie y se precipitó al interior. El agente le gritó algo. Un proyectil se estrelló contra la piedra detrás de él cuando alcanzó la puerta del sótano, pero Hewitt saltó hacia adelante y descendió por los oscuros peldaños. Al pasar por el vestíbulo, había visto a los clientes de *Le Perroquet* agrupados en torno al cadáver de Margot. Su actitud indicaba que la pobre muchacha estaba muerta. Desde luego, era una tunanta o, mejor dicho, quería ser una tunanta, pero todo daba a entender que no estaba maleada del todo... Hewitt cerró los puños, como si tuviera ya la garganta de Louis entre sus dedos.

—¡Alto! —gritó el agente en tono perentorio desde la puerta del sótano.

Le respondió un disparo. Hewitt notó una quemazón en el lóbulo de su oreja, que empezó a sangrar.

—¡Ahora disparan contra la policía! —exclamó el agente canadiense, indignado por aquella falta de respeto.

Resonó un segundo disparo, y la bombilla de la escalera estalló. Hewitt se encontró sumido en una oscuridad absoluta.

La situación presentaba un mal cariz: se trataba de capturar y dominar, en plena oscuridad, a un individuo armado que no vacilaba en apretar el gatillo.

De pronto, Hewitt se encontró detenido por una puerta de madera rugosa, la cual palpó de arriba a abajo a fin de encontrar el pomo. Luego la abrió. En aquel momento, algo pasó silbando por encima de su cabeza y se clavó en la puerta, que volvió a cerrar detrás de él. Hewitt se volvió, palpó la madera y descubrió un cuchillo profundamente hundido en el tablero. ¡Diablo! Aquel Louis manejaba tan bien el cuchillo como el revólver... Pero sin duda no tenía otro cuchillo, y si lo había utilizado era probablemente porque no le quedaban proyectiles en el revólver. Hewitt se sintió animado por una nueva esperanza y se lanzó hacia adelante, empuñando el cuchillo que había arrancado de la puerta.

Un rumor de discusiones resonó en lo alto de la escalera y la puerta del sótano se abrió.

—¡Está atrapado! ¡No podrá escapar! ¡Sólo tenemos que esperar a los policías, seguramente traerán linternas!

Hewitt continuó avanzando a tientas en la oscuridad. Unas telarañas se pegaron a su rostro. De repente, cayó hacia adelante. Sus manos se aferraron a unos zapatos. Resonó un grito de terror, y un pie le golpeó en la mandíbula. Hewitt se dejó caer al suelo lanzando los dos brazos hacia adelante, como un jugador de rugby placando a su adversario.

En aquel momento, la policía de Montreal descendía por la escalera. El primer agente resbaló, cayó, todos sus camaradas rodaron uno tras otro por encima de su espalda y aterrizaron en el oscuro sótano. Hewitt había agarrado un pie, que se escapó inmediatamente. Lanzándose hacia adelante, había sobrepasado un pasillo, al extremo del cual el sótano era menos oscuro. Hewitt se precipitó hacia la claridad. Llegó delante de uno de esos planos inclinados por los cuales se descarga el carbón en los sótanos, a tiempo de ver desaparecer los pies de Louis. Hewitt se cogió de una cadena que colgaba de la pared y se izó hasta la acera, sobre la cual apareció negro como un carbonero.

En el sótano, los policías disparaban a más y mejor. Hewitt no se entretuvo y se alejó con paso decidido.

No conocía el barrio en el cual se encontraba. Louis había desaparecido. Al acercarse a un cruce de calles, nuestro amigo oyó el rumor de una multitud. Calculando que procedía de la entrada del local que acababa de abandonar, y alrededor del cual se reunían los curiosos, dio media vuelta y se alejó.

La oreja le dolía aún, y tenía la mandíbula anquilosada. Se frotó el rostro con el pañuelo que quedó negro de tizne. Utilizando la otra cara del pañuelo, obtuvo el mismo resultado. Todo el carbón del sótano parecía haberse pegado a su rostro.

Se trataba en primer lugar de no dejarse ver por las calles. Su aspecto de carbonero llamaría la atención.

Solamente entonces cayó Hewitt en la cuenta de que la

policía le perseguía a él, y no a Louis. La silueta que había distinguido el agente era la suya. Y los clientes de *Le Perroquet* le habían visto seguir a Margot poco antes del asesinato. Recordó que al acompañarle a la estación sus compañeros le habían dicho: «Si vas a parar a la cárcel, donde comerás y te alojarás por cuenta de la municipalidad, perderás la apuesta».

«No os preocupéis, sabré permanecer libre», había contestado Hewitt. Ahora estaba mucho más dispuesto aún a evitar la cárcel, ya que al entrar en ella se expondría, no sólo a perder una apuesta, sino a comparecer ante un tribunal acusado de asesinato y con grandes probabilidades de ser condenado.

No dejarse ver por las calles... Pero, ¿dónde se encontraba el *Hotel Mont Royal*? Además, ¿sería prudente presentarse en el hotel con la cara sucia y las ropas en desorden?

—Estoy en un lío. ¡Y qué lío! —exclamó.

Cada uno de sus pasos y de sus gestos desde que había llegado resultarían sospechosos para la policía. Por amor a la aventura, por afición a apostar, se había lanzado a un absurdo peregrinaje que amenazaba con terminar de un modo desastroso.

Mientras se apresuraba a través de la oscuridad nocturna, recapituló las tonterías que había cometido.

En primer lugar abordó a Margot en una parada de autobús. En aquel momento no estaban solos en la calle; muchas personas se habían dado cuenta de sus manejos. Algunas incluso habían sonreído. Sin duda recordarían haber visto al asesino entrar en contacto con su futura víctima. El portero del *music-hall,* la acomodadora y el botones que estaba cerca de las cabinas telefónicas, atestiguarían también que le habían visto. Y lo peor de todo: la escena de *Le Perroquet.* Los clientes habían interpretado la actitud de la pareja como una riña de enamorados: la muchacha que discute con el joven; furiosa, se marcha del local; un momento después, el joven sale tras ella. Y aquellos clientes habían observado que un objeto pesado y duro hinchaba su bolsillo. Cuando afirmara que era un salero, la policía primero, y los jurados después, se mondarían de risa. Finalmente, los clientes de *Le Perroquet* habían oído una

disputa, y luego dos disparos en el momento en que Hewitt llegaba a la planta baja.

Todos debían estar absolutamente convencidos de que
él había matado a Margot.

El agente que le había perseguido le tenía una mala
voluntad especial. En los países británicos, incluso los delincuentes consideran que disparar contra la policía es algo
de muy mal gusto. Y juraría que había sido Hewitt —¡un
norteamericano, naturalmente!— el que se había permitido
aquella extravagancia.

Teniendo en cuenta la naturaleza de los testimonios
humanos, el policía y todos los tipos de *Le Perroquet* jura-
rían que habían visto cómo Hewitt asesinaba a Margot delante de sus ojos. Era casi lo que había sucedido, por otra
parte.

En cambio, Louis, precediendo a Hewitt de un segundo
en toda la aventura, había pasado completamente inadvertido y se había desvanecido en la oscuridad como un fantasma para que Hewitt se dejara ahorcar en su puesto.

Mientras circulaba por las calles menos iluminadas de
Montreal, sobresaltándose cada vez que veía una sombra
en el horizonte, Hewitt cayó en la cuenta de que tampoco
él había visto a Louis. Se había encontrado súbitamente
delante del cadáver de Margot después de haber oído que
alguien recibía una bofetada, y luego había oído que se
abría la puerta del sótano. Se había lanzado en persecución
de una sombra... No, ni siquiera una sombra: un hombre
al cual no había visto. Este último le había herido en la
oreja de un disparo, le había arrojado un cuchillo y le había
propinado un puntapié en la mandíbula. En un momento
determinado, había gritado. Pero Hewitt no le había visto,
ni siquiera había percibido una silueta. El agente que había intervenido había visto mejor a Hewitt que éste a
Louis. En resumen, nuestro neoyorquino no sabía absolutamente nada de Louis, y ni siquiera podía jurar que
existía.

Sin embargo, era preciso que Louis existiera. Hewitt
se aferraba a esa idea, que contenía toda su esperanza. Sin
Louis, estaba perdido...

Y siguió recapitulando: en el *music-hall*, Margot había
telefoneado a un individuo que se llamaba Louis. En *Le*

Perroquet, había dicho: «Me matará». Luego se había precipitado escaleras abajo para evitar que Louis se encontrara con Hewitt. Hewitt les había oído discutir en francés. Louis le había cogido por la pierna. Por lo tanto, Louis existía. Y Hewitt tenía que encontrarle, capturarle y entregarle a la policía en una ciudad de la cual no conocía ninguna calle. Si no lo hacía, estaba irremediablemente perdido.

Era imposible, o casi imposible. Pero, si Hewitt localizaba a Louis, la oscuridad se disiparía. La policía comprobaría las huellas dactilares en el revólver, en el cuchillo, y descubriría quién había comprado aquellas armas. Unos testimonios mucho más seguros, para la policía y la justicia, que las afirmaciones de los granujas que componían la clientela de *Le Perroquet.* Pero si Hewitt no conseguía atrapar a Louis, la policía no encontraría el revólver, y no investigaría acerca de su origen. ¿Y cómo descubrirían las huellas dactilares en un arma inexistente? En cuanto le metieran la mano encima, Hewitt estaría perdido y no tendría la menor esperanza de exculparse.

Una solución se impuso a su mente: permanecer libre todo el tiempo que hiciera falta para encontrar al verdadero asesino. Pero no tenía un centavo en el bolsillo y estaba condenado a vagar por las calles. Regresar al *Mont Royal* sería meterse en la boca del lobo. Pensando en su amigo el corredor de apuestas, murmuró:

—Tal vez tenías razón, compadre, corro el peligro de hacerme alimentar a cuenta de la municipalidad...

Un coche de la policía apareció en un extremo de la calle en la cual se encontraba. Un faro móvil barrió los portales de un lado, y luego los del otro. Hewitt se ocultó en un rincón. El haz del proyector pasó a un centímetro de él. «¡Uf!» Entonces, Hewitt comprendió que no podía continuar en la calle. De un momento a otro, pasaría otro coche y su faro le descubriría... Toda la policía de Montreal iba ahora detrás de él.

Desesperado, Hewitt se preguntó qué sería peor: dejarse atrapar en la calle o en el *Mont Royal.* Pensándolo bien, la policía no sabía aún dónde se alojaba. Sólo Margot había visto el pequeño sobre color de rosa del que había sacado las dos entradas para el *music-hall.* Y Margot estaba muerta. Se necesitaría algún tiempo para identificar al asesino con el viajero sin equipaje que se hospedaba en el *Mont Royal*. Tal vez unas horas, únicamente, pero era un respiro. Decidió, en consecuencia, regresar al hotel para aprovechar aquel plazo.

Mientras andaba, se frotó el rostro con el pañuelo hasta que tuvo la impresión de estar más limpio. La calle en la cual se encontraba ofrecía sin duda menos peligro que las otras, puesto que por ella había pasado ya un coche de la policía. Hewitt se paró cerca de un portal. Si hubiese pasado alguien, le habría preguntado qué camino tenía que seguir para llegar a su hotel, pero era muy tarde y nadie circulaba por aquella calle. Apareció un portero, con un cubo de basura que dejó al borde de la acera. Hewitt se dirigió hacia él, pero el individuo volvió a cerrar su puerta antes de que nuestro amigo llegara a su altura.

Volvió a ponerse en camino. Al llegar a la esquina, estuvo a punto de chocar con un agente de policía. Loco de terror, reaccionó instintivamente del modo más normal.

—Disculpe, agente, me he extraviado. ¿Puede indicarme dónde se encuentra el *Hotel Mont Royal*?

Aquel agente salía probablemente de servicio y no había oído hablar del crimen. Y Hewitt se había alejado de *Le Perroquet*. El agente tocó el borde de su casco con la punta de los dedos, como exige el reglamento, y dijo:

—Está demasiado lejos para ir a pie.

Y antes de que Hewitt se diera cuenta de lo que pasaba, el agente levantó el brazo haciendo una seña a alguien. El fugitivo estuvo a punto de perder el equilibrio y se apoyó en una pared para no caer. Se preguntó si llevaría aún mucho carbón en la cara. Pero un taxi se paraba ya al borde de la acera.

—Lleve al caballero al *Mont Royal* —dijo el agente, dirigiéndose al conductor.

Y cerró la portezuela detrás de Hewitt, añadiendo:

—Buenas noches.

Hewitt estaba demasiado aturdido para contestar. Se derrumbó sobre el asiento y se dejó llevar por el taxi, tan desamparado como un herido sobre una camilla.

Antes de llegar al hotel recobró su presencia de ánimo y le dijo al chófer:

—Lléveme a la puerta trasera.

En efecto, subir a la habitación 909 y esperar que la policía fuera a buscarle hubiese sido absurdo. Decidió, pues, entrar por el bar que se encontraba detrás del hotel, cruzar el vestíbulo, pedirle prestados veinticinco o treinta dólares al conserje, salir por la puerta principal y correr a ocultarse a otra parte gracias a aquel modesto peculio.

El chófer obedeció, no sin echar una ojeada suspicaz a su cliente.

—Espéreme aquí, no tardaré mucho —dijo Hewitt en tono indiferente, para tranquilizarle.

Pero estaba decidido a no volver a subir a aquel taxi que había tomado en el barrio francés, un detalle que permitiría a la policía reconstruir sus ideas y venidas en el transcurso de la noche y descubrir dónde se había ocultado al salir del *Mont Royal*.

Hewitt se dirigió hacia el bar, encargó un combinado de champán y observó por el rabillo del ojo lo que sucedía en el vestíbulo. El detective del hotel leía un periódico mientras masticaba un cigarro. Se aplicaba tanto a aparecer desinteresado de lo que le rodeaba que Hewitt le localizó inmediatamente. No era un tipo peligroso. Probablemente no había oído hablar del crimen, y, en caso contrario, no establecería ninguna relación entre la aparición de Hewitt y el caso de *Le Perroquet*, incluso si el fugitivo iba a estrecharle la mano y a preguntarle qué hora era.

Pero dos individuos que charlaban con el empleado de la recepción no tenían el menor interés en pasar inadvertidos. ¿Eran unos clientes o unos inspectores de paisano?

—¡Aquí está su combinado de champán! —dijo el barman, depositando una gran copa sobre el mostrador.

En aquel momento, la música que brotaba del aparato de radio del bar se interrumpió, y el locutor anunció:

«Ciudadanos de Montreal, un crimen espantoso acaba de enlutar nuestra ciudad. Una joven, Margot Baptiste, ha sido atrozmente asesinada hace menos de una hora por un gangster norteamericano al que había encontrado poco antes en la calle Sainte-Catherine. El asesino sigue en libertad, pero su detención es inminente... No olviden ustedes, queridos oyentes, que el periódico *El Aguila*, gracias al cual se difunde esta información, ofrece una recompensa de mil dólares a cualquiera que facilite la detención del culpable. Naturalmente, la recompensa no podrá ser concedida a los funcionarios de la policía, sino únicamente a los ciudadanos que comprenden los esfuerzos de nuestra Liga de la Virtud Cívica. Confiamos en que toda la ciudad de Montreal colaborará con la policía, y repetimos el lema de *El Aguila:* PUCSC (Por un Canadá Sin Crimen). ¡Manos a la obra, buenos ciudadanos y detectives aficionados! ¡Os esperan mil dólares de recompensa!»

—Un truco publicitario —comentó un cliente detrás de Hewitt—. Apuesto, caballero, a que si les entrega usted el culpable encontrarán el modo de no pagarle.

—Nunca se sabe —respondió evasivamente Hewitt—. Habría que probar...

Otro cliente intervino:

—Pero nadie lo ha probado, porque quien detiene al culpable es siempre la policía.

—Su combinado de champán, señor —insistió el barman.

Hewitt fingió que no le oía. Continuaba espiando lo que sucedía alrededor del despacho de recepción. ¿Se irían por fin aquellos dos individuos?

Y el locutor continuó:

«Ciudadanos amantes de la ley y policías aficionados, he aquí una información que os ayudará a ganar vuestra recompensa: las señas personales del enemigo público, tal como acaba de facilitárnoslas la policía. Atención: estatura de un metro ochenta a un metro ochenta y cinco. Pelo castaño, ojos azules, corpulencia mediana. Habla con un fuerte acento norteamericano. En el momento del crimen, iba muy bien vestido: traje azul marino cruzado, camisa blanca, sombrero azul...»

Hewitt experimentó una sensación tal de calor que le pareció ver unas llamas que brotaban de su boca.

«...Si encuentran ustedes a alguien cuyas señas coincidan con las que acabamos de citar, avisen inmediatamente a *El Aguila.* Pero no se limiten a telefonear; preséntense en las oficinas y faciliten todas las pruebas de que dispongan».

Entretanto, el barman repetía:

—Su combinado de champán, señor.

—Un segundo, amigo mío, un segundo —murmuró Hewitt, abriendo la puerta vidriera que le separaba del vestíbulo.

No corrió. Pero nadie había cruzado nunca con tanta rapidez aquella respetable sala. Hewitt pasó lo más lejos posible de los dos individuos que charlaban en la recepción, lo cual le obligó a rozar al detective del hotel, el cual sólo hubiese tenido que alargar la mano para agarrarle por el cuello.

—¡Salud, Mac! —dijo Hewitt al pasar.

No había peligro de que se equivocara, ya que todos los detectives de hotel se llaman Mac-NoSéQué. Llegó a la acera, delante de la puerta principal, con los bolsillos tan vacíos como cuando había entrado en el *Mont Royal*, pero libre como un pájaro.

Apenas había dado un par de pasos cuando dos brazos le agarraron por la cintura con tierno vigor.

—¡No, caballero, no, caballero! Sospechaba algo por el estilo. Se entra por una puerta y se sale por la otra. No es usted el primero en utilizar este truco. Vamos... paga usted o llamo a la policía.

El chófer del taxi, un tipo robusto, no tenía ganas de bromear.

—Le pagaré —respondió Hewitt sin vacilar—, pero no he terminado de utilizar sus servicios.

Sin perder de vista la entrada del hotel, se preguntó desesperadamente a dónde iría. Subió al taxi.

—En marcha. En seguida le daré la dirección. La tengo en mi cuaderno de notas...

El chófer obedeció, diciendo:

—Procure encontrarla antes de que nos topemos con un policía.

Mientras conducía, el chófer vigilaba a su cliente. Hewitt veía en el retrovisor su ojo amarillento, semejante al que perseguía a Caín. Para ganar tiempo, registraba sus bolsillos preguntándose cuánto tiempo podría hacer durar aquella comedia.

De pronto, encontró en su bolsillo el bolso que la desdichada Margot le había dejado en prenda. Se maravilló de no haber pensado antes en él, y de no haberlo perdido en el curso de la noche, mientras se arrastraba por el sótano o trepaba a la claraboya.

Lo abrió con dedos temblorosos y encontró en él unas cuantas monedas, una pequeña polvera y una tarjeta postal.

—Bueno, ¿me da esa dirección de una vez? —se impacientó el chófer—. ¿A dónde vamos?

—Sí, en seguida —respondió Hewitt, leyendo las señas que figuraban en la tarjeta postal—. Lléveme al 113 de la calle de San Antonio.

—Un mal barrio —dijo el chófer, en tono desabrido—. No trate de jugarme ninguna mala pasada. Me defenderé...

Era, en efecto, un mal barrio. La calle de San Antonio era tan estrecha que el taxi apenas se atrevió a aventurarse en ella. Por otra parte, el problema no estaba resuelto. El portamonedas de Margot no contenía el dinero suficiente para pagar el taxi, y el chófer no parecía estar dispuesto a perder de vista a su cliente. Además, rondar por los alrededores de la casa de Margot no era el mejor medio de escapar a las investigaciones de la policía. Margot estaba ya identificada. Por lo tanto, lo más probable era que la policía hubiese pasado ya por su casa. Tal vez se encontraba aún allí, interrogando a los vecinos. Si la policía se había marchado, los vecinos, enterados de lo que había sucedido y conociendo las señas del asesino, no vacilarían en entregar a Hewitt. Pero, ¿qué hacer en unas circunstancias tan desesperadas, sino desafiar a la suerte?

Hewitt reflexionó. Una tunantuela como Margot, conchabada con un asesino como Louis, dispuesta a servirle de gancho y a proporcionarle «norteamericanos ricos» a guisa de víctimas, no vivía probablemente con sus padres. Mientras el chófer avanzaba lentamente por la estrecha calle, leyó la tarjeta postal. Entendía mejor el francés escrito que hablado. «Ayer me encontré con tu hermana. Tus padres están muy preocupados y desean que vuelvas a casa. No les he dicho dónde vives, pero...»

Hewitt suspiró, aliviado. No se había equivocado. La muchacha vivía sola, su familia ignoraba sus señas y, si los policías interrogaban a sus padres, éstos no podrían decirles dónde habitaba. En cuanto a los vecinos, no eran tan de temer: la gente que vive en una calle tan sórdida no suele sentirse inclinada a entrar en contacto con la policía y a facilitarle informaciones. Considera a los polizontes como a sus enemigos naturales.

«A fin de cuentas, es preferible pasar la noche aquí que en cualquier otra parte», concluyó Hewitt.

Pero, ¿cómo librarse del chófer, aquel Shylock motorizado, aquel Viejo-del-Mar del pobre Simbad neoyorquino? Pagar: imposible. Escapar de él: igualmente imposible. E incluso si Hewitt conseguía escapar, el chófer acudiría directamente a Jefatura a contar lo que le había pasado.

El chófer se detuvo delante de una casa de aspecto miserable. Ni una sola luz en las ventanas. En los alrededores, todo estaba tranquilo y silencioso. Sin volverse, el chófer repiqueteó sobre su volante con las puntas de los dedos con un ritmo amenazador. ¿Qué hacer con él? ¿Estrangularle? ¿O llevarle a casa de Margot y obligarle a quedarse allí toda la noche?

—Bueno, ¿qué pasa ahora? —inquirió el chófer—. Ya hemos llegado.

Hewitt se apeó del taxi, señaló la casa con el pulgar y dijo:

—Tengo el dinero arriba. Venga conmigo y le daré lo que le debo. Estoy demasiado cansado para subir y bajar.

El chófer estaba ya delante de él sobre la acera, con los puños apretados:

—¡No, caballero, no! Conozco también ese truco. Es usted demasiado granuja.

—En fin, si lo prefiere así... —murmuró Hewitt, hundiendo su mano en el bolsillo y aplicando la punta del salero contra las costillas del chófer—. Sígame, si no quiere que su taxi se quede huérfano.

El chófer comprendió inmediatamente y obedeció. Al llegar a la puerta, Hewitt le dijo:

—Baje las manos. Esto no es un atraco, sino una invitación para que suba a mi casa en plan de amigo. Encienda un fósforo.

La puerta se abrió. Penetraron en un oscuro vestíbulo. No había ni una mísera bombilla. ¿A dónde ir? Hewitt ignoraba en qué piso vivía Margot. La claridad del fósforo reveló una hilera de buzones más o menos oxidados. Ninguno llevaba el nombre de Margot Baptiste, pero tres de ellos estaban desprovistos de toda indicación. Uno de estos últimos, correspondía a un apartamento de la planta baja.

—Encienda otro fósforo —dijo Hewitt, apretando con más fuerza el salero contra las costillas de su cautivo—. Y no se mueva.

Registró el bolso de Margot en busca de una llave. Pero no encontró ninguna.

—¡Avance por ese pasillo! ¡A la derecha! —ordenó Hewitt.

Llegaron a una puerta marcada con una gran «B» blanca. La misma letra que había en el buzón anónimo. A falta de llave, Hewitt ordenó:

—¡Abra!

Notó que sus rodillas se doblaban, hasta tal punto temía no poder entrar.

El chófer obedeció, pero la puerta resistió.

—Coja la llave de debajo del felpudo...

La llave estaba allí. Hewitt suspiró, aliviado.

—Vamos, abra y entre.

—Le advierto que conmigo no tiene nada que ganar. No llevo dinero.

—Yo tampoco, amigo mío, yo tampoco. Los pobres tenemos que apoyarnos los unos a los otros. Por lo tanto, pasaremos la noche juntos.

—Entonces, ¿no va usted a...?

—No, no voy a asesinarle. Y entre de una vez, no vamos a pasarnos toda la noche en el pasillo.

El desdichado chófer temblaba tanto que pasó serios apuros para introducir la llave en la cerradura. Finalmente abrió la puerta y entró en el cuarto.

—Encienda un fósforo.

Hewitt entró detrás de su prisionero, cogió la llave y cerró la puerta, por dentro, con doble vuelta.

A la claridad del fósforo distinguió un mechero de gas fijado a la pared. Trató de encenderlo, pero en vano. Por lo visto, Margot no había pagado la factura del gas. Una vela, metida en el gollete de una botella colocada sobre la mesa, confirmaba aquella hipótesis. Manteniendo a raya al chófer con el salero, Hewitt cogió la caja de fósforos y encendió la vela. Una gota de cera resbaló hasta su mano.

Sin quemarle, le produjo tal espanto que soltó la botella y, aturdido, miró a su alrededor. Luego, sin reflexionar, se inclinó a recoger la vela. El chófer hubiera podido aprovechar la ocasión para saltar encima de él o atontarle de un puntapié, pero sus reacciones eran demasiado lentas, a menos de que estuviera más aturdido aún que Hewitt.

La claridad de la vela reveló un interior mísero: un catre, una silla coja, una ventana de cristales demasiado sucios para que pudiera verse algo a través de ellos, y nada más... aparte de dos puertas cerradas.

—Vaya a la puerta de la izquierda —le dijo Hewitt al chófer en voz baja—, péguese a la pared y ábrala de golpe.

Hewitt se quedó en el centro del cuarto. No pensaba en huir. Si le esperaban unos policías detrás de aquella puerta, se entregaría sin ofrecer resistencia. En el momento en que el chófer se pegaba a la pared, recordó que la vela estaba tibia cuando la había cogido. Llegó a la conclusión de que alguien se encontraba en el cuarto poco antes que él. La policía, seguramente. Estaba atrapado como una rata, pues.

El chófer abrió la puerta de golpe: el retrete. No había nadie dentro.

—Bien, cierre esta puerta y haga lo mismo con la otra. Pero no se quede enfrente de ella.

Cada vez más asustado, el chófer alargó la mano hacia el pomo de la puerta manteniéndose lo más lejos posible, como si temiera tocar un cable eléctrico. La abrió bruscamente... Un armario que contenía unos vestidos, los de Margot, evidentemente. Hewitt se sobresaltó. También ahora el chófer pudo haberle atacado por sorpresa, hasta tal punto quedó desconcertado. Pero el cautivo no se dio cuenta.

Hewitt se repuso, contempló largamente los vestidos, aunque sin acercarse, y dijo:

—Vuelva a cerrar la puerta, y asegúrese de que queda bien cerrada... Colóquese en aquel rincón y siéntese en el suelo... Y no se mueva. Al menor gesto sospechoso, le convierto en un colador.

El chófer obedeció dócilmente. Se agachó en un rincón, inclinó la cabeza y se echó a temblar.

Hewitt se acercó a la cama, quitó las mantas y soltó un momento su salero para romper una sábana en tiras.

—¡Eh, jefe! ¿Va usted a atarme?

—¡No haga preguntas! —replicó Hewitt en tono severo.

Luego desgarró el colchón, sacó la lana a puñados y la tiró al suelo. El chófer, sudando a mares, se preguntó si había caído en manos de un maníaco.

Hewitt entró en el retrete, agarró una de las cañerías de plomo cubiertas de un óxido blancuzco, apoyó un pie contra la pared y tiró con todas sus fuerzas. La cañería cedió, Hewitt cayó de espaldas, pero se incorporó inmediatamente blandiendo su improvisada arma.

Entonces, en el colmo del terror, los dientes del chófer empezaron a castañetear. Las actividades de Hewitt no contribuían precisamente a tranquilizarle. Enrollaba una tira de sábana alrededor de la cañería de plomo para convertirla en una porra, empujaba con el pie la lana del colchón contra la puerta del armario y le pegaba fuego.

—¡Eh, jefe! ¿Qué le pasa? ¿Quiere quemarme vivo? —inquirió el aterrorizado chófer.

—¡Silencio! —respondió Hewitt, deslizándose a lo largo de la pared con la porra en la mano.

La lana del colchón, mezclada sin duda con algodón, empezó a esparcir una abundante humareda que ascendió a lo largo de la puerta. No tardó en llenar el cuarto. Hewitt y el chófer apenas se veían. La vela vacilaba en un halo dorado.

Alguien tosió, pero no era Hewitt ni su cautivo.

Súbitamente, la puerta del armario se abrió. Los vestidos de Margot se removieron, apareció un revólver, luego un hombre: un tipo robusto y musculoso, feo como un gorila. Con los ojos semicerrados, tosía. Avanzó un par de pasos, vio al chófer agachado en su rincón, volvió su revólver hacia él... En aquel momento, Hewitt le asestó un golpe de porra en la nuca. El gorila cayó, boca abajo, y se quedó inmóvil en el suelo.

Un minuto después, cuando recobró el sentido, sus brazos y sus piernas estaban atados a la silla coja. Hewitt había recogido el revólver e, inclinado sobre la mesa, escribía laboriosamente con un trozo de lápiz demasiado corto.

—Pero, si le vio cuando yo abrí la puerta —dijo el chófer, asombrado—, ¿por qué me ordenó que volviera a cerrarla y se ha tomado todo este trabajo?

—No le vi, pero tengo buena vista y percibí el cañón de un revólver que me apuntaba directamente al pecho. Una palabra, un gesto de más, y me hubiera liquidado. Sin duda vino aquí a buscar algo, y nuestra llegada le sorprendió.

—¿Y por qué no disparó usted a través de la puerta, sabiendo que estaba allí?

—¿Con qué?

—Con su revólver.

—¡Oh! —exclamó Hewitt, sacando el salero del bolsillo y tirándolo sobre la mesa—. Eso es bueno para atrapar pajarillos poniéndoles un grano de sal en la cola. Pero nuestro amigo Louis no se habría asustado por él.

—¡Dulce Jesús, Santa Madre de Dios y todos los santos del Paraíso! ¡Pensar que me he pasado la noche temblando por miedo a un salero!

—A eso quería llegar —dijo Hewitt—. ¿Cuánto quiere usted como indemnización por los apuros y tribulaciones que le he hecho sufrir esta noche?

El chófer se frotó el lado derecho de la nariz, luego el lado izquierdo, y respondió astutamente:

—¡Oh! Poca cosa. Me alegro de haberle sido útil a un joven tan valiente como usted. Pero, si insiste, me conformaré con diez dólares.

—Entonces, firme este papel y ganará quinientos, probablemente más. Es un contrato por el cual se compromete usted a entregarme la mitad de lo que le den en el periódico *El Aguila*. Pero, no tiemble de ese modo. Quiero que la firma sea clara y legible. Ahora, ayúdeme a transportar a este individuo al taxi. Vaamos hacia el periódico.

Veinticuatro horas después de haber acompañado a Hewitt a la estación, sus amigos neoyorquinos recibían la carta siguiente, por correo urgente:

«Adjunto el resguardo de un giro telegráfico de mil quinientos dólares USA (mil dólares canadienses). Como verán, he aumentado considerablemente mi capital desde que estoy aquí. Añadan esta suma a los dos billetes de mil que me entregarán cuando regrese a Nueva York.

»Durante la pasada noche, la policía de Montreal

me buscó activamente. Encariñado súbitamente conmigo, un conductor de taxi me sacó del apuro, y luego me entregó en la redacción de un periódico, lo cual le permitió embolsarse una recompensa de mil dólares. Yo me embolsé otros mil dólares al entregar a mi vez a un mal individuo llamado Louis, el cual era buscado por la policía desde hacía mucho tiempo. El individuo en cuestión acababa de asesinar a una joven muy bonita pero muy imprudente.

»A consecuencia de todo este asunto, el director del periódico ha tenido que ser internado en una casa de reposo para reponerse de sus emociones.

»En lo que a mí respecta, no regresaré inmediatamente, ya que debo declarar como testigo en el juicio por asesinato contra Louis. Entretanto, la municipalidad paga mi alojamiento en el mejor hotel de la ciudad, el *Mont Royal*. Soy huésped de honor de Montreal.

»¿Se dan cuenta? ¿Recuerdan lo que les dije? ¡He salido adelante, y bien!»

UNA NOCHE EN ZACAMORAS

O'Rourke bebía tranquilamente un zumo de limón con ginebra bajo los arcos que bordean la gran plaza. No se metía con nadie cuando, súbitamente, estalló la revolución. El gobierno del país pasó de un partido al otro. En cuanto a él, O'Rourke, su actitud no cambió. Permaneció igual a sí mismo: un buen inspector de policía nacido en Manhattan y de origen irlandés. Poco le importaba que, delante de sus ojos, Zacamoras pasara de las manos de los *nacionalistas* a las de los *liberalistas*. El asunto se inició exactamente a las cinco menos un minuto de la tarde, y terminó a las cinco y diez. Una marca de rapidez, incluso para una revolución subtropical.

O'Rourke no hubiese notado nada si los protagonistas del drama hubieran hecho menos ruido.

Un disparo que resonó en la entrada de la ciudad anunció que la política hacía su reaparición en Zacamoras por primera vez desde hacía cinco semanas. Siguió un breve silencio, durante el cual O'Rourke inclinó su vaso a la derecha, y luego a la izquierda, para hacer subir la pulpa de limón pegada al fondo. Volvió a dejar su vaso cuando resonó un nuevo disparo, más cerca.

«¡Vaya! Alguien tiene problemas con el carburador», pensó O'Rourke.

Había asistido a unos cursos de español en la escuela nocturna después de su ingreso en la policía municipal neoyorquina, y eso le había valido el ser enviado a Zacamoras por su superior jerárquico, un individuo temible al que sus subordinados llamaban «El Viejo», aunque no fuese su padre.

Al igual que el primer disparo, el segundo fue seguido

por un silencio. Luego se desencadenó el tiroteo: «¡Pam!
¡Pam! ¡Pam!» Una ametralladora tableteó: «¡Tac-tac-tac!»

Una anciana india, que se había pasado la tarde aga-
chada como un ídolo antiguo delante de un *rebozo* sobre el
cual había instalado unos pimientos rojos, recogió las cuatro puntas de su canasta improvisada y las unió para formar una pequeña bolsa que se echó al hombro. Los urubúes de guardia en las esquinas de los tejados agitaron alegremente las alas: aquellos disparos les prometían una
buena cena.

Repitamos que O'Rourke no se interesaba por los asuntos políticos de Zacamoras. Aquella revolución, a pesar de
su carácter ruidoso, no era motivo suficiente para que
abandonara la terraza y regresara a su habitación, que no
estaba lejos, ya que bebía delante del *Gran Hotel del Buen
Reposo:* una denominación engañosa, según O'Rourke, ya
que no era grande, ni era un hotel, ni se encontraba en
él reposo, ni bueno, ni malo. Los mosquitos pululaban en
su cuarto durante el día, y, por la noche, O'Rourke sospechaba la existencia de otros insectos en su cama. Como
buen detective, apoyaba sus sospechas en indicios: las ron-
chas que aparecían en su piel por las mañanas, al despertar.

Permaneció, pues, en la terraza, encendió un cigarrillo
y se preguntó qué estarían haciendo, en aquel momento,
sus compañeros de la Jefatura de Nueva York.

Un grupo de individuos de piel achocolatada, vestidos
con uniformes caquis, apareció en el extremo de la gran
calle (la que estaba bordeada de aceras). Andaban hacia
atrás, rozando las paredes con los hombros, y de cuando
en cuando levantaban un viejo Mauser y efectuaban un
disparo. Era la guarnición local que se batía en retirada.
Cruzó la plaza y se metió, siempre andando hacia atrás, en
la otra porción de la gran calle.

Luego no pasó nada.

El mozo que servía las bebidas pasó cerca de O'Rourke,
el cual le preguntó:

—¿Qué es eso?

—La revolución.

—¿Qué hay que hacer?

—Nada. Es asunto suyo, no nuestro.

Resonaron otros disparos y unos proyectiles cayeron en la plaza. Uno de ellos chocó contra una de las columnas de ladrillo rojo que sostenían los arcos. O'Rourke tapó su vaso con la mano para que no cayera en él ninguna esquirla. Luego se puso en pie, arrastró su silla y su mesa colocándolas un poco más cerca de la pared y volvió a sentarse, murmurando: «He salido ganando: aquí se está más fresco...»

Entretanto, los acontecimientos históricos continuaban desarrollándose delante de sus ojos. Una vieja furgoneta desembocó por una calle lateral, cruzó la plaza diagonalmente y siguió la dirección que habían tomado las tropas gubernamentales en retirada. En su caja temblequeante se encontraban un *teniente,* un *coronel,* un *capitán,* un fonógrafo de principios de siglo y varias maletas. En los estribos viajaban cinco o seis soldados, pegados al vehículo como moluscos a una roca. El coche desapareció, perseguido por todos los perros vagabundos de Zacamoras que ladraban a más y mejor.

Los disparos procedentes de la dirección contraria continuaron. O'Rourke encargó un segundo zumo de limón con ginebra. El mozo se lo sirvió, zigzagueando de una columna a otra para evitar las balas perdidas. Cuando llegó junto a O'Rourke quedóse pegado a la pared, no atreviéndose a emprender el viaje de retorno.

El tiroteo de los invasores, al no encontrar respuesta, se interrumpió. La caballería rebelde se esparció entonces por la plaza, profiriendo gritos de triunfo. Los jinetes llevaban unos sombreros tan grandes como ruedas de carro.

—¿Quién se va, quién llega? —inquirió O'Rourke.

—Los *federalistas* se van, *señor,* y los *liberalistas* llegan.

O'Rourke se encogió de hombros filosóficamente, murmurando:

—Sé lo mismo que antes, pero me siento feliz puesto que alguien está contento.

El nuevo régimen estaba motorizado hasta cierto punto. Los restos de uno de los Ford más viejos del mundo llegaron por sus propios medios a la plaza en medio de los vítores de los jinetes que lanzaban sus sombreros al aire. La furgoneta se detuvo delante del hotel, es decir, muy cerca de O'Rourke. Tres ayudantes de campo abundantemente galoneados descendieron sucesivamente de ella. Luego, un personaje tripudo se apeó, esforzándose en adoptar unos aires majestuosos. Inmediatamente después, el mismo personaje pareció repetir los mismos gestos.

El norteamericano parpadeó, pero el mozo le explicó:

—Son dos mellizos.

Y añadió en voz baja:

—¡Son muy temibles, señor, el terror del país! Hacen fusilar a diez enemigos todas las mañanas antes de desayunar, para abrir el apetito. Pretenden liberar a los humildes. Pero roban a los ricos y no dan nada a los pobres. Son el general Inocencio Escobar y el general Angelito Escobar.

Al pronunciar aquellos nombres, el camarero se persignó.

Con el pecho cruzado por varias cartucheras, los dos generales de bigotes de foca avanzaron hacia los arcos. O'Rourke observó que los bigotes de uno de ellos eran menos largos que los del otro. Tal vez era la única diferencia que existía entre ellos.

—¿Mala gente, entonces? —le preguntó O'Rourke al camarero—. No tienen un aspecto demasiado terrible... En Brooklyn los hay peores, y no me dan miedo.

Angelito arregló una de sus cartucheras. Inocencio se subió los pantalones, y los dos escupieron, el uno hacia la derecha y el otro hacia la izquierda.

Pero el vehículo del regimiento no estaba aún vacío. Un zapato de raso adornado con un nudo de cinta rosa y altísimos tacones se posó en el estribo, seguido por una pierna admirablemente moldeada y revestida de seda negra. La pierna continuó descendiendo. O'Rourke empezaba a interesarse por el espectáculo cuando una falda aniquiló sus esperanzas.

«No importa —pensó O'Rourke—, así es menos monótono.»

Otra pierna se unió a la primera, y luego apareció toda la mujer: una maravilla de tez morena, caderas armoniosas, labios sensuales y curvas apetitosas. Sus ojos brillaban como brasas. Y sus cabellos parecían teñidos con tinta china. Llevaba una gardenia prendida detrás de la oreja.

Por bella que fuese, aquella musa revolucionaria no estaba acostumbrada a los tacones altos y su paso era titubeante. Pero posiblemente había adquirido aquellos zapatos en un saqueo, y no estaba dispuesta a renunciar a su botín.

—¿Quién es? —le preguntó O'Rourke al camarero.

—La amiga del general.

—¿De cuál de ellos?

El camarero no contestó.

La imaginación de O'Rourke se inflamó, y pensó: «Me pregunto cómo se las arreglará para no confundirlos.»

La generalita contempló con aire crítico la fachada del hotel, futuro cuartel general de las fuerzas revolucionarias. Luego inclinó la mirada hacia los arcos. Por un breve instante estudió a O'Rourke. No viendo nada interesante en él, desvió la mirada. Finalmente volvió a observarle, sin duda para asegurarse de que no había cometido un error.

Entretanto, sus protectores, dejándola atrás, avanzaban hacia el hotel a fin de requisarlo. Pensando en ella, uno de los generales se volvió, silbó para llamar su atención, le hizo una seña para que le siguiera y añadió, con voz de sapo:

—¡Date prisa, golfa!

La joven pasó junto a la mesa de O'Rourke sin dignarse inclinar la mirada hacia él. Pero, como sus zapatos la hacían titubear, o tal vez para llamar la atención del extranjero, deslizó su mano por encima de la mesa.

Entretanto, el estado mayor liberalista penetraba en el hotel. A O'Rourke no le importaba. De buena gana abandonaría su habitación con pulgas y chinches. Más tarde, cuando cayó la noche, cruzó el vestíbulo y fue a sentarse en el patio.

Allí, los libertadores del pueblo banqueteaban con sus partidarios y, sobre todo, con sus partidarias. Todas las mesas del *Gran Hotel* habían sido requisadas al efecto. Por eso O'Rourke estaba condenado a quedarse sin cenar o a comer sobre sus rodillas. Renunciar a la cena no representaba ningún sacrificio para él, puesto que desde que llegó a Zacamoras había aborrecido el arroz y las habichuelas. Enviado a Méjico en persecución de un asesino, se preguntaba con frecuencia si no era él quien expiaba el crimen cometido por el otro, hasta tal punto había llegado a odiar la vida en aquel país. En efecto, mientras O'Rourke se arrastraba por las calles y vegetaba en el hotel, el criminal enfermo de fiebres tifoideas, reposaba entre unas sábanaas blancas en un lecho de hospital.

Los invitados al banquete liberalista carecían visiblemente de continencia. Cuando un plato no les gustaba lo estrellaban contra el suelo, y los estropicios alcanzaban proporciones aterradoras. O'Rourke bostezó y cometió el error de mirar la hora en su reloj de pulsera. Una guardia de honor, compuesta de dos hombres armados, acudió inmediatamente a buscarle para escoltarle hasta la cabecera de la mesa. Los generales Escobar no habían visto nunca un reloj de pulsera. Buen muchacho, O'Rourke se quitó el suyo para que pudieran admirarlo a placer. Concretemos que había demasiados fusiles apoyados en las sillas, demasiados revólveres colgados de los cintos y demasiados cuchillos sobre la mesa para que el detective diera muestras de egoísmo. Sí, llevaba en su bolsillo una pistola de 9 mm. Pero había venido a Zacamoras para detener a un criminal y no para mezclarse en la política local.

El general Inocencio Escobar se probó el reloj; luego se lo probó Angelito; finalmente dio la vuelta a la mesa de muñeca en muñeca, hasta llegar de nuevo a Inocencio.

—Lo compro —decidió el general—. ¿Cuánto?

El tono indicaba que negarse a tratar con él sería considerado como una falta de cortesía.

O'Rourke pensó que, puesto que el general apreciaba tanto el reloj, se lo cedería de buena gana. Pero, como la historia le fastidiaba un poco, anunció un precio evidentemente exagerado. El general no parpadeó siquiera. Dirigiéndose a su jefe de estado mayor, ordenó:

—Págale.

El jefe de estado mayor susurró algo al oído del general. Sin alterarse, este último respondió:

—Impón un tributo a la ciudad para reponer nuestro tesoro. Coge al alcalde y consérvale en calidad de rehén hasta que sea entregada la suma.

Luego, volviéndose hacia O'Rourke:

—Le entregaré un reconocimiento de deuda, y le pagaré cuando nuestro tesoro engorde un poco.

—De acuerdo, su firma es oro.

—Desde luego —respondió el general, convencido.

Trajeron tinta, pluma y papel, pero el general no sabía escribir. El material escolar dio la vuelta a la mesa, como el reloj poco antes. Por desgracia, el analfabetismo imperaba en las filas liberalistas. Finalmente, el jefe de estado mayor redactó una letra de cambio que tendió al general, y éste firmó con una X.

—Disculpe, mi general, pero quisiera hacerle una pregunta.

—Hágala, amigo mío, hágala.

—¿Qué diferencia hay entre su firma y la del otro general que está a su lado?

—Es muy sencillo, la mía consiste en una X, y la suya en una cruz.

—¡Caramba! —exclamó O'Rourke—. Piensan ustedes en todo...

Luego, el detective neoyorquino fue a sentarse en su rincón, desposeído de su reloj, pero satisfecho por haber conservado los trocitos de oro que adornaban su dentadura, así como la hebilla de su cinturón.

Esperó, confiando vagamente en que el general rodaría borracho perdido debajo de la mesa, lo cual le permitiría recuperar su reloj de pulsera.

Pero Inocencio Escobar puso fin al banquete ordenando súbitamente:

—Desalojad la mesa. Hemos de discutir problemas financieros. Angelito, no pongas los pies sobre el mantel. Creerán que eres un tipo sin educación.

Dos soldados empujaron delante de ellos a un anciano tembloroso.

—¿Es usted el alcalde? —preguntó Inocencio.

—El ex-alcalde —rectificó Angelito—. Mañana por la mañana nombraremos otro.

—Le hemos encontrado oculto entre las cañas de azúcar, detrás de su casa —explicó uno de los soldados.

O'Rourke asistía al espectáculo en calidad de aficionado. No sabía el suficiente español para entenderlo todo, pero seguía las grandes líneas del asunto. Desde que esperaba la curación de su asesino, apenas había tenido distracciones.

El estado mayor liberalista conferenció en voz baja. Luego, uno de los generales tendió un dedo amenazador hacia el cautivo, tronando:

—Le tasamos a usted en diez mil pesos en beneficio de la causa. Los fondos deben ser entregados antes de las nueve de la noche.

—En Zacamoras somos pobres —se lamentó el anciano—. Estoy seguro de que no hay tanto dinero en toda la ciudad.

—Vamos, vamos... ¿No hay una caja municipal?

—Los *federalistas* se la han llevado esta tarde.

—¡Tanto peor para usted!

—Puede pagar —dijo el jefe de estado mayor—. He estado en su casa. Es casi un palacio.

—Entonces, que pague. Permanecerá en la cárcel hasta que sea entregado el dinero.

—Soy un pobre viejo, no estoy muy bien de salud...

—Nosotros le cuidaremos. Si mañana no tenemos el dinero, le fusilaremos. Pablito, llévatelo y enciérralo.

El anciano, aterrorizado, no vio la mirada de complicidad que intercambiaban los dos hermanos. Cuando se hubo alejado, Inocencio le dijo a Angelito:

—Ese truco ha dado buenos resultados hasta ahora. No hay motivo para que no lo dé en este caso.

Y todos estallaron en una ruidosa carcajada.

O'Rourke encontró la broma de mal gusto, pero no era asunto suyo. Algunos de aquellos libertadores del pueblo le desagradaban profundamente, y de buena gana les hubiese sometido a «tratamiento» en el sótano de una comisaría de barrio.

A continuación, el estado mayor deliberó sobre unas cuestiones menos palpitantes: distribución de billetes de alojamiento y requisa de víveres. O'Rourke se desinteresó de aquellas vulgaridades y se retiró a su habitación alrededor de las diez de la noche. Esperaba descansar, pero quedó amargamente decepcionado. Inocencio, el que le había requisado el reloj de pulsera, estaba instalado en una habitación próxima a la suya. Las dos daban al mismo balcón que discurría a lo largo de la casa. En cuanto a Angelito, había tomado posesión de una habitación semejante, pero en la otra ala del edificio.

Un centinela montaba guardia delante de la puerta del general, no tanto para protegerle como porque era de buen tono. Cada general invitó a sus compañeros preferidos a beber un último vaso de pulque. Aquella pequeña juerga íntima produjo un ruido de mil diablos. O'Rourke se agitaba y maldecía en su lecho, preguntándose si dormiría aquella noche. Finalmente, el escándalo amainó y el silencio de la noche tropical envolvió a Zacamoras.

Nuestro detective iba a sucumbir al sueño bajo su mosquitero, cuando alguien llamó suavemente a su puerta. Aunque leve, aquel ruido le sacó de quicio, ya que el visitante se equivocaba de habitación, según todas las apariencias. O'Rourke no conocía a nadie en Zacamoras, aparte del fugitivo que moría de fiebre en el hospital, encadenado a su cama, según la costumbre del país.

Insistieron en la llamada. O'Rourke se incorporó sobre un codo y gritó:

—¡No necesito nada!

El visitante siguió llamando tímidamente. O'Rourke se levantó, se debatió entre los pliegues del mosquitero como una mosca cogida en una tela de araña, y gruñó:

—Me hacen comer sobre las rodillas, me quitan un reloj, me impiden dormir vivaqueando por docenas en una habitación, y ahora sus amiguitas llaman a mi puerta por error...

Adivinaba que el visitante sólo podía ser una mujer, ya que un hombre habría llamado más fuerte. Se puso el pantalón y fue, descalzo, a abrir la puerta.

—¡Vaya a molestar a otra parte! —aulló.

Inmediatamente lamentó aquel exabrupto. La mujer que tenía delante de él no era la amiguita de un general revolucionario, desde luego. En los Estados Unidos resulta difícil distinguir una dama de una pelandusca. En Zacamoras, no. La visitante nocturna no tenía más de diecinueve años. Su piel, de una blancura de camelia, indicaba que no salía con frecuencia de su casa y subrayaba la belleza de sus grandes ojos negros. Vestida con un traje negro, se tocaba con una mantilla y no llevaba más joyas que una pequeña cruz de jade colgada de una estrecha cinta de terciopelo.

Estupefacta, la muchacha retrocedió un paso. O'Rourke se alegró de haber hablado en inglés. Enrojeció de vergüenza cuando la joven le dijo:

—Disculpe, *señor*, buscaba al... al general Escobar.

En sus labios, la palabra «general» sonaba como un insulto.

—Es allí, en aquella puerta vigilada por un centinela —dijo O'Rourke.

Pero, al mirar en la dirección que señalaba, observó que el centinela había desaparecido, sin duda para ir a vaciar un vaso en la planta baja.

—Bueno, es la última puerta —explicó.

—Gracias, y perdone que le haya molestado, pero abajo sólo he encontrado soldados y no he querido dirigirme a ellos.

Empezaba a alejarse cuando O'Rourke le dijo espontáneamente:

—Perdón, señorita, tal vez me meto en lo que no me importa, pero, ¿ha venido usted sola?

La joven se volvió. Sus ojos negros le parecieron a O'Rourke todavía más grandes y más bellos.

—Sí, he venido sola —respondió la muchacha—. No había nadie en casa para acompañarme.

—No es cuenta mía, pero, ¿le parece prudente ir a ver al general completamente sola?

—No puedo hacer otra cosa. Mi padre...

—¡Ah! ¿El alcalde? Sí, estoy al corriente.

—Soy Luisa Pascal. Mi padre tiene el corazón muy débil. Temo que la cárcel le perjudique mucho. Estamos reuniendo el dinero de su rescate, mi hermano se ocupa de ello, y yo he venido a suplicar al general que ponga en libertad a mi padre.

—Comprendo, señorita, pero el señor Escobar ha bebido un poco esta noche... ¿Me entiende?

La joven se mordió el labio con un gesto nervioso y respondió:

—He tomado mis precauciones: un puñal.

Sin duda había ocultado el arma entre los pliegues de su chal, ya que no se veía nada en sus manos.

—¿Quiere usted que la acompañe? No vacile en decírmelo.

—No, sería un error. Las personas de su clase imaginan que la generosidad es una debilidad. Se mostraría inexorable delante de un hombre, sobre todo de un extranjero. Sólo hablando con él a solas tendré alguna posibilidad de obtener lo que deseo. Por eso no le he dicho nada a mi hermano.

—Tal vez tenga usted razón, pero si necesita ayuda grite y cuente conmigo.

Ella le dio las gracias con una sonrisa y se alejó. En aquel momento, el centinela reapareció secándose los labios con el dorso de la manga y arrastrando sobre las losas su fusil, que llevaba cogido del cañón.

—¿Quiere preguntarle al general si accede a recibir a una joven? —murmuró Luisa Pascal.

O'Rourke volvió a entrar en su habitación, pero dejó la puerta abierta. Oyó que el centinela contestaba:

—El general estará encantado en recibirla, señorita. Pase.

La última puerta del pasillo volvió a cerrarse. O'Rourke echó una ojeada en aquella dirección y vio que el centinela se sentaba en el suelo, con la espalda apoyada en la pared y el fusil sobre sus rodillas.

«Espero que todo acabará bien», se dijo O'Rourke, cerrando la puerta. Pero no se desvistió, y en vez de deslizarse bajo su mosquitero, encendió un cigarrillo para mantener alejados a los mosquitos. Al parecer, los generales Escobar no tenían el corazón tierno y, para ellos, la belleza y la juventud no pesaban demasiado en la balanza cuando se trataba de diez mil pesos.

No hacía ni cinco minutos que Luisa Pascal había entrado en la habitación del general cuando un grito desgarró el silencio. O'Rourke notó que aquel grito revelaba más indignación que terror, y se alegró. Pero se puso en pie, aplastó su cigarrillo contra el suelo y se ajustó el cinturón. Estaba decidido a entrar en la habitación del general, aunque el centinela se opusiera, pero no había abandonado aún su cuarto cuando una de las puertas vidrieras que daban al balcón se abrió. Oyó que Luisa decía en tono imperioso:

—¿Va a soltarme usted de una vez?

O'Rourke dio media vuelta y se dirigió hacia el balcón.

Encontró allí a Luisa, sola. El general no tenía el paso lo bastante seguro como para franquear el umbral de la puerta.

—¡Oh, *señor*! Buscaba la puerta de su habitación. Gracias por haber venido —suspiró la joven, al ver a O'Rourke.

—Espero que no se habrá portado demasiado mal —dijo nuestro detective.

—Está borracho como una sopa. Lo malo es que mi hermano y sus amigos han reunido ya los diez mil pesos y se los han traído. Me los ha enseñado: dos saquitos de cuero llenos de oro, de plata y de joyas. Pero, al verme llegar, ha imaginado que yo estaba enamorada de él, y no quiero precisar a qué precio, ahora, soltará a mi padre. El *sinvergüenza* me ha arrancado el puñal de la mano. Lo he dejado en su habitación.

—Voy a buscarlo —dijo O'Rourke.

—No haga nada, *señor*. Que no nos vea juntos... Ya he cometido bastantes tonterías esta noche. Si no hubiese venido, mi padre estaría en libertad.

O'Rourke obedeció.

Alguien andaba furtivamente por el balcón, rozando el follaje de la enredadera que trepaba a lo largo de la balaustrada.

—El general ha salido detrás de usted, por lo visto —dijo O'Rourke—. Voy a ir a calmarle para el resto de la noche.

Luisa le cogió por el brazo.

—¡Por favor! No quiero que se arriesgue por mí. Sólo le pido que me deje salir por la puerta de su habitación.

O'Rourke cruzó el cuarto, abrió la puerta y se asomó al pasillo. El centinela había abandonado de nuevo su puesto, sin duda para ir a vaciar un segundo vaso. O'Rourke se volvió hacia Luisa:

—No hay peligro a la vista, pero permítame que la acompañe hasta su casa.

—No vale la pena, vivo muy cerca. Gracias, *señor*.

—Me llamo O'Rourke. Pertenezco a la policía municipal de Nueva York. Si puedo serle útil en algo, no vacile en acudir a mí.

La joven se alejó de puntillas para no atraer la atención del general, pero éste parecía haber olvidado su contratiempo. De repente, Luisa dio media vuelta y volvió a refugiarse en la habitación.

—¡Mi hermano! Sube por la escalera. No me ha visto.

Sin duda viene a preguntar por qué no han soltado a mi padre.

O'Rourke la dejó entrar y luego, cerrando casi del todo la puerta, espió lo que ocurría en el pasillo. Pasó un joven, casi un niño. Su piel era tan blanca como la de Luisa. Llamó a la puerta del general. O'Rourke no oyó la respuesta, pero vio que el joven hacía girar el pomo de la puerta y entraba furtivamente.

—Bueno, aproveche la ocasión... Si se marcha ahora, no sabrá que ha venido aquí.

La joven huyó con un fru-fru de seda y de encajes. O'Rourke continuó observando lo que ocurría.

El joven Pascal no permaneció ni cinco minutos en la habitación del general y salió andando hacia atrás, lo cual permitió al detective cerrar su puerta casi del todo a fin de no llamar la atención.

Al entrar, el joven Pascal estaba pálido; pero, al salir, estaba lívido. O'Rourke observó que sus manos temblaban y que se metía en el bolsillo una hoja de papel del mismo tamaño que la letra firmada por el general aquella misma noche, en reconocimiento de la deuda que había contraído con él. El detective llegó a la conclusión de que era la orden de liberación del alcalde.

El joven Pascal descendió por la escalera en el momento en que en el campanario de la antigua iglesia española, al otro lado de la plaza, sonaba la una de la mañana.

O'Rourke cerró la puerta, gruñendo:

«¡Bueno! ¡En tiempos de revolución pasan muchas cosas!»

A la mañana siguiente, O'Rourke fue despertado por un ruido terrible, al lado del cual la bacanal de la noche anterior adquirió en su recuerdo la intensidad de un suave murmullo: el de un arroyo discurriendo a través de los campos. Apenas había recobrado su presencia de ánimo cuando sonaron las ocho en el campanario de la vieja iglesia.

En el primer momento imaginó que los *federalistas* o los *nacionalistas* contraatacaban para expulsar de la ciudad a los *liberalistas*. Pero, al no oír disparos, se asombró todavía más. La barahúnda que ascendía de la planta baja parecía provocada por un ruido de botas, de idas y venidas desordenadas y de órdenes aulladas por varias voces al mismo tiempo.

Finalmente, uno de los dos generales, no supo cuál, exclamó en tono furioso:

—Arrasaré la ciudad y fusilaré a todos sus habitantes si no se descubre al culpable. ¿Quién fue la última persona que entró aquí anoche?

—Una joven. Creo que es la hija del ex-alcalde.

—Llévese a cuatro hombres y vaya a detenerla. Si los Pascal han huido, ya sabe en qué dirección hay que perseguirles: se dirigirán seguramente hacia el frente y tratarán de cruzar las líneas. Sólo hay un camino posible. Les alcanzará fácilmente: irán a pie, ya que hemos requisado todas las monturas. ¡Tráigalos aquí, vivos o muertos!

O'Rourke se vistió. Aquella historia le interesaba, la joven Pascal le era simpática. Sin duda habían robado el rescate. Pero todo aquel ruido y la excitación del general presagiaban lo peor. Al salir de su habitación, se encontró cara a cara con uno de los Escobar y le preguntó:

—¿Qué es lo que pasa, general?

Era *el que no le había robado* el reloj, Angelito, el cual respondió:

—Han asesinado a mi hermano en medio de la noche.

Señalando con un gesto dramático la puerta abierta de par en par, añadió:

—Entre y véalo por usted mismo.

O'Rourke no se lo hizo repetir. El general estaba tendido, inerte, sobre su cama. Sus pies estaban posados en el suelo, como si le hubiesen golpeado en el momento en que se disponía a levantarse. Una daga con mango de nácar estaba hundida hasta el pomo bajo su tetilla izquierda. La vaina de concha, marcada con una P incrustada en plata debajo de una corona y que debió contener el arma, yacía junto al lecho.

O'Rourke la recogió y, pensando en la joven, le preguntó al general:

—¿Quiere que me ocupe de este asunto?

—¿Por qué tendría que ocuparse usted? Puedo arreglármelas solo.

Angelito no le había comprendido. Inclinándose sobre el cadáver de su hermano, arrancó la daga de la herida y dijo:

—¿Ve usted? Ya está. Nada más fácil.

Luego secó el arma con la colcha. O'Rourke se estremeció de horror ante semejante herejía. Pero pensó que habría sido inútil tomar las huellas, ya que los servicios de identificación judicial de Zacamoras debían ser de lo más rudimentario.

—Soy detective —dijo—. ¿Sabe lo qué significa eso?

—No, explíquemelo.

—En mi país, cuando alguien es asesinado, los detectives se encargan de identificar y detener al culpable. ¿Quiere que haga eso por usted?

—Pero, nosotros sabemos ya quién ha asesinado a mi hermano: la hija de Pascal. El centinela la vio entrar aquí anoche.

—Pregúntele a qué hora entró esa joven.

—Sería inútil, no entiende el reloj.

—Pues bien, yo puedo decirle a qué hora murió su hermano. Sin embargo, no estaba aquí... Murió a la una y diez minutos.

Con una mueca de asombro, Angelito Escobar preguntó:

—¿Cómo lo sabe usted?

—Es muy sencillo —respondió O'Rourke, levantando el brazo del cadáver—. Mire el reloj. La muñeca de su hermano chocó contra la mesilla de noche, y el reloj se paró en el preciso instante en que le asesinaron. ¿Comprende ahora para qué sirven los detectives?

Un rumor de admiración se alzó entre los mejicanos reunidos en la habitación. O'Rourke lo aprovechó para ofrecer de nuevo sus servicios:

—Vamos, general, ¿quiere que me haga cargo de la investigación?

Angelito Escobar empezaba a confundir detective y mago, de modo que respondió:

—Desde luego, pero dése prisa.

—Actuaré con la mayor rapidez posible. Sin embargo, no debemos precipitarnos. Pensándolo bien, ¿por qué tiene usted tanta prisa? Creí que los mejicanos nunca tenían prisa ...

—¡Salvo cuando se trata de vengar a un hermano! Quiero hacer fusilar a alguien hoy mismo.

—Y si mañana se da cuenta de que ha sido ejecutado un inocente en el lugar del culpable, ¿acaso estará contento?

—No, desde luego —admitió el general.

Pero su tono indicaba que preocuparse por tales minucias era una pérdida de tiempo.

—Entonces —dijo O'Rourke—, concédame tiempo para realizar mi investigación a conciencia, y estará seguro de hacer fusilar al que lo merece.

Numerosos pasos resonaron en el pasillo. Unas culatas golpearon las losas. La puerta se abrió y Luisa Pascal y su hermano fueron empujados brutalmente hacia el interior de la habitación. El joven llevaba las manos atadas, pero no así la muchacha, que miró a su alrededor. Cuando sus ojos se encontraron con los de O'Rourke, permanecieron tan impasibles como si nunca le hubiese visto.

—Les hemos capturado a medio camino de las líneas enemigas —dijo el soldado encargado de su detención—. Iban montados en la carreta de una vieja india que transportaba hojas de magüey.

—¿Y el padre?

—No estaba con ellos. Sin duda se quedó oculto en la ciudad.

Luisa y su hermano intercambiaron una mirada de complicidad. Angelito Escobar, exasperado, levantó el puño por encima de la cabeza de su subordinado.

—¡Imbécil! ¡Has dejado escapar a la vieja india! ¡No has reconocido al padre, que estaba disfrazado!

De modo que los dos jóvenes se habían sacrificado para salvar a su padre. Esto le hizo más simpáticos a los ojos de O'Rourke. Pero no era sólo por ese motivo por lo que deseaba exculparles. Al margen de todo sentimentalismo, estaba convencido de su inocencia. Cuando el joven Pascal salió de la habitación del general, sonó la una en el campanario de la iglesia. Su hermana se había marchado unos minutos antes. Y el general había muerto a la una y diez.

Si aquel crimen hubiese tenido lugar en Nueva York, O'Rourke hubiese jurado ante el *coroner* que estaba seguro de la hora a la cual los dos jóvenes habían salido de la habitación del general. Y su testimonio habría bastado. Pero,

en Zacamoras, experimentaba una repugnancia instintiva a
obrar de aquel modo, y, por superstición profesional, inter-
pretaba aquella repugnancia como una señal del destino.
Además, confesar que la joven se había refugiado en
su habitación y que había hablado con ella, equivaldría a
despertar las sospechas del general y pasar por un enemigo
de los libertadores del pueblo. Peor aún, únicamente él sabía
que el hermano de Luisa había entrado en la habitación del
general en el curso de la noche. Mientras él se callara, Angelito Escobar no tenía ningún motivo para sospechar del
joven.

—¡El culpable soy yo! —gritó súbitamente Ricardo Pascal.

O'Rourke se acercó a él y le dijo al oído:

—¡Cállese, imbécil!

—Sí, cállate —susurró la joven.

Luego alzó la cabeza en un gesto de desafío y añadió en
voz alta:

—Yo maté al general.

Cada uno de ellos creía que el otro era el culpable y
se sacrificaba para salvarle. Tanta grandeza de alma ano-
nadó a O'Rourke. Les miró con aire severo. Luego, volviéndose hacia el general, dijo:

—Tengo que hablar a solas con los dos sospechosos.

—¿Por qué? —inquirió Angelito Escobar en tono suspicaz.

—Porque los detectives siempre inician así una investigación. No se preocupe, no les dejaré escapar. Quédese en
la habitación, pero yo hablaré con ellos por separado en un
rincón.

—Si eso es lo que hacen los detectives, de acuerdo.

O'Rourke se llevó a un lado a la joven y le dijo:

—Su hermano es inocente. Cuando salió de la habitación
del general daba la una en el campanario de la iglesia, y
el general murió a la una y diez; su... mejor dicho, *mi*
reloj de pulsera lo demuestra. De modo que tampoco usted
le mató. Es inútil que pretenda lo contrario.

—No me importa. Si acusan a Ricardo, diré que fui yo.
Es el último hombre de la familia. Y nuestro apellido no
puede extinguirse.

—No dirá usted nada de eso. Le prometo que haré todo

lo posible por salvar a su hermano. No complique mi trabajo. Si usted se acusa, él hará lo mismo para salvarla.

—Confío en usted, *señor* —murmuró Luisa, aparentemente resignada.

Entonces, O'Rourke habló con Ricardo.

—Su hermana es inocente.

—Lo sé, puesto que yo maté al general.

—¡Tonterías! Dice usted eso para salvarla. Cree que ella es culpable porque ha reconocido usted el puñal.

—Es cierto, ese puñal procede de nuestra casa, y yo no lo traje aquí.

—Para que esté tranquilo, voy a decirle la verdad. Su hermana vino anoche a visitar al general. Y había cogido ese puñal para defenderse en caso de necesidad. El general se lo arrancó de las manos. Y ella lo abandonó al huir. Ahora, conteste a una pregunta: ¿estaba muerto Inocencio Escobar cuando entró usted en la habitación?

—Ni pensarlo: estaba roncando.

—Pues bien, su hermana se marchó antes de que usted llegara. Yo la ayudé a escapar. Por lo tanto, estoy seguro de lo que digo. ¿Se ha convencido ahora?

—Pero yo no quiero que fusilen a Luisa...

—Entonces, no me impida salvarla complicando las cosas. Al salir de esta habitación, llevaba usted en la mano una hoja de papel. Sin duda era la orden de libertad de su padre. ¿Se la quedó el guardián de la cárcel?

—No. Me la devolvió.

—Entonces, vuélvase de modo que pueda sacarla de su bolsillo sin que nadie se dé cuenta.

Ricardo obedeció. O'Rourke se apoderó subrepticiamente del documento y lo examinó rápidamente.

—Lo suponía. Por fortuna, me he apoderado de este papel a tiempo. Falsificó usted la firma del general. Pero Inocencio firmaba con una X y usted hizo una cruz. Al entrar en la cárcel le hubieran registrado, descubriendo el pastel. No se preocupe. Falsificaré otra orden, firmando con una X. Así podrá usted demostrar que el general *estaba vivo cuando usted se separó de él*. Preferiría dejarles en la ignorancia de su visita, pero eso sería un error. Alguno de los soldados que estaban abajo le vio, sin duda. Negar sería peligroso. De momento, me veo obligado a permitir que el general Escobar encarcele a uno de ustedes dos. Es preferible que sea usted, a que sea su hermana.

—Desde luego.

O'Rourke se volvió hacia el general y le dijo:

—Desde este momento, puedo asegurarle que sólo uno de los dos es culpable.

—¿Por qué?

—Porque su hermano sólo recibió una puñalada.

De nuevo, los mejicanos asintieron con un murmullo general de admiración. O'Rourke golpeó el hierro mientras estaba caliente.

—Encarcele al joven, y deje que su hermana regrese a su casa. No se escapará.

Angelito Escobar vaciló.

—Vamos —insistió O'Rourke—, un general tan importante como usted no hace fusilar a una muchacha.

—¿Por qué no?

—Porque Napoleón no hizo ejecutar nunca a una mujer.

Aquel argumento dejó a Angelito Escobar completamente frío.

—Supongo que habrá oído usted hablar de Napoleón...

—No. ¿Quién era? —preguntó Angelito Escobar, muy interesado.

O'Rourke estuvo a punto de contestar: «¡El mejor detective de todos los tiempos!», pero prefirió utilizar otro argumento.

—¿Cuántos hermanos ha perdido usted, general, uno o dos?

Escobar se volvió hacia la cama, como si quisiera asegurarse, y respondió:

—Uno.

—Entonces, ¿cuántos individuos tienen que ser ejecutados?

—Todos los que caigan en mis manos.

—No. Un crimen, un culpable, una ejecución. Dos crímenes, dos culpables, dos ejecuciones —dijo O'Rourke, contando crímenes, culpables y ejecuciones con los dedos para ilustrar su argumentación.

El general no pareció convencido, pero aturdido por la astucia de O'Rourke terminó por ceder.

—De acuerdo. Soltemos a la chica y encerremos al

muchacho. Cuando le haya hecho fusilar, comprobaré si quedo satisfecho. En caso de que no lo esté, haré ejecutar a su hermana.

O'Rourke no discutió. Cada cosa a su tiempo. Se acercó a la joven, que se había mantenido apartada, y le dijo:

—Váyase en seguida, antes de que el general cambie de opinión.

—Haga todo lo posible por salvar a Ricardo, *señor*.

—Haré todo lo que esté en mi mano, puede estar segura.

—Encenderé un cirio para ayudarle.

O'Rourke estuvo a punto de decir: «Vale más que encienda una docena de ellos, los necesitaré». Pero temió desalentar a Luisa. Se limitó, pues, a guiñarle un ojo con aire de complicidad.

El general Angelito Escobar encargó a dos hombres que acompañaran a la joven y que montaran guardia, uno en la parte delantera y otro en la parte posterior de la casa, para evitar que huyera.

O'Rourke dijo que necesitaba su americana y regresó a su habitación, donde volvió a copiar el documento que había sacado del bolsillo de Ricardo Pascal. Esta vez firmó con una X.

Al salir de su habitación, vio que unos soldados se llevaban al prisionero, el cual tenía las manos atadas a la espalda. O'Rourke consiguió deslizar el documento en el bolsillo de la americana del joven Pascal cuando pasó junto a él.

En el escenario del crimen, el general Angelito Escobar se frotaba las manos con una alegría de caníbal.

—Me pregunto si le haré fusilar esta noche o mañana por la mañana. No vengar a mi hermano el mismo día no es cortés. Pero hay que reconocer que una ejecución al amanecer es un espectáculo mucho más excitante...

Dos soldados se llevaron el cadáver del general. En señal de respeto, sin duda, lo transportaban encima del colchón y tapado con las ropas de la cama. Por uno de los lados emergía la mano del muerto, exhibiendo por última vez el reloj de pulsera.

No hace falta decir que en Zacamoras nadie pensaba en fotografías, autopsias ni análisis químicos; además, había que enterrar a la víctima lo antes posible a causa del clima. Pero, si los métodos de detección eran rudimentarios, la astucia de los criminales estaba a su altura.

—Permítanme formularles unas preguntas, caballeros —dijo O'Rourke, dirigiéndose al Estado Mayor agrupado alrededor de Angelito—. Sin duda saben ustedes que el tributo exigido a la ciudad de Zacamoras había sido entregado antes del asesinato del general Inocencio Escobar...

—Desde luego. Estábamos aquí cuando una comisión de vecinos trajo la suma. Por eso festejábamos nuestra victoria con tanta alegría.

—Entonces, ¿dónde está su botín de guerra?

Angelito enarcó las cejas. La pérdida de diez mil pesos parecía afligirle más que la muerte de su hermano. Súbitamente, hizo girar sus brazos como aspas de molino y exclamó, indignado:

—El hijo de Pascal se ha apoderado de nuestro tesoro después de asesinar a mi hermano. Es evidente que ocultó los dos saquitos debajo de las hojas de magüey, en la carreta.

—Perdone, mi general, pero eso es imposible. Vaciamos la carreta para asegurarnos de que el padre no estaba oculto entre las hojas.

Aquella información no favoreció al que la había facilitado. Angelito replicó:

—¡Ah! Me había olvidado de ti. Cumplirás un arresto de ocho días por haber dejado escapar al viejo Pascal.

O'Rourke volvió a la carga:

—¿Quién estaba presente cuando la comisión de vecinos trajo los diez mil pesos?

—Todo el mundo.

—Me han dicho ustedes que los fondos fueron entregados en esta habitación. Todo su ejército no podía encontrarse aquí...

—No, en efecto —dijo Angelito—. Sólo estaban presentes los oficiales de Estado Mayor.

O'Rourke estaba ya convencido de que uno de aquellos oficiales de Estado Mayor había asesinado al general para apoderarse del tesoro, pero se libró de sugerirlo, ya que tenía que utilizar aún la diplomacia.

Se sentó y reflexionó unos instantes. Recordó haber

oído unos pasos furtivos y un roce contra el follaje en el balcón, poco después de que Luisa se separara del general. En aquel momento había creído que Inocencio Escobar perseguía a la joven, pero aquello era absurdo, ya que nada hubiese impedido al general ir al menos hasta la puerta de la habitación de O'Rourke, la única que estaba iluminada.

Otra hipótesis posible: alguien salía de la habitación del general. No, ya que cuando Luisa había huido, el general estaba a solas con ella.

Se imponía una conclusión: el desconocido que andaba furtivamente por el balcón se dirigía hacia la habitación del general. ¿De dónde venía? Sin duda se había izado hasta el primer piso, utilizando la gruesa enredadera para ayudarse a trepar.

El asesino, pues, había entrado en la habitación del general Escobar un instante después de la salida de Luisa. La llegada de Ricardo debió obligarle a batirse en retirada. Había regresado al balcón para esperar a que el joven se marchara. En aquel momento, el general estaba roncando. Por desgracia, cuando el ladrón volvió a entrar en el cuarto, Inocencio Escobar se había despertado. Sin duda había ocultado los dos saquitos de cuero debajo de su almohada. Al apoderarse de ellos, el ladrón le había despertado. Entonces fue cuando el robo se convirtió en asesinato. El empleo del puñal se explicaba fácilmente: al echarse en la cama, después de que la joven saliera de su habitación, el general había dejado el arma sobre la mesilla de noche. El asesino se había apoderado de ella. La presencia de un centinela al otro lado de la puerta le impedía utilizar un revólver...

O'Rourke lamentó amargamente no haber salido al balcón, como estuvo a punto de hacer. Hubiera visto al asesino.

Si aquella reconstitución teórica del crimen era exacta, el criminal había pasado más de cinco minutos en el balcón mientras Ricardo estaba en la habitación del general. Tal vez había dejado algún indicio. Pero, desde que el crimen se descubrió, todo el ejército liberalista había pisoteado el balcón, y las posibilidades de encontrar algo en él parecían sumamente remotas. De todos modos, O'Rourke lo intentó.

Una balaustrada de hierro forjado, recubierta por una

enredadera, discurría a lo largo del balcón de suelo enlosado. Algunos moscardones revoloteaban perezosamente entre las hojas. Tenía que haber también muchas orugas, ya que numerosas hojas de la enredadera estaban desgarradas. O'Rourke se agachó y recogió unos montones de hojas sobre las losas. No podía tratarse de orugas. ¿Quién ha oído hablar nunca de orugas rumiantes, o, mejor dicho, de orugas que vomitan?

O'Rourke se incorporó, volvió a entrar en la habitación y le preguntó al general:

—¿Quién mastica hojas en su ejército?

—¿Qué le pasa? ¿Cree que mis soldados son cabras? —replicó el general, indignado.

—No se enfade, mi general. Estoy seguro de que uno de sus hombres tiene la manía de masticar hojas. Hace mucho tiempo que luchan juntos, y sin duda ha tenido usted ocasión de observar las manías de sus subordinados.

El general se rascó la frente, luego la nuca, luego la parte superior del cráneo.

—¿Hojas? ¿Hojas?... Hojas propiamente dichas, no. Pero a menudo he visto a Pablito, mi jefe de Estado Mayor, masticar briznas de hierba.

Aquellas palabras ejercieron un saludable efecto sobre la memoria de los oficiales de Estado Mayor.

—Es verdad —dijo uno de ellos—. Un día, Pablito y yo estábamos encaramados a un árbol para observar las posiciones enemigas. Pablito no cesaba de arrancar hojas, masticarlas y escupirlas.

Otro añadió:

—Una vez, durante un combate, yo estaba tendido a su lado en un campo y vi que masticaba florecillas silvestres.

O'Rourke mostró los fragmentos de hojas que había recogido debajo de la enredadera e invitó al general Escobar a que le siguiera al balcón. Le mostró las hojas desgarradas cerca de la ventana del difunto Inocencio.

—Su jefe de Estado Mayor, Pablito, me preocupa.

—¿Por qué? Anoche marchó de permiso. Por lo tanto, no ha podido venir aquí esta noche. Sin duda masticó las hojas un poco antes, mientras esperaba que mi hermano firmara el permiso.

—¿Esperaba en el balcón? —preguntó O'Rourke.

El general se golpeó la frente y exclamó:

—¡No! Desde luego que no. Ahora recuerdo que no conseguimos abrir estas ventanas hasta muy tarde. Estábamos a punto de romperlas a patadas, cuando se presentó uno de los criados del hotel y nos sacó del apuro.

—Entonces, ya tiene usted al culpable. Anoche no marchó de permiso. Esperó a que su hermano se quedara solo, le asesinó y huyó con los diez mil pesos. ¿Qué otra cosa podía hacer, anoche, en este balcón?

Pero Angelito Escobar sacudió la cabeza con aire desdeñoso. Aquel razonamiento le parecía pueril, lo mismo que aquellas historias de hojas masticadas. Era un hombre sencillo que se atenía a los hechos más elementales: ¿a quién pertenecía el arma del crimen? ¿Quién fue el último que entró en la habitación?

Para evitar que la incertidumbre de los mejicanos cristalizara en un sentido desfavorable, O'Rourke se apresuró a preguntar:

—¿Se había marchado ya Pablito cuando vinieron los ciudadanos a entregar los diez mil pesos?

—No. Su caballo estaba ensillado. Se disponía a marcharse. Pero subió a la habitación de mi hermano para ver el tesoro, como todos nosotros. Y luego se marchó.

—¿Estaban abiertas las ventanas en aquel momento?

—Sí, el mozo nos enseñó cómo había que abrirlas mientras Pablito estaba con nosotros.

—De modo que su jefe de Estado Mayor sabía que el dinero estaba aquí y que podía entrar por la ventana sin pasar por delante del centinela que montaba guardia en la puerta. ¿Algún otro oficial ha marchado de permiso después de haber cobrado ustedes el tributo?

—No, el único ha sido Pablito —admitió Angelito de mala gana.

Luego explicó:

—Nació en una aldea muy proximo: Tlaxco. Se encuentra al otro lado de esa montaña. Desde que nos acercamos a Zacamoras, sólo pensaba en ir a visitar a sus amigos de la infancia. Su marcha, pues, no tiene nada de anormal, ya que le habíamos prometido este permiso hacía mucho tiempo.

Al general le desagradaba acusar a uno de sus hombres.

Prefería, evidentemente, tomarla con unos adversarios o unos desconocidos. Pero O'Rourke insistió:

—Desde luego, Pablito pensaba en ese permiso desde hacía mucho tiempo. Pero en el momento de marchar vio todo aquel dinero en esta habitación. Y se le ocurrió la idea de cometer un robo. Luego, sorprendido en el momento en que se apoderaba del tesoro, no vaciló en matar.

—Es imposible. Pablito se marchó alrededor de las diez y media, y mi hermano murió a la una y diez. Usted mismo nos lo ha demostrado.

—Nada impedía a su jefe de Estado Mayor ocultarse en las afueras de la ciudad durante unas horas, para regresar, probablemente a pie, cuando todo el mundo estuviera dormido.

Angelito Escobar hizo una mueca de incredulidad, reflexionó, y súbitamente decidió:

—Bien, hay un modo de comprobar si dice usted la verdad. Según la hora de llegada de Pablito a Tlaxco, es culpable o inocente. Si se marchó a las diez y media, ha tenido que llegar entre las nueve y las diez de esta mañana. Pero, si se marchó más tarde, incluso espoleando a su caballo durante todo el trayecto, no puede llegar antes de mediodía.

O'Rourke asintió. Angelito hizo una seña a un suboficial para que se acercara y le dijo:

—Espinoza, toma un soldado contigo y vete a Tlaxco a averiguar a qué hora ha llegado Pablito. No te fíes de su palabra, interroga al mayor número de personas posible. Y cuando estés allí, mantén los ojos bien abiertos por si ves dos saquitos de cuero llenos de oro. Dile a Pablito que regrese inmediatamente. Su permiso queda anulado hasta que se haya aclarado este asunto.

—Iré con Espinoza —dijo O'Rourke—. Me corresponde, en mi calidad de detective.

En realidad, no se fiaba un pelo de la capacidad de los soldados liberalistas. ¿Acaso no habían dejado escapar, cuatro de ellos, al ex alcalde disfrazado de vieja india?

—¿Sabe usted montar a caballo? —inquirió el general en tono burlón.

—¡Desde luego! Durante seis meses dirigí el tránsito, desde lo alto de un caballo, en la Avenida Lenox.

—Son diez horas de camino...

—¿Qué distancia hay entre Zacamoras y Tlaxco?

—De ochenta a noventa quilómetros a vuelo de pájaro, pero hay que seguir unos senderos escarpados —dijo Escobar, conduciendo a O'Rourke al balcón—. ¿Ve usted aquella montaña redondeada, allá abajo? Nosotros la llamamos El Pico Pelado. Es el monte Calvo, como puede ver. Los caballos tienen que dar un rodeo por caminos pésimos, lo cual dobla la distancia.

—No importa, mi general —dijo O'Rourke—. Iré, de todos modos. Pero déme su palabra de que nada le ocurrirá al joven Pascal hasta que yo regrese.

—Desde luego —respondió Angelito cordialmente—. Si Pablito ha matado a mi hermano y robado nuestro tesoro, le haré fusilar a él. Esperaremos a saber la verdad.

Parecía sincero.

Ensillaron el caballo del difunto Inocencio para O'Rourke, el cual partió con Espinoza. No era cuestión de utilizar el viejo Ford para ir a Tlaxco. Los senderos montañosos no lo permitían. Por otra parte, la furgoneta sólo era utilizada para las entradas triunfales en las ciudades conquistadas.

Durante los primeros quilómetros, O'Rourke se sintió tan a sus anchas en su montura como cuando dirigía la circulación en la Avenida Lenox. Seguían entonces una carretera polvorienta, sí, pero ancha y poco accidentada. Luego, las laderas abruptas y los descensos a pico se sucedieron con creciente frecuencia. La carretera se hizo más estrecha y el paisaje circundante más desolado. Durante media hora siguieron el curso de un torrente de aguas espumeantes que discurría hacia Zacamoras.

A unos treinta quilómetros de su punto de partida llegaron a las fuentes de aquel torrente: un lago diminuto alimentado por una cascada que caía verticalmente de no se sabía dónde. La carretera contorneaba la extensión de agua y luego seguía ascendiendo en zig-zag como unos raíles de montañas rusas.

Antes de ir más lejos, O'Rourke y Espinoza desmontaron para dar un descanso a los caballos y también para llenar las cantimploras que llevaban.

—No volveremos a encontrar una gota de agua hasta Tlaxco —dijo Espinoza.

En un paisaje tan desnudo y desolado, aquella cascada asombró a O'Rourke, que inquirió:

—En el pico no hay nieve. ¿Cómo es posible que el agua sea tan abundante?

—¿Quién sabe? No procede de la cima, sino que brota entre las rocas, como si saliera de las entrañas del monte. Por aquí se cuenta que los aztecas explotaban una mina de oro abierta en el flanco de la montaña. Según esa leyenda, cuando los españoles conquistaron el país, los sacerdotes aztecas pidieron a sus dioses que impidieran a los invasores el apoderarse de aquella mina. Los dioses les escucharon y el agua, invadiendo la mina, se deslizó por el orificio de entrada.

Y Espinoza añadió, en tono desdeñoso:

—Son paparruchas.

—¿No cree usted en las supersticiones locales? —preguntó O'Rourke.

—Todo lo que no está escrito en *Das Kapital*, de Karl Marx, no es verdad —respondió Espinoza, con un pasmoso convencimiento.

Los dos compañeros de camino montaron de nuevo a caballo y reanudaron la marcha. Unos quilómetros más lejos, tuvieron que separarse para cabalgar uno detrás del otro. El angosto sendero ascendía por una pared rocosa casi vertical. De cuando en cuando, unos peñascos caían al vacío, empujados por las herraduras de los caballos. O'Rourke observó que tardaban bastante tiempo en llegar al fondo del precipicio.

Habían salido de Zacamoras a las diez de la mañana. Era de noche cuando las luces de Tlaxco aparecieron debajo de ellos, muy lejos. Tardaron aún largo rato en descender hasta la aldea, al otro lado del monte Calvo. Pero hay que señalar que no habían forzado sus monturas, teniendo en cuenta que O'Rourke no estaba acostumbrado a montar. El detective estaba más muerto que vivo cuando echó pie a tierra en la *plaza*. Si hubiese recibido un puntapié en el trasero, ni siquiera se habría dado cuenta, hasta tal punto tenía anquilosadas las nalgas.

La aldea de Tlaxco era otra Zacamoras a escala reducida: la misma plaza, los mismos arcos, la misma antigua iglesia española y los mismos urubúes montando guardia en las esquinas de los tejados.

Espinoza llamó al primer transeúnte que encontró:

—¡Eh, *hombre*! ¿Conoce usted a Pablito, el jefe de Estado Mayor de los ejércitos liberalistas? ¿Dónde podríamos encontrarle?

—En casa de su hermana, que vive al final de esta calle.

Se dirigieron hacia allí a pie, conduciendo sus caballos por la brida, y Espinoza llamó a la puerta de una mísera cabaña de techo de paja y paredes de argamasa de barro y bálago. Abrió una vieja india de manos callosas. O'Rourke llegó a la apresurada conclusión de que aquellas manos habían encallecido amasando la pasta de las *tortillas*.

—¿Está aquí Pablito?

—Mi hermano está en la *cantina*. Ha pasado el día allí.

O'Rourke propinó un codazo a Espinoza para recordarle su misión.

—Permítame entrar y echar un vistazo a su casa.

—Desde luego, pasen —dijo la anciana, apartándose de la puerta.

Paredes desnudas, suelo de tierra batida, mobiliario en su más mínima expresión. Los saquitos de oro no estaban allí. Ni siquiera había un rincón o un cajón en los cuales hubiese podido ocultarlos Pablito.

—¿A qué hora llegó?

—Al romper el día.

O'Rourke y su compañero intercambiaron una mirada.

—Ha perdido usted —murmuró Espinoza.

—Nunca se sabe... Y no me fiaría del testimonio de su hermana.

Sin embargo, O'Rourke había interrogado a demasiadas personas en su vida para no reconocer a los que decían la verdad, y la anciana india no mentía.

—¿Dónde está su caballo? —inquirió.

—Detrás de la casa.

Fueron a ver la montura de Pablito.

—¿Es ése el caballo en el cual salió de Zacamoras? —preguntó el detective.

—Sí, lo reconozco por esa estrella blanca.

O'Rourke se agachó a palpar las patas del caballo y examinó los cascos.

—El animal no parece haber corrido mucho. ¿Cómo ha conseguido Pablito esa hazaña?

—Al parecer, porque no se trata de ninguna hazaña. Salió a las diez y media de la noche.

—Al parecer —replicó O'Rourke.

Luego, viendo la silla y los arneses colgados de dos estacas, los palpó. No hace falta decir que después de haber pasado todo un día al sol estaban más que secos. No dijo nada a Espinoza y volvió a entrar en la cabaña para interrogar a la anciana india, la cual contestó inmediatamente:

—El caballo de Pablito tropezó cuando se inclinaba a beber en el pequeño lago que hay al otro lado de la montaña. Cuando llegó aquí, la silla y la manta estaban todavía húmedas y las puse a secar al sol.

O'Rourke interrogó con la mirada a Espinoza, el cual contestó:

—Es muy verosímil. A menudo, los caballos resbalan sobre las rocas mojadas. Vamos, aquí no hay nada interesante.

Encontraron a Pablito en la *cantina,* es decir, en la taberna de la aldea. Todos los clientes le rodeaban, boquiabiertos, ya que contaba sus hazañas militares. Al ver a Espinoza no manifestó ningún temor, sino únicamente la lógica sorpresa.

—¡Vaya! ¿Qué haces tú aquí?

—He venido a buscarte. El tesoro de guerra ha desaparecido y el general Inocencio Escobar ha sido asesinado. Su hermano quiere interrogarte.

Pablito se irguió, ofendido.

—¡Esta sí que es buena! —exclamó—. ¿Cómo puede creerme capaz de una cosa semejante?

Se golpeó el pecho a la manera de King-Kong y añadió:

—¿Así es cómo me demuestra su gratitud, después de haber pasado hambre y sed y luchado junto a él durante toda la campaña?

Luego, volviéndose hacia O'Rourke, le dirigió una malévola mirada y preguntó:

—Y el *gringo,* ¿qué pinta en este asunto?

Por su profesión, O'Rourke creía que el sospechoso tiene que contestar, y no interrogar. En consecuencia, inquirió:

—Su hermana dice que ha llegado usted aquí al romper el día. ¿Alguien más podría confirmarlo?

—Pregunte a todo el mundo.

Es lo que hizo O'Rourke. Interrogó a casi todos los habitantes de Tlaxco. Las respuestas fueron unánimes. Una mujer que lavaba ropa en un arroyo a la entrada del pueblo, con las primeras luces del alba, había visto llegar a Pablito, el cual la había saludado con la mano. El alcalde declaró en el mismo sentido.

—Pablito ha desayunado conmigo. Y nunca he desayunado después de las seis y media de la mañana.

—Y yo había estado ya en casa, saludando a mi hermana —añadió Pablito.

—Si el general Escobar lo duda —dijo el alcalde—, estoy dispuesto a ir en persona a llevarle mi testimonio.

O'Rourke se dijo: «Aquí todos son amigos del sospechoso». Pero dudaba, ya que Pablito podría haber sobornado a un testigo, a dos testigos, pero no a toda la aldea. Era evidente.

Indignado por la acusación que pesaba sobre él, Pablito sólo hablaba de regresar inmediatamente a Zacamoras para poner las cosas en claro. Sin embargo, decidieron pasar la noche en Tlaxco y ponerse en camino al amanecer. Aunque lo hubiese deseado, O'Rourke no hubiera podido efectuar el viaje de regreso sin un previo reposo. El alcalde les dio alojamiento a Espinoza y a él. En cuanto a Pablito, se marchó a su casa.

—Es capaz de poner pies en polvorosa durante la noche —le dijo el detective a su compañero.

—Si lo hiciera, se denunciaría y sabríamos la verdad. Hasta ahora, todo está a favor suyo. Por lo tanto, haría mal en huir.

Espinoza tenía razón. Los acontecimientos lo demostraron. Pablito fue el primero en levantarse a la mañana siguiente, y ensilló sus caballos mientras ellos acababan de vestirse.

Espinoza le aconsejó que se llevara a uno de sus testigos a Zacamoras.

—Desde luego —dijo Pablito—. Me han calumniado, y

quiero exculparme sin que quede ni la sombra de una duda.

Escogió al alcalde, que aceptó hacer el viaje. Era el mejor testigo posible. O'Rourke consideró que la jugada era legal: todo testigo tiene el legítimo derecho a defenderse.

El sospechoso y su testigo cabalgaban delante, Espinoza y O'Rourke cerraban la marcha. A cierta distancia de Tlaxco, pasaron junto a un bosquecillo cuyos árboles extendían sus ramas por encima de la carretera. Con un gesto maquinal, Pablito cogió una de aquellas ramas, arrancó un puñado de hojas y empezó a masticarlas.

O'Rourke enarcó las cejas y no dijo nada.

Después de contornear la montaña, llegaron al pequeño lago y se detuvieron para que sus caballos pudieran refrescarse. O'Rourke hizo una seña a Espinoza para que no se apeara del caballo, y los dos vigilaron a Pablito. Este fue el único que bajó de su montura. Se explicó así:

—Mi caballo tropezó anteayer con una roca y me tiró al agua de cabeza: no quiero que vuelva a suceder.

O'Rourke no respondió y miró el fondo del lago bajo los pies de su caballo. Las rocas, debajo del agua, parecían muy resbaladizas. Decididamente, Pablito se defendía muy bien: no había el menor fallo en sus argumentos.

El pequeño grupo llegó a Zacamoras al atardecer. Apenas hubieron entrado en la habitación del general, O'Rourke, que no podía con su alma, pidió una almohada.

—¿Y bien? —inquirió el general, dirigiéndose a Espinoza.

—Pablito llegó a su casa al romper el día. Todos los habitantes de Tlaxco nos lo han confirmado. El alcalde ha venido con nosotros a propósito para atestiguarlo. *Oruke* y yo indagamos en todas partes, pero no hemos encontrado el menor rastro del tesoro.

Escobar miró al detective con aire desalentado y emitió un gruñido nasal. Pablito, con los brazos cruzados, escuchaba con aire desenvuelto.

Pero O'Rourke se negó a darse por vencido. Volviéndose hacia Pablito, le dijo:

—Tengo que hablar a solas con el general. Vaya al balcón y espere allí un momento, por favor.

El jefe de Estado Mayor obedeció, tras dirigir una burlona mirada al detective.

—¿Por qué le ha hecho ir allí? —inquirió Escobar.

—Ya lo verá, déjele solo en el balcón unos minutos...

Un momento después, O'Rourke hizo una seña al general para que se reuniera con él junto a la ventana.

—Aparte el visillo y mire. No, no abra la ventana, y no se deje ver... ¿Qué está haciendo Pablito?

—Nada —respondió Escobar—. Espera, masticando unas hojas.

O'Rourke golpeó violentamente la mesa con el puño y afirmó:

—Una vez más, le digo que el culpable es él. Ha asesinado a su hermano. Me importa un bledo a qué hora llegó a Tlaxco al día siguiente.

El general golpeó la mesa con la misma energía y replicó:

—Me importa un bledo que se coma todas las hojas de todos los bosques mejicanos: afirmo que nadie puede ir de Zacamoras a Tlaxco en cinco horas. ¡Es imposible!

Luego, decidido a no perder tiempo, Escobar llamó a un cabo y le ordenó:

—Reúne un pelotón de ejecución y ve a buscar al joven Pascal. Le fusilaremos contra la tapia de la cárcel. En cuanto al tesoro, ya lo encontraremos. La hija de Pascal nos dirá dónde está, si la interrogamos adecuadamente. Me avergüenzo de haberme dejado engatusar por ese *gringo*.

A pesar de su aspecto impasible, en su fuero interno O'Rourke estaba desolado. El argumento del reloj de pulsera, que le había servido para deslumbrar al general, se volvía ahora contra él. Si hubiera dejado planear una duda sobre la hora del crimen, Pablito se hubiera encontrado con más dificultades. De todos modos, intentó hacer entrar en razones a Angelito.

—Escúcheme, por favor...

—Ya le he escuchado bastante —replicó Angelito. Luego se dirigió al cabo—: ¿Qué esperas para ir a buscar a Pascal? Y ven a avisarme cuando todo esté preparado para la ejecución.

—A la orden, mi general —dijo el cabo, dando media vuelta y dirigiéndose hacia la puerta.

—¡Espere, qué diablo! No hay ninguna prisa. Yo afirmo que Pablito asesinó a su hermano y robó su tesoro de guerra.

El cabo iba a salir cuando Escobar preguntó:

—¿Puede usted ir de Zacamoras a Tlaxco entre la una y diez de la mañana y el amanecer?

No había solución. El cabo se encontraba ya en el umbral de la puerta. O'Rourke respondió:

—Desde luego, puedo hacerlo. Se lo demostraré, si accede a retrasar la ejecución.

Todo el Estado Mayor estalló en una ruidosa carcajada. El general se hurgó la sien con su dedo índice para dar a entender que O'Rourke estaba chiflado. Pero no por ello dejó de aceptar el reto del *gringo.*

—¡Bueno! —exclamó, golpeando de nuevo la mesa con el puño—. Saldrá usted a la una y diez de esta noche. Si llega a Tlaxco al amanecer, haré fusilar a Pablito. Si no, el que morirá será el joven Pascal, y luego nos ocuparemos de su hermana para que nos diga dónde están ocultos los diez mil pesos.

O'Rourke se sintió acorralado. Pero respondió en tono decidido:

—¡Trato hecho!

Si los mejicanos hubiesen mirado su nuez de Adán, habrían visto que se contraía espasmódicamente.

—¿Quiere usted que le acompañe alguien? —ofreció el general.

—No. Según un proverbio de mi país, se viaja más aprisa cuando se viaja solo. De modo que marcharé solo, pero envíe a alguien delante de mí para cronometrar mi llegada.

—Iré yo, mi general —dijo Espinoza—. Aunque sea *gringo,* ese *Oruke* no es mala persona. Ha perdido el juego, pero no le faltan redaños.

—De acuerdo —dijo Escobar.

—Salgo inmediatamente —dijo Espinoza—. ¡Hasta mañana, *Oruke,* y buena suerte!

O'Rourke sabía de antemano que se embarcaba en una empresa irrealizable. ¿Qué ganaría con ello? Casi nada, apar-

te de retrasar veinticuatro horas la ejecución de Ricardo.
Sin embargo, en la historia de Pablito había algo turbio.
O'Rourke se daba cuenta, pero no llegaba a discernir exacta-
mente dónde se encontraba la fisura.

Escobar levantó el dedo índice con aire severo y repitió:

—Si llega usted Tlaxco después de las cinco y media de
la mañana, ¿sabe lo qué pasará?

Hizo como si se llevara un fusil al hombro y añadió:

—¡Bum!

—De acuerdo, ¡bum! —repitió O'Rourke.

Pablito había vuelto a entrar en la habitación y sonreía,
burlón.

El detective gruñó:

—Te pescaré...

Luego se dirigió a su cuarto para descansar.

Se tendió en la cama, con todo el cuerpo dolorido. Le
dolían todas las articulaciones, y tendría que realizar otra
vez el viaje antes de haberse repuesto de la fatiga del
anterior. ¿Para qué serviría, puesto que de todos modos el
joven Pascal sería fusilado?

Un criado le despertó a las doce y media, tal como
había pedido. O'Rourke se tomó una taza de café y fue a
ver al general.

Le proporcionaron un caballo fresco. Los mejicanos tenían abundantes monturas. O'Rourke ni siquiera examinó
al animal. No le importaba que fuese gordo o delgado,
fuerte o débil. Sabía que Pablito no se había basado en las
cualidades de su caballo para llegar a tiempo. En efecto,
los senderos montañosos eran tan peligrosos que el mejor
caballo del mundo no hubiese podido trepar por ellos con
más rapidez que el peor jamelgo.

O'Rourke se llevó una linterna con la descabellada esperanza de que le permitiría descubrir un atajo. Era absurdo, ya que no había sido capaz de encontrarlo en pleno
día.

Todo el Estado Mayor salió al balcón para despedirle. Los
oficiales liberalistas se divertían grandemente a su costa, y

Pablito más que todos sus compañeros. Cuando O'Rourke
se disponía a montar, Escobar gritó:

—¡Eh! Espere cinco minutos. Saldrá usted a la una y
diez minutos, exactamente, ya que afirma que esa es la hora
a la cual partió Pablito.

Agitaba en la mano un despertador que había hecho
subir de la cocina.

Pablito se echó a reír:

—Podemos regalarle esos cinco minutos. ¡No quiero negarle nada a nuestro amigo norteamericano!

O'Rourke replicó en inglés de un modo poco cortés para
indicar lo qué hacía con los regalos de Pablito.

Una vieja india se acercó a él en la oscuridad y le deslizó subrepticiamente algo en la mano. Era una pequeña
cruz de jade atada a una cinta de terciopelo, la que Luisa
Pascal llevaba alrededor del cuello la antevíspera.

—La *señorita* ha oído hablar de lo que usted hace por
su hermano —susurró la vieja—. Le envía este talismán
que le traerá buena suerte, y ella rezará por usted toda la
noche.

—Entonces, estoy seguro de que el éxito me sonreirá
—respondió O'Rourke, con una seguridad que estaba muy
lejos de sentir.

—¡Adelante! —gritó el general por encima de la balaustrada del balcón—. ¡Es la una y diez *en punto*!

O'Rourke chasqueó la lengua, y su caballo partió al
trote por la oscura carretera que conducía a Tlaxco.

Las luces de Zacamoras no tardaron en parpadear lejos
detrás de él, y el detective pensó, balanceándose al ritmo
de su montura: «¿Cómo pudo conseguirlo? ¿Cómo pudo
llegar tan pronto?» Pablito había hecho trampa, desde
luego. Bastaba con adivinar cómo lo había hecho, para
realizar el viaje tan rápidamente como él. Pero no podía
perder tiempo, si no quería llegar demasiado tarde. Temía
adentrarse por el camino montañoso, por el cual no podría
efectuar el viaje en cuatro horas y media. Y su marcha era
ahora más lenta que cuando iba con Espinoza.

Tres hipótesis se ofrecían a su mente: 1.º Un atajo que
franqueaba la montaña en una línea lo más recta posible
entre las dos poblaciones. 2.º Un atajo que contorneaba la
montaña por la derecha, en vez de por la izquierda. 3.º Un

atajo que, apartándose de la montaña, permitía galopar por terreno llano sin tener que aminorar el paso en los senderos escarpados.

Ninguna de aquellas soluciones era buena. Las dos primeras constituían simples quimeras, y el tercer camino hubiese sido tan largo que el caballo habría quedado agotado en pocas horas.

El pequeño torrente no tardó en dejar oír su quejumbroso murmullo en medio de la oscuridad.

«¿Cómo lo consiguió? —se repitió O'Rourke—. Tengo que saberlo en seguida. Dentro de un momento será demasiado tarde.»

Al llegar a la cascada, se apeó del caballo para refrescarse y dejar beber a su montura. El animal avanzó por el agua. O'Rourke cogió la brida y la retuvo, diciendo:

—¡Eh! ¡Alto, amigo! No quiero hacer el resto del camino sobre una silla mojada.

Comprobó que los arneses estaban ya húmedos, porque el caballo los había salpicado al andar por el agua.

Convencido de haber perdido la partida, O'Rourke volvió a montar, desalentado. El camino se había convertido ya en un sendero que discurría entre una escarpada pared de roca y un precipicio cuyo fondo se perdía en la oscuridad. Cuando O'Rourke miraba a la izquierda veía las estrellas parpadeando por debajo de él, lo cual no le había sucedido nunca y le asustaba un poco.

Pero tenía que mirar a la derecha, ya que sólo por aquel lado podía haber un atajo. O'Rourke encendió su linterna e iluminó la muralla de roca a lo largo de la cual se desplazaba. Estaba tan cerca de él que el haz luminoso dibujó en ella un círculo redondo y blanco, que sólo reveló una pared casi lisa y cortada aquí y allá por anfractuosidades en las cuales brotaba una raquítica vegetación. Si hubiese existido un atajo, lo habría visto el día anterior, a plena luz. Continuar buscando era absurdo.

O'Rourke dejó que su caballo se detuviera, apagó la linterna y la colgó de su cinturón. Era inútil ir más lejos, puesto que el camino que seguía no podía llevarle a Tlaxco antes de mediodía. Sacó un cigarrillo de su bolsillo y frotó un fósforo contra la parte inferior de su silla. En aquel preciso instante comprendió lo inútil de aquel gesto: el cuero estaba mojado, y el fósforo no se encendería. Sin embargo... se encendió.

«¿Cómo es posible? —pensó O'Rourke—. Hace cinco minutos, mi silla estaba mojada. Ahora está seca. En cambio la de Pablito continuaba estando húmeda varias horas después, hasta el punto de que su hermana se dio cuenta y la puso a secar. Hay algo que no encaja...»

Entonces recordó lo que le había contado Espinoza.

«Se dice que los aztecas habían perforado una mina en esa montaña...»

O'Rourke enarcó las cejas en la oscuridad, hizo dar media vuelta a su montura, la espoleó ligeramente y retrocedió hacia la cascada, pensando en voz alta:

«Pablito tuvo que pasar por allí.»

Todo lo demostraba. En primer lugar, resultaba inconcebible la existencia de un atajo en una carretera que discurría sinuosamente por un paisaje monótono. En segundo término, Pablito sólo había podido mojar su silla cerca de la cascada. Y, finalmente, allí era el lugar donde la carretera empezaba a hacerse sinuosa, ya que hasta entonces había discurrido en línea recta desde Zacamoras hasta el pie de la montaña.

Al llegar al borde del pequeño lago, O'Rourke descabalgó, encendió su linterna e iluminó la cascada. Nada. El agua caía desde una altura vertiginosa a lo largo de una escarpada pared.

El caballo, que ya había bebido antes, no penetró esta vez en el lago. O'Rourke se quitó los zapatos, se remangó las perneras de los pantalones y se metió en el agua. La roca, bajo sus pies, era plana, estriada por la erosión. ¿Por qué había resbalado el caballo de Pablito? También eso era inconcebible.

El detective se dirigió hacia la cascada y no tardó en verse envuelto por una espesa y húmeda niebla. Protegiendo sus ojos con una mano, tendió su linterna hacia adelante para iluminar la roca. Al principio no vio nada. Pero se obstinó en chapotear bajo la cascada que le caía sobre los hombros. Finalmente percibió una grieta. Sin vacilar, hundió la cabeza bajo el agua para medir su profundidad. A primera vista, era demasiado estrecha para que un hombre —y con mayor motivo un caballo— pudiera adentrarse por ella.

Cegado por el agua, O'Rourke se cogió a una roca para no perder el equilibrio. La roca osciló: su posición era tan inestable, que la menor presión permitía desplazarla.

Una caverna se abrió detrás de la cortina líquida. Pero, al oscilar, la roca hizo que el agua saltara a una distancia considerable, igual que cuando se interrumpe un chorro de agua poniendo la mano delante. Calado hasta los huesos, O'Rourke insistió en sus pesquisas. A riesgo de quedar aplastado por la roca si ésta volvía hacia atrás, hundió la cabeza en la caverna e iluminó el fondo. Pero, en realidad, no había fondo: era una galería de mina que se abría detrás de la cascada. Por costumbre profesional, el detective iluminó el suelo y distinguió unas huellas de herraduras.

Puesto que el caballo de Pablito había entrado en la mina, nada impedía que O'Rourke hiciera otro tanto con el suyo.

O'Rourke apagó su linterna y regresó chapoteando al lugar donde se encontraba su montura. Cogiéndolo por la brida, lo hizo avanzar hacia la cascada. Cuando las salpicaduras le alcanzaron, el animal se paró en seco y se negó a seguir adelante. O'Rourke tiró de la brida con todas sus fuerzas. El caballo resistió. El detective se colocó detrás de su montura y la empujó hacia adelante. Por desgracia, el peñasco había vuelto a girar sobre sí mismo para cerrar la entrada de la galería. O'Rourke volvió a coger la brida, la acortó y, sin soltar al animal, hizo oscilar la roca y penetró en la galería.

El caballo seguía negándose a avanzar. Tal vez el de Pablito estaba acostumbrado a aquella clase de ejercicio, y Pablito, jinete de nacimiento, como la mayoría de los mejicanos, sabía hacerse obedecer por su montura. O'Rourke tiró. Finalmente, el animal notó que su cabeza llegaba a un lugar seco. Posó las dos patas delanteras en el suelo de la galería. A partir de aquel momento, dejó de resistir.

La caverna no era tan grande como parecía a primera vista. Era sobre todo baja de techo, por lo que no cabía pensar en montar. O'Rourke avanzó tirando de la brida de su caballo. El suelo de la galería estaba seco y el animal avanzó sin protestar.

El detective pudo apreciar que la galería no había sido excavada por la naturaleza. A pesar de la opinión de Karl

Marx-Espinoza, la montaña había sido horadada por los aztecas, hacía varios siglos, y las supersticiones locales tenían un fondo de verdad.

De todos modos, O'Rourke experimentaba una sensación de angustia, como sucede siempre que alguien se aventura por un camino inexplorado bajo tierra. Si no hubiese visto las huellas dejadas por el caballo de Pablito, hubiera dudado y tal vez retrocedido. La galería se hacía cada vez más angosta, y el caballo se veía obligado a avanzar con la cabeza baja. Este detalle confirmaba la veracidad de la antigua leyenda. Los aztecas no tenían caballos, ya que los primeros ejemplares que pisaron tierra americana fueron llevados allí por los españoles. En consecuencia, los que habían horadado aquella galería se habían limitado a darle una altura bastante modesta.

Tras haberse mantenido algún tiempo horizontal, el túnel se inclinó, y O'Rourke tuvo la impresión de descender hacia el centro de la tierra. La pendiente se hizo cada vez más pronunciada. A cada instante, el caballo corría el peligro de resbalar y aplastar a su conductor. Pero el animal avanzaba lentamente, ya que su grupa, al oscilar, chocaba con la pared rocosa, lo cual le frenaba.

Abandonando la superficie de roca, el túnel penetró en un suelo más blando. Unas vigas de madera sostenían la bóveda. La madera era negra, y debió ser muy dura, pero estaba agrietada y roída por el tiempo, lo cual preocupaba mucho a O'Rourke.

Y luego el aire se hizo pesado, casi irrespirable. Pero si Pablito había salido vivo del túnel, el detective estaba convencido de que él podría hacer lo mismo. Apuntando el haz de su linterna delante de él, avanzó lentamente. Su caballo, nervioso a causa de la oscuridad reinante, se paraba de cuando en cuando, negándose a andar. Pero, como estaba obligado a inclinar la cabeza, le resultaba imposibe encabritarse.

La falta de ventilación hacía la marcha cada vez más penosa. A medida que se habían alejado de la abertura, el suelo iba siendo más seco. Hombre y animal levantaban ahora una fina polvareda que penetraba en sus fosas nasales, irritándoles la garganta y pegándose al sudor que empapaba sus cuerpos.

La galería dejó de descender. Pero, cuando recobró la horizontal, empezó a discurrir sinuosamente. Los viajeros llegaron a una caverna circular, en medio de la cual se abría una especie de pozo. Sin duda se trataba de una antigua cantera de extracción. La bóveda era bastante alta. El caballo lo aprovechó para debatirse. Mientras lo tranquilizaba, O'Rourke iluminó por casualidad un esqueleto caído en el suelo en un rincón de la gruta. ¿Era el de un minero muerto hacía siglos en plena tarea, o el de un explorador aventurero que se había extraviado y muerto por asfixia? Esta última hipótesis no tenía nada de tranquilizador. El detective saludó al difunto apagando y encendiendo su lámpara, del mismo modo que los automóviles saludan los cruces en la Avenida Lenox. Una vez calmada su montura, O'Rourke siguió adelante. Y entonces se produjo lo que había temido: el túnel se bifurcaba. Dos caminos se presentaban delante de él. Nada indicaba cuál era el bueno. Adentrarse por el mal camino significaba la muerte segura, ya que sus pulmones no resistirían mucho más y no le darían opción a retroceder. Iluminó el suelo, esperando encontrar en él las huellas dejadas por el caballo de Pablito, pero, en aquel lugar, el túnel estaba excavado en la roca. Avanzar era arriesgarse a un error fatal, pero quedarse allí desembocaría en el mismo resultado. Su caballo resoplaba desesperadamente detrás de él. Perplejo, O'Rourke levantó la cabeza y percibió una señal blanca dibujada sobre la bóveda de uno de los túneles. Sonrió. También Pablito se había encontrado ante aquella bifurcación, pero, la primera vez que había explorado el túnel, debió de entrar por el otro lado. Para evitar un error al volver sobre sus pasos, había señalado prudentemente el camino marcando el túnel por el cual había llegado a la encrucijada.

«Gracias, Pablito», murmuró O'Rourke, que reemprendió la marcha apoyándose en la pared de roca porque la falta de aire le producía vértigo.

Unos minutos después sus esfuerzos se vieron recompensados. Llegó a una caverna redonda como la anterior. Pero allí, cerca del pozo de extracción, los aztecas habían construido una especie de muelle al pie del cual los porteadores venían a cargar cestos de mineral sobre sus hombros. En un extremo de aquel muelle, Pablo había depositado los dos saquitos de cuero que contenían el rescate del alcalde de Zacamoras.

—Ahora ya te tengo, Pablito —gruñó O'Rourke—. Te tengo... si consigo salir de aquí.

En aquel preciso instante tropezó, cayó de rodillas y se incorporó respirando trabajosamente. Cogió los saquitos y los colgó de su silla. Estaba tan débil que su peso le pareció fantástico.

Unos minutos más tarde titubeaba apoyándose en la pared rocosa, y el pobre caballo respiraba como un asmático detrás de él. ¿Cuánto tiempo duraría aquella prueba? Lo ignoraba.

Con la lengua colgante y los ojos desorbitados, tirando de su caballo que no podía más, dio algunos pasos.

El aire pareció más fresco y recobró la esperanza.

Pero, de repente, su linterna iluminó el fondo de la galería. ¡No había salida! Enloquecido, O'Rourke se puso a cuatro patas y empujó la roca con todas sus fuerzas. Fue inútil. Tal vez estaba demasiado débil, tal vez la roca era tan estable como parecía...

¿Aquel diablo de Pablito había marcado con tiza el túnel que conducía al tesoro? ¿O había señalado las galerías con el fin de embrollar las pistas? Si era así, O'Rourke había perdido la partida, pero el general Escobar no tendría ocasión de mofarse del presuntuoso *gringo*, que no saldría de allí.

Sin embargo, el aire era más fresco. Parecía incluso que una leve brisa soplaba en el túnel. O'Rourke recordó haber oído decir cómo localizaban la dirección del viento los marineros. Se mojó un dedo con saliva y lo levantó por encima de su cabeza. El viento procedía del fondo de la galería. Por lo tanto, había una anfractuosidad en el peñasco que O'Rourke había intentado hacer oscilar. Pero, aquel orificio, ¿permitiría salir al hombre y al caballo? Nada lo demostraba. Aunque consiguieran respirar, morirían de hambre y de sed al cabo de un par de días. Y sólo ganarían una cosa: una agonía más lenta.

El detective atrajo a su caballo hacia él y se apoyó contra la grupa para empujar el peñasco. Este vaciló ligeramente. Una fina polvareda empezó a caer sobre la cabeza de O'Rourke, que insistió. Entonces se abatió una lluvia

de guijarros sobre el hombre y el caballo. O'Rourke recobró
el aliento, protegiendo al mismo tiempo su cabeza con las
dos manos. El bloque de roca retrocedió.

Enloquecido, el caballo se echó hacia atrás, pero O'Rourke volvió a atraerlo y recomenzó la misma maniobra. Súbitamente, toda la pared rocosa se desplazó unos treinta grados a la derecha, dejando al descubierto una abertura por
la cual caían al túnel polvo y guijarros. Pero, más allá de
aquella avalancha, las estrellas brillaban en el cielo nocturno. Luego, piedras y polvo dejaron de caer y el aire
fresco reanimó al hombre y al animal. O'Rourke se izó a lo
largo del plano inclinado y consiguió salir del túnel. Quedaba el caballo. Para el animal, la ascensión resultó menos
fácil. Resbaló hacia atrás dos o tres veces, pero terminó por
apoyar sus cascos delanteros en la parte superior del peñasco. O'Rourke le ayudó a completar la ascensión.

El detective se sentó en el suelo para descansar unos
instantes. Aquí no había agua ni cascada para ocultar la
abertura del túnel. Bastaba con el boscaje. O'Rourke examinó el peñasco que había hecho oscilar y comprendió lo
que había pasado. Normalmente, aquel bloque de piedra
debía oscilar con tanta facilidad en un extremo como en el
·otro. Pero, la última vez que había cerrado la entrada,
Pablito había provocado un leve corrimiento de tierras. Guijarros y tierra blanda habían bloqueado el peñasco.

O'Rourke trató de orientarse: no había ningún camino a
la vista. Llegó a la conclusión de que la galería desembocaba más allá de Tlaxco. En consecuencia, había que retroceder para llegar a la aldea. Por fortuna, las estrellas empezaban a palidecer en el cielo. Y una vaga claridad se
alzaba en el horizonte. Era el este, gracias al cual O'Rourke
situó los otros tres puntos cardinales y sobre todo Tlaxco.

Se encontró con Espinoza en la habitación que había
compartido con él la noche anterior en casa del alcalde.
O'Rourke entró y sacudió vigorosamente al durmiente.

—¡Aquí estoy! Acabo de llegar. Tome nota de la hora.

Espinoza se sentó en la cama, se frotó los ojos y miró el
reloj colgado de la pared.

—¡Las seis! —exclamó—. ¿Cómo lo ha conseguido?

—Como Pablito. Levántese, saldremos en seguida para
Zacamoras.

—Imposible. Acaba usted de llegar... Y no es usted de hierro.

—Desde luego. Me muero de ganas de descansar, Espinoza, pero no puedo perder tiempo. Pablito debe estar convenciendo al general de que el joven Pascal es culpable y que hay que ejecutarle. Sin hablar mal de su jefe, temo que ,se sienta inclinado a hacer fusilar a la gente primero, y reflexionar después.

El sol empezaba a declinar en el horizonte cuando O'Rourke y Espinoza llegaron a Zacamoras. El Estado Mayor liberalista no les esperaba en el balcón del *Grand Hotel*. Los dos jinetes echaron pie a tierra. O'Rourke subió los peldaños de la escalera de cuatro en cuatro y entró en la habitación del general Angelito Escobar. Estaba vacía. El detective volvió a bajar rápidamente. Un soldado que bebía en el bar le dijo:

—El general ha ido a la cárcel para asistir a una ejecución.

—¡Rápido! ¡El teléfono! —exclamó O'Rourke.

Pero en Zacamoras no había teléfono, y O'Rourke se precipitó a la calle corriendo como un loco.

«Si fusila a ese muchacho después de todo lo que he hecho para salvarle...», pensaba, mientras corría hacia la cárcel.

Desde que había sido colocada la primera piedra de Zacamoras, nadie había corrido tan aprisa por las calles de la ciudad. Espinoza trotaba detrás del detective, que llegó por fin a la cárcel. Una mujer, vestida de negro, arrodillada delante de la puerta se puso en pie. Era Luisa Pascal.

—Escuche —dijo la joven—. ¿No oye usted el redoble del tambor?

O'Rourke llamó a la puerta con la culata de su revólver. Un centinela de rostro de color limón entreabrió el portal.

—No puede entrar nadie. El general lo ha prohibido...

O'Rourke le apretó el cañón de su revólver contra el estómago y le obligó a retroceder.

El redoble de los tambores iba en aumento. Una voz imperiosa, seca como un latigazo, ordenó:

—¡Apunten!

O'Rourke se precipitó al pasillo que conducía al patio de la cárcel.

—¡Cuerpo a tierra, Ricardo! —gritó, desembocando en el patio en el preciso instante en que el oficial que mandaba el pelotón ordenaba:

—¡Fuego!

El joven Pascal, con los ojos vendados, se dejó caer al suelo, y los proyectiles se clavaron en la pared por encima de él.

O'Rourke corrió hacia el general Escobar, que asistía a la ejecución rodeado de su Estado Mayor.

—Me había dado usted su palabra... He aquí al culpable —dijo O'Rourke, señalando a Pablito—. Cruzó la montaña por un túnel que los aztecas excavaron hace varios siglos y en el cual encontré el tesoro robado. Lo he traído conmigo. Pregúntele a Espinoza a qué hora llegué a Tlaxco.

Escobar se volvió hacia su jefe de Estado Mayor con aire severo. Pero Pablito no se encontraba ya cerca de él. Cruzaba el patio a todo correr. El general arrancó el revólver que O'Rourke sostenía en la mano y abatió a su jefe de Estado Mayor en el momento en que iba a alcanzar la escalinata. O'Rourke admiró la habilidad de Angelito Escobar en el manejo del revólver.

Un poco avergonzado, el general trató de justificarse, culpando al que acababa de ejecutar.

—El me convenció... Yo estaba dispuesto a cumplir mi palabra, pero Pablito no cesaba de repetirme que usted no podría llegar a Tlaxco en el tiempo previsto. Yo tampoco lo creía, la verdad sea dicha. En consecuencia, ¿por qué tenía que esperar más?

Se acercó a la escalinata, señaló el cadáver de Pablito con un gesto desdeñoso y preguntó:

—¿Está muerto?

—Definitivamente muerto, mi general —respondió un soldado.

Los dos jóvenes Pascal se encontraban en el umbral de la cárcel. O'Rourke le dijo al general:

—Déles un salvoconducto para que puedan ir a reunirse con su padre. Se lo merecen.

—De acuerdo —dijo Escobar, que se sentía de buen humor después de haber vengado a su hermano, y de **mejor** humor aún porque había recuperado su tesoro.

El propio O'Rourke redactó el salvoconducto, y el general lo firmó trabajosamente con una X. Luego volvió a entregar el documento al norteamericano, diciendo:

—Usted que es tan listo y tan rápido, tendría que hacerme un gran favor: enseñarme a firmar con mi nombre. Resultaría más elegante.

Luego se alejó tranquilamente.

Luisa Pascal cogió entre las suyas las manos del detective y le dijo:

—¿Cómo podría agradecerle todo lo que ha hecho por nosotros, *señor*?

—¿Por qué tiene que agradecérmelo? —dijo—. No se le dan las gracias al pez porque nada, ni al pájaro porque vuela. Yo hago como ellos: obedezco a mi naturaleza.

—Pero... —empezó a protestar Luisa.

—No insista, *señorita* —la interrumpió O'Rourke—. Mi oficio consiste en exculpar a los inocentes y en hacer castigar a los culpables. Para eso sirven los detectives.

TAXI-GIRL

Ha reaccionado como suelen reaccionar los clientes al oír mi voz: cabeza inclinada, mirada inquisitiva para asegurarse de que no se equivocan, de que están hablando con una mujer. Ha parpadeado repetidas veces, como si creyera ser víctima de una alucinación. He alargado el brazo por detrás de mí para abrir la portezuela.

Conozco la continuación. Me ocurre veinte veces al día. Se quedan plantados sobre la acera, como si estuvieran delante de un fenómeno de feria. Yo recito mi letanía:

—Sí, soy una conductora de taxi. ¿Y qué? Eso no me impide tener tan buenos frenos como cualquiera.

Sigue vacilando. Esto también es clásico. Lo mejor es cuando no se fijan en mí. Cuando suben sin mirarme y no oyen el sonido de mi voz. Para conducir, oculto mis cabellos bajo mi gorra.

He continuado, pacientemente:

—Tengo que ganarme el pan, como todo el mundo (es un argumento que da resultado, por regla general). Vamos, caballero, ¿adónde quiere ir? ¿Acaso no tiene confianza en mí?

De repente, se ha decidido. Ha murmurado:

—Después de todo...

Ha subido al taxi, diciendo:

—North River, a la altura del muelle número 10.

Le he cargado delante de un elegante club de la Avenida Madison. Me he preguntado qué iba a hacer allí, a aquel barrio de almacenes. Si fuera para embarcar en algún buque, llevaría equipaje. Pero no era asunto mío.

He bajado bandera y he arrancado. La llama de un encendedor detrás de mí me ha advertido que examinaba mi licencia. Por la noche, todos lo hacen. Asombroso que la hoja de plexiglás no se haya fundido. Afortunadamente, mi fotografía sería capaz de hacer abortar a una mona. Cuando la han visto, pierden todo interés por mí.

—Virginia O'Connor (leía en voz alta). ¿Y está usted casada?

Otra cosa que oigo veinte veces al día. Al final, le entra a una dolor de cabeza.

—Estoy aquí para conducir el coche, no para contarle mi vida —he replicado.

El ha observado:

—No se desenvuelve usted mal... Me pregunto hasta dónde llegarán las mujeres. ¿A qué quieren dedicarse ahora? ¿A hacer funcionar las calderas de los barcos?

No puedo predecir el futuro, de modo que me he callado. Al ver que sus tentativas espirituales caían al agua, no ha insistido.

Tres manzanas más lejos, ha golpeado el cristal con la uña, detrás de mi oreja.

He dicho:

—¿Sí?

—Lleva usted un polizón —me ha advertido—. Sobre el parachoques de atrás.

No he visto nada por el retrovisor. A riesgo de subirme a una acera, he sacado la cabeza por la ventanilla y he echado una ojeada. Una cabeza infantil, de pelo alborotado, se ha ocultado inmediatamente.

Tengo mi ración de pasajeros clandestinos. Es mi especialidad. Parece que todos los chiquillos de mi barrio se han confabulado para gastar los fondillos de sus pantalones sobre mi parachoques. Pero es muy raro que lleve a uno tan lejos de mi casa y a una hora tan avanzada de la noche.

He esperado el primer disco rojo, me he apeado rápidamente y he salido disparada hacia la retaguardia, dispuesta a agarrar al chaval por el cuello. Demasiado tarde. Se había tirado ya y le he visto, en la acera, riendo como una ballena. Le he reconocido: era el pequeño Rooney, que vive cerca de mi casa, el mismo que un día se divirtió llenándome el radiador de ceniza.

—¡Granuja! —he aullado—. ¡Espera a que te coja y

te ponga el trasero como un tomate! ¿Qué haces aquí a estas horas?

—No te lo tomes así —ha replicado descaradamente—. He estado viajando en tu cacharro toda la tarde.

Luego, dirigiéndose a mi cliente:

—¡Eh, míster! ¿No tiene usted canguelo con *ella* al volante? ¡En cuanto ve un ratón se encarama al asiento!

Un insulto puramente gratuito, puesto que los ratones no me inspiran miedo.

El disco volvía a ser verde, y los automovilistas que iban detrás de mí observaban la escena con un regocijo no disimulado... lo mismo que mi cliente, por otra parte. Una vez más, en esta incesante guerrilla que dura desde hace meses, yo estaba debajo, y lo sabía. Pero tengo desventaja en la elección de armas. Por ejemplo, mi vocabulario no está a la altura, y aunque lo estuviera no encajaría con el sonido de mi voz.

He regresado a mi volante cerrando de golpe la portezuela. Que continúen divirtiéndose a costa mía, esos asquerosos chiquillos. Hasta el día en que uno de ellos caiga y se haga aplastar. Y lo peor será que me considerarán responsable...

Al llegar al disco siguiente, mi cliente me ha preguntado de pronto:

—¿Funciona su aparato de radio?

Le he preguntado, mientras lo conectaba:

—¿Qué clase de programa prefiere?

—La emisión de Krindler. La dan a las nueve y cuarto.

He conectado la cadena que transmitía «A través del ojo de la cerradura», la emisión de indiscreciones y chismorreos que todo el mundo conoce. Estoy en contra de los aparatos de radio en los coches, lo mismo que de los ventiladores en el techo. Pero, como a los clientes les gustan, llevo las dos cosas. Algún día supongo que instalarán distribuidores automáticos de bocadillos y de café.

Se ha inclinado hacia adelante para oír mejor. Hay una ley que prohíbe poner la radio demasiado fuerte a bordo de un vehículo en marcha; o, si no la hay, tendría que existir, aunque yo no crea en su aplicación. Distrae al conductor, y sin darte cuenta le pegas un trompazo al tipo de delante, porque no has frenado a tiempo.

—¡Más fuerte! — ha dicho súbitamente mi cliente —. ¡¡Quiero escuchar eso!

Me he dado cuenta de que había algo que le interesaba de un modo especial.

—¿Ha tomado usted un taxi, o alquilado la radio? —he preguntado fríamente.

Pero de todos modos he aumentado un poco el volumen. Por curiosidad, para enterarme de lo que quería oír.

«Chismorreos de Nueva York: ¿Quién es el playboy muy conocido que se ha dejado arruinar por haber frecuentado demasiado una casa de juego clandestina? Está a punto de comparecer ante los tribunales, y parece ser que amenaza con enviar a todo el mundo a la cárcel si no le devuelven su dinero. Hay otras maneras —menos dolorosas— de elegir el suicidio, mi querido caballero.»

Detrás de mí, oigo gruñir unas palabras. La clase de vocabulario que me gustaría utilizar con el pequeño Rooney, si supiera manejarlo. Al parecer, se trataba de un comentario a lo que acababa de oír.

—¡Que se vaya a hacer p......! ¡El muy cerdo...!

Aquí, más palabras que no pesqué.

—...siempre escupiendo lo que cree saber! Ya puede apagar eso!

He dicho:

—Calma, amigo.

Pero he desconectado el receptor.

Como para disculparse por su grosería, me ha explicado, a pesar de que yo no le preguntaba nada:

—Conozco al hombre del cual hablaba ese tipo, y a nadie le importa si ha perdido dinero en el juego o ha dejado de perderlo. Con esas habladurías, lo único que hacen es comprometerle.

Me he limitado a decir:

—¿Sí?

Y él se ha callado, y no ha vuelto a abrir la boca.

Un poco más lejos he estado a punto de sufrir un accidente. Un idiota, que rodaba en sentido contrario, se ha puesto a adelantar a otro cacharro en el preciso instante en que llegaba a mi altura. He tenido que frenar a fondo para evitarlo, y nuestras carrocerías se han rozado. Y, para que no faltara nada, su tubo de escape ha empezado a petardear con un ruido infernal. Me he erguido y he mirado hacia atrás, pero el chorro de humo negro me ha impedido ver el número de su matrícula.

He preguntado:

—¿Alguna novedad? ¿Está usted entero?

Ninguna respuesta. Por el retrovisor he visto que mi cliente tenía un aire irónico, con la boca ligeramente torcida. Al menos, eso es lo que me ha parecido ver en su cara a la claridad de los faroles de la calle. He llegado a la conclusión de que tenía sentido del humor.

Para estar más tranquila, me he puesto a rodar por la derecha. Un minuto después, otro incidente. Un trayecto movido, desde luego.

Aminoré la marcha al acercarme a un disco rojo, al nivel de un club nocturno de baja estofa, con un letrero de neón anunciando: *Chez Butch.* En la acera había una fulana, con unos pingos a lo muérdeme-la-espalda, que agitaba los brazos escandalosamente. Por lo visto, tenía un problema y buscaba un taxi. Al verme, se ha precipitado hacia el coche aullando: «¡Taxi! ¡Taxi!» y ha venido a inclinarse ante la portezuela en el momento en que yo me paraba delante del semáforo.

—¿Qué pasa? ¿No ve qué llevo un pasajero? Esto no es un autobús...

Ella ha farfullado:

—Tengo que largarme. Hay un tipo ahí dentro que no me deja en paz.

Al mismo tiempo, ha abierto la portezuela y la ha tomado con mi cliente, inclinándose sobre él.

—¡Eh, jefe! Puede usted hacerme un favor, ¿no? Déjeme un poco más allá... Dentro de un momento se largará, al ver que no vuelvo.

Demasiado aturdido para reaccionar, sin duda, se ha limitado a mirarla sin moverse. He tenido que hacerme cargo de la situación.

Me he apeado y he cogido a la individua por la piel del cuello.

—Un momento, guapa, va contra el reglamento. O toma un taxi para usted sola, o va a pie. De modo que lárguese de aquí antes de que me enfade.

He tenido que sacarla a la fuerza y, una vez en la acera,

se ha alejado precipitadamente, mirando con aire inquieto por encima de su hombro.

He vuelto a subir, diciendo:

—Me pregunto qué se traerá entre manos. No quería un taxi, y no está borracha.

Mi cliente ha gruñido algo... o el asiento ha crujido debajo de él.

Mi contador marcaba 2,95 cuando hemos llegado a nuestro destino. Lo he dejado llegar al 3 antes de bloquearlo, frotándome mentalmente las manos y diciéndome que, con la propina, iba a sacarme los 3,50. Luego he alargado la mano para abrirle la portezuela, anunciando:

—Hemos llegado, caballero.

Ninguna respuesta, ninguna reacción. Al cabo de unos segundos, inquiero:

—¿Ha cambiado usted de opinión?

Nada. Ni el menor gesto para pagarme.

He empezado a mosquearme. Me he vuelto hacia él:

—¡Oiga! El paisaje puede ser muy interesante, pero yo no estoy dispuesta a pasar la noche aquí.

Ni siquiera parece oírme.

He murmurado entre dientes:

«Debí dedicarme a la costura...»

Había para perder los estribos: en primer lugar, el pequeño Rooney, luego el accidente evitado por un pelo, más tarde la fulana chiflada, y para terminar un cliente que se hacía el muerto.

He bajado para ir atrás y me he inclinado al interior. Mi mano se ha posado sobre él, al nivel de la corbata, una corbata de seda que brillaba en la penumbra. En ese momento sus ojos se han cerrado. He retirado mi mano: estaba mojada. Lo que llevaba no era una corbata de seda, sino una corbata de lana empapada en sangre. Maquinalmente, he buscado un pañuelo para secarme y he dicho en voz alta, como una idiota:

—¡Dios mío, está muerto!

He subido para palparle el corazón. Estaba tan parado como mi contador. Acababa de morir en aquel momento, puesto que el cuerpo estaba aún caliente. ¿Por qué no me había pedido ayuda? Yo le hubiera llevado al hospital, hubiera podido salvarle...

He vuelto a cerrar la portezuela y he regresado a mi volante. ¡Un verdadero viaje de placer, con aquel fiambre detrás de mí! Sólo podía hacer una cosa: ir a la comisaría más próxima.

Me he puesto en marcha, con su cabeza en el retrovisor para revolverme las tripas. Tres dólares de gasolina malgastados, y el asiento que acababa de hacer limpiar manchado de sangre... ¡Como para echarse a reír!

La comisaría estaba al nivel de la Calle Oeste. He aparcado, dejando el cadáver en el coche, y he entrado.

El teniente de guardia, en su garita, sólo me veía hasta la cintura. Me ha dirigido una mirada de desaprobación, pensando seguramente que mi aspecto era poco viril.

Yo he dicho:

—Tengo un taxi fuera, con un tipo dentro que está muerto. ¿Qué tengo que hacer con él?

Al oír mi voz, se ha levantado y se ha inclinado para examinar la parte inferior de mi cuerpo.

—Hay que mirar la parte de arriba, no la de abajo —le he dicho, en tono impaciente—. Vuelvo a repetirle que tengo un muerto en mi cacharro.

Habiendo disipado finalmente sus dudas en lo que respecta a mi verdadero sexo, ha descolgado un teléfono, diciendo a través del auricular:

—Kelsey, ven aquí un momento.

Y al tipo que ha entrado, un irlandés, en mangas de camisa y sin corbata:

—Esta dama afirma que tiene un muerto en su taxi.

—¿Eh? —ha dicho Kelsey, con aire de perplejidad—. Y el chófer del taxi, ¿dónde está?

—Soy yo —he dicho.

Me ha mirado largo rato como si yo fuera un monstruo, un fenómeno de feria o algo por el estilo. Empezaba a mosquearme; soy muy buena, pero que no me saquen de mis casillas. Además, con el tiempo que estaba perdiendo, no llegaría a la salida de los espectáculos.

—Vete a ver eso —ha dicho el teniente, y ha añadido, dirigiéndose a dos agentes que asistían a la escena con los ojos como platos—: Acompañadle y echadle una mano, si realmente hay un cadáver.

He estallado:

—¡*Sí, realmente,* hay un cadáver!

El teniente no se distinguía por su credulidad, precisamente. He salido con ellos. Lo bueno hubiese sido encontrar un taxi vacío, con mi cadáver volatizado. Pero no, estaba allí, rígido como la muerte, echado contra un rincón. Me ha hecho el efecto de que la cosa les impresionaba.

—Está muerto —ha anunciado Kelsey después de haberlo examinado.

—Hace una hora que lo estoy diciendo. Son ustedes duros de oído.

Kelsey ha encendido una linterna y la ha enfocado dentro del coche.

—Que nadie se acerque —ha dicho, dirigiéndose a los agentes.

En efecto, los vecinos empezaban a asomar la nariz por las ventanas.

—¡No estropeen mi taxi! —he recomendado, preocupada—. ¡Es mío!

Kelsey desabotonaba la camisa del muerto y la mantenía abierta, sosteniéndola entre dos dedos.

—Herida producida por una bala de revólver —ha anunciado.

No he tratado de llevarle la contraria, puesto que no sabía nada. Luego ha dirigido el haz de la linterna hacia el suelo. Le he preguntado qué buscaba.

—Trato de saber si se ha suicidado. Pero, como en el suelo no hay nada, lo más probable es que le hayan asesinado.

Exploraba ahora el respaldo del asiento.

—¡Hay otras tres balas alojadas en este respaldo!

—¡Vaya! —he exclamado—. Por lo visto han tomado mi taxi como campo de tiro...

Kelsey se ha dirigido a los otros agentes:

—Llevadle dentro, muchachos.

Luego se ha vuelto hacia mí:

—Ha hecho usted bien en venir aquí; se trata de un crimen. —Ha leído mi nombre en la placa—. Venga conmigo, Mrs. Connors, tenemos que hablar.

—¡Como si los negocios no marcharan ya bastante mal! Voy a perder la mitad de la noche —he murmurado, siguiéndole.

Después de haber examinado minuciosamente el cadáver y de haberlo tapado con una sábana, me han llamado.

—Siéntese —me ha dicho Kelsey fríamente.

La atmósfera se había hecho hostil, y yo me preguntaba por qué. ¡Hubiérase dicho que el asesino era yo, palabra!

—Suéltelo —me ha dicho, con la mano extendida.

—¿Eh? ¿Qué es lo que tengo que soltar?

—Su cartera, su dinero, todo lo que llevaba en los bolsillos. Le ha limpiado usted antes de traerlo, es inútil que lo niegue. Ese hombre no hubiera tomado un taxi sin llevar ni un centavo en el bolsillo. Por las ropas que lleva se deduce que no es ese tipo de individuo.

La insinuación me ha sacado de quicio. ¡Intolerable!

—Creo que se está pasando usted de la raya, amiguito —le he dicho—. Yo...

Y entonces he cerrado el pico, porque acababa de recordar algo.

—Espere, ¿le he hablado de la chica?

—No ha hablado usted de nada.

—Una chica que quería subir al taxi delante de un club nocturno llamado *Chez Butch.* He tenido que echarla de allí a la fuerza. No hay que ir a buscar la cartera a otra parte. E incluso es probable que le haya matado ella. Sin embargo, no he oído ningún disparo...

—¿Qué aspecto tenía?

—Una pelirroja, muy pintarrajeada, con un vestido color naranja y con las pieles de veinte gatos sobre la espalda.

El teniente ha dicho:

—Costello, localice ese lugar y vaya allí; averigüe si han visto a una mujer que responda a esa descripción. Espero que haya dicho usted la verdad —ha añadido, dirigiéndose a mí—. En caso contrario, despídase de la licencia.

—Eso, aplíqueme el tercer grado —he replicado—. Le advierto que sabré defenderme.

—¡Ah! Tiene usted todas las cualidades del sexo débil —ha suspirado Kelsey.

Ha continuado diciendo:

—Y ahora, cuéntenos con detalle todo lo que ha pasado. ¿No ha dicho nada, no ha pedido ayuda? Parece un poco raro que un individuo se haga matar detrás de usted sin que usted haga nada. Aunque hubiesen utilizado un silenciador, tuvo usted que oír el disparo. Confiese que eso la pone en una mala situación.

—Muy bien, de acuerdo, le maté yo. Y por eso se lo he traído aquí, calentito... Un poco de formalidad, teniente. No había visto a ese tipo en mi vida. Si tuviera ganas de ganarme la vida de ese modo, ¿cree que me pasaría el día en la calle, aspirando los vapores de la gasolina?

Han sopesado mis palabras, y al parecer les han hecho reflexionar.

—Bueno, de acuerdo, es usted sorda, ciega y muda, no insistamos. Ahora, cuéntenos lo que ha pasado.

—Le he cargado en el centro, a la salida del Athletic Club. Quería ir a orillas del río, al muelle número 10. Al principio, hablaba conmigo. Y luego me ha pedido que pusiera la radio. He hecho lo que quería y hemos oído la emisión de Krindler, ese de los chismorreos. De repente, se ha quedado mudo; al parecer, algo de lo que escuchaba no le ha gustado: hablaban de un tipo que frecuentaba una casa de juego clandestina y que iba a denunciar a otros. Yo no prestaba mucha atención, atenta al volante. Pero él ha dicho que conocía al tipo en cuestión y que aquella emisión iba a crearle dificultades.

Me escuchaban atentamente. El teniente ha dicho:

—Tal vez haya algo en eso. Kelsey, llama por teléfono a la secretaria de Krindler para saber de qué se trata y de dónde saca él su información. No digas que es de parte de la Brigada Criminal; limítate a decirle que perteneces a la policía.

Kelsey ha salido en el momento en que entraba el otro agente, Costello. Se había dado prisa.

—Ha dicho la verdad —ha declarado Costello—. Hay una chica que trabaja en aquella esquina desde hace una temporada y que se dedica a los taxis. La llaman Trixie Taxi. Simula que está borracha y que quiere subir a los taxis ocupados, y limpia los bolsillos de los clientes al inclinarse sobre ellos. Esto lo he encontrado en su habitación.

Ha sacado una cartera de cuero con unas iniciales de oro. El teniente la ha registrado.

—Fred Sheridan —ha dicho.

El nombre de mi cliente, sin duda.

—Bueno, ve a buscar a esa Trixie Taxi y tráela aquí —ha añadido.

—Ya lo he hecho, jefe —ha anunciado Costello, muy ufano—. Me olvidé de decirle que para ir allí tomé un ·taxi. Y que la chica me ha hecho su numerito. Luego la he ¡seguido hasta su casa. Y allí he encontrado la cartera.

La doncella del vestido naranja y las pieles de conejo ha sido introducida en la estancia. Al verme ha empezado a gritar:

—¡Chivata asquerosa!

—Oye, niña —ha dicho el teniente—. Si no te portas como una dama, vas a pasarlo mal...

—Yo no he hecho nada —ha dicho ella con voz cavernosa—. Le... pedí a ese tipo que me llevara en el taxi, y su cartera quedó enganchada en mi piel. ¡Lo juro! Me di cuenta al llegar a casa.

—Más tarde nos ocuparemos de esa cartera ambulante. Ahora, lo que quiero saber es si estaba muerto o no cuando le viste. ¡Contesta, o te desuello las nalgas!

—Sueña usted, teniente, yo no tengo nada que ver en todo esto. Vi que había algo que no olía bien, y por eso me largué.

—¿Habían disparado ya contra él?

—Creo que sí. Cuando toqué su camisa noté que estaba mojada.

Ha tomado impulso y ha continuado, como dispuesta por fin a decir la verdad:

—¡La cartera *me la dio él*! No se la robé. Me la dio él mismo, ¿comprende? Inclinó los ojos, vio que yo le había puesto la mano encima, y entonces guiñó un ojo y murmuró entre dientes: «Llévatela, muchacha, a mí ya no va a servirme para nada».

Al oír aquello, tuve la impresión de que debía ser cierto. Recordé aquella rara sonrisa del muerto que observé por el retrovisor poco después de la escena de marras. Aquello parecía encajar perfectamente con la frase que, según la chica, había pronunciado.

Pero el teniente no tenía tan buenas tragaderas como yo, por lo visto.

—¿Te la regaló? ¿De veras? —ha ironizado—. Muy bien.

Nosotros también te haremos un regalo. ¡Costello, llévesela y enciérrela!

Luego, el teniente se ha encarado conmigo:

—¿Qué trayecto siguió usted antes de encontrarse con esa individua?

—Había bajado por la Avenida Madison.

—Por lo tanto, tuvieron que matarle allí.

—Pero, ¿por qué diablos no me llamó, tocando en el cristal? —he gemido.

—En el fondo, tal vez tenía ganas de morir —ha sugerido el teniente—. Tal vez estaba harto de la vida. Y quizá sabía que tenía una hemorragia interna y que no serviría de nada. Pero eso no nos incumbe a nosotros. Lo que nos incumbe es saber quién disparó. Siga contándolo todo detalladamente. ¿No pasó nada especial, algo que le llamara la atención?

—¡Un momento! Sí, un estúpido que casi me embiste y que me obligó a subir a la acera, delante mismo del Metropolitan...

—¡Vaya! ¿No podía haberlo dicho antes? Estoy seguro de que le liquidaron allí.

—Pero el otro coche venía en sentido contrario y no me adelantó.

—Pensemos con calma: si le vieron subir al taxi, pudieron adelantarse tomando una avenida paralela a la Madison; y luego cortar transversalmente y salir a su encuentro. Un poco cogido por los pelos, pero factible. ¿Oyó algún ruido cuando se cruzaron con usted? Reflexione, es muy importante.

—¿Ruido? Su tubo de escape crepitaba como una ametralladora, fue lo único que oí.

—¿Su tubo de escape?

—Exactamente. Vi la humareda negra que despedía. El cacharro tenía el motor hecho polvo.

—¿Se fijó usted en el número de su matrícula, por casualidad?

—No se me ocurrió mirarla... Estaba demasiado preocupada por la maniobra que me habían obligado a hacer.

Ha entrado Kelsey, diciendo:

—He hablado con Krindler en persona. No le han gustado mis preguntas, evidentemente. Aludía a Sheridan, en efecto. ¿La fuente? Un simple rumor que corría de boca en boca.

—¿Sabe quién está detrás de esa organización de juegos prohibidos?

—Me ha dicho que, aunque lo supiera, tenía demasiado apego a su pellejo.

—Sí. De todos modos, el rumor en cuestión ha provocado la muerte de Sheridan. Los tipos de la organización debieron advertirle que mantuviera cerrado el pico. Pero al oír lo que se comentaba, se decidieron a actuar. Creyeron que había subido a ese taxi para acudir a la policía... ¡Quiero a esos individuos, Kelsey! Vaya a investigar sobre Sheridan al Athletic Club.

Yo he dicho:

—Y yo, ¿qué pinto en todo esto? ¿Y los tres dólares de mi carrera?

—¡Usted cierre el pico! —ha rugido el teniente—. Si no, la empapo de gasolina y le prendo fuego...

—¿La retiene usted como testigo, jefe? —ha preguntado uno de los agentes.

—¿Testigo? ¡Ja, ja! ¿Testigo de qué? ¡No ha visto nada, no ha oído nada, no sabe nada! ¡Quítenla de mi vista! Que se presente mañana para completar el interrogatorio.

He utilizado su teléfono para llamar a la compañía de taxis y explicar que me encontraba en un lío; no les ha sentado muy bien. Para colmo, ni siquiera podía disponer de mi taxi para marcharme, ya que el experto en balística tenía que examinarlo y buscar los proyectiles que faltaban. De modo que he decidido tomar el Metro. Lo imaginan, ¿no? *¡El Metro!*

Kelsey ha bajado detrás de mí, diciendo que llevaba la misma dirección. Me he encogido de hombros.

—¿Fuma usted? —me ha preguntado, dispuesto a enterrar el hacha de guerra.

—Me los lío yo misma —he contestado, desdeñosa, uniendo la acción a la palabra.

Ha suspirado:

—¡Qué le vamos a hacer! La próxima vez espero que será usted buena y me prestará su navaja de afeitar.

—¡Si es para cortarse la garganta con ella, desde luego!

En resumen, nos hemos separado como buenos amigos.

Al día siguiente me he presentado en la comisaría, como me habían dicho, y he recuperado mi cacharro... con el respaldo del asiento trasero convertido en un colador.

—¿Tenían necesidad de destrozarlo todo para encontrar las balas? —he preguntado—. Yo las hubiera sacado con una horquilla doblada por la mitad.

—¡Vaya! —ha observado Kelsey—. ¡No sabía que las utilizaba usted!

—¡No las utilizo, pero hubiera encontrado una!

Costello y Kelsey han subido conmigo y hemos ido a identificar un automóvil de color negro que había aparecido abandonado en las proximidades de Harlem. Me han dicho que había sido robado y que la matrícula era falsa. Aunque eso no importaba demasiado, ya que yo no la había mirado.

Después de examinar cuidadosamente el coche, me he rascado la cabeza y he confesado que no estaba completamente segura de que se tratara del mismo vehículo.

—¡Vaya, por fin un rasgo femenino! —se ha regocijado Kelsey.

—¡Cállese, bocazas! No puedo estar segura así, a primera vista. El color y la carrocería son iguales, desde luego, pero eso no demuestra nada. Vi el coche a través del humo de su tubo de escape; y no olvide que era de noche. Le sugiero una cosa: uno de ustedes se pone al volante y me embiste, como anoche. Eso aclarará quizás mis recuerdos.

Se han echado a reír como hipopótamos.

—¡Lo que me faltaba oír! —ha dicho Kelsey, entre carcajada y carcajada—. ¡Ahora tenemos que embestirla!

He buscado con la mirada un ladrillo para tirárselo a la cara. Finalmente, se ha calmado y se ha instalado al volante del otro coche. Yo he subido al mío.

Apenas ha arrancado, el motor ha empezado a petardear, despidiendo una negra humareda. Kelsey me ha rozado y se ha parado detrás de mí. Me he apeado, muy excitada:

—¡Ese es el coche! No me cabe duda ahora...

Kelsey había dejado de reír.

—Es el mismo —he añadido—. Pero, ¿qué ganamos con saberlo?

—¿No ha oído usted hablar nunca de las huellas dactilares? ¿Acaso no me ha visto cubrir el volante con un pañuelo, antes de tocarlo?

—Sí, me he dado cuenta. Pero pensé que lo hacía por los microbios...

Antes de separarme de los policías, Kelsey me ha llevado hasta un rincón, con aire muy preocupado, y me ha enseñado un periódico.

Misterioso asesinato de un jugador. Unico testigo: una conductora de taxi.

—¡Ah, esos periodistas! —ha dicho, en tono irritado—. ¡Siempre meten la pata! Y eso que les había recomendado que no la mencionaran a usted...

—¿Por qué? No es ningún secreto.

—Es usted la única conductora de taxi de la ciudad, ¿se da cuenta? Y el *único testigo.* ¿No le dice nada eso? La próxima víctima puede ser usted.

—¡Bah! Yo voy, vengo, ruedo... Nunca estoy en el mismo sitio. ¿Cómo quiere que den conmigo?

—¿Cómo cree que dieron con Sheridan?

—Por otra parte, en lo que a mí respecta no corren ningún peligro, ya que no pude echarle la vista encima a ninguno de ellos.

—Sí, pero ellos no lo saben. Le aconsejo que no se deje ver demasiado, especialmente por la noche. En realidad, sería preferible que la acompañara uno de nuestros hombres.

—¿Para espantar a los clientes? No, gracias. No se preocupe por mí, soy mayor de edad.

A continuación he llevado mi viejo cacharro al taller de reparaciones. Buena falta le hacía, con el respaldo del asiento despanzurrado. He cogido otro taxi y lo he aparcado delante de mi casa.

Mientras me preparaba un café, mi bocina ha empezado a sonar de un modo ininterrumpido. Otra broma de la chiquillería. No ganaría nada insultándoles por la ventana, de manera que he cogido mi cepillo del pelo y he bajado saltando los peldaños de cuatro en cuatro.

Al verme han echado a correr, pero he podido atrapar a uno de ellos agarrándole por el fondillo de los pantalones. He estado de suerte: mi prisionero era el pequeño Rooney.

Le he instalado boca abajo sobre mis rodillas y he empezado a manejar el cepillo, sin compasión.

—¡Hacía mucho tiempo que esperaba esta ocasión, granuja! ¡A ver si aprendes con esta lección!

Su madre se ha asomado a la ventana y me ha obsequiado con una sarta de imprecaciones Las he escuchado
con una calma olímpica. Hasta el momento en que me ha
arrojado un tiesto de geranios, que no me ha dado por muy
poco. Entonces, cumplida mi venganza, he soltado al chiquillo y me he retirado dignamente. Lo último que le he
oído decir a la virago ha sido: «¡Súbete a los parachoques
tanto como quieras, Timothy! ¡Yo le pondré las peras a
cuarto a esa piojosa!» Pero no le he visto al volver a tomar
el volante: se había desvanecido como el humo.

Después, lo de siempre. Dos viejas que querían ir «lo
más rápido posible» a la estación *Grand Central*, llenando
el taxi de maletas, para darme al final diez centavos de propina (porque no hay monedas de dos centavos y medio en
circulación). Luego, el otro extremo. Un tipo que había
reñido con su Dulcinea y que me ha hecho dar vueltas al
parque hasta que el contador marcó los seis dólares; finalmente, ha ido a telefonear, se ha reconciliado con su amiga y, en su euforia, me ha soltado una propina de un dólar.
He salido pitando antes de que se arrepintiera.

Caía la noche. Dos manzanas más lejos, he visto a un
tipo en una esquina esperando un taxi. Pero un colega le
ha visto también al mismo tiempo que yo y ha salido disparado hacia él. Sin embargo, le he cortado el paso y he
conseguido llegar antes y cargar el cliente.

Ha subido y me ha dado una dirección, sin mirarme, de
modo que no me he visto obligada a soportar las habituales
impertinencias de los tipos que se dan cuenta de que soy
una mujer. Pero al cabo de unos instantes ha sacado su
mechero para encender un cigarrillo, y por la claridad per-
sistente detrás de mí, he comprendido que estaba examinando mi licencia. He inclinado la cabeza, esperando el
chorro de preguntas, pero nada, ni una palabra.

Al pasar por delante de un *drugstore* ha dado unos golpecitos en el cristal.

—Pare un momento, haga el favor: tengo que llamar por
teléfono.

No ha tardado mucho en regresar. Y entonces me ha dicho, sin mirarme:

—Vamos a otro sitio. Lléveme a la esquina de la Calle Catorce y la Segunda Avenida. Tengo una cita allí.

Y más tarde, cuando estábamos a punto de llegar, ha precisado:

—La esquina noroeste.

Me he parado y me disponía a bloquear el taxímetro, cuando me ha dicho:

—Espere, no hemos terminado.

Dos hombres han subido rápidamente al taxi, uno por cada lado. Ni siquiera les había visto acercarse.

He esperado que me dieran instrucciones, y al ver que no pasaba nada me he vuelto. Los tres me estaban mirando; he distinguido el óvalo de sus rostros como unas manchas pálidas en la penumbra.

Finalmente, uno de ellos ha preguntado a los otros, en un murmullo casi inaudible:

—¿Dónde lo haremos?

No he oído la respuesta, pero inmediatamente ha llegado hasta mí en voz alta:

—Llévenos a Corlear's Hook.

Eso queda en los muelles, en la parte baja del East Side. No he podido evitar el pensar en la noche anterior, y en aquel pobre Sheridan, que por su parte se dirigía a los muelles de la parte baja del West Side. Pura coincidencia.

Cuando hemos llegado, una voz detrás de mí ha dicho:

—Siga hasta el muelle.

Todo estaba oscuro y desierto. Ni un alma a la vista, ni una luz. Hacía años que no salía ningún barco de aquel muelle. He comprendido... demasiado tarde. Un objeto metálico y frío ha entrado en contacto con mi nuca.

—No te muevas, paloma —ha ordenado una voz con una suave ferocidad.

Y otro ha preguntado:

—¿Tienes la cuerda?

—Sí, aquí está.

Fingiendo una tranquilidad que estaba muy lejos de sentir, he preguntado:

—¿Por qué hacen esto? Sólo llevo ocho dólares en la caja.

—No nos interesan tus ocho dólares —ha contestado una voz burlona.

Uno de los individuos ha pasado delante y ha ocupado mi puesto. El revólver se ha apartado de mi nuca y poco después se ha estrellado contra mi cráneo. Me ha hecho el efecto de que me caía una tonelada de hormigón sobre la cabeza. Pero no he perdido del todo el conocimiento; por lo visto, estaban acostumbrados a golpear en la cabeza a hombres, y no han tenido en cuenta que mis cabellos formaban una especie de casco protector.

Como en sueños, han desfilado junto a mí los bordes del muelle. Notaba que el coche estaba en movimiento. He percibido unas estrellas: nos encontrábamos enfrente del agua. Me han pasado al asiento trasero y han empezado a atarme como una salchicha. He tratado de gritar, pero tenía un pañuelo metido en la boca.

—¿Le atamos un peso? —ha preguntado alguien.

—No vale la pena. El taxi servirá de peso.

Los dos tipos que estaban a mi lado se han apeado y las portezuelas se han cerrado de golpe. El motor seguía zumbando. He notado que embragaban en segunda.

Una voz ha dicho:

—¡Ten cuidado, Augie!

—Como si fuera la primera vez que hago esto —ha replicado una voz jovial que procedía de detrás del volante.

Y luego el coche ha experimentado una leve sacudida, y he comprendido que el conductor se había apeado.

Después, el vehículo se ha inclinado hacia adelante, como en la cumbre de una montaña rusa, con una brusquedad que me ha puesto la piel de gallina. Me he dado cuenta de que las ruedas delanteras perdían contacto con el muelle. En el mismo instante me ha parecido oír el aullido de una sirena.

¿Y si fuera un coche de la policía? Pero ahora nada podía hacer volver el cacharro a tierra firme. Con un nudo en el estómago, he notado que me hundía en el agua.

Aterrorizada, me he contorsionado inútilmente sobre el asiento al cual estaba atada. El agua penetraba ya en el interior. Enloquecida por el pánico, me estaba estrangulando en mis ligaduras de tanto debatirme.

Luego he oído un ruido de cristales rotos. Algo se ha

movido en dirección a mí, algo que se movía independientemente del agua. Era un brazo, que trataba de agarrarme.
Un segundo brazo se ha presentado. El primero me ha
cogido por los cabellos, el segundo por el hombro. Mi cuerpo ha sido izado en medio de unos rayos de luz procedentes
de la superficie.

El primer sorbo de aire me ha producido más daño que
el agua que había tragado. Y he vuelto a hundirme en la
oscuridad.

He recobrado el conocimiento en el interior de un vehículo blanco que se abría paso en el tránsito a base de si-
renazos. Me han quitado de la boca un tubo respiratorio.

—Ahora ya no lo necesita —ha dicho un hombre vestido
de blanco.

Otro hombre estaba allí, envuelto en una manta, con
los cabellos chorreantes, bebiendo a morro en una botella
de whisky. Era Kelsey.

—Hola, polizonte —le he dicho.

—Hola, mamá-taxi —me ha contestado.

—¿Quién le ha puesto así?

—Me he mojado un poco mientras la sacaba de su ataúd.

—¿Cómo supo dónde estaba?

—Un chiquillo llamado Rooney ha viajado en su parachoques toda la tarde. Cuando subieron esos tipos, los reconoció por haberlos visto la noche anterior. Al llegar a
los muelles ha saltado y nos ha llamado por teléfono. Será
nuestro testigo principal en el juicio por el asesinato de
Sheridan.

—¿Eran... los asesinos?

—En efecto. Una banda de jugadores clandestinos que
había desplumado a Sheridan. Les hemos cogido a todos.
Trataron de huir al oír nuestra sirena, pero estaban acorra-
lados y no tenían más salida que el agua. Con nuestros
faros, les hemos localizado fácilmente. Han admitido que
temían que Sheridan les denunciara a la policía y que
le mataron para impedirlo. En cuanto a usted, creían que
ayer les había visto y que podía identificarles. Si no llega a
ser por ese chiquillo, Rooney...

—Me gustaría tener un chico como él —he dicho.

Kelsey ha bebido otro trago de whisky.

—Bueno, yo conozco un buen sistema —ha murmurado.

EL CAZADOR Y SU PRESA

Aquella noche, como cada noche, a eso de las doce menos cuarto, Gary Severn cogió su sombrero del colgador junto a la puerta y volviéndose hacia su esposa, que estaba en la habitación contigua, le dijo:

—Voy a comprar la edición de medianoche al quiosco de la esquina.

Y, como cada noche, ella le contestó con un gesto de asentimiento:

—De acuerdo, querido.

El abrió la puerta y luego, indeciso, permaneció en el umbral.

—No tengo ganas de salir —bostezó, con una mano delante de la boca—. Puedo pasarme sin el periódico; por una vez, no voy a morirme. Por otra parte, siempre me quedo dormido antes de llegar a la segunda página.

—Entonces, no vayas, querido. Después de todo, tienes razón: no es tan importante.

—No, ¿verdad?

Pareció a punto de volver a entrar, y luego se encogió de hombros:

—¡Oh! Ahora ya me he puesto el sombrero. Voy a bajar. Hasta ahora.

Y cerró la puerta detrás de él.

¿Quién sabe lo que es banal y lo que no lo es? ¿Cómo distinguir entre el pequeño hecho sin importancia y el giro decisivo?

Una pausa en la puerta, un bostezo, un periódico de tres centavos que no leería hasta el final porque se quedaría dormido...

Salió a la calle. Un hombre como los otros, que iba a comprar un periódico antes de regresar a su casa. Era el día 181 del año. Las 180 noches precedentes había salido a la misma hora, con la misma intención. No, una noche nevaba intensamente y no salió. 179 noches, por tanto.

Caminó hasta la esquina, giró a la derecha y siguió su camino hasta el quiosco, un bloque de casas más lejos. Era una caseta de madera sobre la acera, con los periódicos colgando en la fachada. Las ediciones de formato pequeño eran siempre las primeras en salir; estaban ya a la vista. El suyo era de un formato standard y aparecía el último, sin duda a causa de las dificultades de la compaginación.

El vendedor le conocía por el título del periódico que compraba, sin saber nada más de él, ni siquiera su nombre.

—No ha llegado aún —dijo—. No tardará.

¿Por qué, cuando un hombre está acostumbrado a un periódico, no compra otro en su lugar, aunque las noticias sean las mismas? ¿Otro hecho sin importancia? ¿Otro giro decisivo?

Gary Severn declaró:

—Voy a dar una vuelta a la manzana. Cuando vuelva ya estará aquí.

Los camiones de reparto salían de la imprenta, en el centro de la ciudad, a las once y media, pero el periódico no era repartido a los depositarios hasta las doce, aproximadamente, debido a los azares de la circulación. Y a veces llegaba con retraso, como sucedía aquella noche.

Gary Severn llegó a la otra calle, la que discurría paralela a la suya, luego giró a la derecha y terminó por encontrarse en su propia calle. Andaba con una mano en el bolsillo, haciendo oscilar la otra, y silbaba un estribillo que encajaba con el estado de quietud de sus pensamientos. Estos eran, poco más o menos, los siguientes: «Hermosa noche. Me pregunto cuál será esa estrella que brilla encima del tejado. Nunca he conocido sus nombres... Esta noche, el programa de la televisión ha sido interesante... Pfff, tengo sueño. Pensándolo bien, no tendría que salir». Cosas por el estilo.

Volvió a encontrarse delante de la puerta de su inmueble. Aminoró el paso, vaciló, estuvo a punto de entrar. Luego cambió de idea. «Ahora que estoy fuera, que sea para algo. Sólo serán un par de minutos».

Siempre pequeños hechos sin importancia.

El camión acababa de llegar. Al desembocar en la esquina, vio como tiraban el paquete sobre la calzada. Cuando llegó al quiosco, el vendedor ya lo había recogido y cortaba la cuerda que lo sujetaba. Otros clientes que esperaban se acercaron. El vendedor empezó a servirles y a devolverles el cambio.

Gary Severn se abrió paso, cogió el ejemplar de encima del montón y se dio cuenta de que otro comprador lo había cogido al mismo tiempo que él. El incidente hizo que se mirasen, cosa que de otro modo no hubiesen hecho.

No tenía importancia. Gary Severn dijo amablemente:

—Cójalo usted.

Y tomó el ejemplar de debajo.

«Debe imaginar que me conoce», pensó distraídamente, dándose cuenta de que la mirada del otro no se apartaba de él. Pero no le prestó más atención. Tendió un *nickel* al vendedor, cogió el cambio, dio media vuelta y se marchó, leyendo los titulares a la claridad que despedían los escaparates ..

Percibió vagamente diversos ruidos de pasos detrás de él. Gente que acababa de comprar el periódico y que seguía la misma dirección. Al llegar a la esquina giró a la izquierda. Los pasos se alejaron a lo largo de la avenida, excepto unos que continuaron siguiéndole. Pero el hecho no le llamó la atención.

En aquel trozo de calle no había escaparates iluminados, de modo que no pudo proseguir la lectura. La dejó para más tarde y volvió a plegar el periódico.

A unos metros de distancia detrás de él resonaban aún los mismos pasos. No se volvió. ¿Por qué tenía que hacerlo? La calle era de todo el mundo. Otras personas vivían aquí, lo mismo que él. Aquellos pasos no tenían nada que ver con él. Ni su estado de ánimo ni la clase de vida que llevaba le impulsaban a alimentar semejantes pensamientos.

Había llegado delante de su casa y hurgaba en su bolsillo en busca de la llave. Los pasos se alejarían, desde luego...

Pero se acercaron a él y una mano se posó en su hombro.

—Un momento.

Se encaró con el hombre que le interpelaba y reconoció al cliente que quería el mismo periódico que él. No iría a buscarle querella por un incidente tan ridículo...

—Documentación.

—¿Qué?

—He dicho: documentación.

Con su mano libre hizo un gesto para exhibir una chapa de metal: un gesto tan rápido que Gary Severn no comprendió inmediatamente su significado.

—¿Por qué? ¿Qué es todo esto?

—No se haga el tonto. Sabe perfectamente de qué se trata.

—Me llamo Gary Severn. Vivo aquí.

—Está bien. Sígame.

La mano se deslizó hasta su brazo; lo apretó fuertemente.

Severn replicó en tono conciliador, pero resuelto:

—No, no le seguiré, a menos de que me diga lo que quiere de mí. No tiene usted derecho a...

—¿Se niega usted a dejarse detener? —inquirió el otro—. En su lugar, yo no me arriesgaría.

—¿Detener? —dijo Severn, estupefacto—. ¿Me detiene usted? ¿Por qué?

El otro dejó oír una risita, con la boca impasible.

—¿Necesito decírselo? Por asesinato. El peor de los asesinatos: el de un oficial de la policía. En el curso de una tentativa de robo. En la Farragut Street. —Espaciaba cada frase y silabeaba las palabras—. ¿Lo recuerda, ahora? Detenido por asesinato.

Se repitió la frase. Ni siquiera le asustaba. No tenía ningún sentido. Toda aquella historia era absurda. Lo malo sería que no podría acostarse, probablemente, hasta dentro de unas horas. Con lo cansado que estaba.

Lo único que fue capaz de decir fue una reflexión estúpida:

—¿Puedo subir a dejar mi periódico? Mi mujer me espera, y quisiera decirle que voy a salir una media hora, o más...

El hombre asintió con un gesto.

—Desde luego, le acompañaré mientras deja su periódico y habla con su mujer.

Una vida que se acaba, y que se acaba con esta nota: «¿Puedo subir a dejar mi periódico?»

De la pared colgaba un cartel con letras como los que utilizan los ópticos para graduar la vista. Dos letras gigantes ocupaban la cima de una pirámide cuyas líneas iban en disminución hacia la base, hasta componerse de caracteres minúsculos. Para entretenerse, los agentes se dedicaban a descifrarlas. La mayoría de ellos, situándose en el otro extremo de la habitación, habían tenido que interrumpirse cuatro líneas antes del final. Vista normal. Uno de los agentes había conseguido descifrar una línea más, pero se había saltado dos letras. Ninguno había bajado más.

Se abrió una puerta lateral e hicieron pasar a Mrs. Novak, con una labor en la mano.

—Siéntese. En primer lugar queremos que lea ese cartel.

Mrs. Novak se encogió de hombros.

—¿Es usted vendedor de gafas?

—¿Hasta dónde puede leer?

—Hasta abajo.

—¿Hasta la última línea?

Mrs. Novak volvió a encogerse de hombros.

—Desde luego, todo el mundo puede hacerlo.

Un agente murmuró a uno de sus colegas:

—Sólo hay un adulto de cada diez que pueda hacerlo.

Sin dificultad, Mrs. Novak recitó en voz alta las letras de la última línea:

—P, T, B, K, J, H, I, Y, Q, A.

—Una vista estupenda —comentó alguien con un silbido de admiración.

Ella encajó el cumplido sin parpadear y volvió a sus agujas.

—No sé a qué viene todo esto. Espero que no dure demasiado. Al pasar así de un lugar a otro, no puedo concentrarme en mi labor.

La puerta volvió a abrirse, dando paso a Gary Severn. Flanqueado por un guardián. La libertad era algo que no conocía ya.

La mujer alzó los ojos. Le observó. Afirmó con la cabeza.

—Es él. Es el hombre que vi huir inmediatamente después de los disparos.

Gary Severn no dijo una sola palabra.

Uno de los policías presentes se llamaba Eric Rogers. También él guardaba silencio. Asistía a la escena, simplemente.

El otro testigo era contable y se llamaba Storm. Como todo testigo, era un hombre de buena voluntad. Había descifrado la penúltima línea del cartel, lo cual resultaba algo peor que Mrs. Novak, pero mucho mejor que el conjunto de los policías. Desde luego, llevaba gafas. Pero también las llevaba cuando el asesino en fuga había tropezado con él, derribándole, a unos metros del lugar del crimen, y había disparado contra él fallando el tiro de milagro. Storm se había quedado quieto, haciéndose el muerto, para evitar un segundo disparo mejor apuntado.

—¿Se da usted cuenta de la importancia que tiene esto?

—Me doy cuenta. Por eso no quiero ser demasiado categórico. No me gusta decir que tengo un 100 % de seguridad. Prefiero decir que, para identificarle, tengo un 75 % de certeza y un 25 % de duda.

—Lo que cuenta no son sus preferencias —le advirtieron—. O está seguro, o no lo está. No hay porcentaje en la certidumbre. O 100 %, o cero. No haga intervenir al factor emocional. Olvide que se trata de un hombre. Es usted contable. Reaccione como delante de una columna de cifras. Sólo puede haber una respuesta correcta. Denos esa respuesta. Ahora, probemos por segunda vez.

Gary Severn volvió a entrar en la habitación.

Storm dijo:

—90 % de certeza. Me queda un 10 por ciento de duda.

—¿Sí o no?

—No puedo decir no, cuando tengo un 90 % de...

—¿SI o NO?

Lentamente, en voz baja, brotó la respuesta.

—Sí.

Gary Severn no abrió la boca. Hacía mucho tiempo que había dejado de hablar. ¿Para qué sirve el sonido de la propia voz cuando nadie la oye, cuando nadie responde a ella?

El policía que se llamaba Rogers estaba también presente. Aceptaba la evidencia de los hechos como todos sus camaradas. No experimentaba la necesidad de decir nada.

El vendedor de periódicos, cuyo nombre era Mike Mosconi, estaba sentado, muy nervioso, haciendo girar el sombrero entre sus manos. Les decía a los policías:

—No, desconozco su nombre, y ni siquiera sé dónde vive, exactamente. Pero le conozco de vista, y lo que dice es verdad. Salvo un par de veces, me ha comprado el periódico todas las noches del año.

—Una de las veces que no compró el periódico —inquirió el teniente—, ¿fue por casualidad el 22 de junio?

—Estoy en la calle todos los días. ¿Cómo quiere que me acuerde? Pero, si me dice usted el tiempo que hacía aquella noche...

—Que comprueben qué tiempo hacía la noche del 22 de junio —ordenó el teniente.

Llegó la respuesta: «Calor y cielo despejado».

—Entonces, ese día vino a comprar el periódico —dijo el vendedor, convencido—. Puedo jurarlo. Las únicas veces que no vino, fue cuando...

—¿Cuánto tiempo invertía en la compra del periódico? —continuó el teniente, inflexible.

—¿Cuánto tiempo cree usted que puede invertirse? Entrega usted sus tres centavos, coge su periódico y se va...

—Pero hay algo que usted no nos ha dicho. ¿A qué hora pasaba cada noche? ¿Era siempre la misma?

Mike Mosconi le miró con aire de sorpresa.

—Era siempre la misma hora, desde luego. No hubiera podido cambiarla. Se lleva siempre la edición de medianoche del *Herald Times*, y nunca la recibo antes de las doce menos cuarto. Si viniera antes no la encontraría.

—Y el 22 de junio...

—He dicho *todas* las noches. Siempre viene entre las doce menos cuarto y medianoche.

—Está bien. Puede usted retirarse.

Mosconi salió de la habitación. El teniente se volvió hacia Severn.

—El asesinato se cometió a las diez de la noche. ¡Esa coartada no sirve!

—Es la única que tengo —dijo Severn tranquilamente, en tono resignado.

Gates no tenía aspecto de criminal. Pero eso no es algo que se lleve en la cara, contrariamente a lo que opina la mayoría de la gente. Era un hombre robusto y moreno, con un pasado borrascoso y muy poca imaginación.

—¿Qué espera que le diga? —exclamó—. Si contesto que no es él, eso quiere decir que yo estaba allí, pero con otra persona. Y si contesto que es él, quiere decir igualmente que estaba allí. No insista. Mr. Strassburger, mi abogado, me ha asesorado adecuadamente, y sé qué preguntas puedo contestar.

»Lo único que tengo que decir es que yo no estaba allí. Empiece por encontrar al tipo que estaba allí, y él dirá si ese hombre era su cómplice. Por mi parte, no le he visto nunca.

El teniente sonrió con ironía.

—¿No estabas en la Farragut Street aquella noche? ¿Y no participaste en el asesinato del sargento O'Neill?

—Desde luego que no —respondió Gates, inquebrantable.

Gates se puso en pie, sin nerviosismo, con la lentitud que siempre había puesto de manifiesto en todas las cosas. Se secó el sudor de sus palmas frotándolas una contra otra. Como si se dispusiera a estrechar la mano de alguien.

Era cierto. Iba a estrechar la mano de la muerte.

No tenía miedo. Y no es que fuera valiente; era su falta de imaginación, simplemente. Sabía que, dentro de diez minutos, habría dejado de vivir. Pero nunca había sido capaz de proyectarse mentalmente en los diez minutos por venir; sólo vivía en el presente. De modo que no podía representarse su muerte. Y esta perspectiva le hacía estar menos nervioso que un individuo corriente.

Sin embargo, algo le preocupaba. Se veía en las arrugas de su frente.

—¿Está usted preparado, hijo mío?

—Estoy preparado.

—Apóyese en mí.

—No es necesario, padre. Mis piernas me llevan.

Salieron de la celda de la muerte.

Gates dijo con voz tranquila, mirando recto delante de él:

—Escuche, a propósito de ese Severn... Tiene que seguirme dentro de cinco minutos, ¿verdad? Confieso que soy culpable. Lo he negado hasta ahora, porque esperaba un sobreseimiento. No ha sido así, y es inútil ya negar. Maté a O'Neill, es cierto. Pero el que iba conmigo no era Severn, ¿comprende? Era un tipo que se llama Donny Blake. Nunca había visto a Severn antes de que le detuvieran. ¡Dios mío, padre, dígaselo! Sólo quedan cinco minutos.

—¿Por qué ha esperado tanto tiempo, hijo mío?

—Ya se lo he dicho, el sobreseimiento... Pero anoche hablé de ello con mi guardián. Estoy seguro de que me cree, pero no puede hacer nada. Dígaselo *usted*, padre. Usted me cree, ¿verdad? Cuando uno va a morir, no miente...

Su voz se elevó, resonando en el angosto pasillo.

—¡Que no toquen a ese muchacho! El que iba conmigo no era él...

Y añadió las palabras más extrañas pronunciadas por un condenado camino de su ejecución:

—No me acompañe más lejos. Déjeme, no pierda tiempo. Vaya a decírselo.

—Rece, hijo mío. Rece por su alma. Tengo que acompañarle y confortarle...

—Pero yo no le necesito, padre. ¡Lo que importa es que no se lleven a ese muchacho después de mí!

Algo frío entró en contacto con la parte superior de su cráneo. Lentamente, el brazo del sacerdote retrocedió, volviendo a la vida.

—No lo olvide, padre. Prométamelo...

El capuchón cayó sobre su rostro, interrumpiendo sus palabras.

La corriente decreció, volvió a la normalidad, decreció de nuevo...

Gary Severn dijo, con voz cansada:

—Helen, te amo. Yo...

El capuchón cayó sobre su rostro, interrumpiendo sus palabras.

La corriente decreció, volvió a la normalidad, decreció de nuevo...

Habían quitado de la pared el cartel con las letras. Les había prestado un mal servicio. Se abrió la puerta e hicieron pasar a Mrs. Novak. Llevaba su labor en la mano, pero el tejido de punto era distinto, y el color también.

Mrs. Novak se sentó, inclinó la cabeza y sus agujas empezaron a moverse.

Un par de zapatos se detuvo dentro de su campo de visión, como si trataran silenciosamente de atraer su atención. En la estancia reinaba un silencio absoluto.

Mrs. Novak terminó por darse cuenta de la existencia de los zapatos. Alzó la mirada con indiferencia, volvió a inclinarla. Luego la alzó de nuevo bruscamente, su labor cayó de sus manos, las cuales ascendieron hasta su garganta.

En la estancia seguía reinando un silencio absoluto.

Mrs. Novak levantó un dedo tembloroso, como tomándoles por testigos de una realidad que la aterraba y, al propio tiempo, implorando una disculpa.

—Es él... el hombre que pasó por delante de mi tienda... cuando el sargento de la policía...

—Pero usted reconoció ya a otro...

—Lo sé —dijo ella, golpeándose la frente—. *Se le parecía.* Pero *se le parecía,* simplemente: no era él. —Su voz se hizo acusadora—. ¿Por qué me hicieron venir la otra vez? ¡Me equivoqué por culpa de ustedes!

—No fue usted la única —dijo el teniente, para calmarla—. Hubo cinco o seis testigos; todos le reconocieron. Pero ella ya no le escuchaba. Las lágrimas inundaron su ajado rostro. Alguien la sacó de la habitación, cogiéndola del brazo. Recogió su labor que alguien le entregó, pues de otro modo la hubiese dejado detrás de ella.

—Yo le maté —sollozó.

—Todos le matamos —añadió el teniente en tono amargo, cuando Mrs. Novak hubo salido.

Hicieron sentar a Donny Blake y uno de los agentes se quedó de pie detrás de la silla. Le entregaron un periódico, que abrió e instaló delante del rostro de Donny Blake, como si lo sostuviera para hacerle leer.

La puerta volvió a abrirse y a cerrarse. Storm, el contable, estaba sentado ahora en el lugar que acababa de dejar vacío Mrs. Novak.

Storm les miró con aire interrogador, preguntándose por qué había sido citado. Sólo veía a un grupo de policías, uno de ellos oculto detrás de un periódico.

—Mire en dirección al periódico —le recomendó el teniente.

Desconcertado, Storm obedeció.

El agente que estaba detrás de la silla empezó a levantar lentamente el periódico, como un telón de teatro. Primero apareció el mentón de Blake. Luego su boca. Luego la nariz, los ojos, la frente. Finalmente, todo su rostro quedó al descubierto.

El de Storm había palidecido. Su reacción fue más tranquila que la de la mujer, pero no menos dramática. Empezó a temblar de pies a cabeza, sin moverse de su asiento; se notaba especialmente en sus manos.

—¡Oh, Dios mío! —murmuró con un hilo de voz.

—¿Qué tiene usted que decir? —le apremió el teniente—. Vamos, hable sin temor.

Frunció la boca como si las palabras que pronunciaba le repugnasen.

—Es... el hombre que tropezó conmigo... en la Farragut Street.

—¿Está seguro?

—¡Al 100 %! —dijo, en tono desesperado, doblándose por la mitad como si tuviera un calambre.

—No puede reprochárseles —observó el teniente un poco más tarde, dirigiéndose a dos de sus hombres, en la habitación ahora vacía—. Cuando un individuo se parece mucho a otro, resulta difícil no hacer entrar en juego la imaginación para eliminar las diferencias. Y el simple hecho de que Severn estuviera detenido les influenciaba inconscientemente. Nosotros creíamos que era culpable, y nuestro trabajo consiste en saber esa clase de cosas; y puesto que nosotros lo creíamos, era probablemente culpable. No quiero decir que se hicieran precisamente esta reflexión, pero el resultado vino a ser el mismo.

Un agente entró y dijo:

—Blake está preparado para el interrogatorio, jefe.

—¡Y yo estoy preparado para interrogarle! —respondió el teniente con una entonación inflexible, antes de salir de la habitación.

El doctor avanzó y levantó uno de los párpados de Blake. Sólo se veía el blanco del ojo. El doctor sacó su estetoscopio y lo aplicó a la región cordial.

Las respiraciones jadeantes de los policías repercutían contra las gruesas paredes del sótano.

El doctor se incorporó, guardándose su aparato.

—No le aprieten demasiado —aconsejó—. Todavía resiste, pero se fatiga. No es más que un desvanecimiento. ¿Quieren ustedes que le reanime?

—Sí —dijo uno de los agentes—. Lo preferiríamos.

El doctor sacó de su maletín un frasquito y lo paseó bajo la nariz de Blake, masa hinchada y descolorida. Los párpados del hombre se agitaron, y luego su cabeza tuvo un sobresalto.

El círculo volvió a cerrarse en torno a él, como perros que se disputan un hueso.

—Esperad a que se haya marchado el doctor —recomendó el teniente.

Donny Blake se echó a llorar.

—¡No puedo más! —aulló—. ¡Doctor, no me deje solo con ellos! ¡Van a machacarme!

El médico no experimentaba ninguna simpatía hacia él.

—Sólo tienes que decirles lo que quieren saber —gruñó—. ¿Por qué hacer perder el tiempo a todo el mundo?

Y se retiró, cerrando la puerta.

Tal vez porque la sugerencia procedía de alguien ajeno al grupo de sus verdugos, tal vez porque había llegado al límite de sus fuerzas, Blake se derrumbó y empezó a hablar.

—Sí, fui yo. Iba con Gates y matamos a O'Neill porque nos sorprendió cuando desvalijábamos la joyería. El no me vio. Le sujeté por detrás mientras apuntaba a Gates. Le desarmamos, y Gates dijo: «Ahora ya nos ha visto», y le liquidó sin que yo pudiera evitarlo. Entonces, yo dije: «Aún está vivo, hablará de todos modos», y le rematé de un balazo en la cabeza.

Hundió su rostro en sus manos paralizadas por el dolor.

—Ahora ya lo he dicho todo. Dejadme en paz.

Llamaron a la puerta. Era un agente.

—La oficina del Fiscal del Distrito al teléfono, jefe. Arriba, en su despacho.

—Avisad al taquígrafo —dijo el teniente—. En seguida vuelvo.

Tardó bastante en volver, y lo hizo con paso lento, abrumado. Miró a sus hombres con un aire extraño, como si nunca les hubiera visto... o, mejor dicho, como si el verles le resultara insoportable.

—Lleváoslo —dijo secamente.

Nadie alzó la voz hasta que el prisionero hubo salido. Entonces, todos miraron al teniente con curiosidad, esperando que hablara. Pero el teniente permaneció silencioso.

—¿No registra usted su confesión ahora, jefe, cuando aún está caliente?

—No —respondió el teniente, con los labios fruncidos.

—Pero, si le dejamos que se reponga, va a retractarse...

—Eso ya no importa. —Se dejó caer, resignado, sobre la silla que el prisionero acababa de abandonar—. No será juzgado. Son las órdenes que acabo de recibir. La oficina del Fiscal del Distrito quiere que le soltemos.

Una consternación general planeó silenciosamente sobre

aquellos hombres. Finalmente, uno de ellos dijo, en tono lleno de amargura:

—¿Chanchullos políticos?

—Sí y no. Es año de elecciones, es cierto, pero hay algo más. Esto es lo que me han dicho: Severn ha sido ejecutado por ese crimen y no puede ser resucitado. El error judicial no es reparable. Juzgar ahora a ese individuo provocaría un escándalo que repercutiría, no sólo sobre la oficina del Fiscal del Distrito, sino sobre toda la policía. La confianza de la opinión pública quedaría quebrantada. Prefieren dejar en libertad a un criminal a sentar un peligroso precedente. Cualquier abogado, en el curso de un proceso, podría citar el nombre de Severn y el jurado absolvería automáticamente a su cliente, para no exponerse a cometer un error fatal. En otras palabras, vale más dejar en libertad a un criminal ahora, que a una docena en el futuro. —El teniente se puso en pie, suspirando—. Bueno, tendré que soltarle.

Los policías presentes se demoraron unos instantes. Cada uno de ellos reaccionó de acuerdo con su temperamento. Uno de espíritu práctico se encogió de hombros y dijo:

—Lástima que no nos lo hayan dicho antes. Eso habría evitado esta carnicería. ¿Vienes, Joe?

Otro, preocupado por la legalidad, subrayó que toda la responsabilidad recaía sobre la oficina del Fiscal del Distrito.

Un tercero, que tenía el espíritu de clan, admitió francamente:

—Me daría lo mismo, si la víctima no fuera un sargento de la policía.

Se marcharon, uno tras otro. Hasta que sólo quedó uno. El que se llamaba Rogers. De pie, con las manos en los bolsillos, los ojos bajos, permanecía inmóvil.

¿Cuál era su estado de ánimo?

El de un fanático que acaba de ver traicionada su causa. El de un verdadero creyente que acaba de ver escarnecido su evangelio.

Se encontraron unas horas más tarde en el pasillo central: el detective de la fe escarnecida, y el asesino obsequiado con la inmunidad. Rogers estaba adosado a la pared, y Blake se dirigía hacia la salida, hacia la libertad. No se hablaron. Rogers se limitó a volver la cabeza para seguir al otro con la mirada. Blake llevaba un esparadrapo en la nariz, otro debajo de la boca. Pero Gary Severn estaba muerto y enterrado. Lo mismo que el sargento O'Neill.

Cada pequeño detalle era captado por Rogers con un estremecimiento: el balanceo de los brazos sin ataduras de Blake, el gesto maquinal con que se arreglaba el nudo de la corbata. Retornaba a la vida y el nudo de la corbata volvía a tener importancia.

Sus ojos se cruzaron con los de Rogers con arrogancia y volvió también la cabeza, al pasar, para seguir mirando al policía. Luego, desde el fondo de la garganta, emitió un sonido más elocuente, más insultante que las palabras. «¡Ja, ja! ¡La policía! ¡Las leyes! ¡El asesinato! ¡Ja, ja!» Eso es lo que quería decir.

Fue como un golpe recibido en pleno rostro. Un golpe que hirió a Rogers en lo más hondo de sus convicciones. De su sentido del derecho y de la justicia.

Palideció. No todo el rostro. Solamente el mentón y el contorno de la boca. El otro se alejó... llegó al extremo del pasillo, franqueó las puertas vidrieras, descendió los peldaños. Luego desapareció de la vista. Rogers no se había movido. Sus ojos estaban clavados en el lugar por el cual acababa de desaparecer Blake.

Blake no volvería nunca aquí. Nunca respondería por aquel crimen.

Rogers dio media vuelta y echó a andar en sentido contrario. Alcanzó una puerta, la puerta del despacho del teniente, su superior. Entró sin llamar. Su mano se posó sobre el escritorio, con la palma hacia abajo, y se retiró.

El teniente contempló el emblema colocado delante de él, alzó la mirada.

—Enviaré mi dimisión por escrito. Abandono la policía.

Rogers había dado ya media vuelta y se dirigía hacia la puerta.

—¡Rogers! ¿Qué es lo que le pasa? Acérquese. Está usted loco.

—Es posible.

—¿Adónde va usted?

—A partir de este momento, me encontrarán dondequiera que esté Blake.

La puerta se cerró detrás de él.

—¿Hacia dónde ha ido? —le preguntó al agente que estaba de guardia en lo alto de la escalinata.

—Ha tomado un taxi en la esquina. Mire, está allí, delante del semáforo.

Rogers paró un taxi.

—¿Ve aquel taxi que se pone en marcha? Sígalo y no lo pierda de vista.

Blake se separó de la rubia con la cual estaba, en la recepción, y cruzó el vestíbulo para ir a plantarse delante del sillón que Rogers acababa de ocupar.

—¿Le ha gustado el espectáculo? Y el restaurante, ¿era bueno? ¿Cree que no me he dado cuenta de que me ha estado siguiendo toda la noche?

Rogers le miró tranquilamente y respondió:

—¿Qué le hace pensar que no quiero ser visto?

Blake se quedó con la boca abierta, desconcertado.

—No pueden ustedes detenerme. Si hubiesen podido, no me habrían soltado.

Rogers replicó, con la misma tranquilidad:

—Es cierto. Pero, ¿qué le hace pensar que trato de detenerle?

Blake sólo pudo contestar:

—No sé lo que busca usted, pero en todo caso no lo conseguirá.

—¿Qué le hace pensar que busco algo?

Blake parpadeó, desamparado. Tras una breve vacilación, privado de la oposición que esperaba encontrar, se marchó.

Volvió a la recepción y tuvo un altercado con la rubia, que quería marcharse. Finalmente, ella apartó la mano que Blake había posado sobre su brazo y dijo:

—Si te persiguen, nada de nada. Podías habérmelo dicho antes. No quiero verme mezclada con tus historias. ¡Ya encontrarás otra!

Y se alejó, indignada.

Blake dirigió una mirada cargada de veneno en dirección a Rogers. Luego, enfurecido, se encaminó al ascensor. Sin apresurarse, Rogers hizo una seña al ascensorista para que le esperase. La cabina arrancó con los dos hombres dentro. El rostro de Blake estaba lívido.

—Vamos, continúe —dijo, con voz estrangulada, a espaldas del ascensorista.

—Continuar, ¿qué? —inquirió Rogers, impasible.

El ascensor se paró en el sexto piso y Blake salió apresuradamente. Oyó que la puerta se cerraba detrás de él. Echó a andar por el alfombrado pasillo, se detuvo delante de una puerta y metió la llave en la cerradura. Luego se volvió bruscamente, al percibir un rumor de pasos.

—¿Qué es lo que pretende? —gritó, fuera de sí—. ¿Entrar conmigo en mi habitación?

—No —respondió Rogers tranquilamente, disponiéndose a abrir la puerta de la habitación de en frente—. Voy a la mía.

Las dos puertas se cerraron, una tras otra.

Aquello ocurría a medianoche, en el sexto piso del Hotel Congreso. Cuando Blake abrió la puerta de la habitación a las diez de la mañana del día siguiente, para bajar a desayunar, se encontraba en el décimo piso del hotel Colton. Había cambiado de hotel aquella madrugada. Al salir al pasillo, ocultó una sonrisa detrás de la mano con la que se palpó la barbilla, afeitada y fresca.

Cerró la puerta y avanzó por el pasillo, en dirección al ascensor. La puerta de la habitación contigua a la suya se abrió en aquel preciso instante, antes de que Blake llegara al extremo del pasillo. Algo le hizo volverse. Tal vez el hecho de que la puerta no volviera a cerrarse inmediatamente, como era normal.

Rogers estaba en el umbral, ocupado en abotonar apresuradamente su chaqueta, y le miraba.

—¿Quiere hacerme el favor de retener un segundo el ascensor? —dijo—. Yo también voy a desayunar.

A la tercera tentativa, consiguió levantar la taza hasta situarla a unos centímetros de sus labios, pero no pareció capaz de llegar más lejos. Los dedos que sostenían la taza empezaron a temblar, comunicándole una vibración que agitó su contenido. Finalmente, la taza descendió una vez más, como si fuera demasiado pesada para ser sostenida en el aire, y cayó sobre el platillo con una fuerza que estuvo a punto de romperla. El líquido se derramó por encima de los bordes.

Rogers, sentado en frente de él dos mesas más allá, engullía con buen apetito un plato de huevos con jamón. Sonreía, con la boca llena, masticando inexorablemente.

Incluso liberadas de la taza, las manos de Blake seguían temblando. Se cubrió los ojos con la palma.

—No puedo más —murmuró—. ¿Es que ese tipo va a...? Se interrumpió.

Se acercó el camarero.

—¿Hay algo que le moleste, señor?

—Sí —consiguió articular Blake.

—¿Quiere sentarse a este otro lado?

Blake se levantó y se instaló al otro lado de la mesa, dándole la espalda a Rogers. El camarero volvió a llenar su taza.

Intentó una vez más llevarla a sus labios, asegurando ahora la presa con las dos manos.

El ruido especial que produce una persona que come pan tostado llegó a sus oídos. El ruido procedía del lugar donde se encontraba Rogers. Era un ruido continuo, como si el consumidor de aquel pan no esperara a haber terminado con un bocado para empezar con otro.

La taza cayó, esta vez volcándose, y el mantel se manchó de oscuro. Blake se puso en pie, tiró su servilleta y rechazó al preocupado camarero.

—¡Déjeme salir! —jadeó—. Está allí, espía todo lo que hago...

El camarero miró a su alrededor, desconcertado. Sólo vio a un cliente inofensivo, dos mesas más allá, desayunando tranquilamente, sin molestar a nadie.

—Tendría que ir a un médico, señor —sugirió—. Hace días que no prueba usted la comida.

Blake salió del comedor, con paso vacilante, cruzó el vestíbulo y se dirigió a la farmacia más próxima. Se paró delante del mostrador y se apoyó en él.

—Deme unas tabletas de aspirina —murmuró, con voz temblorosa.

«*Century Limited*, con destino a Chicago, andén 25», anunciaron los altavoces. El sonido llegó hasta Blake, encerrado en una cabina telefónica, cuya puerta había dejado entreabierta para ventilar el habitáculo y oír el anuncio cuando fuera emitido.

Pero no salió inmediatamente de la cabina. La había escogido por su posición estratégica. Permitía, no sólo vigilar el enorme reloj de la estación, sino también la entrada al andén del cual salía su tren y observar, en consecuencia, a todos los viajeros que se presentaban en él.

Sería el último en subir al tren. En el último segundo. Después de haber visto a todos los que le precederían.

Con las precauciones que había tomado, era imposible que aquel demonio de hombre sospechara la distancia que iba a poner entre ellos. Imposible que esta vez le siguiera. Si lo hacía, es que era capaz de leer los pensamientos.

Le había costado muy caro, pero si tenía éxito valdría la pena. Sus diversas tentativas de cambiar de hotel le habían demostrado la inutilidad de aquel método. Esta vez no había cometido el error de pedir la cuenta o de hacer su equipaje. Sus trajes habían quedado en el armario; su maleta vacía estaba en su habitación. Había pagado una semana por anticipado, y sólo habían transcurrido dos días de aquella semana. No había informado a nadie de que se marchaba. Había salido del hotel normalmente, como otro día cualquiera, y había entrado en un cine. Inmediatamente después había abandonado el local por la salida de emergencia, había venido directamente a la estación, había retirado el billete pedido por teléfono bajo otro nombre y había venido a encerrarse en la cabina telefónica, donde se encontraba desde hacía tres cuartos de hora.

Y durante todo aquel tiempo, su perseguidor debía espe-rarle a la salida del cine o en el vestíbulo del hotel.

Examinó a los últimos viajeros que llegaban a última hora. El portero se disponía a cerrar el portillo...

Salió de la cabina y echó a correr.

—¡Espere! —gritó.

El empleado dejó el portillo entreabierto para que pudiera pasar. El tren se ponía en marcha. Montó en el último vagón, ayudado por el jefe de tren. Se inclinó a examinar el andén: nadie había aparecido detrás de él. El tren adquiría velocidad. ¡Era libre, estaba salvado!

Había tomado un compartimiento de coche-cama, a fin de asegurarse de que pasaría inadvertido. Cuando se hubo instalado en él, dos coches más adelante, echó el cerrojo a la puerta y tiró de la cortinilla. Luego se dejó caer sobre el asiento con un suspiro de alivio.

«¡No volverá a localizarme! —murmuró ásperamente—. ¡Haré lo que haga falta para ello!»

El tren se paró un minuto en la estación secundaria, a la salida de la ciudad. Esto entrañaba pocos riesgos. Si el otro hubiese adivinado sus intenciones, le hubiera seguido hasta la estación principal, para saber la dirección que tomaba.

De todos modos, para más seguridad, llamó al jefe de tren, cuando el convoy volvió a ponerse en marcha, y entreabrió la puerta para preguntarle:

—Tenía que encontrarme con alguien. ¿Han subido muchos viajeros en esta última estación?

—Sólo una anciana y un niño.

Volvió a echar el cerrojo. Todo había salido bien. Incluso si el otro trataba de perseguirle, lo principal era la ventaja que había adquirido sobre él, una ventaja que estaba dispuesto a conservar.

Poco después, llamaron a la puerta. El miedo volvió a invadirle. Se puso en pie de un salto y aplicó su oído a la puerta. Cuando la llamada se repitió, disfrazó su voz detrás de su mano e inquirió:

—¿Qué pasa?

La voz de un empleado respondió:

—¿Almohada, señor?

Entreabrió la puerta lo suficiente para que pasara la almohada y la cogió. Luego, tranquilizado, volvió a cerrar la puerta.

Ya no le molestaron más. Después de Albany, tomaron la dirección del oeste. En alguna parte de Pennsylvania —o quizás estaban ya en Ohio— llamó para pedir una cena fría en una bandeja que ordenó le dejaran delante de la puerta. Cogió la bandeja y, cuando hubo terminado, la dejó en el mismo lugar. De este modo no tenía que acudir al vagón-restaurante. Pero se daba cuenta de que eran unas precauciones superfluas. El tren no ofrecía ya ningún peligro.

Poco antes de medianoche, mientras el tren rodaba a través de Indiana, dejó que el empleado le hiciera la cama.

—Es usted el último en acostarse —observó el hombre con buen humor—. Todos los otros viajeros están durmiendo.

—¿Todos se han acostado?

—Sí, y han apagado todas las luces.

Aquello le decidió. Se dijo que podía salir a desentumecer las piernas al pasillo mientras el empleado terminaba de arreglar la cama. En el angosto compartimiento se estorbaban mutuamente.

Cruzó varios coches-cama de pasillos desiertos. Todo aquel cargamento humano se había dormido rápidamente. Incluso el vagón-salón estaba vacío y oscuro, con una simple lamparilla encendida en un rincón.

Salió a la plataforma al aire libre del vagón, destinada a contemplar el paisaje. Apoyándose en la barandilla, respiró a pleno pulmón el aire fresco que le azotaba el rostro. «Es estupendo sentirse libre», pensó. Era la primera vez, desde que la policía le había soltado, que saboreaba realmente el gusto de aquella libertad...

Desde uno de los sillones de mimbre situados en la penumbra detrás de él se alzó una voz:

—¿Es usted, Blake? Me estaba preguntando cuándo se decidiría a salir. ¿Cómo puede resistir el permanecer encerrado en un compartimiento horas enteras?

La punta rojiza de un cigarrillo brillaba tranquilamente en el lugar donde se encontraba el ocupante invisible del sillón.

Blake tuvo que cogerse a la barandilla después de haberse vuelto, para no caer al otro lado.

—¿Cuándo ha subido usted? —gimió, alzando la voz para cubrir el ruido del viento.

—Fui el primero en ocupar mi plaza —respondió la voz de Rogers—. Pedí incluso que me dejaran subir antes de que se formara el tren. Por un momento creí que iba usted a perderlo —añadió, con una risita.

Rogers sabía cuál era la etapa siguiente. Estaba inscrita de antemano en los hechos, tenía que producirse necesariamente. Y el momento había llegado. Se lo advertían diversos indicios, sutiles variaciones en el comportamiento del adversario. Por algo había sido policía durante años. Conocía la naturaleza humana en general, y la de su adversario en particular. Aquella noche, las señales indicadoras de peligro eran, para su experta mirada, tan aparentes como unas balizas señalando en la oscuridad unas aguas peligrosas.

Aquella noche, Blake no había acudido a uno de los lugares bullangueros que acostumbraba a frecuentar. Por el contrario, había desembocado en un pequeño nido de ratas grasientas de South Side, donde incluso la atmósfera tenía algo de furtivo. Al entrar detrás de él, Rogers pudo oler la trampa desde una milla de distancia. Blake se había sentado solo, en vez de rodearse del habitual cortejo femenino. Desalentó incluso a las muchachas que trataron de hacerse invitar a una copa. Hasta en su modo de beber se adivinaba que se preparaba algo. No bebía ni para alegrarse las pajaritas ni para olvidar. Bebía para infundirse valor. Rogers podía leer en su mente con sólo ver los gestos de su brazo: unos gestos demasiado bruscos e irregulares, vibrantes de tensión nerviosa.

Se instaló al otro lado de la sala delante de una cerveza, sin probarla por si estaba drogada. Llevaba un revólver encima, porque estaba acostumbrado a ello; pero no pensaba utilizarlo, ni siquiera en caso de legítima defensa. Porque lo que iba a producirse tendría un valor de prueba y debía afrontar la situación, si quería seguir conservando la ventaja. Si flaqueaba, la ventaja pasaría a Blake. Y, de todos modos, la superioridad no residía en llevar un arma, ya que es una superioridad que dura únicamente el tiempo durante el cual se mantiene el dedo sobre el gatillo. La que él ambicionaba tenía que ser para un largo plazo.

Ahora, Blake estaba a punto. El alcohol había producido el efecto deseado: había envuelto sus nervios con algodón, como la novocaína. Rogers le vio ponerse en pie lentamente, agarrándose a la mesa, y dirigirse hacia la salida. Su paso rígido, mecánico, indicaba claramente que era el momento decisivo, que Blake estaba representando el papel de cebo destinado a atraerle a una emboscada.

Y por el silencio que reinó súbitamente en el local, donde todo el mundo fingía no mirar a los actores del drama, Rogers supo que todos eran más o menos cómplices.

Se obligó a permanecer tranquilo. Era esencial, era la clave de la victoria. Dejó que Blake llegara a la puerta y entonces se puso en pie a su vez, dejando el importe de su cerveza sobre la mesa. Siguió al otro ostensiblemente, sin tratar de disimular, de dar la impresión de que Blake no le importaba.

La puerta se había cerrado detrás de Blake. Rogers se dirigió hacia ella. Nadie le observaba, pero él sabía que en medio del silencio todo el mundo escuchaba el ruido de sus pasos sobre el suelo de madera. Todos se habían inmovilizado esperando que se produjera el asesinato. Y todos estaban de parte de Donny Blake.

El pianista mantenía los dedos sobre las teclas, atento a no pulsarlas, acechando la señal que le haría entonar la marcha fúnebre. El trompeta, con los labios pegados a la boquilla de su instrumento, esperaba como el arcángel Gabriel. La cosa iba a producirse en seguida, en cuanto saliera del local.

Salió. Blake estaba a la vista, para continuar atrayéndole. En cuanto vio a Rogers y se aseguró de que éste le había localizado, echó a andar por un callejón que discurría a lo largo de la pared del edificio.

El callejón conducía a un garaje. Y allí tendría lugar el asesinato. Luego, la víctima sería introducida en un saco, el saco en un automóvil, y el automóvil en el lago Michigan.

Sin vacilar, Rogers se internó en el callejón. Blake había iluminado el interior del garaje, para mostrarle el camino. Era visible entre los automóviles. Se detuvo cerca de la pared del fondo y se volvió para hacerle frente.

Rogers llegó a la entrada del garaje. Si Blake pensaba

alcanzarle desde lejos, no podría hacer nada para defenderse. Pero, si le dejaba entrar en el garaje...

Blake no se movió. Por lo tanto, no pensaba actuar aún. Probablemente temía fallar, desde aquella distancia.

De acuerdo con el horario que debieron establecer, el plazo expiró en el instante en que Rogers franqueó el umbral del garaje. Los músicos empezaron a tocar, muy fuerte. Para cubrir las detonaciones.

Rogers cerró detrás de él la puerta corrediza, aislándoles a los dos en el interior.

—¿Es esto lo que quieres, Blake? —inquirió.

Luego se dirigió hacia el lugar donde Blake le esperaba, ahora con un revólver en la mano. Su rostro era el de una presa que ha sido perseguida durante semanas enteras. Su expresión no era de odio, sino la de un maníaco.

Rogers se acercó hasta llegar a tres o cuatro metros de él.

—¿Y bien? —dijo, parándose, con las manos vacías.

El rostro de Blake reflejó la incertidumbre. Rogers añadió:

—Adelante, idiota. Después de todo, es un medio tan bueno como otro. Desde el momento en que nos permite echarte mano, estoy de acuerdo. Puesto que lo que se busca es esto, lo mismo da que sea yo que cualquier otro.

—Sus compañeros no lo sabrán —dijo Blake, con voz ronca—. No le encontrarán.

—No será necesario. Bastará con que te vean a ti sin que yo esté detrás.

Proyectó sus manos adelante, con las palmas vueltas hacia Blake.

—Bueno, ¿a qué esperas? Ya ves que no estoy armado.

El revólver se inclinó. Blake retrocedió, impotente.

—¿De modo que es eso? ¿Un golpe planeado? Debí suponerlo, al ver que no hacía usted nada por ocultarse.

Parecía desesperado. Se pasó la mano por la frente con aire desconcertado y se apoyó en la pared, con las piernas separadas. Su mente estaba en ebullición.

Hacía mucho tiempo que había descubierto que no podría escapar de su atormentador. Ahora comprendía que ni siquiera podía matarle. Tenía que continuar viviendo con él.

Rogers le contempló, con un codo apoyado en la otra mano. La prueba era concluyente. Su superioridad, definitiva.

La puerta se abrió y entró uno de los gorilas del tugurio.

—¡Eh, Donny! ¿Cómo va eso? ¿Quieres que te eche una mano?

Rogers se volvió a mirarle con curiosidad. El otro se hizo cargo inmediatamente de la situación.

—¿Qué te pasa? ¿Tienes miedo? —gruñó—. Espera, yo lo haré por ti.

Esgrimió un revólver.

Blake gimió de terror, como si el blanco fuera él. Saltó entre los dos hombres, protegiendo a Rogers con su cuerpo.

—¡No hagas eso! Es lo que quieren, ¿comprendes? Tratan de cazarme... ¿No ves que no tiene miedo, que va desarmado? —Empujaba al otro fuera del garaje—. Lárgate. Si le liquidas, estoy perdido.

Los dos hombres quedaron solos, juntos: el cazador y su presa. Blake jadeaba, desamparado bajo el efecto de aquellas emociones. Rogers estaba tan tranquilo como si no hubiese pasado nada. Permaneca inmóvil.

—Ese tipo no me importa —dijo fríamente—. Al que quiero es a ti, Blake.

Rogers estaba sentado en el borde de su cama, en la oscuridad de su habitación. Iba en pantalón y camiseta, sin zapatos. Era la misma noche, después del episodio del garaje. Pero el alba no tardaría en llegar.

Había dejado su puerta entreabierta y se había situado de modo que pudiera vigilar la rendija. Esperaba pacientemente. Su conocimiento de la naturaleza humana le informaba por anticipado de lo que sería la etapa siguiente.

Por el intersticio de la puerta penetraba un estrecho hilo de luz que se extendía por el suelo, trepaba a la cama y cruzaba el brazo de Rogers, como una condecoración. Moralmente, Rogers se decía que tenía derecho a una condecoración.

Estaba sentado allí desde que había llegado a su habi-

tación. Esperaba la inevitable continuación de los acontecimientos. Estaba dispuesto a pasar la noche en vela, tan
seguro estaba de aquella continuación.

Había visto ya al criado entrar en la habitación de en
frente con una bandeja conteniendo una botella, unos cu-
bitos de hielo y un vaso, y salir un minuto después haciendo
saltar en su mano una moneda.

De pronto vino por segunda vez, con otra botella y otra
reserva de hielo. La mancha verde de su uniforme apareció
a través de la rendija. Dando la espalda a la habitación de
Rogers, llamó a la de enfrente.

Dos botellas: la dosis se hacía eficaz. Se abrió la puerta
y el criado entró. Rogers esperó a que saliera y se levantó.
Fue a abrir su puerta, hizo: «¡Pssst!» y el criado se acercó a él.

—¿Cuánto le ha dado esta vez?

Los ojos del criado brillaban.

—Todo el cambio. ¡Va quedar limpio!

Rogers sacudió la cabeza.

—¿Está muy borracho?

—Bastante, pero aún resiste.

Rogers volvió a sacudir la cabeza.

—Va a prestarme usted su llave de paso.

Y ante la vacilación del criado, añadió:

—Tengo la autorización del detective del hotel, puede ir
a preguntárselo. Pero déjeme la llave de paso en seguida,
pues voy a necesitarla.

El criado se la entregó, y luego pareció inclinado a quedarse por allí, para observar lo que iba a ocurrir.

—No es preciso que espere —dijo Rogers—. Yo me ocuparé de todo.

No regresó a su habitación sino que permaneció en el
pasillo, vestido tal como iba, en camiseta y zapatillas. Por
la celosía entreabierta, oía al otro moverse en la habitación
y servirse de beber. Podía casi detectar, por el ruido, el
nivel decreciente del líquido en la botella.

Se aproximaba el momento. En el interior de la habitación, oía andar de un lado a otro a alguien que intentaba
salirse de la trampa.

Luego, la botella chocó contra el suelo con un ruido
de vidrio vacío.

Ahora sólo era cuestión de minutos.

El ruido de pasos se hizo más precipitado; unas frases entrecortadas se alzaban, casi inaudibles. Pero destacaban algunas palabras:

«...ya le enseñaré... no podrá seguirme hasta allá...»

El ruido de una ventana al abrirse.

¡Era el momento!

Rogers abrió la puerta con la llave de paso y se precipitó en la habitación.

Blake se había encaramado ya al antepecho de la ventana, dispuesto a arrojarse al vacío. Rogers tuvo el tiempo justo para cruzar la habitación, cogerle por la cintura y atraerle hacia atrás. Cayeron los dos al suelo, entremezclados sus cuerpos.

Rogers fue el primero en ponerse en pie y fue a cerrar la ventana. Luego regresó junto al otro que yacía en el suelo, inerte, y le ordenó:

—¡En pie!

Blake tenía el rostro oculto en su brazo doblado. Rogers le empujó bruscamente con el pie.

Blake se incorporó lentamente, agarrándose a los muebles a su alcance.

Los dos hombres se miraron.

—¡No me deja usted vivir, y no me deja morir! —gimió Blake—. ¿Qué es lo que busca?

—¿Yo? Nada. ¿Cuántas veces he de decírtelo? Estando donde tú estás, no le hago daño a nadie. Hay sitio para los dos.

Empujó a Blake hacia la cama y el otro se tendió en ella y permaneció allí sin moverse. Rogers fue a empapar una toalla en agua fría, la retorció y golpeó con ella varias veces la cara de Blake. Luego dijo, con afectada indiferencia.

—No tienes por que ponerte nervioso. Por otra parte, mira.

Sacó de su cartera un oficio que mostró a Blake. Estaba fechado unos meses atrás y llevaba el sello de la Jefatura Central. Era el acuse de recibo de su dimisión. Lo mantuvo largo rato delante de los ojos de Blake, dejando que éste se empapara de su contenido.

Poco después, el alcohol ingerido por Blake le hacía

sumirse en la inconsciencia. Rogers no se movió de la
habitación. Se instaló en una butaca junto a la cama, encendiendo un cigarrillo. Como un enfermero junto a un enfermo.

Le quería vivo, y en el estado de ánimo conveniente.

El odio no puede permanecer indefinidamente calentado
al rojo. El miedo tampoco. El sistema nervioso de un individuo no puede soportar un perpetuo estado de crisis.
Afortunadamente, la naturaleza ha previsto unas válvulas
de seguridad. Pueden producirse dos casos. O las circunstancias que se encuentran en el origen de aquel odio o de
aquel miedo desaparecen, permitiéndoles reabsorberse, o,
insensiblemente, la costumbre va anulándolos poco a poco.
El odio sólo existe en estado latente. Luego se apaga del
todo. El sujeto ha quedado *condicionado* al objeto inicial de
su miedo o de su odio; y ese objeto ya no ejerce ninguna
influencia sobre él. Encerrad a un hombre en un cuarto en
compañía de una cobra y, si entretanto no se hace matar,
al cabo de una semana se desplazará tranquilamente, limi-
tándose a tomar la elemental precaución de mirar donde
pisa.

Sólo los elementos de baja tensión, de combustión lenta,
tales como la perseverancia, la paciencia, la dedicación a
una causa, pueden ser mantenidos intangibles a lo largo de
los meses y de los años.

Una noche, en aquel mismo hotel de Chicago, llamaron
a la puerta de la habitación de Rogers. Este fue a abrir y
vio a Blake en mangas de camisa, sin cuello, despidiendo
un intenso olor a loción para después del afeitado. Su puerta, al otro lado del pasillo, había quedado abierta detrás
de él.

—Oiga —dijo—, ¿no tendría usted por casualidad un botón de cuello que no le sirva? He perdido el único que tenía. Estoy citado a cenar con una rubia de miedo, y no
quiero hacerla esperar. Si envío a buscar uno...

—Sí —respondió Rogers, impasible—. Lo tengo.

Fue a buscarlo y lo depositó en la palma de la mano
tendida de Blake.

—Muy amable.

Por un instante, se miraron. La boca de Blake esbozó una vaga sonrisa. La misma sonrisa le fue devuelta por Rogers.

Nada más. Blake giró sobre sus talones. Rogers cerró su puerta. Nada más.

Una puerta a la que se acaba de llamar. Un botón de cuello. ¿Pequeño hecho sin importancia? ¿O, por el contrario, giro decisivo? El comienzo de la aceptación, el comienzo de la costumbre. El principio del fin.

—Ese individuo es un polizonte —confió jovialmente Blake a la pelirroja que se encontraba a su izquierda—: O al menos lo ha sido. ¿No te lo había dicho nunca?

Había hablado en voz suficientemente alta para que Rogers pudiera oírle, y al mismo tiempo se había vuelto hacia él guiñándole el ojo, para darle a entender que bromeaba, que no tenía el menor deseo de ofenderle.

—¿Un polizonte? —exclamó ella, fingiendo estar muy asustada—. ¿Qué tiene que ver contigo?

Rogers agitó la mano en dirección a la joven, con un gesto implorante.

—No le haga caso. Hace mucho tiempo que presenté la dimisión. Más de dos años.

—Vámonos a otro sitio —sugirió Blake, como si los dos compartieran sus conquistas femeninas—. Aquí se aburre uno mortalmente.

El camarero trajo la cuenta y Blake se palpó la cartera.

—Estoy limpio —confesó, en tono lastimoso.

—No importa, pagaré yo —dijo Rogers, el hombre que en otro tiempo había sido policía, al que consideraba como un asesino—. Ya pasaremos cuentas.

Rogers, ocupado en cortarse un callo del pie con una hoja de afeitar, levantó la cabeza al oír los golpes familiares en la puerta.

—¿Eres tú, Donny? —inquirió

—Sí. ¿Estás haciendo algo, Rodge?

Ahora eran «Donny» y «Rodge» el uno para el otro.

—No, pasa —respondió Rogers.

Se abrió la puerta y Blake asomó la cabeza.

—Ha venido a verme un consorte de otros tiempos, Bill Harkness. Hacía años que no nos habíamos visto. Hemos estado charlando, pero ahora nos aburrimos como ostras. ¿Qué opinas de una partidita a las cartas, los tres?

—Media hora, más no —dijo Rogers, poniéndose el zapato—. Esta noche quiero acostarme temprano.

Blake se retiró, dejando abierta la puerta de Rogers, y haciendo lo mismo con la de su habitación, en frente.

Rogers apagó la luz y se dispuso a salir. Se detuvo en el umbral, bostezando con aire indeciso, como otra persona había hecho una noche, hacía mucho tiempo, en el momento de bajar a comprar un periódico.

No estaba obligado a permanecer todas las noches a su lado, ¿verdad? Podía tomarse una noche de descanso... Se sentía fatigado y la cama le tentaba. Era un ser humano, no una máquina. Tenía sus momentos de depresión, y atravesaba uno de ellos. Nunca pasaría nada. Era el guardaespaldas de Blake, simplemente. Y eso no era lo que había buscado.

Estaba a punto de cambiar de opinión y de volver a entrar en su cuarto.

Pero le habían visto, y Blake le hizo una seña.

—¿Vienes, Rodge?

No podía renunciar. Cerró la puerta, cruzó el pasillo y entró en la habitación de Blake.

Le esperaban sentados ante una mesa. Harkness le pareció un personaje de lo más turbio. Pero era normal, tratándose de un amigo de Blake.

Estrechó su mano sin vacilar. Desde que vivía cerca de Blake había aprendido a alternar con toda clase de individuos.

Iniciaron la partida. Tres jugadores, en plan de matar el tiempo, sencillamente.

Harkness parecía tener un tic nervioso que le impulsaba a tirar continuamente de su manga.

—Creía que ya no se ocultaban ahí —observó finalmente

Blake, con una acerada sonrisa—. Menos mal que no nos jugamos los cuartos.

—Te equivocas. Hay un botón que me molesta cuando alargo el brazo, eso es todo. Se engancha a todas partes.

Mostró, en su manga, la mitad rota de un botón, de agudas aristas. Un pequeño detalle enojoso como sólo saben serlo los pequeños detalles. Trató de arrancarlo, sin conseguirlo: lo único que logró fue desollarse los dedos.

—Si tanto te molesta, quítate la americana — sugirió Blake.

Harkness atendió la sugerencia y dejó la prenda en el respaldo de su silla.

La partida continuó. La media hora inicial de Rogers había quedado muy atrás. De pronto, Harkness dijo:

—Bueno, muchachos, es la una. Tengo que marcharme.

Se puso en pie y se endosó la americana. Luego palpó sus desordenados cabellos.

—¿Puedes prestarme un peine?

Blake, que seguía barajando maquinalmente los naipes sin repartirlos, respondió sin mirarle:

—Hay uno ahí, en el cajón de arriba.

Harkness abrió el cajón. Siguió un momento de silencio. Luego oyeron el comentario de Harkness.

—El Viejo Fiel.

Rogers volvió la cabeza: Harkness había encontrado en el cajón el revólver de Blake y lo examinaba.

—Deja eso —gruñó Blake—. No me gusta que curioseen en mis cosas.

—De acuerdo, de acuerdo —dijo Harkness, dejando el arma sobre la cómoda, cubierta con un paño.

Luego continuó hurgando en el cajón, en busca del peine.

Blake siguió barajando los naipes. De pronto, Rogers frunció los ojos ante lo que estaba viendo. Con voz que había dejado de ser soñolienta, dijo:

—Cuidado, tu botón roto se ha enganchado al paño y el revólver está en la orilla. Un poco más y...

La advertencia produjo un efecto contrario al deseado. Provocó lo que Rogers había querido evitar. Harkness levantó instintivamente el brazo, para ver mejor, arrastró el paño y el revólver cayó.

Harkness saltó hacia adelante para recogerlo antes de que chocara contra el suelo. Lo consiguió. Su cerebro era rápido y sus músculos estaban perfectamente coordinados. Atrapó el arma al vuelo, a medio camino entre la cómoda y el suelo. Pero lo cogió en mala posición.

Un relámpago brotó de su mano al tiempo que estallaba una sorda detonación.

Luego, durante casi un minuto, no pasó nada. Ninguno de ellos se movió, ni siquiera Harkness. Permaneció encorvado en la misma postura con que había cogido el revólver. Rogers continuó sentado a la mesa, observando la escena. Blake apretaba en sus manos el paquete de naipes. Menos mal que Rogers había sido testigo del accidente; él, Blake, ni siquiera sabía lo que había pasado.

Harkness recobró el movimiento. Su cuerpo se inclinó poco a poco hacia el suelo, con el cual acabó por entrar en contacto su rostro. Se quedó así, inerte, como un hombre rendido de fatiga.

Rogers se precipitó hacia él, se arrodilló a su lado, le dio la vuelta.

—Ayúdame a llevarle a la cama —dijo—. Está...

Se interrumpió.

Blake continuaba sosteniendo estúpidamente su paquete de naipes.

—Está muerto —continuó Rogers, con voz inexpresiva—. La bala ha debido alcanzarle en algún órgano vital. —Se incorporó, aturdido aún por lo súbito del acontecimiento—. Nunca había visto nada tan inverosímil...

Vio el revólver y se inclinó a recogerlo.

—¿Por qué lo dejas al alcance de cualquiera? —inquirió, en tono desabrido—. ¡Toma, cógelo!

Lo tendió a su propietario, cuya mano se cerró en torno al arma casi automáticamente.

Finalmente, Blake empezó a reaccionar.

—¡Estamos listos! —se lamentó.

Fue hasta la puerta y pegó su oído a la madera. Luego la entreabrió cautelosamente y echó una ojeada al pasillo. Al parecer, el ruido del disparo no había traspasado las gruesas paredes del venerable establecimiento en el que se encontraban. Volvió a cerrar la puerta y regresó al centro de la habitación. Estaba sudando. Luego, asaltado por una súbita idea, sacó un pañuelo y empezó a secarse la frente; en su rostro se reflejó una expresión de alivio.

—Menos mal que estabas con nosotros y que lo has presenciado todo —murmuró—. De no ser así, hubiesen podido creer...

Rogers, sumido en la contemplación del cadáver, no parecía escucharle.

Blake se acercó a él y le tocó el brazo en un gesto de ansiosa súplica, para llamar su atención.

—Eh, Rodge, es preferible que seas tú el que declare esta muerte. Has sido policía y hará mejor efecto...

—De acuerdo, me ocuparé de ello —dijo Rogers con una súbita decisión—. Dame el revólver.

Envolvió su mano en un pañuelo antes de cogerlo.

Blake se lo entregó de buena gana y luego se alejó sin dejar de secarse el rostro, como un hombre que acaba de escapar por muy poco a un desastre.

Rogers se había acercado al teléfono y había pedido el número de su antiguo distrito.

—Quiero hablar con el teniente Colton.

Tuvo que esperar un poco.

Mientras aguardaba, colocó el receptor entre su mentón y un hombro, hurgó en sus bolsillos y sacó todos los billetes de banco que llevaba en ellos. Por algún motivo conocido únicamente por él, los tiró sobre la mesa.

Blake aprovechó aquel silencio para decir, hablándose sobre todo a sí mismo:

—Ha sido una verdadera chiripa haberte pedido que vinieras...

Rogers se puso rígido: le parecía haber retrocedido tres años en el tiempo.

—Eric Rogers informando, jefe, después de una excedencia voluntaria de larga duración. Me encuentro en la habitación 1710 del Hotel Lancaster, en la ciudad. Acabo de ser testigo de un asesinato. Donny Blake ha disparado delante de mí, con su propio revólver, contra un hombre llamado William Harkness. . ¿Cuáles son sus órdenes, jefe?... De acuerdo, le tengo a buen recaudo mientras espero que lleguen ustedes.

Y colgó.

El rostro de Blake, amarillento, era como una burbuja

hinchándose de desesperación, cada vez más, hasta estallar en un terror inhumano.

—¡Yo no estaba cerca de él! ¡No he tocado el revólver! ¡Ni siquiera he mirado! ¡Estaba de espaldas! ¡Lo sabes perfectamente, Rogers! ¡Tú lo sabes!

Rogers le apuntaba con el revólver, que sostenía a través de un pañuelo.

—Desde luego que lo sé —admitió sin hacerse rogar—. Tú también lo sabes; lo sabemos los dos. Me oyes por última vez decirlo espontáneamente, mientras estamos solos. Después, nadie me oirá volver a decirlo. He esperado este momento durante tres años, siete meses y dieciocho días. Tú te burlaste una vez de nosotros. Ahora, me toca a mí burlarme de ti.

»Escúchame bien, Blake, y te enterarás de lo que estoy haciendo y del motivo que me impulsa a hacerlo. Dentro de unos minutos, vas a ser detenido por asesinato. Serás juzgado por ese asesinato. Y si las leyes de este Estado sirven aún para algo, serás ejecutado por haberlo cometido.

»Llamarán a esto el caso Harkness, por el nombre de ese individuo. Será el único nombre que se mencionará en el curso de los debates. Pero el asesinato por el cual serás en realidad detenido, juzgado y condenado, es el de un hombre del cual no hablará nadie, en ningún momento: el sargento de policía O'Neill. Vas a morir por haberle matado a *él*.

»No pudieron condenarte por el crimen del cual eras culpable. En compensación, te condenarán por el crimen del cual eres inocente.»

PANICO EN EL METRO

Delaney montó en un vagón vacío que iba en dirección norte, en la estación de la Calle Ciento Veinticinco, después de haber utilizado el pasillo particular, cerrado por una cadena, que conducía al andén, en vez de introducir como todo el mundo una moneda en un torniquete. El pequeño disco de metal que figuraba en su gorra, con el número 01629, le concedía aquel privilegio. El disco en cuestión significaba que Delaney trabajaba en el Metro en calidad de mecánico.

Desdeñando realizar unas tareas que de hecho, eran de la incumbencia del equipo de noche, se instaló cómodamente en un asiento, con las piernas extendidas. Cogió un periódico y se sumió en su lectura, mientras el vagón adquiría velocidad para llegar a la terminal de la línea, donde entraría en servicio para hacer frente a una de las horas-punta. Las noticias se referían a temas que le interesaban muy poco, a decir verdad: una inundación, un accidente de aviación, la vida privada de una nueva *starlette* de Hollywood, y también, en lugar destacado, un reportaje sobre el «Ladrón Fantasma», asediado por la policía en el edificio Wadsworth, en Broadway. El hombre se encontraba allí desde primeras horas de la noche; sin ayuda de nadie, había desvalijado las oficinas de cinco empresas, recogiendo un total de 50.000 dólares, había matado al vigilante nocturno y no habían podido capturarle aún. La policía había establecido un cordón de agentes alrededor del inmueble, y el atraparle sólo era cuestión de tiempo, aunque, ¿cuánto tiempo se necesitaba para registrar concienzudamente cincuenta o sesenta pisos?

Al leer aquello, Delaney se sintió vagamente frustrado.

Allá arriba, en la superficie, siempre pasaban cosas; aquí, bajo tierra, nunca ocurría nada: era como estar en una tumba.

El vagón llegó a la terminal. Delaney soltó el periódico, dejándolo sobre el asiento, se apeó y fue a presentarse al jefe de tren, que designaba al personal de servicio en los diversos convoyes que salían en dirección sur.

—Ultima sección, tercer convoy —le indicó a Delaney.

Este último fue a sentarse en un banco en compañía de sus camaradas, hasta el momento en que se presentó el tren. El convoy salió vacío. Delaney subió y se instaló entre el segundo y el tercer vagón, con un pie en cada plataforma, como una especie de Atlas a horcajadas sobre su pequeño mundo. Sonó la campana y Delaney bajó la palanca neumática. Seis puertas, tres a su izquierda y tres a su derecha, se abrieron y volvieron a cerrarse con un ruido sibilante. El tren arrancó. Era el principio de otra aburrida jornada.

Una estación más adelante, los vagones empezaron a llenarse. A partir de Dyckman, iban atestados. En la Calle Noventa y Seis, el Metro era una casa de locos sobre ruedas, y en Times Square los tabiques de acero de las unidades amenazaban con estallar.

Una vez pasado aquel punto crítico, llegó el reflujo. Después de la Wall Street, Delaney pudo pasar de nuevo al interior y apoderarse de un periódico dejado por un viajero. Era una edición de las seis de la mañana. El ladrón fantasma no había sido detenido aún. Habían llegado a la parte más alta del edificio, pero el ladrón se les había escapado como por arte de magia, descendiendo de nuevo. Sin embargo, continuaba en el interior del edificio, y el cordón policíaco había sido reforzado. Iban a prohibir la entrada a los empleados de las oficinas y a utilizar bombas lacrimógenas. A partir de aquel momento, las consignas eran severísimas: los agentes tenían orden de disparar sin previo aviso, ya que el ladrón había cometido un segundo asesinato matando a un policía por la espalda, tras haberle sorprendido en el fondo de un pasillo sin salida.

Lo raro era que nadie conocía aún las facciones del criminal, y de ahí su ayodo de Fantasma. Sus dos víctimas habían sido las únicas que tuvieron ocasión de ver su cara.

Delaney, laboriosamente, asimilaba todos aquellos datos, mientras el Metro se hundía bajo el río, por primera vez en la jornada, antes de llegar a Brooklyn.

En el otro extremo de la línea, disponiendo de una pausa de veinte minutos, cambió su edición de las seis de la mañana por otra que acababa de aparecer y que se llevó arriba, cuando subió a respirar un poco de aire fresco. La *starlette* continuaba allí, pero había cedido terreno. El Fantasma tenía derecho a todos los honores. En efecto, había realizado la hazaña de escabullirse a través de las mallas de la red, saltando desde el extremo de una cornisa al campanario de una iglesia contigua, y desde allí a través de una vidriera que había franqueado destrozándola.

El sacristán tuvo la suficiente presencia de ánimo para ocultarse debajo de un banco, lo cual le había permitido ver al criminal sin morir inmediatamente después. Le había visto salir, maletín en mano, y descender los peldaños que conducían a la estación del Metro de la Wall Street, que se encontraba enfrente de la iglesia. Y ello delante de las narices de dos agentes apostados un poco más lejos.

Cuando el sacristán corrió a avisarles, llevaban un convoy de retraso. El primer asalto lo había ganado el Fantasma. Además, se habían presentado simultáneamente dos trenes procedentes de direcciones opuestas, cosa que sólo ocurría muy de tarde en tarde. Segundo asalto para el Fantasma. Cuando los policías desembocaron corriendo en el andén, pudieron elegir entre las luces traseras de dos convoyes alejándose en direcciones contrarias, lo cual resultaba bastante impreciso.

El jefe de estación telefoneó a su colega de la Clark Street, la estación siguiente en dirección al centro de la ciudad; a la llegada del convoy, las puertas de los vagones fueron bloqueadas y se llevó a cabo un registro, sin resultado. El Fantasma no estaba en el tren. En la otra dirección, las dos estaciones siguientes, Fulton y Park Place, estaban demasiado próximas para poder ser alcanzadas a tiempo, incluso por teléfono. Cuando por fin se controló el convoy en la Chamber Street, no se encontró ni rastro del Fantasma.

Había tenido dos estaciones sin vigilar para descender a su antojo, aunque ninguno de los viajeros interrogados, ni de los empleados de la estación, recordaba haber visto a nadie que llevara un maletín.

Ahora que la persecución había llegado a los dominios de Delaney, su interés se despertó. No estaba mezclado en los acontecimientos, pero más valía aquello que nada. Un poco antes de las 8: tal era, según el periódico, el momento exacto en que había tenido lugar la fuga en el Metro. Sentado sobre una caja de botellas de cerveza vacías, cerca de la salida, Delaney se entregó a un cálculo. Salido a las 7,20, había llegado a la estación de la Wall Street a las ocho en punto. El ladrón, pensó Delaney, decepcionado, debió subir al convoy anterior al suyo, dos minutos antes.

«¡Mala suerte!», se dijo.

Disgustado, abandonó el periódico y descendió para el viaje de regreso. El hecho de que el fugitivo estuviera armado y de que hubiese matado a dos hombres a sangre fría, no disminuía en nada su sensación de haber sido estafado. Se sentía privado del estremecimiento de excitación al cual pudo tener derecho.

«¡Si llego a ir un convoy más adelante, hubiese podido tenerle a mi lado!»

Sonó la campana y Delaney ocupó su puesto, con el gesto todavía enfurruñado bajo los efectos de la decepción. El tren emprendió el viaje de regreso. Se presentaron las primeras estaciones periféricas: Church, Sterling, President, Franklin.

En Eastern Park había un empalme: dos líneas se reunían en una sola. Un convoy de cinco unidades salido de la Flatbush Avenue coincidía con el procedente de los barrios nuevos —la línea de Delaney— y era enganchado a él. Los dos cubrían el resto del trayecto como un solo convoy. En sentido contrario, el proceso era a la inversa.

El convoy que esperaba fue enganchado al de Delaney, mientras éste bajaba al andén para retroceder dos vagones e instalarse en el extremo del ex-vagón de cola del convoy anterior. Cuando abandonaba la plataforma posterior de

aquel vagón para volver a entrar en el interior, vio, junto
a la puerta, un maletín de gran tamaño, casi una maleta.
Se preguntó a quién podría pertenecer, ya que en ninguna
de las estaciones precedentes había visto subir a nadie
con un maletín de aquellas dimensiones. Además, ¿por
qué lo habrían dejado en aquel lugar, lejos de todo sitio
ocupable por un viajero?

Empujándolo con el pie, lo apartó hasta el rincón de la
plataforma y se volvió, mirando con aire suspicaz a los
escasos viajeros que iban en el vagón.

—¿De quién es esta maleta? —preguntó, a través de su
altavoz—. Está prohibido meter equipajes ahí.

Los viajeros levantaron la cabeza con una expresión
interesada, pero no preocupada. La misteriosa maleta no
pertenecía a ninguno de ellos.

Delaney regresó a su puesto, reflexionando. Sus sospechas se convertían en una certeza. Nadie la reclamaba,
nadie era portador de ella: en consecuencia, la maleta había sido depositada allí durante el trayecto anterior, sin
que los empleados de la terminal hubiesen advertido su
presencia.

Miró el número del vagón: 3334. A menudo desplaza-
ban los vagones entre cada recorrido. Podía encontrarse,
sin saberlo, en un vagón del convoy que a la ida le había
precedido. Y en tal caso, quizás aquella maleta que tenía
al lado contenía, en aquel preciso instante, la suma de
50.000 dólares...

Trató de abrirla, pero estaba cerrada con llave. La sopesó: resultaba difícil calcular el contenido por el peso.
Pero, si acertaba en sus suposiciones, lo que no se explicaba era la presencia de la maleta aquí. Resultaba difícil creer
que el Fantasma hubiese podido abandonar su botín. A
menos de que contara con un cómplice, en la terminal,
que debía hacerse cargo de ella y que, por un motivo cualquiera, no había podido hacerlo.

Pero, ¿cómo había podido escapar a la atención de los
policías que registraron el tren, después de haberlo parado
en la Clark Street? Por increíble que fuese, la cosa tenía
una explicación. Lo que ellos buscaban, sobre todo, era un
individuo que respondiera a la descripción hecha por el
sacristán; la maleta no era más que un detalle. Con el

número de personas a las que habían tenido que examinar, la maleta, situada a la altura del suelo, pudo pasar inadvertida.

Delaney empezaba a comprender lo que había podido ocurrir. Cuando el hombre bajó al Metro, dos convoyes se habían presentado al mismo tiempo ante él. La estación de la Wall Street tenía un solo andén central con las vías a ambos lados. Ignorando que el sacristán le había visto, debió imaginar que la maleta era el medio más seguro para identificarle. De modo que se libró de ella metiéndola en uno de los trenes y subiendo al otro. En medio de la multitud absorta en la lectura de su periódico, la maniobra no podía ser observada. Más tarde, cada uno había pensado que la maleta pertenecía a otro viajero. En cuanto al Fantasma, había tenido la suficiente presencia de ánimo para apearse en la estación siguiente del convoy al cual había subido.

Pero, ¿y después? Uno no se deshace de 50.000 dólares como de un paquete sin importancia. Delaney descartó ahora la teoría del cómplice. No hubiesen tenido tiempo para ponerse de acuerdo. No, el Fantasma debió obrar instintivamente, para salvar su pellejo; pero en su mente debía existir una puerta de salida, una solución que le permitiera recuperar el botín, más tarde. Delaney se negaba a aceptar que lo hubiese soltado por las buenas, después de los riesgos que había asumido para conseguirlo.

Pero, ¿cómo pensaba proceder? Desde luego, no esperaría a que la maleta pasara al departamento de objetos perdidos para ir a reclamarla. «¿Puede usted decirnos su contenido? «¡50.000 dólares en billetes de banco!» Y no era tan estúpido como para creer que podría, tomando otro tren, alcanzar al primero en la terminal.

No, un tipo de la envergadura del Fantasma, obraba de un modo muy distinto...

No había más que una respuesta: jugando a ciento contra uno, a mil contra uno, esperaba, en alguna parte de la línea, que retornara a él, intacta en el vagón donde la había dejado, su maleta. Y había ganado: la maleta estaba allí, rodaba hacia él... Al pensar en una suerte semejante, Delaney se estremeció.

¡Aquel Fantasma era alguien, desde luego!

Pero quedaba un punto por aclarar. ¿Cómo diablos pensaba reconocer el vagón? Incluso para Delaney, que se pasaba la vida en el Metro, todos los vagones eran parecidos. ¿Había hecho una señal en la puerta? Era pedirle mucho a alguien que dispone de muy poco tiempo para huir...

Para asegurarse, Delaney se apeó en la parada siguiente y observó las tres puertas del vagón: no llevaban ninguna marca. Pero al volver a subir se le presentó la respuesta. Tan sencilla, que ni siquiera había pensado en ella. El número del vagón, desde luego. Y un número particularmente fácil de recordar: el 3334. Al Fantasma le había bastado una fracción de segundo para asimilarlo. Y pudo huir tranquilamente, sabiendo que conservaba un lazo con su valiosa maleta. Lo único que necesitaba, ahora, era una buena vista para identificar el vagón entre otros nueve, a la llegada del tren.

Se aproximaban a la Clark Street. Delaney se inclinó, recogió la maleta.

«Lo único que tengo que hacer —se dijo— es llevarla al vagón contiguo, y todo su plan se vendrá abajo...»

Luego la soltó.

«Mirará antes de subir. Si no la ve, se marchará. Creerá que la han visto en la terminal y la han recogido.»

Se rascó la cabeza, desplazando su gorra.

«Me gustaría verle la cara a un tipo tan atrevido como el Fantasma...»

Después de todo, ¿no eran aquellas, precisamente, las emociones a las cuales aspiraba poco antes?

Dejó la maleta en su sitio. No ponía el dinero en peligro, se dijo a sí mismo para tranquilizarse.

«Le dejaré subir, pero no le permitiré bajar. No podrá hacerlo, porque yo controlo la apertura de las puertas. Lo único que quiero es verle... tener un poco de distracción.»

Un momento después, mientras el tren pasaba por debajo del río, recordó que el hombre iba armado, que había matado ya a dos hombres. Pero no por ello tocó la maleta.

Llegaron a la Wall Street, donde el Fantasma había sido visto por última vez, pero no apareció por allí. Dos agentes vigilaban el andén. Y era evidente que el Fantasma no se dejaría ver precisamente en aquellos parajes... La presencia de los agentes, en todo caso, confirmaba que seguía en libertad. Ante la satisfacción que le produjo el pensarlo, Delaney se preguntó si no habría en él unos instintos criminales. Podría creerse que se ponía de parte del bandido... lo cual era falso, evidentemente.

En cuanto a llamar a uno de los agentes para entregarle la maleta, tenía muy buenos motivos para no hacerlo. En primer lugar, no podía presentar ninguna prueba, sino meros indicios. Y en segundo término, el reglamento estipulaba que sólo podía disponer del objeto en la terminal. El trabajaba para la compañía del Metro, no para la policía.

Salieron de la Wall Street; Fulton se presentó casi inmediatamente después. Delaney empezaba a preguntarse si su teoría era correcta. Aparentemente, no había ningún viajero esperando en el andén. En un extremo del mismo, un hombre golpeaba un aparato distribuidor de goma de mascar para recuperar su moneda. Debía esperar un tren en el otro sentido, ya que no se movió al oír acercarse el convoy. Imprudentemente, Delaney se volvió a mirar hacia el otro extremo del andén. Cuando su cabeza recobró su posición inicial, la silueta delante del aparato de goma de mascar había desaparecido.

Sucesivamente, se presentaron Park Place y luego Chambers. La maleta continuaba en el mismo sitio. Después de Chambers, había un trayecto de cinco minutos sin parada, hasta la Calle Catorce. Delaney vigiló atentamente el andén, sin observar nada anormal. Entonces surgió una señora obesa, preguntándole si aquella línea iba a Times Square, a lo cual respondió afirmativamente. La señora obesa empezó a trepar al vagón en el preciso instante en que sonaba la campana dando la señal de partida. Delaney manipuló en el cierre de las puertas. Pero se había engañado en lo que respecta a la verdadera corpulencia de la dama, la cual no había tenido tiempo de introducir en el vagón toda la parte posterior de su cuerpo. Al dar un paso adelante, se oyó un ruido de tela desgarrada. Su rostro mofletudo reflejó el desconcierto que experimentaba.

—¡Eh! —gritó, tratando trabajosamente de volverse a mirar.

«Escándalo a la vista», pensó.

No se había equivocado.

—¿No puede usted poner un poco de atención? —gritó la dama, indignada—. Se acordará de mí, joven. ¡Denunciaré a sus jefes lo que ha pasado!

El altercado hubiese podido continuar hasta la Calle Catorce si Delaney, al retroceder para escapar a las iras de la señora obesa, no hubiese entrevisto bruscamente el lugar donde se encontraba la maleta. Esta había desaparecido.

En realidad se encontraba ya al otro extremo del vagón, colgada del brazo del personaje que había fingido interesarse por la máquina distribuidora de goma de mascar. ¿Era aquél el Fantasma? Poco espectacular, la verdad. Un hombrecillo esmirriado, que intentaba marcharse discretamente. Pero la cosa no terminaría así...

—¡Eh, usted! —gritó Delaney—. ¡Suelte esa maleta!

Por un instante, un rostro se volvió hacia él. E incluso desde aquella distancia, Delaney pudo ver que aquel rostro no reflejaba el menor temor. La señora obesa se encontraba entre el hombre y él, redonda, monumental, y probablemente fue aquel escudo viviente el que le salvó la vida a Delaney.

Antes de que pudiera contornearla para lanzarse hacia él, le llegó la respuesta del Fantasma, una respuesta que no se expresaba con palabras. Brotó un breve resplandor, resonó una detonación que despertó unos ecos ensordecedores en el vagón y, detrás de Delaney, un cristal estalló en mil pedazos.

La señora obesa se desplomó sin sentido en el asiento más próximo, lo cual dejó despejado el pasillo central. Pero el hombre había ya franqueado apresuradamente la puerta de comunicación que conducía al vagón contiguo. Las luces de la estación de la Chambers Street acababan apenas de desaparecer: el andén era muy largo y todo había sucedido con mucha rapidez.

Delaney se precipitó hacia la puerta, pero el hombre la había cerrado por la parte de fuera. Delaney rompió el cristal de un puñetazo, cortándose en la muñeca al hacerlo, hizo caer los trozos de cristal que habían quedado encajados en el marco y de esta manera pudo descorrer el cerrojo.

Al entrar en el vagón siguiente hizo sonar el timbre de alarma, y al mismo tiempo vio que el fugitivo había llegado al final de aquel vagón, avanzando entre los estupefactos viajeros. La irrupción de Delaney, sin gorra, con la mano ensangrentada y el rostro crispado sembró el pánico. Unas mujeres empezaron a gritar, treparon sobre los asientos y luego intentaron retroceder hacia la parte posterior del vagón. En aquel instante, obedeciendo a la señal de alarma, el convoy aminoró la marcha y se detuvo, después de haber frenado bruscamente, provocando la caída de varios pasajeros.

—¡Vayan a la parte posterior del tren y pidan socorro! —gritó Delaney sin dejar de correr—. ¡Tal vez les oigan desde la estación!

No se paró a comprobar si los viajeros le habían entendido o no. Pasando al vagón siguiente, vio que el fugitivo lo había ya abandonado, aumentando así su ventaja. Delaney había penetrado ahora en el sector del tren que estaba a cargo de su colega. Sin detener su marcha, aulló, haciendo pantalla con las manos:

—¡Sullivan! ¡Coge al tipo de la maleta!

Su voz resonó a través de los vagones heridos ahora de un silencio de muerte. Un momento después, Delaney se arrepintió amargamente, ya que resonó una nueva detonación, cuya humareda se alzaba aún cuando alcanzó el puesto de Sullivan, el cual yacía de espaldas, con la frente perforada por un orificio que apenas empezaba a sangrar. Delaney, con el corazón oprimido, pasó por encima del cadáver. Los aterrorizados viajeros huían en desorden a su alrededor, tratando de salir del vagón por las puertas o las ventanas.

El hombre había llegado ahora al primer vagón. No podía ir más lejos. Delaney jadeaba, como un toro vengativo. Nunca había experimentado un impulso sanguinario como el que le poseía en aquel momento. Su rabia era tan intensa, que ni siquiera el pensar en el arma del otro podía detenerle: le había perdido el miedo.

Pasó al primer vagón. El asesino había desaparecido. En aquel mismo instante el tren arrancó, adquirió velocidad. ¿Por qué diablos no respetaba el conductor la señal de alarma? Luego, al ver que la velocidad aumentaba hasta superar los límites permitidos, comprendió: el hombre estaba en la cabina del conductor; era el único lugar donde había podido refugiarse.

Trató de empujar la puerta de metal que le separaba de la cabina, pero la puerta resistió a sus esfuerzos. El hombre debía apoyarse contra ella, ya que no se cerraba por dentro.

—¡Deténgase! —gritó—. ¡Bloquéelo todo!

Una voz le contestó desde el otro lado, una voz que no era la del conductor:

—¡Lárguese de ahí, si no quiere que liquide a su compañero! ¡Y entonces nos iremos todos al diablo!

—¡Delaney, por el amor de Dios! —Esta vez era la voz temblorosa del conductor—. ¡Haga lo que le dice, me está apuntando con un revólver!

Pasaron un disco verde; habría otros durante un par de minutos, pero a continuación, Delaney lo sabía, aparecerían unos discos rojos, indicando que alcanzaban al convoy precedente. Y si no se detenían, se produciría un choque. El intervalo entre dos trenes era mayor que en las horas punta, pero a la velocidad a que marchaban no tardarían en superarlo.

Trató de advertir al individuo de lo que iba a pasar, golpeando la puerta y gritando:

—¡Está usted loco! ¡Disminuya la velocidad, vamos a chocar contra el tren que va delante de nosotros!

Notó que la presión contra la puerta cedía ligeramente. En el interior de la cabina se alzó la voz del asesino, dirigiéndose al conductor:

—Enséñeme cómo funciona esto. Y luego yo me ocuparé de la maniobra.

El convoy perdió velocidad por un instante, al bajar la

corriente, y luego volvió a acelerar, cuando la alimentación fue de nuevo normal.

Una risa salvaje heló a Delaney:

—¡Gracias! ¡Es todo lo que quería saber!

La puerta se abrió bruscamente. Antes de que Delaney tuviera tiempo de saltar al interior, el conductor fue catapultado en sus brazos, con la sien ensangrentada. La puerta volvió a cerrarse con violencia, y una sacudida reveló una repentina aceleración.

El conductor tranquilizó a Delaney:

—No, no ha disparado... Un culatazo...

Se dejó caer sobre un asiento, sosteniéndose la cabeza con las manos. Delaney reflexionó. Las municiones del otro se agotaban, probablemente. No estaba muy versado en armas de fuego, pero sabía que un revólver llevaba seis balas en el tambor. Echó la cuenta: dos en el Edificio Wadsworth y dos en el tren. A menos de que tuviera balas de recambio u otra arma, sólo le quedaban dos proyectiles en el revólver.

Pero no era el momento más adecuado para perder el tiempo reflexionando, con las luces de la Canal Street desfilando junto al tren y dos nuevos discos verdes —los últimos, quizás— acogiéndoles en la entrada del túnel. Delaney bajó el cristal de una ventanilla y se asomó al exterior. Lejanos aún sobre la vía en línea recta, pero visibles, aparecían dos puntitos rojos. Y más allá, un racimo apenas perceptible de otros puntitos rojos, cerca de la estación de la Calle Catorce, a la cual se aproximaba el convoy que le precedía, aminorando la velocidad.

Abandonó la puerta y se precipitó hacia el otro extremo del vagón, como habían hecho antes que él todos los viajeros. Pero no pensaba en salvar su pellejo. El vagón contiguo estaba también desierto, pero en su plataforma posterior se habían agrupado los más osados y los más curiosos, con los rostros tensos y pálidos.

—¡Algo de metal! —gritó Delaney al llegar entre ellos—. ¡Necesito un objeto de metal para provocar un cortocircuito!

No parecieron comprenderle, o estaban demasiado emocionados para reaccionar instantáneamente. La señora obesa que le había salvado involuntariamente la vida estaba allí, enroscada en un rincón, sollozando convulsivamente. Delaney la agarró por los hombros y ella se apartó con un gemido de terror. El largo pañuelo de seda que llevaba quedó en la mano de Delaney, el cual echó a correr hacia el vagón de cabeza, arrastrando detrás de él la larga cinta. Los primeros discos rojos se presentaron, tragados inmediatamente por la oscuridad.

Delaney enrolló el pañuelo en su mano, sobrepasó la cabina del conductor por el pasillo lateral y desembocó en la plataforma delantera, echándose al suelo para que no le vieran. Su cabeza estaba muy cerca de la orilla. Delante de él, las luces traseras del tren precedente se destacaban con claridad, aumentando de tamaño a cada instante. ¡O el hombre había decidido suicidarse antes que dejarse atrapar, o no sabía cómo parar la máquina!

Pero, mientras Delaney permanecía tendido boca abajo sobre la plataforma preparándose para alcanzar, con el pañuelo de seda, el patín que tocaba el raíl conductor, a fin de parar el convoy, el Fantasma le dio su respuesta. Salió de la cabina, unos metros detrás de Delaney, con la maleta en una mano y un objeto en la otra: la llave de control que permitía cortar el contacto. Se la llevaba con él.

Delaney vio cómo la lanzaba en dirección a las ventanillas. Se oyó un ruido de cristales rotos; la llave había desaparecido.

Ahora era imposible parar el tren, al menos desde la cabina de control.

El asesino huyó hacia el extremo del vagón, blandiendo de nuevo su revólver. Su idea era esta: provocar deliberadamente el accidente, poner en peligro de muerte a unas docenas de personas, con la sola esperanza de que se presentara una oportunidad de huir en medio del caos subsiguiente. ¡Otra de aquellas apuestas de mil contra uno! Alcanzar la última plataforma del tren antes de la catástrofe, lanzar la maleta a la vía, saltar detrás de ella y, si sobrevivía a la caída, huir por la salida de emergencia más próxima.

Y, según todas las probabilidades, conseguiría sobrevivir. ¡Era la clase de riesgo insensato que corría desde hacía una docena de horas! ¿Qué significaban para él unas contusiones, unas heridas externas, cuando estaba reducido al último extremo? La suerte le acompañaría, sin duda, una vez más.

La cabeza de Delaney volvió a inclinarse. Se concentró en el patín que se deslizaba a lo largo del raíl conductor, en la parte delantera del vagón. Lo más apremiante era la vida de los seres humanos que viajaban en los dos trenes, mucho más importante que los 50.000 dólares...

Por tres veces, Delaney proyectó su brazo hacia adelante desplegando el pañuelo de seda, aquel excelente conductor, sin poder alcanzar su objetivo. No se atrevía a soltar el pañuelo; si el aire lo arrastraba, sin tocar el patín, hasta el fondo del emplazamiento del raíl...

Pero ahora ya no tenía siquiera la facultad de vacilar. Las luces se hallaban a una distancia equivalente a la longitud de un convoy. Se percibían ya los tabiques del vagón de cola. Delaney rezó para que, por una vez, la suerte cambiara de signo y se pusiera de su parte.

Abrió la mano, dejando caer el pañuelo, con un leve impulso para no dirigirlo demasiado al centro. Descendió flotando, y chocó contra el raíl unos centímetros delante del patín. Luego desapareció, como aspirado bajo el contrarraíl.

Estalló una gavilla de chispas y luego todo el túnel quedó iluminado por un violento relámpago azulado, como bajo el efecto de un gigantesco *flash*. Finalmente, resonó un tronar de artillería pesada que redujo al ridículo las débiles detonaciones del revólver del Fantasma.

El relámpago se apagó inmediatamente; pero el tren se detenía ya chirriando, con una sacudida brutal. Delaney había tenido suerte: había provocado el cortocircuito.

La violencia de la parada estuvo a punto de proyectar a Delaney por encima de la plataforma. Se sujetó a duras penas, se incorporó y se precipitó al interior de un vagón sumido ahora en la penumbra e invadido por finas volutas de humo acre. Todas las luces del tren se habían apagado, pero una lámpara de emergencia se había encendido automáticamente en cada vagón, proyectando una claridad amarillenta. Delaney se sintió aliviado, no tanto por él mismo como por los pasajeros.

Estos, caídos unos sobre otros por la brusca detención del convoy, habían alcanzado el grado máximo de terror. Pero Delaney pasó junto a ellos sin prestarles atención, atravesando cada uno de los vagones por el surco que el Fantasma había abierto con la ayuda de su revólver asesino.

Se encontraba en medio de un vagón, con las palancas neumáticas fuera de su alcance, cuando, silenciosamente, las puertas se abrieron a su alrededor. ¡Sabía quién había accionado las palancas! El asesino bajaba del tren antes del final. Debió recordar que en la cola había otro empleado, que podría oponerle resistencia. Y ahora que el tren estaba parado, podía apearse sin dificultades.

Delaney se precipitó hacia las palancas más próximas, para volver a cerrar las puertas antes de que el Fantasma tuviera tiempo de salir. Pero, tras haberlo hecho, supo que era demasiado tarde. Al inclinarse a mirar hacia el túnel, vio una forma que escapaba del vagón contiguo y se introducía por el pasillo lateral, que conducía a una salida de emergencia.

¡Pero el Fantasma no podía aún cantar victoria! Decidido a no dejarle escapar, Delaney accionó de nuevo las palancas para volver a abrir las puertas y se apeó del vagón. Trepó al pasillo por una escalerilla de emergencia y miró delante de él.

Una señal luminosa de color azul indicaba la dirección de la salida. Por un instante, quedó obturada. Alguien se había interpuesto entre la luz y la mirada de Delaney.

Delaney echó a correr a lo largo del angosto pasillo, rozando la pared de cemento. Su avance resultaba difícil, pero se dijo que el fugitivo, con su maleta, tropezaría con más dificultades. Perdió una vez el equilibrio y cayó al suelo, lastimándose las rodillas y las palmas de las manos. A lo lejos, crecía una claridad que señalaba la proximidad de la salida de emergencia y empezaba a siluetear al fugitivo. Por primera vez, Delaney se dio cuenta de lo cerca que estaba del Fantasma. Apenas les separaban diez metros. Percibía incluso el ruido de la maleta al tropezar contra la pared.

La luz del día era cada vez más perceptible. Pero Delaney recobró el ánimo: sabía que ganaba terreno. Ahora, el otro se encontraba solamente a seis o siete metros de distancia. Su ronca respiración resonaba como la de una fiera acorralada.

Delaney gritó:

—¡Párate, cerdo, ya eres mío!

Pero había pecado por exceso de confianza, ya que por segunda vez tropezó y cayó. En el mismo instante, el asesino se volvió; resonó un disparo, y la bala pasó silbando por encima de la cabeza de Delaney, a la altura donde se hubiese encontrado de haber estado aún de pie.

Quedaba otra bala en el revólver, y cinco metros entre ellos. Los dos permanecieron un momento inmóviles, jadeando y tratando de recobrar el aliento. Luego, Delaney se agachó, tensó sus músculos y todo su cuerpo se distendió, al tiempo que saltaba hacia adelante. Su cabeza chocó contra el hombro de su adversario y el revólver restalló de nuevo, pero la bala se perdió en el aire: Delaney había agarrado la muñeca del Fantasma con una mano, desviando el arma, en tanto que con la otra mano le aferraba por la garganta.

Por dos veces, el arma fue accionada inútilmente; luego cayó al suelo. Delaney soltó la garganta que apretaba, pero fue únicamente para tomar impulso y proyectar su puño cerrado delante de él, antes de aplastarlo entre los dos ojos de su adversario con una fuerza capaz de derribar a un buey.

La muñeca que sujetaba se le escapó y el cuerpo del hombre se desplomó por encima de la maleta situada detrás de él.

Brotó un relámpago y el túnel quedó iluminado como por una aurora boreal, en medio de un crepitar de chispas. Delaney comprendió que el cortocircuito había sido reparado y que se había restablecido la corriente.

Se inclinó y percibió sobre la vía una forma humeante, como si las ropas del asesino estuvieran incendiándose. Un hedor a carne asada asaltó su olfato y retrocedió, asqueado, apoyándose contra la pared.

Un poco más tarde, mientras se ponía en marcha trabajosamente cargado con la maleta, la conciencia profesional volvió a imponerse en Delaney.

«Dos cortocircuitos en la línea —pensó, anonadado—. ¿Qué va a pasarme cuando sepan que yo provoqué el primero?»

—¿Qué te han dicho? ¿Te han echado un rapapolvo? —preguntó, la tarde del mismo día, su camarada Sullivan.

Delaney había ido a visitarle al hospital.

—No. Incluso me han felicitado, estrechándome la mano y todo eso. Y han hablado de ascenderme...

—No pareces muy satisfecho... ¿Acaso no te agrada la idea?

—¡Ni hablar! Pertenecer al personal volante no era divertido. Pero estar clavado delante de un tablero de señalización es lo peor que le puede suceder a uno. Está visto que, en este mundo, nunca se tiene lo que se quiere.

COMBATE MACABRO

Durante los combates preliminares me encuentro en el vestuario de O'Dare, dándole masaje, cuando entra Burns, su entrenador, con cara de pocos amigos.

—No me gusta cómo van las cosas —le dice a Shackley, el manager del campeón—. Donner se ha puesto tonto. Después de la comedia que ha hecho esta mañana, en el pesaje, no puede ver ni en pintura a nuestro chico. No me extrañaría que intentara engañar a su manager.

—¡No haría eso! —responde Shack, con una aviesa sonrisa—. Le costaría muy caro. Me lo he jugado todo por trucar este combate.

—Te has puesto de acuerdo con su manager, pero no con él.

En aquel momento, O'Dare, el campeón, se incorpora enviándome a rodar y se sienta en la mesa.

—¡Eh, Shack! —grita—. ¿En qué quedamos? ¿Está o no en el saco el combate?

Trato de que vuelva a tumbarse.

—Vamos, viejo —le digo—, deja que te...

Podía haberme callado. O'Dare me estrella un frasco de embrocación en plena cara. Caigo al suelo, en medio de los cristales rotos, con dos cortes en el rostro.

Burns me coge como si fuera un paquete de ropa sucia y me empuja hacia fuera.

—Lárgate antes de que te zumben de veras —me dice al oído—. Esos campeones son nerviosos como cantantes de ópera antes de salir a escena. Vete al botiquín y procura estar de vuelta antes de que suba al ring.

Burns me aprecia porque, hace veinte años, en vez de ser cuidador como ahora, el que tenía cuidadores era yo: entre otros, él. No ha olvidado que también yo fui campeón de boxeo. Por eso me ha proporcionado este empleo cerca de O'Dare.

En el pasillo, con el rostro lleno de sangre, tropiezo con ese agente, Hallett, que viene como siempre a dar una vuelta entre bastidores antes de la pelea. Un tipo simpático... cuando no está de servicio. Dicen que cuando está de servicio es muy severo. Pero yo le encuentro simpático. Le gusta el boxeo, y cuando hablo del tema con él me siento como en mis buenos tiempos.

—¡Caramba! —exclama, al verme—. ¿Qué te ha pasado, Carp? ¿Has caído de cara sobre una sierra eléctrica?

Me seco con la toalla que utilizaba para frotar a O'Dare.

—No estaba de acuerdo en volver a tumbarse, como yo le decía, y ha expresado su opinión con un frasco de embrocación.

Hallett se encoge de hombros, desalentado.

—Es su forma de hablar. Pero un día de estos llegará demasiado lejos. He oído hablar de las cajas de botellas de whisky que le han entregado en la sala de entrenamiento, con los reporteros allí para sacar fotografías. No me extraña que nadie apueste por O'Dare.

—Eso es un tinglado que ha montado Shack para que suban las apuestas por Donner —le explico—. Esta tarde estaban quince a uno. El que apueste por O'Dare, se hará rico. Espero que aprovechará usted la ocasión.

—Desde luego. He apostado por él todo mi dinero. Shackley me da los buenos soplos, pensando seguramente que algún día puedo serle útil. Supongo que también tú habrás cargado la mano.

Como es un amigo, me franqueo con él.

—Me trata como a un perro desde que trabajo para él. Lo único que he podido reunir es un centenar de dólares, ni un centavo más. Y soy un boxeador sonado que ya no sirve para nada. Pero esos cien pavos, tan cierto como estamos aquí los dos, los he apostado por Donner.

Me contempla con aire de curiosidad.

—Un gesto de desafío, ¿eh? —dice—. Te costará un poco caro.

Luego me da un codazo.

—Pertenezco a la policía y no me la dan con queso. Tú sabes algo...

—No. Tengo una idea, sencillamente, y tiento a la suerte. Esta mañana, en el pesaje, O'Dare le ha estado buscando las cosquillas a Donner, y por poco llegan a las manos. He visto la cara de Donner cuando les han separado. Por eso he apostado por él. Mi idea es que no cumplirá su parte en el tongo, para vengarse.

—Bueno, confío en que te equivoques. En caso contrario, quedaré a dos velas... Anda, ve a que te curen.

Me da una palmada en el hombro y entra en el vestuario de O'Dare, después de llamar a la puerta.

Me voy a una farmacia para que me pongan unas tiritas. Me doy prisa, pero cuando regreso ya están sobre el ring. Shackley y Burns tienen el ceño fruncido. Shackley sostiene un impermeable en sus rodillas; los periódicos han anunciado lluvia. Hay un taburete para mí a su lado. No localizo a Hallett, porque con las luces brillando encima del ring no veo nada más allá.

Final del asalto. Subo al ring y me ocupo de O'Dare.

—¡El muy cerdo! —jadea—. No podré con él. ¡Nos ha engañado!

Suena el gong y bajo del ring. En el asalto siguiente, el mismo juego. Lo único que puede hacer O'Dare es esquivar. Pero no suelta un solo puñetazo. Los espectadores empiezan a dar muestras de descontento.

O'Dare cae dos veces a la lona, pero consigue incorporarse a tiempo. Después de dos asaltos como aquellos, Donner no puede perder sin que se arme un escándalo. En su rincón, Shackley y Burns se mesan los cabellos, con una cara tan fúnebre como si asistieran al entierro de su mejor amigo.

Al final del asalto, cuando subo a ocuparme de O'Dare en su rincón, está completamente *groggy*. Escupe el sorbo de agua que le doy, y cae sobre su pecho. Burns se inclina sobre él y oigo que le susurra:

«Resiste, muchacho, ahora es el momento.»

Según el acuerdo, Donner tiene que dejarse caer en el tercer asalto.

O'Dare sacude la cabeza, medio *groggy*.

—¡Y un cuerno! Donner no va a cumplir con lo pactado. Acaba de decirme que me machacará.

Seco la sangre de sus labios.

Añade, en tono casi suplicante:

—¡Decidle a Shackley que pare el combate!

Suena la campana. Cuando me siento al borde del ring, hay cuatro seres en el cuadrilátero: Donner, O'Dare y el árbitro; y alguien más que nadie ve: la Muerte en persona, el único, el verdadero campeón. Pero eso no lo sabré hasta más tarde.

Shackley chupa nerviosamente su cigarro, mientras Burns le repite lo que ha dicho O'Dare. Le oigo gruñir:

—¡He invertido en él todo mi dinero!

Se pasa la mano por el cráneo, como si tuviera aún cabellos en él. Una manga de su impermeable se abre y queda sobre su rodilla, como una punta de trompa de elefante.

Arriba, en el ring, O'Dare está recibiendo el más duro de los castigos, sin otra cosa para remontarle la moral que el recuerdo de sus botellas de whisky y de sus muñecas rubias. Donner le está machacando.

O'Dare baila en todos los sentidos, rebotando en las cuerdas como una pelota. Los espectadores aúllan; le silban, le insultan en todos los tonos.

El cronometrador tiene la mano levantada encima del gong. Faltan unos segundos para que termine el asalto. Aunque Donner quisiera, ya no podría dejarse caer. La gente le lincharía.

Están cuerpo a cuerpo, y O'Dare se apoya en el otro como para no caer. Donner retrocede, lo suficiente para tomar impulso. Se encuentran delante mismo de nosotros, Donner de cara y O'Dare de espaldas Entonces, Donner le suelta un directo que le derriba, esta vez definitivamente. Después de un golpe como ese, O'Dare no volverá a levantarse.

Sin embargo, se levanta. Parece una película cómica: las cuerdas le retienen por los hombros, se doblan bajo su peso y O'Dare se inclina fuera del ring, a la altura de la cintura de Donner. Creo que va a caer encima de mis rodillas y levanto los brazos para protegerme.

Pero las cuerdas se distienden, como unos tirantes, y O'Dare vuelve a incorporarse trabajosamente. Esta vez nos oculta a Donner, el cual no se molesta en golpearle. Al ver la cara de su adversario sabe que no vale la pena. E inmediatamente después O'Dare se desploma como un saco, boca abajo. Da media vuelta sobre sí mismo y permanece inmóvil, boca arriba.

Ni siquiera se oye el gong en medio de la barahúnda que llena la sala. Veinte mil personas en pie, aullando como posesos. Veo que el árbitro levanta el brazo de Donner, pero no puedo oír su voz.

El combate ha terminado, y O'Dare continúa tendido en la lona, con las piernas abiertas. A pesar de sus violentas diferencias, Donner le ayudaría a levantarse, pero un tropel de excitados sube al ring y se lo lleva en volandas.

Subo al cuadrilátero para ir a atender a O'Dare. Nadie se ha preocupado por él: los fracasos no se perdonan... Le palmeo las mejillas, cojo mi esponja. Hay menos ruido, porque la sala empieza a vaciarse.

Grito:

—¡Eh, Burns! Ayúdame a bajarle. ¡Está completamente *groggy*!

—Haz lo que quieras con él —replica, en tono desabrido—. ¡Echale al cubo de la basura!

Y se aleja, con las manos en los bolsillos, la cabeza inclinada, enfurecido.

Un momento después, Shackley empieza a gritar:

—¿Dónde está Foley?

Foley es el manager de Donner y el que ha «arreglado» la pelea.

Me quedo solo con 100 kilos de ex campeón en los brazos. Llamo a un guardián para que me ayude a sacarle de allí.

Le incorporamos, sosteniéndole por debajo de los sobacos. Pero, súbitamente, el guardián le suelta y O'Dare se desploma a medias, mientras yo continúo sosteniéndole.

—¡Eh! ¡Mire eso! —exclama el guardián, con los ojos desorbitados.

Señala, sobre la lona, una mancha de sangre, en el lugar donde O'Dare estaba tendido. Pero yo miro otra cosa: en medio de la espalda de O'Dare, un poco a la izquierda, a la altura del corazón, hay una herida, y ese tipo de heridas no pueden ser producidas por un puñetazo, ni por un aterrizaje en las cuerdas, ni por una caída a la lona.

El guardián retrocede, asustado.

—¡Le han matado!

Un músculo empieza a brincar en mi mejilla. Aturdido, busco a alguien con la mirada. Veo a Hallett que continúa en su localidad, en la fila 10, y que enciende un cigarrillo. La sala se ha vaciado ya por sus sesenta salidas. Hallett me está mirando, y me pongo aún más nervioso. No tengo necesidad de llamarle: por mi aspecto, debe de haber comprendido que ocurre algo anormal. Se acerca, mirándome de soslayo.

Farfullo, muy excitado.

—¡Le han pegado un tiro! Sin duda, un tipo que quería disparar unas salvas con cartuchos de fogueo, y que se ha equivocado al cargar el arma...

—Nadie ha pedido tu opinión —me interrumpe secamente Hallett.

Ya no es el mismo individuo. Bruscamente, se ha convertido en un polizonte.

Sube al ring, echa una ojeada a O'Dare. No hace ningún comentario, pero su cara es suficientemente expresiva.

—¡Sacadle de aquí! —gruñe—. Podéis arrastrarle, no le haréis daño.

Y levanta la cuerda inferior para que podamos pasarle por allí.

El cuerpo empieza ya a enfriarse, bajo el sudor del combate, que apenas se ha secado. Y así adquiero la seguridad de que O'Dare no volverá a despertarse. Detrás de nosotros oigo a Hallett dando la orden de que no limpien la sala, que la dejen tal como está. Luego pregunta dónde hay un teléfono.

En el vestuario, dejamos a O'Dare sobre la mesa donde yo le había masajeado antes del combate. Hallett entra casi inmediatamente. Le acompaña un agente de uniforme que se queda junto a la puerta.

—¿Dónde está el acompañamiento? —pregunta Hallett—. ¿O es que a los vencidos no les acompaña nadie?

—Nadie —digo, recordando aquella noche del año 1944 en Chicago, cuando ni siquiera podía regresar a casa, porque no veía nada a través de mis párpados tumefactos, y nadie estaba allí para ayudarme.

Se presenta Shackley, con la cara como su pañuelo: pero está pálido de rabia, no de pesar.

—¿Qué es lo que me han dicho? ¿Que se ha pegado un tiro? Una buena idea...

Hallett replica fríamente:

—Para pegarse un tiro hubiese necesitado tener otros dos brazos en la espalda. Y una bolsa como un canguro, para guardar el revólver.

Se vuelve y contempla las tiritas que el farmacéutico me ha pegado a la cara. Eso parece ponerle pensativo. Finalmente, no puedo soportar por más tiempo que me mire de aquel modo, y me vuelvo de espaldas.

Después, se presenta toda la pandilla. Empiezan a moverse alrededor del fiambre, a husmearlo todo... Un sargento se ha instalado en una silla y da órdenes a diestro y siniestro. Han traído a Burns, que estaba en la tasca de la esquina, emborrachándose.

—Usted era su entrenador —oigo que le preguntan— ¿Qué sabe de lo que ha pasado esta noche?

—Lo único que sé —replica. con voz pastosa— es que ese c... nos ha dejado a dos velas.

—Llévenselo y métanlo debajo de una ducha —dice el sargento.

A continuación interrogan a Shackley.

—Estaba ya en la calle cuando me enteré de la noticia —les contesta—. Y si imaginan que no le vigilé durante todo el combate, cometen un grave error. ¡Había apostado todo mi dinero por él! —añade, con amargura.

Un individuo al que llamaban el forense, y su ayudante, habían trabajado entretanto en el campeón: un trabajo distinto al mío, desde luego. Finalmente, le entrega algo al sargento en un trozo de papel.

—En pleno corazón —le oigo decir, mientras se quita unos guantes de goma—. Otra cosa: el disparo ha sido efectuado casi a quemarropa, desde el borde del ring. Trayectoria de la bala: de abajo a arriba.

Después, con gran profusión de fogonazos, retratan al campeón desde todos los ángulos. Es la primera vez que posa sin hinchar el tórax y blandir su izquierda.

Hacen venir a Donner, el nuevo campeón, con su manager, Foley, y su entrenador, por si pueden decir algo. Donner, ahora, es el gran caíd. ¿Qué motivo podía tener para liquidar a O'Dare? Y, sobre todo, ¿cómo hubiera podido ocultar un revólver y utilizarlo delante de millares de personas?

—Yo me limitaba a vigilar sus puños —les dice—. Al fin y al cabo, él era el campeón y no podía descuidarme. Y luego le vi en la lona.

Termina de vestirse. Se pone la corbata y se peina, mirándose en el espejo de O'Dare.

—No irán a retenerme aquí toda la noche, ¿verdad? —añade—. Es mi noche de gloria y tengo que celebrarlo.

Sonríe, como un chiquillo con zapatos nuevos. Los otros sonríen también y le dejan marchar.

Después de formularles algunas preguntas, sueltan también a Foley y al entrenador, los cuales declaran que no han visto ni oído nada. Shackley les fulmina con la mirada, pero no es tan tonto como para lavar la ropa sucia entre Foley y él delante de todos aquellos polizontes.

Hallett vuelve a entrar, tras haber desaparecido unos instantes.

—He hecho reconstituir sus posiciones exactas, jefe —anuncia—. Hemos reunido a todas las personas que se encontraban al borde del ring en aquel lado. ¿Quiere usted venir a echar una ojeada?

Para ir allí, me llevo mi chaqueta. Hace frío en la sala ahora que está vacía. Al llegar, me quedo turulato al ver lo que Hallett ha hecho. Ha ido a buscar dos maniquíes rellenos de serrín a una mercería de la esquina y los ha colocado sobre el ring en los lugares que ocupaban Donner y O'Dare en el momento de la terminación del combate.

En un sentido, es peor que tener delante de la nariz al verdadero O'Dare: el muñeco exhibe en su estúpido rostro una sonrisa que da náuseas. Le han hundido en la espalda un largo cortapapeles para señalar la trayectoria de la bala. Nos hacen sentar a todos en los lugares que ocupábamos: Burns, Shackley, unos periodistas deportivos y yo.

Hallett sube al ring.

—¿Empezamos, jefe?

—Adelante.

Hallett empuña un pedazo de tiza y dibuja una X sobre el cuadrilátero.

—El árbitro.

El árbitro (el verdadero) hace un gesto de asentimiento con la cabeza.

Hallett continúa:

—Sólo hay que resolver un pequeño problema de geometría para saber de qué asiento partió el disparo. En la escuela, me dieron matrícula en matemáticas.

—¿Sobornó usted a los profesores? —inquiere el sargento, riendo.

Hallett coge un metro plegable y lo abre. Luego lo sitúa en la prolongación del cortapapeles clavado en la espalda del maniquí. Un agente, en la parte baja del ring, coge el otro extremo y lo mantiene recto.

El metro pasa entre la cuerda de arriba y la de en medio y viene a tocar el suelo a la altura de la tercera fila, pasando por encima mismo de mi cabeza. Hallett empuja al maniquí contra las cuerdas, como O'Dare cuando cayó. Esta vez, el metro cae más cerca: sobre mis rodillas, exactamente.

—Eso es —dice Hallett, con una voz que me deja helado—. Incluso teniendo en cuenta una desviación a derecha o a izquierda.

Se hace un gran silencio. Parece que estemos en un funeral. Todo el mundo me mira, con aire severo. Me siento realmente abrumado. Trato de decir algo, pero no consigo abrir la boca. Hago unos gestos en el vacío, para darles a entender que se equivocan. Mi mano choca contra algo duro en mi bolsillo. ¡Meto la mano dentro, y vuelve a salir con un revólver!

Profiero un alarido dejándolo caer como si fuera una serpiente. Entonces me agarran por el cuello de la chaqueta.

—Sabía que había sido él —oigo que Hallett le dice al sargento—. Pero se necesitaban pruebas. ¿Ha visto cómo tiene la cara? O'Dare le arrojó al rostro un frasco de embrocación, poco antes de iniciarse la pelea. Se marchó a la farmacia, para que le curaran, no regresó hasta que terminaba el primer asalto, me fijé en el detalle. Seguramente fue en busca del revólver.

»En cuanto al móvil, tenemos los malos tratos de que O'Dare le hacía víctima desde hace un año. Le odiaba tanto, que esta noche había apostado todo su dinero por Donner, a pesar de que sabía, como todo el mundo, que el combate estaba trucado. El mismo me lo dijo.

Durante todo ese tiempo, yo sacudo la cabeza; es como un movimiento instintivo, que no puedo evitar.

Y a las tres de la mañana, en el vestuario, les repito por enésima vez:

—No he sido yo. Nunca había visto ese revólver.

Me pregunto a mí mismo por qué no les digo que he sido yo. Al menos, me dejarían en paz. Estoy a punto de perder el mundo de vista, pero me reaniman echándome agua en la cara. Eso me recuerda aquella célebre noche en Chicago, cuando combatí con Dinamita Perry. Pero, ahora, hay Dinamitas Perry a porrillo a mi alrededor, sin árbitro ni campana para salvarme, y lo que está en juego al final de la pelea es mi pellejo. Por eso me resisto a decirles que he sido yo.

Finalmente, oigo que el sargento dice:

—¿Por qué no? Podemos probarlo.

Entonces, todos se secan la cara y se marchan. Todos, excepto Hallett, el tipo al que yo consideraba como a un compañero.

Sólo quedamos él y yo en el cuarto, y sobre la mesa hay una confesión escrita a máquina a la que únicamente falta mi firma. Pero yo sé una cosa, y es que no la firmaré. Ni siquiera sé, hasta tal punto se han embrollado mis ideas, si he liquidado o no a O'Dare. Pero no firmaré ese papel, porque hacerlo significaría la silla eléctrica sin remedio.

Hallett se sienta a mi lado y me da un cigarrillo. Lo dejo caer, porque mis manos tiemblan demasiado, y me da otro.

—Tómatelo con calma, Barney —me dice—. Ahora estamos en plan de amigos. Sabes que te aprecio, y todo este asunto me disgusta profundamente.

Va en busca de un vaso de agua. Coge una cantimplora de whisky que han encontrado en un bolsillo de Burns.

—Toma, esto te reanimará.

Y mientras bebo, vuelve a sentarse y empieza a hablar.

Habla de los viejos tiempos, y de los campeones de antaño que ha conocido, diciendo que eran unos boxeadores famosos. Y habla de mí, y de lo mucho que siempre me ha apreciado, y de lo que le encorajinaba ver cómo me tra-

taba O'Dare. Y en su voz —ya sé que esto sonará un poco
raro— es como si hubiera música. No tanto por las palabras, como por el tono de amabilidad, de simpatía. Hace
tanto tiempo que no me han hablado así, que estoy a punto
de echarme a llorar.

Hallett alarga el brazo y me palmea el hombro.

—¿Sabes una cosa, Barney? Te vi pelear una vez en
Louisville, en el 43. Nunca he podido olvidarlo. Por eso te
aprecio tanto.

Sacudo la cabeza; estoy demasiado aturdido para recordar.

—Peleabas contra Bobby Watkins, y le dejaste K.O. en
el quinto asalto. Eras un verdadero campeón. Y era la
primera vez que yo asistía a un combate. ¡Imagina si estaba
excitado! Cuando terminó la pelea, esperé a que salieras,
y casi me partí la cara para abrirte la portezuela del taxi.

Me da otro cigarrillo.

—Qué cosas tiene la vida, ¿eh? —dice suavemente.

Pero, como mis manos tiemblan aún, aquel cigarrillo
cae también, y yo me inclino hacia adelante, contemplando
mis manos temblorosas.

—Vamos, viejo campeón, anímate —dice Hallett, sin
apartar la mano de mi hombro.

Y, con la otra mano, me desliza una estilográfica entre
los dedos y luego me presenta el papel.

—No pienses en la silla eléctrica. No tienes que temer
nada por ese lado, puedes creerme. Tienes circunstancias
atenuantes, con los malos tratos de que te hacía objeto, y
todo eso... Yo mismo puedo atestiguarlo. Y lo haré, créeme, lo haré. Todo irá bien. Descárgate de este peso.

No puedo ver claramente a través de mis lágrimas. Pero
sé que ahora voy a firmar. No puedo hacer otra cosa. No,
después de que Hallett me ha hablado de ese modo. Cojo
la estilográfica con la otra mano y escribo *Barney Carpen-
ter* debajo de la confesión.

Veo que Hallett se sobresalta, mirándome con un aire
muy raro, y me dice:

—¿Por qué firmas con la mano izquierda?

—Porque soy zurdo —contesto, apesadumbrado—. No
puedo hacer nada con la mano derecha.

Me arranca de las manos el papel que acabo de firmar y

lo rompe en mil pedazos. Después de haber jurado como
un carretero, me dice:

—Quítate la chaqueta.

Obedezco, creyendo que va a sacudirme. Debajo de la
chaqueta llevo mi jersey de trabajo. Efectivamente, Hallett
hace un gesto como para soltarme un sopapo, pero no
me da.

—¿Por qué no me dijiste antes que eres zurdo? —pregunta, furioso.

Tengo una buena respuesta:

—Porque no me lo han preguntado.

—Y esta chaqueta, ¿recuerdas dónde estaba cuando sa-
liste?

Señalo el armario.

—Y eso, ¿de quién es? —inquiere, señalando el impermeable.

—De Shackley. Lo tenía sobre las rodillas durante el
combate... —Me rasco la cabeza—. Es decir, me parece
que sí... ¡Espere! Sí, ahora lo recuerdo. Había una manga
que colgaba como una trompa de elefante, y...

Pero Hallett no me escucha. Vuelve el impermeable en
todos los sentidos, como si buscara algo.

—¿Una manga que colgaba? —inquiere, finalmente.

Mete una mano en una manga y le da la vuelta. Luego
hace lo mismo con la otra.

Después se dirige hacia la puerta y asoma la cabeza al
exterior.

—¡Sí, él! —le oigo decir.

Vuelve a mi lado y me hace levantar.

—Deja la silla para el caballero.

Fuera hay jaleo. Entran a Shackley, a la fuerza, y le
obligan a sentarse.

—¿La han tomado conmigo? —pregunta.

—Sí, la hemos tomado contigo —dice Hallett, con cara
de pocos amigos—. Y esta manga también la ha tomado
contigo.

Se la enseña al sargento y a los otros policías.

—Rastros de quemadura debidos a una detonación —ob-
serva el sargento.

—Es usted el que lo dice. Y, ahora, mire cerca del puño.
La bala ha rozado la costura.

—Se lo di a él para que lo guardara —gruñe Shackley, señalándome con el dedo.

—Tomo nota de que acaba de admitir que es suyo —dice Hallett—. De todos modos, en la etiqueta interior está su nombre escrito a mano. Ha admitido también que se lo había llevado. Ahora, admitirá usted que el cuidador de un púgil no es la persona más indicada para que se le entregue algo para que lo guarde, ya que tiene que estar subiendo continuamente al ring.

Pero Shackley no se da por vencido.

—¿Qué pretende demostrar con todo eso? ¡No me encontró usted el revólver encima!

—No, porque lo metiste en el bolsillo de la chaqueta del pobre Carp, cuando fuimos a colgar tu impermeable, en el momento en que estábamos aquí nosotros. Seguramente tenías la intención de tirarlo, pero había demasiada gente a tu alrededor y no pudiste hacerlo. Entonces se te ocurrió dejarlo en su chaqueta. Pero olvidaste un detalle: lo metiste en su bolsillo derecho, y Carp es zurdo. No lo sabías, ¿eh?

Shackley se engalla.

—¡Claro, he matado a mi pupilo, después de haber apostado todo mi dinero por él!

Saca su cartera y muestra el recibo de su apuesta, por un importe de 20.000 dólares, agitándolo frenéticamente.

Hallett ni siquiera lo mira.

—No querías matar a O'Dare —dice, imperturbable—. Querías matar a Donner, porque se disponía a tumbar a tu campeón. Era el único medio —¡un medio radical!— de darle la vuelta a la tortilla y recuperar tu dinero.

»Ocultaste el revólver debajo de tu impermeable doblado, apuntándolo a través de la manga, y disparaste. El ruido de la sala ahogó la detonación, y la manga disimuló el fogonazo. Pero las cuerdas, al distenderse, pusieron a O'Dare en la línea de fuego, cuando ya estaba K.O. ¡Y recibió la bala destinada a Donner!

—Es usted muy listo —dice Shackley—. Tan listo, que se ha pasado de la raya...

Luego, bruscamente, cierra el pico y no se oye nada más en el cuarto. Hallett le ha atrapado, como me atrapó a mí al hacerme firmar. En tanto que los otros utilizan sus puños, él se sirve de su voz. Es un don natural... con un poco de artificio, desde luego. Unas semanas más tarde, por ejemplo, me enteré de que yo no había estado nunca en Louisville, y que, en consecuencia, no podía haber peleado allí en el 43 con un tal Bobby Watkins... ¿Cómo podía haber sido su ídolo cuando él era chaval?

Hallett es el primero en hablar, rompiendo el silencio:

—Creo que no hay nada más que hacer aquí, jefe —dice tranquilamente.

Se marchan todos, llevándose a Shackley.

—Tú también vienes —me dice Hallett—. Eres nuestro testigo principal.

Se da cuenta de que aún no las tengo todas conmigo, de modo que añade:

—Será mejor que hacer de hombre-sandwich en la Sexta Avenida. Comerás a cuenta de la municipalidad durante quince días, esto es todo. Yo te proveeré de cigarrillos y de revistas. Y te devolverán tus cien dólares, ya que todas las apuestas han quedado anuladas, como puedes comprender.

Un tipo así consigue incluso que uno vaya a gusto a la cárcel. ¡Es un don!

Y mientras caminamos hacia el coche de la policía que nos espera en la calle, añade:

—Tengo un primo que es muy aficionado a la cultura física y dispone de dinero. Ha instalado un pequeño gimnasio en el sótano de su casa. Cuando todo esto haya terminado, estoy seguro de que se sentirá encantado de contratarte para que le entrenes.

Vale lo que pesa en oro, este Hallett. Si algún día tengo que volver a firmar la confesión de un asesinato que no he cometido, lo haré únicamente por él, y por nadie más.

VALS EN LA OSCURIDAD

Si vinieran a amaros con amor
(Son cosas que fueron, Faustina,
Aunque vuestra beldad,
Al parecer, ignora su existencia)...

SWINBURNE

Música suave. Se dibujan las siluetas
de los danzantes; lentamente, se forman
las parejas. Empieza el vals.

I

Sol espléndido y cielo azul; en el mes de mayo; Nueva Orleans era un verdadero paraíso; el paraíso sólo podía ser un duplicado de Nueva Orleans, ya que resultaba imposible imaginar panorama más bello.

En su piso de soltero de Saint-Charles Street, Louis Durand se vestía. No procedía a su aseo matinal; el sol estaba ya muy alto; nuestro hombre estaba en pie desde hacía horas; había salido, vuelto a entrar. Se vestía en previsión del gran acontecimiento de la jornada. El de hoy no era un día como los otros; era el único, el excepcional, el que llega una sola vez en la vida de un hombre. Y ese día particular había llegado para Louis Durand. Un poco tarde, pero aquí estaba. ¡Era hoy!

Louis Durand ya no era joven. Aunque sus amigos evitaban decírselo, él mismo se lo confesaba. Tampoco era viejo, si se consideran las etapas de la vida. Mas, para lo que le estaba sucediendo, no era ya demasiado joven. Treinta y siete años.

En la pared, un calendario. Cuatro hojas vueltas hacia arriba descubrían la cifra 5. Encima del 5, más al centro, leíase: *Mayo*. Y a los lados, otras cifras, un poco inclinadas hacia su propia sombra, y recargadas de florituras, proclamaban graciosamente el año: 1880. Más abajo, en sus pequeños compartimientos, las primeras diecinueve cifras estaban tachadas a lápiz. La vigésima aparecía rodeada de un círculo rojo, como un blanco de tiro. El lápiz parecía haberse obstinado en aquel rasgo para reforzarlo más... A partir de aquella cifra, las otras estaban vírgenes: pertenecían al futuro.

El hombre se había puesto la camisa guarnecida de encaje almidonada y planchada ruche por ruche con tanta destreza y amor por Mamá Alphonsine. Los gemelos de los puños eran granates engastados en plata. En los pliegues burbujeantes de la alta corbata, que descendía en cascada debajo del mentón, lucía el alfiler indispensable para la elegancia masculina: una media luna de brillantes, con un estallido de rubíes en cada punta.

Un pesado dije de oro colgaba del bolsillo izquierdo del chaleco; y uniéndolo a su bolsillo derecho, hinchado por el macizo reloj, se extendía una cadena, de gruesos eslabones, también de oro.

Sobre el escritorio, delante del cual terminaba, de pie, de cepillarse los cabellos, había un montón de cartas y un retrato.

El hombre soltó el cepillo, interrumpió momentáneamente sus preparativos y, cogiendo las cartas una a una, las hojeó rápidamente.

La primera llevaba el membrete: «*Amistades por Correspondencia — Saint-Louis, Missouri — Asociación para Damas y Caballeros de Buena Reputación*». Las primeras líneas, trazadas con una bella caligrafía masculina, decían:

«*Estimado señor: En respuesta a su petición, tenemos el placer de comunicarle el nombre y la dirección de uno de nuestros miembros. Si tiene usted la amabilidad de escribirle personalmente, estamos convencidos de que seguirá un intercambio de correspondencia satisfactorio para las dos partes...*»

La caligrafía de la siguiente era aún más refinada. Esta vez, la letra era femenina: «*Apreciado señor Durand...*» Y terminaba: «*Muy sinceramente suya, Miss J. Russel*».

La tercera: «*Apreciado señor Durand... Sinceramente, Miss Julia Russel*».

La cuarta: «*Apreciado Louis Durand... Sinceramente, su amiga Julia Russel*».

Luego: «*Apreciado Louis... Sinceramente, su amiga Julia*».

A continuación: «*Apreciado Louis... Sinceramente suya, Julia*».

Y después: «*Querido Louis... Vuestra Julia*».

Finalmente: «*Queridísimo Louis... Impacientemente, vuestra Julia*». Con una postdata: «*Temo que no llegue nunca el miércoles... Cuento las horas que me separan del embarque*».

Volvió a poner las cartas en orden, igualando los pliegos con cuidado, tiernamente, amorosamente. Luego las guardó en un bolsillo interior de su chaqueta... en el lado del corazón.

A continuación le llegó la vez al pequeño retrato. Lo levantó hacia la luz y lo contempló largamente, con arrobo. No era el retrato de una joven. Tampoco, desde luego, el de una anciana. Pero era el de un ser que ha pasado la primera juventud. Las facciones acusaban indudablemente los primeros estragos del tiempo. La boca tenía algo de incisivo, sugiriendo ya la cercana amargura. En los ojos había una especie de agudeza, anunciadora de las arrugas que ahuecarían la órbita y estirarían el párpado. El respiro sería breve: el lento trabajo de erosión había empezado. La curva de la nariz dejaba transparentar el pico de águila. La prominencia del mentón no tardaría en acentuarse.

La mujer no era hermosa. ¿Atractiva? ¿Por qué no? Lo era a los ojos de nuestro hombre, y el atractivo no tiene otro criterio.

La oscura cabellera se reunía encima de la nuca, formando un moño a la Psiché; algunos mechones, debidamente adiestrados, caían en franjas sobre la frente.

He aquí, pues, el trato que nuestro hombre había hecho con el amor: había tomado lo que podía, bajo el impulso de una prisa desesperada, del miedo a perderlo todo a fin de cuentas, por haber esperado demasiado... Quince años, durante los cuales había vuelto obstinadamente la espalda a la vida.

Aquel otro amor de juventud (el primero y el último, se había jurado a sí mismo), no era ya más que un recuerdo perdido en la noche del pasado, un nombre que pronunciaba pero que por así decirlo no tenía ya sentido. Estaba lejos aquel otro Louis Durand que había llamado a la puerta de la casa de su prometida, la víspera de su boda, con todo el cielo estrellado en sus ojos, y en la mano un ramillete de flores... que había llamado para ver cómo se abría la puerta lentamente y salían dos hombres, llevando sobre una camilla algo muerto... muerto y tapado... «¡Cuidado! ¡No se acerque! ¡Fiebre amarilla!» Y una mano que se arrastraba sobre el suelo, y en un dedo de aquella mano, el anillo...

No había sollozado. Nada: ni una palabra, ni un sonido. Se había inclinado; había depositado su ramillete sobre la camilla en marcha, suavemente. Luego, había dado media vuelta y se había marchado.

Quince años durante los cuales había vuelto la espalda a la vida...

El muchacho de veinte años había muerto, para renacer joven de veintinueve años. Y éste, a su vez, había permanecido fiel a aquel mismo nombre... Hasta que murió, también. Y aquella segunda muerte había dado nacimiento a un ser más maduro: un hombre de treinta y seis años.

Luego, súbitamente, un día, la acumulada soledad de aquellos quince años, contenida hasta entonces, había sido de pronto la más fuerte: había reventado todas las compuertas.

¡El amor! ¡Cualquiera! ¡Viniera de donde viniera! ¡A

cualquier precio! ¡Aprisa! ¡Antes de que fuera demasiado tarde! ¡Con tal de que terminara con aquella soledad!

¡Una mujer! Se podía trabar conocimiento con una mujer en un restaurante.. En la misma calle... Pero no pasó nada. Un día, sus ojos cayeron por casualidad sobre el anuncio de un periódico. Un anuncio procedente de Saint-Louis, en un periódico de Nueva Orleans:

¡No se vuelve la espalda al amor!

Se arrancó de la contemplación del retrato. Un chirrido de frenos sobre unas ruedas, en alguna parte, muy cerca, sobre la calzada, le impulsó a deslizar el retrato en su cartera, y luego el todo en su bolsillo. Salió al balcón encristalado del segundo piso, miró a la calle. El sol salpicó súbitamente su espalda de polvo blanco, mientras se inclinaba por encima de la barandilla de hierro, aplastando un poco las campánulas color magenta que adornaban el balcón.

Un hombre de color penetraba en aquel momento en el patio interior por la entrada principal.

—¡Has tardado mucho! —le gritó Durand desde lo alto de su balcón—. ¿Has traído las flores, al menos?

Pregunta superflua: podía ver el voluminoso cono de papel y la leve neblina rosa de las flores que escapaban del envoltorio, a pesar del sello de cera.

—¡Desde luego!

—¿Y el coche?

—Está esperando.

—¡Creí que no volverías nunca! ¡Cuántas horas!

El negro sacudió la cabeza, como buen filósofo cuya tranquilidad no se altera por nada.

—¡Los enamorados siempre tienen prisa!

—Está bien, date prisa en subir, Tom —dijo Durand en tono impaciente—. ¿O acaso tienes la intención de quedarte plantado ahí todo el día?

Sin que la sonrisa se borrara de sus labios, Tom reanudó la marcha interrumpida y desapareció en la casa. Unos momentos —más bien largos— después, la puerta del apartamento se abrió: el negro entró y avanzó hacia Durand, que estaba vuelto de espaldas.

Durand se volvió, salió al encuentro de Tom y le arrancó el ramo de las manos, a fin de quitar la envoltura transparente, con más nerviosismo que precaución.

—¿Quiere usted ofrecérselo a la dama? ¿O quiere romperlo todo? —inquirió secamente el negro.

—Tengo que verlo, ¿no? Rosas y guisantes de olor... ¿Crees que le gustarán, Tom?

—A todas las damas les gustan.

—¿Cómo puedo saberlo? Las únicas mujeres que... No terminó la frase.

—¡Oh! ¡Esas! —dijo Tom caritativamente—. El hombre ha dicho que esas flores gustan mucho —añadió—. El hombre ha dicho que esas flores son las que tienen más demanda.

Ahuecó el festón de papel que formaba gorguera alrededor de las flores, restaurando su coqueta insolencia, con un gesto amoroso de propietario.

Durand, entretanto, reunía precipitadamente sus últimos accesorios indumentarios, preparándose para salir.

—Antes quisiera pasar por la casa nueva —dijo, con voz un poco jadeante.

—Ayer estuvo usted allí —observó Tom—. Si no la visita todos los días, podría volar por los aires, desde luego.

—Lo sé, pero no tendré otra oportunidad de asegurarme de que todo va bien... ¿Le has dado el encargo a tu hermana? Quiero que esté allí cuando lleguemos.

—Allí estará.

Durand se detuvo, con la mano en el pomo de la puerta, dirigiendo a su alrededor una amplia y rápida mirada; y, bruscamente, todo el ritmo de su marcha se refrenó, cayó casi en punto muerto.

—Esto es el final; no volveremos más aquí, Tom.

—Esto era cómodo y tranquilo, señorito Louis —reconoció el criado—. Estos últimos años, al menos, desde que empezó a pesarle la edad.

Ante aquellas palabras, Louis Durand mostró cierta agitación, como bajo el efecto de aquel recordatorio implícito de la huida del tiempo.

—Terminarás de arreglar las maletas. Y cuidarás de que trasladen mis cosas. No te olvides de devolverle las llaves a la señora Tellier, antes de marcharte.

Volvió a detenerse. Su mano, esta vez, había hecho girar el pomo de la puerta, pero sin empujar el batiente.

—¿Qué sucede, señorito Louis?

—¡Estoy muerto de miedo! Temo que ella... —Tragó saliva, con dificultad, a causa del alto y rígido cuello que le aprisionaba hasta las orejas—. Temo que ella no me encuentre de su agrado.

—Hasta ahora todo ha ido bien.

—Hasta ahora, todo ha sido por carta.

—Pero usted le ha enviado su retrato. Ella sabe qué aspecto tiene —dijo Tom a guisa de estímulo.

—Un retrato no es más que un retrato. Pero el hombre es el hombre.

Permaneció en pie junto a la puerta, con aire indeciso. Tom se acercó a él y sacudió ligeramente el polvo de su chaqueta, a la altura de los hombros:

—No es usted el hombre más guapo de Nueva Orleans... pero los hay mucho más feos.

—¡Oh! No se trata de ser más o menos guapo. Nuestros caracteres...

—La edad les ha hecho sentar la cabeza, a los dos. Le ha dicho usted los años que tiene...

—Me he quitado uno. Le he dicho que tenía treinta y seis; sonaba mejor.

—Puede usted darle todas las comodidades, señorito Louis.

Durant asintió alegremente con la cabeza; por primera vez, se sentía sobre un terreno sólido:

—No vivirá en la miseria, desde luego.

—En tal caso, yo no me preocuparía demasiado, en su lugar. El hombre enamorado siempre quiere una mujer bonita. La dama enamorada, con todos los respetos, señorito Louis, siempre se pregunta si el hombre tiene dinero, mucho dinero.

El rostro de Durand se iluminó:

—No le faltará de nada. —Súbitamente irguió la cabeza, como asaltado por una revelación—: Aunque la decepcione un poco, terminará por acostumbrarse a mí.

Durand consultó su reloj.

—¡Se está haciendo tarde! ¡No quisiera perderme la llegada del barco!

Y esta vez, abriendo la puerta, franqueó el umbral, despidiéndose simbólicamente de su vida de soltero.

—Falta más de una hora para que empiece a verse la chimenea del barco —observó Tom.

Pero Louis Durand, futuro recién casado, ni siquiera le oyó: bajaba ya de dos en dos los peldaños de la escalera exterior de la señora Tellier, con un agudo repiqueteo de tacones.

II

El coche descendía rápidamente por la Saint-Louis Street. Durand estaba sentado sobre el borde del asiento, con todo el cuerpo extendido hacia adelante, las dos manos sobre el puño de su bastón, el busto inclinado sobre aquel apoyo. Bruscamente, se inclinó todavía más:

—¡Allí! —exclamó, apuntando un índice apasionado—. ¡Aquello! Allí, sí... aquella que se ve.

—¿La nueva, coronel? —inquirió el cochero, en tono de admiración.

—La he construido yo —le confió Durand, ganado por un atavismo de orgullo pueril, dieciséis años más joven.

Luego, moderándose:

—Quiero decir que ha sido construida de acuerdo con mis planos. Expliqué lo que quería.

El cochero se rascó la cabeza, no para demostrar su perplejidad, sino para expresar su estupor admirativo ante tanta magnificencia.

—Es bonita, desde luego... —dijo.

Era una casa de un piso, en ladrillo color gamuza, con las ventanas y el umbral enmarcados en piedra blanca. No era muy grande, pero estaba situada muy ventajosamente. Ocupaba una esquina, con vistas a dos calles. Además, estaba rodeada de un espacio virgen, no excesivamente amplio, pero suficiente para garantizar la independencia en lo que respecta a los vecinos. Delante de la fachada había espacio para sembrar unas franjas de césped; y detrás, para plantar un jardín.

Evidentemente, no era todavía una residencia presentable, propiamente hablando. Quedaban, en la parte delantera, pequeños montones de ladrillos rotos, de un efecto más bien deplorable; el césped no existía; los cristales estaban manchados de pintura. Pero el rostro de Durand no dejó de expresar por ello una especie de respeto religioso. Sus labios se entreabrieron ligeramente; sus ojos se dulcificaron. No podía concebir que hubiera una casa más bella en el mundo. Era su casa, la *suya*.

Un interrogador chasquido de látigo le sacó de su ensueño.

—Espéreme un momento, por favor —dijo—. Luego bajaremos al puerto, para la llegada del barco.

—Bien, coronel, tómese todo el tiempo que quiera —respondió el cochero, con una amplia sonrisa de complicidad—. El que tiene una casa, es preciso que la mire.

Durand no entró inmediatamente. Prolongó el hechizo dando la vuelta completa alrededor de las dos fachadas. Finalmente, se dirigió a la puerta principal. Sobre la capa de pintura blanca que revestía la madera de pino, habían señalado con lápiz el emplazamiento del llamador de hierro forjado que colocarían más tarde. El mismo había escogido el modelo. El interior de la vivienda desprendía el aroma característico y más bien agradable de las cosas nuevas: madera recién cepillada, perfume áspero de la trementina mezclándose al olor de la pintura, de la masilla, de otros numerosos ingredientes menos definibles.

Una escalera virgen, cuyo barniz imitando la madera de arce, muy fresco aún, se cobijaba bajo un camino de recio papel de embalar, se iniciaba al fondo del vestíbulo. Avanzando oblicuamente, Durand entró en un salón —un esqueleto de salón— cuya ventana, encarada a poniente, proyectaba sobre el parquet pequeños charcos cuadrados de luz dorada.

Durand se detuvo, y la estancia, en su mirada, se metamorfoseó. Una gruesa y muelle alfombra floreció súbitamente sobre las láminas desnudas del parquet. En el hogar vacío, unos leños encendidos se abrazaron perezosamente. Un espejo redondo iluminó con su pálido brillo la pared, encima de la chimenea. Dos butacas de felpa y una mesita de centro cobraron vida, allí donde aún no había nada.

Sobre la mesa, una lámpara, con su globo lechoso semejante a un planeta, se encendió suavemente, luego se avivó. Y la magia de aquella cálida luz hizo aparecer una cabeza de cabellos oscuros reposando, en una actitud feliz, sobre la testera blanca del sillón. Sobre la mesa, también, en el suave círculo luminoso de la lámpara, un vago cesto de costura, una caja de labor... el único detalle algo inconcreto.

Y luego se oyó el ruido de un cubo al ser desplazado, en el piso superior.

—¿Quién anda por ahí? —gritó una voz de mujer.

Y las palabras resonaron, repercutieron en la casa vacía.

Durand volvió al vestíbulo.

—¡Ah! ¿Es usted, señorito Louis? Creo que todo está casi a punto para que se instale.

Por encima de la barandilla, en el piso, una anciana negra mostraba su rostro lleno de lupias, coronado por un pañuelo anudado en forma de turbante.

—¿Dónde está el hombre que trabajaba en la planta baja? —inquirió Durand, en tono malhumorado—. A estas horas, tendría que haber terminado.

—Seguro que se ha quedado sin cola. No tardará en volver.

—¿Cómo están las cosas ahí arriba?

—Se van arreglando, se van arreglando...

Bruscamente, Durand echó a correr y en un abrir y cerrar de ojos llegó al último rellano de la escalera.

—Lo que más me interesa es el dormitorio —dijo, pasando rápidamente por delante de la anciana.

—Desde luego, es lo que más interesa a los recién casados —rio la anciana.

Durand se detuvo en el umbral y se volvió para dirigirle una mirada cáustica:

—Es por el papel pintado —se tomó la molestia de explicar.

—No necesita decírmelo, señorito Louis. Yo estaba ya en este mundo cuando usted no había nacido.

Durand se acercó a la pared y paseó sus dedos por la lisa superficie, como si el ver las flores no le bastase.

—Una vez colocado, es más bonito aún, ¿no crees?

—Es muy bonito —convino ella.

—Es lo más parecido que he encontrado. Viene de muy

lejos: de Nueva York, nada menos... Le pregunté qué modelo prefería, sin decirle para qué...

Hurgó en su bolsillo, sacó una carta y la recorrió atentamente con la mirada. Acabó por encontrar el párrafo que buscaba, lo subrayó con el dedo: «...y para un dormitorio, lo que me gusta es el rosa; pero un rosa más bien pálido, con florecillas azules, miosotis...»

Volvió a guardarse la carta en el bolsillo con aire de triunfo y ladeó la cabeza para contemplar las paredes. Tía Sarah escuchaba cortésmente.

—Me queda aún un poco de trabajo. No es que quiera echarle, señorito Louis, pero... De momento, tengo que hacer la cama —rio de nuevo la anciana.

—¿Vas a pasarte el tiempo riéndote así? —protestó Durand—. No se te ocurra hacerlo cuando ella esté aquí.

—¡Desde luego que no! ¡No soy tan tonta, señorito Louis! ¡No se haga mala sangre por eso!

Durand salió de la habitación, para reaparecer inmediatamente en el umbral:

—¿Crees que tendrás tiempo para colocar los visillos de la planta baja, antes de su llegada? Las ventanas tienen un aire terriblemente desnudo.

—No se preocupe, señorito Louis: usted vaya a buscarla y yo me encargo del resto —prometió la anciana, desplegando una sábana inmaculada que se hinchó súbitamente, como una vela bajo el viento.

Durand salió de nuevo, para volver otra vez a la carga, en esta ocasión desde el centro de la escalera:

—¡Oh! Y sería perfecto si pudieras poner unas cuantas flores. En el saloncito, por ejemplo, para darle la bienvenida...

La anciana murmuró entre dientes:

—¿Flores? ¡No tendrá tiempo de olerlas!

—¿Qué? —gritó Durand, horrorizado.

Prudentemente, la anciana se abstuvo de repetirlo. El le dirigió una mirada vagamente ofendida, pero continuó bajando la escalera, esta vez de un modo definitivo. De todos modos, cuando la anciana bajó, cinco minutos después, Durand seguía allí. Estaba vuelto de espaldas, de pie delante de una mesa (por el único motivo que había encontrado aquel mueble en su camino).

No oyó a tía Sarah. Sólo el sonido de su voz le arrancó de su abstracción y le hizo volverse.

—¿Todavía está usted aquí, señorito Louis? Debí suponerlo... —La anciana apoyó las manos en sus caderas y le miró con aire indulgente—. ¡Miren eso! ¡Ah! ¡No puede decirse que no es usted feliz! Nunca había visto a nadie que llevara escrita hasta tal punto la felicidad en la cara...

Durand se pasó tímidamente una mano por la parte inferior de su rostro, como si realmente deseara «palpar» lo que llevaba escrito en él.

—¿Tanto se me nota? —Dirigió a su alrededor unas miradas de duda; como si no acabara de creer en la realidad de lo que veía—. ¡*Mi* casa! —murmuró, casi en un soplo—. ¡*Mi* esposa!

—A un hombre sin esposa le falta algo; es como una sombra que hubiese perdido a su dueño y andara sola de un lado para otro...

Durand llevó una segunda mano a su pechera, la palpó dubitativamente y luego dejó caer los brazos:

—Tengo continuamente una música en los oídos. ¿Acaso se celebra alguna fiesta en el barrio?

—¿Una música? Desde luego —asintió gravemente la anciana—. Y una música extraña, además: sólo la oye una persona, durante un día entero... También yo la escuché en otros tiempos. Hoy le toca a usted.

—¡Será mejor que me marche!

Y, precipitándose hacia la puerta, la abrió bruscamente, echó a correr hacia la avenida y, de un salto que hizo gemir los muelles, se encaramó al coche que esperaba.

—¡Al muelle de Canal Street! —dijo, exhalando un suspiro de beatífica anticipación—. ¡Al desembarcadero!

III

El río estaba vacío; el cielo, claro. Luego, una pequeña mancha sucia apareció en el azul, en el lugar donde la superficie del agua queda oculta por la orilla escarpada. En

efecto, el río forma un amplio recodo antes de enfilar en
línea recta hacia Nueva Orleans y su desembarcadero.

Durand estaba allí, de pie, rodeado de gente que, como
él, esperaba. Desconocidos a los que nunca había visto y
a los que nunca volvería a ver... reunidos un instante por
la espera del barco.

El humo ascendía ahora. No tardó en hacerse visible un
pequeño cono negro y opaco: una chimenea, luego dos...

—¡Ahí está! —gritó un descargador.

—¡Sí, ahí está! —repitieron dos o tres bocas vecinas—.
¡No hay duda, ahí está!

«¡Ahí está!», repitió una voz secreta, en el fondo de
Durand. Pero lo que quería decir era: «¡Ahí está *ella*!».

Debajo de las chimeneas se distinguía ahora la super-
estructura de color leonado, perforada por una miríada de
pequeños alveolos, en dos largas hileras regulares; y, más
bajo aún, como un delgado rasgo negro, el casco vetusto.
Las ruedas se movían rápidamente: al llegar a la cima de
su carrera, las palabras giraban y volvían a caer, sacudiendo
su chaparrón de rocío sobre el agua glauca e hinchada.

El barco surgió en el recodo del río, aumentó de tamaño,
avanzó directamente hacia el muelle. Una queja aguda, semejante al lamento de un alma condenada, desgarró el aire,
al mismo tiempo que un leve penacho blanco se enrollaba
en torno a la chimenea para desvanecerse detrás... *El City
of New Orleans,* salido de Saint-Louis tres días antes, regresaba al puerto del cual había tomado el nombre. Las ruedas
laterales se pararon. El barco se deslizó como un fantasma,
viró, presentó el flanco al muelle, lo recorrió a viva marcha.

Las dos hileras de alveolos desfilaron como las estacas
de una cerca; luego, el desfile se hizo más lento, para detenerse al fin e incluso retroceder un poco.

Una silueta indolente, apoyada en el empalletado del
puente superior, hizo un vago saludo con la mano, sin ton
ni son. Un saludo amistoso al puerto, simplemente, sin más
alcance.

Un cable azotó el aire. Unos portuarios avanzaron, lo
cogieron, lo amarraron diestramente al pilote delante del
cual se encontraba Durand. Desde el muelle, tendieron una
pasarela. Un oficial de a bordo descendió antes incluso de
que la operación quedara completamente terminada; se

apostó en la parte inferior para vigilar el desembarco. Los pasajeros empezaban a apretujarse ante el angosto pasillo.

Durand se acercó a la pasarela. Con los ojos ansiosamente levantados, acechó, escrutó los rostros que descendían rápidamente hacia él, para desfilar a unos centímetros apenas del suyo.

El primer pasajero que puso pie sobre el muelle era un hombre. Andaba a grandes zancadas, con una maleta de muestras en cada mano... un viajante de comercio que tenía prisa. Luego, una mujer, más lenta, mirando prudentemente dónde ponía los pies, cabellos grises, gafas. No era ella. Otra mujer. Tampoco era ella: su marido le pisaba los talones. A continuación, toda una familia, en orden jerárquico. Luego, dos, tres hombres en fila india. Otra mujer; y, por espacio de un segundo... No, no era ella. No eran ni su nariz, ni sus ojos, ni su rostro. Un hombre; una mujer, pelirroja, de ojos ardientes. No era ella. Después un vacío, una pausa, una espera. Un susto mortal, prematuramente; el corazón de Durand recobró su ritmo normal. Un ruido de pasos ligeros y apresurados, martilleando el puente. Algún retrasado que se daba prisa para alcanzar a los demás. Una mujer, a juzgar por el eco rápido y menudo de los pasos. Un aleteo de faldas, un rostro... pero no era ella. Una vaharada de agua de lilas, unos ojos desdeñosos que no se demoraron sobre él. Una mirada que no buscaba, que no reconocía. ¡No, no era ella!

A continuación, nadie. más. Durand, con los ojos levantados, se obstinó todavía. Se aferró con las dos manos a la pasarela, pero su rostro tenía la palidez de un muerto. Por fin se soltó y se acercó al oficial que continuaba en el desembarcadero; le cogió ansiosamente por la manga:

—¿Ha terminado?

El oficial se volvió, ahuecando las manos delante de la boca para transmitir la pregunta.

—¿Listos?

Alguien a bordo, quizás el capitán, se inclinó por encima de la barandilla y gritó:

—¡No queda nadie a bordo!

Aquellas palabras resonaron como una campana tocando a muerto. Durand tuvo la impresión de encontrarse solo en medio de un lago de silencio, a pesar de que a su alrededor persistía el alboroto con la misma intensidad.

—Pero... ¡es imposible! Seguramente... tiene que haber...

—No queda nadie —respondió jovialmente el capitán—. Puede subir a comprobarlo.

Y se volvió de espaldas.

Ahora descargaban los equipajes. Durand aguardó, esperando contra toda esperanza.

Finalmente se decidió a alejarse de allí. Echó a andar, volviendo obstinadamente la cabeza, como si un lado de su rostro hubiese confesado más pesar que el otro. Cuando se detuvo, fue inconscientemente, sin saber por qué. ¿Qué tenía que esperar de aquel lugar... o de cualquier otro lugar en adelante?

Estaba plantado allí, con la cabeza inclinada, casi como en un entierro, delante de un ataúd.

Y luego, sin que un solo sonido hubiese señalado su proximidad, sobre el suelo desnudo se proyectó la sombra redonda de una cabeza pequeña, desde alguna parte detrás de él. Luego apareció el cuello, dos hombros. Después, una fina cintura. Finalmente, la sombra se inmovilizó.

La mirada de Durand estaba demasiado muerta para observar aquel fenómeno. Lo que veía era la mansión de Saint-Louis Street. Nunca más volvería a poner los pies en ella. Encargaría a un agente que la vendiera...

Una mano rozó su hombro. Una caricia que no tenía nada de imperativo. Sobre el suelo, la sombra había tendido un brazo de sombra hacia la sombra de Durand, uniendo por un instante las dos siluetas, para volver a caer inmediatamente.

Durand levantó lentamente la cabeza. Lentamente, también, se volvió del lado del que había llegado aquella leve presión...

Era un ser diminuto; pero, ¡había tanta armonía y tanta perfección en las proporciones de aquella miniatura!

Sus ojos azules y límpidos llegaban a la altura del hombro de Durand. El rostro era de una rara belleza... como nunca había contemplado otra igual. Una belleza de porcelana... menos la frialdad inerte, más el pétalo de rosa fruncido de la boca.

No debía tener mucho más de veinte años. La tez era la de una jovencita. Los ojos tenían la inocencia y la confianza de la infancia. Una espesura de bucles dorados se desperdigaba alrededor de su cabeza, rebelándose victoriosamente contra el peinado convencional que querían imponerle; si en la nuca se sometía al vulgar moño a la Psiché, sujeta por un rígido entrelazado de horquillas, delante resistía triunfalmente.

La joven se mantenía ligeramente inclinada hacia adelante, en aquella actitud *de rigueur* conocida por el nombre de «postura a la griega». Iba vestida a la moda del día (un día con una antigüedad de varios años). Su vestido quedaba tan ajustado como una funda alrededor de un paraguas enrollado; en el centro, un panel, extendido y vuelto hacia atrás, formaba delante una especie de delantal y se ahuecaba en la espalda en una cascada de nudos y de pliegues, hábilmente sostenidos por una armazón de alambre: aquel «polisón», símbolo del buen gusto, sin el cual el posterior femenino hubiese parecido de una modestia indecorosa.

Un pequeño sombrero de paja, color heliotropo, no más grueso ni más amplio que la palma de una mano masculina, y colgado en la cima de los bucles dorados, se esforzaba en inclinarse hasta la ceja izquierda, aunque no pudiera satisfacer aquella ambición al permanecer encaramado sobre la cabeza.

En los minúsculos agujeros practicados en el lóbulo de las orejas delicadas y completamente al descubierto, chispeaban unos destellos de amatista. Una estrecha cinta de terciopelo de color heliotropo ceñía la garganta. Una sombrilla de organdí del mismo color, apenas mayor que un plato sopero, apenas más consistente que una fina bruma, giraba al extremo de una manga ahilada, como una aureola violeta móvil. En el suelo, a los pies de la joven, había una jaula dorada, cuya parte inferior estaba envuelta en franela, en tanto que la parte superior, en forma de cúpula, dejaba ver a un inquilino revoloteante, de un brillante color amarillo.

Durand miró la mano de la joven y luego su propio hombro, ya que no podía creer aún que aquella mano le hubiese rozado, ni, sobre todo, entrever el motivo de un gesto semejante. Lentamente, se quitó el sombrero y lo mantuvo levantado, en señal de interrogación.

Los finos labios de la joven dibujaron la curva de una sonrisa encantadora:

—No me reconoce usted, señor Durand, ¿no es cierto?

El sacudió ligeramente la cabeza. La sonrisa cavó un hoyuelo, alcanzó a los ojos:

—Soy Julie, Louis... Puedo llamarle Louis, ¿verdad?

El sombrero escapó de entre los dedos de Durand, cayó, rodó sobre sí mismo. Durand se agachó, lo recogió, pero sólo su mano y su hombro ejecutaron el movimiento: su mirada no se separó un instante de la mirada de la joven: como si un magnetismo inexorable las uniera.

—¡Dios mío! No... ¿Cómo podría...?

—Julia Russel —insistió ella, sin dejar de sonreír.

—No, veamos... ¿Cómo puede usted...?

No encontraba más que palabras sin continuación.

Ella enarcó las cejas. La sonrisa dejó el puesto a una expresión compasiva:

—No ha sido amable por mi parte haber hecho esto, ¿verdad?

—Pero, el retrato... los cabellos negros...

—Le envié el retrato de mi tía, en vez del mío.

La joven sacudió la cabeza como asaltada por tardíos remordimientos. Bajó su sombrilla, la cerró... *plop*. Luego, con la punta, empezó a trazar signos cabalísticos en el polvo. Sus párpados se bajaron también; su mirada grave se concentró en los dibujos que trazaba.

—¡Oh! ¡No debí hacerlo! Ahora me doy cuenta. Pero en aquel momento no me pareció que tuviera importancia: no había aún nada serio entre nosotros. Se trataba de unas simples relaciones epistolares. Luego, en varias ocasiones experimenté el deseo de enviarle el verdadero retrato, en vez del otro; de decirle... Pero, cuanto más esperaba, con menos fuerzas me sentía para hacerlo. Tenía miedo de... de perderle sin remisión. Se convirtió para mí en una obsesión, cada vez más acuciante a medida que se acercaba el momento. En el último segundo, a bordo ya del barco, estuve a punto de huir. Bertha logró convencerme de... de que no podía volver atrás. Bertha es mi hermana, desde luego.

—Lo sé —dijo Durand, sacudiendo afirmativamente la cabeza, sin salir de su asombro.

—En el instante de mi partida, sus últimas palabras fueron: «El te perdonará. Comprenderá que no has obrado con mala intención». Pero, durante todo el viaje, no puede usted imaginar con cuánta amargura me he arrepentido de mi... de mi ligereza.

Hizo un movimiento como para inclinar su cabeza sobre su pecho y se mordió el labio, clavando en él sus pequeños dientes blancos.

—Es increíble... increíble —balbuceó Durand, sin encontrar palabras adecuadas a la situación.

Ella seguía trazando dibujos con la punta de su sombrilla, esperando tímidamente un perdón... viva imagen de una exquisita contrición.

—Pero es usted hasta tal punto más joven... se asombró Durand—. Hasta tal punto más adorable, incluso, que...

—Ese fue uno de los motivos que me impulsaron —murmuró ella—. A menudo, una cara bonita basta para hacer perder la cabeza a un hombre. Yo quería hacer nacer entre nosotros un sentimiento más profundo, más duradero, más espontáneo. Quería, si se sentía usted atraído por mí, que fuera a causa de... ¡Dios mío!, de lo que yo le escriibera, de la forma de mi espíritu, de mi personalidad real, y no a causa de la mayor o menor belleza de un simple retrato. Pensé que si desde el primer momento me colocaba en una situación lo más desventajosa posible, en cuanto a las apariencias, a la edad... me expondría a menos peligros en el futuro... desalentaría la admiración pasajera... En resumen, puse yo misma los obstáculos al principio, para no verlos surgir al final.

«¡Cuánto sentido común! —se decía Durand a sí mismo—. ¡Cuánto equilibrio, además de tantos atractivos evidentes!»

¡Lo que tenía delante de él era el ideal, la perfección misma!

—¡Cuántas veces quise escribirle la verdad! —continuó la joven en tono contrito—. ¡Nunca lo sabrá! Y cada vez me faltó el valor necesario. Temía alienarme sus sentimientos, apartarle de un persona que, según su propia confesión, se había hecho culpable de un engaño. No podía confiar semejante confesión a una carta. —Hizo un gesto encantador con la mano—. Y aquí estoy yo! Ya lo sabe usted todo... lo peor.

—¿Lo peor? —protestó Durand vigorosamente—. ¿Usted... usted que sabía desde el primer momento lo que yo he ignorado hasta ahora... esta... ¡Dios mío!... esta enorme diferencia de edad? ¿Cómo es posible, a pesar de todo...?

Ella inclinó la mirada, como para hacer una confesión todavía más grave:

—¿Quién sabe? ¿Quién sabe si no era ése uno de sus principales atractivos? Que yo recuerde, nunca he podido experimentar... ¿cómo lo diría?... un sentimiento romántico, de emoción, de verdadera admiración, más que por unos hombres mucho mayores que yo. Los jóvenes de mi edad nunca me han interesado. No sé a qué atribuirlo. En mi familia, todas las mujeres son así. Mi madre se casó a los quince años, y mi padre había cumplido ya los cuarenta. El hecho de que tenga usted treinta y seis años, es lo primero que...

Con una gracia ruborosa de jovencita, se abstuvo de terminar.

Durand continuaba devorándola con los ojos, todavía incrédulo.

—¿Está usted decepcionado? —inquirió ella tímidamente.

—¡Qué pregunta! —exclamó Durand.

—¿Me perdona?

Las palabras temblaron en sus labios.

—¡Ha sido un engaño adorable! —dijo Durand en tono apasionado—. ¡No creo que haya existido nunca otro tan adorable!

Durand sonrió. A cambio, tuvo derecho a una sonrisa, algo confusa todavía.

—Bueno, ahora tendremos que empezar de nuevo —añadió Durand alegremente—. Tendré que acostumbrarme a usted, aprender a conocerla...

Ella volvió la cabeza y, sin contestar, la ocultó a medias en su pequeño hombro. Y aquel gesto, que en otra hubiese podido parecer afectado o incluso hipócrita en su deliberado amaneramiento, ella logró hacerlo aceptable, como lo sería una parodia burlesca, en la que de todos modos se transparentaba la rebelión de un pudor ofendido.

Durand sonrió ampliamente.

La joven volvió de nuevo su rostro hacia él:

—Sus proyectos... sus intenciones, ¿siguen siendo las mismas?

—¿Y las de usted?

—Estoy aquí —dijo ella sencillamente, pero esta vez en tono grave.

Durand la contempló unos instantes en silencio, impregnándose de su encanto. Luego, súbitamente, con una audacia que no se conocía, se decidió:

—¿Estaría usted más tranquila, cree que su conciencia se libraría de sus últimos remordimientos, si a mi vez le hiciera una confesión? —inquirió precipitadamente.

—¿Usted? —dijo ella, sorprendida.

—Yo... Tampoco yo le he dicho toda la verdad —se apresuró a continuar.

—Pero... el retrato que ha hecho de sí mismo es exacto en todos sus extremos... Ha hecho usted una descripción muy fiel...

—No se trata de eso. Tal vez tuve la misma idea que usted... quise agradarle, ver que aceptaba mi ofrecimiento simplemente porque soy lo que soy. Por mí mismo, en otras palabras.

—Pero, mis ojos no me engañan, en absoluto —dijo ella, desconcertada—. No comprendo...

—Lo comprenderá —prometió Durand. Y su voz era casi implorante—. Debo confesarle en primer lugar que no soy un simple empleado de una casa de importación de café... y que no poseo los mil dólares ahorrados que debían permitirnos... montar nuestro hogar.

Nada. Ni el menor indicio de decepción o de codicia frustrada. Durand la observaba intensamente. Una sonrisa indulgente, una sonrisa que absolvía, ganó poco a poco las facciones de la joven, antes, mucho antes, incluso, de que Durand siguiera hablando.

Durand dejó que aquella sonrisa se distendiera. Sólo entonces añadió:

—No. En vez de eso, soy propietario de una casa de importación de café.

Nada. Sólo aquella sonrisa un poco forzada: la de la esposa que escucha con aire distraído a su marido que le habla

de negocios, un tema que no le interesa, aunque se esfuerza
por mostrarse cortés.

—No. La verdad es que estoy más cerca de los cien mil
que de los mil dólares.

Esperaba una reacción. La joven no parpadeó. Por el
contrario, pareció esperar que él continuara. Como si aquel
tema fuese tan árido y estuviera tan desprovisto de interés
a sus ojos, que no se diera cuenta de que Durand lo había
dicho todo.

—Esta... esta es mi confesión —añadió Durand, cohibido.

—¡Oh! —exclamó ella, como cogida en falta—. ¡Oh!
¿Era eso? ¿Quiere usted decir... —y su mano aleteó, en señal de vaga impotencia— sus negocios... el dinero? —Se
llevó dos dedos a los labios, reprimiendo discretamente un
bostezo que, sin aquel gesto, él no hubiese captado nunca—.
Hay dos temas de los cuales no entiendo nada —confesó—.
La política y los asuntos de dinero.

—Pero usted me perdona, ¿verdad? —insistió Durand.

Se sentía invadido por una alegría loca y profunda.

Esta vez, ella rió sin rebozo, con algo de malicia, como
si él la invistiera de un poder que ella era incapaz de justificar:

—Le perdono, puesto que insiste —concedió—. Pero ocurre que los párrafos de sus cartas en los que me hablaba de
esas cuestiones se han borrado por completo de mi memoria,
y ha sido necesario que usted me los mencionara, ahora, para
avivar mis recuerdos... Me pide, pues, que perdone una
culpa que ignoraba, y yo le perdono de todo corazón, sin
estar muy segura de saber qué.

Durand fijó en la joven una mirada más insistente y más
profunda todavía, como si descubriera en ella una seduc-
ción secreta, comparable al encanto exterior que le había
conquistado a primera vista. Sus sombras eran más alarga-
das sobre el suelo. Ahora, estaban casi solos en el muelle.
Durand echó una ojeada a su alrededor y pareció retornar
de mala gana a la realidad del momento presente.

—Se hace tarde, y la obligo a permanecer aquí de pie
—dijo.

Y sus palabras correspondían más a un recordatorio de
sus deberes que a un sentimiento sincero; ya que, nunca se
sabe, podían ser la señal de una separación.

—A su lado, el tiempo pasa sin que uno se dé cuenta —confesó ella, sin dejar de mirarle—. ¿Es una buena o una mala señal? He terminado incluso por no saber dónde estoy... mitad en tierra, mitad a bordo todavía. Sin embargo, tengo que decidirme de una vez.

—Eso no costará mucho —dijo Durand, inclinándose ardientemente hacia ella—. Basta con que tenga su consentimiento.

—Y el suyo, ¿no es necesario también? —inquirió ella, traviesa.

—Lo tiene usted, lo tiene usted...

Durand casi jadeaba, en su afán por convencerla.

Ella ya no tenía prisa, ahora que Durand empezaba a dar señales de impaciencia.

—No sé... —Levantó la punta de su sombrilla, volvió a dejarla caer, la levantó de nuevo; y tanta incertidumbre era un suplicio para su interlocutor—. Acechaba una sombra de descontento en su rostro —dijo la joven—, una mirada severa cuando descubrió que le había mentido. De haber manifestado así su decepción, estaba decidida a subir de nuevo a bordo y a permanecer allí hasta que el barco emprendiera el viaje de regreso a Saint-Louis. Tal vez fuese aún lo más cuerdo, ¿no cree?

—¡No! ¡No diga eso! —suplicó Durand, asaltado por una repentina angustia—. ¿Descontento? ¡Si soy el hombre más feliz de Nueva Orleans! ¡El más afortunado de esta ciudad!

Ella no parecía aún convencida del todo:

—Todavía estamos a tiempo. Más vale tarde que nunca. ¿Está seguro de que no preferiría verme marchar? No diré nada... no oirá usted una sola palabra, una sola queja. Comprenderé perfectamente sus sentimientos...

La idea de perderla levantó en Durand un nuevo viento de pánico.

—¡Mis sentimientos! ¡Se equivoca usted sobre mis sentimientos! ¡Créame, por favor! ¿Cómo podría convencerla? Si alguien puede quejarse de una prisa inoportuna, es usted... Lo he adivinado, ¿no es cierto? ¿Es así como debo interpretar sus palabras?

Ella le tuvo a merced de su mirada; y en sus ojos Durand leyó la bondad, la franqueza e incluso, quizá, cierta ternura. Luego, ella sacudió la cabeza .. ¡Oh!... apenas:

—Mi decisión estaba tomada —dijo lentamente, sencillamente— desde el momento en que puse el pie a bordo, en Saint-Louis; en realidad, desde que usted me pidió en matrimonio y yo le contesté. Y cuando tomo una decisión, no me vuelvo atrás fácilmente. Lo comprobará cuando me conozca mejor... Si tiene que ser así —añadió, atenuando su afirmación, y dejando que aquel pequeño rasgo desagradable alcanzara su objetivo.

—¡En tal caso, he aquí mi respuesta! —dijo Durand, temblando de impaciencia—. ¡Sí, aquí está!

Abrió su cartera, sacó el retrato —el retrato de la otra, la vieja, la tía—, lo hizo pedazos con mano firme y dejó que los pobres fragmentos se esparcieran por sí mismos a su alrededor, en el suelo. Luego, mostrando sus manos vacías:

—Yo también he tomado mi decisión.

Recibió como respuesta una sonrisa que era una aceptación.

—¿Y ahora?

—¡Ahora, en marcha! ¡Nos esperan en la capilla desde hace más de un cuarto de hora! Nos hemos entretenido demasiado aquí.

Con el puño sobre la cadera, inclinó el brazo, ofreciéndolo con una sonrisa y una galante inclinación que pretendía ser sin duda un simple rasgo de buen humor, aunque era evidente que, en el fondo, respondía a la más sincera de las intenciones.

—¿Miss Julia? —dijo, invitándola con la voz.

Instante crucial. Apogeo de lo tierno y de lo romántico... El instante del compromiso solemne.

La joven cambió su sombrilla de hombro; sus dedos parecieron deslizarse alrededor del brazo de Durand, como los zarcillos amistosos de una viña cálida de sol. Antes de echar a andar, agarró su vestido entre el índice y el pulgar y levantó los bajos de su falda a una altura decorosa.

—Mr. Durand...

Le llamaba por su apellido, de acuerdo con las normas que la etiqueta impone a una joven prometida.

Y fue en virtud de aquellos mismos principios de buena crianza que inclinó al mismo tiempo los ojos, con una mueca absolutamente adorable.

IV

El interior de la capilla metodista alemana de las Dryades, al ponerse el sol. Oficiante: el Reverendo Edward A. Clay. Principales interesados: Louis Durand, Julia Russel. Testigos: Allan Jardine y Sophie Tadoussac el ama de llaves del Reverendo Clay...

—Y ahora el anillo, por favor. Póngalo en el dedo de la desposada.

Durand tiende una mano detrás de él. Jardine toma el anillo y lo confía a la palma ciega que interroga y espera. El anillo sigue su camino, que lo conduce a la punta afilada del dedo de Julia. Unos segundos de apuro: sin embargo, se habían tomado bien las medidas... Aquel trocito de cordón con un nudo, que había recibido en una carta... Pero se ha producido un error; sea que el nudo se ha escurrido, sea que el joyero ha tenido un fallo... El anillo se niega a avanzar. Durand insiste, dos, tres veces. El anillo resiste obstinadamente. Entonces, la joven se pasa el dedo por los labios y lo ofrece de nuevo, humedecido de saliva. ¡El anillo pasa, por fin!

La voz continúa:

—Puede usted besar a la novia...

Lentamente, sus rostros se vuelven el uno hacia el otro. Sus miradas se cruzan, sus cabezas se acercan. Los labios de Durand se unen a los de Julia, su esposa, ante Dios y ante los hombres.

V

Chez Antoine.

El salón del restaurante, resplandeciente, reverberante, cálido de luces, lleno de alegres invitados, espumeante de risas y de champaña, tornasolado bajo la luz de quinientos mecheros de gas que evocaban otras tantas joyas diseminadas por sus techos y sus paredes, en sus urnas de cristal. Era el más alegre, el más renombrado de los restaurantes de la costa. Y, movilizando todo un lado del salón, la mesa nupcial. Los invitados ocupaban uno solo de sus lados; el otro quedaba libre, de modo que resultara más fácil ver... y exhibirse.

Eran más de las once...

Durand llevaba un traje negro, como requería la circunstancia. En cuanto a su joven esposa, una rápida escapada, antes de la cena, a una tienda de modas, la había metamorfoseado (la idea había sido de ella, y él había insistido en realizarla): la viajera se había convertido en una resplandeciente criatura vestida de raso, con los cabellos y la garganta esmaltados de gardenias. En el tercer dedo de la mano izquierda, una alianza nueva; en el cuarto, un solitario, regalo de bodas del esposo, prenda retroactiva de esponsales ya periclitados.

Los ojos de la joven, como los de toda mujer en ocasión semejante, vagaban sin cesar de una a otra de aquellas joyas. Pero, ¿quién hubiese podido adivinar si se detenían con preferencia en el tercero o en el cuarto dedo?

Flores, vinos, rostros amables y sonrientes, brindis y votos de felicidad. Dos vidas que empezaban. Mejor dicho: dos vidas que terminaban para renacer, confundidas en una sola.

Allan Jardine, el socio de Durand, se había enredado en el laberinto de sus congratulaciones, hasta el punto de que parecía incapaz de llegar a salir de él. Su discurso se prolongaba desde hacía diez minutos; diez minutos que parecían cuarenta... Su esposa, sentada a su lado y que se encontraba allí tras una violenta escena doméstica, no ocultaba su desaprobación. Pero, sea cual fuere el motivo de su malhumor, se esforzaba en adoptar un aire amable en interés de su marido. Tal vez se sentía ofendida por la belleza de la desposada, o por su juventud, o por las circunstancias poco corrientes que habían precedido a aquella boda.

—¡Allan! —susurró—. ¡Termina de una vez! Estamos en un banquete de boda, no en un *rallye*.

—Casi he terminado —prometió él en voz baja.

—¡Sin casi! ¡*Has* terminado!

—...Os propongo, pues, que bebamos a la salud de nues-

tros dos jóvenes aprendices, de esa pareja que va a hacer
su ingreso en esa grande y bienaventurada profesión llamada matrimonio. Julia... con su permiso —inclinación— y
Louis.

Los vasos subieron, bajaron. Jardine terminó por sentarse, secándose la frente. La orquesta atacó. Durand y Julia se levantaron. Durand dirigió a Jardine un guiño significativo, para darle a entender que no volverían a la mesa.
Los arcos rasgaban ahora las cuerdas de los violines, interpretando el vals de *Romeo y Julieta*.

Por un instante, Durand y Julia quedaron frente a frente,
inmóviles, de acuerdo con los preliminares de costumbre.
Luego, ella se inclinó ligeramente para recoger los bajos
de su vestido en falbalá; Durand le abrió sus brazos y en
respuesta ella avanzó.

El vals... el más rápido de los bailes a dos... las mesas
y los rostros giraban alrededor de ellos, como si estuvieran
inmóviles en el centro de un maelstrom y las luces desfilaran
en torno a las paredes y sobre los techos, semejantes a come-
tas... Ella inclinó el cuello, con la cabeza ligeramente ladeada; ella le miró, como diciendo:

«Me entrego a tus brazos. Haz de mí lo que quieras. Iré
a donde desees. Gira, yo me dejo guiar.»

—¿Feliz, Julia?

—¿Acaso no se me nota?

—¿Lamentas aún haber venido a Nueva Orleans?

—Nueva Orleans es ahora el único lugar que existe en
el mundo —respondió ella, y su voz estaba impregnada de
una dulce emoción.

—Nuestra vida será como este vals, Julia. Se deslizará
sin roces, armoniosa, sin un tropiezo a pesar del vértigo, sin
una falsa nota. Y estaremos siempre tan cerca el uno del
otro como hoy. Un solo espíritu, un solo corazón, un solo
cuerpo...

—¡Un vals eterno! —murmuró ella, en tono soñador—.
¡Un vals alado! ¡Sin fin! ¡Un vals luminoso, azul, dorado,
inmaculado!

Cerró los ojos, como en éxtasis.

—La salida de emergencia está aquí. Nadie nos mira...

Se detuvieron, deslizándose diestramente sobre las puntas de los pies, como unos patinadores. Luego, Durand pasó

detrás de ella y la guió, mientras contorneaban unas palme-
ras en tiestos, una estatuilla de ninfa en bronce, una columna acanalada. Salieron del salón del restaurante para
encontrarse en un pasillo que conducía a la cocina... Durand había cogido su mano, ahora, marchando delante, tirando de ella, descendiendo con ella una empinada escalera
antes de desembocar en un callejón que se extendía a lo
largo de una de las paredes del edificio y, finalmente, a una
amplia avenida. Durand hizo una seña a un coche. Un momento después estaba sentado junto a ella, con un brazo
protector alrededor de sus hombros.

—¡A la Saint-Louis Street! —ordenó orgullosamente—.
Ya le indicaré dónde tiene que parar.

VI

La casa estaba vacía; esperaba. Habían dejado las lámparas de petróleo encendidas, una por habitación. Las diminutas llamas, apacibles bajo los globos de cristal, guiñaban
el ojo, lo preciso para expulsar la oscuridad y esparcir una
cálida luz ambarina. Reinaba aún el mismo olor a virutas
de madera, a pintura y a masilla, pero atenuado ahora, ya
que habían desenrollado las alfombras sobre los parquets desnudos y colgado las cortinas en las ventanas.

Había también flores en el salón; no unas flores caras
de florista, sino unas flores silvestres, alegres, de vivos
colores, no menos seductoras. Incluso habían pensado en
un reloj: era nuevo, importado de Francia, y presumía
sobre la repisa de la chimenea. Le habían dado cuerda,
puesto en marcha, y su tic-tac diligente añadía una nota
tranquilizadora de paz doméstica.

Una llave giró en la cerradura.

La puerta se abrió. Estaban allí, los dos, de pie en el
umbral, iluminados por la claridad que les hería de frente,
sobre un fondo nocturno, con una playa de estrellas detrás
y encima de ellos. El hombre sostenía a la mujer entre
sus brazos. Ella había apoyado sus dos manos en los hombros masculinos. Estaban completamente inmóviles, tan in-

móviles como las estrellas o como la casa que esperaba reci-
birles... Era uno de esos instantes fugaces e inolvidables.
El del beso, en el umbral de la vida conyugal.

Pero un instante no es más que eso: un instante. Se
movieron por fin, y Durand susurró tiernamente:

—¡Bienvenida a tu nuevo hogar, Mrs. Durand! ¡Ojalá
encuentres en él tanta felicidad, al menos, como la que tú le
aportas!

—¡Gracias! —murmuró ella, inclinando los ojos durante
unos segundos—. ¡Lo mismo te deseo!

Durand la levantó en brazos, cruzó el umbral, avanzó
unos pasos e, inclinándose un poco, la depositó en el suelo.

Retrocedió, cerró la puerta y echó el cerrojo.

Ella miró a su alrededor, girando sobre sus tacones al
mismo tiempo que volvía su mirada, a fin de verlo todo sin
moverse de lugar.

—¿Contenta? —inquirió Durand.

Iba de una lámpara a la otra, avivando las llamas. Las
paredes se iluminaron, pasando del marfil mate al blanco más
puro. Y todo pareció dos veces más nuevo.

—¿Contenta? —repitió Durand, radiante.

Ella había unido las manos; las elevó a la altura de su
rostro y las mantuvo así, en una especie de éxtasis estili-
zado.

—¡Oh, Louis! —exclamó—. ¡Es ideal! ¡Absolutamente
exquisito!

—Es para ti —dijo Durand, y por el tono de su voz se
adivinaba hasta qué punto le estaba agradecido por sus palabras.

A continuación, recorrieron rápidamente las habitaciones. Durand le mostró el salón, el comedor, toda la casa.
Y, cada vez, la misma exclamación:

—¡Oh, Louis!

Regresaron al vestíbulo y Durand declaró, no sin timidez,
que iba a cerrar las puertas y ventanas.

—¿Crees que sabrás encontrar el dormitorio? —añadió,
al ver que ella se dirigía hacia la escalera—. ¿O prefieres que
te acompañe?

Ella inclinó un momento los ojos bajo su mirada.

—Creo que sabré reconocerlo —dijo púdicamente.

Durant le tendió una de las pequeñas lámparas:

—Es preferible que te lleves esto; será más seguro. Tiene que haber luz, pero nunca se sabe... En seguida subo.

—Te esperaré —dijo ella con voz casi imperceptible.

Detrás de ella, los pliegues graciosos de su vestido ondularon en la escalera. Una mano desnuda se deslizó sobre la barandilla.

—Busca bien —dijo Durand—. El papel pintado te servirá de orientación.

Ella se volvió, con aire interrogador; era evidente que no había comprendido.

—¿Cómo dices?

—Me refiero a que reconocerás el papel pintado en las paredes del dormitorio.

—¡Oh! —dijo ella dócilmente, pero en su rostro continuó reflejándose la incomprensión.

Durand entró primero en el salón, luego recorrió las otras habitaciones, echando el cerrojo a las ventanas todavía abiertas, asegurándose de que las otras estaban bien cerradas... Es bien sabido que no hay nada tan nefasto como el aire nocturno. Finalmente, en cada una de las habitaciones, apagó las lámparas que le habían dado la bienvenida.

Subió la escalera, a oscuras. Y aquella oscuridad le era ya familiar. Uno no se siente nunca perdido, la oscuridad no le inspira nunca miedo, en su propia casa... Arriba, el vestíbulo estaba también a oscuras; pero encontró el camino del dormitorio, guiado esta vez, es cierto, por un hilillo de luz a ras de la puerta. Se detuvo un instante. Luego llamó, como si cumpliera con aquel formulismo en plan de broma. Ella debió adivinar su estado de ánimo, ya que en su voz había el mismo acento levemente burlón cuando inquirió, con fingida gravedad:

—¿Quién es?

—Su marido.

—¡Oh! ¿Y qué es lo que quiere?

—Pide permiso para entrar.

—Dígale que sí.

—¿De parte de quién?

La respuesta fue un susurro; pero, aunque apenas audible, llegó directamente al corazón de Durand:

—De su esposa...

VII

Regresando de su oficina —había transcurrido más de una semana desde el día de la boda—, Durand subía apresuradamente la escalera para darle los buenos días, no habiéndola encontrado en ninguna de las habitaciones de la planta baja. Procuraba no hacer ruido, para sorprenderla, para surgir de improviso detrás de ella, taparle los ojos, y... «¡Adivina quién soy!». Aunque el juego se repetía todas las mañanas, conservaba el mismo delicioso perfume de sorpresa que había señalado su primer encuentro.

La puerta del dormitorio estaba abierta. Ella estaba sentada en una butaca de respaldo en forma de abanico. Sólo era visible su cabeza: no miraba hacia la puerta. Durand se detuvo un instante en el umbral, sin anunciar su presencia, acariciándola con los ojos. Veía moverse su mano, volver indolentemente la página del libro que la ayudaba a pasar el tiempo. Finalmente, Durand avanzó, pensando únicamente en el segundo en que se inclinaría bruscamente por encima del respaldo del sillón y apretaría sus labios sobre los cabellos de oro... Pero mientras se acercaba y la silueta oculta se revelaba a él, algo llamó su atención, frenando su impulso. Se inmovilizó de nuevo, estupefacto, casi incrédulo. Por fin, cambiando de táctica, avanzó abiertamente, describiendo un amplio círculo alrededor del sillón, con una expresión de dolorido asombro en el rostro.

Ella alzó los ojos, le vio, cerró su libro y profirió un pequeño grito de placer que procedía de la garganta.

—¿Eres tú, querido? No he oído la puerta...

—¡Julia! —exclamó Durand, en tono apesadumbrado.

—¿Qué pasa?

Con la mano, Durand dibujó en el aire la línea, el movimiento de un cuerpo, pero ella no pareció comprender. Tuvo que recurrir a las palabras:

—¡Vamos! Ese modo de sentarte...

Ella tenía las piernas cruzadas, una postura exclusivamente masculina. Una rodilla reposando sobre la otra, la pantorrilla osadamente extendida... e incluso, hacía unos instantes, había creído ver su pie balanceándose debajo de la falda. En suma, Durand había sorprendido a su esposa en una postura indecente, de acuerdo con el código de buena crianza universalmente en vigor en la época. Para no incurrir en el reproche y el desprecio general, las jóvenes más ligeras procuraban, al sentarse, mantener las rodillas al mismo nivel y asentar bien los pies en el suelo. Incluso aquellas «señoritas» de la «Academia» de Mme. Rachel, a las que Durand, de soltero, había visitado, guardaban las formas y no se hubiesen permitido tal descoco. Y he aquí que su esposa, y bajo su propio techo...

—¿Acostumbras acaso a sentarte así en otras circunstancias? —inquirió, enarcando las cejas.

Julia estaba sentada ahora como una dama que se respeta.

—¡No! —protestó virtuosamente—. ¡Desde luego que no! Yo... estaba sola aquí y no me he dado cuenta de lo que hacía.

—Piensa en el escándalo que se produciría si te ocurriera, sin que te dieras cuenta, en un lugar público.

—Eso no sucederá —prometió ella—. No volverá a repetirse.

Descartó el tema alargando mimosamente hacia él un rostro que parecía decir:

—Te has olvidado de besarme...

El incidente se borró de los ojos de Durand, del mismo modo que se borró de su mente, al tiempo que sus labios redescubrían los de Julia...

VIII

Con las mejillas sonrosadas, los ojos brillantes, encantadora al sol matinal, envuelta en una bata de un amarillo cálido cuyo tono armonizaba con la luz que la rodeaba, avanzó vivamente hacia tía Sarah, le cogió la cafetera de las manos e insistió, como todas las mañanas, en servir ella misma a Durand su café. El sonrió, halagado, como todos los días. Luego, tomó las pequeñas pinzas de plata, cogió un terrón de azúcar y lo dejó caer en la taza, procurando evitar las salpicaduras.

Durand la miró con ojos radiantes.

—Ese gesto vale por dos terrones —murmuró, en tono de confianza.

Ella depositó un beso sobre la sien de Durand y se apresuró a ocupar su asiento al otro lado de la mesa, entre un fru-fru de seda.

«Parece una niña —pensó Durand—, obligando a un chiquillo a jugar a las casitas con ella. Tú serás el papá, y yo la mamá.»

Instalada en su asiento, ella levantó su taza, dirigiéndole con los ojos una sonrisa por encima del borde.

—Este café es excelente —observó, después del primer sorbo.

—Es una de nuestras mejores mezclas, sí. Una de nuestras mejores calidades. Lo hago traer directamente del almacén, un saquito de cuando en cuando, para uso de tía Sarah.

—No sé qué haría si tuviera que prescindir de él. Entona el cuerpo, por la mañana. Es lo que más me gusta.

—Por lo visto, has aprendido a apreciar el arte de tía Sarah...

—No. Siempre me ha gustado el café. Toda la vida...

Se interrumpió, al ver que Durand la miraba con una especie de atención repentina, estupefacta.

Hubiérase dicho que una piedra acababa de caer en medio del lago plácido de la conversación.

—Pero... —empezó Durand, finalmente.

—¿Sí? —inquirió ella, con evidente esfuerzo—. ¿Ibas a decir algo?

—No, yo... Bueno, en una de tus cartas me decías lo contrario. Me contabas que todas las mañanas tomabas una taza de té. Sólo té. No podías soportar el café... *Esa bebida indigesta, que parece tinta...* Recuerdo incluso tus propias palabras.

Ella llevó de nuevo la taza a sus labios, bebió un sorbo. En consecuencia, no pudo hablar hasta que la taza se apartó de su boca.

—Es verdad —dijo, con cierta rapidez, para recuperar el retraso—. La culpa la tuvo mi hermana.

—¿Tu hermana? ¿Acaso no eras libre para seguir tus preferencias?

—Vivía en su casa —explicó Julia—. A ella le gustaba el té. A mí, el café. Pero, por consideración a sus sentimientos, para no obligarla a beber algo que no le gustaba, fingía que también me gustaba el té. Y si hablé de ello en mi carta, es porque solía leérselas antes de enviártelas, y no quería que descubriera aquella pequeña mentira.

—¡Oh!

Y Durand sonrió con todos sus dientes, exhalando casi un suspiro de alivio.

Ella se echó a reír. Casi demasiado fuerte, teniendo en cuenta la insignificancia de la causa. Como cuando los nervios se relajan.

—Lástima que no hayas podido verte a ti mismo —dijo ella—. Me pregunto qué ha podido desazonarte, por espacio de un segundo...

Se echó a reír de nuevo. Durand rió también. Rieron los dos, con aquella risa explosiva que a veces estalla, sin causa aparente, entre los esposos. Y tía Sarah, que entraba en aquel momento, se unió a la risa, sin saber más que ellos lo que la había provocado.

IX

La tez de Julia era para Durand una fuente de asombros considerables. Parecía experimentar metamorfosis rápidas y completamente imprevisibles. Aquellas rojeces, aquellas palideces sucesivas no aparecían exactamente bajo los ojos de Durand, pero los cambios de color se producían en tan poco tiempo, que venía a ser prácticamente lo mismo.

No se trataba de rojeces en el sentido corriente de la palabra; ya que el aflujo de color no se atenuaba al cabo de unos instantes, como suele ocurrir. Por el contrario, una vez se había producido el cambio, persistía durante horas enteras.

La cosa era más notable por la mañana. Cuando Durand abría los postigos y a continuación se volvía para mirar a Julia, la piel de la joven tenía el color de la camelia. Y, sin embargo, unos instantes más tarde, cuando se reunía con él para el desayuno, sus mejillas tenían el frescor de la primavera o del clavel rosa, resaltando el azul de sus ojos y el oro de sus cabellos. Entonces aparecía tan adorable que mirarla era un sufrimiento casi insoportable.

Una noche, en el teatro, en su palco, se produjo la misma transfiguración, entre dos actos de la obra. Pero en aquella ocasión Durand la atribuyó a una indisposición, aunque ella se negó a admitirlo. Habían llegado con retraso y se habían instalado a oscuras. Sin embargo, cuando los mecheros de gas se encendieron para el entreacto, ella se dio cuenta con una indignación cuyo motivo Durand no acertó a comprender, que el palco estaba forrado de damasco color verde manzana singularmente vivo. De hecho, aquel tono, unido al resplandor violento del gas, confería a Julia una apariencia biliosa, verdácea.

Entre los espectadores, numerosas miradas se habían levantado hacia ella, como siempre que se mostraba en público con Durand. Y más de un par de gemelos la habían enfocado, en la medida en que lo permitía la discreción.

Durante unos instantes, ella se agitó con impaciencia en su asiento; luego se puso en pie súbitamente y, rozando la muñeca de Durand, se disculpó.

—¿Te encuentras mal? —preguntó Durand, incorporándose, como disponiéndose a seguirla.

Pero ella ya había salido.

Regresó antes de que se apagaran las luces. No era ya la misma mujer. Sus mejillas ardían ahora con un cálido resplandor, que la luz del gas y el verde del damasco no podían empañar. Su belleza salía victoriosa del combate. El número de gemelos enfocados hacia ella no cesaba de aumentar. Algunos caballeros incluso se levantaron a medias de su asiento. Un vago rumor de admiración se extendió entre los espectadores.

—¿Qué te ha ocurrido? —preguntó Durand ansiosamente—. ¿Te has sentido indispuesta? ¿Algo que has comido esta noche, quizás?

—¡Nunca me había encontrado mejor en toda mi vida! —respondió ella, con voz firme.

Ahora dominaba la situación, tranquila, y poco antes

de que bajaran las luces para el acto siguiente se volvió hacia Durand, sonriendo, y pasó sus dedos por la solapa de su chaqueta para hacer saltar una mota de polvo imaginario, como para mostrar orgullosamente al mundo entero al compañero de su elección, a su dueño.

Una mañana, sin embargo, la inquietud fue más intensa en Durand. Se levantó de la mesa —estaban desayunando—, se acercó a ella y le palpó la frente con el dorso de la mano.

—¿Qué significa este gesto? —inquirió ella, impasible, pero alzando los ojos para estar segura de no perder de vista a aquella mano en suspenso.

—Temí que tuvieras fiebre.

Al tocarla, la piel se reveló completamente fresca y normal. Durand volvió a sentarse.

—Me tienes un poco preocupado, Julia. Me pregunto si sería conveniente que te viera un médico, para tranquilizarme. He oído hablar de ciertas... —vaciló, para no alarmarla inútilmente— ...de ciertas enfermedades de los pulmones cuyos primeros síntomas serían... ejem... unas rojeces en las mejillas... unos cambios bruscos de color...

Le pareció que los labios de su esposa temblaban imperceptiblemente, traicioneramente; pero sólo dibujaron una sonrisa tranquilizadora.

—¡Oh, no! Mi salud es perfecta.

—Tan pronto estás pálida como un fantasma, como... Hace unos momentos, en el dormitorio, estabas anormalmente pálida. Y ahora, tus mejillas parecen dos manzanas.

Ella hizo girar el tenedor entre sus dedos.

—Tal vez sea el agua fría —dijo—. Me froto la cara vigorosamente con ella, y esto hace salir los colores. No tienes por qué preocuparte: no hay el menor motivo para ello.

—¡Oh! —exclamó Durand, infinitamente aliviado—. ¿No es más que eso? Una explicación que no se me hubiese ocurrido nunca...

Volvió bruscamente la cabeza. Tía Sarah estaba de pie, muy cerca, inmóvil como una estatua, sosteniendo en la mano un plato que se había olvidado de colocar. Sus ojos no se apartaban del rostro de Julia y tenía los párpados fruncidos por el esfuerzo. Durand se dijo que Sarah debía estar preocupada, también, por el estado de salud de su joven ama.

¿Por qué, si no, la miraría así, con una expresión pensativa y cargada de secretas reflexiones?

X

Cómodamente sumido en la lectura de su periódico, Durand intuía vagamente la presencia de tía Sarah. En alguna parte detrás de él, la anciana se afanaba en una tarea doméstica; «quitaba el polvo», como vulgarmente se dice; lo cual significaba que pasaba un trapo sobre ciertas superficies (las menos altas) y después lo sacudía en dirección a las otras. No tardó en oír que la anciana se detenía y chasqueaba la lengua repetidamente. Dedujo que se había parado delante de la jaula dorada de Dicky Bird, el canario de Julia, colgada de un aplique al lado de la ventana.

—Vamos, bonito... —dijo la voz cariñosa de la anciana—. Dile una cosita a tía Sarah... ¿Qué dice mi pajarito guapo?

Un leve pío, un monosílabo, escapó del pico del pájaro. Nada más.

—Tú sabes cantar mejor... ¡Vamos! No tengas miedo. Déjame oír tu voz, al menos...

Se oyó un segundo pío desfalleciente, apenas más fuerte que el chillido de un ratón. La anciana, delicadamente, introdujo un dedo en la jaula, con la intención de acariciar suavemente las pequeñas plumas. En aquel mismo instante, la pequeña bola amarilla se derrumbó sobre el suelo de la jaula y permaneció allí, inerte, aparentemente incapaz de volver a su percha. La inquietud de tía Sarah estalló en vociferaciones:

—¡Señorito Louis! —bramó—. ¡Venga en seguida, señorito! ¡Hay algo que va mal! ¡El pajarito de Miss Julia! Trate de averiguar lo que le pasa, si es que puede...

Durand, que desde hacía unos minutos la estaba observando, soltó vivamente su periódico y se puso en pie. No había llegado a la jaula cuando tía Sarah la había abierto y, alargando la mano con desmañada delicadeza, había retirado el pájaro. El canario ni siquiera trató de revolotear. Permaneció allí, casi inanimado. Durand y la anciana se inclinaron sobre él, con una apasionada solicitud.

—¡Eh! ¡Está muerto de hambre! ¡Dios mío! Diríase que hace días que no ha comido nada... No le quedan más que las plumas y los huesos. Palpe un poco... y, mire esto: su bebedero está vacío. ¡No hay ni una gota de agua!

El pájaro guiñaba vagamente el ojo mirándoles. Evidentemente, su vida pendía de un hilo.

—Ahora que lo pienso, hace dos o tres días que no le oigo cantar. Al menos, no como de costumbre...

Durand, por su parte, recordó que tampoco él le había oído.

—Miss Julia va a tener un disgusto —predijo la anciana, moviendo la cabeza como un augur.

—Pero, ¿quién le daba de comer? ¿Ella, o tú?

Tía Sarah miró a Durand con una expresión asustada.

—Yo creía que era ella... Nunca me habló del pájaro. Nunca me dijo que lo hiciera... ¡Es su pajarito! Y yo pensé que tal vez deseaba ocuparse personalmente de él...

—Y ella debió creer que te ocuparías tú —dijo Durand, intrigado, con las cejas fruncidas—. Pero, es raro que no te lo haya pedido. Yo lo sostendré en la mano. Ve a buscar un poco de agua.

Volvieron a meterlo en la jaula, algo reanimado, y le observaban aún cuando entró Julia, que había terminado sus laboriosos preparativos. Avanzó hacia Durand, alzó su rostro, le besó como buena esposa:

—Voy a hacer unas compras, querido Lou. Estaré fuera una hora, aproximadamente. ¿Te parece bien?

Luego, sin esperar la autorización, se encaminó hacia la puerta.

—¡Oh! A propósito, Julia...

Tuvo que llamarla dos veces para que ella se detuviera. Se volvió, por fin, llena de una exquisita paciencia.

—¿Sí, querido?

—Tía Sarah y yo acabamos de encontrar a Dicky Bird medio muerto.

Creía que aquellas palabras la harían volver sobre sus pasos, aunque sólo fuera para echar una ojeada. Pero ella no se movió; y en su inmovilidad había cierto desabrimiento.

—No tardará en recuperarse, paloma mía —intervino vivamente tía Sarah—. No hay nada, hombre, animal o pájaro, que tía Sarah no pueda volver a la vida. Ya lo verá, pronto estará como nuevo.

—¡Ah, sí! —dijo ella secamente.

Empezó a ponerse un guante con aire altanero y cambió de tema sin que Durand se diera cuenta:

—Espero que podré encontrar un coche. Basta que una lo necesite...

Los ojos de Julia perpadearon de impaciencia.

—Había días que cantaba demasiado —añadió, en tono áspero—. Es casi un alivio... —Se humedeció los labios, recobró su compostura y su atención volvió a fijarse en Durand—. He visto un sombrero en el escaparate de Ottley y es preciso que lo tenga a toda costa. Espero que a nadie se le ocurrirá la idea de birlármelo. ¿Tengo tu permiso?

—¡Desde luego! ¡Cómpralo, y que Dios te bendiga!

Ella se volvió alegremente hacia la puerta y la abrió de par en par.

—Adiós, cariño...

Le envió un beso, soplando sobre la palma de su mano. Estaba ya en el umbral.

La puerta volvió a cerrarse. Tía Sarah continuaba al lado de la jaula.

—Desde luego, esperaba que viniera a verlo, al menos —dijo, con aire de perplejidad—. Supongo que no debe quererlo tanto...

—¡Imposible! Después de haberse tomado la molestia de traerlo desde Saint-Louis... —respondió distraídamente Durand, que había vuelto a sumirse en la lectura de su periódico.

—Tal vez ha cambiado y ya no le quiere...

Sarah salió. Durand recorrió con la mirada la hoja impresa desplegada delante de él. Luego, súbitamente, dejó de leer.

XI

Un día se acordó del baúl de Julia. Era lógico: estaba sentado encima.

Era domingo. Aunque no iban a la capilla, no dejaban nunca, al igual que todos los otros buenos ciudadanos de Nueva Orleans, de ponerse sus mejores ropas para el paseo matinal, verdadero rito dominical: ver a la gente y exhibirse ante ella, inclinarse, intercambiar una inclinación de cabeza y quizás unas palabras amables al pasar, con tal o cual persona conocida. En todas las ciudades del país, aquel paseo del domingo por la mañana era una costumbre establecida.

Mientras ella se arreglaba, Durand esperaba sentado sobre aquel baúl. En el último momento surgieron dificultades:

—Este vestido lo llevé la semana pasada, ¿te acuerdas? Todo el mundo va a reconocerlo.

El vestido fue desechado.

—Y este... me pregunto... —Frunció un poco el labio—. No me gusta...

El segundo vestido fue a hacer compañía al primero.

—Aquél me parece muy bonito —propuso Durand alegremente, al azar.

—¡Vamos! Es un vestido de diario, no para los domingos.

Con un encogimiento de hombros, ella desdeñó tanta ignorancia.

Por su parte, Durand se preguntó, con una risita silenciosa, qué diferencia podía existir entre el uno y el otro, aunque se abstuvo de formular directamente la pregunta. Julia había vuelto a sentarse.

—No sé qué hacer —murmuró—. No tengo nada adecuado que ponerme.

Durand recorrió con la mirada la estancia atestada de vestidos, y la conclusión de su esposa le pareció tan divertida que no pudo contener por más tiempo una carcajada y, para expresar mejor su buen humor, golpeó con la palma de la mano la superficie que le servía de asiento. Notó, bajo la funda, el relieve de una cerradura de baúl, una cerradura metálica en forma de pera. Y entonces se dio cuenta, por primera vez, de que estaba sentado sobre un baúl. Sobre el baúl de Julia, que ella se había traído de Saint-Louis. Y, en el mismo instante, le asaltó la idea de que ella no lo había abierto desde su llegada.

—¿Y esto? —inquirió.

Se puso en pie y levantó la funda que cubría el gran cofre. Aparecieron las iniciales «J. R.» grabadas debajo mismo de la cerradura, en color rojo sangre.

—¿No tienes nada ahí dentro? Un baúl de este tamaño...

Ella se inmovilizó súbitamente, examinando con atención uno de los vestidos que tenía al alcance de la mano. Hubiérase dicho que era miope, o que trataba de localizar en la tela algún defecto imperceptible.

—¡Oh, no! —dijo ella—. No hay nada. Sólo pingajos.

—No lo has abierto nunca, ¿verdad?

Ella continuó examinando el vestido que tenía en la mano.

—No —dijo—. Nunca.

—¿No crees que deberías desembalar tus cosas? Tienes la intención de quedarte a vivir en esta casa, ¿no?

Durand trataba de mostrarse chistoso.

Esta vez, ella no contestó.

—¿Por qué? —insistió Durand—. ¿Por qué no lo has abierto?

Ella terminó por contestar:

—Yo... no puedo.

Su voz era insegura. Y como parecía poco dispuesta a darle una explicación, Durand insistió:

—¿Por qué?

Ella esperó un instante.

—Porque... no tengo la llave. La perdí en el barco.

Mientras hablaba, se había acercado al baúl y empezó a ajustar de nuevo la funda que su marido había levantado.

—¿Por qué no me lo habías dicho? —protestó Durand, siempre deseoso de ser útil—. Voy a llamar al cerrajero para que te haga una llave nueva. Espera un poco... déjame ver...

Levantó una vez más la funda, en tanto que Julia se

esforzaba —o al menos eso le pareció a Durand— en mantenerla en su lugar.

Golpeó con el dedo la placa de latón en forma de pera.

—No será difícil. Es un modelo sencillo.

Julia desplegó la tela estampada que, un momento después, volvía a cubrir el baúl, ocultando cerradura e iniciales.

—Voy a ocuparme en seguida del cerrajero —dijo Durand, dirigiéndose hacia la puerta—. Sacará un molde, y la llave estará lista antes de que regresemos de nuestro paseo.

—Imposible.

La voz de Julia tenía una dureza inesperada.

—¿Por qué? —preguntó Durand, inmóvil.

Audiblemente, ella exhaló un suspiro.

—Hoy es domingo.

Durand volvió sobre sus pasos lentamente, decepcionado al no haber podido dar una prueba más de su buena voluntad.

—Es verdad —reconoció—, lo había olvidado.

—Yo también he estado a punto de olvidarlo —dijo ella.

De nuevo, exhaló un profundo suspiro. Y aquel suspiro, que probablemente no era más que la expresión de su contrariedad ante una demora inevitable, hubiese podido ser interpretado como una expresión de indecible alivio.

XII

Iba a celebrarse el rito del baño, ya que los preparativos estaban en marcha en la habitación del fondo. Durand lo adivinaba por los ruidos que llegaban hasta él, a pesar de que se había retirado púdicamente al salón contiguo a su dormitorio y había abierto su periódico. Pero oía el chocar de los cubos de agua caliente que tía Sarah llenaba en la cocina y que después subía para vaciarlos en la bañera. Luego, el braceo, para que el agua caliente se mezclara bien con el agua fría. Y ahora, sin duda, había llegado el momento decisivo: la punta de un pie avanzando prudentemente, retirándose bruscamente y, en el mismo instante, unos grititos: «¡Demasiado fría!» o «¡Demasiado caliente!», a los cuales sucedían las protestas vehementes de tía Sarah:

—¡No diga eso! ¡Vamos, no sea chiquilla! Deje el pie dentro un minuto... ¿Cómo puede saberlo, si lo retira en seguida? ¿Qué pensará su marido al oírla? ¿No le da vergüenza de que se entere de lo cobardica que es?

—¡Claro! Como él no tiene que entrar ahí... En tanto que yo... —respondió la voz plañidera.

Dominando aquel tumulto líquido, el canario, Dicky Bird, cantaba alegremente, en la habitación intermedia: el dormitorio.

Tía Sarah cruzó el salón en el que se hallaba Durand; llevaba un cubo vacío en cada mano.

—Desde luego, Miss Julia es muy bonita —dijo, a guisa de comentario—. Blanca como la leche y dulce como la miel. Y un cuerpo como... ¡Hum!

Durand enrojeció violentamente. Fingió no haber oído la observación de la anciana, y ésta empezó a bajar por la escalera. El canario emitió un trino victorioso, prolongado, penetrante, y luego se interrumpió en seco. Se produjo un extraño silencio, roto finalmente por el «¡pluf!» líquido de un cuerpo al hundirse en el agua. Después, todo volvió a quedar en silencio.

Tía Sarah regresó con una toalla calentada delante del horno de la cocina y pasó al dormitorio.

—¡Hola, pajarito! —oyó Durand—. ¡Eh, pequeño! —Y la voz, de repente, adquirió la grave estridencia de una petición de socorro—: ¡Señorito Louis! ¡Señorito Louis!

Durand corrió hacia allí.

—¡Está muerto!

—¡Imposible! ¡Hace un minuto estaba cantando!

—¡Le digo que está muerto! Mire, compruébelo usted mismo...

Había sacado al pájaro de su jaula y lo sostenía en el hueco de su mano.

—Tal vez necesita agua y comida, como el otro día...

Pero los dos recipientes estaban llenos; desde el incidente, tía Sarah había asumido aquella responsabilidad.

—No se trata de eso.

Con un golpecito seco, inclinó el borde de su mano.

—Tiene el cuello roto.

—Tal vez se ha caído de la percha —sugirio fútilmente Durand, que buscaba en vano una explicación más plausible.

La anciana respondió con un gruñido belicoso:

—¿Cree usted que estos animalitos pueden caerse? ¿Para qué tienen las alas?

—Pero, hace unos minutos estaba cantando —repitió Durand.

—Pues ahora ha dejado de cantar... para siempre.

—...Y nadie ha entrado en esta habitación. Nadie, aparte de ti y de Miss Julia.

En el silencio que siguió pudo oírse —¡cosa increíble!— a Julia, en la habitación contigua, silbando para sí misma unos compases de una canción. Luego, como si se hubiese dado cuenta de lo indecoroso de su actitud, se calló bruscamente, y las salpicaduras del agua en la bañera terminaron la melodía, iniciada con una pequeña nota llena de alborozo.

XIII

Por pura casualidad, pasó por la calle de su antiguo piso de soltero. Tenía que efectuar una gestión y para llegar a su destino era el camino más corto. Por pura casualidad, también, se encontró con Mrs. Tellier, su antigua patrona. Mrs. Tellier le saludó con efusión, le besó con la ternura de una segunda madre, se interesó por su salud, por su felicidad, por las alegrías que le proporcionaba la vida conyugal.

—¡Si supiera cuánto le echamos de menos, Louis! Su antiguo apartamento tiene nuevos inquilinos, una pareja del Norte, muy fría... Les hago pagar el doble, pero no es lo mismo. Y, ahora que me acuerdo: tengo una carta para usted. Llegó hace varios días, pero no he vuelto a ver a Tom, para que me diera su nueva dirección, y no he podido enviársela. Tom viene de cuando en cuando a hacer algún remiendo, ¿sabe? Un momento, voy a buscarla ...

Efectivamente, a raíz de su traslado Durand se había olvidado de dejar su nueva dirección en Correos. No es que tuviera una importancia vital; sus cartas de negocios continuaban llegándole a la oficina, y nunca había tenido mucha correspondencia personal... excepto la correspondencia amorosa de Julia, que había tenido un final feliz.

Mrs. Tellier regresó con la carta:

—¡Tenga! Ha sido una suerte que haya pasado usted por aquí.

Durand echó una breve ojeada al sobre, al cogerlo. «Mr. Louis Durand». Patas de mosca; las tres mayúsculas, M, L, D, resaltaban con gruesos trazos negros en comparación con las minúsculas, excesivamente finas para ser leídas con facilidad.

Mrs. Tellier le despidió con las mismas efusiones y exclamaciones con que le había acogido.

Durand llevó a cabo su gestión y regresó a la oficina para sumirse de nuevo en su rutina diaria. Se había olvidado de la carta. Pero al meter distraídamente una mano en el bolsillo, en busca del pañuelo, dio con ella, de modo que decidió leerla.

Apenas cayeron sus ojos sobre las primeras palabras, se interrumpió, intrigado.

Mi muy querida Julia...

La carta no era para él, sino para su esposa. Durand repasó el sobre, lo examinó con más atención. Y descubrió el origen de su error. Aquel pequeño lazo detrás de Mr., tan diminuto que resultaba casi invisible, debía ser una *s*: *Mrs.* Cogió de nuevo la cuartilla, la volvió, echó una ojeada al final de la segunda página: *tu muy afectuosa y afligida Bertha.* La carta era de la hermana de Julia, de Saint-Louis. *Afligida...* La palabra se había enganchado a él, como un anzuelo. Imposible desprenderse de ella... Durand no tenía la menor intención de continuar la lectura. Era una carta para Julia, después de todo. Pero la primera frase le cogió en la trampa: no pudo detenerse, una vez comprendió su sentido.

Mi muy querida Julia: No acierto a comprender por

qué me tratas así. No creo merecerlo. Va a hacer tres se-
manas que te marchaste de aquí, y en todo este tiempo
no he recibido una sola palabra tuya. Ni siquiera unas
líneas para anunciarme que habías llegado bien y decirme si
encontraste a Mr. Durand y si la boda tuvo lugar o no. ¡Es
la primera vez que haces una cosa así, Julia! ¿Qué puedo
pensar? No puedes imaginar lo disgustada y desazonada
que me tiene semejante actitud...

XIV

Esperó a que terminara la cena para hacer alusión a la
carta. Y lo hizo con toda la suavidad de que era capaz. Sacó
la carta y se la entregó, cuando estaban ya instalados en el
salón; ella se encontraba al otro lado de la mesa y de la
lámpara.

—Ha llegado esto para ti, hoy. He abierto el sobre por
error. Espero que me disculpes.

Ella cogió el sobre, lo examinó unos segundos, lo hizo
girar y regirar entre sus manos.

—¿De quién es?

—¿No lo adivinas?

Estaba a punto de preguntarle si el carácter de letra no
bastaba para informarla, pero ella había extraído ya la
cuartilla, desdoblándola y suspirando: «¡Oh!» La pregunta, pues, no fue formulada.

Ella leyó la carta apresuradamente, siguiendo con la
cabeza cada línea y pasando a la siguiente con pequeñas
y continuas sacudidas.

Durand creyó percibir un remordimiento en el rostro
de su esposa, ya que sus facciones se crisparon súbitamente
y asumieron una expresión abstraída.

—Bertha me dice... —Le alargó la cuartilla—. ¿La has
leído?

—Sí —respondió Durand, casi avergonzado.

Ella volvió a meter la carta en el sobre, en tanto que
Durand la miraba con una expresión llena de ternura para
hacerse perdonar su insistencia.

—Escríbele, Julia —suplicó—. No te cuesta ningún trabajo.

—Lo haré —prometió ella en tono contrito—. No dejaré de escribirle, Louis, te lo prometo.

—¿Por qué no lo has hecho antes? —inquirió Durand, cariñosamente—. No te había hablado nunca de ello, porque estaba seguro de que te habías ocupado de enviarle tus noticias.

—¡Oh! Han pasado tantas cosas... He estado a punto de escribirle muchas veces, pero siempre surgía algo que me obligaba a aplazarlo... Compréndelo, Louis: estas últimas semanas ha empezado una nueva vida para mí, y tenía la impresión de que todo me sucedía al mismo tiempo...

—Lo comprendo perfectamente —dijo Durand—. Pero vas a escribirle, ¿verdad?

—Será lo primero que haré —dijo ella solemnemente.

Durand cogió su periódico y se sumió en la lectura. Transcurrió media hora. Ella volvía ahora las hojas de un gran álbum ilustrado, contemplando los grabados, sin preocuparse del texto. Durand la observó unos instantes disimuladamente; luego se aclaró la garganta:

—Has dicho que escribirías a tu hermana.

Ella mostró un leve desconcierto:

—Lo sé. Pero, ¿es preciso que sea hoy mismo? ¿No sería igual hacerlo mañana?

—¿No tienes ganas de hacerlo?

—¡Claro que sí! Pero no creo que corra tanta prisa... Si escribo mañana, será lo mismo.

Durand soltó su periódico:

—Temo que no será lo mismo. Si escribes esta noche, la carta saldrá en el primer correo de la mañana. Si esperas a mañana, saldrá con un día de retraso, y la ansiedad de tu hermana se prolongará veinticuatro horas.

Se puso en pie, cerró el álbum que ella tenía entre sus manos y la miró fijamente:

—¿Acaso ocurrió algo entre ella y tú? —inquirió—. ¿Discutisteis, antes de tu salida de Saint-Louis? —Y, sin darle tiempo a contestar, añadió—: Nadie lo diría, por el tono de su carta...

La garganta de la joven, por un instante hinchada y tensa, se relajó.

—¡Ni pensarlo! —murmuró—. Seguimos queriéndonos como siempre.

—Entonces, ¿a qué viene esa obstinación? No hay que dejar nunca para mañana lo que se puede hacer hoy. Y, que yo sepa, esta noche no tienes ninguna otra ocupación seria...

La cogió de las manos y tuvo que obligarla a ponerse de pie. En realidad, ella no le ofreció resistencia, pero mientras tiraba de ella tuvo una impresión de inercia, de pasividad. La hizo sentar delante del escritorio, sacó una cuartilla de un cajón y la instaló delante de ella, ligeramente ladeada. E incluso mojó la pluma y la puso entre sus dedos.

—Pareces una niña testaruda que no quiere hacer sus deberes —dijo, riendo.

Ella trató de sonreír, sin demasiada convicción.

Finalmente, escribió sobre el inmaculado papel:

Mi muy querida Bertha...

Durand vio cómo se formaban las letras, por encima del hombro de la joven. Entonces se alejó del escritorio, volvió a su sillón y cogió su periódico una vez más. Pero sus pensamientos estaban en otra parte. Oyó el rasgueo de la pluma por espacio de unas palabras. Luego se produjo una larga espera. Durand alzó la mirada y vio que su esposa había apoyado la frente en sus manos, con un gesto de fatiga.

Finalmente, el rasgueo de la pluma se interrumpió de un modo definitivo. La joven dejó caer el instrumento de tortura sobre el escritorio, con un gesto de malhumor.

—Ya está. ¿Quieres leerla?

—No —respondió Durand—. Eso es asunto vuestro.

—Muy bien —dijo ella en tono negligente. A continuación pasó su sonrosada lengua por el borde engomado del sobre, lo cerró y añadió—: Tía Sarah la echará al buzón mañana por la mañana; yo se la daré.

Durand había extendido el brazo y cogido la carta antes de que ella tuviera tiempo de evitarlo. Sus manos se habían levantado en un movimiento apresurado para recuperarla, pero demasiado tarde. Durand deslizó el sobre en el bolsillo interior de su chaqueta y la abotonó.

—Puedo encargarme yo mismo —dijo—. Así saldrá un poco antes y ganaremos tiempo.

Vio que los ojos de la joven se nublaban bajo el efecto
de una súbita inquietud, de un pánico de animal acosado;
pero su mirada recobró inmediatamente su serenidad y Durand se preguntó si todo había sido efecto de su imaginación.

Cuando volvió a levantar la cabeza, un poco más tarde,
ella frotaba suavemente la punta de sus dedos sobre una
gamuza, con aire distraído.

XV

Nunca le había parecido tan adorable como a la mañana
siguiente, y nunca se había mostrado más cariñosa. Toda
su gracia, todo su encanto anterior no eran más que frialdad, comparados con el calor de sus atenciones presentes.

Llevaba un vestido de moaré de color lila, que crujía
al menor de sus movimientos. Después del desayuno no se
demoró en la mesa, como de costumbre, sino que acompañó
a Durand hasta la puerta para decirle adiós. Ella le había
rodeado la cintura con el brazo y cuando la luz oblicua de
la mañana la rozó con sus rayos, Durand se dijo que
nunca había tenido semejante visión de angelical belleza.
Se sintió asaltado de un terror casi religioso al pensamiento de que ella pudiese ser suya, que pudiese andar así, en
su casa, a *su* lado.

Se pararon delante de la puerta. Julia se apartó de su
esposo para ir en busca de su sombrero, lo sacudió ligeramente y se lo entregó. Se besaron. Ella le preparó su abrigo, lo mantuvo abierto, le ayudó a ponérselo. Volvieron a
besarse. Durand abrió la puerta, disponiéndose a salir. Siguió un tercer abrazo.

—No me gusta verte marchar. Pensar que voy a quedarme sola durante todo un día tan largo como una vida...

—¿Qué vas a hacer? —inquirió con remordimiento, dándose cuenta de pronto (aunque por un breve instante, como
suele ocurrirles a los hombres) de que también ella tenía
una jornada que pasar, que continuaba viviendo durante su

ausencia—. Saldrás de compras, supongo... —sugirió, con indulgencia.

Ella le dedicó una sonrisa luminosa, como si Durand hubiese leído en su corazón.

—Sí...

Luego pasó una sombra.

—No —rectificó, triste y lejana.

—¿Por qué no? ¿Qué pasa?

—¡Oh, nada!

Julia volvió la cabeza.

Durand la cogió por la barbilla y la obligó a volver el rostro hacia el suyo.

—Quiero saberlo, Julia. Dime, ¿qué pasa?

Ella hizo un débil esfuerzo por sonreír. Sus ojos miraban más allá de la puerta.

Finalmente, Durand adivinó.

—¿Cuestión de dinero?

Exactamente. Ella no parpadeó, pero algo en su rostro le dijo que había tocado el punto sensible. Se quedó sin aliento, pero terminó por estallar en una carcajada.

—¡Julia! ¡Tontina mía! —Inmediatamente su mano hurgó en un bolsillo—. ¡Vamos! Sólo tienes que pedírmelo, lo sabes perfectamente.

Esta vez, imposible equivocarse sobre la respuesta:

—¡No! ¡No! ¡Y no!

El vocablo había salido de sus labios con una petulancia infantil. Incluso golpeó el suelo con el pie para acentuar su negativa.

—No me gusta pedir, no está bien. Aunque seas mi marido, no está bien. Lo siento, pero me han educado así.

Durand sonrió: la encontraba adorable. Pero seguía sin comprender.

—¿Y qué querrías, entonces?

Ella dio una respuesta típicamente femenina:

—¿Cómo puedo saberlo?

Y levantó hacia él unos ojos pensativos.

—Sin embargo, tienes ganas de ir de compras, ¿no? Sí, es eso. Y al mismo tiempo, no quieres que te dé dinero...

—¿No hay otro medio? —inquirió ella, desamparada.

—Podría deslizarte algunos billetes debajo del plato, por

la mañana, antes del desayuno, sin que tuvieras que pedír-
melos —bromeó Durand.

Pero ella no captó el lado humorístico de aquella propuesta y sacudió la cabeza con aire ausente, mordisqueán-
dose un dedo. Bruscamente, su rostro se iluminó. Miró a
Durand:

—¿No podría tener una cuenta en el banco para mí?
Como la tienes tú... Sólo que, más pequeña, claro está.
Casi nada...

Luego rechazó aquella idea con un enérgico movimiento
de su cabeza:

—No, no quiero crear problemas. Teniendo en cuenta
que se trata de guantes, de sombreros y de otras fruslerías...

Parecía perpleja, desconcertada; pero súbitamente su
rostro se iluminó:

—Se me ocurre algo mejor: ¿no podría compartir tu
cuenta, sencillamente? —Tendió las manos, orgullosa de su
descubrimiento—. Sería mucho más sencillo. Diríamos: es
nuestra cuenta en el banco. Y puesto que la cuenta ya
existe...

Durand inclinó el busto y, con la palma de la mano, se
golpeó vigorosamente el muslo:

—¿Se trata de eso? ¿Te gustaría? Pues, no se hable
más del asunto, amor mío. ¡Cuenta con ello!

Ella voló a sus brazos, y el pequeño grito que profirió
fue como el silbido de la cuerda cuando el arco se distiende.

—¡Oh, Lou! ¡Me siento un personaje importante! Puedo, ¿verdad? ¡Y tendré derecho a escribir yo misma mis
cheques, como tú!

Amar es dar, dar siempre más, sin formular preguntas.

—Desde luego. Tus cheques, firmados por ti, sacados de
tu bolso... Reúnete conmigo en el banco, a las once. ¿Te
va bien la hora?

Ella se limitó a apretar su mejilla contra la de su marido.

Dejó que él llegara primero: era su derecho de mujer.
Pero no le hizo esperar más de una fracción de minuto.

—Louis —dijo, posando una mano confidencial sobre la

muñeca de Durand para retenerle un momento, y hablando en voz baja—. Louis, desde que has salido de casa he estado reflexionando. No estoy muy segura de... de tener ganas de que hagas eso, después de todo. Podrías tomarme por una de esas mujeres presuntuosas que... ¿No sería preferible dejar las cosas tal como están?

Durand palmeó cariñosamente la mano que le retenía:

—¡Ni una palabra más, Julia! —dijo, con una bella autoridad masculina—. Quiero que sea así.

Ahora estaba convencido de que la idea procedía de él, que sólo a él se le había ocurrido.

Ella se sometió a su voluntad como corresponde a la esposa, con una leve inclinación de cabeza. Del brazo de su marido, atravesó el banco con una elegante lentitud. Al final de la sala, el director, que acababa de salir de su despacho, les esperaba para saludarles con la cortesía de rigor, detrás de una balaustrada baja, con los montantes en forma de ánfora.

El director era un personaje con cara de luna llena subrayada por una franja circular de patillas color gris acero, cuidadosamente onduladas, en tanto que sus mejillas y su labio superior estaban recién afeitados. Una cadena de oro colgaba a través de su chaleco escocés.

Pero, por muy banquero que fuera, parecía hincharse de placer al ver a Julia avanzar hacia él.

Para aquella insólita incursión al mundo del negocio y de la finanza, Julia llevaba un vestido de crinolina azul que llenaba de susurros aquella atmósfera austera. Estaba adornado con botones de terciopelo color de rosa, simétricamente alineados, y con una banda de encaje, también rosa, que sobresalía en el cuello y en las muñecas. Julia andaba a pequeños pasos sonoros, inclinada hacia adelante, la cintura arqueada al máximo de la «postura a la griega», casi hasta el punto de desafiar las leyes de la naturaleza. Su paso produjo sensación detrás de las jaulas en las que se alineaban los cajeros. Las miradas se alzaron bajo las viseras verdes, abandonando la aridez sofocante de las cifras para seguir soñadoramente aquella estela.

Durand dijo:

—Permíteme que te presente a Mr. Simms, querida. Un excelente amigo.

Inclinándose galantemente, Mr. Simms declaró:

—Me siento inclinado a poner en duda esa última afirmación, pues de ser así no hubiese diferido usted tanto tiempo este honor.

Julia le dirigió una seductora mirada.

—¡Qué sorpresa! —dijo; y la exclamación no tenía otro objeto que el de subrayar mejor lo que iba a seguir.

—¿Por favor? —inquirió Mr. Simms.

Ella consideró oportuno dirigirse a Durand para formular su cumplido:

—¡Y yo que había creído hasta ahora que los directores de los bancos eran unos viejos de carácter más bien avinagrado!

El pecho de Mr. Simms se hinchó bajo el chaleco escocés.

Entraron finalmente en el despacho, se sentaron.

—¿En qué puedo servirles? —inquirió Mr. Simms.

—Me gustaría —dijo Durand— tomar todas las disposiciones para que mi esposa pueda utilizar mi cuenta bancaria exactamente igual que yo.

—Realmente... —murmuró ella, con un gesto de protesta—. Es él que insiste.

—Nada más sencillo —dijo Simms—. Convertimos la cuenta que está a nombre de su marido en una cuenta común. Y para ello basta con que me den sus firmas. —Buscó unos papeles en su escritorio, escogió dos—. La suya, Mr. Durand, al pie de esta autorización. Y la suya, querida señora, en esta tarjeta para nuestros archivos, a fin de que sea conocida por nosotros y podamos honrarla.

Durand firmaba ya, con la frente inclinada. Simms empujó otra hoja hacia él.

—¿Desea que esas disposiciones se apliquen a sus dos cuentas —la de ahorro y la cuenta corriente—, o únicamente a esta última?

—Ya que estamos en ello, que sean las dos —respondió Durand sin vacilar.

—¡Lou! —protestó ella.

Pero Durand le impuso silencio con un gesto. Simms tendía ya a la joven una pluma mojada en tinta. Ella vaciló, lo que tuvo al menos el mérito de quitar a su acto todo carácter de precipitación de mal gusto.

—¿Cómo tengo que firmar? ¿Con mi nombre de soltera, o...?

—Será mejor que lo haga con el de casada... «Mrs. Louis Durand». Y no olvide repetirla exactamente cada vez que firme un cheque.

—Lo procuraré —dijo ella, obediente.

El propio director aplicó el secante, con un gesto lleno de solicitud.

—¿Esto es todo? —inquirió ella, abriendo unos grandes ojos ingenuos.

—Absolutamente todo, señora.

—¡Dios mío! Confieso que, en el fondo, estaba un poco asustada...

Miró a su alrededor, con una expresión entre aliviada y feliz, como un niño que temía ir a casa del dentista y que se da cuenta de que no le ha ocurrido nada terrible.

Los dos hombres, por su parte, intercambiaron una mirada condescendiente y llena del sentimiento de su superioridad masculina, ante tanta inexperiencia. Simms se despidió de la pareja a la puerta de su despacho.

—Un hombre encantador, ¿no es cierto? —exclamó Julia.

—Es simpático, sí —convino Durand, manifestando una reserva muy masculina.

—¿Podría invitarle a cenar? —sugirió ella con deferencia.

Durand se volvió hacia Mr. Simms:

—Mi esposa se sentirá encantada si acepta su invitación a cenar, uno de estos días. Ya le notificaré la fecha.

Simms se inclinó con elegancia, sin moverse de sitio, pero también sin disimular su gratitud.

Después de que la pareja se hubo marchado, permaneció largo rato de pie en el mismo lugar, acariciándose pensativamente las patillas y envidiando a Durand una esposa tan perfecta.

XVI

Encontró la carta sobre su escritorio, al volver al despacho después del almuerzo. Debió llegar a última hora de la mañana, lo que había retrasado el reparto.

Eran casi las tres, ahora. El almuerzo del hombre de negocios de Nueva Orleans no tenía, en aquella época, nada en común con el tentenpié que hoy se ingiere apresuradamente. Era una comida completa, que se saboreaba con el debido respeto a los placeres de la existencia.

A juzgar por el matasellos, era otra carta procedente de Sant-Louis. Reconoció la escritura, la misma que la otra vez. Era de la hermana de Julia. Pero, en esta ocasión, no podía equivocarse: la carta iba dirigida a él, directamente: *Louis Durand, Esq.* Y a su dirección comercial.

Abrió cuidadosamente el sobre con un cortapapeles e, intrigado, extrajo vivamente la cuartilla.

Leyó:

Mr. Durand: ¡No puedo soportar por más tiempo este estado de cosas! ¡Exijo de usted una explicación! ¡Exijo de usted, sin demora, noticias de mi hermana!

Le escribo personalmente, ya que es mi último recurso. Hágame saber inmediatamente dónde se encuentra mi hermana; asegúreme y demuéstreme que está en lugar seguro y que su estado de salud es bueno; y haga lo necesario para que Julia establezca inmediatamente contacto conmigo, para confirmarme todos esos extremos, así como para aclararme los motivos de su extraño silencio. En caso contrario, me veré obligada a acudir a la policía en demanda de ayuda y de reparación.

Tengo ante mis ojos una carta, en respuesta a la que yo le había escrito, carta que pretende ser de ella y que está firmada con su nombre. ¡Esa carta no es de mi hermana! La ha escrito otra persona. Es la escritura de una extraña, de una desconocida...

XVII

¿Cuánto tiempo permaneció en su asiento, con los ojos extraviados? El tiempo no tenía ya sentido. Leía, releía las mismas palabras... *La escritura de una desconocida. De una desconocida. De una desconocida...* Aquello terminó por convertirse en algo semejante al vértigo zumbante de una sierra mecánica. Luego, bruscamente, se produjo el final de la hipnosis y el principio del pánico. Se levantó de su sillón giratorio con tanta violencia que el asiento cayó detrás de él ruidosamente. Se metió la carta en el bolsillo, con un doloroso apresuramiento, y se precipitó hacia la puerta, olvidando su sombrero. Volvió a buscarlo corriendo, salió de nuevo, tropezó con un meritorio que había acudido atraído por el ruido del sillón al caer, empujó al pobre diablo y salió como un loco, gritando:

—Dile a Jardine que cuide de todo. Yo me marcho a casa. No volveré aquí en todo el día.

En la calle, empezó a gesticular con los brazos en todas las direcciones a la vez, como un hombre luchando contra una caterva de mosquitos invisibles. Al cabo de un momento que le pareció una hora, un fiacre se detuvo. Durand se precipitó a su encuentro y saltó al interior antes incluso de que se hubiese parado del todo.

—¡A la Saint-Louis Street, aprisa!

Saltó del coche como había subido, dejó caer detrás de él algunas monedas y salió disparado hacia la puerta de su casa, como si quisiera echarse con todo su peso contra ella y hundirla.

Tía Sarah le abrió con una prontitud asombrosa.

—¿Está aquí? —gritó Durand—. ¿Está en casa?

—¿Quién? —Tía Sarah retrocedió, espantada—. ¿Miss Julia? Ha estado fuera toda la tarde. Me dijo que iba a hacer unas compras y que no tardaría en volver. Cuestión de una hora, si mal no recuerdo... Y no ha vuelto aún.

—¡Dios mío! —exclamó Durand con voz ronca—. Es lo que yo temía. ¡Al diablo la carta! ¿No podía haber llegado una hora antes?

Luego se dio cuenta de que una joven esperaba, ocupando un asiento sin respaldo, contra la pared. Modestamente vestida, con una gran caja de cartón sobre las rodillas, trataba de pasar inadvertida; su pálido rostro había enrojecido ante lo subido de color del lenguaje empleado por Durand.

—¿Quién es? —inquirió el dueño de la casa, bajando la voz.

—La muchacha de la costurera; la han enviado para que Miss Julia se probara un vestido. Parece ser que Miss Julia le había dicho que viniera a las tres; hace un par de horas que espera.

Por lo tanto, ella no tenía la intención de estar fuera toda la tarde: la idea le asaltó como un relámpago. Y si no regresaba, demostraría...

—¿Cuándo dijo Miss Julia que vinieran hoy para hacer la prueba? —le preguntó ferozmente a la muchacha, que se encogió en su asiento.

—Hace... unos días —tartamudeó la joven—. Creo que fue... la semana pasada, señor.

Durand subió corriendo la escalera, olvidando las apariencias; oyó a su espalda el murmullo lleno de tacto de tía Sarah:

—Será mejor que te marches, paloma. Hay tormenta en el aire. Vuelve otro día.

Durand estaba ahora de pie en el centro de su dormitorio, jadeando a causa de su carrera, dirigiendo a su alrededor miradas de muda impotencia. Sus ojos cayeron sobre el baúl. El baúl que nunca había sido abierto, tapado siempre con la funda de tela estampada. Durand la arrancó y las iniciales «J. R.» aparecieron, pintadas, parecía, con sangre fresca. Dio media vuelta, corrió una vez más hacia la puerta, bajó la escalera. La joven aprendiza estaba ahora en el umbral, a punto de irse. Entregó la caja a tía Sarah.

—Dígale a Mrs. Durand que... que siento mucho haberme equivocado y que volveré mañana por la tarde, a la misma hora, si le parece bien.

—¡Corre a buscar un cerrajero! —gritó Durand.

Y su voz estalló en medio de su cuchicheo como una bomba.

La tímida emisaria desapareció inmediatamente por la puerta abierta.

Pero, sin dar tiempo a Sarah de cumplir su orden, Durand añadió:

—¡No, espera! Perderíamos demasiado tiempo. Tráeme un martillo y un escoplo, si es que los tenemos.

—Tiene que haber alguno.

Y tía Sarah se dirigió hacia la cocina.

Con las herramientas en las manos, Durand subió rápidamente al piso. Se arrodilló junto al baúl y se dedicó a hacer saltar la cerradura con una especie de feroz encarnizamiento. Insertó el escoplo en la grieta de la cerradura y empezó a martillear con frenesí. Al cabo de unos segundos, la cerradura saltó. Colgaba ahora lamentablemente, arrancada de su punto de sujeción. Durand desató la correa que rodeaba el baúl por el centro, se incorporó y levantó la tapadera.

Un olor a naftalina escapó del baúl, como un aliento vivo.

Era el equipaje de una persona ordenada, puntillosa, casi maníaca. Los efectos estaban cuidadosamente colocados, por capas superpuestas; los huecos habían sido llenados hábilmente con la ayuda de pañuelos y otros objetos pequeños, a fin de que el contenido del baúl no se desordenara con el traqueteo del transporte.

La tapa superior sólo contenía ropa interior para el día y para la noche; unas prendas más utilitarias que bellas. Camisas de dormir de franela amarilla, enaguas de tela gruesa, prendas de lana recargadas de cintas de goma y de cordones cuya naturaleza no trató de profundizar.

En un instante devastó aquel juicioso edificio, quitó la tapa de encima y descubrió una apretada estratificación de vestidos. Eran infinitamente más sobrios que todos los que ella había comprado desde su llegada. Predominaban los colores marrón y gris, con pequeños cuellos redondos, blancos y guindados. Había también alpacas negras y a veces un escocés, azul oscuro o verde. Ningún color vivo.

Sacó al azar el primer vestido que le vino a mano; luego otro.

Irguiéndose en toda su estatura, extendió los brazos, empuñando un vestido en cada mano, y su mirada desamparada fue del uno al otro. Súbitamente, sus ojos cayeron sobre su imagen, en el gran espejo. Dio un paso adelante, salió de detrás del baúl, siguió mirando. Algo le impresionó: algo anormal. Retrocedió un par de pasos, sin soltar sus trofeos. Luego, bruscamente, la verdad estalló. ¡Los dos vestidos eran demasiado grandes! Los sostenía a la altura del hombro. Llegaban al suelo, incluso doblándose un poco.

Vio a Julia mentalmente, de pie a su lado, en el espejo: su cabeza apenas le llegaba al hombro.

Soltó los dos vestidos, presa de espanto, y abrió de par en par los dos batientes del armario. Estaba vacío. Una leve bocanada de perfume, un alma de esencia de violeta, llegó hasta él, y eso fue todo.

Corrió de nuevo hacia la escalera, se inclinó por encima de la barandilla, llamó a tía Sarah.

La anciana apareció finalmente, sin aliento y presa de un renovado espanto:

—Sí, señorito... Sí, señorito...

—Esa muchacha... ¿qué es lo que ha dejado? ¿Era algo perteneciente a Mrs. Durand?

—Un vestido que le están haciendo...

—¡Tráelo! ¡Aprisa!

Siempre corriendo, con la caja en la mano, volvió al dormitorio, desgarró el cartón de la caja, arrancó su contenido. Era algo alegre, coquetón, con unas cintas color heliotropo en la cintura.

Durand cogió uno de los otros vestidos, caído en el suelo. Lo tendió sobre la cama, alisándolo con la mano, desplegó las mangas, estiró la tela en toda su longitud.

Le superpuso el vestido nuevo, el que acababan de entregarle. Luego retrocedió, examinó...

El vestido de color oscuro no coincidía en nada con el vestido de color claro. Las mangas eran mucho más largas. El corpiño, más ancho, acusaba unas curvas exageradas. La cintura era casi dos veces más ancha. La que había llevado el vestido oscuro no hubiese podido entrar en ningún caso en el nuevo. En fin, la austera falda era un palmo más larga que la otra.

Los vestidos de Saint-Louis...

Lentamente, el color se retiró del rostro de Durand; un miedo extraño, que nunca había experimentado, se apoderó de su corazón. Había sabido lo que le esperaba cuando había llegado a casa, unos momentos antes. Y ahora tenía la prueba de que sus presentimientos estaban justificados. Los vestidos de Saint-Louis eran los de otra mujer.

XVIII

Era de noche. La ciudad estaba sumida en las tinieblas. Había oscuridad fuera, en las calles; oscuridad también en la estancia en la que Durand permanecía aún, de pie.

Finalmente apareció una leve claridad. Procedía de la escalera, ascendía... Una lámpara cuya llama danzaba, inquieta, en su féretro de hierro. Tía Sarah la sostenía. A la claridad de la lámpara, su rostro parecía pálido. Como un fantasma de rostro negro, pero espolvoreado de harina.

Finalmente, tía Sarah llegó al rellano, se acercó al dormitorio. La luz deslumbrante estalló, iluminó el vano de la puerta, se desbordó por la habitación y descubrió a Durand.

Sarah se detuvo, le miró. Durand no se movió; y aquella inmovilidad absoluta inspiraba espanto.

Tenía el aspecto de un hombre fulminado por el rayo y que hubiese quedado de pie. Veía a Sarah, ya que sus ojos estaban enfocados hacia su rostro. La oía también, ya que cuando ella susurró:

—¿Qué sucede, señorito Louis?

—Ella no volverá —respondió él.

—¿Y ha estado usted todo este tiempo aquí, de este modo, sin luz?

—Ella no volverá.

—¿Cuánto tiempo tendré que esperar aún para la cena? El pollo ya está asado.

—¡Ella no volverá!

—Señorito Louis... ¿Me oye, señorito Louis? No me escucha usted...

Era lo único que podía decir:

—Ella no volverá...

En su mente, en su lengua materna, no quedaban ya más que aquellas pocas sílabas:

—Ella no volverá...

Sarah entró en la habitación, llevando la lámpara. La dejó sobre una mesa. Sus manos atormentaban un pliegue de su falda, y todo su desasosiego se expresaba en aquel movimiento desconcertado.

Las rodillas de Durand se doblaron súbitamente; el hombre se derrumbó junto a la cama. Sus brazos extendidos cayeron, aferrándose a las ropas del lecho con un gesto torturado. Su cabeza se apretó contra la tela de uno de los vestidos; hundió su rostro en él como si imitara una escena de amor, ofreciendo unos besos fantasmas, unos besos que nunca más podría dar, puesto que no había nadie para recibirlos. Gritaba sus súplicas a una envoltura vacía:

—¡Julia! ¡Julia! ¡Piedad! ¡Piedad!

La anciana alargó su mano hacia el hombro convulsionado, en un gesto apaciguador que no se atrevió a terminar.

—Ssst, señorito Louis —dijo la voz gutural—. Que el Señor se apiade de usted. Que el Señor sea misericordioso con usted... No tiene usted motivos para llorar... Lleva usted luto en el corazón por algo que en realidad nunca ha tenido...

La cabeza del hombre se ladeó; sus ojos miraron súbitamente a la anciana, fijamente, llenos de espanto.

Hubiérase dicho que aquella pena desgarradora había despertado la cólera en el corazón de la anciana negra. Se acercó al tocador que había sido el de Julia; abrió un cajón, con tanta violencia indignada que el mueble entero se estremeció. Hundió la mano en un cajón, y sus dedos descubrieron sin vacilar un escondrijo que le era conocido desde hacía mucho tiempo. Y Sarah blandió su hallazgo delante del rostro del hombre. Era una pastilla de colorete para las mejillas.

¡La mano arrojó la pastilla al suelo con un gesto vengativo!

Una vez más, Sarah hurgó en los rincones secretos del cajón. Sacó, esta vez, un puñado de delgados cigarros, se los mostró a Durand y los tiró al suelo. Luego alzó temblando sus dos manos por encima de su negra cabeza y se inmovilizó, vibrante de maldición y de santa ira, semejante a una profetisa del Antiguo Testamento, reclamando para este mundo los rayos de un Apocalipsis.

Con voz que helaba la sangre, dijo:

—¡Una mala mujer ha vivido bajo su techo! ¡Una extraña ha dormido en su cama!

XIX

Sin sombrero, sin abrigo, con los cabellos en desorden, corría como un demente por las calles apacibles encapuchadas de oscuridad, incapaz de encontrar un coche. Corría en dirección a una casa cuyas señas acababan de acudir a su mente: la casa del banquero Simms, casi al otro extremo de Nueva Orleans. Afortunadamente, al llegar al cruce en el que un farol esparcía melancólicamente su claridad azufrada, percibió súbitamente un fiacre que marchaba lentamente. Durand profirió un aullido y sin esperar a que el cochero diera media vuelta para venir a recogerle, corrió hacia el vehículo, montó de un salto y se dejó caer sobre el asiento, arrancando a su jadeante garganta la dirección de Simms.

Una criada negra respondió a su apremiante llamada, abriéndole la puerta.

—El señor está cenando, caballero —dijo la criada, en tono de desaprobación—. Tenga la bondad de sentarse a esperarle unos minutos, hasta que haya terminado...

—¡No importa! —gritó Durand—. ¡No puedo esperar! Dígale que salga un momento...

El banquero se presentó en el vestíbulo. Tenía un aspecto contrariado, la boca llena, la servilleta colgada aún al cuello. Pero, al reconocer al visitante, su rostro se iluminó:

—¡Mr. Durand! —dijo, calurosamente—. ¿Qué le trae por aquí a estas horas? Hágame el honor de cenar con nosotros... —Luego, observando el aire trastornado de su interlocutor, añadió—: ¿Ocurre algo malo, mi querido amigo? Becky, trae en seguida un poco de coñac. Y una silla...

Durand rechazó con un gesto el ofrecimiento de un cordial:

—Mi dinero —balbució.

—¿Su dinero? ¿Ocurre algo con su dinero, Mr. Durand?

—¿Está todavía allí? ¿Lo ha tocado alguien? Cuando cerraron ustedes, a las tres, ¿cuál era la situación de mi cuenta?

—No entiendo nada, Mr. Durand. Nadie puede tocar su dinero. Nadie, si no es usted mismo, o su esposa...

Adivinó algo por la expresión de atroz sufrimiento que aquella palabra había hecho nacer por un instante en el rostro de Durand.

—¿Quiere usted decir...? —murmuró, aturdido.

—Tengo que saberlo —dijo Durand—. En seguida, esta noche... Por el amor de Dios, haga algo por mí, ayúdeme, Mr. Simms... No me haga esperar así...

El banquero se arrancó la servilleta del cuello y la tiró lejos.

—Mi cajero principal —dijo, en tono decidido—. Mi cajero principal es el hombre que lo sabrá. Será más rápido que ir al banco; tendríamos que abrirlo todo y revisar las transacciones de la jornada.

—¿Dónde puedo encontrarle?

Durand se dirigía ya hacia la puerta.

—No, no. Le acompañaré.

Simms sólo se demoró lo suficiente para buscar la dirección del cajero. Luego recogió su sombrero y su pañuelo de seda.

—¿Qué es lo que ha pasado, Mr. Durand? —inquirió.

—Temo decirlo, hasta que no lo haya comprobado —respondió Durand en tono abatido—. Temo incluso pensar en ello...

Tomaron el coche que había traído a Durand y que les condujo a una casita de la Dumaine Street. Simms se apeó y detuvo a Durand con una mano llena de bondad, con la intención evidente de ahorrarle una escena penosa.

—Es preferible que me espere usted aquí. Iré yo mismo...

Finalmente, la puerta volvió a abrirse y Simms reapareció. Durand salió a su encuentro, esforzándose en leer en

el rostro del banquero. Y aquel rostro tenía una expresión
desalentadora...

—¿Lo sabe ya? ¡Por el amor de Dios, dígamelo! ¡Dígamelo!

—Calma, Mr. Durand, calma... —Simms le rodeó los
hombros con su brazo, como si quisiera sostenerle—. Esta
mañana, cuando hemos abierto las taquillas, tenía usted
treinta y cinco mil cincuenta y un dólares con cuarenta
centavos en su cuenta corriente, y veinte mil diez dólares
en su libreta de ahorro...

—¡Lo sé! ¡Lo sabía ya! No es eso lo que quiero...

El cajero había salido con Simms. El director le hizo
una seña disimuladamente, descargando sobre él la desagradable tarea de contestar a la pregunta formulada:

—Su esposa pasó por el banco a las tres menos cinco
minutos, para retirar unas cantidades antes del cierre —dijo
el cajero—. Al cerrar, en su cuenta corriente quedaban
cincuenta y un dólares y cuarenta centavos, y en la libreta de
ahorro diez dólares, para retirar todos los fondos, hubiése-
mos necesitado también la firma de usted...

XX

La estancia no era más que una naturaleza muerta. La
ventana se incendiaba con los fulgores del sol poniente,
como si hubiesen encendido en el jardín una fogata de
zarzas cuyo ardiente reflejo iluminara el techo y las paredes. En el suelo, la alfombra aparecía removida, como si un
borracho se hubiese enredado en ella. A juzgar por su
aspecto, la cama no había sido hecha en varios días: las
sábanas dejaban ver por un lado la armazón de madera, y
por el otro colgaban hasta arrastrarse por el suelo. Un zapato solitario estaba abandonado al pie del lecho. El papel
pintado, sembrado de miosotis, un papel pintado encargado
a Nueva York, *no demasiado rosa,* de acuerdo con las instrucciones dadas, había sido desgarrado por unas manos
rabiosas y, a trechos, dejaba ver el yeso.

En medio de aquella naturaleza muerta, una mesa. En-

cima de la mesa, un vaso opaco y grasiento a fuerza de ser
llenado sin cesar; una botella de coñac; y una cabeza inerte, de la que sólo se veía la parte superior, erizada de cabellos desmadejados: el cuerpo se apoyaba sobre una silla
mal equilibrada, delante de la mesa; la mano se aferraba
al gollete de la botella, en un gesto de posesión.

Se produjo una leve llamada a la puerta, sin que ningún ruido de pasos lo hubiese anunciado. Como si la persona que se encontraba detrás de la puerta llevara mucho
tiempo allí, tendiendo el oído, reuniendo valor. El hombre
no respondió, no se movió. Una nueva llamada, y luego
una voz:

—¡Señorito Louis! ¡Señorito Louis! ¡Abra, por favor!

Ninguna respuesta. La cabeza se movió un poco, mostrando un perfil de mandíbula poblada de pelos azulados.

La llamada se repitió:

—¡Abra, señorito Louis! Lleva usted ahí dos días...

La cabeza se irguió ligeramente, pero los ojos permanecieron cerrados.

El pomo de la puerta giró en vano.

—¡Abrame! Sólo para arreglarle un poco la cama.

—Está bien así, para mí solo...

—Déjeme encender la luz, al menos. Pronto se hará de
noche. Le arreglaré un poco la lámpara.

—¿Para qué? ¿Qué es lo que hay que ver? Aquí no hay
nadie más que yo. Nadie más que yo...

Inclinó la botella por encima del vaso. No salió ni una
sola gota. La colocó en posición perpendicular, con resultado igualmente negativo. Entonces se puso en pie, alzando
la botella como si se dispusiera a estrellarla contra la pared. El brazo se detuvo, volvió a caer. Arrastrando los pies,
uno descalzo, el otro calzado, el hombre se acercó a la puerta y se decidió a abrir.

Agitó la botella delante del rostro de la anciana:

—Tráeme otra —ladró—. Aparte de eso, no necesito
nada. Es lo único que puede consolarme, ahora. No me hacen falta tus lámparas, ni tus comidas, ni tus sábanas limpias.

Pero la negra se había deslizado ya al interior de la
habitación. Dejó sobre la mesa la lámpara recién cargada,
tiró de las sábanas sucias haciendo un rebujo con ellas,

echando de cuando en cuando una rápida ojeada detrás de
ella. Terminada su tarea, se dirigió hacia la puerta, adosándose a la pared para no acercarse demasiado al hombre. Una
vez en seguridad, con la mano en el pomo de la puerta, se
volvió a mirar a su amo; continuaba de pie, con el gollete
de la botella apretado en su mano.

Durand, a su vez, miró a Sarah. Bruscamente, el remordimiento pareció sacudirle. La amargura rugosa de su voz
se suavizó. Tendió la mano hacia la anciana, como para im-
plorarle que se quedara y le escuchara hablar de la ausente.

—¿Te acuerdas? Ella tenía la costumbre de sentarse aquí,
para arreglarse las uñas, con un bastoncillo y un trocito
de algodón. Parece que la estoy viendo... Y luego levantaba
las manos con los dedos extendidos, muy separados, e inclinaba un poco la cabeza, primero a un lado, luego al otro,
para comprobar cómo habían quedado...

Pero, con el índice extendido, tía Sarah gritó:

—El Buen Dios debía de estar muy enojado con usted,
el día que le permitió mirar a esa mujer a la cara por primera vez...

Durand se tambaleó, se apoyó en la pared y pegó su rostro a ella, con los brazos levantados como si fuera a izarse
hasta el techo a fuerza de uñas. Su voz pareció ascender
del vientre, como un sollozo:

—¡Quiero que vuelva! ¡Quiero que vuelva! No cejaré
en mis esfuerzos hasta que la haya encontrado.

—¿Por qué quiere usted que vuelva? —inquirió Sarah.

Durand se volvió lentamente.

—Para matarla —dijo entre sus dientes apretados.

Se apartó violentamente de la pared, avanzó con paso
titubeante hasta la cama. Introdujo la mano debajo del
colchón y sacó un objeto que alzó lentamente, apretándolo
entre sus dedos: un revólver, con cachas de hueso y tambor de acero.

—...¡Con esto! —susurró.

XXI

La corriente de los espectadores que salían del Teatro Tívoli desembocaba en la Royal Street. Los chorros de gas, en las paredes y en el techo del vestíbulo, oscilaban febrilmente en el remolino creado por aquella corriente apresurada. La obra había gustado; adaptación de una comedia francesa; título: El Pequeño Error de Papá. Lo animado de las conversaciones confirmaba aquel éxito.

Habiendo alcanzado la acera, la masa compacta empezó a desintegrarse: los espectadores de las localidades baratas se desperdigaron a pie en diversas direcciones; en tanto que los ocupantes de los palcos y de las butacas de platea se instalaban por parejas, a veces por dobles parejas, en los coches que se detenían sucesivamente delante de la entrada, llamados por el portero negro.

Nadie vio al hombre, oculto en una zona de sombra. Y, sin embargo, numerosos espectadores pasaron muy cerca de él, casi rozándole.

Finalmente, el torrente se agotó. El resplandor de las luces fue haciéndose menos intenso; un empleado del teatro empezó a apagar los mecheros uno a uno, ayudándose con una larga pértiga para hacer girar los grifos. Sólo quedaba un pequeño grupo, esperando turno para un coche. Nadie parecía tener prisa.

—Usted primero...

—Gracias, puedo esperar. Suba usted, por favor...

Ahora no quedaba más que una pareja esperando un coche. La mujer, bajita, llevaba una mantilla de encaje, destinada a protegerla de lo insalubre del aire nocturno, que envolvía con una especie de bruma su cabeza, su barbilla y su boca. Su caballero se alejó un instante, para informarse del motivo que retrasaba la llegada de su coche. Y súbitamente, como brotando del suelo, un hombre apareció junto a la mujer, mirándola muy de cerca. Ella volvió la cabeza, apretó la mantilla en torno a su rostro y, asustada, se apartó un par de pasos.

El hombre se inclinaba ahora, tendiendo el cuello como

un pájaro, mientras su mirada trataba de taladrar la niebla de encaje.

La mujer profirió un grito de alarma, retrocediendo.

—¿Julia? —susurró el hombre, y su voz interrogaba.

Aterrada, la mujer le volvió la espalda. Pero el hombre surgió de nuevo delante de ella.

—¿Tendría usted la bondad de levantar su mantilla, señora?

—¡Déjeme en paz, o pido socorro!

El hombre alargó la mano y apartó violentamente el encaje. Un par de ojos aterrorizados —los ojos de otra— le miraron, muy abiertos.

El caballero regresaba corriendo, enarbolando su bastón.

—¡Desvergonzado!

El bastón descendió una vez, dos veces. Pero el caballero, considerando sin duda que el castigo no era suficiente, golpeó salvajemente al desconocido con el puño.

Durand retrocedió, tambaleándose, y cayó cuan largo era sobre la acera. No ofreció la menor resistencia, no hizo el menor esfuerzo para defenderse o para replicar. Permaneció en el suelo, apoyándose en un codo, pasivo, sin fuerza, derrotado.

—Le ruego que me perdone —suspiró—. La había confundido con... con otra mujer.

—Vamos, Dan. Debe de ser un loco...

—Se equivoca usted, señora —respondió Durand en un tono de helada dignidad—. No estoy loco. Estoy perfectamente cuerdo. Tal vez lo estoy demasiado, incluso.

XXII

El gran salón de la casa de *Madame* Jessica, en la Toulouse Street.

Una recepción muy animada se encontraba en su punto álgido.

Había espacio, pero sobre todo había lujo. Muebles de un blanco marfileño, con delicadas incrustaciones de oro;

estilo Imperio. Tapizado escarlata en brocado damasquinado. Alfombra de Bruselas sobre el suelo de parquet. Iluminación a gas, oculta en globos de cristal.

Un joven de cabellos negros y lisos estaba sentado delante del piano, interpretando un vals de Chopin con un dedeo ligero, pero experto. Una sola pareja giraba lentamente en el centro de la estancia, más ocupada en conversar que en bailar. Otras dos parejas estaban sentadas en el sofá, bebiendo el champaña a pequeños sorbos y enfrascadas en una alegre conversación.

Todo era correcto, elegante, de buen tono. *Madame* era muy puntillosa. No toleraba que se hablara demasiado alto, que se riera demasiado ruidosamente. Nadie abandonaba la estancia sin disculparse cerca del resto de la compañía.

Una doncella de color, que tenía como función anunciar a los recién llegados, abrió una de las dos puertas de doble batiente del salón y anunció:

—¡Mr. Smith!

Nadie se rió.

Durand entró, y *Madame* Jessica cruzó el salón para acogerle cordialmente, con el brazo extendido, los cequíes de su vestido centelleando a cada uno de sus movimientos.

—Buenas noches, caballero. Ha sido usted muy amable al visitarnos. ¿Puedo presentarle a alguien?

—Sí —dijo Durand en voz baja.

Madame agitó su gran abanico de plumas, se llevó un dedo a la comisura de la boca, paseó por la estancia una mirada circular y pensativa, como buena anfitriona que tiene a gala formar parejas únicamente de acuerdo con las más estrictas afinidades.

—Miss Margot no está libre en este momento —dijo, echando una rápida ojeada al sofá—. Pero Miss Florette no tiene caballero.

Señaló la puerta de dos batientes, que conducía a las profundidades de la casa y que acababa de entreabrirse discretamente. Una joven alta y morena apareció en el umbral como por casualidad.

—No.

Madame volvió a agitar el abanico. La morena dio media vuelta y desapareció. La reemplazó otra joven, más robusta y de aspecto más vivaracho, casi pelirroja.

—¿Miss Roseanne, tal vez? —sugirió *Madame*, con su voz más seductora.

Durand sacudió la cabeza. El abanico de *Madame* aleteó de un modo imperceptible.

—Es usted difícil, caballero —dijo, con una sonrisa vacilante.

—¿Eso es todo? ¿No tiene usted... a nadie más?

—Sí. Está también nuestra Miss Juliette. Temo que en este momento no podrá atenderle. Pero, si es usted tan amable como para esperar unos minutos...

Durand se instaló en un amplio sillón.

—¿Desea usted que le sirvan un refresco? —inquirió *Madame*, inclinándose solícitamente hacia él.

Durand abrió su cartera, le entregó unos billetes.

—Champaña para todo el mundo, excepto para mí. No lo necesito.

Madame debió quedar favorablemente impresionada. Lo cierto es que decidió apresurar el regreso de Miss Juliette, utilizando para ello, entre bastidores, un procedimiento que era su secreto. No tardó en volver.

—Miss Juliette bajará en seguida —dijo—. Le he enviado recado de que un joven deseaba verla.

Le dejó un instante. Luego se acercó de nuevo y susurró:

—¡Ahí está! ¿No es sencillamente adorable? ¡Todo el mundo está loco por ella!

Durand la vio en el marco de la puerta. La joven permaneció allí unos instantes, mirando a su alrededor, tratando de identificar a la persona que había preguntado por ella.

Era rubia.

Hermosa.

Diecisiete años, aproximadamente.

No era ella.

Madame se apresuró, guiándola a través del salón, rodeándole afectuosamente la cintura con un brazo.

—Por aquí, paloma. Permíteme que te presente...

Se quedó sin aliento. Los ojos de la hermosa criatura se abrieron de par en par: era la primera afrenta que recibía, la primera de una vida todavía breve, pero ya muy intensa.

Un silencio intrigado planeó momentáneamente sobre la estancia.

El sillón estaba vacío.

La puerta contigua, la de la salida, acababa de cerrarse.

XXIII

Ultimo día de Carnaval. La ciudad estaba poseída por la locura. Era presa de la misma fiebre que la acomete todos los años, el último martes antes del miércoles de Ceniza.

No hay diferencia entre el día y la noche. El resplandor de las antorchas y de los faroles, a lo largo de Canal Street, de Royal Street y de las otras calles del centro, hace bermejear el sol en plena medianoche. Durante el día, las tiendas están cerradas; no se compra nada, no se vende nada. Por doquier reina la alegría; y la alegría es gratuita.

La música suena en todas partes, próxima o lejana: los sones de una charanga no han tenido tiempo de perderse cuando nacen otros ecos, acercándose, procedentes de otra parte. Los gritos y las risas estallan sin interrupción.

Algunos miembros de la farándula saludaban al enmascarado con la mano; otros le lanzaban una alegre invitación; una o dos mujeres le arrojaron unas flores que se estrellaron contra su nariz postiza. Emperatrices romanas, beldades de harén, bohemias, damas de la época de las Cruzadas, y hasta una niñera de delantal almidonado, empujando delante de ella un cochecito de niño.

Súbitamente, los ojos cómicos y saltones se detuvieron sobre una forma en la multitud. El cuello del hombre se tendió hacia adelante, bruscamente rígido.

La mujer llevaba un dominó, un disfraz que ocultaba sus formas, atado a las muñecas, a los tobillos y al cuello. Llevaba un antifaz de seda azul, y se cubría la cabeza con una capucha. No medía más de cinco pies y dos o tres pulgadas; su paso era leve y gracioso. No formaba parte de la cabalgata; pertenecía al grupo eternamente cambiante de los seguidores. Avanzaba por la acera contraria, pasando de un hombre a otro, bailando unos pasos en los brazos del uno para echarse en los brazos del siguiente. Y no perdía una sola vuelta, ni se quedaba nunca sola. Fuego fatuo de pura alegría.

De pronto, su capucha se desplazó, se deslizó hacia atrás por espacio de un segundo. Antes de que tuviera tiempo de colocarse de nuevo la capucha, el hombre había visto la cabellera dorada encima del antifaz azul

Levantó el brazo, aulló: «¡Julia!» y se lanzó en su persecución. Por tres veces fue detenido por la masa compacta del cortejo, cuyas filas trató en vano de romper para alcanzarla.

De repente, ella pareció darse cuenta de su interés. Se detuvo un instante y sus ojos se encontraron con los del hombre, por encima de las hileras del cortejo. O al menos, esa fue la impresión que tuvo el hombre. Oyó el agudo balido de su risa, dominando el tumulto... y era evidente que se reía de su grotesco disfraz. Tendió los brazos hacia él, señalándole con un gesto de escarnio, y luego pirueteó sobre sí misma y continuó su camino.

El se hundió en el torbellino. Fue empujado, arrastrado de un lado a otro, salvo hacia aquel que le interesaba. Finalmente, un vikingo encasquetado y cornudo se compadeció de él.

—¡Ha visto a alguien que le gusta! —gritó el hombre jovialmente—. ¡Hoy es Carnaval! ¡Dejadle pasar!

Y, utilizando sus robustos brazos, le abrió un pasillo que le permitió cruzar rápidamente al otro lado.

Ella aparecía de un modo intermitente, pero muy lejos delante de él. Como una boya azul, flotando ligeramente sobre un mar cubierto de escombros.

—¡Julia!

Esta vez, ella se volvió con todo su cuerpo. Pero resultaba difícil saber si era a causa del nombre o a causa de la vehemencia de aquella voz.

La vio tomar impulso como para desafiarle a correr. Una persecución en la que no había ningún terror, nada más que el juego, la coquetería, una invitación deliberada a alcanzarla. Un instante después había huido con agilidad, deslizándose fácilmente entre la multitud, gracias a su pequeña estatura; pero volviéndose de cuando en cuando a echar una mirada detrás de ella.

Estaba claro que no sabía quién era él, y que le tomaba simplemente por un perseguidor anónimo entre la muchedumbre del Carnaval. En un momento dado, cuando el hombre creía haberla perdido de vista definitivamente, ella se detuvo a propósito bajo un portal, para permitirle localizarla una vez más. Luego, convencida de que en el gesto no podía haber menosprecio, cogió por ambos lados su disfraz de payaso, esbozó una burlona reverencia y reanudó su loca carrera.

Por fin, ella se volvió y le dirigió una ojeada que significaba:

«Basta... Ya te he hecho pagar bastante caro el derecho a abordarme. Ahora, haz lo que te parezca.»

A continuación se separó del cortejo y echó a correr por una calle lateral, débilmente iluminada.

El hombre se adentró por aquella calle, siguiéndola. Ya no había obstáculos; nada ya que le detuviera. Al cabo de un par de minutos la había alcanzado. La apretó contra una pared, rodeándola fuertemente con sus dos brazos como en una trampa.

Ella era incapaz de hablar, sin aliento, también. Se adosó a la pared, en espera del beso, fruto de aquella persecución, que ahora debían saborear juntos. En la oscuridad, él adivinaba más que veía el estremecimiento tornasolado del antifaz azul celeste.

Trató de levantar la máscara, y ella esquivó aquel gesto, ladeando vivamente la cabeza, al tiempo que dejaba oír una risa complacida y cómplice.

—¡Julia! —jadeó el hombre, soplándole el nombre a la cara—. ¡Julia!

Ella volvió a reír.

—¡Ahora no escaparás!

El hombre volvió la cabeza hacia las luces, hacia la multitud que seguía desfilando, como para calcular la distancia que les separaba de ella. Luego hundió una mano en su bolsillo y la sacó de nuevo empuñando el revólver de cachas de hueso del que no se separaba nunca. De momento, ella no vio el objeto: el hombre lo mantenía demasiado bajo.

El hombre se arrancó su propia máscara y la dejó caer al suelo.

—¿Me reconoces ahora, Julia?

Separó el codo del cuerpo y el revólver se destacó, apuntando al lugar en el que —menos en Julia— late un corazón. Luego agarró bruscamente el antifaz y lo arrancó. La capucha cayó sobre la nuca de la muchacha, dejando al descubierto sus cabellos rubios. Durand descubrió su rostro al mismo tiempo que ella descubría el revólver.

—*¡Missié, Missié!* ¡No! No haga eso. ¡No haga eso! —gimió ella abyectamente—. ¡No llevaba ninguna mala intención! Sólo pretendía divertirme un poco...

Trataba de evadirse dejándose caer al suelo, pero los brazos del hombre la apretaban con tanta fuerza que la obligaban a permanecer de pie.

—Divertirte, ¿eh? —inquirió el hombre en tono sarcástico—. ¡No eres más que una... una...!

—¡Por favor, *Missié*! No tengo la culpa de que usted sea blanco y yo negra... de que no podamos ir juntos...

Se oyó un ruido mate: el revólver acababa de caer al suelo a los pies de Durand.

XXIV

El intendente de policía de Nueva Orleans era un ejemplar vulgar del género. Cincuenta y siete años, noventa kilos; cinco pies diez pulgadas; cabellos negros plateados; calvicie incipiente; barba de karakul, partida por la mitad; vestía mal; tenía confianza en los principios generales, infatigable trabajador; casado; llevaba gafas y padecía trastornos renales menores; un personaje que no era brillante ni estúpido.

Su despacho, en el edificio principal de la policía, no era particularmente atractivo; pero, como estaba destinado estrictamente al trabajo, y no a las mundanalidades, la cosa no tenía demasiada importancia.

El secretario abrió la puerta, volvió a cerrarla detrás de él y anunció:

—Hay un caballero que desea verle, señor.

El intendente apenas levantó los ojos del informe que estaba revisando:

—¿Motivo? Concrete el motivo —dijo, con una voz grave de barítono.

El secretario se retiró, conferenció, regresó:

—Se trata de un asunto personal, del que desea hablarle en privado. Le he sugerido a ese caballero que le escriba, pero afirma que es imposible. Le ruega que le conceda unos instantes.

El intendente suspiró:

—Bien. Interrúmpanos dentro de cinco minutos, Harris. No lo olvide: cinco minutos.

El secretario volvió a abrir la puerta e hizo un gesto con la mano, invitando a entrar a un personaje todavía invisible. Un viejo entró en el despacho. Un viejo de treinta y siete años, huraño, abatido, derrotado. El secretario se retiró y empezó a contar los cinco minutos.

El intendente apartó a un lado su informe, hizo un gesto con la cabeza, cortés e impersonal.

—Buenos días, caballero. Le ruego que sea lo más breve posible. Tengo aquí numerosos casos urgentes...

Con otro gesto, esta vez circular y vago, abarcó todo el contenido de su escritorio.

—Lo procuraré, señor. Le estoy muy agradecido por haberme concedido un poco de su valioso tiempo.

La fórmula fue del agrado del intendente.

—¿Quiere tomar asiento, caballero?

El visitante se sentó en un gran sillón de cuero negro, deformado a causa de los muelles rotos.

—Le escucho, caballero —invitó el intendente, a fin de eliminar las lentas introducciones.

—Me llamo Louis Durand. Me casé, el 20 de mayo último, con una mujer que había venido de Saint-Louis y que decía llamarse Julia Russel. No la había visto nunca, antes de aquel día. Tengo el certificado de matrimonio. El pasado 15 de junio, retiró cincuenta mil dólares de mi cuenta bancaria y no he vuelto a verla. Quisiera que se dictara una orden de detención contra esa mujer. Quisiera que la detuvieran, que la juzgaran y que me devolvieran mi dinero.

Durante unos instantes, el intendente no dijo nada, lo cual indicaba que su atención estaba despierta.

—¿Puedo ver el certificado? —dijo finalmente.

Durand sacó el documento de su bolsillo y se lo entregó. El intendente lo leyó atentamente, pero no hizo ningún comentario. En realidad, sólo formuló otras dos preguntas, separadas por un largo silencio, aunque muy pertinentes.

—Ha dicho usted que no la había visto nunca. ¿Cómo es posible eso? —preguntó en primer lugar.

Durand dio algunas explicaciones sobre el intercambio epistolar que había precedido a su matrimonio y añadió que estaba convencido de que la joven desposada no era aquella cuya mano había pedido él, y de que había sido víctima de una impostura. Citó ciertos hechos que abonaban aquella hipótesis, confesando que no tenía pruebas.

La segunda y última pregunta del intendente, formulada a través de dos manos unidas verticalmente, fue esta:

—¿Falsificó ella su firma, para retirar los fondos?

Durand sacudió la cabeza:

—Firmó con su nombre. Yo había hecho las gestiones necesarias en el banco: mi cuenta estaba también a su nombre.

Habían transcurrido los cinco minutos. La puerta se abrió; el joven Harris asomó la cabeza y el hombro:

—Disculpe, señor intendente; pero tengo aquí un informe urgente para usted...

Derogando sus primeras instrucciones, el intendente le impuso silencio con un gesto de la mano. Se dirigió a Durand con voz lenta y deliberada, demostrando así que la intrusión del secretario no ponía término a la entrevista.

—Me gustaría hablar de este problema con mis colaboradores, antes de iniciar ninguna acción —confesó—. Se trata de un caso realmente curioso. Permítame que conserve en mi poder este certificado de matrimonio; cuidaré de que le sea devuelto. ¿Quiere usted venir a verme mañana, a la misma hora, Mr. Durand?

—Gracias, señor intendente —dijo Durand, poniéndose en pie.

—No tenga prisa en dármelas.

XXV

—Siéntese, Mr. Durand —dijo el intendente, después de haber estrechado la mano de su visitante.

Durand se sentó y esperó.

El intendente se concentró.

—Estoy desolado. No veo lo que podemos hacer por usted. No veo ninguna solución. Y al decir *podemos*, me refiero a la policía de esta ciudad.

—¿Cómo? —Durand estaba emocionado. Su cabeza se apoyó en el cuero negro y esponjoso del sillón. Su sombrero cayó al suelo. y el intendente lo recogió—. ¿Quiere usted decir que... que una extraña, una aventurera, puede presentarse, contraer un falso matrimonio, despojar a un hombre de cincuenta mil dólares y... y que no se puede hacer nada contra ella?

—¡Un momento! —dijo el intendente, con voz paciente y suave—. Comprendo perfectamente sus sentimientos; espere un momento, por favor...

Le tendió el certificado de matrimonio que había conservado la víspera. Durand lo arrugó entre sus dedos y lo esgrimió con un gesto lleno de violencia y de disgusto:

—¡Esto es un documento falso, sin ningún valor!

—El primer punto que hemos de concretar antes de seguir adelante —dijo el intendente—, es este: no se trata de un documento falso. Su matrimonio es válido. *Legalmente, esa mujer es su esposa.*

Esta vez, el estupor de Durand no tuvo límites.

—¡Pero ella no es Julia Russel! ¡Ese no es su nombre! Si realmente estoy casado, es con Julia Russel... En el peor de los casos, se trata de un matrimonio por poderes... *¡Pero esa mujer es otra persona!*

—Se equivoca, Mr. Durand. —Y el intendente acompañó cada palabra de un golpecito con el índice sobre la madera de su escritorio—. He consultado al clero de la capilla en la que se celebró la ceremonia, así como a nuestros expertos laicos en jurisprudencia. La mujer que estaba a su lado delante del pastor se casó con usted en *persona*;

no figuraba en la ceremonia por poder, en lugar de otra. No importa el nombre que dio, falso o verdadero; hubiese podido pretender que era —¡Dios nos libre de ello!— la hija del presidente de los Estados Unidos. Lo cierto es que se convirtió en su esposa ante la ley, ella y sólo ella. No podemos cambiar nada. Desde luego, puede usted obtener una anulación, alegando la usurpación de nombre; pero esa es otra cuestión...

—¡Dios mío! —gimió Durand.

El intendente se puso en pie y fue en busca de un vaso de agua fresca. Su visitante no pareció observar aquel gesto.

—¿Y el dinero? —articuló finalmente Durand, al límite de sus fuerzas—. ¿Acaso una mujer tiene derecho a despojar a un hombre de los ahorros que ha reunido pacientemente? ¿Acaso existe una ley que castiga a las personas honradas y protege a los malhechores? ¿Acaso una mujer tiene derecho a instalarse impunemente en la casa de un hombre y...?

—No. Un momento, por favor. Esto nos lleva al punto de partida. Una mujer no puede hacer eso sin exponerse a las represalias de la ley. Pero, en su caso, la que le ha despojado no es una mujer cualquiera.

—Pero...

—Es su esposa. Y la ley no tiene fuerza contra ella. Usted la autorizó a hacer lo que hizo. En el banco, Mr. Simms me ha mostrado el documento firmado por usted. En tales condiciones, y desde el momento en que la cuenta estaba a nombre de los dos, una esposa legítima no podría despojar a su marido, legalmente, ni el marido a su esposa.

Los hombros de Durand se derrumbaron; estaba anonadado.

—Entonces, ¿no me cree usted? —fue lo único que se le ocurrió decir—. ¿No me cree usted cuando le digo que detrás de todo esto se oculta una horrible trampa? Una mujer salió de Saint-Louis para convertirse en mi esposa, y otra surgió aquí en su lugar...

—Le creemos, Mr. Durand. Sin reservas de ninguna clase. Digamos, incluso, que estamos completamente de acuerdo con usted *en teoría,* pero que en la práctica no podemos hacer nada para ayudarle. No es por falta de buena voluntad. Si detuviéramos a esa mujer, no podríamos retenerla, y mucho menos obligarla a restituir el dinero. No tenemos argumentos legales... No tenemos ninguna prueba de que la ley ha sido violada. Usted esperaba a una mujer en el muelle; otra desembarcó en su lugar. Pero una sustitución, *per se*, no es un delito. Una traición que le afecta a usted en el terreno personal puede ser considerada como un engaño. Pero no es un delito a los ojos de la ley. Si me permite que le dé un consejo...

Durand sonrió desdeñosamente:

—Olvide este asunto —dijo.

—No, desde luego que no. En absoluto. Vaya a Saint-Louis y coja el hilo del asunto desde allí. Obtenga la prueba de que la verdadera Julia Russel ha sido víctima de un rapto o incluso de un acto más grave. Pero, escúcheme bien; he dicho: *obtenga la prueba*. Una carta escrita por otra persona no demuestra nada. Unos vestidos demasiado grandes... son simplemente unos vestidos demasiado grandes. Obtenga, pues, la *prueba* de que ha existido un delito. A continuación, someta esa prueba —blandió el dedo índice de delante hacia atrás, solemnemente, como un péndulo—, no a nosotros, sino a las autoridades competentes, a las cuales incumbe tomarla en consideración. Es decir, si la cosa ha sucedido en el río, a las autoridades de la ciudad ribereña más próxima al lugar del crimen.

Desesperado, Durand dejó caer su puño cerrado sobre el escritorio del intendente.

—Es la primera vez —dijo, en tono furioso— que me doy cuenta del porcentaje de posibilidades de que dispone un malhechor para cometer un delito y salir indemne... ¿Para qué respetar la ley si...?

—La ley que nos rige —dijo pacientemente el intendente— proclama la inocencia del hombre mientras no se haya probado su culpabilidad. —Suspiró—. Reflexione bien en esto, Mr. Durand.

—Comprendo —dijo finalmente Durand—. Le ruego que me perdone por este arrebato de ira.

—Si yo me hubiese dejado atrapar en el cepo de ese matrimonio —dijo el intendente—, y si me hubiesen despojado de cincuenta mil dólares, estoy seguro de que me habría dejado llevar por un arrebato de ira... y mucho más violento que el suyo. Pero eso no cambia en nada lo que le he dicho. La explicación que le he dado conserva todo su valor.

Durand se puso en pie, con aire fatigado.

—Iré a Saint-Louis, y cogeré el hilo del asunto desde allí, como usted dice. Mis saludos, señor intendente.

—Ha sido un placer, Mr. Durand.

Durand franqueó el umbral del despacho, tirando de la puerta con mano firme y vigorosa.

—¡Durand! —llamó el intendente, en el momento en que su visitante iba a salir.

Durand volvió la cabeza hacia él.

—¡No se le ocurra tomarse la justicia por su mano!

Durand se detuvo junto a la puerta, demorando unos instantes su respuesta.

—Haré lo que pueda —dijo, finalmente.

XXVI

Unos días después de aquella entrevista, el miércoles, 11, a las seis de la tarde, el *City of Baton Rouge* atracaba en el desembarcadero de Saint-Louis.

Durand no había puesto nunca los pies en aquella ciudad. Un año antes hubiera saboreado la novedad del paisaje, el cambio de clima, el aire más vivo y más penetrante que el de la lánguida Nueva Orleans. Pero hoy, su corazón estaba demasiado abrumado para fijarse en tales detalles.

Tenía la dirección de Bertha Russel, naturalmente. Pero debido a lo tardío de la hora, y quizás también por una cobardía inconsciente que le impulsaba a diferir en lo posible la prueba crucial, decidió empezar por buscar una habitación en un hotel.

A la salida del desembarcadero fue acogido por el saludo, fusta en alto, del pequeño ejército de cocheros que esperaban al cliente. Trepó a uno de los fiacres.

—Lléveme a un hotel cualquiera —dijo—. Que no sea lujoso. Y que esté apartado del centro,

—Bien, caballero. Probaremos en la *Fonda de los Viajantes de Comercio*. Está a dos pasos.

La fonda era uno de esos lugares de paso que suelen encontrarse en los alrededores de los puertos: sórdido, oliendo a cerveza. Pero Durand se contentó con ella.

Bajó para tratar de comer algo en el restaurante de la fonda, una especie de refectorio para uso de los viajantes de comercio; lleno de humo, resonante de voces jactanciosas y todas masculinas. Comió por costumbre, sin saber qué. Luego, sentado delante de su taza de té viscoso y frío, se dio cuenta bruscamente de que en el enorme reloj amarillento colgado de la pared iban a dar las nueve. Decidió cumplir su misión sin más demora, sin esperar al día siguiente... Su único deseo era ahora el de acabar, de una vez para siempre, por enterarse de lo mejor o de lo peor: pero saberlo en seguida.

Volvió a subir un momento a su habitación, cogió las dos cartas de la hermana, el certificado de matrimonio y todos los otros documentos que tenían relación con el asunto; se los guardó en un bolsillo a fin de tenerlos a mano, bajó de nuevo, encontró un coche y dio la dirección.

A oscuras, no pudo hacerse una idea exacta de la casa. Parecía bastante grande. La pendiente del tejado, perfilándose en la sombra, indicaba un piso abuhardillado. El barrio era limpio y respetable: calles bordeabas de árboles, completamente vacías; aquí y allá parpadeaba un farol; un campanario erguido como un cuchillo negro y rechoncho, contra el cielo, color de polvo.

En cuanto a la casa, sólo la claridad anaranjada de una lámpara se filtraba a través de las ventanas de la planta baja; el resto estaba sumido en la oscuridad.

Se apeó del coche, buscó dinero.

—¿Le espero, señor? —inquirió el cochero.

—No —dijo Durand—. No. Ignoro cuánto tiempo voy a estar ahí.

Al llegar delante de la puerta encontró el cordón de una campanilla y tiró de ella. Hubo una larga espera, pero se abstuvo de volver a llamar. Finalmente, una imposta que no había visto hasta entonces se iluminó lentamente, por franjas alternas de rojo oscuro y vidrio mate. Una voz de mujer le llegó a través de la puerta:

—¿Quién es, por favor? ¿Qué desea?

—Quisiera hablar con Miss Bertha Russel —respondió Durand—. Se trata de un asunto muy importante.

—Un momento, por favor.

Durand pudo oír un cerrojo que se descorría, luego un pestillo que era empujado; finalmente, la puerta se abrió y la mujer apareció de pie delante de él, examinándole, levantando un poco su lámpara de petróleo, de modo que la luz iluminara al visitante.

Debía tener unos cincuenta años. Era alta, robusta sin llegar a obesa, angulosa. Su tez dejaba mucho que desear: cerosa y amarillenta, era la de una mujer devorada por las preocupaciones y viviendo en reclusión. Los cabellos, lisos y relucientes, empezaban a encanecer.

Llevaba un vestido rígido de alpaca negra, cerrado en la garganta por un cuello blanco de encaje, cerrado a su vez por un broche de cornalina.

—Sí —dijo, con voz más bien chillona—. Soy Bertha Russel. ¿Tengo el honor de conocerle?

—Me llamo Louis Durand —respondió él gravemente—. Acabo de llegar de Nueva Orleans.

Notó claramente cómo se aceleraba el ritmo de la respiración de la mujer, la cual le miró en silencio un largo instante, como para familiarizarse con sus faciones. Luego, bruscamente, entreabrió un poco más la puerta.

—Pase, Mr. Durand —dijo—. Considérese en su casa.

Cerró la puerta detrás de ella, mientras Durand esperaba, a un par de pasos de distancia.

—Por aquí —dijo ella, precediéndole.

La siguió por el vestíbulo de parquet oscuro, de alfombras gastadas por el uso. Debía estar leyendo cuando Durand había llamado, ya que un enorme libro abierto, de cantos dorados, reposaba sobre la mesa, así como un par de gafas con montura de plata. Era una Biblia. Una cinta de terciopelo carmesí señalaba las páginas.

—Un momento, por favor... Hay poca luz aquí.

Encendió una segunda lámpara, pero la habitación continuó en la penumbra.

—Siéntese, Mr. Durand.

Ella se instaló al otro lado de la mesa. Desplazó la cinta, señalando la página de su Biblia, cerró el grueso volumen y lo empujó hacia adelante. Era evidente que estaba emocionada y llena de aprensión. Y, sin embargo, daba muestras de una fuerza y de un control excepcionales.

Se dominó, enlazó las manos, las apoyó en el borde de la mesa y humedeció sus labios exangües.

—Bien. ¿Qué quiere usted decirme? ¿Qué ha venido usted a decirme?

—Más que a informarla de algo —respondió Durand—, he venido a recoger de usted ciertas informaciones.

Ella inclinó afirmativamente la cabeza.

—De acuerdo. Puedo decirle al menos esto: mi hermana Julia recibió de usted, por carta, una oferta de matrimonio, alrededor del 15 de abril de este año. Lo sé. ¿Lo niega usted?

Con un gesto, Durand confirmó los hechos, pero guardó silencio para permitirle continuar.

—Mi hermana Julia salió de aquí el 18, para reunirse con usted en Nueva Orleans. —Su mirada escrutaba los ojos de su interlocutor—. Desde entonces no he vuelto a verla. *Desde aquella fecha, no he vuelto a tener noticias de ella.* He recibido una respuesta a una de mis cartas, pero la letra no era la de mi hermana. Y, esta noche, viene usted solo.

—No hay nadie a quien pueda traerle de Nueva Orleans.

Ella abrió mucho los ojos, pero aguardó en silencio.

—Un momento —dijo Durand—. Creo que ahorraremos tiempo si nos ponemos completamente de acuerdo sobre un extremo en particular, antes de...

Pero se interrumpió en seco. Acababa de encontrar la respuesta; estaba en la pared, detrás del hombro de aquella mujer. Lo increíble era que no lo hubiese visto antes.

Era un retrato, una fotografía de gran tamaño de una cabeza femenina. No era el retrato de una joven. La boca tenía algo de incisivo, sugiriendo ya la próxima amargura. Y en la mirada había una especie de agudeza anunciadora de las arrugas. No era hermosa. Su oscura cabellera estaba reunida en un moño sobre la nuca...

—Es Julia, sí. Esa es mi hermana. Se trata de una ampliación que data de dos o tres años.

Durand dijo, en un bisbiseo que la mujer apenas oyó:

—Entonces, esa no es... la mujer con la cual me casé.

Bertha Russel apartó precipitadamente la lámpara ante el espectáculo que se ofrecía a sus ojos.

—Mr. Durand —dijo, esbozando un movimiento para acudir en su ayuda—: ¿Puedo ofrecerle un cordial?

Durand rechazó el ofrecimiento con un gesto vago de su mano. Respiraba trabajosamente. Buscó la silla que había abandonado y logró instalarse en ella sin ayuda. Tendió la mano, apuntando un dedo —un dedo que temblaba—, mientras los labios luchaban para recobrar la palabra y recuperar su retraso sobre el gesto:

—La mujer que me envió su fotografía es esa, sí. Pero no es la que contrajo matrimonio conmigo el 18 de mayo último en Nueva Orleans.

El espanto que desfiguró las facciones de Bertha desapareció, a la vista del rostro de Durand, convulsionado por un pánico cien veces mayor.

—Voy a buscarle un poco de vino —ofreció, apresuradamente.

Durand hizo un gesto negativo, desabotonó el cuello de su camisa para respirar mejor.

—¿Un poco de vino? —repitió ella, desamparada.

—No. Me encuentro perfectamente. No se moleste.

—¿Tiene usted una fotografía, un retrato cualquiera de esa otra persona, que pueda enseñarme? —inquirió Bertha al cabo de unos instantes.

—No tengo nada, absolutamente nada. Incluso consiguió retrasar indefinidamente la visita ritual al fotógrafo, después de nuestra boda. Empiezo a comprender que aquella negligencia era deliberada. —Durand sonrió tristemente—. Pero puedo describírsela, si es preciso. No necesito fotografías para recordarla. Era rubia, menuda, mucho... algo más joven que su hermana...

Su voz desfalleció; se calló, como si se hubiese dado cuenta de la inutilidad de continuar.

—¿Y Julia? —insistió la mujer, como si él pudiera darle una respuesta—. ¿Dónde está Julia, entonces? ¿Qué ha sido de ella? ¿Dónde está? —Sus manos se aplastaron desesperadamente sobre la mesa—. Me despedí de ella a bordo del barco.

—Yo estaba en el muelle cuando llegó el barco. Atracó sin ella. Julia no estaba a bordo.

—¿Está usted seguro, absolutamente seguro?

Sus ojos llenos de lágrimas interrogaban.

—Vi bajar a los pasajeros. A todos los pasajeros. Julia no estaba entre ellos.

Bertha soltó la mesa para echarse hacia atrás en su asiento. Se llevó una mano a la frente y permaneció así largo rato. No lloraba, pero sus labios temblaban.

Finalmente, rompió el silencio:

—Se desembarazaron de mi hermana —dijo, con un ronco suspiro—. Encontró la muerte a bordo de ese barco. —Se estremeció—. Encontró la muerte, y Dios sabe qué mano se la infligió. —Volvió a estremecerse, como bajo los efectos de una fiebre maligna—. Entre el momento en que me despedí de ella, aquel miércoles por la tarde...

Durand inclinó la cabeza, pasivamente, en señal de sombrío asentimiento y terminó la frase:

—...y el momento en que yo fui a recibirla, en la pasarela, aquel viernes por la tarde.

XXVII

Encontró a Bertha Russel con abrigo, guantes y sombrero, silueta espectral vestida de negro. Le esperaba en el umbral de su casa, a pesar de lo temprano de la hora, cuando el coche que conducía a Durand se paró allí, poco antes de las nueve, cumpliendo así con la cita concertada la víspera. Si aquella mujer había sufrido durante las horas secretas de la noche, había dominado su dolor. Su rostro era de piedra. No obstante, sus ojos tenían una expresión atormentada, y la palidez transparente del insomnio cubría sus facciones con un velo lívido.

—¿Ha desayunado usted? —inquirió Bertha, cuando Durand se apeó del coche y avanzó a su encuentro.

—No siento el menor deseo de hacerlo —respondió él brevemente.

Después de lo cual, sin esperar más, Bertha cerró la puerta detrás de ella y le siguió.

—¿Piensa usted en alguien en particular? —preguntó Durand cuando el coche se puso en movimiento.

Al subir, ella había dado unas señas que Durand desconocía.

—Anoche, cuando usted se marchó, hice unas gestiones. Me recomendaron a alguien, hablándome muy bien de él.

El coche les llevó al centro de la ciudad, en pleno barrio comercial. Se pararon delante de un feo edificio de ladrillo rojo.

Durand pagó. Entraron. Un aire húmedo y más bien fresco les acogió en el umbral.

Bertha consultó en la pared el tablero de los inquilinos, sin que Durand pudiese adivinar el nombre que buscaba.

Tuvieron que subir a pie; no había ascensor. Mientras dejaban atrás un piso después de otro, Durand no pudo evitar el admirar a Bertha y a su inflexible voluntad.

Al llegar al tercer rellano, giraron sin fin a lo largo de interminables pasillos, pobremente iluminados.

—Los negocios no deben ser muy prósperos aquí, ¿no le parece? —observó Durand, por decir algo.

—Se respira honradez —replicó ella secamente—, y eso es lo que yo busco.

Durand lamentó haber hecho aquella observación.

Bertha se detuvo ante la penúltima puerta. En la parte superior de la misma, una placa anunciaba:

Walter DOWNS
Detective privado

Durand llamó y una voz de barítono, vibrante y grave, respondió desde el interior:

—¡Pase!

Abrió la puerta, cedió el paso a Bertha Russel y entró detrás de ella en el despacho.

La estancia, muy clara, ya que daba a la calle, era modesta. Un escritorio, inmenso pero muy usado, la cortaba en dos. Delante del escritorio, del lado de la puerta, había dos sillas vetustas. Al otro lado, veíase una pequeña caja fuerte de metal con los ángulos roídos por la herrumbre. La puerta entreabierta dejaba asomar varios ficheros, encima de los cuales había un montón de papeles en desorden.

El hombre que estaba sentado detrás del escritorio tenía unos cuarenta años. Sus cabellos, color de arena, eran todavía abundantes, pero su frente se desguarnecía en las sienes, lo que confería a su aspecto algo de leonino. El hombre iba completamente afeitado y, lejos de rejuvenecerle, aquella singularidad parecía agudizar más sus facciones. Sus ojos azules tenían una expresión de bondad. Pero en sus profundidades podía sorprenderse de cuando en cuando un relámpago que parecía revelar cierto fanatismo. En todo caso, era la mirada más directa que Durand había encontrado nunca. Una mirada incisiva, atenta como la de un juez.

—¿Tengo el honor de hablar con Mr. Downs? —preguntó Bertha.

—Con Mr. Downs en persona, señora —gruñó la voz.

Sus modales no tenían nada de agradables. Hubiérase dicho que se negaba a entregarse o a comprometerse, antes de haber valorado la personalidad de sus clientes.

—Tome asiento, señora.

El hombre no se había levantado.

Bertha se sentó. Durand permaneció de pie, adosándose únicamente de cuando en cuando a la pared.

—Me llamo Bertha Russel. Y este caballero es Mr. Durand.

El hombre concedió a Durand una breve inclinación de cabeza, sin más.

—Venimos a verle por un asunto que nos afecta a los dos.

—En tal caso, ¿quién de ustedes va a exponerlo?

—Hable usted, Mr. Durand. Creo que será más sencillo.

Con los ojos clavados en el suelo como buscando en él sus palabras, Durand permaneció unos instantes en silencio. Pero Downs no dio la menor señal de impaciencia... Era una historia que parecía ya muy vieja, muy usada a fuerza de ser contada. Durand habló en voz baja, sin inflexiones:

—Desde Nueva Orleans, donde vivo, establecí un intercambio epistolar con la hermana de la señora, que vivía aquí. Le propuse matrimonio. Ella aceptó. Abandonó esta ciudad para reunirse conmigo, el 18 de mayo último. La señora la acompañó hasta el barco. No llegó a su destino. En el muelle de Nueva Orleans se presentó a mí otra persona. Logró convencerme de que era la hermana de Miss Russel, a pesar de las apariencias. Me casé con aquella persona, que desapareció a su vez después de robarme cincuenta mil dólares. La policía de nuestra ciudad me ha hecho saber que no podía intervenir en este caso, por falta de pruebas. En efecto, no podía establecerse que la persona que yo había pedido en matrimonio había sido víctima de un acto de violencia. La sustitución de personas y el engaño, no caen bajo el peso de la ley.

Downs se limitó a articular tres palabras:

—¿Y usted desea?

—Queremos obtener la prueba de que se ha cometido un asesinato. Queremos que localice usted el rastro de la mujer que ha desempeñado un papel tan importante en ese crimen, y que la detenga. —Durand aspiró profundamente—. Queremos que ese crimen sea castigado.

Downs asintió brevemente con la cabeza. Su mirada se hizo pensativa. Esperaron. Permaneció tanto tiempo silencioso, que Durand tuvo casi la impresión de que había olvidado su presencia. Carraspeó, pues, para llamar su atención y le preguntó:

—¿Acepta hacerse cargo de este caso?

—Eso ya está decidido —respondió Downs, con un gesto caballeresco con la mano, como diciendo: «No me interrumpan».

Durand y Bertha Russel intercambiaron una mirada.

—No había usted terminado su relato —continuó Downs casi inmediatamente— cuando ya había tomado mi decisión. Es la clase de asunto que me gusta. Son ustedes honrados, los dos. Por lo que a usted se refiere, caballero —sus ojos se clavaron bruscamente en Durand—, la cosa no ofrece dudas. Sólo un hombre honrado puede comportarse de un modo tan estúpido como usted parece haberlo hecho —Durand enrojeció, pero no dijo palabra—. Y yo mismo soy un estúpido. Hace más de una semana que espero en vano un cliente. Pero si su caso me disgustara por uno u otro motivo, no vacilaría en rechazarlo. No puedo prometerles el éxito. La única promesa que puedo hacerles es esta: no descansaré hasta que haya resuelto este enigma.

Durand buscó su cartera:

—Si es usted tan amable de decirme a cuánto ascienden habitualmente sus honorarios...

—Entréingueme la suma que quiera; servirá para cubrir mis gastos —dijo Downs con una especie de indiferencia—. Si los gastos llegan a superar el crédito que usted me haya abierto, le avisaré.

—¡Un momento! —intervino Bertha Russel, abriendo su bolso.

—No, por favor —protestó Durand—. Me corresponde pagar a mí.

—Esto no tiene nada que ver con las cortesías de salón —replicó ella en tono casi salvaje—. Julia era mi hermana. Tengo derecho a compartir los gastos con usted. Lo exijo.

Downs miró sucesivamente a sus dos clientes.

—Veo que no me había equivocado —murmuró como para sí mismo—. Este asunto me gusta.

Cogió un periódico de la mañana, lo sacudió para desplegarlo mejor sobre el escritorio y volvió a doblarlo. Su dedo siguió la columna de arriba a abajo: era la sección de los anuncios comerciales de pago:

—¿Qué nombre tenía el barco que tomó la desaparecida? —inquirió, al cabo de unos instantes.

—El *City of New Orleans* —respondieron al mismo tiempo Durand y Bertha Russel.

—Pura coincidencia —dijo Downs—. Veo aquí ese nombre, inscrito para la próxima salida. Le ha llegado de nuevo la vez: sale mañana, a las nueve. —Soltó el periódico—. ¿Tiene usted la intención de prolongar muchos días su estancia aquí, Mr. Durand?

—Mi intención es la de regresar lo antes posible a Nueva Orleans, ahora que el asunto está en sus manos. —Y Durand añadió, con una forzada sonrisa—: Allí es donde tengo mis intereses.

—Bien —dijo Downs, poniéndose en pie y cogiendo su sombrero—. En ese caso, marcharemos juntos; ahora mismo voy a sacar mi billete. Para empezar, vamos a rehacer el mismo trayecto que la desaparecida; el mismo viaje exactamente, en el mismo barco, con el mismo comandante y la misma tripulación. Es posible que alguien observara un detalle, se acuerde de algo. Es inevitable...

XXVIII

Los camarotes del *City of New Orleans* eran pequeños. El que nuestros dos hombres compartían parecía aún más pequeño que los otros, quizás porque eran dos en ocuparlo.

—Le ayudaré en la medida de lo posible —propuso Durand—. Dígame solamente lo que tengo que hacer, e indíqueme la marcha a seguir.

—Los pasajeros —le dijo Downs— no serán los mismos que en el primer viaje. Sería demasiado hermoso. Las únicas personas que no habrán cambiado son aquellas que aseguran el funcionamiento y el servicio del barco. Las interrogaremos a todas, desde el capitán hasta los camareros, repartiéndonos la tarea. No se desanime. Este asunto puede durar meses enteros, años incluso, y sólo estamos al principio.

—¿Y qué es lo que va... lo que vamos a intentar descubrir, para empezar?

—Buscaremos un testigo que las haya visto a las dos, juntas —la verdadera Julia y la falsa—, no necesariamente una en compañía de la otra, se entiende, sino a las dos con vida sobre este barco, efectuando el mismo viaje. Ya que la hermana puede atestiguar que la verdadera Julia salió en este barco, y usted es testigo de que la falsa Julia llegó en él. Lo que trato de saber, procediendo por eliminación, es: cuándo vieron a la verdadera por última vez, y cuándo apareció por primera vez la falsa. Cuando hayamos obtenido esa información, trataré de localizar los incidentes, para determinar en qué punto del viaje ocurrió la cosa. Así sabré cuáles son el Estado y la jurisdicción interesados, y los límites dentro de los cuales debo dedicarme a descubrir *la* prueba, si es que existe, la única prueba que no tendremos nunca.

Durand no trató de hacerse concretar el sentido exacto

de aquellas palabras. Pero se sintió recorrido por un helado estremecimiento.

El capitán respondía al nombre de Fletcher. Hablaba lentamente y se tomaba tiempo para reflexionar.

—Sí —dijo, tras un largo silencio y después de haber escuchado la descripción detallada que le proporcionó Downs—. Sí, recuerdo perfectamente a una pequeña dama como la que usted me describe. El viento se enredó en su falda en el preciso instante en que yo avanzaba hacia ella. Se apresuró a sujetar su vestido con sus manos. Pero, por un momento... —No terminó la frase; sus ojos, sin embargo, evocaban con placer aquel recuerdo—. Luego, al cruzarme con ella, la saludé tocando ligeramente mi gorra. Ella inclinó los ojos sin contestar. Sin embargo, noté que sonreía, y su sonrisa sólo podía ser para mí, ya que no había nadie más a la vista.

—¿Y esta? —dijo Downs.

Tendió al capitán una pequeña fotografía de Julia, suministrada por Bertha, muy parecida a la que Durand había recibido... El capitán la estudió largo rato, aunque sin gran placer; luego reflexionó.

—No —dijo finalmente—. No, nunca he visto a esta vie... a esta mujer.

Devolvió la imagen, como si se alegrara de desembarazarse de ella.

—¿Está usted seguro?

—Transportamos a muchas personas —respondió el capitán con más desenvoltura—, y no puede esperarse que me acuerde de todas las caras. Después de todo, no soy más que un hombre.

—Y extraños son los caminos que sigue el hombre —observó Downs un poco más tarde, comentando la respuesta—. La gente sólo ve con su sangre, con los latidos de su corazón. Ya que aquella que sólo podía describirle con palabras la recordó inmediatamente, y sin duda la recordará hasta el fin de sus días. Pero aquella cuya fotografía tuvo delante de los ojos, es incapaz de recordarla...

Durand pulsó el botón del servicio; estaban los dos en su pequeña madriguera. Tras una espera excesiva, llegó un camarero, arrastrando las chancletas.

—No, usted no —le dijo Durand—. ¿Quién se ocupa de los camarotes de señoras?

A la larga, apareció una camarera. Durand le deslizó una moneda de plata.

—Quisiera preguntarle algo. Trate de recordar. ¿Le ha ocurrido alguna vez entrar en el camarote de una señora, por la mañana, y encontrar la litera intacta, sin señales de haber sido utilizada para dormir?

—Desde luego. Montones de veces. No siempre está todo lleno. En muchos viajes, más de la mitad de los camarotes quedan vacíos.

—No se trata de eso. Voy a formularle la pregunta en otros términos. ¿Ha entrado alguna vez en un camarote de señora que estuviera *ocupado,* encontrando la litera intacta?

La camarera enarcó las cejas:

—¿Quiere usted decir que nadie se había acostado en la litera, a pesar de haberla alquilado?

—Más o menos, sí.

Ella no estaba segura; se rascó la cabeza, tratando de recordar. Durand acudió en su ayuda:

—Los vestidos podían estar allí, por ejemplo, y también las maletas... En tales condiciones, no podía usted dejar de observar que la litera no había sido utilizada...

La camarera seguía vacilando. Durand dejó caer su triunfo:

—¿Con una *jaula de pájaro* entre el equipaje?

La memoria de la camarera llameó súbitamente, como madera seca a la que se prende fuego.

—¡Sí, eso es! ¿Cómo lo sabe usted? Un camarote con una jaula de pájaro dentro, y yo no tuve que tocar la litera...

Durand inclinó sombríamente la cabeza:

—Nadie se había acostado en ella la noche anterior.

La camarera rectificó:

—Yo no he dicho eso. La dama arregló el camarote antes de que yo llegara. Hay algunas que lo ponen todo en orden y se las arreglan solas sin esperar a la camarera.

—¿Quién le dijo eso? ¿Cómo lo sabe?

—Cuando yo entré, había una dama en el camarote. Nunca había visto a una dama tan bonita; rubia como un ángel, y menuda como una niña...

En el comedor del barco, Durand observó que Downs conservaba delante de él uno de sus platos, a pesar de que lo había vaciado de su contenido. Al final del almuerzo, cuando sólo quedaban ellos dos en la mesa única y enorme, Downs llamó al camarero y le dijo:

—Fíjese bien en lo que voy a hacer.

A continuación sacó un pañuelo, lo desplegó sobre la mesa, depositó en él una hoja de lechuga que había servido de guarnición y dobló las esquinas del pañuelo hacia el centro, como un prestidigitador que se dispone a escamotear un objeto.

—¿Ha visto alguna vez a alguien hacer lo mismo al final de una comida?

—¿Se refiere usted a doblar así la servilleta?

—No, no. —Downs desplegó de nuevo el pañuelo para mostrar la lechuga, y repitió la maniobra—. ¿No ha visto a alguien poner en su pañuelo una hoja de lechuga, para llevársela? Trate de recordar: un pañuelo más pequeño, mucho más pequeño...

El camarero asintió con la cabeza.

—Sí, ahora lo recuerdo. Vi hacerlo una vez. Una sola vez. Después de una sola comida...

—No llego a hacer coincidir sus rastros —le decía Downs a Durand, poco después—. La una desaparece cuando aparece la otra. Pero la cosa debió ocurrir en el curso de la primera noche. A la hora de la cena, el camarero vio a la verdadera Julia escamoteando una hoja de lechuga para su pájaro. Al día siguiente, a las ocho de la mañana, la camarera encontró a una mujer «rubia como un ángel» que ha-

bía puesto ya en orden su camarote, el camarote en el que
se encontraba la jaula.

En la primera escala, a la mañana siguiente, a las ocho,
Durand sorprendió a Downs ocupado en prepararse para el
desembarco.

—¿Nos abandona usted aquí? —inquirió, asombrado—.
¿Tan pronto?

Downs negó con la cabeza.

—Hoy, como en el otro viaje, tenemos la primera escala
de este barco. El horario es el mismo. Aquella mujer ya
estaba muerta y la habían arrojado al agua. Si continúo
mi camino, me arrastrará demasiado lejos. Cada vuelta de
las ruedas me aleja del objetivo. ¡Vamos! Acompáñeme
hasta el desembarcadero.

»Si tengo que encontrarla —añadió, mientras cruzaban
el puente envueltos por la leve bruma matinal—, será en
estos parajes, remontando a partir de aquí el recorrido
que hemos cubierto esta noche. Si el río la rechaza a la
orilla —o si ya la ha rechazado, sin que hayan podido
identificarla— en el trayecto que hemos dejado atrás. Voy
a remontar la orilla, de aldea en aldea, si es preciso a pie.
Primero por este lado; luego por el otro. Y si el cadáver
no ha aparecido todavía, esperaré...»

Su rostro expresaba una determinación casi fanática.

—Ella está ahí, corriente arriba, en alguna parte. Tal
vez reposa en el fondo del río, atrapada en el gran remolino
del cabo Girardeau... Y ahí la esperaré.

Al oír aquellas palabras, Durand notó que su sangre se
helaba. Downs le tendió la mano.

—¡Buena suerte! —le dijo Durand, súbitamente inti-
midado por su compañero.

—¡Buena suerte también! —respondió Downs—. Volverá a verme usted un día de estos. ¿Cuándo? No puedo
decirlo, pero será un día de estos, sin falta.

Se alejó por la pasarela. Durand le siguió con la mirada hasta que hubo desaparecido. Luego dio media vuelta,
estremeciéndose, a pesar suyo. Oía aún, extrañamente, la
voz del hombre:

«Volverá a verme usted un día de estos... Un día de estos, sin falta...»

XXIX

Ver morir una casa es infinitamente más triste que ver morir un ser viviente, ya que ella arrastra en su muerte tantas cosas, tantos recuerdos...

Aquel último día, Durand recorrió lentamente todas las habitaciones, en su morada de la Saint-Louis Street.

Y, sin embargo, sabía perfectamente que decía adiós, no tanto a la casa como a una parte de sí mismo que iba a desaparecer con ella. Dejaba aquí unas esperanzas que nunca más volvería a encontrar. No había ya motivo para esperar. No volvería a encontrar nunca más la juventud que había conocido aquí, tardía en llegar, pronta en marcharse, durante unas breves semanas.

Estaba de pie en el umbral de lo que había sido su dormitorio y examinaba el papel pintado, en la pared. El papel que habían hecho venir de Nueva York, *«rosa, pero no demasiado vivo, con pequeñas flores azules, miosotis, por ejemplo».* Luego cerró la puerta y descendió lentamente la escalera, como a regañadientes. La puerta principal estaba abierta. Vio fuera una mula y una carreta de dos ruedas, en la que se amontonaban los objetos que había regalado a tía Sarah. En aquel preciso instante, la anciana negra le rozó; llevaba en una mano una jaula dorada, y en la otra un voluminoso reloj que hasta entonces había ocupado un lugar sobre la repisa de la chimenea. Al ver a Durand se detuvo, negándose a creer aún que todas aquellas riquezas eran para ella.

—¿Y esto también? ¿Incluso este reloj?

—¡Todo, ya te lo he dicho! —respondió Durand en tono impaciente—. Todo, excepto los muebles grandes de cuatro patas. ¡Llévatelo todo! ¡No quiero volver a verlo!

—Seguro que tendré la casa más bonita de todo Shreveport, cuando regrese a ella.

Durand fijó en ella una mirada dura, aunque aquella dureza no era para la anciana.

—La música no suena hoy, por lo que veo —observó, en tono amargo.

Sarah comprendió la alusión con una rapidez asombrosa.

—¡Sssst, señorito Louis! Todo el mundo puede equivocarse. Era la música del diablo.

XXX

El mes de mayo había vuelto. Mayo, que no envejece nunca, cuya belleza permanece intacta de año en año.

El mes de mayo había vuelto. El mes de mayo de 1881. Había transcurrido un año desde aquel matrimonio.

El tren de Nueva Orleans entró en la estación de Biloxi a última hora de la tarde. El cielo era de color porcelana. Las copas de los árboles temblaban y lucían unas hojas nuevas y delicadas.

Durand fue el último en bajar del vagón. Descansar, olvidar por una temporada: no deseaba otra cosa. Nueva Orleans conservaba aún para él demasiados recuerdos.

En medio de la multitud de veraneantes, llegados del interior para pasar una o dos semanas de vacaciones; en medio del parloteo, de los empujones, el hombre estaba de pie, solitario, ajeno a todo, con su bolsa de viaje en el suelo, junto a él.

En los pequeños grupos que se formaban en los andenes, más de una joven en busca de marido mantenía clavados los ojos en él, pensativamente. Sin embargo, cada vez que tales miradas encontraban los ojos del hombre se apartaban rápidamente, y no sólo porque así lo exigía la buena crianza, sino bajo el efecto de un súbito malestar: tenían la impresión de haber contemplado un objeto inanimado.

El andén se vació lentamente. El hombre continuaba allí. El tren de Nueva Orleans reemprendió la marcha. El viajero se volvió a medias, como si se dispusiera a subir de nuevo a su vagón. Pero reasumió su actitud indolente, dejando que las unidades del tren desfilaran delante de él.

XXXI

No tardó en adquirir la costumbre de detenerse en el bar de uno de los hoteles contiguos, el *Belleview House,* todas las tardes, alrededor de las siete, para beber a pequeños sorbos un ponche de whisky... o tal vez dos; ya que no era el alcohol lo que le atraía: sólo el aburrimiento en espera de la hora de la cena.

Era un rincón lleno de alegría, de movimiento, de conversaciones susurrantes. Un lugar al que los caballeros acudían a beber. Y como todos los lugares de esa especie, estaba estrictamente reservado a los hombres.

Encima del mostrador de caoba, alegremente iluminado por unas luces resplandecientes, podía verse una gran pintura al óleo representando a una mujer tumbada en el suelo, una diosa, sin duda. A la altura de su cabeza, volaban dos amorcillos alados; a sus pies, un cuerno de la abundancia derramaba frutos y flores.

Gracias a aquel cuadro, Durand tuvo el primer contacto con uno de sus semejantes después de su llegada a Biloxi. Su vecino más próximo estaba plantado delante del cuadro, en éxtasis, la mirada casi húmeda y nostálgica. Durand, por casualidad, sorprendió aquella mirada glotona y no pudo reprimir una leve sonrisa. Sin embargo, el otro, viendo aquella sonrisa, creyó descubrir en ella una nostalgia similar a la suya. Se apresuró, pues, a dirigirle un guiño de complicidad.

—¡Soberbia criatura! —exclamó con fervor, levantando su vaso hacia el cuadro y señalándolo al mismo tiempo a Durand.

Durand asintió vagamente con la cabeza. Estimulado, el otro alzó la voz:

—¿Me haría el honor de unirse a mí, caballero?

Durand no experimentaba el menor deseo de hacerlo;

pero una negativa hubiese resultado grosera. Se acercó, pues, a su vecino. Hicieron llenar sus vasos, los levantaron con un saludo y los vaciaron al mismo tiempo, cumpliendo así el pequeño rito preliminar. El otro podía tener cuarenta y cinco años. Su rostro era bastante atractivo, pero llevaba las huellas de la disipación; las arrugas de su frente revelaban un carácter disoluto. Su tez era muy pálida; los cabellos muy negros, demasiado quizás... Era más bajo que Durand, pero mucho más robusto.

—¿Está usted aquí solo, caballero?

—Completamente solo, sí —respondió Durand.

—¡Vaya! —estalló el hombre—. Entonces, supongo que es la primera vez que viene usted aquí, ¿no?

—En efecto —reconoció Durand, lacónicamente.

—Le gustará esto, cuando se haya ambientado un poco —prometió el otro.

—Eso espero —dijo Durand, sin el menor entusiasmo.

—¿Para usted en este hotel? Yo, sí.

—No, estoy en el *Rogers*.

—Debió instalarse aquí. Es el mejor. En el *Rogers*, el servicio es un poco lento, ¿no?

—No, no me he dado cuenta —dijo Durand—. Por otra parte, no pienso quedarme mucho tiempo.

—Bueno, tal vez cambie usted de idea —se apresuró a sugerir el otro.

—Es posible —admitió Durand, con la misma frialdad—. Ahora me toca invitar a mí —añadió, al observar que el vaso de su compañero estaba casi vacío.

—Muy honrado —dijo el otro alegremente, apresurándose a vaciar el resto de su consumición.

Durand se disponía a llamar al camarero cuando uno de los botones del hotel franqueó la puerta vidriera, echó una ojeada a su alrededor y, al ver al personaje en el bar, se dirigió hacia él, se disculpó y le susurró unas palabras al oído.

—¿Ya? —dijo el otro—. Has hecho bien en avisarme. —Entregó una moneda al botones—. Voy en seguida. —Se volvió hacia Durand—. Me llaman —explicó alegremente—. Continuaremos nuestra conversación un día de estos. —Se arregló el nudo de la corbata, se alisó los cabellos con la mano—. No hay que hacer esperar a una dama, ¿sabe?

—añadió, incapaz de resistir a la tentación de revelar a Durand la naturaleza de su cita.

—Desde luego —asintió Durand

—Buenas noches, caballero.

—Buenas noches.

Durand sonrió interiormente, semidespreciativo, semicompasivo, y volvió a enfrascarse en su vaso.

XXXII

Al día siguiente, a la misma hora, los dos hombres volvieron a encontrarse. El otro estaba ya allí cuando Durand entró. Se unió a su compañero sin más ceremonia: la etiqueta le prescribía invitarle a beber. Si hubiese evitado a su compañero de la víspera, éste habría podido ver en su reticencia el deseo de eludir aquella obligación.

—Solo, como siempre —dijo el hombre.

—Como siempre —dijo Durand, atrincherándose detrás del misterio.

—Bueno, no cabe duda de que es usted un poco lento, amigo mío —observó el personaje en tono de censura—. ¿Qué es lo que le retiene? En mi opinión, hace ya mucho tiempo que debería usted haberse buscado...

No terminó la frase, pero guiñó un ojo de un modo muy significativo.

Durand sonrió débilmente y encargó las consumiciones. Levantaron sus vasos, los vaciaron.

—A propósito, permítame que me presente —dijo el otro en tono cordial—. Coronel Harry Worth, retirado del ejército.

—Me llamo Louis Durand.

Se estrecharon la mano.

—¿De dónde viene usted, Durand?

—De Nueva Orleans.

—¡Oh! —dijo el coronel, aprobando con la cabeza—. Bonito rincón. Pasé una temporada allí.

Durand no le preguntó de dónde era. Le tenía sin cuidado. Hablaron de banalidades. Luego, en el preciso instante en que Worth se disponía a corresponder a la invitación, surgió de nuevo el botones, se acercó a él, le susurró unas palabras al oído.

—Ha llegado la hora —le dijo a Durand, tendiéndole la mano—. Ha sido un placer. Hasta la próxima, Mr. Randall...

—Durand —rectificó nuestro amigo.

—¡Exacto! Perdóneme. Tengo una memoria fatal para los nombres...

—No tiene importancia —dijo Durand con voz neutra.

El personaje se retiró en dirección al hotel. Durand permaneció cerca de la puerta de salida a la calle. Un poco más tarde, volvió distraídamente la cabeza y percibió al coronel que pasaba por detrás del cristal convexo y verdoso del bar. Su silueta quedaba deformada por el espesor del vidrio. Pero Durand la reconoció. Más allá de sus contornos aparecieron algunos elementos de tocado femenino reveladores de que le acompañaba una mujer: una pluma lisa y recta, adorno de un sombrero invisible, se erguía por encima de su hombro; más abajo, un polisón ondulaba voluptuosamente...

Pero la mirada de Durand se apartó de los dos paseantes. Se encogió de hombros, como diciendo: «Después de todo, cada uno tiene sus gustos...».

XXXIII

El botones, aquella noche, apareció más tarde que de costumbre. El coronel, pues, bebió un vaso más que en los días anteriores. Sus testimonios de amistad fueron más calurosos que los precedentes. De todos modos, continuó expresándose claramente:

—¡Tengo una novia adorable, Randall, adorable! —repitió en tono solemne.

Hubiérase dicho que nunca convencería de ello lo suficiente a su interlocutor.

—No lo dudo —respondió Durand por tercera vez—. No lo dudo.

Habiendo recordado ya, al principio de la velada, su verdadero apellido a su interlocutor, no creyó de utilidad rectificar de nuevo y dejó que Worth empleara a su antojo el nombre erróneo.

—Soy el más afortunado de los hombres, se lo digo yo. Me gustaría que la viera. No está usted obligado a creerme; tendría que comprobarlo con sus propios ojos...

—Pero, yo le creo... —protestó tímidamente Durand.

—Necesitaría usted una muchacha como ella. Tendría usted que encontrar una muchacha del mismo estilo.

—No todo el mundo puede ser tan afortunado como usted —murmuró Durand, frotando nerviosamente con la punta del zapato la barra de apoyo en cobre del mostrador.

—Me duele ver a un hombre de buena planta como usted arrastrarse por ahí tan solo como la una.

—Yo no me quejo —dijo Durand en tono resignado, trazando con el fondo de su vaso una serie de círculos unidos entre sí sobre la caoba del mostrador.

—¡Por amor de Dios! ¡Míreme! Aparento diez años menos que usted, palabra de honor. Y no espero que vengan a buscarme. Si cree que ese es el sistema... Lo que hace falta es tomar la delantera.

—Y usted la toma, desde luego —convino Durand.

Temiendo súbitamente haber sobrepasado los límites del buen gusto, el coronel apoyó afectuosamente una mano en el hombro de Durand:

—¿No soy demasiado indiscreto, por casualidad? —inquirió—. Si lo soy, no vacile en decírmelo y me retractaré.

—Nada de eso, no se preocupe —aseguró Durand.

—Me intereso tanto por usted porque su compañía me resulta sumamente agradable.

—El sentimiento es recíproco —dijo Durand gravemente.

—Me gustaría que conociera a mi novia. ¡Eso es una mujer!

—Me sentiría muy honrado —dijo Durand.

Empezaba a desear que el botones hiciera su acostumbrada aparición.

—Bajará dentro de un par de minutos, y pasaré a recogerla. ¿Por qué no se une a nosotros, esta noche? Me haría muy dichoso... Venga conmigo, le presentaré...

—Esta noche, no —se apresuró a decir Durand—. No

esperaba... —Se acarició la mejilla con mano crítica—. Temo no estar presentable...

El coronel enarcó las cejas:

—¡Tonterías! Tiene usted muy buen aspecto. Y está recién afeitado. —Se le ocurrió la idea de un compromiso—: Vamos a hacer una cosa: me acompaña usted sólo un momento al otro lado de esa puerta, y le presentaré a ella cuando baje. Luego, le dejaremos en paz.

Durand manifestó súbitamente unos escrúpulos muy oportunos:

—No creo que ella le agradeciera que le presentara a alguien saliendo de un lugar como este. Podría parecerle una inconveniencia... Ya sabe cómo son las mujeres. Al fin y al cabo, esto es un café para hombres, en el cual se bebe.

—Pero yo vengo aquí todos los días... —objetó el coronel, inseguro.

—Con la diferencia de que usted la conoce, en tanto que yo soy un extraño. No es lo mismo.

Antes de que Worth tuviera tiempo de digerir aquella sutileza del código mundano, se presentó el botones y formuló el aviso de costumbre:

—La señorita ha bajado, señor.

El coronel deslizó una moneda en la mano enguantada y vació su vaso.

—Se me ocurre una idea mejor. Le diré a mi prometida que busque a una amiga para usted. Con el tiempo que lleva aquí, me extrañaría que no hubiese trabado conocimiento con alguna muchacha que pueda resultarle interesante. Saldríamos los cuatro, y usted se sentiría más a gusto... ¿Qué le parece mañana noche? Nada a la vista por su parte, ¿eh?

—Absolutamente nada —dijo Durand, contento al haberse asegurado un respiro provisional.

—¡Espléndido! —dijo Worth, radiante—. De acuerdo, entonces. Voy a decirle el lugar ideal. Un pequeño rincón para cenas finas; se llama *La Gruta* y está abierto hasta muy tarde. No crea que le llevo a un lugar de disipación, ni mucho menos. La cocina es excelente, hay alegría, música y buen vino. Miss Castle y yo vamos allí a menudo, en vez de encontrarnos aquí, en el hotel, donde siempre hay un montón de viejas cotorras dispuestas al comadreo. Vaya directamente allí. Yo me encargaré de llevar a las dos palomas.

—De acuerdo —dijo Durand.

El coronel se frotó jovialmente las manos.

—Cenaremos en uno de los reservados, en el que estaremos a cubierto de las miradas indiscretas, detrás de una cortina. El *maître* le dirá dónde estamos. —Con el dedo índice, dio unos golpecitos en el pecho a Durand—. Y no olvide esto: invito yo.

—Pienso disputarle ese honor —dijo Durand.

—Ya discutiremos eso cuando llegue el momento. Hasta mañana, pues. ¿De acuerdo?

—De acuerdo. Hasta mañana.

Worth se apresuró a reunirse con el botones, que esperaba en el umbral, ya que evidentemente había recibido la orden de no regresar sin el coronel.

Bruscamente, Worth dio media vuelta, retrocedió precipitadamente, se alzó sobre la punta de los pies y susurró con voz ronca al oído de Durand:

—Olvidaba una cosa... ¿Rubia o morena?

Por un instante, una imagen cruzó por la mente de Durand. Se apresuró a decir:

—Morena.

Y una chispa de sufrimiento vaciló durante un segundo en sus ojos.

El coronel le dio una palmada en el hombro en señal de camaradería libertina.

XXXIV

Al día siguiente, Durand se dejó ganar por un exceso de indolencia y ni siquiera se tomó la molestia de enviar a tiempo sus disculpas al coronel. Antes de que se diera cuenta, anocheció y la cita se encontró confirmada: era demasiado tarde para eludirla. Suspiró, se dirigió una mueca en el espejo, pero empezó a prepararse

«Puedo permanecer allí media hora —pensó—. Me las arreglaré para que un camarero me llame, alegaré un asunto urgente, y me marcharé. Procuraré pagar mi parte, antes de despedirme, y así no podrán insinuar que trataba de evitar un dispendio.»

Jamás un invitado se encaminó con menos alegría a lo que debía ser una velada de placer. Juraba en voz baja, echando pestes contra aquel coronel, sociable en demasía, que le había embarcado en aquella aventura; echando pestes contra la desconocida a la que tendría que halagar, simplemente porque era mujer; echando pestes contra sí mismo.

La Gruta era una larga y estrecha planta baja de fachada vulgar. El salón quedaba algo más bajo que el nivel de la calle, de modo que Durand tuvo que descender algunos peldaños para entrar en él. Desde lo alto de aquellos peldaños veíanse las mesas cubiertas con manteles blancos y adornadas con lámparas de pantallas azules o rosadas, a la moda europea. Esparcían una claridad crepuscular y sugerían una atmósfera de orgías clandestinas y de amores secretos.

Un pomposo *maître*, con las mejillas adornadas por unas patillas en abanico y una Carta en la mano, le acogió al pie de la escalera.

—¿Viene usted solo, caballero? ¿Puedo acompañarle a una mesa?

—No. Me esperan unos amigos —dijo Durand—. La mesa del coronel Worth. Creo que está en un reservado. ¿Cuál es el camino?

—¡Oh! Al fondo, caballero. Al otro extremo del salón. Le están esperando. A mano derecha, por favor.

Durand siguió la larga avenida central que conducía hacia el fondo. En medio de los olores, de las voces y de las luces.

Al final, el salón se estrechaba, dejando únicamente un pasillo para el servicio, que conducía a las cocinas. Pero a cada lado de aquel pasillo se abrían los pequeños reservados que Worth había mencionado. Todos estaban aislados por una discreta cortina.

En el preciso instante en que Durand se adentraba en el pasillo, la cortina protectora del primer reservado, a mano derecha, se apartó. Un camarero salió, de espaldas. Sin duda no habían terminado de encargar la cena, porque se demoró en el umbral, reteniendo la cortina con la mano.

¡Durand se inmovilizó, como petrificado!

Veía parte del perfil abotargado del coronel, y al otro lado de la mesa, vuelta de espaldas, a una desconocida, de cabellos oscuros, cuyo rostro no llegaba a distinguir.

Y entre los dos, frente a él, Durant descubrió, como un busto de alabastro, la imagen de una deslumbrante y regia Juno en miniatura. Tenía la belleza rubia de Venus o de Elena de Troya. Su rostro, su garganta, sus hombros desnudos, su seno apenas velado, eran algo que Durand no olvidaría nunca, porque era imposible. Acababan de surgir delante de él por la magia de sus ensueños... Aquella mujer era Julia.

Reconoció la luz de sus cabellos, su resplandor de oro en movimiento y también el límpido brillo de sus ojos.

Julia, la asesina. La que había destruido, pisoteado su corazón.

Le pareció increíble que ella no le viera. Las pupilas de sus ojos estaban vueltas hacia él. Sin duda, su mirada estaba imperceptiblemente desviada hacia el uno o el otro de sus compañeros de mesa.

El camarero dejó caer su mano; la cortina cayó a su vez detrás de ella; la escena se borró.

Durand no se movió, estupefacto. Como si acabara de ser fulminado por un rayo.

Luego, un camarero, en su precipitación, le empujó, y aquel choque le puso en movimiento, como una bola de billar golpeada por otra bola.

Finalmente, dio media vuelta y empezó a desandar el camino que había recorrido para llegar allí.

Avanzó con paso titubeante, tropezando con las mesas y con los respaldos de las sillas, entre los rostros interrogadores que se levantaban hacia él. La doble hilera de lámparas empañaba su visión.

Finalmente, casi sin saber cómo, consiguió llegar al extremo del ruidoso salón.

El *maître* se acercó a él en actitud solícita:

—¿No ha encontrado usted a sus amigos, caballero? —inquirió amablemente.

—He... he cambiado de idea.

Sacó de su cartera un billete de diez dólares, lo dobló y lo introdujo en la mano del hombre.

—No he estado aquí, no he preguntado por ellos. Usted no me ha visto.

Subió los peldaños tambaleándose y salió con el paso inseguro de un hombre borracho.

Estaba borracho.

Borracho de odio...

XXXV

En el primer momento, no supo qué partido tomar. La espesa niebla de odio que había envuelto su mente le impidió hilvanar el menor proyecto. El instinto le había retenido delante del reservado, no la reflexión y el cálculo.

Sola. Tenía que verla sola, en un lugar en el que ningún espectador pudiese acudir en su ayuda. No quería una querella en público; con la sangre fría y el dominio de sí misma que Durand le conocía, sería ella la que terminaría por imponerse...

«¡En mi vida he visto a este hombre! ¡Debe de ser un loco!»

Durand sólo quería una cosa: la muerte de aquella mujer. Y quería pasar a solas con ella los instantes que precederían a su fin.

Permaneció inmóvil un momento delante de su hotel —el que hospedaba a aquella mujer y también a Worth— para recobrar la calma, para dominarse. Estaba vuelto de espaldas al edificio y contemplaba el mar.

Bruscamente, giró sobre sus talones y penetró en el vestíbulo brillantemente iluminado del hotel, con aire resuelto, aunque sin demasiada prisa. Se encaminó directamente al mostrador de la recepción, se detuvo, tamborileó con las uñas sobre el mármol negro veteado de blanco para llamar la atención del empleado.

—Soy un amigo del coronel Worth —le dijo—. Acabo de dejar al coronel y a sus invitadas en *La Gruta*.

—Perfectamente caballero. ¿En qué puedo servirle?

—Una de las jóvenes que nos acompañan —se hospeda aquí, según creo—, ha encontrado la noche más fresca de lo que esperaba. Me ha rogado que viniera a buscar su echarpe... Me ha explicado dónde podía encontrarlo. Pero, naturalmente, necesito que me autoricen a subir a su habitación.

El empleado manifestó una prudencia profesional:

—¿Puedo pedirle que me describa a esa señorita?

—Rubia, más bien bajita...

Las dudas del empleado se desvanecieron:

—¡Oh! ¡La prometida del coronel! ¡Miss Castle! Habitación 26. Un botones le acompañará inmediatamente.

Pulsó un timbre, entregó una llave y dio las instrucciones necesarias.

Un lento y majestuoso ascensor izó a Durand hasta el segundo piso.

Cruzaron un vestíbulo. Una breve parada, mientras el botones probaba la llave. Luego, la puerta se abrió y una extraña sensación se apoderó de Durand. Hubiérase dicho que Julia acababa de abandonar la estancia. El fantasma de su perfume estaba aún en el aire. Una falda de tafetán tirada sobre una silla reavivó recuerdos que Durand creía desvanecidos para siempre.

No dio un paso en falso, no hizo un solo gesto de más.

El botones se había quedado junto a la puerta abierta, lleno de deferencia, dejando que Durand entrara solo en la habitación. Pero se había situado de modo que le permitiera ver lo que hacía el visitante.

—Esa joven ha debido equivocarse —dijo Durand, sin alzar la voz, para que lo oyera el joven, pero simulando que se hablaba a sí mismo—. No veo nada sobre este asiento. —Levantó la falda de tafetán, la soltó—. Debe de estar en un cajón del tocador.

Abrió uno, volvió a cerrarlo; luego un segundo.

El botones le observaba ahora con aire ligeramente ansioso.

—Las mujeres no saben nunca dónde dejan sus cosas... Bueno, no te digo nada nuevo, ¿verdad? —dijo Durand, en tono confidencial.

El joven sonrió, halagado al ver que le atribuían una experiencia de la que aún no podía presumir... Durand, que desesperaba en secreto, terminó por encontrar algo en el tercer cajón: una especie de velo de color heliotropo.

—Debe de ser esto, supongo —dijo, disimulando una sonrisa.

Cerró el cajón y se encaminó hacia la puerta, guardándose el velo en el bolsillo, en tanto que el joven seguía el gesto de Durand. Este examinó el borde de la puerta. Encima mismo del pestillo había una pequeña depresión circular, que permitía controlar la cerradura.

Antes de que el botones tuviera tiempo de darse cuenta, Durand se apresuró a cerrar el batiente, cogiéndolo a la altura del pestillo. Subrepticiamente, empujó el pestillo hacia dentro, bloqueando así la cerradura. Ya no se necesitaba la llave para abrir.

A continuación, dejó que el botones hiciera girar la llave y, para distraer su atención, a fin de que no comprobara si la puerta había quedado bien cerrada, le tendió una moneda de medio dólar.

Bajaron juntos; el botones era todo sonrisas. También Durand sonreía vagamente.

Con un gesto de la cabeza dio las gracias al empleado al pasar por delante de él y se tocó el bolsillo para indicar que tenía lo que buscaba.

XXXVI

Durand se dirigió a su propia habitación, abrió su bolsa de viaje, sacó el revólver. El mismo. Una noche, en Nueva Orleans, le había dicho a tía Sarah que utilizaría aquel revólver para matar a aquella mujer. Y he aquí que el momento crucial se acercaba... Abrió el tambor... a pesar de que sabía que el arma estaba cargada. Finalmente la deslizó en el bolsillo interior de su chaqueta.

Al inclinar la mirada, vio el velo color heliotropo que asomaba por uno de sus bolsillos. En un repentino acceso de rabia, tiró de él, lo arrojó al suelo, lo aplastó con el tacón y lo empujó con el pie lejos de él, como algo impuro, intocable. Su rostro estaba descompuesto por el odio.

Subió la escalera hasta el segundo piso sin encontrar a nadie. El rumor de voces procedentes de los diversos salones, en la planta baja, se debilitaba a medida que ascendía. Luego no hubo más que silencio. Al llegar a la segunda planta abandonó la escalera y avanzó por el pasillo por el que le había guiado el botones, pisando la alfombra roja con flores estampadas, pasando por delante de las puertas de nogal oscuro. Al llegar a la puerta que ocupaba toda su mente, echó una breve ojeada a su alrededor, por precaución, empuñó el pomo, lo hizo girar y entró en la habitación, volviendo a cerrar la puerta detrás de él.

Julia no había regresado aún. Pero su presencia seguía estando en el aire. Su sombra estaba allí con Durand; parecía acercarse a él por detrás para anudar alrededor de su cuello unos brazos fantasmales.

Permaneció de pie un momento cerca de la ventana, prudentemente, procurando no ser visto; volviendo su rostro hacia el claro de luna.

Bruscamente, abandonó su puesto para dirigirse al rincón más alejado de la puerta, escogió un asiento al azar y se dejó caer en él.

A partir de entonces esperó sin moverse. La noche parecía esperar con él, como una cómplice impaciente por ver hacer el mal. Consultó su reloj: eran las doce menos cuarto. Habían transcurrido tres horas desde que estaba allí.

Luego, súbitamente, oyó la risa de la mujer en alguna parte, lejos. Sin duda estaba en el ascensor. Habría reconocido aquella risa, incluso sin haber visto a Julia en aquel reservado, a primeras horas de la noche. La habría reconocido, se dijo, incluso si hubiese ignorado su presencia en Biloxi. El corazón tiene sus recuerdos...

XXXVII

Se puso en pie de un salto y miró a su alrededor. Cosa extraña: durante todo el tiempo que había estado en la habitación, no había buscado un escondite. Ahora, tendría que improvisar. Vio un biombo. Era el modo más rápido de ocultarse a las miradas... Ella se acercaba ya a la puerta: podía oír su voz, alegre, clara...

Desplegó el biombo delante de la pared, con las dos hojas de los extremos dobladas en ángulo recto, y se deslizó detrás. No tenía necesidad de agacharse: su cabeza no sobrepasaba el borde superior. Y el calado de la madera le permitía ver.

Se abrió la puerta. Julia estaba allí.

Dos formas habían entrado en la habitación, y no una sola. Inmediatamente después de haber cruzado el umbral se fundieron en una sola silueta... anudadas en un ávido abrazo en la penumbra de la estancia, iluminada únicamente por una lamparilla.

Ni un movimiento. Sólo un crujir de tela estrujada.

Luego estalló la risa, una vez más; pero ahora amortiguada, furtiva.

Durand reconoció la voz del coronel: un susurro pastoso:

—He esperado este momento toda la noche. Pequeña mía...

El crujir de la tela se acentuó: Julia resistía.

—Basta, Harry. Pienso volver a ponerme este vestido. Va a dejarlo usted inservible.

—Le compraré otro... diez más...

Ella se desasió, finalmente; pero los brazos del hombre seguían estrechándola. Ella los rechazaba, apoyándose con todo su peso. Hasta que rompió su abrazo.

—¡Pero a mí me gusta este vestido! No sea tan brutal. Suélteme. Voy a encender la luz. No podemos quedarnos aquí, casi a oscuras.

—Yo lo preferiría.

—¡No lo dudo! —replicó ella insolentemente—. ¡Peor para usted! Voy a encender la luz.

Se dirigió hacia la lamparilla, cuya claridad aumentó ostensiblemente bajo su mano. Permaneció allí, bañada de luz, y Durand la vio renacer, una vez más, después de un año, un mes y un día. Estaba allí, muy real, en todo su esplendor y en toda su ignominia, con toda su belleza y toda su perfidia.

Y la antigua herida volvió a abrirse en el corazón de Durand, y volvió a sangrar.

Ella tiró al suelo su abanico, tiró el chal que cubría sus hombros, se quitó el guante que había conservado puesto y lo dejó caer al suelo con el que sostenía en la mano. Iba vestida de raso color granate, rígido y quebradizo como el almidón, incrustado de adornos y perejiles. Y el otro seguía allí, acechando todos sus gestos, suplicándole con sus ojos glotones y empañados por el alcohol.

Ella terminó por volverse hacia él, negligentemente, mirándole por encima del hombro:

—¡Pobre Florrie! No ha tenido suerte... ¿Qué le ha pasado a ese joven con el que usted se citó?

—¡Oh! ¡Que se vaya al diablo! —dijo la voz truculenta de Worth—. Se ha olvidado de la cita, quizá. No es un caballero. Si vuelvo a cruzarme con él, no le dirigiré la palabra.

Ella revisaba su peinado, ahora, rozándolo con la punta de los dedos, para no desarreglarlo más.

—¿Qué aspecto tiene? —inquirió ociosamente—. ¿Parece rico? ¿Le habríamos... le habría Florrie encontrado de su agrado?

—Apenas le conozco. Se llama Randall, o algo por el estilo. Nunca le he visto gastar más de cincuenta centavos, el precio de un whisky...

—¡Oh! —dijo ella, con voz súbitamente indiferente.

Y dejó de ocuparse de sus cabellos.

De pronto, se volvió y avanzó hacia el coronel, tendiéndole la mano en señal de despedida:

—Gracias por esta simpática velada, Harry. Como todas las que se pasan con usted, ha sido deliciosa.

Worth tomó la mano que le ofrecían, pero la retuvo entre las suyas.

—¿No puedo quedarme un momento más? Me portaré bien. Me limitaré a mirarla, simplemente.

—¡Mirarme! —exclamó ella maliciosamente—. Le advierto que no verá lo que desearía ver...

Luego, su sonrisa se desvaneció y pareció abandonarse a sus pensamientos:

—Desde luego, hay que reconocer que la pobre Florrie no está de suerte —repitió.

—Sí, desde luego —convino el otro vagamente.

—Con los apuros que pasó para arreglarse... Tuve que adelantarle el dinero para el vestido.

Worth la soltó inmediatamente.

—¡Oh, espere! Permítame... ¿Por qué no me lo ha dicho antes?

Introdujo una mano en el bolsillo interior de su chaqueta, sacó su cartera... Ella dirigió una breve ojeada a las manos que se afanaban, y luego paseó una mirada soñadora hacia el fondo de la estancia.

Worth le deslizó algo en la mano:

—¡Oh! Ahora que pienso en ello... —Sus dedos hurgaron de nuevo en la cartera y sacaron otros billetes—. La cuenta del hotel —dijo—. Es preferible que la pague usted misma, para guardar las apariencias.

Ella giró sobre sí misma, volviéndole la espalda, y dijo en tono travieso:

—Ahora, no mire. Al menos, no mire por encima de mi hombro izquierdo.

Los pliegues de raso granate ascendieron un momento de un solo lado, dejando al descubierto una pierna revestida de seda negra, brillante. Erguido sobre la punta de los pies para aumentar su estatura, Worth echó una mirada hambrienta por encima del hombro derecho. Ella volvió hacia él su rostro, por espacio de un segundo, le dirigió una maliciosa mirada, guiñó el ojo; y los pliegues volvieron a caer en cascada hasta el suelo, con un suave ¡pluf! Y la pareja se confundió en un nuevo abrazo, esta vez a plena luz y en el centro de la habitación.

Durand notó un peso en su mano. Sus ojos se inclinaron: vio que había sacado el revólver de su bolsillo.

«Voy a matarlos a los dos», se dijo.

—¿Y ahora... —dijo Worth, apretando sus labios contra el cuello y los hombros de la mujer— ...va a ser usted un poco amable conmigo?

Durand la vio apartar su cara. Giró un poco, de modo que quedara frente a la puerta, y al mismo tiempo se las arregló para que Worth girara en el mismo sentido. Luego, hábilmente, logró conducir a su visitante hacia la salida, mientras él cubría de besos su cuello y sus hombros.

—No —dijo ella tranquilamente—. No... no... he sido ya

demasiado buena con usted, Harry. Tan amable como de
costumbre, ni más ni menos...

Durand exhaló un suspiro de alivio y volvió a guardarse
el revólver en el bolsillo.

Ella estaba de pie en el umbral, ahora, sola al fin, con
el brazo extendido hacia el exterior. Worth debía cubrir
aquel brazo de besos, a juzgar por el tiempo que ella permaneció así. Lo único que Durand podía oír era un murmullo apagado de «hasta la vista» prolongados.

Finalmente, ella retiró su brazo, no sin esfuerzo, y cerró
la puerta.

Durand vio claramente su rostro, cuando la luz le dio de
lleno. Todo juego, toda coquetería habían desaparecido de
él. Ahora sólo reflejaba la astucia.

«¡Dios mío!», la oyó gemir con aire fatigado.

Se acercó a la ventana y permaneció allí largo rato, inmóvil. Luego, bruscamente, se volvió como en un súbito
acceso de impaciencia. Se dirigió a la cómoda, abrió un
cajón. No se empolvó, no arregló sus cabellos... Sacó el dinero de su media y tiró los billetes al cajón, con un giro de
muñeca desenvuelto. Hurgando a continuación en un escondrijo, sacó uno de aquellos cigarros finos, como los que
tía Sarah había mostrado a Durand en su casa de la Saint-
Louis Street, en Nueva Orleans.

Durand encontró algo repugnante, casi obsceno, en su
gesto, cuando ella se inclinó sobre el cristal de la lámpara,
esperando que el cigarro se encendiera. Mordió la punta con
sus dientes apretados y el humo brotó de sus diminutas
fosas nasales. Por un instante se le apareció fantásticamente
semejante a un demonio cornudo, vestido de rojo y escupiendo su humo infernal... Luego, ella dejó el cigarro sobre
un platillo y se sentó delante del espejo. Deshizo su cabellera, que se esparció hasta los flancos, en una cascada de
miel rojiza. Después abrió su vestido por un lado, desaboto-
nándolo sólo en parte; por la rendija veíase su seno, encima
del apretado corsé, hinchándose y deshinchándose con la
respiración.

Sacó de nuevo el dinero que había tirado al cajón; esta
vez, la suma parecía más importante y ella empezó a con-
tarla, con mucha atención. Finalmente, metió los billetes en
un pequeño cofre laqueado, lo cerró y repiqueteó en la tapa,

con la punta de los dedos, en un gesto de satisfacción. Volvió a cerrar el cajón, se puso en pie, se acercó al secreter, bajó el tablero, y se sentó ante el escritorio. Cogió una hoja de papel de carta, mojó la pluma en la tinta y empezó a escribir.

Durand salió de su escondite y avanzó lentamente hacia ella, sobre la alfombra. Ella no le había oído y, cuando se hubo acercado lo suficiente, pudo leer por encima de su hombro las palabras: «*Querido Billy, yo...*» La pluma se había detenido y Julia mordisqueaba distraídamente la punta.

Durand extendió la mano y la posó ligeramente sobre el hombro femenino.

Su sobresalto de terror fue una confesión de culpabilidad. Ya que no se volvió a mirar quién estaba allí, como lo hubiese hecho, lógicamente, una mujer de corazón puro. Su cabeza permaneció erguida, rígida. Tenía miedo, miedo a mirar. El camino que había recorrido debía estar tan sembrado de crímenes que la sensación de una mano sobre su hombro, en el silencio nocturno, en la soledad de su habitación, no podía presagiar nada bueno.

La pluma escapó de su mano, cayó. Con la otra mano, cogió el papel de carta, lo arrugó en su palma y lo dejó caer al lado del secreter. Pero su cuerpo no se movió.

Ahora, sus ojos habían descubierto a Durand en el espejo. El también la miraba, y por un instante su imagen reflejada le pareció fea. Estaba blanca como el talco y las pupilas ensanchadas conferían a sus facciones algo de insólito. Hubiérase dicho que tenía los ojos negros.

—No temas volver la cabeza, Julia —dijo Durand irónicamente—. Soy yo. Nada que tenga importancia. Yo, simplemente.

Ella se volvió bruscamente.

—Por tu actitud, diríase que ya no te acuerdas de mí —añadió Durand suavemente—. ¡Vamos! No has podido olvidarme, Julia. A mí menos que a nadie.

—¿Cómo has sabido que estaba aquí? —inquirió ella con voz un poco ronca y velada.

—Lo ignoraba. Era yo quien debía reunirse con vosotros en el restaurante, esta noche.

—¿Cómo has entrado aquí?

—Por la puerta.

Ella estaba ahora de pie, dispuesta a defenderse, esforzándose en alejar la silla sobre la cual había estado sentada, para poner entre ellos aquel frágil obstáculo; pero sus esfuerzos fueron vanos. Durand le cogió la silla de entre las manos y la apartó a un lado.

—¿No me ordenas que salga, Julia? ¿No pides socorro? ¿No haces nada de lo que suele hacerse en casos semejantes?

Con una especie de docilidad desesperada que él no pudo evitar admirar por un instante, Julia replicó:

—Es un asunto entre tú y yo. No hay necesidad de gritar ni de expulsarte de aquí. —Se acarició el brazo, estremeciéndose—. Terminemos; cuanto antes mejor.

—Hace más de un año que me ocupo de este asunto —dijo Durand—. Espero que no me regatearás unos minutos más.

Ella no contestó.

—¿Piensas casarte con el coronel, Julia? Eso sería bigamia...

Ella se encogió de hombros con aire irritado.

—¡Oh! ¿Ese? ¡Es un imbécil! No es culpa mía si el mundo está lleno de imbéciles.

Al menos, no podía dudarse de la sinceridad de aquellas palabras.

—Y el mayor de todos es el hombre que está delante de ti en este momento, Julia.

Con el pie, rechazó suavemente la bola de papel arrugado, sobre el suelo, haciéndola mover un poco... a golpecitos, como si hubiese encerrado los sueños rotos de otro.

—¿Quién es Billy?

—¡Oh! Nadie en particular. Un encuentro casual. Un individuo al que conocí, no recuerdo ya dónde.

Agitó la mano con irritación y nerviosismo, como si aquel gesto pudiera barrer de su recuerdo a la persona en cuestión.

—Para ti, el mundo debe estar lleno de Billys. De Billys, de Louis y de coroneles Worth.

—¿De veras? —dijo ella—. No. Ha habido un solo Louis. Tal vez es demasiado tarde para decirlo. Pero no me casé con Billy ni con el coronel Worth. Me casé con Louis.

—Al menos, hiciste la comedia —replicó Durand, en tono mordaz.

—¿Y luego? Ya es un poco tarde para discutirlo —dijo ella—. No arreglaríamos nada.

—Al menos, estamos de acuerdo en ese punto.

Ella se acercó a la lámpara y, pensativamente, expuso su mano a la luz. La carne se iluminó, se hizo translúcida, rojiza... Julia la examinó unos instantes. Luego se volvió hacia Durand:

—¿Qué buscas, Lou? ¿Cuáles son tus intenciones, en lo que a mí respecta?

Durand levantó lentamente la mano, palpó el revólver bajo su chaqueta y, con la misma lentitud, lo sacó de su bolsillo interior.

—He venido a matarte, Julia.

Ella dirigió una breve ojeada al objeto. El tiempo justo de identificarlo. Después, fijó de nuevo su mirada en Durand. Sería en sus ojos, lo sabía perfectamente, donde vería la señal.

Le miró un largo instante, como para calibrar la autenticidad de sus intenciones. Lo que vio, lo que leyó, sólo ella habría podido decirlo. ¿Determinación feroz, o veleidad pronta a resquebrajarse? Durand no apuntó el arma. Se limitó a sostenerla en su mano. Pero estaba lívido, por el prolongado sufrimiento que había soportado por aquella mujer.

Tal vez era una jugadora, que amaba el riesgo y lo encontraba estimulante. O tal vez, por el contrario, sólo apostaba a lo seguro. Tal vez adivinaba ya el desenlace de la aventura. A menos de que la impulsara la vanidad, el deseo de poner a prueba su poder sobre aquel hombre... aunque el fracaso significara la muerte.

Le sonrió a Durand, con una sonrisa de reto, y, bruscamente, tiró de la hombrera de su vestido, la desgarró, tiró más, arrancando la tela, cada vez más abajo, más abajo, descubriendo su busto blanco, hasta la cintura, del lado del corazón. Luego avanzó hacia él, lentamente, lechosa y suave como una seda china, haciendo mover su carne a medida que avanzaba.

Se detuvo cuando notó contra su seno la frialdad del revólver. Su mirada estaba fija en la del hombre.

—Aquí estoy, Lou —susurró,

Durand tiró del revólver hacia él. Julia avanzó un paso más.

—No vaciles, Lou —murmuró—. Dispara.

Durand retrocedió ligeramente y se guardó el revólver en el bolsillo, con un gesto precipitado.

—Cúbrete, Julia —dijo—. Estás casi desnuda.

Ella no dejó traslucir su triunfo, lo que es propio de los vencedores hábiles.

El rostro de Durand estaba cubierto de sudor. Hubiérase dicho que la muerte le había rozado a él.

Julia se subió el corpiño desgarrado.

—Si no quieres matarme, ¿qué es lo que quieres?

—Quiero llevarte a Nueva Orleans y ponerte en manos de la policía. Prepárate —añadió, volviéndole la espalda.

De pronto, se sobresaltó e inclinó sus ojos estupefactos hacia su propio pecho: dos brazos habían rozado sus hombros, sedosos y blancos, y dos manos trataban de anudarse delante de él. Notó la suavidad de la cabellera, cuando rozó su nuca.

Desanudó los brazos, los arrancó violentamente, rechazó a la mujer lejos detrás de él.

—¡Prepárate! —repitió, con voz sombría.

—Si es por el dinero... escucha... tengo un poco aquí. Te lo entregaré. Y si no es suficiente, buscaré el resto, te lo juro...

—No. Eres mi esposa ante la ley; no has cometido ningún robo... desde el punto de vista jurídico...

—Entonces, ¿por qué quieres entregarme a la policía?

—Para responder del destino de Julia Russel. La verdadera Julia. Tú no eres Julia Russel, nunca lo has sido. ¿Te atreverías a afirmar lo contrario?

Ella no respondió. Durand creyó descubrir en sus ojos un terror más auténtico, esta vez, que bajo la amenaza del revólver. Cerró el cajón que acababa de abrir, en el que guardaba el dinero, y volvió a acercarse a Durand.

—Te explicarás sobre la suerte de la verdadera Julia —continuó Durand—. Hay una palabra para definir cierto acto... ¿Quieres oírla?

—¡No, no! —protestó ella, con las manos extendidas hacia adelante.

—Asesi... —empezó Durand.

Las dos manos se apretaron contra sus labios, detenien-
do las dos últimas sílabas:

—¡No! ¡No pronuncies esa palabra, Lou! ¡Yo no estuve
mezclada en eso! ¡Ignoro lo qué le ocurrió! ¡Lo ignoro!
¡Escúchame, por favor, deja que te lo explique! ¡Tienes que
escucharme!

Durand trató de rechazarla una vez más; pero ella se
negaba a soltarle, aferrándose a sus brazos con todas sus
fuerzas.

—¿Qué es lo que tengo que escuchar? ¿Más mentiras?
Nuestro matrimonio fue una mentira. ¡Todas las palabras
que pronunciabas, el aire que respirabas, eran mentiras!
Guarda tus fábulas para la policía. Yo ya tengo bastante.
¡No quiero más!

Agarrándose desesperadamente a los faldones de su chaqueta, ella cayó de rodillas, en una actitud suplicante.

—¡No, no! ¡Esta vez sólo diré la verdad! —sollozó, sin
una lágrima—. ¡Nada más que la verdad! Con tal de que
me escuches, de que me dejes hablar...

Durand no trataba ya de apartarla. Permaneció inmóvil,
impasible:

—¿Acaso eres capaz de distinguir entre verdad y mentira? —preguntó, en tono despreciativo.

Ella dejó caer sus brazos, volviendo un instante la cabeza
y cubriéndose la boca con el dorso de la mano.

—A esta hora no hay ningún tren —continuó Durand,
de mala gana—. Y no puedo llevarte a la estación tal como
vas, ni arrastrarte conmigo la mitad de la noche... Habla,
pues, si tienes ganas de hacerlo. —Se dejó caer sobre una
butaca y desabotonó el cuello de su camisa—. Aunque te
advierto que no te servirá de nada. El desenlace será el
mismo. *¡Regresarás conmigo a Nueva Orleans para responder ante la justicia!* ¡Todas tus lágrimas, todas tus genufle-
xiones, todas tus súplicas son inútiles!

Sin levantarse, ella se arrastró hasta Durand, humildemente; sus dedos se aferraron al brazo de la butaca en la
que él estaba sentado.

—No fui yo. Yo no hice nada. Debió hacerlo él... no
podría decir qué, ya que no volví a ver a aquella mujer...
¡Fue él! Pero ignoro lo que hizo. Yo no estaba allí. Él vino
a verme después, y tuve miedo de pedirle explicaciones...

—¿El? —inquirió Durand en tono irónico.

—El que me acompañaba. El hombre con el cual estaba en el barco.

—Tu amante —dijo Durand con voz neutra, esforzándose en disimular la amargura que le anudaba la garganta.

—¡No! —protestó ella vigorosamente—. ¡No, él no era mi amante! ¡Puedes creer lo que quieras, pero nunca lo fue! Trabajábamos juntos, eso es todo. ¡Y nadie antes que él lo fue! Aprendí a desenvolverme sola, desde muy niña; y aunque mi vida no haya sido irreprochable, sólo te he pertenecido a ti, Lou...

Durand se asombró al sentirse súbitamente aliviado y trató de sacudirse aquella sensación.

—Julia —dijo, lentamente, en un tono lleno de reproches y de desconfianza—. ¿Pretendes hacerme creer eso? Julia, Julia...

—No me llames Julia —murmuró ella—. Ese no es mi nombre.

—¿Acaso tienes un nombre?

Ella se humedeció los labios:

—Bonny —dijo—. Bonny Castle, sí.

Durand asintió con la cabeza, irónicamente:

—Bonny para el coronel. Y para mí, Julia. Para Billy, otro nombre; y para el próximo, encontrarás otro. —Volvió su mirada, luego la contempló de nuevo—: ¿Es ese tu nombre de pila?

—No —dijo ella—. Nunca me dieron un nombre. Nunca me bautizaron.

—Creí que todo el mundo tenía un nombre.

—También eso me fue negado. Para ello hubiese sido necesario que tuviera un padre y una madre. No se encuentra un nombre en un cesto abandonado en un portal. ¿Comprendes ahora?

—Entonces, ¿de dónde sacaste el de Bonny Castle?

—De una tarjeta postal... —Una especie de reto, de antiguo rencor todavía latente en ella, le hizo erguir la cabeza por espacio de unos segundos—. Una tarjeta postal de Escocia cayó en mis manos, en el hospicio, cuando tenía doce años. Representaba un hermoso paisaje, el más hermoso que había visto nunca: unos muros cubiertos de yedra y un lago azul. Y se llamaba «Bonny Castle». Yo no sabía lo qué significaba, pero me apropié del nombre. En el hospicio me llamaban Josie, y yo detestaba ese nombre. De todos modos, no era más verdadero que el nuevo. De modo que conservé el de Bonny Castle; y ahora tengo derecho a él, por la fuerza de la costumbre y a falta de otra cosa. Y ahora puedes reírte, si tienes ganas de hacerlo —concluyó, tristemente.

—Hace mucho tiempo que no sé reír —dijo Durand—. Desde que tú... ¿Hasta cuándo estuviste en aquella institución?

—Hasta los quince años, creo. Nunca supe exactamente la fecha de mi nacimiento. Otra cosa que me ha sido negada. De modo que decidí fabricarme una. Escogí el día de San Valentín, porque es festivo...

Durand la contemplaba en silencio. Ella exhaló un suspiro de fatiga, y continuó:

—¡No importa! Me salvé cuando tenía quince años. Me habían acusado de haber robado y me habían pegado. No era la primera vez que me pegaban. A los trece años, los había soportado, pero a los quince me sublevé. Una noche salté la tapia. Otras chicas me ayudaron, aunque les faltó valor para seguirme. —Luego, con una especie de despego singular y lejano, como si hablara de otra persona, añadió—: Si de algo no pueden acusarme es de cobardía.

—Es cierto —asintió Durand, con voz indiferente.

—Era en el norte, en Pennsylvania —continuó ella—. Hacía un frío espantoso. Recuerdo que me arrastré horas y horas por una carretera, antes de dar con un campesino que me permitió montar en su carro...

—¿Procedes del Norte? —inquirió Durand—. Nunca lo hubiese creído. No hablas como la gente de allí.

—Norte, Sur... —Ella se encogió de hombros—. Para mí todo es igual. Hablo como la gente del lugar donde me encuentro, en espera del siguiente.

«Y pensar que miente, que miente siempre —se dijo Durand—. Nunca una palabra que pueda ser creída...»

—Llegué a Filadelfia. Una vieja me recogió una temporada, una vieja bruja. Estaba a punto de desmayarme en el arroyo cuando me encontró. Al principio creí que era buena; pero, ¡no! Me dio de comer y me dejó tranquila unos días, me vistió como una niña —yo era ya muy bajita para mi edad— y me llevó a las tiendas. Me dijo: «Mira como lo hago yo». Y me enseñó a robar objetos sin que me descubrieran. Terminé por huir también de su casa.

—Pero, tú ya habías robado...

La observó atentamente, para ver si aquellas palabras la turbaban.

Ni siquiera tomó aliento:

—Ya había robado, sí. De otro modo, no me habría dado de comer.

—Y después, ¿qué pasó?

—Trabajé un poco, fregué suelos, lavé ropa, hice de criada... He olvidado aquella época. Y sobre todo, *quiero* olvidarla.

«Se vendió por las calles», pensó Durand, y su corazón se sublevó ante aquella idea, como si aquella mujer fuera realmente un ser querido para él.

Sin duda, ella había adivinado sus pensamientos, ya que se apresuró a decir:

—Disponía de un medio para salir adelante, pero nunca quise utilizarlo.

«Mentiras —pensó Durand—, sólo mentiras.» Pero su corazón entonó un cántico delirante.

—Una noche huí, llena de horror, de la casa de una mujer que me había convencido para que fuese a tomar una taza de té.

—Admirable —dijo Durand, secamente.

—¡Oh! No me hagas mejor de lo que soy —dijo ella, en un repentino acceso de ingenuidad—. Prefiero que me consideres más perversa... En aquella época había momentos en que detestaba a toda la humanidad: hacía responsable a todo el mundo de mis desgracias: hombres, mujeres y niños. Me negué a todos los que me deseaban, porque ninguno de ellos quería darme lo que yo esperaba...

Durand la contempló en silencio, cogido por fin en la trampa.

—Bueno, será mejor que abrevie. Lo que más te interesa es lo que sucedió en el río. Tropecé con una compañía de actores ambulantes, y me uní a ellos. No actuaban de un modo regular. No tenían dinero. Marchaban a la ventura y plantaban su tienda al azar de sus desplazamientos. Luego conocí a un hombre, un jugador profesional, que trabajaba en los barcos que navegan por el río. La muchacha con la cual había estado asociada hasta entonces le había dejado para casarse con un plantador, al menos eso fue lo que me contó, y buscaba una substituta. Me propuso compartir los beneficios, si trabajaba con él. —Hizo un gesto vago con la mano—. Después de todo, era un modo como otro de representar la comedia. Y la ganancia que me ofrecía valía más que todo lo que había conocido hasta entonces. —Hizo una pausa—. Era él.

—¿Su nombre? ¿Cómo se llamaba? —inquirió Durand, súbitamente interesado.

—¿Qué importa? Su nombre era tan falso como el mío. Lo cambiaba en cada viaje. Es una precaución indispensable. Un día, era McLarnin. Otro día, Rideau. Yo misma, no creo haberle conocido bajo su verdadero nombre en todo el tiempo que estuvimos juntos. Me pregunto si no había llegado a olvidarlo... Pero eso pertenece al pasado y no quiero recordarlo.

«Se esfuerza en protegerle», se dijo Durand. Y, en voz alta:

—Pero, tú debías llamarle por algún nombre...

Ella tuvo una sonrisa de amarga reminiscencia:

—*Mi querido hermano...* Y lo decía en voz muy alta, para que me oyeran. Eso formaba parte de mi papel. Nos hacíamos pasar por hermano y hermana. Fui yo la que insistí sobre ese punto. Teníamos camarotes separados.

—¿Y él lo aceptaba?

—Al principio, formuló objeciones. Al parecer, su antigua asociada... pero eso es otra historia. Yo le hice ver que viajar con su hermana servía infinitamente mejor a sus designios; y cuando le hube expuesto mis puntos de vista, no le parecieron tan descabellados. ¡Ante todo el negocio! Además, tenía una amiguita en cada ciudad ribereña, y podía prescindir de mí. Yo le servía de... de cebo, de imán. Mi papel consistía en dejar caer mi pañuelo sobre el puente, o hacerme empujar por alguien, en un pasillo estrecho, o incluso perderme y verme obligada a preguntar por dónde podía regresar a mi camarote. ¿Qué hay de malo en que un caballero trabe respetuosamente conocimiento con una joven que viaja con su hermano, sobre todo si no está casada? En tanto que si me hubiesen tomado por su mujer o

por otra cosa, habrían desconfiado. Luego, a la primera oportunidad, presentaba a mi hermano, como es costumbre.
Y después de aquello, las cartas no tardaban en entrar en
el baile...

—¿Jugabas tú?

—No, nunca. Una dama tiene que ser muy descocada
para jugar a las cartas con los hombres.

—No obstante, estabas allí...

—Llenaba los vasos. Flirteaba un poco, para mantener
un ambiente agradable. Y cuando se producía alguna discusión, tomaba el partido de los otros contra mi hermano.

—¿Os entendíais por señas?

Ella se encogió ligeramente de hombros, filosóficamente,
con resignación:

—Estaba allí para eso.

Durand había cruzado los brazos, en la actitud severa
de un juez que pronuncia su sentencia —mejor dicho, que
ya la ha pronunciado irrevocablemente—, y al que no pueden conmover alegatos ni súplicas inoportunas. Y, sobre sus
brazos cruzados, los dedos repiqueteaban con una especie
de inquietud.

—¿Y Julia? ¿La otra Julia? ¿La verdadera?

—En seguida —murmuró ella, sumisa. Y tomó aliento
antes de abordar la parte esencial de su relato—. Sólo viajá-
bamos una vez al mes. Teníamos que ser prudentes. Salimos
de Saint-Louis el 18 de mayo, la última vez, en el *City of
New Orleans*.

—Como ella.

Bonny asintió con la cabeza:

—La primera noche a bordo, las cosas rodaron mal. El
había encontrado por fin la horma de su zapato. Ignoro
exactamente cómo ocurrió. No podía ser simplemente una
cuestión de suerte por parte del individuo al que se proponía
desplumar; él conocía los trucos suficientes para terminar
con la buena racha del otro. Pero sin duda el otro conocía
también algunos trucos. Yo no lograba ver sus cartas, a
pesar de mis esfuerzos. La partida duró varias horas, y mi
socio perdió sin interrupción, hasta el momento en que se
vio obligado a abandonar. En esa clase de juego, los que
se sientan a la mesa no se conocen y, naturalmente, sólo
aceptan apuestas en metálico. La pérdida era sensible...

—El cazador cazado —comentó Durand.

—Pero, desde el principio de la partida, el adversario de mi socio me había rogado que les dejara solos. Había formulado su petición claramente, aunque con tanta cortesía que me vi obligada a obedecer, si no quería exponerme a que su desconfianza se trocara en certeza. Alegó que no estaba acostumbrado a jugar en presencia de una dama; que en un momento determinado desearía quitarse la americana y el chaleco. Le autoricé inmediatamente a ponerse cómodo, pero rechazó mi ofrecimiento y tuve que retirarme. Mi socio trató de retenerme, dirigiéndome unas señas desesperadas, pero mi presencia era completamente inútil; de modo que me marché. Estábamos cogidos en nuestra propia trampa. Vagaba por el puente, cuando una mujer, otra paseante solitaria, me abordó y entabló conversación conmigo. Yo no tenía costumbre de charlar con mujeres, y al principio la escuché con aire distraído. Era una boba. Al cabo de unos minutos me había contado toda su historia, sin que yo la estimulara. Me dijo quién era, a dónde se dirigía, y por qué. Era demasiado confiada; no tenía ninguna experiencia de la vida. Traté de librarme de ella, sin éxito. Se pegó a mí y me seguía a todas partes. Como si necesitara encontrar a alguien a quien abrir su corazón, lleno de románticas esperanzas. Me dio tu nombre, y a la luz de una linterna colgada encima de una puerta me enseñó el retrato que tú le habías enviado. Incluso me leyó unos fragmentos de tus dos últimas cartas. Finalmente, cuando ya estaba a punto de dar rienda suelta a mi impaciencia y a mi malhumor, ella se dio cuenta de que era muy tarde y se retiró apresuradamente a su camarote, como un chiquillo cogido en falta. Pero no cesó de volverse para saludarme con la mano, hasta tal punto la había seducido... Más tarde, aquella noche, mi socio y yo discutimos violentamente. Me acusó de descuidar nuestro «negocio». Imprudentemente, por un reflejo defensivo, le hablé de la mujer. Le conté que iba a reunirse con un novio al que no conocía y que tenía una fortuna de cien mil dólares...

Durand se irguió, sobresaltado.

—¿Cómo podía saberlo? —inquirió brutalmente—. Nunca le hablé de mi fortuna, ni le dije a cuánto ascendía...

Bonny rió sin alegría:

—Ella se había cuidado de investigarlo, mucho antes de salir de Saint-Louis. Yo te engañé, desde luego, pero ella no era tan desinteresada como quería aparentar.

Durand permaneció silencioso largo rato; hubiérase dicho que encontraba en aquella nueva revelación de la eterna doblez femenina, una especie de disculpa para la mujer que tenía delante de él.

Bonny continuó su relato:

—Cuando le conté todo aquello, él me miró atentamente. Dejó de reñir conmigo, y me dejó sola con el pretexto de que quería dar un paseo por el puente. Te cuento las cosas tal como ocurrieron. No puedo hacer otra cosa. Entonces ignoraba su significado. Ahora, a distancia, las veo más claras. Pero, en aquel momento, era imposible. Es preciso que me creas. ¡Es preciso, Lou!

Unió las manos, las alzó hacia el rostro de Durand, suplicantes.

—¿Es preciso? ¿Qué me obliga a ello?

—Esta noche te estoy diciendo la verdad. Nunca he sido tan sincera. Y tal vez no vuelva a serlo nunca.

—Nunca he sido tan sincera... —repitió Durand, como un eco, dispuesto a dejarse convencer.

—Salí, pues, para encontrarme con él —continuó Bonny—, para preguntarle si pensaba recuperar, aquella misma noche, el dinero perdido; si me necesitaba todavía, o si podía cerrar mi puerta y acostarme. Le encontré inmóvil, apoyado en la barandilla del puente, sumido en sus pensamientos. La luna había desaparecido, el río estaba muy oscuro. Seguíamos aún la costa del bajo Missouri. Sólo estuve segura de haberle reconocido cuando nuestros codos se tocaron, hasta tal punto se confundía con la sombra... Me susurró: «Vete a llamar a la puerta del camarote de esa mujer e invítala a dar una vuelta por el puente».

"Le contesté: «Es muy tarde, y tal vez se ha acostado ya; no tiene la costumbre de velar como nosotros». «¡Haz lo que te digo —me ordenó salvajemente—, o tendrás que vértelas conmigo! Sólo tienes que encontrar el modo de sacarla de su camarote. Dile que te aburres, y que necesitas compañía. O que la costa está iluminada y que es un espectáculo que merece ser visto. Si es tan tonta y tan ingenua como dices, cualquier pretexto servirá.»

"Y, para convencerme, me propinó un golpe que estuvo a punto de hacerme rodar por el puente."

—¿Y le obedeciste?

—Sí. ¿Qué podía hacer? ¿Acaso iba a divertirme sufriendo por una desconocida?

Durand no respondió.

—Fui hasta la puerta de su camarote y llamé; y cuando ella me preguntó, con voz sorprendida y asustada, quién era, recuerdo que contesté en voz baja, para tranquilizarla.

—Soy tu nueva amiga, Miss Charlotte.

—¿Era ese el nombre que llevabas en el barco?

—En aquel viaje, sí... Me abrió inmediatamente, tanta era la confianza que tenía en mí. No se había desvestido aún, pero me dijo que estaba a punto de hacerlo. ¡Ojalá lo hubiese hecho ya!

—Tu compasión es un poco tardía —observó Durand—. Debiste pensarlo entonces.

Ella no parpadeó.

—La invité a salir. Le dije que tenía jaqueca; rechacé todos los medicamentos que quería ofrecerme, y declaré que prefería tomar un poco el aire, si ella era lo bastante buena como para acompañarme, debido a lo avanzado de la hora... Recuerdo haber experimentado un extraño malestar: me preguntaba qué podía proyectar mi socio... ¡Oh! Sabía que sus intenciones en lo que respecta a aquella mujer no tenían nada de bueno; pero no me atrevía a detenerme en la idea de que pudiera cometer un crimen. Pensé que había elaborado su sistema complicado de chantaje, que pondría en marcha más tarde, cuando ella se hubiera casado contigo... Mientras formulaba mi invitación, deseaba ardientemente que ella no aceptara, a fin de poder ofrecer aquella excusa a mi socio. Pero ella parecía haberme tomado afecto. No tuve que insistir; aceptó inmediatamente, con el rostro iluminado de alegría ante la idea de que yo había pensado en ella. Se echó rápidamente un chal sobre los hombros, entornó la puerta detrás de ella y subimos al puente.

A pesar suyo, Durand había llegado a interesarse en el relato.

—¿Me dices la verdad? ¿La verdad, Julia? —murmuró.

—No, Julia no —suplicó ella en voz baja—. Bonny.

—¿Me dices la verdad? ¿Ignorabas, realmente, cómo iba
a terminar aquello?

—¿Por qué estoy arrodillada delante de ti en este momento? ¿Qué significan mis lágrimas? ¡Mírame bien! ¿Qué
más puedo decirte? ¿Prestar un solemne juramento? ¡Ve a
buscar una Biblia! Abrela delante de mí. ¡Consérvala abierta
sobre mi corazón!

Era la primera vez que Durand la veía llorar. Se preguntó si había derramado lágrimas en alguna ocasión, antes
de ahora. Lloraba como alguien que no sabe lo que le pasa,
que trata de contenerse, de estrangular los sollozos, y no
de explotar lo patético de la situación... Con un gesto, descartó la propuesta:

—¿Y después? ¿Y después? —la apremió.

—Recorrimos tres veces toda la longitud del barco; había entre nosotras aquel acuerdo íntimo que sólo se encuentra entre mujeres...

Se interrumpió un instante.

—¿Qué pasa? —inquirió Durand.

—Un detalle que he recordado súbitamente, y que hubiese preferido no recordar. En el curso de aquel paseo, *ella*
me llevaba cogida de la cintura. Yo no la correspondía, y
eso ya significa algo... Me habló de ti, siempre de ti, sólo
de ti... —Se paró a respirar, como si sintiera revivir la tensión nerviosa de aquella noche, de aquel paseo por el puente,
en las tinieblas, sin más alma viviente—. No pasó nada. El
no surgió delante de nosotras. A cada sombra que veía,
estaba a punto de ahogar un grito, pero nunca era él. Finalmente, no tuve ya pretexto para retenerla por más tiempo.
Ella me preguntó cómo iba mi jaqueca, y yo le dije que
me encontraba mucho mejor. La acompañé, pues, hasta la
puerta de su camarote. Recuerdo que se volvió hacia mí y
me besó la mano dándome las buenas noches, hasta tal punto era intensa la amistad que yo le había inspirado. Me
dijo: «¡No sabes cuánto me alegro de haberte conocido,
Charlotte! Nunca he tenido una verdadera amiga, una amiga sólo para mí. Tienes que visitarnos, a mi... —vaciló de
un modo encantador ante la palabra— ...a mi marido y a
mí, cuando estemos instalados. Tendré gran necesidad de
amigas en mi nueva vida». Luego abrió la puerta de su
camarote y entró... No le había pasado nada, estaba indem-

ne. Incluso oí cómo corría el cerrojo. *Nunca más volví a verla.*

—¿Se redujo a eso tu papel? —inquirió Durand lentamente.

—Sí. No tuve más participación en el asunto. Después he reflexionado mucho, y ahora comprendo lo qué ocurrió. En aquel momento no lo veía claro, pues de no ser así no me hubiera movido del lado de aquella mujer. Me había dicho que él la abordaría en el puente, con un pretexto cualquiera, y que le hurtaría algo que ella tendría que rescatar más tarde a buen precio, para no exponerse al peligro de perder tu confianza y arruinar su reputación. Incluso se me ocurrió la idea, mientras regresaba sola a mi camarote, de que tal vez había renunciado a su proyecto... —Sacudió la cabeza, con aire sombrío—. Pero, no, llegó hasta el final. Debió deslizarse en el camarote mientras ella había salido conmigo, y esperar su regreso, oculto en el interior.

—Pero, más tarde... ¿no te dijo nunca exactamente lo que había pasado en el camarote de aquella mujer?

Ella sacudió vigorosamente la cabeza:

—No, nunca. Nunca pude sacarle la verdad. No era propicio a las confidencias, y menos con las mujeres. El relato que me hizo no pretendía ser verídico; yo lo sabía, y él también. Era una versión fantástica que había inventado para librarse de mis preguntas. Fue la única que consintió en darme. Y tuve que contentarme con ella.

—¿Y era?

—He aquí exactamente lo que me dijo, casi palabra por palabra. Una hora antes del amanecer, cuando todo el mundo dormía a bordo, vino a llamar a la puerta de mi camarote como un ladrón y me despertó. Observé que tenía un arañazo en la frente, encima de la ceja. Una pequeña señal, de un centímetro de longitud, más o menos. Entró, cerró cuidadosamente la puerta y me dijo en tono lacónico, el tono de un hombre de negocios: «Vístete, te necesito. Tu amiga, la dama de anoche, ha sufrido un accidente, hace unos instantes; se ha caído del barco, en la oscuridad, y no se la ha vuelto a ver». Luego me tiró mis pertenencias, mis medias, todo, apremiándome para que me diera prisa. Fue lo único que me dijo, aquella noche, y nunca más volvió a hablar de ello.

—Pero, tú sabías...

—Evidentemente. Se lo dije. Pero se limitó a contestarme: «¿Y qué? ¿Qué piensas hacer?» Declaré que aquello
no estaba previsto en nuestro convenio: «Las cartas son
una cosa, y esto es algo muy distinto». Empezó por quitarse
cuidadosamente su anillo, para no rasgarme la piel; luego
me golpeó con el dorso de la mano varias veces seguidas;
finalmente, yo no sabía si tenía aún la cabeza sobre los
hombros. Me amenazó, me dijo que si le denunciaba me
inculparía a su vez. Añadió que iríamos los dos a la cárcel
y que, por otra parte, a mí me habían visto en compañía
de aquella mujer y a él no. Y juró matarme, también a mí,
si era preciso: era, me dijo, el modo más seguro de cerrar-
me la boca, si sentía deseos de hablar. Cuando vio que yo
estaba doblegada, vencida, razonó: «Nada puede resucitarla.
Hagas lo que hagas, no volverá a subir a bordo. En cambio,
hay cien mil dólares que te esperan en Nueva Orleans, cuando desembarques, mañana». Salió, cerrando la puerta de
golpe; yo terminé de vestirme y fui a reunirme con él. Pusi-
mos mis escasas pertenencias en el equipaje de la mujer.
Sin olvidar su jaula. El me entregó tus cartas y tu fotografía,
y las guardé en mi bolso. Después de eso, sólo teníamos
que esperar... En medio del barullo del desembarco, nadie
se dio cuenta de la desaparición de la mujer. Bajamos sepa-
radamente, él de los primeros, yo al final. Te vi de pie en
el muelle y te reconocí por la fotografía. Y cuando no había
nadie a la vista, me acerqué a ti. Eso es todo, Lou...

Se calló, inclinándose un poco hacia atrás, reposando su
cuerpo sobre sus talones; y sus manos cayeron, inertes,
sobre sus rodillas. Parecía esperar, con resignación, el veredicto. Pero sus ojos estaban alzados hacia el rostro inmóvil
del hombre, suplicantes.

—No, eso no es todo —dijo Durand—. ¿Y el otro, ese Don
Nadie? ¿Qué fue de él? ¿Cuáles eran sus planes?

—Me había dicho que me haría llegar noticias suyas, en
el momento oportuno. Y, entonces...

—Tendrías que actuar como actuaste.

Ella sacudió la cabeza con aire decidido.

—No —dijo—. Como tú creíste que había actuado, quizá.
Volví a verle una sola vez, por unos instantes, en secreto;
un día en que salí de compras. Lo habíamos convenido de

antemano; y le dije que no contara conmigo, que debía renunciar a sus intenciones, que me senta incapaz de llegar hasta el fin.

—¿Por qué ese cambio de sentimientos?

—¿Qué importa ahora? Sería perder el tiempo: tú no me creerías.

—Eso debo decidirlo yo.

—Puesto que insistes —replicó ella, casi en tono de reto—. Le dije que no contara conmigo, porque me había enamorado de mi marido.

Fue como un arco iris resplandeciendo en toda su gloria multicolor, en el gris lúgubre del cielo.

—Se burló de mí, luego se encolerizó y me dijo que mentía, que lo único que pretendía era quedarme con todo el botín.

Enamorada... enamorada... Aquella palabra continuaba resonando en el cerebro de Durand, ahogando el eco de los otros vocablos.

—Traté de comprarle. Le dije que tendría el dinero, todo el dinero que yo pudiese obtener; tendría casi tanto como había esperado. Lo único que yo quería era que se marchara de Nueva Orleans y me dejara en paz. Sí, le ofrecí *robar* a mi marido, con peligro de perderle, con tal de quedar tranquila y continuar viviendo feliz por primera vez en mi existencia. Si hubiese aceptado el dejarse comprar, yo tenía preparada una excusa desesperada, para ti... Me habían robado el bolso... o mi *hermana* había caído enferma en Saint-Louis, se encontraba sin recursos, y yo le había enviado el dinero... cualquier cosa, cualquier mentira, arriesgándome a incurrir en tu desaprobación, incluso a que sospecharas de mí, con tal de conservarte sólo para mí y continuar viviendo a tu lado...

Viviendo a tu lado... Y Durand recordaba ahora el calor de sus besos, la desbordada alegría de sus sonrisas... ¿Qué actriz hubiese podido sostener aquel papel, mañana, tarde y noche?

—Pero él no quiso saber nada: lo quería todo, y no una parte. La cosa no tenía solución. Aunque le hubiese entregado una suma importante, hubiera creído que me reservaba una parte mayor aún. No tenía confianza en nadie, me lo dijo un día en el curso de una disputa, ni siquiera en sí

mismo... Cuando le confesé que te amaba, se dio cuenta de
que podía aprovecharse de mis sentimientos para presionar-
me y, sin esperar a más, descubrió su juego. Declaró que se
proponía revelarte mi impostura, por medio de un anónimo,
si me negaba a dar al asunto el final prometido. El perdería
tal vez su beneficio; pero yo perdería mis más caras esperanzas. «Y no creas que, si interceptas mi carta, solucionarás
con ello las cosas. Iré a verle en persona y te acusaré de
viva voz. Sabrá, no sólo que no eres la que él cree, sino
también que fuiste mi amante durante varios años. Y entonces veremos cuánto tiempo te conserva a su lado.» Cuando
me separé de él, aquel día, sabía que todo lo que pudiera
hacer no serviría de nada. Sabía que estaba condenada a
perderte... No dormí en toda la noche.

»La carta llegó, como había prometido. Yo sabía que
llegaría. El no tenía más que una palabra para ese tipo de
cosas. Me hice con ella. Durante varios días esperé en la
puerta la llegada del cartero. La abrí. Recuerdo aún el texto:
*La mujer que vive con usted, bajo su techo, no es la que
usted cree. Lleva otro nombre y tiene otro amante. El otro
amante, soy yo; de modo que no hablo por hablar. Vigile su
dinero, Mr. Durand. Y, si no me cree, fíjese bien en la cara
que pondrá si le dice usted de sopetón: «Lo sé todo, Bonny».
Se pondrá pálida como un muerto, se lo digo yo...* Y estaba
firmada por: *Un amigo*... Destruí aquella carta. Pero sabía
que el respiro sería breve: cuarenta y ocho horas, a lo sumo.
Si no volvía a escribir, se presentaría en persona. O me sor-
prendería un día en la calle, y me encontrarían con un
cuchillo clavado en el corazón. Le conocía bien: era implacable con los que se cruzaban en su camino... —Quiso sonreír, sin conseguirlo—. Mi casa de muñecas, todos mis
sueños, se derrumbaban... Entonces me decidí a emprender
la huida.

—¿Para ir a reunirte con él?

—No —dijo ella con voz entristecida—. Tomé el dinero,
sí. Pero huí lejos de él. Era la única satisfacción, si puede
dársele este nombre, que me ofrecí: al menos, si yo lo perdía todo, él no tendría lo que deseaba. Dejé detrás de mí toda
mi felicidad, como un montón de cenizas. Tomé el barco
hacia el Norte, lo más lejos posible. Primero estuve en
Menphis, luego en Louisville y finalmente en Cincinnati,

donde viví oculta durante algún tiempo. Estaba segura de que él me mataría si me encontraba. Y luego, un buen día, en Cincinnati, alguien a quien habíamos conocido vagamente cuando trabajábamos juntos, me contó que el otro había encontrado la muerte en una riña, en un tugurio de Cairo. Ya no había peligro. Pero, al mismo tiempo, era ya demasiado tarde para rectificar. Ya no podía volver a tu lado.

—Y la mirada que dirigió a Durand tenía una tristeza capaz de conmover al granito—. Regresé al Sur; ahora estaba tranquila. Hace unas semanas conocí al coronel Worth... y aquí estoy. Esta vez, he terminado, Lou.

Durand miró fijamente a Bonny, sin pronunciar palabra. Pero en su cerebro se atropellaban mil pensamientos contradictorios:

«Ella robó tu dinero... ¿Por qué, si tanto *te amaba*? Sí, pero iba a encontrarse sola, durante años enteros; y sabía demasiado bien lo duro que resulta para una mujer sola desenvolverse en el mundo... ¿Puedes condenarla por haber obrado así? Al menos, es inocente de la muerte de Julia... lo ha jurado. Sí, pero, ¿acaso puedes creerla?»

—Lou..., ¿no tienes nada que decirme?

—¿Hay algo que decir?

—Eso tienes que saberlo tú. Tiene que salir de ti.

—¿De veras? —inquirió Durand secamente—. No tengo ninguna respuesta que darte.

—¿Nada, Lou? —Su voz era ahora cantarina—. ¿Nada? —La voz se convirtió en un arrullo, en un sortilegio—. ¿Ni una palabra siquiera? —Insensiblemente, su rostro ascendió hacia el de Durand—. ¿Ni siquiera... una pequeña señal?

Durand recordó haber visto en alguna parte, en un libro sobre la India, la imagen de una cobra desenroscándose poco a poco e irguiéndose al sonido de la flauta del encantador. Y, parecida a una serpiente, con el mismo movimiento liso e imperceptible, ella se había erguido...

Ahora estaba delante de él:

—¿Ni siquiera... una pequeña señal?

Y, bruscamente, se sintió como absorbido por los tentáculos de una pérfida planta tropical. Unos labios de fuego se fundieron con los suyos. Tuvo la sensación de que respiraba llamas, de que las aspiraba hasta el fondo de su garganta, a plenos pulmones; se debatió, y logró ponerse en pie. Ella se levantó con él, ya que no había soltado su cuello. Durand la rechazó brutalmente... Bonny se tambaleó, perdió el equilibrio, cayó de espaldas.

Y, por humillada que estuviera, en medio del desorden de su cuerpo y de sus ropas, había en su rostro un brillo de triunfo y en sus labios una secreta sonrisa de victoria.

En cuanto a Durand, titubeó, agarrándose a los respaldos de las sillas, sofocado, ciego, con las manos engarfiadas en el cuello de su camisa, como si sintiera aún alrededor de su garganta los brazos que le estrangulaban.

Finalmente, quedó de pie, dominándola con toda su estatura, con un puño levantado como para golpearla si trataba de incorporarse.

—¡Prepárate! —rugió—. ¡Prepara tus cosas! ¡Tus historias no cambiarán nada! ¡Voy a llevarte a Nueva Orleans!

Ella se movió un poco sobre el suelo, como para apartarse, pero en su actitud no había temor. Finalmente, se irguió con aquella gracia congénita que nada podía quitarle. Tenía un aire dócil, resignado, pero una leve sonrisa desmentía la humildad de su porte.

Durand se volvió bruscamente de espaldas, al ver que ella llevaba su mano a la abertura de su vestido, desabotonada ya en parte.

—Perdona —murmuró ella irónicamente—. Casi había llegado a olvidar que hace mucho tiempo que no tenemos ya una vida común...

Durand permaneció completamente inmóvil. Detrás de él, oyó el ruido de un cajón al ser abierto y cerrado de nuevo casi inmediatamente. Una vaharada de perfume llegó hasta su olfato; y la luz de la lámpara se atenuó súbitamente como despojada de una parte de su resplandor. Durand volvió la cabeza: la espuma de encaje que caía en cascada alrededor de ella no era más que una bruma transparente, contra el fondo luminoso de la lámpara. Su actitud, su silueta, no podían ser más elocuentes. Sus ojos semicerrados estaban llenos de ensueño; su sonrisa sugería unos recuerdos olvidados.

—Ven, Lou —murmuró ella, con voz indulgente, como cuando se habla a un chiquillo testarudo que se ha rebelado—. Ven a mis brazos...

XXXVIII

Durand fue despertado por un ruido detrás de la puerta. Eran unos golpes discretos, un toc-toc persuasivo y tierno, con la punta de la uña. Abrió los ojos para encontrarse en una habitación desconocida. La claridad verde plateada y glacial de las lamparillas había desaparecido, y por las rendijas de las celosías penetraba el sol resplandeciente, dibujando escaleras de luz sobre el lecho y el suelo.

En el primer momento, Durand creyó estar solo. Luego la vio. Ella le sonreía en el espejo delante del cual estaba sentada, y su boca era una curva húmeda y fresca.

Detrás de la puerta, la uña insistía en su prudente llamada. Pero aquella misma discreción irritó a Durand. Volvió la cabeza hacia aquel lado, con las cejas fruncidas.

—¿Quién es? —inquirió severamente.

En los labios de Julia apareció el fantasma de una sonrisa que creyó oportuno disimular detrás de sus dedos:

—Un pretendiente, temo. El coronel... Reconozco su manera de llamar.

Durand, con el rostro cada vez más sombrío, se había levantado ya y empezó a ponerse los pantalones.

La llamada se repitió por tercera vez.

Con el pulgar, Durand señaló hacia la puerta para indicar que había que contestar al importuno en espera de que él se hubiese vestido.

—¿Sí? —inquirió ella con voz melosa.

—Soy yo, Harry, querida —dijo una voz a través de la puerta—. Buenos días. ¿Te he despertado demasiado pronto?

—¡No, demasiado tarde! —susurró furiosamente Durand.

—¡Harry, querido, no pierdes nada con esperar!

Ella se ahogaba de risa, ahora, con la cabeza apoyada sobre su peinador, las manos crispadas detrás de la nuca, los hombros convulsionados.

—¡Un momento! —dijo, entre dos accesos.

—Tómate todo el tiempo que necesites —dijo la voz, fuera—. Sabes muy bien que esperaré toda la mañana, si es preciso. Esperar a tu puerta es, para mí, la mayor de las dichas. Sólo habría una mayor: que me permitieras...

La puerta se abrió un poco y el coronel se encontró cara a cara con Durand, descalzo, con los cabellos en desorden, llevando simplemente un pantalón y una camiseta. Además, Worth, para hacerse oír mejor, había pegado su rostro contra la puerta, de modo que estuvo a punto de darse de narices contra la camiseta de Durand. Levantó la cabeza, centímetro a centímetro, como un peso que es izado con una polea. Su rostro quedó finalmente al nivel del de Durand, y emitió unos gruñidos:

—Hein... Heu... Hon...

—¿Qué significa eso, caballero?

La mano de Worth trazó un molinete en el aire: se esforzaba en barrer el espacio detrás de Durand.

—¿Usted... usted aquí? ¿En esta...? ¿Y... y... desvestido?

—Le agradecería que no metiera las narices donde no le llaman —dijo Durand en tono severo.

Esta vez, fueron los dos brazos del coronel los que se levantaron, con los puños apretados. Luego, súbitamente, se inmovilizaron en el espacio, para volver a caer finalmente a sus costados; sus ojos estaban clavados en el hombro de Durand.

En aquel mismo instante, Durand notó que un brazo acariciador se deslizaba por encima de su hombro y que una mano rozaba su barbilla. Inclinó los ojos, para ver aquella mano que Worth miraba ya con tan extraña fijeza. La mano llevaba una alianza, *su* alianza... Y continuaba ascendiendo. Ahora acariciaba la mejilla de Durand, en tanto que el pequeño círculo de oro que rodeaba su dedo lanzaba destellos, como mofándose del coronel. Luego se retiró.

—Yo... yo... ignoraba... —logró articular el coronel, jadeando como un asmático.

—¡En adelante, no tendrá usted esa excusa, caballero! —dijo Durand gravemente—. Por otra parte, ¿puedo saber el motivo que le impulsa a llamar a la puerta de la habitación de mi esposa?

El coronel retrocedía ya por el pasillo, rozando la pared.

—Le... le pido perdón —murmuró finalmente, tranquilizado por la distancia que había puesto entre ellos.

—¡Que no se repita! —replicó Durand, en tono severo.

El coronel se decidió entonces a dar media vuelta y se alejó, tambaleándose como un borracho.

La mano errante se alzó súbitamente, los dedos se inclinaron un poco hacia la palma, palpitaron dos o tres veces:

—¡Adiós! —gritó alegremente una voz—. ¡Adiós, cariño!

XXXIX

Apretados uno contra otro, asomados ávidamente a la ventana, sacudidos los dos de risa, asistían al desfile de los baúles y de las maletas de Worth, seguidos prontamente por el coronel en persona. El pobre hombre tenía prisa por abandonar los lugares que habían sido testigos de su derrota y de su humillación, semejante a un ibis que aletea torpemente y chapotea en la orilla. Su historia se había esparcido como un reguero de pólvora en el establecimiento, a pesar de que ni Durand ni la joven habían hablado a nadie de ella. Los paseantes que entraban o salían, en el momento de aquel desfile, se detuvieron y se volvieron a seguir con la mirada el espectáculo de aquella derrota. Los unos mostraban sin rebozo su sonrisa, los otros la disimulaban con tacto detrás de una mano levantada.

El coronel, pues, huyó al abrigo de la torre protectora formada por sus maletas apiladas sobre el asiento; un chorro de fino polvo ascendió del suelo; luego, la carretera quedó vacía: el coronel se había marchado.

—¡Oh, Dios mío! —exclamó ella, sin aliento—. ¡Qué hombre! No estaba hecho para jugar a los amantes románticos. Pero siempre ocurre que los hombres de ese tipo quieren representar a toda costa ese papel. ¿Por qué, me pregunto?

—¿Me encuentro yo en ese caso, por casualidad? —preguntó Durand, interesado en conocer la respuesta.

Ella le miró con una expresión inefable.

—¡Oh, Louis! —susurró—. ¿Me lo preguntas a mí? Eres el prototipo del amante romántico. Tímido como un adolescente, fuerte como un tigre, y con un corazón que se rompe con tanta facilidad como el de una mujer.

Durand sólo retuvo lo del tigre... Adolescente, corazón frágil, pura imaginación, decidió.

—También nosotros tendremos que marcharnos pronto —recordó Durand, unos instantes después.

—¿Por qué? —inquirió ella—. ¡Oh! Debido a lo que ha pasado... Sí, es cierto; me han visto continuamente con él, estos últimos...

—No —dijo Durand—. No me refería a eso. Debido a... esa historia del barco. Anoche te conté que había ido a ver a un detective privado de Saint-Louis; y, que yo sepa, sigue ocupándose del caso.

—No hay orden de detención, ¿verdad?

—No. Pero considero preferible que no nos encuentre en su camino.

—¿No hay delegación de poder de la policía? —preguntó ella, súbitamente inquieta.

—Que yo sepa, no. Ignoro cuáles son sus poderes, y no tengo el menor deseo de saberlo. La policía de Nueva Orleans aseguró que no podía proceder contra ti; pero eso fue antes... antes de que el detective se hiciera cargo del asunto. De un momento a otro las cosas pueden cambiar. Es preferible mantenerse lejos del alcance de esa gente; es más seguro. Ahora no podemos regresar a Nueva Orleans.

—Evidentemente —convino ella, sin la menor emoción—. Es imposible, en efecto.

—Y es mejor también no demorarse aquí. La palabra tiene alas. Basta que te presentes en cualquier lugar para atraer la atención y la admiración de todos... Por otra parte, mi presencia aquí es conocida; no he hecho ningún secreto de este viaje, y les sería fácil encontrarme.

—¿Dispones de... medios?

Durand comprendió inmediatamente lo que quería decir:

—Lo preciso, de momento. En caso necesario, puedo ponerme en contacto con Jardine.

Ella levantó una mano, hizo chasquear unos dedos muy cerca de su rostro.

—¡Muy bien! ¡En marcha! —exclamó alegremente—. Nos pondremos en camino antes de ponerse el sol. ¿A dónde iremos? Tú tienes que decidirlo.

XL

En Mobile, se instalaron en el mejor hotel y, como recién casados que eran sin contar el año transcurrido, escogieron el apartamento más bonito, el único digno de su nueva felicidad. Un dormitorio, un salón, con visillos de encaje en las ventanas, tapicerías marrón, gruesas alfombras de Oriente; e incluso aquella innovación preciosa y rara: un cuarto de baño privado, con bañera de esmalte verde.

Desde la mañana hasta la noche, tenían a los botones en ascuas; todas las miradas les seguían, cada vez que pasaban por los salones de la planta baja. Todo el mundo admiraba a la mujercita rubia, siempre vestida de punto en blanco, con un gusto exquisito, y al hombre alto y moreno que sólo tenía ojos para su pareja...

Les conocían en todos los restaurantes de moda de la ciudad; en todos los lugares de diversión; en todos los teatros, en los bailes públicos, las fiestas, los conciertos. Cada vez que se encontraban en un lugar en el que sonaban los violines, ella estaba en sus brazos y giraban, llevados por el febril torbellino del vals. Cada vez que se encontraban en alguna parte y la luna estaba llena, podía vérseles con toda seguridad abrazados en su coche parado, las cabezas muy juntas, los ojos perdidos en ensueños y pasmos.

Pero, tenían razón los ociosos, los rechazados, todos los que les miraban suspirando, desde las butacas del hotel. Las cosas del amor duran muy poco... Vienen una sola vez, y luego se marchan para no volver más.

Sin embargo, a ellos les había llegado el turno de gozar de aquellos instantes, de saborear su parte...

Durand y su Julia.

XLI

Sin levantar los ojos, ella sonrió, demostrándole que sabía perfectamente que la estaba contemplando, en el pequeño salón donde se encontraban, al lado de su dormitorio. En realidad, Durand la estudiaba, como una lección que se nos escapa, una lección que parece más bien fácil, a primera vista, pero que nunca se llegará a aprender del todo...

—¿En qué piensas? —preguntó ella, traviesa, sin levantar los ojos.

—En ti.

—Eso ya lo sé. Pero, ¿en qué, a propósito de mí?

Durand fue a sentarse a su lado, al pie del sofá, y posó en ella una mirada extrañamente pensativa.

—En otro tiempo, lo que yo deseaba era una buena esposa. Una mujercita que supiera sentarse modestamente, por la noche, con la cabeza inclinada sobre su labor, una cabeza que sólo se levantaría para contestarme «Sí» o «No». Y he aquí que ahora no quiero a otra mujer que no seas tú. Con las mejillas embadurnadas aún del colorete de la víspera. Con tu rodilla asomando descaradamente bajo la tela de tu bata. Con la ceniza de cigarro esparcida a tu alrededor. Con tu actitud burlona, incluso en la intimidad más secreta. Todo eso es lo que ahora necesito... —Sacudió la cabeza—. ¡Bonny, Bonny! ¿Qué has hecho de mí? Aunque estuviera convencido de que deberías ser la buena esposa en cuestión, por nada del mundo la querría. Es como si ya no creyera en la existencia de ese otro tipo de mujer. La que quiero eres tú, y sólo tú; tal como eres: mala, sin corazón: tal como eres, absolutamente.

Ella dijo:

—¡Eres un ingenuo, Lou! Como si hubiera dos clases de mujeres... Hay una sola clase de mujeres, y también una sola clase de hombres, por otra parte... y ni unas ni otros valen demasiado. —Ya no reía. Sus facciones reflejaban una súbita fatiga, y había un poco de amargura en sus palabras—. Lou —repitió—, eres tan... inocente...

—¿Estás segura de que es esa la palabra que te proponías utilizar?

—Ingenuo.

—¿Ingenuo?—repitió Durand con una forzada sonrisa.

—La ingenuidad de la mujer se funde como nieve al sol al contacto de la realidad. Pero el hombre ingenuo, aunque se case diez veces, se encontrará al final de su vida tan ingenuo como al principio. No aprenderá nunca nada.

Durand se estremeció.

—Tú me vuelves loco, y yo lo sé. Al menos he aprendido esto.

Ella se dejó caer de espaldas, con la cabeza colgando, abandonada; alargó los brazos, ávida, extasiada.

—Cómprame un vestido nuevo, Lou. Todo de raso blanco y encaje de Chantilly. ¡Y una enorme esmeralda que me pondré en el anular, Lou! Y unos pendientes de diamantes para mis orejas. ¡Pide un coche para que nos lleve a medianoche a un lugar en el que podamos cenar una langosta, pero que sea un palacio! ¡Tengo ganas de contemplar las luces de un candelabro a través del alcohol ambarino de mi copa! Ganas de sentir deslizarse el champaña por mi garganta, lentamente, suavemente, mientras los violines interpretan música zíngara. ¡Ganas de vivir, vivir, vivir! Hay tan poco tiempo delante de mí... La rueda gira, pero nunca da más de una vuelta.

Durand se sintió invadido entonces por una especie de temor y de desconfianza, al pensar en su suerte común; se inclinó vivamente hacia ella, tomó sus labios, ahogando las palabras bajo su beso.

Ella no tardó en suspirar:

—No, no vale la pena ir a otra parte... Estás aquí, conmigo... Todo está aquí con nosotros... el champaña, la música, todo... ¿Para qué ir a buscarlo a otra parte?

Y rodeó el cuello de Durand con sus brazos.

XLII

No tardaron en renunciar a su apartamento en el hotel, para alquilar una casa. Toda una casa, para ellos solos. Una casa con un piso y un sótano.

Fue idea de ella.

Ella consultó a un agente de la propiedad, visitó las villas en su compañía y escogió en definitiva una mansión *elegante*, como ella decía, aunque la vivienda, que se alzaba en una calle burguesa, tranquila y bordeada de árboles, era de aspecto más bien recargado y macizo. Durand sólo tuvo que firmar los documentos necesarios. Lo hizo con el aire tiernamente indulgente de alguien que se presta a satisfacer el último capricho de un chiquillo... Un capricho del que se sospecha que el niño se habrá cansado mañana, pero que no se le niega porque hoy tiene todo su valor.

Hubiérase dicho que ella colmaba así una especie de antiguo deseo, incrustado en el fondo de su ser: tener *su* casa, menos como un signo externo de riqueza que como consagración de la estabilidad, de la *posesión*, de la apariencia social.

—Esto da más categoría —dijo ella—. Además, así tengo la impresión de estar realmente casada —añadió, con un suspiro.

Durand rio, indulgente:

—¿Puede saberse cuál era su impresión hasta ahora, señora?

—¡Oh! ¡Como si un hombre pudiera comprender eso! —replicó ella, con un sobresalto de fingida indignación.

Y, de hecho, ¿no tenía cada uno de ellos el instinto de su raza?

Una negra hizo una breve aparición: cinco días. Hubo una historia de una baratija desaparecida. Tras muchos gritos por una y otra parte, y un accidentado despido, Bonny encontró el tesoro perdido, en el lugar en que lo había guardado, y luego olvidado.

—¿Porqué no has empezado por buscar, antes de acusar? —le hizo observar Durand, en su tono más amable—.

Es lo que habría hecho cualquier señora, dueña de su casa.

—¿De veras? —inquirió ella, con sincero asombro—. No se me había ocurrido.

—Hay que mandar sin tiranizar a la gente —dijo Durand, con una seriedad que no era del todo fingida—. Hay que ser firme y suave al mismo tiempo, so pena de demostrar sencillamente que no se está acostumbrado a tener criados.

La segunda experiencia no duró más de tres días. La escena fue menos violenta; pero esta vez la acompañaron las lágrimas. Y la que lloró fue Bonny.

—¡No! —gritó, finalmente—. ¡Se ha terminado! ¡Basta de criados! ¡Estoy harta! Yo me ocuparé de todo. Nada me impide intentarlo, y lo conseguiré.

Siguió una comida que fue un completo fracaso. Los huevos estallaron en el agua de la que debían salir duros; el resultado fue una pasta lechosa, absolutamente incomible. El café tenía la palidez del té. A la segunda tentativa, se transformó en una abominación fangosa. El pan tostado olía al agua de colonia con que Bonny se inundaba las manos.

Durand no le hizo ni un solo reproche. Se limitó a ponerse en pie y quitarse la servilleta que llevaba anudada al cuello.

—Vamos —dijo—. Comeremos en el hotel, como antes.

Bonny se apresuró a vestirse, encantada, al parecer, con aquella solución.

Por el camino, Durand le dijo, bromeando:

—Y, ahora, ¿no tienes remordimientos?

—En absoluto —respondió ella—. Aunque tengamos que comer en otra parte, eso no impide que tenga un hogar. Y no renunciaré a él por nada del mundo. —Repitió una vez más—: Quiero tener la impresión de estar realmente casada, de ser como todo el mundo. Quiero saber lo que es eso.

Al parecer, no podía hacerse a la idea de que era su esposa legítima y que todo aquello le pertenecía de derecho y no era un botín de guerra.

XLIII

Cada vez más incómodo, sumamente excitado, medía a grandes pasos la antecámara de la modista, tropezando a cada instante con una muchacha que corría, con los brazos cargados, y que le fulminaba con la mirada antes de desaparecer detrás de la cortina del cuarto de prueba, en el que Bonny estaba encerrada desde hacía una eternidad. Las humildes mensajeras apresuradas volvían a salir con las manos vacías; a juzgar por la cantidad de telas que Durand había visto transportar detrás de aquella cortina, debían llegar ya al techo. De cuando en cuando oía la voz de Bonny, dominando el roce de las telas y las frases persuasivas de las vendedoras:

—¡No acabo de decidirme! Cuantas más cosas me enseñan, más difícil me resulta elegir... No, no se lleve esa; tal vez lo piense mejor...

Súbitamente, la cortina se entreabrió, sujetada fuertemente por dos manos, y Bonny asomó la cabeza, sólo la cabeza, por la abertura:

—¿Encuentras esto terriblemente largo, Lou? Acabo de recordar que estabas ahí, esperándome...

—Largo, sí; pero no terriblemente —respondió Durand, galante.

—¿Por qué no me dejas sola aquí? Luego puedes pasar a recogerme —sugirió ella generosamente—. De este modo, te evitarás un suplicio inútil y yo estaré más tranquila.

—¿Cuándo crees que habrás terminado?

—Dentro de una hora larga, como mínimo. Piensa que aún no hemos escogido la tela... Luego, habrá que encontrar un modelo, unas hechuras, tomar las medidas...

—¡Dios mío! —gimió Durand en tono cómico, y las vendedoras estallaron en una risa cortés.

—Será mejor que me concedas una hora y media. Si te cansas de esperar, puedes regresar a casa. Yo iré allí en cuanto termine.

Durand cogió alegremente su sombrero, satisfecho al poder marcharse. El rostro sin cuerpo esbozó una mueca:

—¿No me dices adiós?

Y rozó sus labios con un dedo, para mostrarle lo que ella entendía por aquello: cerró los ojos en espera del beso.

—¿Delante de todo el mundo?

—¡Oh, querido! ¡Qué manera de hablar! ¡Como si no fueras mi marido! Te aseguro que es perfectamente decoroso.

A pesar del apuro que experimentó, Durand se sintió halagado. ¿Cómo había conseguido ella inspirarle aquella clase de sentimiento? Y, ¿lo había hecho de un modo consciente? En el fondo de sí mismo respondió afirmativamente a la segunda pregunta. Aquella mujer no hacía nada al buen tuntun. Descartó esos pensamientos y se dispuso a gozar de la tarde soleada y del espectáculo que se ofrecía a sus ojos. Se mezcló por un momento con la multitud, siguió la lenta corriente que subía hasta la punta del muelle y luego, dando media vuelta, regresó con la corriente contraria. El lento y penetrante calor del sol le resultaba agradable. De cuando en cuando, soplaba una ligera brisa salobre, exactamente lo preciso para atemperar aquel ardor. Unas grandes nubes sin sombras, semejantes a unos blancos huevos batidos, rompían la monotonía del cielo. Los rostros sonreían, como el suyo sin duda, ofreciendo una respuesta distraída a su propia sonrisa, como una prenda de dicha compartida.

Tenía dinero para una temporada. Ella le amaba: lo había demostrado convenciéndole para que la besara delante de una tienda llena de muchachas. ¿Qué más podía desear? El mundo era bueno...

Después de dos vueltas completas a la avenida reservada a los paseantes, terminó por detenerse cerca de la barandilla de madera que la bordeaba, se acodó en ella y se perdió en su contemplación, con la espalda vuelta a la lenta corriente de la multitud de la que acababa de separarse.

Llevaba allí un par o tres de minutos cuando experimentó aquella extraña sensación que suscita en nosotros una mirada obstinadamente fija en nuestra espalda.

No tuvo tiempo de ponerse en guardia. Su primer movimiento fue el de dar media vuelta y obedeció a su impulso.

Se encontró cara a cara con Downs, el detective de Saint-Louis.

Estaba a menos de dos o tres pasos de Durand, lo bastante cerca como para tocarle si hubiese querido extender el brazo.

Durand se sintió realmente irritado al pensar que si hubiese continuado dando vueltas con los otros paseantes, tal vez no se hubieran encontrado nunca. Sin embargo, Downs no debía encontrarse muy lejos de él, para surgir tan rápidamente a su espalda.

—¡Durand! —dijo Downs, en tono imperativo.

Durand hizo todo lo posible por mostrarse a la altura de la situación. Inclinó la cabeza, con cierta frialdad:

—¡Vaya! ¿Es usted?

«No demuestres que tienes miedo —no cesaba de repetirse—. No demuestres que tienes miedo. Olvida que en este preciso instante ella está ahí, muy cerca, terriblemente cerca, o acabarás por traicionar ese hecho, por el mismo afán de ocultarlo. No mires hacia aquel lado: es el de la tienda. Mira a otra parte. Y, sobre todo, oblígale a volverse, a girar, de modo que dé la espalda a la tienda. Si por casualidad ella saliera en cualquier momento...»

—¿Está usted solo aquí? —preguntó Downs.

La pregunta había sido formulada en un tono neutro, pero la mirada que la acompañaba pareció escudriñar largo rato los ojos de Durand. hasta el punto de que éste terminó por no poder soportarlo.

—Desde luego —respondió secamente.

Downs hizo un gesto de protesta con la mano.

—Dicho sea sin ánimo de ofenderle —añadió—. Diríase que mi pregunta no le ha sentado bien.

—¿Puede usted explicarme por qué habría de ofenderme esa clase de pregunta?

Se dio cuenta de que hablaba con demasiada rapidez, casi con vehemencia, casi hasta el punto de tartamudear.

—Si no puede explicarlo usted, ¿cómo podría hacerlo yo? —dijo Downs, con fingida amabilidad.

Durand se alejó un poco de la balaustrada, dio un par o tres de pasos a fin de sobrepasar a Downs y situarse detrás de él, y volvió a acodarse negligentemente al otro lado de su interlocutor. Downs giró automáticamente sobre sí mismo para quedar en frente de él.

—¿Qué viento le ha traído aquí? —inquirió Durand.

Downs sonrió con malicia.

—¿Qué es lo que puede llevarme a cualquier parte? —replicó—. Unas vacaciones no, desde luego.

—¡Oh!

Fue lo único que Durand pudo encontrar: un «¡Oh!» tímido, falto de convicción.

En el umbral de la tienda, a cierta distancia pero lo bastante cerca, sin embargo, para resultar demasiado visible, se dibujó la silueta de una mujer. Por un segundo, el corazón de Durand saltó, golpeando las costillas como un guijarro puntiagudo. Luego, la silueta se destacó, alta, azul: no era ella.

Volvió a fijar su atención en Downs, a tiempo para coger al vuelo lo que iba a dejar pasar:

—He oído hablar de una rubia escandalosa, acompañada de un hombre, que está causando sensación aquí desde hace una temporada. Incluso han hecho una escapada a Nueva Orleans, de donde proceden.

Durand se encogió de hombros.

—Hay muchas mujeres en el mundo —dijo—, y muchas rubias entre las mujeres.

«¡Qué idiotas hemos sido! —pensó amargamente—. Quedarnos aquí semana tras semana...»

—La rubia en cuestión saca chispas —continuó Downs, mirándole fijamente—. Es de un rubio pálido, casi plateado. Una mujer muy lista, por lo que me han dicho.

—Alguien se ha burlado de usted.

—¿De *mí*? ¡Desde luego que no! —insistió Downs—. Y por una razón muy sencilla: esos detalles no iban destinados a mi oído, en su origen. Los escuché por casualidad, cazados al vuelo. —Hizo una pausa—. ¿No habrá visto usted una pareja de ese tipo? Creo que lleva aquí mucho más tiempo que yo...

Durand contempló las tablas de madera, a sus pies:

—Estoy curado de rubias —dijo, de mala gana.

—La enfermedad tiene recaídas —replicó Downs secamente.

«¿A dónde quiere ir a parar? —se preguntó Durand, alarmado—. Pero... no, no discutas; sería lo peor que podrías hacer.»

Consultó su reloj:

—Tengo que marcharme.

—¿Dónde vive usted?

Con el pulgar, Durand señaló el espacio detrás de él:

—Por allí.

—Le acompañaré hasta su casa —propuso Downs.

«Quiere saber dónde vivo. No podré quitármelo de encima», pensó Durand, cada vez más inquieto.

—Tengo bastante prisa —logró articular.

Downs sonrió, tranquilizador:

—Tengo por costumbre no imponer a nadie mi compañía —dijo.

—¿En qué dirección va usted? —preguntó súbitamente Durand, al ver que el otro estaba a punto de dar media vuelta... y de echar a andar en una dirección que le obligaría a pasar por delante de la tienda.

Cogió a Downs por el brazo, súbitamente apremiante:

—Vamos, acompáñeme. Permítame que le ofrezca un vaso de cerveza.

Downs suspiró:

—Lo cierto es que el sol pega de firme. Usted mismo tiene el rostro empapado en sudor... —dijo, en un tono irónico que no escapó a Durand.

Echaron a andar.

—Aquí mismo... ¿Qué le parece este lugar? —dijo Durand, al cabo de unos instantes.

—Iba a proponérselo —respondió Downs.

Entraron y se sentaron ante una de las mesas.

—Dos Pilsen —le dijo Durand al camarero bigotudo y vestido con una camisa a rayas.

Luego, sin darle tiempo a retirarse:

—¿Dónde están los lavabos? —inquirió.

—Al fondo.

Durand se puso en pie:

—Discúlpeme un momento.

Downs inclinó la cabeza.

Durand se dirigió hacia el fondo del local, abrió una puerta y se encontró en un pasillo. Lo siguió hasta el final, desembocó al aire libre y echó a correr como un poseso. Tenía un solo pensamiento: ¡salvarla!

XLIV

Como un loco, iba y venía del armario al baúl, echando en este último montones de ropa sin tener siquiera en ·cuenta su capacidad real. No era el momento de doblar cuidadosamente las prendas: había que escapar lo antes posible; les iba en ello la vida a los dos.

Oyó sus pasos, cuando ella franqueó la puerta que daba a la calle; estaba aún en el vestíbulo cuando él la llamó desde arriba, invisible, con una voz alterada:

—¡Bonny! ¡Bonny! ¡Sube! ¡Aprisa! Tengo algo que decirte.

Ella tardó, sabe Dios por qué motivo.

En su precipitación, Durand corrió ciegamente hacia la escalera, bajó los peldaños de dos en dos. A medio camino se paró en seco, paralizadas las piernas por un frenazo brutal.

De espaldas a la puerta que acababa de cerrar, tan petrificado como él, se encontraba Downs.

No parpadearon ni el uno ni el otro... Dos hombres impasibles y helados, que se miraban interminablemente. El uno fríamente, ya que tenía al fin lo que quería. El otro con el rostro lívido, cadavérico.

—Acaba usted de llamarla por su nombre —dijo lentamente Downs—. La ha nombrado, creyendo que era ella. Por lo tanto, está aquí con usted.

Durand se había vuelto un poco de costado, aferrado con las dos manos a la barandilla, como si fuera lo único que le permitía permanecer de pie. Sacudió la cabeza. Lentamente al principio. Luego más aprisa, más aprisa a cada negativa.

—No —dijo—. No. ¡No, no!

—No soy sordo, Mr. Durand. Le he oído.

Durand repitió «no», «no», como si blandiera un amuleto.

—¡No, no, no!

—Miremos las cosas cara a cara, Mr. Durand, como hombres que somos. Ha pronunciado usted su nombre... lo ha aullado, casi.

—No. No.

Dio un paso inseguro, que le llevó un peldaño más abajo. Luego otro. Hubiérase dicho que hacía *deslizar* su cuerpo a lo largo de la barandilla. Como un hombre borracho que era: un hombre borracho de miedo.

—Era otra... La mujer de la limpieza... Tiene un nombre parecido...

No sabía ya lo que decía.

—De acuerdo —dijo Downs secamente—. Admito que se trata de esa mujer, de la mujer de la limpieza, cuyo nombre presenta un parecido tan extraño. No soy difícil de contentar.

Ahora estaban los dos en guardia, acechándose mutuamente con la mirada, espiándose el uno al otro.

Durand se arrancó de la barandilla al mismo tiempo que Downs se apartaba de la puerta. Su doble impulso les hizo reunirse delante del perchero adosado a la pared, con su espejo, sus colgadores de bronce y su banqueta de brazos que servía también de cofre. Durand se esforzó en mantener cerrada la tapa; Downs se esforzó en abrirla. Finalmente, se impulso Downs: hundió rápidamente su brazo, para sacar las dos largas cintas de color heliotropo de una pamela de paja. El extremo de una de aquellas cintas, atrapado por la tapa, una diminuta mancha de color en el amplio vestíbulo, había llamado su atención desde el primer momento.

«¿Por qué esa pasion por el color heliotropo?», le había preguntado Durand un día.

«No lo sé —había contestado ella—. Es mi color preferido. Lleve lo que lleve, tendría la impresión de que me falta algo si mi tocado no incluyera aunque sólo sea un trozo de cinta de esa tonalidad.»

Downs volvió a dejar caer las cintas en el cofre.

—¡Eso forma parte del tocado de la mujer de la limpieza! —dijo, en tono despreciativo—. ¡Santo cielo! Pensar que está usted enamorado de una...

—Escúcheme, Downs; es preciso que le diga...

Cogió a Downs por las solapas de su americana, con las dos manos, manteniéndole muy cerca de él.

—¡Venga aquí! A esta habitación... ¡Pase! Deje que le diga...

—No tenemos nada que decirnos. Si he de hablar, no es con usted, sino con...

Obstinadamente, Durand retrocedía, arrastrándole con él. Sólo le soltó después de haber cruzado la puerta. Downs se inmovilizó en el lugar al que le había llevado.

—Escúcheme, Downs... Un par de segundos... Tiene que haber una botella de coñac por aquí... ¿Tomará usted una copa?

—Sólo bebo café.

—Escuche, Downs... Ella no está aquí. Está usted a punto de cometer un grave error... pero no es de eso de lo que quiero hablarle. Simplemente, quiero decirle que... que he cambiado de idea. No quiero que continúe la investigación. Renuncio.

Downs repitió con una voz irónica por su propia monotonía:

—¿No quiere que continúe la investigación? ¿Renuncia usted?

—Tengo derecho a ello. Soy yo quien debe decidirlo. En su origen, la demanda fue presentada por mí.

—Es verdad... aunque sólo en parte, para decir las cosas tal como son. Es usted co-demandante con Bertha Russel. Pero, admitamos, para simplificar, que se encuentra usted en el origen de la demanda. ¿Y qué?

—Pero, si retiro mi demanda, si la anulo...

—No tengo que recibir órdenes de usted —dijo Downs en tono helado, sentándose a medias en el brazo de una butaca—. Puede usted retirar su demanda. De acuerdo. Puede no entregarme más honorarios. De hecho, la cantidad que me entregó quedó agotada hace meses. Pero no puede obligarme a renunciar al caso. ¿Está claro? Vivimos en un país libre, y puedo hacer lo que se me antoje. Si por casualidad siento deseos de seguir con este caso por mi cuenta y riesgo hasta que lo haya resuelto, no puede usted impedirlo. No estoy a su servicio, sino al servicio de mi conciencia.

Aterrado, Durand empezó a temblar con todo su cuerpo.

—Pero, eso es una persecución...

—Yo diría más bien que es conducirse como hombre escrupuloso; aunque no me corresponda a mí el decirlo.

—Pero, no es usted funcionario de la policía... No tiene usted derecho...

—Tengo los mismos derechos que el día que me encargué de este caso, por cuenta *de usted*. La única diferencia es que, a partir de ahora, el fruto de mis investigaciones irá directamente a manos de la policía, en vez de pasar por usted.

Durand había logrado dar la vuelta en torno a la gran mesa que se encontraba en la estancia; paso a paso, apoyándose en ella con las dos manos, como si fuera a desmayarse.

—Un momento... Escúcheme bien...

Hurgaba con mano temblorosa en los bolsillos de su chaleco. Terminó por sacar una llave, la hizo girar en una cerradura, abrió un cajón. Un momento después, un pesado cofrecito de hierro hacía su aparición sobre la mesa. Unas manos palparon ávidamente en su interior; luego se tendieron hacia Downs, llenas de billetes:

—Tome... aquí hay veinte mil dólares. Abra su mano, Downs. Guarde esto en su mano un minuto, Downs... sólo un minuto...

Las manos de Downs se habían hundido en el fondo de sus bolsillos. Las de Durand quedaron colgadas en el vacío con su ofrenda. El detective sacudió la cabeza, indiferentemente, obstinadamente:

—Ni un minuto, ni una hora, ni una eternidad. —Hizo un gesto imperioso con la barbilla—. Vuelva a meter ese dinero en el cofre, Durand.

—Tómelo... guárdelo sólo un segundo —repitió Durand, con la tozudez de un chiquillo—. Sólo un segundo, es lo único que le pido...

Downs se limitó a mirarle con una fijeza imperturbable:

—Se equivoca usted de hombre, Durand. ¡Mala suerte! Me hice cargo del caso cuando usted me pidió que lo hiciera, porque era mi profesión; acepté el ser pagado. Ahora

sigo en él por mi satisfacción personal. No sólo no aceptaré
que me paguen por continuar ocupándome de él, sino que
no lo soltaré por todo el oro del mundo. Y no me pregunte
por qué: sería incapaz de contestarle. Soy un tipo raro, eso
es todo. Se equivocó usted, Durand, al acudir a mí en Saint-
Louis. Debió dirigirse a otro. Eligió usted al único detective privado de este país, quizá, que cuando se ha lanzado
sobre un rastro es incapaz de apartarse de él, aunque tuviera deseos de hacerlo. Hay momentos en que no me comprendo a mí mismo. Tal vez soy un fanático. Quiero detener
a esa mujer, no ya por usted, sino por mi satisfacción personal. —Retiró las manos de sus bolsillos, pero sólo para
cruzar los brazos y adosarse un poco más a la butaca en
que se apoyaba—. No me moveré de aquí; esperaré a que
ella regrese. Y me marcharé con ella.

Durand había vuelto a introducir los billetes en el cofrecito, sin cerrarlo. Downs debió sorprender la ojeada pensativa que había dirigido hacia la puerta y leer en su
mente:

—Y si sale usted de aquí para tratar de ir a su encuentro y prevenirla, me encontrará a su lado.

—No puede usted prohibirme salir de mi casa —dijo
Durand desesperadamente.

—Nunca he dicho tal cosa. Pero usted tampoco puede
impedirme que ande a su lado. O, digamos, a un par de
pasos detrás de usted. La calle es de todo el mundo.

Durand se protegió los ojos con el dorso de la mano, per-
maneciendo unos instantes en aquella actitud, como si la
luz fuese demasiado intensa para él.

—Tendré treinta mil dólares, Downs... en un plazo de
veinticuatro horas... Sólo tengo que ir a Nueva Orleans para
conseguirlos. Acompáñeme; le doy mi palabra de que no
me separaré de usted. Cincuenta mil dólares en total por
dejarnos en paz, por olvidar todo lo que han podido decirle;
no pido nada más.

—Ahorre saliva, Durand. Ya he dicho todo lo que tenía
que decir a ese respecto —replicó secamente Downs.

Durand cerró el puño, lo blandió, no como una amenaza,
sino como una súplica:

—¿Qué necesidad tiene usted de enlodar el nombre, de
arruinar la vida de esa mujer? ¿Por qué...?

Los labios de Downs se distendieron en una sarcástica sonrisa:

—¿Enlodar el nombre... de esa perdida? ¿Arruinar la vida de esa pécora que tiene un asesinato sobre su conciencia?

Escupió las palabras al rostro de Durand, pero éste ignoró voluntariamente el insulto:

—¡Ella no ha hecho nada! ¡No hay pruebas! El azar quiso que se encontrara a bordo del mismo barco, eso es todo. Había docenas de personas como ella a bordo. ¡*Usted* no puede decir lo que le ocurrió a Julia Russel! ¡Nadie puede decirlo, nadie lo sabe! Incluso es posible que esté viva, en estos momentos. Pudo huir con otro hombre al que habría conocido en el barco... Lo único de que se puede acusar a Bonny es de haberse hecho pasar por ella ante mí, al principio. ¡Y hace mucho tiempo que yo le he perdonado aquella superchería!

Bruscamente, Downs cambió de actitud, se apartó de la butaca.

—Voy a informarle de algo que usted parece ignorar, Mr. Durand. Lo mismo da que lo sepa ahora, que más tarde. No se trata sólo de una desaparición. ¡Y puedo decirle perfectamente lo que le ocurrió a Julia Russel! —Se mantenía ligeramente inclinado hacia adelante, tenso, ardiendo en aquel celo del que él mismo había hablado, unos minutos antes—. El día 10 de este mes se encontró un cadáver en la orilla del río, a la altura del cabo Girardeau... ¿Palidece usted, Mr. Durand? ¡No le faltan motivos! El cadáver de una persona asesinada, muerta antes de que la echaran al río, ya que no había agua en sus pulmones. Nosotros vimos aquel cadáver: llevé a Bertha Russel conmigo. A pesar de que estaba horriblemente descompuesto, Bertha lo identificó como el de su hermana, Julia Russel, basándose en tres señales: *primo*, dos lunares gemelos en la cara interna del muslo izquierdo, algo que nadie más que Bertha, prácticamente, había visto desde su más tierna infancia; *secundo*, el hecho notable en sí de que los dos últimos molares de cada mandíbula, cuatro en total, llevaban unas coronas de oro; y, *tertio*, unas cicatrices en el costado, vestigios de unas heridas ocasionadas por las púas de un rastrillo, que se remontaban igualmente a la infancia de la víctima: el rastrillo estaba oxidado y tuvieron que cauterizar las heridas con un hierro al rojo...

Downs se interrumpió, sin aliento. Durand estaba de pie, con la cabeza inclinada.

—¿Está enterada la policía de todo eso? —inquirió, sin levantar la cabeza.

—Todavía no; pero lo estará cuando lleve a esa mujer a Nueva Orleans conmigo.

—Nunca la llevará usted allí, Downs. Ella no saldrá de esta casa. *Y usted tampoco.*

Esta vez, irguió la cabeza. Y al mismo tiempo levantó el revólver que empuñaba ya en su bolsillo desde hacía largo rato.

Ahora fue el rostro de Downs el que reflejó el temor, el miedo, el pánico. Luego se dominó y a partir de entonces se comportó de un modo irreprochable.

Abogó por salvar su vida, pero lo hizo con voz firme. Tras un primer gesto de retroceso, se pegó al terreno. No incurrió en bajezas para defenderse. No trató de disfrazar el miedo que sentía: lo dominó.

—No se le ocurra utilizar ese revólver. Vamos, amigo mío, no pierda la cabeza. Usted está al margen del asunto, por ahora. No hay nada de reprensible en el hecho de que haya vuelto a unirse a esa mujer. El crimen se cometió antes de que usted la conociera. Usted no tiene nada que ver con él. Se ha portado como un idiota, pero no como un criminal... hasta ahora... No, Durand, reflexione antes de que sea demasiado tarde. En su propio interés, guarde ese arma...

Durand pareció dirigirse, no al detective, sino a otra persona. Aunque nadie hubiese podido decir a quién. Ni siquiera él.

—¡Demasiado tarde! Es demasiado tarde... Desde el día en que la conocí. Desde el día de mi nacimiento... ¡Desde el día en que Dios hizo este mundo!

Inclinó los ojos para evitar el mirar a Downs, posándolos en su dedo doblado sobre el gatillo, observando aquel dedo con una especie de despego, como si se tratara de algo ajeno a él.

—¡Bonny!

Y su voz se quebró como si le suplicara que le soltara.

La detonación le dejó aturdido por unos instantes.

Cuando Durand se decidió a mirar, sus ojos encontraron el rostro del que habrían querido huir.

¡Downs se sostenía aún en pie!

En sus facciones había un reproche tan punzante que Durand tuvo la sensación de que, si tenía que leer una segunda vez en su vida semejante condena, perdería la razón.

En la inmovilidad repentina y nueva de la estancia, una palabra apenas perceptible, semejante a un suspiro de remordimiento, había sido exhalada en un soplo... «Hermano...» Y, más tarde, Durand tuvo la impresión de que la había pronunciado él.

Las piernas de Downs se doblaron de golpe, y se desplomó. Permaneció tendido allí... muerto. Muerto sin error posible, con los ojos abiertos de par en par, pero privados de visión, y los labios, que parecían de caucho, ligeramente entreabiertos.

Lo que hizo entonces Durand, lo hizo lentamente; como si fuera él, y no Downs, el que ahora tenía la eternidad delante. Obraba sin tener conciencia de sus gestos. Como si sus manos, su cuerpo, vivieran independientemente de su cerebro.

Permaneció sentado largo rato sobre el borde de una silla.

Finalmente, dio unos pasos, se inclinó sobre el rostro del muerto y, levantando la esquina de la alfombra, lo cubrió con ella como con un grueso sudario de lana. Experimentó una sensación de alivio. Sin incorporarse, se desplazó rápidamente hasta los pies del cadáver y dobló la otra esquina de la alfombra, cubriendo así los pies y las pantorrillas.

A impulsos de una súbita inspiración, hizo rodar la alfombra sobre sí misma y el cadáver con ella. Una, dos veces. Ahora no quedaba más que un capullo de tela burda. Otra vuelta, y sólo tuvo delante de él una simple alfombra enrollada, sin nada que pudiera sorprender, atestiguar, acusar.

Al límite de sus fuerzas, retrocedió tambaleándose hasta la pared cercana a la puerta —y también la más alejada de la «cosa»—, contra la cual se dejó ir, inerte.

Allí estaba aún cuando ella entró.

Bonny volvió la cabeza y le vio, adosado a la pared como un enfermo a unas almohadas, pero de pie, las manos colgantes y abiertas.

—¡Lou! —exclamó, dejando escapar una breve risa—. ¿Qué estás haciendo ahí? ¿Qué idea se te ha ocurrido? Pegado a esa...

Durand no respondió. Ella paseó su mirada por la estancia, en busca de una respuesta. Durand vio que sus ojos se detenían sobre la gran mancha transversal de polvo aparecida sobre el parquet, en el lugar de la alfombra.

—¿Qué ha pasado con la alfombra?

—Hay alguien dentro... el cadáver de un hombre.

Quedó asombrado por sus propias palabras. ¡Alguien dentro! Pero, ¿acaso había otro modo de decirlo? Con un gesto de la cabeza, señaló la cosa. Ella siguió la dirección de su mirada y descubrió la alfombra enrollada.

—No, no te acer...

Pero Bonny cruzó rápidamente la estancia. Durand vio cómo se agachaba. Su falda se extendió sobre el suelo. Acercó su rostro a la abertura, miró al interior. Luego, pasó un brazo por el hueco. La vio agarrar la alfombra por el borde, como para desenrollarla en parte o para agrandar la abertura.

—¡No! exclamó Durand—. ¡No la abras!

Bonny se incorporó y se acercó a él. Su rostro reflejaba una tensa atención, sin el menor rastro de horror o de miedo. Ni síquiera había palidecido. Hubiérase dicho incluso que había ganado en vitalidad, como si se encontrara, no ante una catástrofe, sino ante una prueba.

—¿Quién ha hecho eso? —inquirió, en un breve susurro.

—Es Downs —respondió Durand.

Bonny no apartaba sus ojos de él, y su mirada brillaba, insistía, ávida y dura: quería saber, quería un relato de lo ocurrido.

—Había venido a buscarte.

Por sí mismo, no hubiese continuado. Su cabeza volvió a caer sobre su pecho. Pero ella le obligó a seguir, cogiéndole por la barbilla y alzándole el rostro.

—Había descubierto que vivías aquí.

Bonny movió la cabeza afirmativamente. Bastaba con

aquella explicación. Cogió a Durand por lo alto del brazo y apretó; Durand no había sospechado nunca que pudiera tener tanta fuerza, que pudiera irradiar tanto calor. Comprendió que aquello era una especie de alabanza.

Y la pregunta que formuló a continuación estaba llena de un ardor afectuoso que Durand no había conocido nunca.

—¿Con qué has hecho eso? ¿Qué has utilizado?

—El revólver. Está allí, en el escritorio.

Ella se volvió a mirar la alfombra, al tiempo que le daba un golpecito en el pecho con el dorso de la mano. Durand sóo pudo interpretar aquel gesto como una señal de baja camaradería, la prenda de una especie de lazo secreto entre ellos, caballerosamente expresado... Luego, ella le contempló largamente, con una curiosa sonrisa en los labios, como si descubriera, en los rasgos familiares de su rostro, nuevas virtudes dignas de estima y de admiración.

—Necesitas beber algo —dijo, en tono decidido—. Y yo también. Espera un momento; voy a buscar unos vasos.

Durand la contempló mientras inclinaba dos veces la botella y volvía a colocar el tapón, haciéndolo girar un poco como atornillándolo.

Bonny le puso uno de los vasos en la mano y, sin soltarle la muñeca, como en señal de afecto, levantó su otra mano.

—¡Ahora te has convertido en un hombre como a mí me gustan! —dijo, con calor—. Ahora vale la pena vivir contigo. Tú eres *mi* tipo de hombre.

Hizo chocar su vaso contra el de Durand, echó la cabeza hacia atrás y lo vació de un trago.

—A nuestra salud —dijo—. Por ti. Por mí. ¡Por nosotros! Bebe, cariño. ¡Bebe por una vida breve y apasionante!

Bonny lanzó su vaso vacío contra la pared, donde estalló en pedazos. Durand vaciló un segundo; luego, vació también su vaso y, al igual que ella, lo estrelló contra la pared.

XLV

El espectador inadvertido que les hubiera sorprendido, media hora más tarde, habría imaginado caer sobre una encantadora escena de vida conyugal: una joven pareja discutiendo su presupuesto o el mobiliario de una habitación. Durand estaba sentado, con las piernas estiradas y la cabeza apoyada en el respaldo de un sillón. La mujer estaba encaramada en uno de los brazos, muy cerca de su marido, cuyos cabellos acariciaba de cuando en cuando, con una mano distraída. Y los dos reflexionaban y le daban vueltas al problema.

Durand había cogido otro vaso, pero Bonny se apoderó de él y lo dejó sobre la mesa.

—No, ya has bebido bastante —dijo, en tono cariñosamente gruñón—. Tienes que estar despejado.

—Estamos perdidos, Bonny —dijo Durand, débilmente.

—¡Ni hablar! —replicó ella, acariciándole de nuevo la cabeza—. Me he visto en peo...

No terminó la frase, pero Durand había adivinado lo que estuvo a punto de decir:

«No es la primera vez que me encuentro en una situación como ésta...»

«¿Dónde? —se preguntó Durand—. ¿Y cuándo? ¿Y quién había dado el golpe, entonces? ¿Con quién vivía ella en aquella época?»

—Huir de esta ciudad, marchar sin dejar señas —dijo Bonny, como si continuara una discusión abandonada por unos instantes—, sería la mayor tontería que podrían cometer unas personas en nuestra situación.

Aquellas palabras parecían llegarle desde muy lejos, pero quedó estupefacto ante el tono a la vez doctoral y tierno de la voz de Bonny. Parecía una joven y guapa institutriz repitiendo pacientemente su lección a un alumno poco brillante.

—No podemos quedarnos aquí por más tiempo, Bonny —tartamudeó Durand—. ¿Qué vamos a hacer? No podemos quedarnos aquí. —Se cubrió un momento los ojos con la mano—. Hace ya una hora...

—Después de que sucediera, ¿cuánto tiempo tardé en llegar? —preguntó ella, fríamente.

—No lo sé. Me pareció interminable... —En un conato de rebeldía, Durand se incorporó a medias en su asiento—. Tendríamos que estar lejos, ya.

Ella le obligó suavemente, pero con firmeza, a sentarse de nuevo.

—Nos marcharemos —dijo, para tranquilizarle—. Pero no como unos locos. ¿No comprendes lo que eso querría decir? En cuanto saliéramos de aquí, se descubriría todo el pastel y la policía nos pisaría los talones.

—De todos modos, eso no tardará en suceder.

—No, si jugamos bien nuestras cartas. Nos marcharemos, pero a su debido tiempo. En primer lugar —señaló con un pulgar indiferente la habitación detrás de ella—, tenemos que deshacernos de *eso*.

—¿Sacarlo de la casa? —sugirió Durand, inseguro.

Bonny se mordisqueó el labio.

—Un momento, déjame pensar... No, no hay que sacarlo de aquí. Podrían vernos.

—¿Entonces?

—Hay que buscar un escondrijo en la casa —dijo Bonny, con un leve encogimiento de hombros, como si fuera la cosa más natural del mundo.

Durand quedó horrorizado:

—¿Aquí mismo? ¿Dentro de la casa?

—Evidentemente. Es lo más seguro. En realidad, no podemos elegir. Estamos solos, los dos; sin criados. Disponemos de todo el tiempo necesario.

—¡Oh! —gimió Durand.

Bonny había vuelto a sumirse en sus pensamientos. Inspiraba a Durand un miedo casi igual al que había experimentado delante del cadáver.

—¿En una de las chimeneas, quizá? —sugirió Durand—. Las de la planta baja son muy grandes...

Bonny sacudió la cabeza:

—Nos descubrirían al cabo de dos días.

—¿En uno de los armarios, entonces?

—Peor aún.

Bonny golpeó el suelo con el pie, y súbitamente su rostro se iluminó: acababa de encontrar una solución satisfactoria. Uno de los pisos.

—Son de madera dura. Se notaría en seguida.

—El sótano. ¿De qué es el piso del sótano?

Durand no podía recordarlo, ya que nunca había bajado a él. Ella se puso en pie bruscamente. Basta de meditar: había llegado el momento de actuar.

—Espera un momento. Bajaré a mirarlo. —Desde el umbral, sin volver siquiera la cabeza, Bonny le advirtió—: Y no se te ocurra tocar esa botella durante mi ausencia.

Regresó corriendo, con los ojos brillantes.

—El piso es de tierra batida. Perfecto.

Tenía que pensar por los dos. Tiró vivamente de la manga de Durand:

—¡Vamos! Tenemos que llevar *eso* abajo, de momento. Será mejor que dejarlo aquí. Alguien podría presentarse en cualquier momento.

Durand se inclinó sobre la alfombra, torpemente... Sí, ella tenía que pensar en todo:

—¿No crees que te sentirías mejor si te quitaras la americana? Va a molestarte.

Bony le ayudó a quitársela y la colgó cuidadosamente del respaldo de una silla, procurando que no se arrugara... Durand se preguntó cómo era posible que un gesto tan corriente, tan cotidiano como el de ayudarle a quitarse la americana pudiera inspirarle tal sensación de horror, hacerle estremecer hasta la médula.

Empuñó la cosa por el centro, dio algunos pasos titubeantes. De pronto, la carga se hizo menos pesada. Volvió la cabeza: Bony levantaba uno de los extremos, le ayudaba.

—¡No! ¡Por el amor de Dios! —exclamó, horrorizado—. Tú, no...

—¡Oh! No seas idiota, Louis —replicó ella en tono impaciente—. ¡Tardaremos diez veces menos! —Luego añadió, dulcificando un poco el acento—: Para mí, esto no es más que una alfombra. No veo absolutamente nada de lo que puede contener.

Salieron de la habitación con su carga, recorrieron el pasillo hasta la entrada del sótano, descendieron los pelda-

ños; y finalmente soltaron su fardo. Durand se esforzaba
en recobrar el aliento, con una mano en la frente.

—Pesa mucho —suspiró Bonny; y resopló a su vez, con
una leve sonrisa.

Todos sus gestos tenían la virtud de horrorizar a Durand. Pero aquel suspiro de alivio casi le heló la sangre.

Escogieron un lugar cerca de la pared. Antes de deci-
dirse, Bonny palpó varios rincones con la punta de su zapato.

—Creo que aquí tendremos menos trabajo. La tierra no
está tan amazacotada.

Durand recogió un trozo de tabla medio podrida y la
rompió sobre su rodilla, a fin de hacerla puntiaguda.

—¡No pensarás utilizar esta porquería! ¡No termina-
rías nunca, te pasarías toda la noche cavando!

En su voz había casi un acento de burla.

Durand hundió el trozo de madera en el compacto
suelo.

—Necesitamos una pala —dijo Bonny.

—No veo ninguna.

—No la tenemos. Habrá que comprar una. —Bonny había empezado a subir de nuevo la escalera. Durand no se
movió. Al llegar arriba, Bonny se volvió, hizo un gesto con
la mano—. Yo me encargaré de encontrarla —dijo—. Tú
no estás muy seguro aún sobre tus piernas, por lo que veo.
No te quedes aquí esperándome; será mejor que subas.

Durand se reunió con ella, y cerró la puerta del sótano.
Bonny se puso el sombrero y se echó un chal sobre los hombros, como si se dispusiera a salir de compras.

—¿Crees que es prudente? —se inquietó Durand.

—Supongo que una tiene derecho a comprar una pala...
¿Qué hay de malo en ello? Todo depende del modo con
que se tome.

Se dirigió hacia la puerta; Durand la siguió paso a paso.
En el umbral, ella se volvió:

—No te preocupes por nada, querido.

Le cogió firmemente la barbilla y le besó en los labios.
Durand no había imaginado nunca que un beso pudiese ser
tan atroz.

—Quédate aquí, lejos de todo eso —le aconsejó Bonny—.
Y no te diviertas bebiendo.

Tenía el aire de una madre consciente de sus responsabilidades haciendo las últimas recomendaciones a su hijo.

La puerta se cerró y Durand la siguió un instante con los ojos, por la vidriera. La vio descender por la avenida, semejante a cualquier otra ama de casa que sale de compras, poniéndose los guantes antes de doblar la esquina de la calle.

Ahora estaba solo en la casa con el cadáver.

Pasó a la habitación más próxima —evitando la estancia macabra— y se dejó caer en un sillón. Inerte, con el rostro apretado contra el respaldo, esperó el regreso de Bonny.

Transcurrió casi una hora, que le pareció un siglo.

Bonny trajo una pala. Envuelta en papel recio, muy bien atada.

—¿He tardado mucho?

—Una vida entera —gimió Durand.

—He ido lejos, a propósito —explicó ella—. No quería comprarla demasiado cerca de aquí, donde nos conocen de vista.

—De todos modos, ¿no crees que esta compra ha sido un error?

Bonny hizo una mueca llena de seguridad:

—No, tal como he llevado el asunto. Ha sido el propio tendero el que me ha aconsejado que la comprara. Yo le había preguntado qué herramienta era más práctica para cavar la tierra detrás de la casa y plantar unas flores: ¿azada o rastrillo? No sentía ningún deseo especial de comprar la pala: tuvo que insistir mucho para convencerme.

Y Bonny movió la cabeza de derecha a izquierda, con aire de evidente satisfacción.

«¡Y pensar que es capaz aún de discutir y de mercadear!», pensó Durand, estupefacto.

—¿Bajo contigo? —sugirió Bonny, quitándose cuidadosamente el sombrero con las dos manos y alisando sus cabellos.

—No —dijo Durand con voz ahogada—. Ya te avisaré cuando... cuando haya terminado.

La idea de que ella pudiera contemplarle realizando su macabra tarea añadía horror a la situación.

Bonny le hizo valiosas y sanas recomendaciones:

—Empieza por delimitar el lugar. ¿Entiendes lo que quiero decir? La longitud y la anchura... Con el filo de la pala. Eso te ahorrará esfuerzos inútiles.

Durand salió precipitadamente de la estancia y cerró la puerta detrás de él. La lámpara seguía ardiendo en el lugar en que la habían dejado. Subió la mecha, para aumentar la claridad. Pero la escena era demasiado horrible... Se apresuró a bajar la llama.

Era la primera vez que cavaba una tumba. Empezó por delimitar el emplazamiento, como ella le había dicho. Clavó la pala en el espacio marcado y la abandonó así un momento... el tiempo necesario para subirse las mangas. Luego volvió a cogerla y empezó a trabajar.

La tarea de excavar estaba lejos de ser la peor: la cosa se encontraba detrás de él, fuera de la vista, pero llegó el momento crítico. Descansó unos instantes, recuperando fuerzas. Luego, bruscamente, cruzó el sótano en unas zancadas, cogió la alfombra, la arrastró por el suelo y la colocó paralelamente al borde del hoyo. A continuación, agarrando los dos extremos, dio un empujón al cilindro. La alfombra se desenrolló y vació su contenido en la fosa; un ruido sordo... y eso fue todo. Durand sólo tuvo que tirar de la alfombra hacia él. Por espacio de un segundo, un brazo aleteó en el aire, para volver a caer inmediatamente.

Durand evitó mirar hacia el agujero. Se colocó detrás del montón de tierra que había retirado; y, volviendo la cabeza, empezó a rellenar la fosa. Cuando finalmente se decidió a mirar, lo peor había pasado. Ya no había rastro, ni había mirada. Sólo una parte del torso que sobresalía aún de la capa de tierra...

Et quia pulvis es. La fórmula latina se presentó a su mente...

Tuvo aún que pisotear el suelo, saltar con los pies juntos sobre la blanda superficie, para apretarla bien. Tampoco aquello fue divertido. Hubiérase dicho que bailaba una jiga de espanto y de desesperación, incapaz de interrumpirse por su propia voluntad. Súbitamente, levantó la cabeza.

Bonny estaba de pie en lo alto de la escalera, contemplándole.

—¿Cómo has sabido que había terminado? —jadeó Durand.

—He bajado dos veces para ver cómo iba la cosa. Y me
he marchado sin decirte nada. Me he dicho que era preferible dejarte trabajar a tu aire. —Le miró de un modo enig-
mático—. Nunca hubiera creído que podrías llegar hasta
el final. Pero lo has hecho, ¿verdad?

¿Era un elogio? Durand no hubiese podido decirlo...
Apartó la pala de un puntapié, subió los peldaños tambaleándose, pero antes de llegar junto a Bonny cayó, o mejor dicho, se dejó caer hacia adelante y permaneció allí,
tendido sobre el peldaño, con el rostro hundido en el brazo, sollozando convulsivamente. Bonny se inclinó hacia él,
apoyó una mano sobre su hombro; una mano consoladora.

—Vamos, vamos, ya está hecho. No vale la pena que te
atormentes.

—He matado a un hombre —dijo Durand con voz ahogada—. Y Dios lo prohibe...

Bonny rió sin alegría:

—En un campo de batalla, los muertos se cuentan por
docenas. Y a nadie le reprochan el haber matado. Al contrario, incluso premian con medallas a los que más se han
distinguido en la tarea.

Cogió a Durand del brazo y le obligó a ponerse en pie.

—¡Vamos! Salgamos de aquí.

Bonny bajó un momento a buscar la lámpara que Durand había olvidado. Luego cerró la puerta detrás de ellos
y se frotó las uñas unas contra otras, con aire de disgusto.
Después rodeó con su brazo la cintura de Durand.

—Vamos a acostarnos... Son casi las diez. Has pasado
horas enteras ahí abajo.

Durand no sentía el menor deseo de dormir. Temía incluso ser sorprendido por el sueño, ya que durante el mismo podía aparecérsele la imagen del hombre al cual había
asesinado.

Tampoco Bonny dormía, a pesar de tanta despreocupa-
ción. Durand la oyó moverse y removerse entre las sábanas.

De pronto, la oyó suspirar de impaciencia. Los muelles
gimieron débilmente... Bonny se había incorporado sobre
un codo, y Durand adivinó que se inclinaba sobre él.

—Lou, ¿estás dormido?

Durand no abrió los ojos. Oyó que Bonny se levantaba.

Por la puerta entreabierta, percibió la luz. Luego, el resplandor se alejó. Bonny bajaba la escalera.

Durand se sobresaltó. ¿Qué iba a hacer Bonny? ¿Tenía la intención de abandonarle? ¿Iba a cometer un acto de traición, de deslealtad, en medio de la noche? Aterrado, rompió bruscamente el caparazón de hielo que le aprisionaba, saltó del lecho, se echó el batín por encima de los hombros y avanzó silenciosamente por el rellano.

Desde abajo, la luz ascendía débilmente, iluminando apenas la escalera. Un leve ruido le reveló que Bonny se movía, desplazándose con sigilo. Durand descendió la escalera a tientas, respirando a sacudidas; luego se dirigió hacia la parte posterior de la casa, de donde procedía la luz. Subió un peldaño, franqueó el umbral y se encontró delante de ella.

Bonny estaba sentada a la mesa, a la claridad de la lámpara, con un muslo de pollo en la mano, royéndolo activamente.

—Tenía hambre, Lou —dijo Bonny humildemente—. No había cenado.

Luego, cogiendo con la otra mano la silla vacía a su lado, la hizo girar y se la ofreció:

—¿Me acompañas?

XLVI

La presion suave, pero insistente y repetida de una mano sobre su hombro, terminó por romper la envoltura de sueño que hasta entonces le había protegido. Se incorporó, sobresaltado. Y entonces todo acudió de nuevo a su memoria. Los recuerdos de la víspera parecían haber acechado su despertar para golpearle como puñaladas.

—Voy a sacar los billetes, Lou... ¡Lou! ¡Despierta! Son más de las diez. Voy a sacar los billetes. Nuestros billetes... en la estación. He preparado el equipaje mientras tú dormías. Menos tu traje, todo lo demás está guardado... ¡Despierta, Lou! ¿Me oyes? ¿Entiendes lo que te digo? Los billetes, voy a sacar los billetes. ¿Dónde está el dinero?

—Allí —murmuró Durand distraídamente, con los ojos vueltos hacia el pasado—. En el bolsillo de atrás... en el lado izquierdo.

Bonny encontró el dinero sin vacilar.

—¿A dónde iremos? —inquirió—. ¿Tienes alguna idea, alguna preferencia?

—No lo sé —dijo Durand con voz pastosa, tapándose los ojos—. ¿Cómo quieres que te diga...?

Bonny sacudió impacientemente la cabeza ante tanta lentitud.

—Bien. En ese caso, consultaré el horario de trenes. Tomaremos el primero que salga.

Se acercó a la cama, se inclinó, dio un rápido beso a Durand. El perfume a violetas remolineó a su alrededor.

—Ten cuidado —dijo Durand, con voz lúgubre—. Puede ser peligroso.

—Disponemos de tiempo. El peligro está aún muy lejos. ¿Qué riesgo quieres que haya? Nadie sabe nada aún. —Se encogió de hombros para tranquilizarle—. Si no perdemos la cabeza, estaremos al abrigo del peligro quizás hasta el fin de nuestros días.

Bonny cruzó la estancia con un fru-fru de su falda, abrió la puerta, dobló un poco los dedos, alzó la mano:

—Hasta luego, cariño —dijo.

XLVII

Durand encontró su ausencia interminable. ¿Acaso hacía falta tanto tiempo para sacar unos billetes de ferrocarril?

Andaba de un lado a otro de la habitación sin poder detenerse, apretando violentamente entre sus manos, como si temiera perderla, la taza de café que Bonny había dejado para él junto al fogón para que se mantuviera caliente. Pero hacía ya largo rato que el delgado hilillo de vapor que había empezado por arrastrarse perezosamente detrás de él se había desvanecido definitivamente. De cuando en cuando, Durand bebía un sorbo.

Bonny no iba a volver. Sí, ahora lo comprendía. Le había abandonado; había tomado el tren sin él, dejando que se las arreglara como pudiera. Ante aquella idea, su rostro se cubrió de sudor... Luego recordó que ella le había despertado deliberadamente antes de marcharse... cosa que no hubiese hecho, si tenía la intención de abandonarle. Renacieron sus esperanzas. Luego, le asaltaron de nuevo las sospechas.

Se encontraba en el centro de aquella vorágine interna cuando, brutalmente, fue arrancado de sus ensueños: el mundo exterior le solicitaba y estaba obligado a encararse con él... ¡solo!

Llamaron a la puerta. No podía ser ella. Durand echó una ojeada por una de las ventanas de la fachada, ocultando su rostro detrás del borde de un cortinaje. Un fiacre y un cochero esperaban delante de la casa.

Volvieron a llamar. Durand se acercó a la puerta de entrada con una mirada asustada hacia el ventanillo. Discernió detrás del cristal los bustos de un hombre y de una mujer que esperaban en el umbral, a contraluz:

Llamaron de nuevo.

—¿Quién es? —inquirió.

Había hablado sin darse cuenta, maquinalmente. El mal ya estaba hecho.

—¡Dollard! —respondió una voz de hombre.

Durand no conocía aquel nombre. Desamparado, empezó a temblar. La voz continuó:

—¿Puedo hablar un momento con usted, Mr. Durand?

El hombre, en todo caso, conocía su nombre. No se trataba, pues, de un error. Durand era incapaz de hacer un movimiento, aun a sabiendas de que sus visitantes se asombrarían de su silencio... Pero la voz insistió:

—¡Mr. Durand! ¡Mr. Durand! ¡Eh! ¡Mr. Durand!

Finalmente, dio un paso hacia la puerta, como en estado de trance, abrió. La mujer tenía los cabellos negros y la tez pálida; el rostro más bien anguloso, pero simpático. Llevaba un vestido de terciopelo color de uva, y el corpiño estaba adornado con galones negros, a lo húsar. El hombre tenía un rostro rubicundo, un bigote rojizo, caído, como el de una morsa. Llevaba un bastón colgado del brazo y la pechera de su camisa estaba sembrada de pequeños miosotis azules. Saludó a Durand levantando su sombrero, dejando al descubierto un cráneo que empezaba a despoblarse. De momento, Durand no le reconoció.

—Dollard... el agente que les alquiló esta casa... Mrs. Durand me ha informado de que unos asuntos urgentes les reclaman en otra parte y que la casa quedará libre.

De modo que Bonny había pasado por su casa; había pensado incluso en aquello.

—¡Oh! —dijo estúpidamente—. ¡Oh! Sí... desde luego.

Dollard le dirigió una mirada inquisitiva.

—¿Es cierto? —preguntó.

—Sí, sí —se apresuró a contestar Durand, dándose cuenta de lo insólito de su actitud.

—¿Me autoriza usted a que enseñe la casa a la señora, que es una de mis posibles clientes?

—¿*Ahora*? —murmuró Durand, aterrado.

Dollard pasó por alto el tono extraño de aquella pregunta, recobrada toda su cortesía de hombre de negocios:

—¡Oh! Disculpe... Mrs. Thayer, permítame que le presente a Mr. Durand.

Durand observó que la mirada de la dama se posaba rápidamente en la taza de café que él seguía sosteniendo en su mano, como un cáliz que tuviera el poder místico de salvarle.

—Temo que hayamos venido a una hora poco propicia —sugirió Mrs. Thayer en tono de apuro—. Estamos molestando a Mr. Durand. ¿No sería preferible volver en otro momento, Mr. Dollard?

—Estoy seguro de que Mr. Durand no pondrá ningún inconveniente —dijo Dollard—. Terminaremos en seguida.

Avanzaron de frente, la mujer entre los dos hombres.

—Esto es el vestíbulo. Es muy amplio, como puede usted ver —dijo Dollard.

—...y bien iluminado, también —convino la dama.

Dollard golpeó el suelo con su bastón.

—Parquet de madera dura; no hay nada mejor.

Continuaron su inspección.

—Y este es el salón —declaró Dollard, agitando ampliamente uno de sus brazos.

—¿Son suyos los muebles, Mr. Durand? —inquirió la dama.

Dollard se anticipó a contestar en tono categórico:

—Los muebles van con la casa.

La visitante movió la cabeza en un gesto de aprobación:

—Es una habitación muy bonita, sí, muy bonita.

Estaban a punto de salir del salón cuando Dollard se volvió súbitamente, señalando el suelo con su bastón.

—¿No había una alfombra aquí?

Durand notó que palidecía; la piel se tensó en sus pómulos.

—¿Dónde? —consiguió articular.

Dollard golpeó el suelo con la contera de su bastón, irritado:

—Aquí, aquí...

—¡Oh! —murmuró Durand, desmenuzando las frases para ganar tiempo—. ¡Oh! ¿Aquí? ¡Ah, sí! Creo que tiene usted... Tendré que preguntárselo a mi... —Luego, habiendo recobrado el dominio de sí mismo a costa de un gran esfuerzo, añadió con voz más firme—: La han quitado para sacudirla. Ahora lo recuerdo.

—Entonces, ¿está fuera? —inquirió Dollard en tono impaciente.

Sin esperar respuesta, se acercó a una ventana, inclinó la cabeza e inspeccionó los alrededores.

—No, no la veo en ninguna parte.

Su mirada volvió a posarse en Durand, pidiendo una explicación susceptible de tranquilizarle. Los párpados de Durand, que se habían cerrado por espacio de unos segundos, se alzaron a tiempo para encontrarse con aquella penetrante mirada.

—No se ha perdido —dijo—. Está en alguna parte de la casa... aunque ignoro exactamente dónde.

—Es una alfombra muy valiosa —dijo Dollard—. Espero que no la hayan robado. Me vería obligado a cobrarles su importe...

—Desde luego —murmuró Durand en tono casi inaudible.

La dama tosió discretamente para recordar a los dos hombres que le estaban haciendo perder el tiempo con aquellas minucias.

—Como habrá usted observado, toda la casa tiene luz abundante —dijo Dollard, reanudando el hilo de su discurso—. Aquí tenemos otro pequeño salón, para la dueña de la casa. Aquí puede coser, por ejemplo...

Por detrás de la visitante, le guiñó un ojo a Durand, como para darle a entender que conocía bien a las mujeres y el arte de complacerlas.

Delante de la puerta del dormitorio, Mrs. Thayer manifestó una púdica vacilación. Y, delicadamente, los dos hombres se retiraron hasta el rellano de la escalera, esperando allí a que ella hubiese terminado su visita.

Descendieron de nuevo. La dama se volvió hacia Dollard:

—¿Lo hemos visto todo?

—Creo que sí. —Dollard temía tal vez no haberla convencido del todo de los atractivos de la casa, ya que parecía buscar un argumento suplementario que lograra decidirla—. Todo, excepto el sótano.

Durand notó que su estómago se contraía, acometido de un súbito calambre. Afortunadamente, los ojos de los visitantes, desinteresados de él, se habían vuelto hacia *la* puerta.

—El lugar es espacioso y cómodo... Con su permiso... Es cosa de un minuto.

Se dirigían ya hacia aquella puerta. Durand, que se había agarrado a la barandilla de la escalera, se obligó a soltar la columna de madera y dio unos pasos titubeantes en dirección a ellos.

—No hay luz —dijo con voz ronca—. No verán ustedes nada. Mrs. Thayer puede lastimarse...

Hubo algo demasiado brusco y demasiado áspero en su voz para la intimidad del angosto pasillo en el que se apretaban ahora, casi tocándose. Los otros dos volvieron la cabeza, sorprendidos del vigor con que Durand se había expresado.

—¿No hay luz en el sótano? —inquirió Dollard, con una mueca de desagrado—. Tendría que haber una... ¿Qué hacen ustedes cuando quieren bajar a él?

Su mirada irritada recorría el pasillo; súbitamente se detuvo sobre la lámpara que Bonny o el propio Durand habían dejado cerca de la puerta, al salir del sótano, el día anterior.

Una vez más, Durand experimentó la sensación de fundirse por dentro, la misma sensación que había experimentado ya varias veces, en el curso de la media hora que acababa de transcurrir.

—¿No hay luz, dice usted? —inquirió Dollard, arqueando las cejas—. ¿Y esa lámpara, entonces? ¿Para qué sirve?

—Mi esposa debió dejarla ahí, a propósito... No estaba la última vez... Recuerdo que me quejé... —tartamudeó Durand con voz ahogada.

Dollard había cogido ya la lámpara, levantado el cristal y encendido una cerilla. Se esparció una claridad amarilla. Durand sintió deseos de huir, pero no hubiese podido hacerlo: sus pies estaban clavados al suelo.

Dollard había abierto la puerta de entrada del sótano. Franqueó el umbral, pasó al pequeño rellano de acceso y descendió un par de peldaños. Una franja de luz amarilla caía de la lámpara que el agente de la propiedad sostenía, con el brazo extendido, para iluminar lo más lejos posible.

—Hay unos barreños para la colada familiar —dijo—, y una caldera de agua que puede calentarse con leña, a fin de proporcionar...

Había llegado casi a la parte inferior de la escalera. En cuanto a Mrs. Thayer, se había quedado en el pequeño rellano, levantando ligeramente su falda para protegerla del polvo. Durand, sin aliento, zumbantes los oídos, se agarraba con las dos manos al marco de la puerta, proyectando el cuello hacia adelante, para ver mejor.

Dollard tendió la mano hacia lo alto de la escalera.

—¿Desea usted bajar un poco más? —le preguntó a Mrs. Thayer.

El agente paseaba ahora su lámpara en un amplio arco ·de círculo, para descubrir el conjunto de la instalación. Mientras el reflejo luminoso barría la superficie del suelo, una forma alargada más oscura que el resto apareció súbitamente en el haz para desaparecer de nuevo. Hubiérase dicho que la forma había brotado espontáneamente del suelo para desvanecerse por sí misma.

Durand creyó que su corazón, súbitamente enorme, iba a estallar. Sin embargo, los otros no parecían haber visto nada... Dollard elevó su lámpara a la altura de su cabeza y escrutó las tinieblas delante de él.

—¡Vaya! —exclamó—. Ahí está la alfombra de la que hablábamos hace unos instantes...

Avanzó hacia la masa oscura, se detuvo y se inclinó ligeramente.

—¿Cómo es que la alfombra se encuentra aquí? —quiso saber—. ¿Acaso sacuden ustedes sus alfombras en el sótano, Mr. Durand?

Durand guardó silencio. Sus pensamientos estaban en otra parte. No lograba recordar si había manchas de sangre en la alfombra.

Con mucho tacto, Mrs. Thayer acudió en su ayuda:

—A veces, eso me ocurre también a mí. Cuando llueve, no puede hacerse otra cosa. De todos modos, estoy segura de que Mr. Durand no se ocupa personalmente de esas cosas.

Y su sonrisa apaciguadora fue del uno al otro.

—¿Por qué no esperar a que deje de llover? —gruno Dollard entre dientes—. Además, no ha caído una gota de agua en toda la semana, que yo sepa...

Pero sus censuras se detuvieron allí, de momento. Durand le vio inclinarse para tomar la alfombra en sus brazos, levantarla, completamente enrollada, y dirigirse hacia la escalera, con su carga, dispuesto a reintegrarla al lugar que le correspondía. Mrs. Thayer y Durand se apartaron para dejar pasar a Dollard: Mrs. Thayer con un gracioso movimiento de retroceso, Durand con una brusca sacudida. Cuando subieron al salón, tuvo que apoyarse en la pared para conservar el equilibrio.

—No había ninguna prisa, Mr. Dollard —dijo la dama.

—Lo sé, pero deseaba mostrarle la habitación bajo su mejor aspecto.

Con mano experta, Dollard desenrollaba la alfombra, cuando un pequeño objeto escapó de sus pliegues, un objeto muy pequeño que produjo un ruido seco al rodar por el suelo. Dollard se inclinó y cogió la cosa entre el pulgar y el índice. Luego se incorporó y se dirigió hacia Durand, sosteniendo entre sus dos dedos lo que parecía ser un pequeño disco.

—Esto debe ser suyo, supongo —dijo, mirándole a los ojos—. Uno de sus gemelos de cuello, Mr. Durand.

Dejó caer el objeto en la palma que Durand tendía de

mala gana y que volvió a cerrar. El gemelo se había im-
pregnado del calor de la mano de Dollard; pero a Durand
le pareció que procedía del cuello mismo del detective
Downs.

—Mr. Thayer siembra los suyos por toda la casa —intervino la caritativa Mrs. Thayer, en un esfuerzo por ate-
nuar lo que ella consideraba una mortificación: la revelación pública, en presencia de una dama, de un detalle inevitable, pero íntimo, del tocado masculino.

—¡Hum! —gruñó Dollard por toda respuesta.

Durand se guardó el objeto en el bolsillo. Incluso a través de la tela, aquel recuerdo de Downs se hacía presente
como una quemadura. Las siluetas de los visitantes dan-
zaban delante de sus ojos enturbiados por el pánico.

—Creo que ya lo hemos visto todo —dijo finalmente Dollard.

—Creo que sí —asintió Mrs. Thayer.

Sin apresurarse, se encaminaron hacia la puerta de entrada, y Durand les siguió, con paso inseguro. Por fin pudo
agarrarse a la hoja de la puerta. Mrs. Thayer volvió hacia
él su sonrisa:

—Muchísimas gracias; espero que no le habremos molestado demasiado.

—¡Buenos días! —dijo Dollard, dando muestra evidente
de su sentido del ahorro en materia de cumplidos.

Acompañó a la visitante hasta su coche, la ayudó a
subir, hablándole sin cesar con vehemencia, apremiándola
a cerrar el trato. Iba a subir a su vez, con indecible alivio
por parte de Durand, cuando súbitamente apareció Bonny.
Andando con paso rápido por la acera, acababa de doblar
la esquina y se dirigía hacia la casa, tras haber echado una
ojeada a la pareja al pasar.

Durand abrió la puerta para dejarla entrar; pero ella se
paró en el umbral.

—¡Por el amor de Dios! —dijo Durand con voz mori-
bunda—. ¡Entra! No puedo más.

—Un momento —dijo ella, sin moverse—. No puede alquilar la casa mientras no hayamos firmado la renuncia al
arriendo. ¿Le has devuelto las llaves?

—No.

—Muy bien —dijo ella, con voz dura. Lleno de horror,

Durand la vio levantar el brazo para llamar a Dollard—. ¡Mr. Dollard! ¡Un momento, por favor!

—No le hagas volver —suplicó Durand—. ¡Que se vaya! ¡Que se vaya! ¿En qué estás pensando?

—Sé lo que me hago —dijo ella en tono firme.

Aterrado, Durand vio cómo el agente se apeaba del coche de mala gana y avanzaba hacia ellos. Se frotaba las manos, señal de que las cosas marchaban tal como esperaba...

—Creo que el asunto está resuelto —les confió—. Y en condiciones mucho mejores... Mrs. Thayer está casi decidida.

Aquella observación hizo nacer un brillo de astucia calculadora en los ojos de Bonny.

—¿De veras? —inquirió, con voz aterciopelada—. Sin embargo, hay un par de cosas en las cuales no ha pensado usted, al parecer: las llaves de la casa y la renuncia al arriendo.

Dollard hurgó precipitadamente en sus bolsillos.

—¡Dios mío! Sí, es cierto. Pero, tengo el documento preparado, y si ustedes me entregan las llaves ahora, me ahorrarán el tener que pasar de nuevo a recogerlas...

Dirigió por encima de su hombro una ojeada al coche que esperaba. Tenía casi tanta prisa por marcharse como Durand por verle partir. Pero Bonny no parecía compartir aquel apresuramiento. Interceptó al paso la hoja de papel que Dollard había tendido a Durand y empezó a leerla atentamente, ignorando la mirada enloquecida y suplicante de su marido. Furtivamente, éste se enjugó la frente.

Finalmente, Bonny levantó la cabeza; sin manifestar la menor intención de devolver a Dollard su documento, golpeó ligeramente el dorso de su mano con él, con aire interrogador:

—¿Y el dinero entregado por la parte del arriendo que no habremos disfrutado? No veo que se mencione...

—¿La parte del arriendo que no habrán...? No la comprendo a usted.

Tendió la mano para recuperar la hoja; Bonny no se movió.

—Hemos pagado el alquiler de todo el mes en curso.

—Desde luego.

—...y sólo estamos a 10. Quedan tres semanas, a las cuales renunciamos. ¿Qué pasa con ellas?

—La pérdida es para ustedes. ¡Yo no puedo reembolsarles lo que han entregado!

—De acuerdo —dijo Bonny con una voz seca como un vuelo de avispa—. Pero, en tal caso, no tiene usted derecho a alquilar la casa antes de que termine el mes. Será mejor que se lo advierta a esa dama, a fin de ahorrarle una decepción.

Dollard se quedó con la boca abierta.

—Pero... ¡pero ustedes no se quedan! ¡Ustedes se marchan hoy! ¡Usted misma ha venido a anunciármelo, esta mañana! —Dirigió una mirada de impotencia hacia el coche, en el que la tolerante Mrs. Thayer empezaba a dar corteses señales de impaciencia—. Vamos, sea usted razonable, señora. Usted misma me ha dicho...

Bonny era inexorable. Una leve sonrisa flotaba incluso en la comisura de su boca.

—El que tiene que ser razonable es usted, Mr. Dollard. Mi marido y yo no estamos dispuestos a regalarle la mayor parte del alquiler de este mes. En estas circunstancias, nada nos impide demorar nuestro viaje. Una de dos: o nos devuelve el dinero, o nos quedamos hasta fin de mes.

Y dando deliberadamente media vuelta, entró en el vestíbulo y se paró delante del espejo. Dollard pudo verla alzando los brazos, quitándose el sombrero, alisando sus cabellos.

—Cierra la puerta, querido —dijo, dirigiéndose a Durand—. Y ven a ayudarme a deshacer el equipaje. Buenos días, caballero —añadió, saludando al agente con una leve inclinación de cabeza.

Dollard dirigió una mirada medrosa al coche. Luego miró a Bonny, que ahora se encaminaba a la escalera. Echó una segunda ojeada, más breve, al carruaje; y otra, todavía más rápida, a Bonny. El coche, al menos, no se movía; en tanto que aquella mujer...

Finalmente, penetró en el vestíbulo, pasando por delante de Durand.

—¡Un momento! —El agente capituló—. De acuerdo... setenta y cinco dólares al mes... Les devolveré las dos últimas semanas. ¡Treinta y siete dólares, cincuenta centavos!

Bonny se volvió para dirigirle una fría sonrisa, sacudió la cabeza, colocó el pie sobre el primer peldaño, con la mano en la barandilla:

—No estamos a 15, sino a 10. Sólo hemos disfrutado de la casa por una tercera parte del alquiler pagado. Por lo tanto, nos corresponden dos terceras partes. Cincuenta dólares.

—¡Señora! —exclamó Dollard, llevándose vivamente la mano a la cabeza.

—¿Caballero?

Una sombra oscureció la entrada: el cochero apareció en el marco de la puerta:

—Disculpe, caballero; pero la dama del coche dice que no puede esperar más...

—¡Tome! —dijo Dollard en tono furioso, sacando precipitadamente un fajo de billetes de su cartera—. ¡Cincuenta dólares! ¡Y será mejor que me vaya, pues usted sería capaz de exigir que le pague por haberme hecho el honor de vivir en esta casa!

—Firma, querido —dijo Bonny con voz cantarina—. Y devuélvele las llaves a Mr. Dollard. Ya le hemos hecho perder bastante tiempo.

XLVIII

Ella abría la marcha, en el pasillo del vagón. El la seguía. Luego, en la retaguardia, el mozo de cuerda, cargado con el equipaje. Ella andaba con el paso saltarín y alegre de alguien que está acostumbrado a tomar el tren, que gusta de los viajes y que sabe aprovechar todas las satisfacciones que proporcionan.

—No, aquí no —dijo ella, volviéndose, cuando Durand quiso pararse delante de la banqueta recubierta de felpudo verde—. Necesitamos unos asientos del otro lado, para que no te dé el sol en los ojos.

Durand y el mozo obedecieron y continuaron su camino.

Atenta, ella vigiló la instalación del equipaje en la red. Intervino una vez para dar un consejo:

—Esa maleta es más ligera; póngala encima de la otra, para que no quede aplastada. —Luego, cuando aquello terminó—: Suba un poco la cortinilla.

Durand le dirigió una rápida mirada por encima de la espalda encorvada del mozo, para darle a entender que la prudencia exigía, por el contrario, un poco más de discreción.

—¡Tonterías! —respondió ella en voz alta—. Un poco más arriba, mozo. Así está bien.

Luego, hizo una seña a Durand para que no se mostrara tacaño con la propina. A continuación se deslizó oblicuamente sobre su asiento, recogió su vestido por los costados y lo dispuso a su alrededor. Durand se sentó a su vez, pálido, tensas las facciones, como si acabara de instalarse sobre una tabla erizada de clavos. Volviendo la cabeza, ella empezó a mirar por la ventanilla, mostrando un vivo interés por el espectáculo que se ofrecía a sus ojos, con la barbilla reposando sobre el dorso de su mano doblada.

—¿Cuánto falta para la salida? —preguntó ella.

Durand no respondió. Ella debió ver su imagen reflejada en el cristal, ya que, sin volverse, murmuró, sin apenas mover los labios:

—No pongas esa cara. La gente imaginará que estás enfermo.

—Y no se equivocará —dijo Durand, estremeciéndose—. Es cierto.

La pequeña mano enguantada de encaje trepó súbitamente y se apoderó de la de Durand.

—Toma mi mano; sujétala un momento. El tren habrá salido antes de que tengas tiempo de darte cuenta.

—¡Dios mío! —susurró él, sin alzar los ojos—. ¿Por qué estamos aún aquí? ¿Qué es lo que esperan?

—Toma un libro o un periódico —sugirió ella en voz baja—. No pienses más en ello.

La campana de una locomotora empezó a sonar, en alguna parte delante de ellos; luego, un estruendoso silbido.

—¡Ya está! —dijo ella con voz tranquilizadora—. ¡Nos vamos!

Una súbita sacudida hizo temblar la hilera de lámparas

de petróleo colgadas del techo del vagón. Otra sacudida, menos intensa, agitó los tabiques, seguida de una serie de crujidos... El tren se ponía en marcha. El decorado exterior se deslizó lentamente, al otro lado del cristal. Bonny soltó la mano de Durand y dedicó toda su atención al paisaje, con una excitación infantil.

—¡Adoro viajar! —exclamó—. ¡Ir a alguna parte, no importa dónde... me da igual!

Un hombre subía lentamente por el pasillo, con una cesta en el brazo, voceando su mercancía en medio del ruidoso tumulto de que se llenaba el vagón.

—¡Compren, compren, damas y caballeros! ¡Agua mineral, fruta fresca, toda clase de bombones para los mayores y para los niños! ¡Caramelos, bolas de goma, regaliz! ¡El viaje será largo y el polvo no faltará! ¡Compren! ¡Compren!

Súbitamente, Bonny se arrancó al espectáculo del que hasta entonces no había apartado los ojos:

—Lou —dijo vivamente—, cómprame una naranja; tengo sed. Adoro chupar una naranja cuando viajo en tren.

De mala gana, Durand hizo una seña al vendedor, que se acercó. Bonny se inclinó por encima de su marido, hurgando en la cesta, palpando:

—No, esta no, aquella... Pesa más.

Durand se levantó trabajosamente para rebuscar en su bolsillo moneda fraccionaria. Entregó una al vendedor, el cual se alejó.

Bruscamente, Durand contempló con aire alelado el hueco de su mano: allí estaba el gemelo del cuello de Downs.

—¡Dios mío! —gimió.

Y su mano, furtivamente, tiró el objeto de nácar debajo del asiento.

XLIX

La habitación de hotel era diferente; la ciudad también. Y, sin embargo, siempre era lo mismo. El hotel tenía otro nombre; igual que la ciudad que se descubría por la ventana. Pero eso era todo.

Ellos no habían cambiado: la misma pareja en la misma habitación de hotel. El mismo par de fugitivos... Tal sería su vida en adelante, se dijo Durand, contemplando a la mujer con aire sombrío. Una habitación de hotel, luego otra, y otra más. Pero siempre la misma. Otra ciudad, luego otra, y otra más. Adelante, adelante, sin tregua... sin destino fijo. Hasta el día en que se instalarían por última vez en una ciudad, en una habitación de hotel. Entonces...

«Por una vida breve y apasionante», había dicho Bonny, levantando su vaso, una noche, en Mobile. Error. Debió brindar «Por una vida breve y aburrida». Una vida apacible no podrá ser nunca tan monótona en su rutina agotadora como la del fugitivo sin asilo.

Bonny estaba sentada en un rectángulo de sol naranja y oro, cerca de la ventana, con una pierna cruzada por encima de la otra, atentamente inclinada sobre su tarea, que era la de limarse las uñas con papel esmeril. Sus brazos estaban desnudos hasta los hombros, y la ropa interior blanca que llevaba estaba destinada a la mirada exclusiva de su compañero. La coraza del corsé era visible en toda su extensión, desde los sobacos hasta mucho más abajo de las caderas. Y, por encima de aquella armadura, sólo había aquel velo de batista que recibe el nombre de «tapa-corsé».

Sus cabellos deshechos colgaban libremente, velando su espalda con una red de oro bruñido, pero en la parte superior de la cabeza aparecían extrañamente aplanados, como los de una colegiala. De su peinado habitual sólo subsistía la franja sobre la frente.

En el borde del tocador, abandonado a sí mismo, se consumía uno de sus finos cigarros.

Bonny notó sobre ella la mirada prolongada y pensativa de Durand; alzó los ojos y le dirigió una de aquellas duras sonrisas en forma de corazón.

—¡Un poco de valor, Lou! —dijo—. ¡Un poco de valor, cariño!

Con un gesto insolente de la cabeza, señaló más allá de la ventana inundada de sol:

—Me gusta mucho este rincón. Es muy bonito. Y la gente se emperifolla... ¡Para morirse de risa!

—No te sientes tan cerca de la ventana. Podrían verte.

Ella le dirigió una mirada de asombro:

—¿Y qué? Nadie nos conoce.

—No se trata de eso. Vas semidesnuda.

—¡Oh! —exclamó ella—. ¡Sólo pueden verme la espalda! Apartó un poco su asiento, le dirigió una sonrisa condescendiente y se inclinó de nuevo sobre sus uñas.

—¿Es que no piensas nunca en... en aquello? —inquirió Durand, sin poderlo evitar—. ¿De veras no pesa sobre tu conciencia?

—¿De qué hablas? —dijo ella ingenuamente, alzando de nuevo los ojos—. ¡Oh! Aquello...

—Exactamente —dijo Durand—. Si yo pudiera olvidar, como tú...

—Te equivocas: yo no olvido. Lo que ocurre es que no me paso el tiempo rumiando aquella historia.

—¿Acaso el simple hecho de no olvidar no es lo mismo que rumiar?

—No —dijo ella—. Deja que te lo explique. Supongamos que yo he comprado un sombrero nuevo. Bien. Una vez que está comprado, está comprado y no se habla más de él. Nada impide que yo recuerde que me he comprado un sombrero; no lo olvido, desde luego. Pero no me paso todo el santo día pensando en él. —Golpeó con su puño cerrado la palma de la otra mano—. No voy a repetirme eternamente: He comprado un sombrero, he comprado un sombrero, he comprado un sombrero... ¿Comprendes?

Durand la miró, estupefacto:

—¿Te... te atreves a comparar lo que pasó aquel día, en Mobile, con el hecho de comprar un sombrero nuevo? —balbució.

—¡No! —respondió ella, riendo—. Estás deformando mi pensamiento. Me haces parecer más mala de lo que soy. Sé que en la compra de un sombrero no hay nada reprensible, y que este no es el caso para... Sé que no hay peligro en que la gente se entere de que he comprado un sombrero, y que habría que temerlo todo si se llegara a descubrir lo otro... No era más que un ejemplo. Uno puede acordarse perfectamente de algo, sin atormentarse continuamente y envenenar su vida con el recuerdo. Eso es lo que quería decir.

Pero Durand fue incapaz de contestarle...

Bonny se puso en pie y se acercó a él, lentamente. Cuando estuvo muy cerca, apoyó una mano en su hombro, con aire casi protector. Y su rostro no reflejó ninguna admiración.

—¿Quieres que te diga lo que tienes, Lou? Escúchame bien. Si no comparto tu punto de vista, no es porque tenga menos miedo que tú a que se descubra la cosa. Tengo tanto miedo como tú. Lo que ocurre es que tú te dejas maltratar por tu conciencia, y yo no. Tú te preocupas por saber si un acto es bueno o es malo... ¿comprendes lo que quiero decir? Como los niños que asisten a la escuela dominical... existe el paraíso, y existe el infierno... Para mí, *aquello* no es más que un acontecimiento que pertenece al pasado, eso es todo. Tú sueñas continuamente en poder volver atrás, te dices que, si pudieras empezar de nuevo, no volverías a hacerlo. Esto es lo malo, en tu caso. Tu conciencia te atormenta sin cesar. Esta es tu enfermedad.

Bonny comprendió que le había escandalizado, se encogió de hombros y se volvió de espaldas. Cogiendo un corpiño de muselina que esperaba, doblado sobre el borde del lecho, lo desplegó con un gesto rápido.

—Sigue mis consejos; aprende a tomarte la vida de esta manera, Lou —continuó—. Te darás cuenta de que eso simplifica mucho las cosas. Lo que pasó no tiene nada que ver con el bien ni con el mal. Es... es simplemente algo que exige prudencia, eso es todo.

Durand quedó aterrado ante el espantoso descubrimiento que acababa de hacer: Bonny no tenía el menor sentido moral.

L

Fue una catástrofe. El descubrimiento fue brutal; no podía ser de otro modo. Ayer, todavía, era la opulencia: Durand podía satisfacer todos los deseos de su esposa. Y ahora, la pobreza estaba aquí, apenas tenían con que cubrir los gastos de aquella velada de placer que habían proyectado.

Durand había ido sacando dinero del cofrecito, precipitadamente, negligentemente, sin contar. Lo esencial era que quedara algo en el fondo para el día siguiente, para la próxima vez. Pero he aquí que la próxima vez había llegado, y que era la última, sin esperanza de una siguiente...

Se disponían a salir a cenar. El perfume del polvo de arroz flotaba en el aire. Bonny acababa de deslizar en la abertura de su guante un espumoso pañuelo de encaje. Durand se demoraba un poco, apagando una a una las lámparas de gas.

Bonny estaba ya en el umbral, impaciente.

—¿Llevas bastante dinero encima, cariño? —preguntó amablemente.

Y se las arregló para que aquella pregunta adquiriese un sonido de intimidad exquisitamente conyugal, expresara la solicitud de la esposa por el bienestar del marido; casi como si hubiese dicho: «¿Te has abrigado bien?»; o: «¿No has olvidado tus llaves?»

Durand examinó su cartera:

—No —dijo—. Has hecho bien en decírmelo. Voy a buscar más. No tardaré nada.

—No te preocupes —dijo ella amablemente—. Cuanto más tarde se llega, más posibilidades hay de que la gente se fije en lo que una lleva.

Bonny estaba aún allí, junto a la puerta, golpeando distraídamente la palma de su mano con el abanico, cuando Durand salió de la habitación.

Al verle, ella hizo una pequeña reverencia, levantó un poco los bajos de su falda y tendió la mano hacia el pomo de la puerta. Entonces se dio cuenta de que Durand andaba con paso vacilante, inseguro.

—¿Qué pasa? ¿Ocurre algo malo?

Durand sostenía en la mano dos únicos billetes de banco; los tendió a medias como si le incomodara su posesión.

—Es todo lo que queda... todo lo que hay —dijo, estúpidamente.

—¿Quieres decir que ha desaparecido dinero?

—No; lo hemos gastado. Sin duda alguna... sólo que yo no me había dado cuenta. Veía que el fajo disminuía, pero... sin prestar demasiada atención. Lo sacaba sin mirar y... siempre quedaba algo. No imaginaba que...

Su mano blandió por un segundo los billetes y volvió a caer.

Estaba allí de pie, mirando a Bonny fijamente, como si ella pudiera proporcionarle la respuesta que él no encontraba. Bonny le devolvió la mirada, pero no dijo nada. Un silencio se estableció entre ellos. Luego, Bonny entreabrió los labios y exhaló un leve suspiro, una especie de «¡Oh!» inexpresado...

—¿Qué vamos a hacer?

Durand no respondió.

—¿Significa eso que no podemos salir?

Durand la miró, siempre en silencio, la examinó desde la cabeza a los pies.

Bruscamente, dio media vuelta, alargó el brazo con un gesto de desafío, para coger su sombrero, y dijo:

—Pediré que me abran un crédito. Hasta ahora hemos gastado el dinero suficiente para que me lo concedan sin dificultad.

Ahora era Bonny la que no se movía, impasible al lado de la puerta. Inclinó pensativamente los ojos, sacudió ligeramente la cabeza y una sonrisa sin alegría apareció en sus labios:

—No —dijo—. No será lo mismo. Saberlo de antemano lo estropea todo. Sin contar con que nos tratarán con menos consideración.

Cerró la puerta de golpe.

Durand la observó mientras se sentaba indolentemente frente al espejo. Uno a uno, fue quitándose los adornos que tan alegremente se había puesto momentos antes.

—Será mejor que vuelvas a encender las lámparas —dijo Bonny—. Ya que vamos a quedarnos aquí...

Dejó caer sus escarpines, color de bronce, con talones Luis XV, desabrochó los corchetes de su corpiño y permitió que se deslizara hasta su cintura, con lo cual quedó medio desvestida.

Durand se sintió triste al verla destruir aquella obra maestra elaborada con tanto cuidado y tanta destreza. Más que ningún reproche de viva voz, su silencio le anonadaba.

Bonny se quitó el collar de perlas que rodeaba su garganta, lo sopesó en la palma de su mano y se lo tendió a Durand sin demasiado entusiasmo;

—¿Servirá esto de algo? Si es así, puedes disponer de él.

Durand palideció, como si acabara de recibir un bofetón.

—¡Bonny! —Su voz era imperiosa y áspera—. ¡No se te ocurra volver a decir una cosa como esa!

—No lo he hecho con mala intención —dijo ella para apaciguarle—. Te costó más de un centenar de dólares, ¿no? He pensado...

—Lo que yo te compro te pertenece.

Permanecieron un momento silenciosos.

Bonny terminó por encender un cigarro, para decir inmediatamente:

—¡Oh! Olvidaba que no te gusta que fume...

Y se volvió para tirar el cigarro.

—No lo apagues —dijo Durand, en tono indiferente—. Termínalo, si quieres.

Bonny lo apagó, de todos modos, se volvió, cruzó las piernas, unió las manos sobre su rodilla y se dejó caer hacia atrás en su asiento, pero en el mismo instante se incorporó, contrita:

—¡Oh! Olvidaba que tampoco esto te gusta...

—No me gustaba en otro tiempo, cuando se suponía que eras Julia —dijo Durand—. Ahora es diferente.

Bonny no parecía darse cuenta de que él la estaba mirando. Su boca era la de siempre, con las comisuras ligeramente vueltas hacia arriba, en señal de plácido contento.

—Te pido perdón, Bonny —dijo Durand finalmente.

Bonny se volvió hacia él.

—A mí me es igual —dijo—. No es la primera vez que me pasa. Supongo que para ti será menos divertido.

—No has cenado —dijo Durand—. Y son casi las ocho.

—Es verdad —asintió ella alegremente—. Todavía podemos cenar, ¿no?

Durand se preguntó con angustia si Bonny se estaba burlando de él.

Bonny se puso en pie, se acercó al tubo acústico colgado de la pared y sopló dentro. Una especie de silbido recorrió el tubo en toda su longitud.

—¿Pueden enviarnos un camarero? —dijo—. Apartamento 12.

Ella misma pasó el encargo:

—Que nos suban una cena ligera. Tenemos poco apetito. Un par de chuletas, simplemente. Sin sopa, ni postre...

Los ojos de Durand escrutaron de nuevo su rostro, preguntándose si aquella irónica insistencia le estaba destinada. Pero no pudo encontrar su mirada.

—¿Nada más, señora?

—Y... ¡Ah! Sí, otra cosa. Suban una baraja. Esta noche no vamos a salir.

—¿Por qué la baraja? —inquirió Durand, cuando la puerta se hubo cerrado detrás del camarero.

Bonny se volvió hacia él:

—Para jugar una partidita —dijo, con una exquisita sonrisa—. Yo te enseñaré. Sólo para pasar el rato.

Durand tardó un buen rato en reaccionar. Luego, bruscamente, cogió una figurilla de loza fina que adornaba la mesa y la estrelló contra la pared.

Bonny, por lo visto, estaba acostumbrada a la violencia. Apenas parpadeó.

—Lo incluirán en la cuenta, Lou —dijo—. No podemos permitirnos esta clase de lujos.

—Mañana saldré para Nueva Orleans —dijo Durand en tono vehemente—. Tomaré el primer tren. Tú me esperarás aquí. Cuando regrese, tendré dinero para ti... ya lo verás. Se lo pediré a Jardine.

Esta vez, Bonny abrió los ojos de par en par, aunque hubiese resultado difícil decir si reflejaban inquietud.

—¡No! —exclamó, consternada—. ¡No debes ir allí! ¡No es preciso! Nos buscan. Te detendrán.

—¡Prefiero eso a seguir llevando esta vida de perro!

Bonny sonrió ahora francamente.

—Este es mi verdadero Lou —ronroneó, toda dulzura, toda calor—. Esta es la respuesta que esperaba. Me gustan los hombres que se arriesgan...

LI

Jardine vivía en la Esplanada Avenue. Durand recordaba perfectamente la casa. Había cenado en ella más de un domingo, cuando era soltero; además, era padrino de Marie, la hijita de Jardine.

La casa no había cambiado.

«No son las casas las que cambian —se dijo Durand tristemente—, sino los hombres.»

Volvió a verse, dos o tres años antes, delante de la puerta, con una caja de bombones en la mano. Esta noche hubiese podido ser igual. Pero, no...

Llamó, esperó.

Nelly, la criada negra, abrió la puerta. Al verle, su rostro se iluminó y alzó sus manos abiertas.

—¡Eh! ¿Qué es lo que ven mis ojos? ¡Si es el señorito Lou! ¡Cuánto tiempo sin verle!

Durand sonrió tímidamente y echó una ojeada preocupada a ambos lados de la calle.

—¿Ha vuelto ya del despacho Mr. Allen?

—Todavía no. Pero, pase... No puede tardar. Y la señorita Augusta está en casa. Y también la pequeña Marie. Seguro que se alegrarán mucho de verle.

Durand franqueó el umbral, vaciló:

—Nelly —dijo—, no adviertas a nadie de mi visita... de momento. Antes tengo que ver a Mr. Allen. Cuestión de negocios. Déjame sentar en alguna parte donde pueda esperarle, pero no adviertas a nadie...

Se sorprendió retorciendo el ala de su sombrero, como un pedigüeño, y reprimió inmediatamente aquel gesto.

El rostro de Nelly se alargó con un aire de reproche:

—¿No quiere que le diga a la señorita Augusta que ha venido usted?

—De momento, no. Antes necesito ver a Mr. Allen a solas.

—Bien. Pase al salón, señorito, e instálese cómodamente. Voy a encender una lámpara... ¿Me da su sombrero?

—No, gracias, no hace falta.

—Si necesita algo, mientras espera, sólo tiene que tirar del cordón de la campanilla, señorito Lou.

—Estoy bien así.

Nelly le echó una ojeada por encima del hombro antes de salir, y luego se eclipsó.

Durand reflexionó... Se arriesgaba mucho. Jardine, como cualquiera de las personas de la ciudad, podía haber oído hablar de la cosa, podía denunciarle, provocar su detención inmediata. Se encontraba a su merced; recurría a unas personas de las cuales no podía estar completamente seguro. ¿Amigos? Sí, para un hombre como los demás. Pero, para un hombre acusado de asesinato...

Oyó una voz femenina de timbre familiar, en alguna parte del piso:

—¿Quién era, Nelly?

Y, adivinando la vacilación de Nelly, sus manos se crisparon involuntariamente sobre el ala del sombrero, que no habían cesado de retorcer.

—Un caballero que desea ver a Mr. Jardine por cuestión de negocios.

—¿Está esperando?

Nelly eludió hábilmente la respuesta directa:

—Le he dicho que Mr. Jardine no había venido aún.

En el piso, la voz, siempre perceptible, aunque menos aguda, se dirigió a alguien muy próximo.

—Extraña idea la de venir aquí, en vez de ir a ver a tu padre al despacho.

Luego se hizo el silencio.

Durand permaneció sentado en el salón, contemplando fijamente unas flores pintadas a mano en el globo de la lámpara, y que parecían suspendidas en el vacío...

«Esto es lo que se llama un hogar —pensó—. Aquí no ocurre nunca nada malo. Aquí se goza de completa seguridad, se mira a la gente cara a cara...»

De nuevo, en el piso superior, la voz de mujer se elevó, y era un placer oír sus inflexiones tranquilas:

—¡Marie! ¡No te olvides de peinarte y de lavarte las manos, querida! Papá no tardará en llegar.

Y aquella otra voz, más joven y aguda:

—No, mamá, no me olvido. ¿Puedo ponerme una cinta en los cabellos? A papá le gusta que lleve una cinta.

«¿Por qué no tengo derecho a esto? —pensó Durand—. Los demás tienen derecho a ello... todos los demás. ¿Qué delito he cometido yo?»

La llave de Jardine giró en la cerradura y Durand se puso en pie rápidamente. Se oyó el ruido de un bastón al ser introducido en el paragüero. A continuación, apareció el hombre, vuelto hacia la escalera, ansioso por reunirse con su familia, desabotonando el abrigo color mostaza que le llegaba a las rodillas.

—Allan —dijo la voz circunspecta de Durand—, necesito hablar contigo. ¿Puedes concederme unos minutos? Antes... antes de reunirte con los tuyos.

Jardine giró bruscamente sobre sí mismo y vio a Durand. Avanzó a grandes pasos, con el brazo extendido para estrechar la mano de su amigo, pero su rostro traicionaba ya una alegría contenida e inquieta: el preámbulo de Durand había bastado.

—¿Qué estás haciendo aquí y a qué vienen estos modales? ¿Hace mucho que esperas? ¿Acaso Augusta no está enterada de tu presencia? ¿Qué haces solo en el salón?

—Yo mismo he rogado a Nelly que no me anunciara. Es preciso que antes hable contigo a solas...

Jardine tiró de un cordón de terciopelo que terminaba en una pequeña anilla de cobre. Luego se acercó a la puerta abierta, y cuando se presentó Nelly en respuesta a su llamada, le dijo con una brusquedad que traicionaba su preocupación:

—Espera unos minutos antes de servir la cena.

—Bien, señorito. Pero no olviden ustedes que la cena recalentada es menos sabrosa.

Jardine extendió los brazos para tirar de las puertas correderas que cerraban el salón. Luego se acercó de nuevo a Durand, interrogándole con la mirada.

—Yo... no sé por dónde empezar, Allan.

Jardine sacudió la cabeza, con aire preocupado:

—¿Qué te parece si tomamos una copa de coñac, Lou?

—Gracias; creo que eso facilitará las cosas.

Jardine llenó las copas y bebieron. Luego, Allan inquirió:

—¿Van mal las cosas, Lou?

—No pueden ir peor.

—¿Dónde te has ocultado todo este tiempo? No he sabido nada de ti. Me preguntaba incluso si aún estabas vivo...

Durand le interrumpió con un gesto de la mano.

—He vuelto a vivir con ella —dijo—. No puedo regresar a Nueva Orleans. No me preguntes por qué. No es ese el objeto de mi visita... ¿No has visto nada en los periódicos que sea susceptible de proporcionarte la explicación?

—No —respondió Jardine, intrigado—. No sé a qué te refieres.

Jardine consultó su reloj, apuró el contenido de su copa y añadió:

—No quiero inmiscuirme en los asuntos que consideres oportuno mantener en secreto, Lou. Cada uno debe vivir su vida.

—De acuerdo. Vayamos pues a lo que me ha traído aquí —se apresuró a decir Durand—. ¿Cuánto vale nuestro negocio en su estado actual? Quiero decir: ¿qué precio justo pagarían por él si si por casualidad...?

Jardine palideció:

—¿Quieres vender, Lou?

—Sí, Allan. Y a ti, si estás dispuesto a rescatar mi parte. Pero, ¿quieres hacerlo? Y, ¿puedes?

Jardine pareció incapaz de contestar inmediatamente. Echó a andar de un lado a otro de la habitación. Cruzó los brazos. Luego los descruzó y sus manos se unieron detrás de la espalda.

—Hay otra cosa que es preferible que sepas en seguida, antes de ir más lejos —continuó Durand—. No puedo vender mi parte a nadie más que a ti; y la transacción debe realizarse aquí. Será preciso que el abogado venga a tu casa. Todo tendrá que hacerse con la máxima discreción.

—Deja pasar un par de días, al menos —sugirió Jardine—. Reflexiona.

—¡No puedo esperar un par de días! ¿No comprendes?

«Dentro de unos segundos —se dijo Durand—, será demasiado tarde; en cuanto se lo haya dicho todo, estaré por completo a su merced. Y esa parte que le pido que me pague será suya de todos modos...»

Sin embargo, se decidió a hablar y Jardine no tardó en quedar enterado de los pormenores de su vida en los últimos meses.

—No soy más que un fugitivo, Allan —concluyó—. Estoy al margen de la ley. He perdido todos mis derechos de ciudadano.

Jardine estaba estupefacto.

—¡Dios mío! —murmuró, respirando con esfuerzo.

Desesperado y rabioso, Durand continuó:

—¡Tiene que ser esta noche! ¡En seguida! El asunto

no puede esperar... y yo tampoco. Corro un gran peligro prolongando mi estancia en esta ciudad.

Jardine se inclinó hacia él, le cogió por los hombros, sólidamente, con las dos manos:

—Es todo tu futuro, toda una vida de trabajo lo que vas a tirar por la ventana... No puedo permitir que lo hagas...

—Yo ya no tengo futuro, Allan. Y, si tengo uno, será de corta duración. En cuanto a esa vida de trabajo, la he dejado muy lejos detrás de mí. ¿Qué puedo hacer, Allan? ¿Estás dispuesto a ayudarme?

En aquel momento llamaron a la puerta y una voz infantil dijo:

—Papá... Mamá quiere saber si vais a estar aún mucho tiempo ahí. El pato estará reseco. Nelly ya no sabe qué hacer.

—Un momento, querida, sólo un momento —respondió Jardine.

—Puedes decirme lo que vale el negocio —continuó Durand—. Sólo hay que abrir los libros. Puedes entregarme esa suma, a cambio de una cesión, de un acta de venta, de un documento cualquiera... ¡Olvida que me llamo Durand! Ya no soy nadie... un extraño que por casualidad tiene el cincuenta por ciento de los derechos en tu negocio. Entrégame en dinero efectivo la mitad del valor aproximado, no pido nada más. —Gesticuló violentamente—. ¿No te das cuenta, Allan? Ya no tengo derecho a participar en nuestro negocio. ¡No tengo ningún derecho!

—Pero, ¿por qué? No has hecho nada que pueda...

—Sí, he hecho algo... *una* cosa...

Jardine esperó, mirándole fijamente.

—Cuando te diga lo que he hecho, Allan, estaré a tu merced. No tendrás necesidad de darme un solo céntimo, y de todos modos la mitad del negocio que me corresponde pasará a tus manos...

Pero, ¿acaso no estaba ya a su merced?

Jardine irguió un poco la cabeza y el cuerpo:

—No puedo tolerar eso, Lou. Somos amigos...

—La amistad no resistirá a lo que voy a decirte. Más allá de cierto límite, no hay amistad que valga. La ley la prohibe, incluso la castiga.

CORNELL WOOLRICH

Llamaron de nuevo a la puerta:

—Mamá está furiosa. Dice que va a pasar a la mesa sin esperarte, papá. No era un pato vulgar...

Como estimulado por aquella amonestación familiar, Durand se decidió súbitamente:

—He matado, Allan; tengo que marcharme esta misma noche; necesito ese dinero...

Inclinó la cabeza y la ocultó entre sus manos, como si el verdugo le hubiese colocado ya la cuerda alrededor del cuello.

—¿Papá? —dijo la vocecita desde el otro lado de la puerta.

—Un momento, hija mía, un momento —dijo Jardine, pálido como un muerto.

Siguió un pavoroso silencio.

—Sabía que acabaría por suceder eso —dijo finalmente Jardine, bajando la voz—. Ella ha sido nefasta para ti, desde el primer momento. Augusta lo intuyó el mismo día de vuestra boda; me lo dijo; las mujeres tienen un olfato especial para esa clase de... —Se sirvió de beber, como si el criminal fuera él—. La sorprendiste... perdiste la cabeza... —Llenó la copa de Durand—. Ningún tribunal te condenará por eso, Lou. Cualquiera en tu lugar... Te buscaré un buen abogado, déjalo en mis manos...

Durand alzó los ojos hacia su amigo y sonrió lastimosamente:

—No es lo que crees, Allan. No la maté a ella. Asesiné al mismo hombre al que había pagado para que la encontrara y la detuviera. La había localizado, efectivamente, y para salvarla, yo...

Jardine, sobrecogido de horror, retrocedió un paso.

—Reanudé la vida con ella —confesó Durand. Luego, en un susurro casi imperceptible, como si se dirigiese a su conciencia y no al hombre que tenía delante—: La quiero más que a mi vida.

—Papá —insistió la vocecilla a través de la puerta—. ¡Mamá me ha dicho que no me mueva de aquí hasta que salgas!

El pomo de la puerta giró, volvió a caer... Jardine permaneció largo rato inmóvil, contemplando menos a su amigo que a un espectáculo que era el único en ver. Por fin, extendió lentamente el brazo y lo dejó caer pesadamente, en un gesto desalentado, sobre el hombro de Durand.

—Cuenta con la mitad del activo, Lou —dijo—. Y ahora... no tenemos derecho a hacer esperar por más tiempo a Augusta. ¡Alta la cabeza! Y ven a compartir nuestra cena.

Durand se puso en pie; durante unos instantes, sus dos manos estrujaron la de Jardine. Luego, como avergonzado de haber manifestado así su emoción, se apresuró a soltarla.

Jardine abrió la puerta, se inclinó a besar a un ser que permanecía invisible, detrás del batiente entreabierto:

—Corre, cariño mío... Corre a decirle a tu madre que ahora mismo vamos para allá.

Durand reunió todas sus fuerzas en previsión de la dura prueba que le esperaba, cuadró los hombros, estiró los faldones de su chaqueta, se arregló el cuello de la camisa.

Mientras se ponía a la altura de su anfitrión, inquirió:

—¿No dirás nada, Allan?

Jardine abrió la puerta y se hizo a un lado para dejar pasar a su amigo:

—Hay cosas que un hombre deja fuera, antes de entrar en su comedor, Lou —dijo.

Y, pasando un brazo alrededor de los hombros de Durand, con toda lealtad, con toda fidelidad, se dirigió, al lado de su amigo, hacia la estancia en la que los suyos le esperaban.

LII

Al amanecer estaba ya levantado, habiendo renunciado a su lecho de tormento e insomnio; completamente vestido, recorría a grandes pasos la modesta habitación de hotel en la que había buscado refugio, en espera de Jardine y del dinero.

«No puedo reunir ese dinero antes de mañana, Lou —había dicho Jardine—. No lo tengo en casa; tendré que sacarlo del banco. ¿Puedes esperar hasta entonces?» «Si no hay otro remedio... —había contestado Durand—. Me encontrarás en el Hotel *Palmetto,* bajo el nombre de Castle, habitación 60. Llévame la suma... o en todo caso el máximo posible... No tengo tiempo de esperar un inventario completo...»

La hora de abrir los bancos había llegado, luego pasado, y la mañana avanzaba; el temor de Durand se convertía en certeza. La traición era inevitable, iban a atraparle allí... Cien veces, entreabrió su puerta, tendiendo el oído, escrutando el sórdido pasillo para volver a entrar inmediatamente y cerrar la puerta con llave. Nada. ¡Nadie! Jardine no venía. Hacía falta estar loco para imaginar que vendría... Se había puesto en manos de su antiguo socio. Allan sólo tenía que avisar a la policía, y sería el final de todo. ¿Por qué iba a renunciar a unos miles de dólares ganados con tanto esfuerzo? El dinero actuaba de un modo curioso sobre los hombres. Durand recordaba más de un caso...

Llamaron a la puerta. Durand retrocedió hasta tropezar con la pared.

«¡Ya está! —pensó—. Vienen a detenerme...»

No se movió. Volvieron a llamar. Luego oyó la voz de Jardine que susurraba:

—¿Lou? ¿Estás ahí? No temas, soy yo.

¡Había guiado él mismo a la policía! ¡Les había acompañado personalmente!

Durand no podía ya escabullirse: había esperado demasiado. Con un movimiento de desafío, se dirigió hacia la puerta, hizo girar la llave en la cerradura y retiró su mano.

Tras unos segundos de espera, la puerta se abrió silenciosamente y Jardine entró, solo, volviendo a cerrar con llave. Llevaba un maletín en la mano. Lo dejó sobre la mesa. Luego, sencillamente, con voz de hombre realista y preciso, dijo:

—Aquí está el dinero, Lou; disculpa mi retraso.

Durand fue incapaz de contestar; se volvió, vencido por la emoción.

—¿Qué pasa, Lou?

Jardine le miraba, como si no diera crédito a sus ojos: Durand estaba llorando.

—No es nada —dijo finalmente Durand—. Pero, al ver

que has venido tal como prometiste, al ver que has traído esto, tal como dijiste...

Se le hizo un nudo en la garganta y no pudo continuar. Jardine le miró con aire de conmiseración.

—En otro tiempo, lo hubieses considerado como una cosa natural, no habrías dudado de mí. ¿Qué es lo que te ha cambiado, Lou? ¿*Quién* es el culpable de ese cambio? —Luego, con voz baja y rabiosa, murmuró entre dientes, mientras su puño caía implacablemente sobre la mesa—: ¡Que el diablo se lleve a los que han hecho esto! ¡Odio ver cómo arrastran a un hombre honrado por el arroyo!

Durand, de pie, se mantenía en silencio.

—Sabes perfectamente que tengo razón —gruñó Jardine—, pues en caso contrario no dejarías pasar mis palabras sin protestar. Pero, está bien, no diré nada más. ¡Cada uno con su infierno!

«Sí, sé que tiene razón —pensó tristemente Durand—. Pero tengo que seguir los impulsos de mi corazón; no puedo evitarlo...»

—Sí, no hablemos más de ello —asintió en voz alta.

Jardine abrió el maletín:

—La suma está completa —dijo, con un tono breve de hombre de negocios—. Esto salda toda cuenta entre nosotros.

Durand inclinó afirmativamente la cabeza, en silencio.

—No puedo volver a recibirte en mi casa —continuó Jardine—. En tu propio interés.

—Comprendo —respondió Durand, con cierto sarcasmo.

—No, te equivocas. Pienso únicamente en tu seguridad. Augusta sospecha algo, y no podría responder de su discreción si te presentaras de nuevo en casa.

—Augusta me detesta, ¿verdad? —inquirió Durand, casi con indiferencia, como si la pregunta fuera ociosa.

Jardine no respondió, confirmando con su silencio aquella suposición. Señaló el maletín con un gesto:

—Te entrego este dinero, Lou, con una sola condición; una condición que sólo apunta a tu propio bien.

—¿Cuál es?

—No entregues este dinero a nadie, *por íntimos que puedan ser los lazos que te unan a otra persona*. ¡Ponlo en seguridad! ¡Guárdalo tú mismo! ¡No lo sueltes!

Durand se rio sin alegría:

—¿A quién diablos quieres que lo confíe? La posición en que me encuentro basta para garantizar que no lo...

Jardine repitió la frase con una rara insistencia:

—Te he dicho... *por íntimos que puedan ser los lazos que te unan a otra persona.*

Durand le miró fijamente unos instantes. Luego dijo, con profunda amargura:

—Augusta me detesta a mí, y tú detestas... a mi esposa.

—¡A tu esposa! —repitió Jardine en tono sarcástico.

—Mi esposa, sí —replicó Durand, apretando los dientes y los puños.

—No discutamos, Lou. Quiero tu palabra.

—¿Mi palabra de asesino?

—La del hombre que era mi mejor amigo. La palabra del que era Louis Durand —dijo duramente Jardine—. No pido más.

—Sea; la tienes.

Jardine le tendió el maletín.

—Bien. Tengo que marcharme —dijo.

Entre ellos había ahora cierta tensión. Jardine alargó la mano en señal de despedida. Durand vio el gesto y dejó transcurrir unos segundos antes de contestar a él. Finalmente, sus manos se unieron.

—Probablemente, este es un adiós definitivo, Lou. Dudo que volvamos a vernos.

Durand inclinó la mirada, con aire de disgusto.

—Terminemos, pues. Buena suerte, y gracias... por haber sido mi amigo en otro tiempo.

—Continúo siéndolo, Lou.

—Pero yo he dejado de ser el que tenía derecho a tu amistad.

Sus manos se separaron.

—¿Sabes lo que haría yo si estuviera en tu lugar? —preguntó aún Jardine—. Iría a entregarme a la policía para descargar mi conciencia.

—Tú no podrías estar en mi lugar —le interrumpió secamente Durand—. Este tipo de cosa no te habría ocurrido nunca. No eres de esa raza. No estás hecho para esa clase de aventura; yo, en cambio, las atraigo. Me ha ocurrido a mí. Sólo a mí. Y soy yo quien debe enfrentarse con ello. Soy yo quien debe obrar... de acuerdo con mi destino.

—Sí, supongo que no puedes hacer otra cosa —admitió tristemente Jardine—. En fin, sé prudente, Lou.

—Si no cuido yo de mí, ¿quién lo hará? —respondió Durand desde el fondo de su soledad—. Sí, ¿quién se preocupará por mí en este vasto mundo?

LIII

Sólo respiró libremente cuando el tren hubo salido de la estación. Era un tren traqueteante y polvoriento que se paraba en todas las estaciones y apeaderos, y Durand no llegó a su destino hasta la una de la mañana. Encontró los alrededores de la estación completamente desiertos. Las luces eran escasas. No había ningún coche a la vista; tuvo pues que regresar a pie al hotel, con la maleta en la mano, bajo la inmensa panoplia centelleante del cielo.

Su retraso sobre el horario previsto era involuntario. Pero la idea de que podía sorprender a Bonny en flagrante delito de traición, gracias a aquel retorno imprevisto, acabó por imponerse a él, durante el trayecto. Temía sobre todo no encontrarla allí, descubrir que había huido, aprovechando su ausencia, como había hecho ya una vez.

Abrió la puerta muy despacio, conteniendo la respiración. La habitación estaba sumida en la oscuridad; el perfume de violetas que le acogió no significaba nada; podía datar de la víspera. Sacó de su bolsillo una caja de cerillas, que tirító en su mano temblorosa, buscó a tientas el frotador en la pared y encendió la lámpara. Finalmente se volvió para mirarla, mientras la lenta llama dorada hacía retroceder la oscuridad.

Bonny dormía como un niño; con la misma inocencia, la misma gracia, la misma candidez. Inundaba con sus cabellos la almohada; hubiérase dicho que su cabeza reposaba en medio de una pradera de hierba segada y amarilleada por el sol. Uno de sus brazos estaba oculto: sólo se veía su codo lleno de hoyuelos. El otro brazo, estirado, colgaba del borde del lecho; el pulgar y el índice se tocaban aún, formando un pequeño círculo irregular que había sostenido algo: de hecho, había dos cartas sobre la alfombra, reina de oros y as de espadas. El resto de la baraja estaba esparcido sobre la colcha.

Durand se arrodilló junto al lecho. Cogió la mano que colgaba y la llevó suavemente, pero en un gesto de ardiente gratitud, a sus labios. E, inconscientemente, se encontró en la actitud, antigua como el mundo, del amante que aboga por su causa cerca de un corazón insensible.

Barrió con el brazo los naipes, y en su lugar diseminó el dinero que traía de nueva Orleans. Con las manos levantadas por encima de la durmiente, sembró su plantel de billetes de banco, una lluvia de hojas verdes y anaranjadas.

Bonny se despertó y su mirada adquirió una expresión de repentina avidez:

—¡Un billete de cien dólares! —murmuró, con voz soñolienta.

—Lou ha vuelto —susurró Durand—. Y mira lo que te ha traído de Nueva Orleans.

Cogiendo un puñado de billetes, los dejó caer de nuevo sobre el lecho. Uno de ellos se enganchó en los cabellos de Bonny, y la joven lo acarició con la mano, sonriendo. Luego tendió sus manos a Durand, rozó con los dedos sus cejas, el contorno de su rostro, el lóbulo de su oreja, dirigiéndole así una especie de cumplido perezoso y mudo.

—¿Qué significan esas cartas? —inquirió Durand.

—Trataba de leer nuestro futuro, pero me quedé dormida. Saqué la reina de oros: dinero. Y es cierto, ya lo ves. ¡Nunca volveré a reírme de estas cosas!

—Y para mí, ¿qué sacaste?

—El as de espadas.

—¿Qué significa? —preguntó Durand, riendo.

La mano que se había extraviado en sus cabellos interrumpió por un instante su caricia.

—No lo sé.

Durand tuvo la vaga idea de que lo sabía, pero no quería decirlo.

—¿Y por qué esa necesidad de leer en las cartas?

—Para saber si volverías o no.

—¿No estabas segura de mi regreso?

—Sí —dijo Bonny prudentemente—. Pero, nunca se sabe...

—Tampoco yo estaba seguro de encontrarte aquí —confesó Durand.

De repente, Bonny tuvo uno de aquellos accesos de pura franqueza de que era capaz, pero a los cuales casi nunca se abandonaba. Echó sus brazos alrededor del cuello de Durand, atrayéndole contra ella de un modo convulsivo, desesperado.

—¡Oh! ¡Dios mío! —se lamentó amargamente—. ¿Qué es lo que nos pasa, Lou? ¿No es un verdadero infierno, esta falta de confianza el uno en el otro?

Por toda respuesta, Durand suspiró.

Bonny continuó:

—Creo que voy a dormir un poco más. —Su cabeza se abandonó contra la de Durand—. Deja el dinero donde está —ronroneó con beatitud—. Está bien aquí; resulta agradable tenerlo encima...

Al cabo de unos instantes, Durand adivinó por su respiración que había vuelto a quedarse dormida; continuaba con la cabeza contra la suya, con los brazos anudados alrededor de su garganta como un collar.

Y en aquel momento, experimentó la exultante sensación de estar tan cerca de ella como era posible estarlo: prisionero de sus brazos, sin que ella tuviera conciencia de su presencia.

LIV

Bonny le había pedido que fuera a comprarle aquellos famosos cigarros que tenía por costumbre fumar, unos «La Favorita», mientras ella acababa de vestirse... Bonny se retrasaba siempre, tardando normalmente dos o tres veces más que él en arreglarse. Y ahora fumaba despreocupadamente, con tal de que estuvieran solos. Durand había terminado por abdicar en aquella materia. Y era él también el que hacía desaparecer las cenizas que Bonny sembraba por doquier detrás de ella, el que abría las ventanas para expulsar el aroma; y el que, ante la intrusión inopinada de una camarera o de un botones (como había sucedido ya un par de veces), llegaba al extremo de coger vivamente el cigarro y exhalar el humo, a pesar de que no era fumador...

En la tienda a la cual se dirigió para cumplir el encargo de Bonny vendían, además de tabaco, diversos artículos susceptibles de tentar a la clientela de paso: tarjetas postales, papel de cartas, bolsitas de caramelos, juguetes, etc. Había también, en el lugar más a la vista, un aparador de madera ofreciendo los periódicos de varias ciudades: una innovación destinada a los viajeros nostálgicos.

Al salir, Durand se detuvo delante de aquel aparador y echó una ojeada con la esperanza de encontrar un periódico de Nueva Orleans, su ciudad natal.

Pero no había periódicos de Nueva Orleans. Vio uno de Mobile, y lo cogió, a falta de cosa mejor. No era reciente: se trataba de un ejemplar atrasado, que llevaba en el aparador un par de semanas...

Entretanto, el dueño de la tienda, detrás de él, insistía inútilmente:

—¿De qué ciudad es usted, caballero? Si no encuentra lo que le interesa, no tiene más que decírmelo...

Durand, por su parte, había abierto distraídamente el periódico. Y, en la segunda página —el periódico tenía un solo pliego—, un entrefilete le saltó literalmente al rostro, como un relámpago:

HORRIBLE DESCUBRIMIENTO
EN NUESTRA CIUDAD

Se ha desenterrado, estos últimos días, un esqueleto de hombre, en el sótano de una casa de Decatur Street. Las recientes inundaciones habían obligado a los actuales inquilinos, como a todos sus vecinos inmediatos, a abandonar su vivienda. A su regreso, descubrieron en su sótano las huellas de una tumba; los restos que contenía eran visibles en parte. Se cree que las aguas, arrastrando la tierra mal apisonada, provocaron el descubrimiento. Reforzando la tesis de un acto criminal, se ha encontrado una bala de plomo en los restos exhumados. Los actuales inquilinos, que se apresuraron a comunicar a la policía su macabro hallazgo, no tienen que ver nada en el asunto, ya que el estado del cadáver demuestra que la tumba es anterior al período en el cual ocuparon la vivienda.

En estos momentos, las autoridades proceden a revisar la lista de todos los inquilinos anteriores, a fin de localizarlos e interrogarlos. Tendremos a nuestros lectores al corriente de este caso, a medida que dispongamos de nuevas informaciones.

Bonny volvió la cabeza del espejo, abriendo unos ojos como platos, cuando Durand entró en la habitación, unos minutos más tarde, con pasos precipitados, pálido y respirando trabajosamente. Las mejillas de Bonny estaban sonrosadas como melocotones maduros, con todo el colorete que acababa de aplicarse.

—¿Qué pasa? Estás más pálido que si acabaras de ver un fantasma.

«Es verdad —pensó Durand—. Acabo de ver uno: el del hombre al que creíamos enterrado para siempre.»

—Lee esto —se limitó a decir.

Bonny comprendió inmediatamente y leyó con atención el entrefilete.

Se tomó la cosa con una calma y un realismo asombrosos. No se estremeció de horror; no palideció. Consideró el asunto con una objetividad profesional; hubiérase dicho que lo que le interesaba era la precisión de los detalles. Al terminar su lectura no dijo nada.

Finalmente, Durand rompió el silencio:

—¿Y bien? —inquirió.

—Esto tenía que llegar un día u otro. —Bonny arrugó el periódico y lo tiró al suelo—. Ya está hecho. ¿Qué más se puede decir? —Se encogió filosóficamente de hombros—. Después de todo, no podemos quejarnos: habría podido llegar antes. —Empezó a contar con los dedos, al modo de las comadres que calculan lo que falta para el parto—. ¿Cuándo ocurrió? Si no me falla la memoria, fue alrededor del 10 de junio. Más de tres meses...

—¡Bonny! —protestó Durand, sobresaltado.

—Lo que no impide que sean incapaces de señalar a los culpables. Nunca lo conseguirán, ni mañana, ni dentro de un año. De modo que nos apuntamos un tanto.

—Pero, están enterados... ¡Están enterados!

Bonny se puso en pie súbitamente, arrojó al suelo el primer objeto que le vino a mano, en un acceso de cólera impaciente, a la vista de aquel hombre al que había que tranquilizar, hacer entrar en razón... Se acercó a Durand, le cogió por las solapas de su chaqueta y le sacudió violentamente, una sola vez.

—¿Quieres hacer el favor de escucharme? —dijo, furiosa—. Ahora saben lo que pasó. De acuerdo. Pero eso no les dice aún *quién* lo hizo. Ignoran quién lo hizo. Y no lo sabrán nunca. —Dirigió una mirada prudente hacia la puerta cerrada y bajó la voz—. Nadie entró en aquella habitación, aquel día. Ni en la casa. Nadie *vio* lo que pasó. No olvides nunca esto. Pueden suponer, sospechar, estar convencidos de que tienen razón... pero no pueden *probar* nada. Ya es demasiado tarde; por mucho que busquen, no encontrarán nada. ¿Qué te dijeron cuando acudiste a la policía a propósito de mí? Te dijeron que necesitabas una *prueba*. ¡Y no tienen ninguna prueba! El... bueno, ya sabes a qué me refiero... lo arrojaste tú mismo a la bahía de Mobile: estará completamente oxidado, y el salitre del mar lo habrá corroído casi del todo. ¿Puede determinarse exactamente la procedencia de una bala? —Bonny estalló en una risa burlona—. ¡No! ¡Todavía no se ha descubierto el medio!

Durand sólo la escuchaba a medias, paseando su mirada por las paredes, por el techo:

—Marchémonos de aquí —dijo con voz ahogada, tirando del cuello de su camisa—. ¡No puedo soportar más este lugar!

—El hallazgo no lo han hecho aquí, sino en Mobile. Estamos tan seguros aquí como antes. No están más informados que antes sobre nuestra estancia en esta ciudad.

Bonny exhaló un suspiro.

—Bueno, imagino que se ha estropeado la velada —murmuró, más para sí misma que para Durand—. Y yo que pensaba estrenar mi nuevo vestido de tafetán burdeos...

—Se acercó a Durand y le dio una tranquilizadora palmada

en el brazo—. Baja a beber algo... un vaso lleno... de lo mejor y lo más fuerte. Creo que es lo que más necesitas en este momento. ¡Vamos! Sé prudente. Luego vuelves a subir; veremos cómo te sientes y tomaremos una decisión. Hazme caso, cariño. —Y añadió, con la mayor inconsecuencia—: De todos modos, voy a vestirme. ¡Tenía tantas ganas de lucir este vestido de tafetán burdeos!

Decidieron no abandonar la ciudad. Pero lo que le retuvo no fueron tanto los motivos que invocó Bonny, como su propia aprensión. Esperaba la llegada del próximo periódico de Mobile, y no veía otro medio de procurárselo que el quedarse allí, cerca de la famosa tienda.

Pasaron cinco días antes de que el comerciante lo recibiera.

—A veces me los envían; otras, se olvidan de hacerlo —decía el hombre—. Si lo desea, puedo escribirles para darles prisa.

—Ni pensarlo —dijo Durand precipitadamente—. Lo que ocurre es que me aburro un poco, y me gusta saber lo que pasa en mi querida ciudad natal.

Luego, cuando llegó el periódico, le faltó valor para ojearlo en la tienda; lo llevó al hotel y lo repasaron juntos. Bonny lo sostenía, abierto, y Durand leía por encima de su hombro.

—¡Aquí está! —dijo Bonny secamente.

Con un gesto vivo, dobló el periódico de modo que la columna quedara aislada; y leyeron juntos:

...Bruce Dollard, el agente de la propiedad inmobiliaria que se ha ocupado de la casa en los últimos años, ha informado a las autoridades de un caso concreto, en el que los inquilinos se despidieron bruscamente, abandonando la vivienda en el curso de una mañana, sin que hasta entonces hubiesen manifestado la menor intención de marcharse.

El dueño de una ferretería ha reconocido la pala encontrada en el sótano de la casa. Recuerda haber vendido aquella herramienta, hace algún tiempo, a una desconocida; y se piensa que la compra de la pala ayudará considerablemente a fijar la fecha aproximada del crimen.

Aparte de esto, la investigación no ha progresado; pero las autoridades confían en aclarar el caso gracias a nuevos elementos...

—Esta vez, lo saben —dijo Durand amargamente—. Esta vez, la cosa no puede ser discutida: ¡lo saben!

—No —replicó Bonny en tono categórico—. Si lo supieran, no presentarían el asunto de este modo. Tratan de adivinar; pero están donde estaban: a oscuras.

—Pero, la pala...

—La pala quedó en la casa cuando nosotros nos marchamos. Pudieron utilizarla otros... los inquilinos que se instalaron allí después de nosotros.

—Eso no impide que las cosas no se arreglen, sino todo lo contrario.

—Sólo en apariencia. Lo que ellos esperan sobre todo es intimidarte, asustarte, obligarte a que des un paso en falso. En realidad, la situación no es más crítica hoy que antes del descubrimiento.

—¿Cómo puedes decir eso, cuando las pruebas están delante de tus ojos, negro sobre blanco?

—Un perro no puede ladrar y morder al mismo tiempo —dijo Bonny, sacudiendo la cabeza—. Cuando está a punto de clavar los colmillos, tiene que callarse. ¿No te das cuenta de que, cuando tengan una certeza, si llegan a tenerla, no nos enteraremos? ¿No te das cuenta de que, mientras sigan hablando del caso, estamos a salvo? Cuando dejen de hablar del asunto será el momento de ponerse en guardia.

Durand se preguntó dónde había adquirido Bonny tanta cordura. ¿A raíz de una experiencia personal? ¿O era simplemente su instinto, como la facultad que poseen los gatos de ver en la oscuridad y de esquivar el vacío?

—Eso podría significar que han archivado el caso, sencillamente...

Bonny le hizo tragar otra píldora de amarga sensatez, dorándola con una sonrisa dura y fatigada.

—¿Archivarlo? La policía no olvida nunca, cariño. Somos nosotros los que tendremos que olvidar, si queremos seguir viviendo.

Poco después, Durand regresó de la tienda con tres periódicos. Los de tres días consecutivos. Habían llegado juntos.

Se repartieron la tarea, recorriendo apresuradamente las páginas, en busca de alguna noticia del caso. Durand volvió bruscamente la cabeza, con aire asustado:

—¡No dicen nada! ¡Ni una palabra!

—Aquí tampoco —dijo Bonny, enarcando las cejas—. Esta vez, la cosa empieza a resultar peligrosa...

Durand barrió los periódicos con el dorso de la mano y se puso en pie de un salto.

—¿Nos vamos? —inquirió.

Bonny reflexionó, decidió:

—Esperaremos a que llegue el próximo periódico. Podemos concedernos ese respiro. Es posible que sepan *quién* lo hizo; pero dudo que sepan ya *dónde* encontrarnos.

Esperaron, pues. Tres días, esta vez. Luego llegó el periódico. Se había hecho el silencio sobre el caso, un silencio de muerte.

Esta vez se limitaron a intercambiar una mirada.

—Ha llegado el momento de largarse —dijo Bonny tranquilamente—. Están sobre la pista.

Aquella especie de sexto sentido que Bonny parecía haber adquirido continuaba desconcertándole, a pesar de todo. Le inspiraba un verdadero terror.

—Voy a hacer las maletas —dijo Bonny—. No salgas. Quédate aquí, en la habitación, hasta que todo esté preparado.

Durand se estremeció, a pesar suyo. Se quedó sentado, siguiendo con los ojos todos los movimientos de Bonny. Tenía la impresión de observar una varita mágica dotada de vida, que iba, venía y hablaba como una mujer.

—Has cometido una imprudencia —dijo Bonny al cabo de unos instantes—. Ahora, la cosa ya no tiene remedio, pero es posible que hayas ayudado a los investigadores, por así decirlo. ¿Cómo se te ocurrió elegir regularmente los periódicos de Mobile? Un detalle de esta naturaleza llama la atención, y los polizontes son más listos de lo que crees.

—¿Qué otra cosa podía hacer? —inquirió Durand, como un chiquillo cogido en falta.

—Cada vez que comprabas ese periódico, debiste coger uno de otra procedencia, aunque luego tuvieras que tirarlo sin leerlo. De ese modo, nadie hubiese podido sospechar.

Pasó a la habitación contigua, pero reapareció casi inmediatamente en el marco de la puerta.

—¿A dónde vamos, esta vez? ¿En qué dirección?

Durand le dirigió una mirada huraña y guardó silencio.

LV

Se detuvieron por algún tiempo en Pensacola, para recobrar el aliento, en su carrera hacia el Este. Habían seguido su destino ciegamente, de acuerdo con la inspiración del día; ora huían apresuradamente bajo los efectos del miedo, ora se detenían en alguna ciudad: Nueva Orleans, Biloxi, Mobile, y ahora Pensacola. Sin contar las pequeñas paradas intermedias.

Pensacola era la etapa límite de la trayectoria que se habían asignado, ya que por uno u otro motivo, probablemente por miedo a lo desconocido, se pegaban a la costa familiar. Más lejos, la curva del Golfo giraba bruscamente para lanzarse hacia La Habana, tierra extraña y extranjera, en la que no se hablaba ya el mismo idioma. Era el exilio, sin esperanza de retorno, ya que existía un control sobre los barcos que regresaban a los Estados Unidos, y ninguno de los dos tenía documentos. Por otra parte, si no sentían el deseo de hundirse en las regiones del interior, vacilaban también en llegar hasta Atlanta. Bonny tenía miedo, por motivos muy personales, a subir hacia el Norte. Y aunque Atlanta no fuera el Norte, era la primera etapa en aquella dirección.

Así, pues, habían escogido Pensacola y habían alquilado una casa. No por guardar las apariencias, ni para tener la sensación de estar «realmente» casados, sino por elemental prudencia.

—En el hotel se llama más la atención —le explicó Bonny a Durand en el curso de la única noche que pasaron en uno de ellos, debido a la intensa lluvia—. La gente se distrae metiendo las narices en los asuntos de los demás. Giran en torno a uno y fabrican un montón de chismes.

Escogieron la casa más aislada, más oculta, la menos llamativa que pudieron encontrar, en una calle soñolienta, bordeada de árboles, lejos del centro. Las viviendas estaban muy espaciadas; el barrio poco poblado. Colocaron espesas cortinas en las ventanas, para protegerse mejor de las miradas indiscretas. Contrataron una criada, porque no podían hacer otra cosa, pero redujeron su presencia a lo indispensable. No trabajaba más de tres días a la semana; se marchaba a las seis de la tarde y no dormía bajo su techo. Si hablaban delante de ella, lo hacían con desconfianza.

Durante las dos primeras semanas, cada vez que Bonny salía de casa mantenía su sombrilla muy inclinada sobre su rostro. Y Durand, que no disponía del recurso de la sombrilla, andaba con la cabeza baja, como alguien que busca un objeto perdido.

El día en que una vecina se presentó en visita de cortesía, según la costumbre, con los brazos cargados de dulces hechos en casa y otras golosinas. Bonny la retuvo en el umbral de la puerta y le explicó precipitadamente que aún no estaban instalados y que la casa no se encontraba en orden. La mujer se marchó, con aire ofendido, llevándose todos sus regalos; y cuando se cruzaron con ella en la calle, no les saludó y volvió la cabeza.

—No debiste hacer eso —gruñó Durand—. El mostrarse tan huraño despierta más las sospechas.

—No había otro medio —respondió Bonny—. Si la hubiese dejado entrar, aunque sólo fuera una vez, las otras vecinas la habrían imitado y yo me habría visto obligada a devolver las visitas. ¿Comprendes?

De hecho, nadie más se presentó.

Mr. y Mrs. Rogers habían desembarcado en Pensacola. Mr. y Mrs. Rogers habían alquilado una casa en Pensacola. ¿De dónde venían, a dónde iban? Nadie lo sabía.

LVI

Esta vez Durand no le dijo nada, pero ella adivinó el drama en seguida en su cara. Durand estaba de pie junto a la ventana, con la mirada vacía, mordisqueando su labio inferior. Cuando ella le dirigió la palabra para pedirle dinero, Durand se volvió, hundió las manos en sus bolsillos y echó a andar de un lado a otro de la habitación.

Bonny le conocía ahora tan bien que comprendió inmediatamente el motivo de aquella actitud. Movió la cabeza.

—¿Otra vez en las mismas? —dijo.

—Otra vez en las mismas —repitió Durand.

Bonny tiró con un gesto impaciente una media que había enfilado en su brazo, en busca de mallas rotas.

—¿Por qué tiene que pasarnos siempre lo mismo? —se lamentó—. Apenas levantamos un poco la cabeza... ¡zas! El dinero se escurre entre los dedos como agua.

—No somos los únicos que se encuentran en este caso —dijo Durand en tono huraño.

—Pero, en nuestro caso, se volatiza —insistió Bonny, amargamente—. ¡Nunca vi nada igual!

Bonny estaaba ahora cerca de la ventana, acechando quizás a la lejana y desfalleciente estrella de su destino común.

—¿Significa eso que tienes que volver a Nueva Orleans? —inquirió.

Habían llegado casi a prescindir de las palabras para comprenderse.

—¡En Nueva Orleans no queda nada! ¡No hay absolutamente nada que sacar de allí!

Habían llegado incluso a tener los mismos tics. Ahora era ella la que se mordía el labio inferior.

—¿Cuánto nos queda?

—Un poco más de doscientos dólares —respondió Durand, sin levantar la cabeza.

Bonny se acercó a él y apoyó una mano en su brazo, como para llamar su atención.

—Una de dos —dijo—. O no nos movemos, no hacemos

nada con ese dinero, y esperamos a que se haya gastado; o lo hacemos fructificar.

Durand levantó su mirada hacia ella, con aire interrogador.

—He conocido a más de un hombre que no tenía doscientos dólares que exponer, pero que consiguió duplicar su apuesta —explicó Bonny.

Seguía con la mano apoyada en el brazo de Durand, como si tratara de convencerle sin necesidad de palabras. Pero Durand no reaccionaba.

—¿Sabes jugar a los naipes? —insistió Bonny.

—Algunas noches nos entreteníamos, Jardine y yo, jugando a la brisca. Pero hace mucho tiempo de eso, y apenas me acuerdo...

—Estoy hablando de jugar en serio —le interrumpió Bonny impacientemente.

Entonces, Durand comprendió:

—¿Jugar por dinero? ¿Arriesgar?

Bonny sacudió la cabeza:

—Sólo los idiotas prueban fortuna; sólo los imbéciles arriesgan su dinero. Yo te enseñaré cómo tienes que jugar para que tu dinero se multiplique.

—¿Haciendo trampas? —inquirió Durand con voz neutra.

Bonny le miró fijamente:

—¡Déjate de gazmoñerías! —exclamó—. Hacer trampas no es más que una palabra. ¿Por qué utilizarla? Hay otras que pueden substituirla con ventaja: «Prever», por ejemplo; o «asegurarse contra la pérdida». ¿Qué necesidad hay de ceder el papel más importante a la suerte? La suerte es una arpía.

Dio unos pasos, cogió una silla por el respaldo y empezó a arrastrarla un poco de costado detrás de ella, como si la utilizara de cebo:

—Siéntate aquí. Voy a empezar por enseñarte el verdadero juego.

Era un buen profesor: al cabo de una hora, Durand era capaz de jugar de un modo aceptable.

—Ahora ya sabes lo que es el faraón —le dijo Bonny—. Sabes lo suficiente; nadie podría enseñarte mejor que yo. Te queda por aprender lo más importante. Para ello, necesito algunos accesorios.

Durand barajó distraídamente los naipes mientras ella pasaba a una habitación contigua. Volvió adornada con todas sus joyas, como para una velada de placer. Y las joyas tenían algo de grotesco, luciendo sobre el *déshabillé* de Bonny...

Cuando se sentó de nuevo en frente de Durand, éste no pudo reprimir un temblor de sus manos, como si se dispusiera a hacer algo que le repugnaba profundamente.

—Hay cuatro palos, no lo olvides —dijo Bonny—. Yo no tomaré parte en el juego; las mujeres no son admitidas; y todo dependerá de la rapidez de tus reflejos en respuesta a los míos. En los barcos, la cosa no fallaba nunca; por lo tanto, no hay motivo para que falle aquí... El sistema es muy sencillo. Nos arriesgamos a que nos descubran, pero no hay otra solución: tú no eres lo suficientemente hábil para desenvolverte por ti mismo, de modo que tienes que contar conmigo. Utilizaremos el sistema con la mayor prudencia posible; de hecho, lo reservaremos para los momentos críticos. Ahora, presta mucha atención: cuando mi mano ascienda negligentemente hasta mi seno, así, significa: corazón. El colgante, en mi cuello, es: diamante. El pendiente izquierdo: pique. El derecho: trébol. A continuación observas mi mano, cuando descienda: te dará el valor. Los dedos están numerados del uno al diez, empezando por el borde exterior de la mano izquierda El dedo meñique de la mano izquierda es el uno; el de la mano derecha, el diez. Según el dedo que yo doble, tienes el valor.

—¿Cómo sabré si el otro tiene sotas, damas o reyes?

—Esas cartas siguen un orden regular: once, doce y trece. Un rey es el dedo meñique de la mano derecha que se dobla, seguido del tercer dedo de la izquierda. El as es uno, sencillamente.

—Pero, ¿cómo puedes ver todas las cartas que el otro tiene en la mano y, sobre todo, señalármelas?

—Es imposible, y ni siquiera lo intento. No necesitas conocer todas las cartas, sino únicamente las más importantes, una o dos; y esas son las que te señalo.

Bonny echó las cartas sobre la mesa, delante de él:

—Reparte.

Luego recogió su juego.

—Y ahora, dime lo que tengo.

Durand la observó:

—Tienes la reina de diamantes, la sota de corazones y el as de pique.

A guisa de elogio, Bonny le dijo:

—Fruncías tanto los ojos, que incluso un ciego hubiese visto el truco. Tienes que jugar con la cara tanto como con los dedos, métete esto en la cabeza. Empecemos de nuevo.

Durand enumeró las cartas.

—Mejor. Pero eres demasiado lento. Si crees que otro esperará a que termines con tu cálculo mental... ¡Otra vez!

Y otra. Y otra. Hasta que Bonny tuvo que admitir:

—No eres tonto, Louis.

Bruscamente, Durand barrió los naipes de la mesa:

—¡No puedo hacer eso, Bonny!

Ella le fulminó con la mirada:

—¿Por qué? ¿Tienes miedo de ensuciarte?

Durand no pudo resistir aquella mirada; inclinó los ojos y se pasó desesperadamente la mano por los cabellos.

—¿No mataste a un hombre en Mobile? —inquirió Bonny con voz vengativa—. ¿Y no eres capaz de un poco de astucia con los naipes? ¿El caballero es demasiado decente, demasiado honrado?

—No sé por qué, pero no era lo mismo.

«¿Y por qué tiene que ser *ella* la que me eche esto en cara?», se preguntó Durand.

—No hay nada que me dé más asco que un tipo que se hace el santurrón. Tendrías que llevar tus cuellos postizos al revés, como un pastor... Está bien; no hablemos más del asunto. ¡Quédate en tu sillón, meciendo tus doscientos dólares, hasta que se hayan volatizado!

—¿De veras quieres verme caer tan bajo? —preguntó Durand.

Bonny le miró fijamente:

—Lo hago por tu bien, y no por mí. Trato de ayudarte. ¿Qué gano *yo* con ello? Yo sé valerme por mí misma. No sería la primera vez que salgo de apuros...

—Está bien, lo haré por ti, Bonny —dijo Durand débilmente—. Por amor a ti.

La mirada de Bonny se suavizó por unos instantes. Volvió a sentarse, con el rostro relajado. Se convirtió de nuevo en el profesor atento:

—Y esta vez, ¿qué tengo en la mano?

LVII

Nunca supo cómo había descubierto Bonny aquel lugar. Por sí mismo, jamás hubiese adivinado su existencia. Ella parecía tener un olfato especial para localizar aquella clase de lugares.

Se encontraba en un segundo piso, en lo alto de una escalera, que nadie utilizaba nunca para subir. Un café-restaurante sin pretensiones ocupaba la planta baja. Habían estado allí un par de veces y se habían aburrido. Quizá Bonny había olido algo en el curso de aquellas primeras visitas. En todo caso, no le había dicho nada.

Aquel día se presentaron allí; en un bolsillo, Durand llevaba sus doscientos dólares. Empezaron por sentarse ante una mesa, aislados, muy cerca de la escalera. Pidieron dos vasos de vino de Borgoña.

—¿Estás segura? —preguntaba a cada instante Durand, en voz baja, dudando todavía.

Bonny frunció discretamente las cejas en señal de afirmación:

—Absolutamente segura. Confía en mí. La otra noche les vi la cara a dos o tres caballeros que bajaban por esa escalera. Conozco el paño: muy pálidos, los ojos brillantes de fiebre. —Le dio una palmada en la rodilla por debajo de la mesa—. ¡Paciencia! Haz lo que te he dicho, cuando llegue el momento.

Permanecieron sentados un buen rato; ella, enigmática; él, con un creciente malestar.

—¡Adelante! —dijo Bonny finalmente.

Durand llamó al camarero.

—La cuenta, por favor. —Sacó el fajo de doscientos dólares, muy a la vista, y retiró un billete para pagar. Bonny, entretanto, ahogaba un bostezo cuidadosamente estudiado. Durand volvió la cabeza hacia el camarero—: Esto es muy aburrido... ¿No conoce usted algo más... apasionante?

El camarero se dirigió al lugar donde se encontraba el

gerente y le dijo algo al oído. El gerente se acercó a su vez a su mesa y se inclinó confidencialmente sobre el respaldo de la silla de Durand.

—¿En qué puedo servirle, caballero?

—¿No podría usted sugerirme algo más estimulante que esto?

—Si estuviera usted solo, caballero, podría proponerle...

—Diga, diga —le animó Durand.

—Arriba, hay unos caballeros... ¿Me comprende?

—Perfectamente —dijo Durand—. Lástima que no lo haya sabido antes. ¿Vienes, querida?

—¿La señora le acompaña? —inquirió el gerente, vacilante.

—Soy muy discreta —sonrió Bonny—. Haré menos ruido que un ratón. Nadie se dará cuenta de mi presencia.

—Diga a esos caballeros que va de parte de Mr. Bradford. Preferimos no llamar demasiado la atención. Se trata de una distracción que reservamos para unos cuantos clientes serios.

Escogieron un momento propicio para subir, cuando no les miraba nadie. Durand llamó a una gran puerta de doble batiente, detrás de la cual se oía un zumbido de voces. Un hombre acudió a abrir y les miró con aire interrogador, sin permitirles ver el interior.

—Subimos de parte de Mr. Bradford.

—Las damas no son admitidas, caballero.

Bonny exhibió una sonrisa deslumbrante, hundiendo su mirada en la del hombre. Apoyó incluso una mano en su brazo:

—La excepción confirma le regla. No va usted a dejarme sola, fuera... ¡Me aburriría demasiado sin él!

—Pero, la conversación de esos caballeros podría...

—Vamos, vamos... ¿Cree usted que no he oído nunca jurar a mi marido delante de mí? Si eso es lo único que puede escandalizarme...

—Un momento.

El hombre cerró la puerta y volvió a abrirla un momento después, para tender a Bonny un antifaz de terciopelo negro:

—Tal vez se sentiría usted más a gusto si se pusiera esto...

Bonny dirigió a Durand una mirada irónica, como diciéndole: «¿Te das cuenta de lo ingenuo que es este hombre?» Pero, de todos modos, se colocó el antifaz. El hombre se apartó a un lado para dejarles pasar.

—¿Era preciso que coquetearas tanto? —susurró Durand, en voz baja.

—Eso me ha permitido entrar, ¿no?

Su aparición causó sensación. Siempre había atraído las miradas, en todas partes, pero todos los precedentes quedaron superados en esta ocasión. El murmullo de las conversaciones se interrumpió súbitamente. Los jugadores abandonaron su partida, en varias mesas. Un par de ellos echaron mano a su americana, con la intención de ponérsela.

Bonny susurró unas palabras a su acompañante, el cual anunció en voz alta:

—La señora les ruega que olviden su presencia, caballeros. Simplemente, le gusta ver jugar a las cartas.

Bonny inclinó púdicamente la cabeza, con fingida modestia, y avanzó apoyándose tiernamente en el brazo de Durand. Su guía presentó a Durand a los ocupantes de una mesa, tras haberle preguntado su nombre y haberse asegurado del consentimiento de aquellos caballeros. Mr. Castle, Mr. Anderson, Mr. Hoffman, Mr. Steeves. No presentó a Bonny, ya que el decoro imponía aquella omisión.

—Champaña para estos caballeros —encargó Durand, cuando se hubieron instalado.

Un camarero de color se presentó con una botella, pero Bonny se apresuró a cogérsela de las manos, diciendo:

—Al menos, tendré el placer de ocuparme personalmente de estos caballeros.

Y dio la vuelta a la mesa, llenando los vasos, cuando ya se habían repartido las cartas; luego se sentó a una distancia prudente, con el aire de una niña que pone mucha atención en parecer bien educada porque le han permitido velar hasta muy tarde en presencia de sus mayores.

Durand sacó de su bolsillo el fajo de doscientos dólares, con un gesto indiferente, como si sólo se tratara de una parte ínfima de la suma que llevaba encima; y empezó la partida.

Al cabo de unos minutos, ya no eran doscientos dólares los que tenía a su lado sobre la mesa. A veces el fajo se hinchaba, a veces disminuía, pero no volvería ya a su espesor primitivo. Su volumen no tardó en duplicarse, dos, tres veces... Durand calculó que estaba ganando alrededor de mil dólares. Sin embargo, no retiró un solo billete, de acuerdo con la etiqueta del juego.

En la estancia hacía calor. El champaña, renovado en los vasos por una mano atenta, desaparecía en los gaznates sedientos. Y cada vez que un vaso se vaciaba, una sombra silenciosa se apoderaba de él, lo retiraba con tacto por detrás del jugador y lo llenaba de nuevo. Todo ello acompañado de gestos delicados, rozando su garganta, su seno, su oreja...

A veces tenía derecho a un «Gracias» distraído y vago de un jugador; pero, con más frecuencia, los hombres ni siquiera notaban su presencia, tanta era la discreción con que se ocupaba de ellos... En un momento determinado, hizo una seña al camarero para que trajera otra botella; y cuando saltó el tapón, Bonny dejó escapar una leve exclamación de susto, de un efecto encantador.

Súbitamente, se hizo el silencio. El juego acababa de interrumpirse. Los jugadores continuaron mirando sus cartas, pero nadie se movió.

—Ustedes hablan, caballeros —dijo Durand amablemente.

Nadie contestó.

—Estoy esperando, caballeros —dijo Durand.

Ninguna cabeza se irguió al sonido de su voz. Y el que habló finalmente, no levantó los ojos de sus cartas.

—¿Quiere usted tener la bondad de rogar a esa dama que se marche, caballero? —dijo el vecino más próximo a Durand.

—¿Qué significa...?

—¿De veras hay que decírselo?

Ahora, todos le miraban.

Durand se puso en pie de un salto, en un bello arrebato de obligada indignación:

—¡Insisto en pedir una explicación!

El otro se puso en pie a su vez, aunque sin prisa. Recogió un puñado de cartas de encima de la mesa y abofeteó con ellas a Durand, primero en una mejilla, luego en la otra:

—No conozco nada más bajo que un hombre que hace trampas en el juego, si no es el hombre que utiliza a una mujer para que le ayude a hacer trampas...

Durand, olvidando su culpa, para pensar únicamente en la provocación cuya huella lívida se leía aún en su rostro, quiso golpear al hombre con el puño. Pero los otros se habían apresurado a intervenir, echándose encima de él y paralizando sus brazos. Durand se debatió, pero no logró soltarse. La mesa se tambaleó, una silla cayó. El grito que profirió Bonny, un grito ahogado de virtud ofendida, no ejerció el menor efecto sobre los jugadores. El gerente había aparecido como por arte de magia. Los hombres se inmovilizaron inmediatamente, aunque sin soltar a Durand, el cual, con el rostro blanco como el mármol, inclinaba la cabeza hacia el suelo como para escapar de las miradas que le quemaban.

—¡Ese individuo no es más que un sucio tramposo! Creíamos que tenía usted un salón para caballeros. ¡Debería velar usted un poco más por el prestigio de su establecimiento!

Durand no trató de negar. Su camisa estaba abierta sobre su pecho. Respiraba con dificultad. Todos los jugadores se habían reunido alrededor del pequeño grupo que le sujetaba.

El gerente hizo una seña a dos mocetones:

—¡Echadle a la calle! ¡Aprisa! Mi establecimiento es honorable; no quiero que suceda esto en mi casa.

Durand dejó de debatirse. Los otros le dejaron en manos de los mercenarios. Se limitó a protestar débilmente:

—¡No me toquen!

Pero cuando vio que el gerente barría con un golpe de servilleta la mesa y lo que había encima de ella, gritó:

—¡Aquí hay doscientos dólares que son míos! ¡Empecé a jugar con ellos!

El gerente hizo un gesto irónico con la mano:

—¡La casa los confisca! ¡Eso le enseñará a no hacer trampas! ¡Buena suerte, crápula!

La voz de Bonny resonó de pronto, estridente:

—¡Ladrones! ¡Ladrones! ¡Devuélvanle su dinero!

—¡La piedad acude en ayuda de la caridad! —dijo una voz, saludada por una carcajada general que cubrió la retirada precipitada de la pareja.

Expulsaron a Durand de la estancia; le hicieron salir por una puerta trasera, probablemente para evitar el escándalo. Había una escalera de madera adosada al flanco del edificio. Empujaron a Durand, que rodó hasta la acera y permaneció allí, tendido cuan largo era sobre el fangoso callejón. No estaba herido, pero ardía en una vergüenza que nunca había conocido.

Un hombre le tiró su sombrero; tras lo cual se frotó las manos una contra la otra, como temeroso del contagio.

Pero Durand no había llegado al colmo de sus humillaciones: súbitamente, vio cómo se abría la puerta y aparecía Bonny tambaleándose, empujada por detrás, proyectada por unas sudorosas manos masculinas, como un desecho.

¡Su esposa! ¡Su amor!

Sintió que su corazón se desgarraba como si una hoja de cuchillo lo hubiese hendido de parte a parte.

Bonny estuvo a punto de perder el equilibrio, pero se agarró a la barandilla y logró mantenerse en pie.

Permaneció inmóvil unos instantes, en lo alto de la escalera. No miraba a los hombres que estaban detrás de ella: contemplaba a Durand, prostrado a sus pies, sobre la acera.

Luego descendió los peldaños y pasó junto a él, levantando un poco su falda para no tocarle, como si su contacto pudiera ensuciarla.

—Levántate —dijo secamente—. Levántate y vamos. Es la primera vez que veo a un hombre que nunca es capaz de ganar: ni por medios honrados... ni por otros.

Durand, por su parte, no había oído nunca una voz humana cuyo desprecio quemara hasta tal punto, como vitriolo.

LVIII

Durand esperaba un cambio en la actitud de Bonny, a raíz de aquel desastre, antes incluso de que se manifestara, pues la naturaleza de Bonny no tenía ya secretos para él. Y, de hecho, el cambio se produjo, aunque con menos rapidez de la que él había previsto.

Al día siguiente, Bonny se mostró quizá menos comunicativa, un poco menos afectuosa. Eso fue todo.

Al atardecer, sin embargo, el humor de Bonny se ensombreció. Las observaciones que hacía eran corteses; pero, quien dice cortesía, dice distancia.

El segundo día, su irritación se manifestó con más intensidad.

Bonny evitaba su mirada, ahora, contestaba apenas a sus preguntas. Y los malos sentimientos no tardaron en crecer como mala hierba.

Durand trató de relajarse dando largos paseos a pie. Sin resultado. La imagen de Bonny no le abandonaba. Lejos de ella, volvía a aparecérsele tal como se había mostrado en tiempos no demasiado lejanos. Resucitaba a la antigua Bonny y la tenía de nuevo toda entera con él. Pero cuando regresaba, con la sonrisa en los labios y el corazón más ligero, la imagen que llevaba dentro, la Bonny de otros tiempos, se enfrentaba con la nueva Bonny y los sueños de Durand se desplomaban.

—Voy a buscar trabajo, si este estado de cosas te afecta hasta tal punto —estalló finalmente Durand—. No soy tonto; no hay motivo...

—Detesto a los hombres que trabajan —replicó Bonny con los dientes apretados—. Nada me impedía casarme con un burro de carga, si lo hubiese deseado. —Le dirigió una mirada dura, como si sospechara que no tenía el menor deseo de mejorar su suerte, como si le propusiera a cosa hecha soluciones estériles—. Tiene que haber para ti otro medio de procurarnos dinero.

Desconcertado, Durand se preguntó qué entendía Bonny por «otro medio», al tiempo que temía descubrir la respuesta.

—El trabajo es bueno para los imbéciles —añadió Bonny con desprecio—. Hace mucho tiempo que me lo dijeron, y estoy más convencida que nunca de que es verdad.

Durand se preguntó quién le había dicho aquello. ¿Dónde se encontraba ahora aquel individuo? En una prisión, quizás. A menos de que sus teorías le hubiesen traído suerte... En tal caso, esperaba quizás, en alguna parte, que Bonny se comunicara con él...

—¡Buen pillastre debía ser! —dijo finalmente.

Hubo un relámpago de desafío en los ojos azules y helados de la mujer:

—¡Un buen pillastre, sí! —admitió—. Pero un buen compañero.

Durand salió de la habitación.

Después de aquel incidente, se estableció entre ellos el silencio. Ni siquiera decían ya: «Con tu permiso...», o «Buenas noches». Era horrible. Dos mudos que se rozaban pensando en sus propios asuntos; dos imágenes de insomnio en la penumbra de una habitación. Durand hizo un gesto para cogerle la mano y estrecharla. Bonny parecía dormir. Sin embargo, en su sueño, adivinó la intención y apartó su mano antes de que él pudiera encontrarla.

Al día siguiente, mientras se preparaba para salir a dar uno de sus reparadores paseos, Durand pasó por delante del salón, cuya puerta estaba entreabierta. Ignoraba que Bonny estuviera allí. Estaba sentada delante del secreter, aunque nada indicaba que se dispusiera a escribir una carta. Estaba allí, ociosa, delante del escritorio, y no había papel de cartas a la vista.

«Pero, ¿por qué se sienta delante del secreter? —se preguntó Durand—. En la habitación hay asientos más cómodos...»

Intuyó que Bonny se había interrumpido en una tarea que se apresuraría a reanudar en cuanto él cruzara el umbral.

Pero, ¿qué podía hacer? Si le impedía escribir ahora, encontraría otra ocasión. Si la acusaba, negaría. Aquella carta que se proponía escribir sólo podía ser una carta a su pasado. Una carta a aquel otro universo, a aquel mundo subterráneo al cual, había creído Durand, ella había renunciado para siempre.

Salió, cerrando la puerta detrás de él, con el corazón dolorido.

Dos días más tarde, Durand se dijo que no podía soportar por más tiempo aquel juego cruel que les hacía vivir como dos extraños. Había capitulado ya, y su capitulación tomó la forma de una mentira.

—Te he mentido, Bonny —dijo, sin más preámbulo.

Bonny le daba la espalda, cepillándose los cabellos antes de acostarse.

—Aún tengo dinero. No lo había traído todo.

Bonny soltó vivamente el cepillo, se volvió:

—Entonces, ¿por qué me dijiste que no te quedaba nada? ¿Qué te proponías?

—Me dije que tal vez lo gastaríamos con demasiada rapidez; que quizá sería preferible ahorrar durante una temporada, para más tarde...

Por lo visto, la codicia había mellado en Bonny toda intuición. Ya que Durand mentía muy mal. Pero ella *quería* creerle, y le creyó de todo corazón. Inmediatamente, había aceptado como un hecho aquella fábula balbuceada.

—¿Para más tarde? —inquirió con vehemencia—. ¿Para cuándo? ¿Seremos más jóvenes cuando llegue ese dichoso día? ¿Tendré mejor aspecto con un vestido nuevo, entonces? ¿Acaso mi piel será más lisa, y tu paso más firme?

Cogió su cepillo para el pelo y lo tiró al suelo con un gesto impaciente:

—¡Nunca he vivido de ese modo, y no voy a empezar ahora! «Una manzana para la sed»... ¡Conozco el viejo refrán! ¡Pero también conozco otro, más verdadero! «¡El mañana no existe!» ¡Una manzana para la sed! Pues bien, quiero tener sed y reventar de ella... ¡Qué importa! Con tal de que beba hoy... Tal vez mañana no esté ya aquí para tener sed. Tal vez haya muerto, y tú también. ¿De qué nos servirá el dinero en la tumba? Acepto el trato. ¡Sin historias! Entiérrame mañana, en la fosa común, si te parece bien, e incluso sin una mortaja... ¡Con tal de que esta noche sea para mí!

Bonny respiraba agitadamente, abandonándose al calor, al furor de su filosofía. Era la protesta de la desheredada, el terror pánico del alma pagana, privada de la promesa de la recompensa en el otro mundo.

—¿Cuánto? —preguntó ávidamente—. ¿Cuánto, más o menos?

Durand no tenía más que un deseo: verla dichosa.

—Mucho —dijo—. Mucho.

—Pero, ¿más o menos?

—Montones. —Durand no podía decir otra cosa—. Montones.

Bonny se había puesto en pie, extasiada, acercándose a él a pasos lentos. Y cada paso era una caricia. Sus manos se unieron sobre su seno, como para contener la alegría que lo hinchaba.

—¡Oh, no importa! No necesitas citarme la suma. Nunca me han gustado las cifras. ¡Montones, es lo esencial! ¡Un paquete! ¡Un cargamento! ¿Dónde? ¿Aquí mismo?

—En Nueva Orleans —murmuró Durand en tono evasivo—. Pero en un lugar al que tengo fácil acceso.

Cualquier cosa, con tal de conservarla. Bonny quería que aquella noche fuese para ella. Pues bien, Durand también quería que aquella noche fuese para él.

Bonny hizo una súbita pirueta, un paso de vals solitario, como si invisibles violines acabaran de atacar una melodía... Luego se echó a medias sobre la cama en la que los brazos de Durand la esperaban.

Y de nuevo estuvieron unidos; de nuevo se amaron. Murmullos, protestas, promesas y juramentos: basta de palabras fríamente corteses, basta de silencios negros, basta para siempre de palabras hirientes... Te perdono, te adoro, no puedo vivir sin ti... «Otro tú, otro yo...»

De pronto, Bonny se sobresaltó, como asaltada bruscamente por un recuerdo que la remordía.

—No debí hacerlo —suspiró, hablando para sí misma.

—No importa, todo está olvidado —murmuró Durand—. No hablemos más del asunto.

Y Bonny volvió a suspirar, aliviada.

Pero aquel remordimiento tardío, llegado después de que había pedido y obtenido todos los perdones, incitó a Durand a pensar que se trataba, sin duda, de algún acto ruín, cometido en el curso de su querella, de un acto que él no había sospechado, pero que quizá tendría, en el futuro, nefastas consecuencias.

Bonny no cesaba de preguntarle cuándo iba a emprender el viaje —¿cuándo?... ¿cuándo?—, con creciente insistencia. Hasta que, por fin, Durand se vio obligado a la retractación que tanto había temido.

Había llegado el momento de confesar la mentira.

—No voy a emprender ningún viaje.

—Pero... pero, entonces, ¿cómo vas a procurarte eso?

—Sobra la pregunta. No hay nada. Ni un céntimo. Hace mucho tiempo que se ha volatizado... todo. El dinero de la venta de la casa —la de Saint-Louis Street—, de la que se ocupó Jardine... Mi parte en el negocio... Nada. ¡No queda nada! —Hundió sus manos en los bolsillos, respiró profundamente, inclinó la mirada—. ¡Sí, te he mentido! No me preguntes por qué; tendrías que adivinarlo. Para verte sonreír un poco, quizá.

Sin alzar la voz, Bonny inquirió:

—Entonces, ¿me has engañado?

Soltó su espejo. Se puso en pie. Echó a andar de un lado a otro, con los brazos estrechamente cruzados sobre el pecho. La tormenta tardaba en estallar, pero las nubes eran de azufre. Finalmente, cogió un frasco de cristal tallado de encima del tocador y, levantando el brazo, arrojó el objeto con toda su fuerza contra el mueble.

—Me has tomado el pelo, ¿eh? ¡Has sido muy astuto! Le diré que tengo dinero, y luego le confesaré que de lo dicho no hay nada. La idiota creerá todo lo que le cuente.

—Bonny estrelló contra el suelo un tarro de talco. El cristal voló en pedazos y unas esquirlas rebotaron hasta los pies de Durand. Luego le llegó la vez al espejo—. ¡No te bastó con mentirme una vez, tenías que repetir la hazaña!

—La primera vez te dije la verdad; mi única mentira ha sido pretender que aún quedaba dinero.

—Pero has tenido lo que querías, ¿eh? Lo único que cuenta para ti es la cama, ¿no es cierto?

—¿Es que no tienes ni una brizna de pudor?

—Prepárate a vivir de tus recuerdos el mayor tiempo posible... No volverás a tocarme...

—Tienes una boca sucia en una hermosa cara —dijo Durand en tono desabrido—. ¡Lengua de ramera y mirada de ángel!

Esta vez, el frasco de perfume iba destinado a él. No hizo el menor gesto para esquivarlo: la redoma se estrelló contra la pared, rozando su hombro. Una esquirla de cristal se clavó en su mejilla, y unas gotas de esencia de jazmín salpicaron su hombro. Bonny no representaba la comedia de la amante enfurecida: un odio demencial estaba pintado en sus facciones.

—¡Eres un...! —Le tiró a la cara un grosero insulto—. No soy bastante buena para ti, ¿eh? No tengo tu categoría... No soy más que fango, y tú eres un gran señor... Pero, ¿por qué te pegas a mis faldas?

Durand taponó con su pañuelo la diminuta mancha de sangre sobre su mejilla. Conservaba toda su calma, ante el torrente de injurias que Bonny vertía sobre él.

—¿Para qué me sirves? ¡Para nada, absolutamente para nada! ¡Con tu amor romántico! ¡Puah!

Se secó la boca con el dorso de la mano, como si él acabara de besarla; y aquel gesto fue peor que un insulto.

—Para nada, tienes razón —dijo Durand, en tono amargo—. El viento ha cambiado, ahora que ya no poseo nada. Has sacado de mí todo lo que has podido... ¡Eres más voraz que una sanguijuela! ¿Estás segura de haberlo tomado todo? —Ahora, Durand temblaba. Sus manos hurgaron en sus bolsillos, sacaron unas cuantas monedas—. ¡Toma! —exclamó, arrojándolas al rostro de la mujer—. ¡Te habías dejado esto! ¡Y esto también! ¡Toma! —Arrancó su valioso alfiler de corbata, se lo tiró—. ¡Esto es todo! Aparte de un seguro de vida, cuya póliza tiene que estar entre mis papeles... y tal vez querrías que me degollara para poder cobrar la prima... Por desgracia, la póliza ya no vale nada.

Bonny vaciaba unos cajones, ahora, dejando caer más cosas de las que cogía.

—Me marché una vez; esta será la segunda. ¡Pero será la buena! ¡La definitiva! ¡No quiero volver a verte nunca más!

—Continúo siendo tu marido, y no te marcharás.

—¿Quién lo impedirá? ¿*Tú?* —Echó la cabeza hacia atrás y estalló en una risa estridente—. ¡Te tienes por un hombre, a lo que veo! Pero te faltan los...

Se lanzaron al mismo tiempo hacia la puerta. Durand llegó primero, y se apoyó de espaldas contra ella, bloqueando el paso. Bonny alzó sus diminutos puños y le martilleó inútilmente el pecho, le propinó unos puntapiés:

—¡Déjame pasar! ¡No tienes derecho a impedírmelo!

—¡Aléjate de esta puerta, Bonny!

El golpe asombró tanto a Durand, que lo propinó, como a Bonny al recibirlo en pleno rostro. Fue como el reflejo de un hombre que aplasta un mosquito; un gesto casi inconsciente. Bonny retrocedió tambaleándose, y cayó sobre la banqueta instalada delante del tocador, agarrándose a ella y quedando sentada sobre el suelo.

Se miraron, estupefactos.

Durand, con el corazón sangrante, sintió deseos de gritar:

«¡Dios mío! ¿Te he lastimado, querida?»

Pero sus labios obstinados permanecieron cerrados.

La habitación parecía mortalmente silenciosa, después de la ruidosa discusión. Toda la arrogancia de Bonny había desaparecido. El único reproche que formuló era característico en sí. Semejaba más un cumplido que hacía a regañadientes. Incorporándose, separando mucho las palabras, dijo, con voz huraña:

—No te creía tan hombre, Lou...

Volvió a acercarse a la puerta, pero esta vez sin sombra de hostilidad. Durand la observaba, con los ojos medio cerrados, amenazador.

—Déjame ir al cuarto de baño —murmuró Bonny humildemente—. Necesito refrescarme la cara.

Cuando, un poco más tarde, Durand volvió a subir desde la planta baja, Bonny lo había dispuesto todo para instalarse en el cuarto de los huéspedes, al otro lado del rellano.

LIX

Cuatro o cinco días más tarde, cuando regresaba de uno de sus paseos, que se habían convertido en una costumbre, Durand percibió súbitamente, muy lejos, la silueta de Bonny que marchaba delante de él. Estaba a punto de adentrarse bajo la bóveda de follaje que formaban los árboles encima de la calzada.

La distancia era tan grande y los juegos alternativos de sombra y de luz dificultaban hasta tal punto la visibilidad, que no hubiese podido jurar que era ella. Sin embargo, creyó reconocer su modo de andar. Y el vestido color ciruela tenía la misma tonalidad que el que llevaba Bonny una hora antes. No cabía duda, se trataba de Bonny.

No hubiese servido de nada llamarla; no podía oírle, y la distancia que les separaba era incluso demasiado grande para que Durand pudiera esperar alcanzarla.

Bonny no estaba allí un momento antes, y el punto en el cual había surgido bruscamente se encontraba a medio camino entre dos cruces de calles; por lo tanto, Durand llegó a la conclusión de que tenía que haber salido de una casa o de un edificio cualquiera al nivel del lugar en el cual había aparecido. Al llegar a su vez a aquella altura de la calle, examinó las fachadas sin concederle demasiada importancia, al principio, al lugar de donde había salido y lo que había ido a hacer allí. Suponiendo que se tratara de Bonny.

Aquella curiosidad sin objetivo concreto se convirtió en verdadera sorpresa a la primera ojeada; y Durand se paró en seco. El edificio que tenía delante de él era el de Correos.

Nada podía justificar aquel desplazamiento... Había un buzón en su misma calle; y el cartero pasaba diariamente por delante de su puerta. Y, por otra parte, ¿qué cartas podían recibir ellos? ¿Quién conocía su dirección? ¿Su nombre, incluso?

Cediendo a una sensación de malestar, había penetrado en la oficina antes de haber tenido tiempo de elaborar un plan. Apenas hubo entrado, lamentó su impulso y se dispuso a salir. Pero el malestar que experimentaba triunfó sobre la repugnancia a hacer de espía, y le indujo a acercarse al empleado que atendía la taquilla de «Distribución».

—Busco a alguien... a una dama —murmuró Durand, avergonzado—. La he... la he perdido de vista y creo que tenía que pasar por aquí... ¿No ha visto usted por casualidad a una señora rubia... bajita... con un vestido color ciruela? Si ha estado aquí, tiene que haber sido hace unos minutos...

—Desde luego, caballero —dijo el empleado sin hacerse rogar—. Se ha presentado en mi taquilla y me ha preguntado si había una carta para ella.

Durand tenía la garganta seca, pero logró formular su pregunta:

—Y... ¿había alguna?

—Una carta, sí, señor. —El empleado movió la cabeza de un lado a otro, en señal de admiración retrospectiva, e hizo chasquear su lengua contra sus dientes careados—. Miss Mabel Greene —dijo, con aire soñador—. Debe llevar muy poco tiempo aquí, pues no recuerdo haberla visto...

Pero Durand se había marchado ya.

La encontró en el salón de la planta baja. Capa y sombrero habían desaparecido, como si no hubiese salido en todo el día. Estaba de pie delante de la mesa, en medio de la estancia, y arreglaba las flores que había colocado la víspera en un jarrón, quitando las que empezaban a marchitarse. Había un leve olor a chamuscado y a ceniza en el aire, como si hubieran quemado algo recientemente en la habitación. El olfato de Durand lo captó inmediatamente.

—¿De regreso? —inquirió Bonny amablemente, con una breve ojeada por encima de su hombro.

Y volvió a dedicarse a sus flores.

Durand olfateó el aire por dos veces, confirmando así, a pesar suyo, la presencia del olor. Bonny no le miraba, pero debió oírle. Soltando bruscamente las flores, se acercó a la ventana y la abrió de par en par.

—Acabo de fumar un cigarro —dijo, sin que Durand le hubiese preguntado nada—. El salón necesita ser ventilado.

Sin embargo, los platillos en los que habitualmente dejaba caer la ceniza, estaban vacíos.

—No lo he terminado; lo he tirado por la ventana —dijo Bonny. Se ocupaba de nuevo de las flores—. No valía nada. El tabaco es cada día peor.

Era la primera vez que comentaba el aroma de sus cigarros; y, por otra parte, el olor no tenía nada de común con los efluvios habituales: era el acre rastro que deja detrás el papel quemado.

«Sé que está mintiendo —se dijo Durand dolorosamente—. No podrá negarlo. Pero, ¿por qué formular preguntas? ¿Por qué anticiparme a mi propio suplicio?»

Sin embargo, la pregunta ya estaba formulada; no hubiese podido retenerla, aunque le hubieran arrancado la lengua.

—¿Eras tú la que acabo de ver en la calle?

Bonny no respondió inmediatamente. Sin embargo, no había motivo para vacilar, si realmente acababa de regresar... Retiró otra flor, haciéndola girar sobre el tallo y observándola atentamente, con mirada crítica. Luego la soltó,

dio media vuelta y sorprendió la mirada de Durand clavada en su vestido color ciruela. Sólo entonces respondió:

—Sí.

—¿Dónde has estado? ¿En Correos?

Bonny demoró de nuevo su respuesta, como si reuniera
sus recuerdos.

—Tenía que hacer un encargo —dijo, sin demasiada tur-
bación—. Un encargo urgente.

—¿Qué clase de encargo? —insistió Durand.

Bonny fijó su mirada en las flores.

—Una compra: unas tijeras para cortar los tallos.

La elección era juiciosa: se trataba de un artículo de
bazar, y había un bazar al lado de Correos.

—¿Y has encontrado lo que querías?

—En la tienda no las tenían, en aquel momento. Me
han dicho que podían enviármelas a casa, pero he pensado
que no valía la pena.

Durand esperó. Pero ella no parecía dispuesta a añadir
nada más.

—¿No has estado en Correos?

El hecho de repetir la pregunta dictaba inmediatamente
la respuesta. El propio Durand se dio cuenta de ello. Al
preguntarle aquello, le daba a entender que estaba al
corriente.

—Sí, he estado en Correos, en efecto —dijo Bonny negligentemente—. Ahora lo recuerdo. Lo había olvidado. Necesitaba sellos. Están aún en mi bolso. ¿Quieres verlos?

Sonrió, como alguien que está preparado para todas las
eventualidades.

—No —dijo Durand. Sufría—. Puesto que dices que has
comprado sellos, no hablemos más del asunto.

—Creo que será mejor que te los enseñe.

El tono no era ofendido ni hostil; más bien divertido y
paciente.

Abrió su bolso y mostró dos pequeños cuadrados de color escarlata de bordes dentados. Durand apenas les echó
una ojeada: Bonny había podido comprarlos media hora antes, o hacía un mes.

—El empleado me ha dicho que te había entregado una
carta.

—¿De veras?

Bonny enarcó burlonamente las cejas.

—Te ha reconocido por mi descripción.

—¿De veras? —repitió ella fríamente.

—La carta estaba dirigida a Miss Mabel Greene.

—Lo sé —admitió Bony—. Y yo se la he devuelto; me había confundido con otra. Me había parado unos instantes, cerca de su taquilla, mientras guardaba mis sellos, sin darme cuenta siquiera de dónde estaba; le daba la espalda, figúrate... Y, de repente, me ha llamado: « Tengo una carta para usted, *Miss Greene*». Y casi me la ha lanzado encima. La sorpresa me ha impedido reaccionar inmediatamente y he cogido la carta. Luego se la he devuelto, diciéndole: «Yo no soy Miss Greene». Se ha disculpado. ¡Y esto es todo! Aunque, ahora que lo pienso, no creo que su error fuese sincero. Creo que era un pretexto para... flirtear. Se ha apresurado a entablar conversión —al menos lo ha intentado—, diciéndome que mi parecido con la persona en cuestión era asombroso. Me he limitado a volver la cabeza y continuar mi camino.

—No me ha dicho que le habías devuelto la carta.

—Te lo digo yo. —Su voz estaba desprovista del menor resentimiento, de la menor emoción—. Eres libre para elegir: o le crees a él, o me crees a mí.

Durand inclinó la cabeza. Ella era la más fuerte: debió suponerlo. Ella no tenía conciencia de ser culpable. Lo cual no significaba que no lo fuera; simplemente, no había rastro en ella de aquel miedo que acompaña al sentimiento de culpabilidad y que ayuda a desenmascarar la falta. Hubiese podido carearla con el empleado: esto no hubiera cambiado absolutamente nada. A las afirmaciones del otro, habría replicado con una rotunda negativa, confiando en su triunfo...

Antes de salir de la estancia, Bonny posó su mano, casi tiernamente, en la espalda de Durand.

—¿No me crees, no tienes confianza en mí, Lou? —inquirió, con voz neutra.

—Nada me gustaría tanto como creerte.

En el umbral, al salir, Bonny se encogió de hombros:

—En tal caso, créeme; es lo mejor que puedes hacer. Y no es tan difícil...

Subió la escalera sin darse prisa. Durand se precipitó

hacia el hogar, se agachó y revolvió con las manos las cenizas sobre el ladrillo, apartándolas. Sobre la superficie ennegrecida, descubrió algunos frágiles vestigios de papel calcinado: casi nada, apenas unas volutas. Volvió con el dedo un fragmento no consumido (sin duda la esquina que Bonny había sostenido en su mano hasta el final). Era la parte inferior de una cuartilla, un vago triángulo... dos lados rectilíneos, una base indecisa desgarrada por la llama. Leyó una sola palabra, terminando una carta: «*Billy*». Y ni siquiera aquella palabra estaba entera. El lazo superior de la «B» estaba abierto, comido por la mancha negruzca de la llama.

LX

Durante cinco días no pasó nada. Ni visitas a Correos. Ni estacionamientos indolentes delante del escritorio. Ni cartas que se envían, ni cartas que se reciben. Nada que añadir a lo que había sido dicho: el hogar de la chimenea había sido el único en recibir la confidencia.

Durante cinco días consecutivos, Bonny ni siquiera salió. Vagaba de habitación en habitación, muda, segura de sí misma. Hubiérase dicho que esperaba algo: el vencimiento de un plazo.

Luego, el quinto día, bruscamente, sin una palabra, la puerta de su habitación, obstinadamente cerrada desde hacía largo rato, se abrió, y Durand vio a Bonny que descendía la escalera, ataviada para salir de paseo. Había puesto mucho cuidado en arreglarse. Sus cabellos, tratados con las tenacillas, estaban sabiamente ondulados. Sus labios eran de un rojo intenso, poco discreto. Cabía pensar que iba a encontrarse con un hombre de un tipo muy distinto a Durand. Aquel rojo, por ejemplo, no trataba de parecer natural: *quería* ser rojo. La esencia de flores con la que se había perfumado era tan fuerte que se subía a la cabeza: también esto debía gustarle a otro hombre.

Bonny salió, y creyó oportuno anunciárselo a Durand, a pesar de que su atavío lo proclamaba suficientemente. Pero ella parecía deseosa de no dejar la menor duda a ese respecto.

—Voy a salir —dijo—. No estaré mucho tiempo fuera.

Durand no le preguntó a dónde iba.

Eran las tres de la tarde.

A las cinco, no había regresado aún. Ni a las seis. Ni a las siete.

Oscureció. Durand encendió las lámparas. A las ocho seguían ardiendo, pero Bonny no había regresado. Sin embargo, Durand estaba seguro de que no le había abandonado; seguro de que regresaría. No, no era eso lo que temía. En su modo de marcharse, en su ostentación deliberada de aquella salida, había habido algo que le decía que volvería. Si se hubiese marchado para no volver, lo hubiera hecho sin ruido, y tal vez Durand ni siquiera la hubiese visto salir.

Durand se acercó al secreter y abrió el cajón en el que Bonny guardaba sus cosas; sacó el cofrecillo de madera de sándalo en el que metía sus joyas. La alianza estaba allí, provisionalmente retirada de su dedo... pero también el solitario que le había regalado, el día de su llegada a Nueva Orleans... No, Bonny no le había abandonado; regresaría. Se trataba de una expedición algo especial, que requería quitarse la alianza...

Alrededor de las nueve oyó un ruido en la puerta. No el ruido de un pomo que gira, sino los tanteos de una mano insegura. Durand se decidió a salir al vestíbulo, deseoso de averiguar por qué tardaba tanto Bonny en entrar, ya que sabía que era ella.

Estaba en el umbral, inmóvil, adosada oblicuamente al jambaje. Parecía reposar después de un esfuerzo demasiado violento.

—¿Qué te pasa, Bonny? ¿Estás enferma? —le preguntó Durand gravemente, avanzando sin prisa, pero con una especie de dignidad cargada de reproches.

Bonny se echó a reír burlonamente.

—Estaba segura de que me harías esa pregunta —dijo.

Ahora, Durand estaba muy cerca de ella. El perfume no

era ya el mismo: la esencia de flores se había evaporado; el olor era a alcohol.

—No, no estoy enferma —dijo Bonny, con voz provocativa.

—Entra. ¿Quieres cogerte de mi brazo?

Bonny rechazó el brazo que Durand le ofrecía, echó a andar, pasó por delante de él. Sus pasos eran seguros; *demasiado* seguros, como si se aplicara concienzudamente a mantenerse erguida, como si dijera: «¡Mira qué bien ando!»

Durand pensó en una muñeca mecánica a la que hubiesen dado cuerda y soltado sobre el piso.

—Tampoco estoy borracha —añadió Bonny, súbitamente.

Durand cerró la puerta, tras haberse asomado fuera. No había nadie.

—No he dicho que lo estuvieras.

—No, pero es lo que piensas.

Bonny esperó la respuesta de Durand, que no llegó. Durand se daba cuenta de que todo lo que pudiese decir —palabras de apaciguamiento o reproches— no dejaría de irritarla. Bonny buscaba querella; era combativa.

—Nunca me emborracho —dijo Bonny, plantándose delante de él, en el umbral del salón. No me he emborrachado ni una sola vez en toda mi vida.

Durand permaneció callado. Bonny entró en el salón. Cuando él entró a su vez, la encontró sentada en el gran butacón, con la cabeza un poco ladeada. Recobraba el aliento; tenía los ojos abiertos, pero su expresión era vaga. Se estaba quitando los guantes, pero su atención estaba en otra parte; procedía con una frívola indolencia, dejando colgar negligentemente los guantes que se había quitado a medias. Durand la observó unos instantes en silencio.

—Has regresado muy tarde —dijo finalmente.

—Lo sé. No necesitas decírmelo.

Bonny tiró los guantes sobre la mesa, con una colérica sacudida de la muñeca.

—¿Por qué no me preguntas a dónde he ido?

—¿Acaso me lo dirías? —replicó Durand.

—Y tú, ¿acaso me creerías? —replicó ella a su vez.

Se quitó el sombrero, lo contempló fijamente, con mirada crítica, haciéndolo girar sobre una mano. Luego, inopinadamente, unió dos dedos y propinó un papirotazo a la cofia (había algo bajo y vulgar en aquel gesto de desprecio). Un momento después, tiró lejos de ella el sombrero, que fue a aterrizar en el suelo, al otro lado de la estancia.

Durand no hizo el menor gesto para recogerlo. El sombrero era de ella, después de todo. Se limitó a mirarlo.

—Creí que te gustaba. Me habías dicho que lo preferías a todos los demás.

—¡Puah! —exclamó Bonny—. En Nueva York se llevan mucho mayores, esta temporada. Los sombreros pequeños han pasado de moda.

«¿De dónde has sacado eso? —pensó amargamente Durand—. ¿Quién te ha dicho que perdías tu juventud enterrándote aquí, lejos de las grandes ciudades que te eran familiares?»

(Le parecía oír la voz del otro, como si hubiera asistido a su entrevista.)

—¿Necesitas algo? —inquirió, al cabo de unos instantes.

—¿Qué podrías ofrecerme? ¡Nada! —dijo Bonny, riendo.

A Durand no le resultó difícil leer el resto del pensamiento: «No necesito de ti ni de tu ayuda para tener lo que quiero...»

No insistió. Alguien había cambiado a aquella mujer, la había excitado contra él; o, mejor dicho, había reavivado la llama latente e irritada que ardía en ella. El alcohol no era el único responsable. Había algo más.

Durand volvió a entrar unos minutos más tarde con una taza de café turco. Sabía prepararlo.

Pero aquel gesto sólo provocó en Bonny rebeldía y desprecio.

—¡Ah! ¡Me das asco con tu maldita delicadeza! ¿No has pensado nunca en portarte como un hombre? ¿No se te ha ocurrido la idea de espabilar a una hembra con tu cinturón? ¡No hay peligro en ello! ¡Y tal vez nos sentaría bien, a los dos!

—¿Es así como te...? —dijo Durand fríamente, sin terminar la frase.

Bonny se bebió el café, pero no creyó oportuno darle las gracias.

El efecto tónico de la bebida no tardó en hacerse notar. Bonny dio muestras de una súbita volubilidad, como si tratara de borrar la mala impresión que había podido producir.

—He tomado una copa —reconoció—. Y temo que me ha sentado mal. Pero ante tanta insistencia... —Bonny esperó, preguntándose si Durand intentaría averiguar de quién procedía la insistencia. Pero él no dijo nada—. Me había puesto en camino para regresar; eran las cinco, aproximadamente, y creo que el error, por mi parte, fue el de decidir regresar a pie, en vez de tomar un coche. Debí cansarme demasiado. O tal vez llevaba el corsé demasiado apretado. Lo cierto es que, en plena calle, noté de pronto que iba a desmayarme; todo empezó a bailar a mi alrededor. No sé lo qué habría pasado; imagino que habría caído al suelo; por fortuna, una mujer muy distinguida se encontraba a unos pasos detrás de mí. Me recibió en sus brazos y me sostuvo. Cuando me recuperé un poco, insistió en llevarme a su casa, para que reposara antes de continuar mi camino. Vivía muy cerca de allí; estábamos casi delante de su casa cuando ocurrió el incidente... Su marido llegó poco después, y se negaron a dejarme marchar, sin antes asegurarse de que me hallaba completamente repuesta. Ellos me hicieron tomar aquella copa, y el cordial debía ser más fuerte de lo que creía. Se han portado muy bien conmigo. Se llaman Jackson, o algo por el estilo... Un día de estos te mostraré su casa...

Mientras Bonny hablaba, Durand imaginaba la sórdida habitación de hotel en una de las callejas próximas a la estación... la persiana echada para evitar miradas indiscretas... la cita clandestina, desconsideradamente prolongada más allá de los límites de la prudencia; el alcohol lo hace ovidar todo. Ella y el otro, el desconocido... La llama de su antiguo amor bruscamente reavivado, con la ayuda de la bebida; los antiguos lazos reanudados; los susurros, las risas ahogadas, los recuerdos removidos... Veía todo aquello como si hubiese estado allí, testigo invisible.

Pero lo que más le hacía sufrir no era la infidelidad carnal de aquella mujer, sino la traición de la mente y del corazón... cien veces más grave que la del cuerpo. Ya que siempre había sabido que no era el primer hombre en la vida de Bonny, pero lo que siempre había deseado, esperado, implorado, era ser el último.

No resultaba difícil remontarse a los orígenes de la historia... Había empezado con la mentira a propósito del dinero; paliativo que no había hecho más que empeorar la situación, en vez de mejorarla. Luego se había producido aquella disputa amarga, brutal, cuando él tuvo que confesar. Bonny se sintió herida en lo más vivo, despechada. Y se había jurado a sí misma vengarse de su deslealtad. Entonces, sin duda, había escrito y enviado aquella carta, al Norte... Durand no la había visto, pero podía adivinar las llamadas desesperadas que contenía: «Ven a buscarme, estoy harta; ven a sacarme de aquí...» Y, para terminar, la misteriosa carta de hacía cinco días, para «Mabel Greene». Bonny no tendría ya necesidad de ir a Correos, a escondidas. ¡Basta de cartas! El corresponsal estaba aquí; había acudido en respuesta al llamamiento de Bonny.

Por la expresión de su rostro, Bonny se dio cuenta de que Durand no la escuchaba.

—No hago más que hablar y hablar —murmuró humildemente—. Temo aburrirte.

—No —respondió Durand en tono sombrío—. ¡Tú no me aburres nunca, Bonny!

Y era verdad.

Bonny reprimió un bostezo, se desperezó:

—Creo que será mejor que me acueste.

—Sí —convino Durand—. Creo que será mejor.

Oyó, un momento después, cerrarse la puerta de la habitación, y dejó rodar lentamente su cabeza sobre sus brazos doblados.

LXI

Al día siguiente, Durand no hizo ninguna alusión a la fuga, a la borrachera, y menos aún a la falta más grave de que Bonny se había hecho culpable. Quiso comprobar si repetiría su escapada (en el fondo de sí mismo había medio esbozado el proyecto de seguirla y de matar a su rival). Pero Bonny no la repitió. Si tenía que haber otra cita, no era para aquel día.

Bonny se quedó acostada hasta muy tarde, abandonando a Durand a la solicitud de la asistenta, que venía tres veces por semana a ocuparse de la limpieza y de la cocina. Durand no le reprochó siquiera aquel deshonroso malestar: la «resaca», para llamarlo por su nombre.

Cuando, finalmente, bajó para acompañarle en la cena, se esforzó en mostrarse amable.

—¿Se ha marchado Amelia? —inquirió.

—Sí, alrededor de las seis. Ha arreglado la casa y ha dejado la cena preparada en el horno, para que no se enfriara.

—Te ayudaré a poner la mesa —dijo Bonny, al ver que Durand se ponía en pie para ir en busca de los platos.

—¿Te sientes con fuerzas?

Bonny inclinó los ojos ante el reproche, como si reconociera que lo había merecido.

Se sirvieron ellos mismos. Bonny le tendió tímidamente el canastillo del pan a través de la mesa. De momento, Durand fingió que no veía aquel gesto; luego cedió y cogió una rebanada, gruñendo:

—Gracias.

Sus miradas se encontraron.

—¿Estás muy enfadado, Lou? —ronroneó Bonny.

—¿Acaso tengo motivos para estarlo? Tú tienes que saberlo...

Bonny le miró un momento, con aire preocupado, como diciendo: «¿Qué es lo que sabes, exactamente?»

—Ayer no me porté muy bien — admitió finalmente Bonny.

—No hiciste nada terrible —respondió Durand—, desde el momento que regresaste. Te mostraste un poco arisca, eso es todo.

—Y no había hecho nada terrible *antes* de regresar —replicó ella inmediatamente—. Sólo me porté mal aquí.

«Nos comprendemos perfectamente —pensó Durand—. ¡Formamos una pareja ideal!»

Bonny se puso en pie de un salto, fue a situarse detrás del asiento de Durand e, inclinándose por encima de su hombro, le besó antes de que él pudiera evitarlo.

Durand notó que su corazón se inflamaba...

«¡Cuán fácil es vencerme! —se dijo—. ¡Cuán fácil es apa-

ciguarme! ¿Es esto amor? ¿O no soy más que un gui-
ñapo?»

Permaneció inmóvil, impasible, sin hacer un gesto hacia
ella. Fueron sus labios los que le traicionaron, a pesar de
todos sus esfuerzos.

—Más —dijeron.

Bonny inclinó de nuevo su rostro hacia él y le besó por
segunda vez.

—Más —repitió Durand.

Ahora, sus labios temblaban.

Ella le besó. Y, súbitamente, Durand pareció resucitar.
La cogió con una vehemencia tan feroz que evocaba un
asalto más bien que un abrazo. La atrajo sobre sus rodillas,
se inclinó sobre ella, cubrió de besos sus labios. su cuello,
sus hombros, como una fiera hambrienta.

—No sabes el efecto que tienes sobre mí. Me vuelves
loco. Esto no es amor. Es un castigo, una maldición. Al que
tratara de separarte de mí, le mataría... y te mataría también a ti. Y luego te seguiría en la muerte. Y ya no quedaría nada, absolutamente nada...

Y mientras sus labios volvían sin cesar en busca de los
de Bonny, las únicas palabras de ternura que escapaban de
su garganta, entre dos besos, eran éstas:

—¡Dios te maldiga! ¡Dios te maldiga! ¡Dios te maldiga!
¡Ningún hombre en el mundo debería encontrarte en su
camino!

Cuando la soltó, agotado, ella permaneció acurrucada entre sus brazos, débil y abandonada, con una singular expresión de inquieta sorpresa en el rostro. Como si aquella violencia hubiese ejercido sobre ella un efecto inesperado.

Y murmuró, con voz casi transida, pasándose lentamente
una mano por la frente, como para reencontrar un recuerdo
fugaz:

—¡Oh, Louis! ¡Tú también eres peligroso! Querido, querido, casi me has hecho olvidar...

Pero, tambaleante, mutilada, su frase murió sin ser terminada.

—¿Olvidar a quién? —preguntó Durand, en tono acusa-
dor—. ¿Olvidar qué?

Bonny le dirigió una mirada extraviada, como si no tuviera consciencia de haber hablado.

—Olvidar quién soy —murmuró finalmente.

Al día siguiente, tampoco salió. De nuevo, Durand la acechó, conteniendo la respiración; pero ella no abandonó la casa. La próxima cita, si estaba fijada, se hacía esperar. Al otro día se presentó la asistenta. Al bajar la escalera, Durand la vio en compañía de Bonny. Estaban en el vestíbulo, hablando en voz baja. Le pareció ver que Bonny llevaba apresuradamente la mano a su corpiño, como para ocultar algo que acababan de entregarle. Tal vez hubiese logrado engañarle, si la negra hubiese sido una cómplice más hábil; pero, al ver a Durand, se retiró teatralmente en dirección a la cocina. No cabía duda: entre las dos mujeres existía un acuerdo secreto...

Cuando terminaban de cenar, aquella misma noche, Bonny cayó en una actitud singularmente pensativa. La asistenta, la correveidile desleal, se había marchado ya; se encontraban, pues, solos... Las observaciones sobre la lluvia y el buen tiempo, vulgar condimento de las comidas *tête-a-tête*, se hicieron cada vez más raras. Luego, Bonny se calló del todo, consintiendo únicamente en contestar con monosílabos a unas preguntas directas. Finalmente, se limitó a mover vagamente la cabeza, para darle a Durand la impresión de que le escuchaba. Pero, con toda evidencia, su mente estaba en otra parte. Aquella ola de ensueño parecía afectar a su apetito. Comía más lentamente y de mala gana.

Luego, tan misteriosamente como había nacido, aquel trance se disipó. El pensamiento de Bonny había tropezado quizá con algún obstáculo... a menos de que la solución de un problema difícil se hubiera presentado, milagrosamente, a su cerebro. Posó su mirada sobre Durand, y aquella mirada era lúcida.

—¿Recuerdas la noches en que nos peleamos? —dijo, con mucha dulzura—. Dijiste algo acerca de una antigua póliza de seguros que habías suscrito en la época en que vivíamos en Saint-Louis Street. ¿Es verdad que la tienes? ¿O se trata de uno de tus inventos, como la historia del dinero que te quedaba?

—La tengo, sí —respondió Durand distraídamente—. Pero ha caducado. Dejé de pagar las primas.

Bonny estaba ahora muy ocupada comiendo, como si quisiera recuperar el tiempo perdido.

—Entonces, ¿no vale absolutamente nada?

—Si se pagaran los atrasos a la Compañía, volvería a adquirir todo su valor. No creo que los plazos hayan expirado.

—Y esos atrasos, ¿a cuánto ascienden?

—A quinientos dólares —respondió Durand en tono impaciente—. ¿Acaso los tenemos?

—No —dijo Bonny dócilmente—. Pero no hay nada de malo en hacer una pregunta.

Bonny apartó su plato e inclinó los ojos sobre sus manos unidas, como si acabaran de hacerla objeto de una reprimenda. Luego, sus dedos empezaron a juguetear con el diamante que Durand le había ofrecido como regalo de boda.

—¿Qué habría que hacer? Teniendo el dinero, desde luego...

—Bastaría con enviar el dinero a la Compañía de seguros, en Nueva Orleans. Y ellos pondrían la póliza al día.

—¿Y ya no estaría caducada?

—No, ya no estaría caducada —repitió Durand, desconcertado por la obstinación de Bonny en hablar de aquel tema.

Desde luego, había intuido el motivo profundo de aquel repentino interés: Bonny alimentaba la vaga esperanza de obtener un préstamo con la garantía de aquella póliza...

—¿No podría verla? —dijo Bonny con voz acariciadora.

—¿En seguida? Está en alguna parte, arriba, entre mis papeles. Pero te advierto que carece de valor, puesto que las primas no han sido satisfechas.

Bonny no insistió, pero continuó haciendo girar suavemente el diamante en su dedo.

Bonny no volvió a abordar aquel tema; pero, acordándose de la conversación, Durand se dedicó a buscar aquella póliza por su cuenta. No lo hizo inmediatamente, sino unos días después.

La buscó inútilmente, y terminó por resignarse a la pérdida del documento. Por otra parte, dado que la póliza carecía de valor y no podía ser negociada, la pérdida no tenía importancia. Ni siquiera le habló de ella a Bonny, la cual, por su parte, también parecía haber olvidado la existencia de aquel documento. Durand levantó los ojos hacia ella. Estaba sentada en frente de él, al otro lado de la mesa, y acariciaba distraídamente su mano desprovista de anillos.

No había transcurrido la semana cuando la asistenta, la única que había trabajado para ellos desde que se mudaron, desapareció súbitamente. Volvían a estar solos.

Durand se extrañó de aquella ausencia prolongada.

—¿Qué ha sido de Amelia? —preguntó.

—La despedí el martes —respondió Bonny brevemente.

—¿No le debíamos tres o cuatro semanas de sueldo? ¿Cómo te las has arreglado para pagarle?

—No le he pagado nada.

—¿Y no ha puesto dificultades?

—No tenía elección. Le dije que se marchara. Sabe perfectamente que cobrará lo atrasado cuando tengamos dinero.

—¿No has buscado a nadie para reemplazarla?

—No —dijo Bonny—. Me las arreglaré sola.

Y murmuró vagamente unas palabras que Durand no oyó claramente.

—¿Qué? —exclamó, despavorido.

Le había parecido oír:

«¡Para el tiempo que queda!»

—Decía: Para el tiempo que «se quedan» —corrigió Bonny, hábilmente.

En efecto, Bonny se desenvolvió infinitamente mejor que en la época de su estancia en Mobile, donde había tratado por primera vez de manejar una casa, y Durand se había visto obligado a obligarla a hacer sus comidas en el hotel. Ahora, Bonny tenía mucha más voluntad que en aquellos días lejanos en que los dos tenían el corazón ligero; sus esfuerzos eran menos superficiales, y manifestaba cierta iniciativa. Reía menos que antes, pero los platos que preparaba eran comestibles, al menos. Ya no era la mujer-niña jugando a las casitas; era una verdadera mujer, que se tomaba en serio su tarea.

Dos días seguidos, cocinó, lavó la vajilla y manejó la escoba por toda la casa.

La noche del segundo día, mientras trabajaba en la cocina, Durand la oyó proferir un grito penetrante, al que siguió un ruido de vajilla rota. Bonny había ido a fregar los platos, en tanto que él hojeaba distraídamente el periódico. Al oírla gritar, Durand soltó el periódico y se precipitó a la cocina. Bonny estaba clavada delante de la palangana llena de agua hirviente.

—¿Qué pasa? ¿Te has escaldado?

—¡Una rata! —balbuceó Bonny, aterrorizada, con un dedo extendido—. Yo estaba allí, se ha deslizado entre mis pies y ha desaparecido por allí... ¡Era enorme! ¡Un verdadero horror!

Durand empuñó un atizador y trató de hurgar en la rendija que ella había señalado. No logró introducirlo: la rendija no tenía profundidad, y parecía ser una simple fisura en el yeso.

—No ha podido meterse aquí...

El espanto de Bonny se transformó en cólera:

—¡Eso es! ¡Llámame embustera! Para que me creas, tendrá que morderme y hacerme sangre...

Durand se arrodilló en el suelo y empezó a remover el atizador en la rendija.

Bonny le contempló unos instantes en silencio.

—¿Qué estás haciendo? —inquirió finalmente, malhumorada.

—Trato de matarla —respondió Durand.

—Si crees que es el modo de librarse de esos bichos... —Bonny golpeó impacientemente el suelo con el pie—. Por una que se mata, escapan media docena.

Se despojó del delantal, lo tiró al suelo y salió de la cocina. Durand soltó el atizador, se incorporó y siguió a Bonny. La encontró en el vestíbulo, con el sombrero puesto, un chal sobre los hombros, dispuesta a salir.

—¿A dónde vas? —preguntó Durand, estupefacto.

—Puesto que no eres bueno para nada, voy a llegarme a la farmacia. Pediré algún producto para exterminar esa plaga —respondió Bonny con aire enfurruñado.

—¿A esta hora? Son más de las nueve. La farmacia está cerrada.

—Hay una, al otro extremo de la ciudad, que está abierta hasta las diez, lo sabes tan bien como yo. Si crees que voy a volver a entrar en esa cocina, exponiéndome a que me muerdan, estás muy equivocado. ¡Pronto correrán sobre la cama mientras dormimos!

—Está bien, iré yo mismo —se apresuró a decir Durand—. No me gusta que salgas a estas horas...

Bonny se amansó un poco y se quitó el chal. Incluso le acompañó hasta la puerta.

—No entres en la cocina hasta que yo haya vuelto —le aconsejó Durand.

—No entraría en ella por nada del mundo —dijo Bonny con cara de susto.

Bonny cerró la puerta detrás de él, pero volvió a abrirla inmediatamente para recordarle:

—No se te ocurra decir quiénes somos y dónde vivimos —sugirió en voz baja—. No me gustaría que nuestros vecinos se enterasen de que tenemos ratas en la cocina. Sería una mancha en mi reputación de ama de casa.

Durand se rió de aquella preocupación típicamente femenina, pero prometió que sería discreto y continuó su camino.

A su regreso, comprobó que Bonny había vuelto a la cocina para terminar la tarea comenzada, superando su miedo. Una prueba de valor y de conciencia de sus deberes que Durand admiró en secreto. De todos modos, había tomado la precaución de llevarse la lámpara del comedor para colocarla en el suelo, a sus pies.

—¿Has vuelto a ver alguna desde que me marché?

—Creo que era la misma, sí, que se acercaba a ese agujero; pero he golpeado el suelo con fuerza con el pie, y ha desaparecido.

Durand le enseñó el producto que le había vendido el farmacéutico.

—Hay que ponerlo en los bordes exteriores de los agujeros donde se ocultan.

—¿Te ha hecho alguna pregunta? —inquirió Bonny, sin que viniera a cuento.

—No. Sólo me ha preguntado si por casualidad había niños en la casa.

—¿Y no te ha preguntado dónde vivías?

—No. Era un viejo poco sociable, ¿sabes? Estaba deseando librarse de mí para cerrar.

Bonny tendió la mano.

—No —dijo Durand—. No lo toques. Yo me encargaré.

Se quitó la americana, se subió las mangas de la camisa, se agachó y esparció aquí y allá pequeñas cantidades de polvos.

—¿Has visto otros agujeros como éste?

—Hay uno detrás del horno, muy cerca del borde.

Bonny le observaba, asintiendo con la cabeza.

—Ya está bien. Si echas demasiado, pondremos los pies encima y lo esparciremos por toda la casa.

—Hay que repetir la operación cada dos o tres días —dijo Durand.

Dejó la cajita de cartón en la repisa donde se alineaban los botes de especias, pero colocándola en un extremo de la hilera.

—Y ahora, lávate bien las manos —dijo Bonny.

Al día siguiente, por la noche, Durand empezó a estar realmente enfermo. Y Bonny fue la primera en darse cuenta.

Durand sorprendió su mirada inquieta, apenas había cerrado su libro, a la hora en que habitualmente subían a acostarse. Bonny le observaba con una expresión preocupada y solícita al mismo tiempo.

—¿Qué pasa? —preguntó Durand, en tono de buen humor.

—Louis... —Bonny vaciló—. ¿Te sientes realmente bien, estos últimos días? Te encuentro cambiado. No me gusta tu aspecto...

—¿Yo? —exclamó Durand, asombrado—. ¡Nunca me he sentido en mejor forma!

Ella le impuso silencio con un gesto de la mano:

—Es muy posible, pero al verte se diría lo contrario. Desde hace algún tiempo, tienes un aire fatigado. Hasta ahora no te he hablado de ello porque no quería alarmarte; pero no he querido aplazarlo más, porque la cosa es más evidente a cada día que pasa.

—¡Tonterías! —dijo Durand, sonriendo.

—Conozco un remedio excelente, si quieres tomarlo. Y yo lo tomaré al mismo tiempo que tú, para estimularte.

—¿De qué se trata? —inquirió Durand, divertido.

Bonny se puso en pie de un salto.

—A partir de hoy, beberemos un ponche de leche de vaca al coñac, juntos, cada noche, antes de subir a acostarnos. Es un tónico excelente, por lo que me han dicho; aumenta la vitalidad.

—¡No soy un inválido! —protestó Durand.

—¡Silencio, caballero! ¡Ni una palabra más! —le ordenó Bonny alegremente—. Mi decisión está tomada: voy a prepararlo ahora mismo, y no me lo impedirás. Tengo a mano todos los ingredientes necesarios: huevos recién puestos, los mejores del mundo... a doce centavos la docena... y tenemos coñac.

Durand no pudo reprimir una sonrisa indulgente y la dejó hacer. Bonny se asignaba un nuevo papel: el de enfermera, cuidando a un enfermo imaginario. Pero, si la hacía feliz, ¿qué mal había en ello?

Bonny era todo amabilidad, vivacidad, donosura. Incluso se inclinó a besarle en la parte superior de la cabeza, al pasar.

Poco después, Durand la oyó cascar los huevos en la cocina y frunció los ojos, divertido.

Bonny canturreaba incluso mientras preparaba la mezcla, hasta tal punto le complacía la tarea. Era la primera vez que Durand la oía cantar. Hasta entonces, su contento sólo se había expresado por medio de la risa. Tenía poca voz, el timbre no era lírico —«metálico», fue el vocablo que acudió a la mente de Durand—, pero no desafinaba:

Just a song at twilight
When the lights are low... (1)

Bruscamente, la canción se interrumpió. Sin duda, Bonny había llegado a una fase delicada de la preparación que exigía toda su atención: seguramente, el cálculo de la proporción de coñac.

(1)   Una simple canción en la penumbra
      del crepúsculo...

Bonny regresó con un vaso en cada mano, lleno de un líquido de color oro pálido y de aspecto cremoso.

—¡Aquí está! Uno para ti y otro para mí. —Tendió los dos vasos—: ¡Escoge!

Luego, cuando Durand se decidió, ella probó con la punta de los labios el que conservaba en la mano.

—Espero no haber puesto demasiado azúcar —dijo—. ¿Me dejas que pruebe el tuyo?

—¡Desde luego!

Bonny mojó sus labios en el vaso de Durand. De pronto, con un vaso en cada mano, volvió la cabeza en dirección a la cocina.

—¿Qué ha sido eso? —inquirió.

—¿Qué? No he oído nada.

Bonny salió, pero sólo estuvo fuera unos segundos.

—Me parecía haber oído un ruido en la cocina. Quería asegurarme de que estaba bien cerrada.

Le devolvió el vaso que él había escogido y en el que ella había mojado sus labios.

—Puesto que contiene coñac —dijo—, creo que deberíamos brindar por algo—. Hizo chocar su vaso contra el de Durand—: ¡A tu salud!

Bonny apuró su brebaje de un solo trago. Durand bebió un largo sorbo; la mezcla era aterciopelada y tenía buen sabor; el alcohol, que Bonny no había escatimado, esparció al cabo de unos instantes un suave calor en el estómago.

—Lástima que las medicinas no sean todas tan agradables al paladar, ¿no te parece? —inquirió Bonny.

—No está mal, no está mal —reconoció Durand, más preocupado en complacerla que confiado en las virtudes del remedio.

—Si quieres que te haga efecto, no tienes que dejar ni una sola gota —dijo Bonny, insistiendo suavemente—. Como yo, mira...

Para no lastimar su amor propio, después de todas las molestias que se había tomado, Durand apuró el contenido del vaso. Luego chasqueó la lengua, indeciso:

—Resulta un poco áspero, ¿no te parece? Se pega al paladar...

Bonny cogió el vaso de la mano de Durand.

—Eso te pasa porque no tienes costumbre de beber leche. ¿No has visto nunca la boca de los bebés, después de
tomar el biberón? Está llena de coágulos y de grumos.

—Nunca —aseguró Durand con fingida gravedad—. Es
una alegría que no me has dado nunca.

Los dos se echaron a reír, unidos por un momento en
una estrecha intimidad.

—Voy a enjuagar estos vasos —dijo Bonny—. Es cuestión de unos segundos y subiremos a acostarnos.

Durand se quedó dormido con los puños cerrados. Sus
ojos se habían cerrado con la deliciosa sensación de un
suave calor en el estómago, aunque aquella sensación parecía concentrarse en aquel punto particular, en vez de di-
fundirse por todo el cuerpo, como ocurre con el alcohol
puro... Pero al cabo de un par de horas se despertó asaltado
por unos intensos dolores. La sensación de calor había perdido toda su gracia: mordía como la llama. El sufrimiento
expulsó al sueño, que no pudo regresar. Durand tenía la
impresión de que una mano cruel retorcía en sus entrañas
una espada de fuego.

El resto de la noche fue una agonía, un calvario. Llamó
a Bonny varias veces; pero ella estaba demasiado lejos
para oírle. Impotente, incapaz de comunicarse con ella, terminó por morderse los labios y sufrió en silencio. Por la
mañana, tenía la barbilla cubierta de sangre cuajada.

Al otro lado de la habitación, muy lejos, en un rincón
a quilómetros de distancia, había una silla, y sobre la silla
sus prendas de vestir. Una silla de ébano, tapizada de felpudo color albaricoque. Era la primera vez que la examinaba con tanta atención. Para él, ahora, era un símbolo.

La separaban de él quilómetros... y la mirada de Durand
cruzaba aquellos espacios, aquella infinita distancia entre
la enfermedad y la salud, entre la impotencia y la fuerza,
entre la muerte y la vida. Su mirada era ávida, patética.

La silla estaba lejos, al otro lado de la habitación, a quilómetros y quilómetros de distancia...

Era absolutamente preciso que llegara a aquella silla. Estaba fuera de su alcance, pero tenía que llegar hasta ella de un modo u otro. La miraba tan fijamente, tan ávidamente, que el resto de la estancia parecía sumido en una espesa niebla. En cuanto a la silla, parecía resaltar en el centro de un disco brillante, de una lente deslumbradora.

Era incapaz de salir de la cama y sostenerse sobre sus piernas. Tuvo que deslizarse, pues, la cabeza y los hombros por delante, dejarse caer de costado para abandonarse a continuación a una segunda caída, menos violenta, cuando las caderas y las piernas siguieron al resto del cuerpo.

Empezó a arrastrarse por el piso, boca abajo como un gusano o una oruga, golpeando la madera con el mentón cada dos segundos. Su aliento ardiente y entrecortado tumbaba los pelos de la alfombra... ¡Pero los gusanos y las orugas no saben lo que es la esperanza, ni las torturas del corazón!

Avanzaba lentamente sobre la alfombra, de un motivo floral a otro... Cada motivo era una isla. Cada intervalo unido, un canal. Cada centímetro equivalía a una legua. La mujer que antaño había tejido aquella alfombra, ¿podía sospechar que un día aquellas florituras se calcularían en gotas de sudor humano, en dolor ardiente y en lágrimas de coraje?

Se acercaba. La silla había dejado ya de existir como totalidad. El respaldo estaba demasiado lejos por encima de su cabeza. En el círculo de visibilidad a ras del suelo, sólo había ahora cuatro patas de madera, sus zapatos debajo de la silla y una esquina de asiento. El resto se perdía entre las brumas de la altitud... Luego, el asiento desapareció a su vez; no quedaron más que las patas. Se acercaba... casi iba a tocarla, si llegaba a extender el brazo en toda su longitud, sin abandonar el suelo.

Ensayó. Falló por muy poco; quince centímetros, como máximo. Quince centímetros... casi nada.

Se retorció, se impulsó, ganó dos centímetros: el borde del motivo floral le informaba sobre su progresión. Pero la silla, tentadora, esquiva, se las arregló para privarle de aquella ganancia: seguía estando a quince centímetros. Sí, él había ganado dos, pero el mueble había vuelto a quitárselos.

Ganó otros dos centímetros. Y, de nuevo, la silla hizo trampa, se los robó, los recuperó.

¡Aquello era una locura, una alucinación! He aquí que ahora reía, la silla. Y las sillas no ríen... Tensó todos sus músculos, sus brazos se estiraron desde la punta de los dedos hasta el alveolo del hombro. A costa de varios años de su vida, cubrió los quince centímetros, de un solo esfuerzo. Aquella vez, la silla dio un salto hacia atrás, un verdadero salto y otros quince, quince nuevos centímetros les separaron.

Entonces, a través de las lágrimas que le cegaban, vio que había un par de zapatos de más. Cuatro zapatos en lugar de dos. Los suyos, debajo de la silla, y los de la mujer, a un lado. No los había visto hasta entonces. Bonny debió abrir la puerta tan silenciosamente que no la había oído.

Estaba un poco ladeada, inclinada, arqueada encima de él. Con una mano, levantando su falda, para evitar que traicionara su presencia, y con la otra mano, crispada sobre el respaldo de la silla, alejando ésta del hombre, suavemente, progresivamente, sin dejarse ver, cada vez que el hombre creía haber alcanzado su objetivo.

Tenía que ser algo muy divertido: Bonny reía a carcajadas, en algún lugar muy por encima de él, y todo su cuerpo se estremecía con las risas; era incapaz de controlarse. Finalmente, se esforzó en reprimir aquella risa y se mordió los labios.

—¿Era tu ropa lo que querías? ¿Por qué no me has llamado? —dijo Bonny en tono irónico—. Pero, ¿de qué podría servirte, querido? No te encuentras en condiciones de llevarla.

Empuñando decididamente la silla, esta vez, ante los ojos desesperados del hombre, la echó atrás de un solo golpe hasta la pared, lejos... a un par de metros... y aquel salto no dejaba ya ninguna esperanza.

Pero el pantalón, colocado sobre el asiento, resbaló y cayó sobre la mano extendida de Durand, que lo agarró con toda la fuerza de sus dedos.

Esta vez, la mujer se inclinó para coger el pantalón. Por un instante, se enfrentaron los dos, el hombre y ella; breve —y desigual— prueba de fuerza.

—¿Qué quieres hacer con este pantalón, cariño mío?

—inquirió la mujer, con el aire divertido que se asume ante un chiquillo testarudo—. Vamos, suéltalo. ¿Para qué lo quieres?

La mujer se lo arrancó de los dedos, al principio a pequeños tirones, luego de una sola sacudida vigorosa, ante la obstinación del hombre en aferrarse a él.

Y, finalmente, cuando le hubo obligado a meterse de nuevo en la cama, le dirigió una sonrisa que le quemó, le devoró como una llama, a pesar de que el mohín de sus labios fuese todo dulzura, todo inocencia, todo solicitud. Y la puerta volvió a cerrarse detrás de ella.

En el seno de su halo luminoso, la silla seguía estando allí, ébano y felpudo color albaricoque... en el otro extremo de la habitación... a quilómetros y quilómetros de distancia...

LXII

Bonny entró en la habitación, a última hora de la tarde, fresca como una rosa, bonita como una imagen de devoción personificada, apaciguadora, consoladora, previniendo todos sus deseos. Excepto uno.

—¡Mi pobre Lou! ¿Sufres mucho?

Durand no quiso admitirlo. Jadeó:

—No será nada. Es la primera vez en toda mi vida que estoy enfermo. Pero, pasará.

Bonny inclinó modestamente los ojos, exhaló un suspiro de aquiescencia consoladora:

—Sí, pasará...

Le abanicó con una hoja de palmera. Se inclinó sobre él con una jofaina y un paño húmedo, refrescando la frente atormentada, bañando el pecho jadeante, a golpecitos tan leves como el aleteo de una mariposa.

—¿Te apetece una taza de té?

Durand volvió vivamente la cabeza, sobresaltado.

El agua no saciaba ya la sed devoradora que le atormentaba. Bonny salió y logró, tras mucho suplicar, que un tabernero le cediera un cubo lleno de hielo. A su regreso, le tendió el hielo, trozo a trozo; y él lo masticó, lo trituró entre sus dientes.

Bonny se anticipaba a todos sus deseos. A excepción de uno.

—Llama a un médico —imploró Durand—. Me faltan fuerzas para superar esto por mí mismo, sin ayuda...

Bonny no se movió de su asiento:

—¿No puedes esperar un día más? No reconozco ya a mi Lou, a mi valiente Lou... Tal vez mañana te encuentres mejor...

Durand se aferró a su vestido, y sus manos suplicaron. Bonny retrocedió un poco, para evitar que desarreglara su tocado. Durand volvió hacia ella un rostro asolado por las lágrimas:

—Mañana... estaré muerto, Bonny. ¡Bonny! Me falta valor para enfrentarme con la noche. Este fuego en mis entrañas... Si me quieres, si sientes un poco de amor por mí... ¡un médico!

Bonny terminó por salir. Estuvo ausente alrededor de media hora. Volvió a entrar, con el sombrero puesto y un chal sobre los hombros. No la acompañaba nadie.

—¿No has ido a bus...?

Era un poco de su alma que se marchaba.

—No puede venir hasta mañana. Pero vendrá. Le he descrito los síntomas. Me ha dicho que no había motivo de alarma. Es una forma de... de cólico; y la enfermedad tiene que seguir su curso. Me ha indicado lo que tenía que hacer en espera de su visita... Vamos, vamos, tranquilízate...

Durand la miraba, con los ojos brillantes de fiebre y de desesperación. Finalmente, murmuró:

—No te he oído volver a cerrar la puerta de la calle detrás de ti.

Bonny le lanzó una breve mirada, pero eso no le impidió contestar:

—La había dejado entreabierta, para ganar tiempo a mi regreso. Después de todo, estabas solo. Has visto que acabo de quitarme el sombrero y el chal, ¿no es cierto? —añadió.

Durand no se tomó el trabajo de contestar. Lo único que su mente devastada podía repetir, era:

No la he oído volver a cerrar la puerta de la calle detrás de ella...

Luego, por fin, lentamente, lo comprendió todo.

El amanecer, el segundo después del comienzo de aquella pesadilla, entró discretamente por la ventana, aportando a aquel hombre un poco de fuerza, con vistas a la prueba suprema que iba a afrontar. Pero aquella fuerza sólo procedía del espíritu y de la voluntad de vivir, de salvarse.

Se abandonó al sopor que le paralizaba, entreabriendo simplemente los párpados. Ya que si ponía sus planes en ejecución prematuramente, correría al fracaso.

Cuidado... ella salía de su habitación; resonaban sus pasos en el vestíbulo... Durand volvió a cerrar sus párpados.

La puerta se abrió: adivinó que ella le miraba. Su rostro estuvo a punto de contraerse, pero logró dominarse.

¿Es que nunca iba a terminar de mirarle? ¿Qué podía decirse? «Tardas mucho en reventar». O: «¿Te encuentras mejor hoy, querido mío, mi único amor?» De los dos pensamientos, ¿cuál era el verdadero?

Ella había entrado en la habitación; se acercaba a él. Se inclinaba sobre él, ahora; acechaba, atenta. Durand notaba sobre él el calor de su aliento. Percibía el perfume del agua de colonia con la que se había rociado un momento antes y que aún estaba húmeda sobre su piel. Notaba sobre todo sus ojos posados sobre él como dos puntos ardientes.

Pero no quiso moverse, no quiso parpadear.

Un peso brutal se abatió sobre su corazón, parándolo casi. Una mano que acababa de posarse, trataba de captar si latía aún. Y su corazón empezó a palpitar como un pájaro en el hueco de una mano... Aquella palpitación desordenada era la de un corazón gastado, a punto de romperse... Bruscamente, quedó liberado, pero casi inmediatamente notó que los dedos rozaban uno de sus ojos por encima de la órbita para comprobar sus reflejos. Adivinó la intención y giró sus pupilas hacia arriba. Así, cuando ella levantó el párpado, sólo vio el blanco del ojo.

A continuación, ella le cogió la muñeca y le levantó el antebrazo para tomarle el pulso.

Ella soltó aquella muñeca, dejó que el brazo volviera a reposar sobre la sábana. El gesto no había sido brusco y, sin embargo, expresó claramente la decepción y la contrariedad que ella experimentó al comprobar que su marido seguía viviendo.

Se retiraba, ahora; un crujido de tela se lo indicó. Un momento después, la puerta se cerraba; había salido de la habitación. Sus pasos resonaron en la escalera.

¡Por fin podía empezar la obra de resurrección!

La fuerza nerviosa que había acumulado le estimuló, al principio. Apartó mantas y sábanas, obligó a su cuerpo a resbalar por uno de los bordes de la cama.

Ahora estaba tendido cuan largo era sobre el vientre, en el suelo. Tenía que ponerse en pie.

Reposó un instante. Unos pinchazos intermitentes, semejantes a las llamas de un fuego mortecino, lamían el interior de su estómago, quemaban sus pulmones y su garganta.

Pero logró ponerse en pie. Avanzó trabajosamente, a lo largo de la cama. Entre el lecho y la silla había un espacio libre, sin ningún punto de apoyo. Se soltó de la cama, lanzando detrás de él su brazo como un desafío, y avanzó un par de pasos, titubeando, dio otros dos pasos adelante, un tercero... corría casi, corría en derechura delante de él... Si pudiera alcanzar la silla antes de caer... Se lanzó. Alcanzó la silla, se aferró a ella. La silla se tambaleó, pero él se aguantó de pie.

Se puso la americana, abotonándola de arriba a abajo, sin ponerse antes la camisa. Le resultó relativamente fácil. Se puso el pantalón, sentándose en la silla y haciéndolo subir a lo largo de sus piernas a sacudidas. Pero los zapatos planteaban un problema casi insoluble. Era imposible inclinarse a cogerlos; todo su cuerpo se hubiera desgarrado bajo el esfuerzo.

Los empujó con el pie, de modo que quedaran perfectamente alineados, uno al lado del otro Luego, apuntó a la abertura de cada zapato y alojó en ellas sus pies

Ya estaba de nuevo en pie, dispuesto a salir. Para ello, únicamente tenía que avanzar, recorrer una determinada distancia... ¡*Unicamente!* Se repitió la palabra con un sentimiento de triste ironía.

Soltó la silla para alcanzar la puerta, y permaneció un momento inerte, apoyado en el jambaje. Luego, lentamente, asió el pomo y lo hizo girar en silencio.

La puerta estaba abierta. Salió.

En el centro de la pared del vestíbulo, que daba a la fachada, había una ventana oval destinada a iluminar la escalera. Llegó hasta allí, rozando la pared con el codo, y echó una mirada ávida al exterior a través de aquel ojo de buey.

«Quiero vivir, quiero escapar, ser libre», pensó Durand. La escalera se abría delante de él, como un abismo. Aquella visión le privó por un instante de todo ánimo. Y el chirrido lejano de una silla, en la cocina, en la planta baja, vino a agravar aquel acceso de desaliento.

Pero, tenía que continuar: volver sobre sus pasos significaba la muerte, la muerte en un lecho.

Estaba ahora en lo alto de la escalera y su mirada se deslizó hasta abajo. Se sintió acometido de vértigo, pero resistió, aferrándose con las dos manos a la barandilla, como si se aferrara a su propia vida. Sabía que nunca llegaría a bajar normalmente, de modo que se sentó en el último peldaño y se deslizó sobre el trasero hasta el siguiente, como un niño que aún no sabe andar.

Cuanto más descendía, más se acercaba a la mujer. Ya que ella estaba allí, abajo... La oía moverse en la cocina y le parecía terriblemente próxima. Adivinaba sus menores gestos por los ruidos que percibía: una leve fricción de metal contra los lados de una taza... disolvía el azúcar en su café; la madera de una silla que crujía... se inclinaba hacia adelante para beber; otro crujido... se incorporaba, después del primer sorbo; una crepitación imperceptible... la corteza del panecillo que ella rompía...

Pero si él podía oírla tan bien, ¿cómo era posible que ella no percibiera el ruido furtivo que él tenía que producir al deslizarse por la escalera? Su propia respiración le inspiraba miedo; sin embargo, nunca había tenido tanta necesidad de todo su aliento.

Por fin, el último peldaño... Tenía que descansar un momento... Estaba allí, derrumbado sobre sí mismo, como un saco vacío que hubiesen tirado desde lo alto.

El camino hasta la puerta de la calle era completamente

recto. Pero él sabía que no llegaría al final sin apoyo. Había gastado ya demasiadas fuerzas. Se incorporó penosamente pegándose a la pared y apoyándose con todo su peso contra ella. Había recorrido la mitad del camino cuando encontró un obstáculo: un gran perchero, cuya parte inferior formaba banqueta, en tanto que la superior estaba constituida por un delgado panel de madera provisto de un espejo. Era un mueble mal proporcionado y oscilante. A costa de ímprobos esfuerzos, logró contornearlo.

Franqueado aquel saliente, se derrumbó, doblado sobre sí mismo, y desapareció detrás de la banqueta, completamente agotado. Y aquello le salvó.

Ya que, sin previo aviso, ella acababa de cruzar la puerta de la cocina, avanzó por el vestíbulo, miró hacia lo alto de la escalera, subió tres o cuatro peldaños, y tendió el oído... Luego, satisfecha, descendió y volvió a la cocina.

Durand retiró el trozo de tela que se había hundido en la boca para sofocar el ronco estertor que era incapaz de reprimir de otro modo; la tela estaba empapada de un líquido rosáceo.

Unos instantes más tarde, los labios de Durand se aplastaban contra la puerta de la calle, y aquel beso involuntario no dejaba por ello de ser un beso.

Lo que quedaba por hacer era muy poca cosa, ahora...

El pestillo se deslizó, con un leve ruido de ventosa que se despega. Durand esperó, con la cabeza inclinada hacia adelante. ¿Había oído algo la mujer? ¿Iba a salir de nuevo? No.

Abrió la puerta, franqueó el umbral y avanzó titubeando. Al llegar a la pequeña escalinata de acceso a la casa se apoyó en el muro para recobrar el aliento.

Unos segundos más tarde había descendido los peldaños.

Transcurrieron unos segundos más y había recorrido ya la distancia que le separaba de la verja. Se aferró a los barrotes de hierro.

¡Salvado!

¡Resucitado!

Sus fosas nasales se llenaron de un olor enervante: el aire libre.

Un calor extraño acarició su cabeza y su nuca: el sol.

Estaba en la calle. Avanzó con paso inseguro en la luz blanca, en compañía de su sombra igualmente insegura. Zigzagueaban al unísono... Se fijó como objetivo un árbol, a algunos metros de allí. Como un niño que aprende a andar, se dirigió hacia él a pasos cortos, sin doblar las rodillas; lanzando los pies hacia adelante como un pavo borracho; con los brazos extendidos para no fallar el objetivo. Y luego se dejó ir contra el árbol, abrazándole, pegándose a él.

Desde aquel árbol se trasladó a un segundo, luego a otro. Después de aquello, se terminaron los árboles. El desierto... las dificultades...

Pasaron dos mujeres que iban a la compra, con la cesta al brazo. Hizo un gesto para detenerlas, para retenerlas, para persuadirlas a ayudarle.

Ellas le evitaron hábilmente, irguiendo la cabeza con aire desdeñoso, y apresuraron el paso.

—¡Tan temprano! ¡Qué horror! —dijo una de ellas.

—Los borrachos no tienen hora fija —replicó en tono sentencioso la otra mujer.

Durand se derrumbó sobre una rodilla, pero se incorporó inmediatamente, girando en redondo como un pájaro con un ala rota.

Un transeúnte moderó el paso al verle y le dirigió una mirada de curiosidad. Durand se pegó a aquella mirada, dio un paso hacia el hombre, tambaleándose, y alzó la mano en un gesto desesperado:

—Ayúdeme, caballero, por favor... Estoy enfermo y no puedo valerme...

El hombre se paró

—¿Qué le pasa, amigo?

—¿Podría encontrar un médico cerca de aquí?

—Hay uno a dos manzanas de distancia, creo. Acabo de pasar por delante de su casa.

—¿Podría usted prestarme su brazo hasta allí? No creo que pueda llegar sin ayuda...

Veía la silueta difuminarse y hacerse clara de nuevo, sucesivamente.

El transeúnte consultó su reloj, indeciso:

—Llevo ya un poco de retraso —dijo, haciendo una mueca—. Pero no puedo negarle este servicio. —Se volvió hacia Durand, con aire decidido—: No tema apoyarse en mí. Le acompañaré hasta allí.

Caminaron lentamente, pesadamente. Durand se apoyaba con todo su peso en el brazo de su compañero.

En un momento dado, levantó la cabeza por espacio de un segundo y contempló el cuadro vulgar que le rodeaba:

—¡Qué maravilloso es el mundo! —murmuró, suspirando—. ¡Tanto sol!

El hombre le miró curiosamente, pero no dijo nada.

Se detuvieron: habían llegado.

La puerta de entrada no estaba al nivel de la calle. Había que subir una serie de escalones, cruzar un porche.

Sin aquellos escalones y aquel porche, hubiese podido encontrarse a salvo, en el interior, unos segundos después de haber llegado delante de la casa.

Pero el buen Samaritano que había perdido diez minutos de su valioso tiempo para acompañarle hasta allí, suspiró entonces con inquietud y sacó de nuevo su reloj, manifestando una auténtica aprensión:

—Me gustaría mucho ayudarle a subir —confesó—, pero tengo una cita importante y llevo ya un cuarto de hora de retraso. No creo que pueda llegar usted por sus propios medios, pero voy a hacer una cosa: iré a llamar a la puerta, y la persona que salga le ayudará...

Subió los peldaños corriendo, llamó a la puerta y volvió a bajar inmediatamente.

—¿Se las arreglará usted si le dejo? —inquirió.

—Gracias —dijo Durand, respirando trabajosamente y aferrándose a la moldura que adornaba la parte baja de la escalera—. Gracias. Descansaré un poco para reponer fuerzas...

Solo y de nuevo sin defensa, Durand se volvió para levantar la cabeza en dirección a la puerta... ¡allá arriba! Nadie había venido aún a abrir. Su mirada se deslizó lateralmente hasta la ventana más próxima: en la parte baja, en una esquina del cristal, había una placa que los dos habían omitido leer en su totalidad:

RICHARD FRASER
Doctor en Medicina
Horas de consulta: por la mañana, de 11 a 13.

Un campanario contiguo dio una media. Las diez y media. Faltaba media hora para las once.

De pronto, dos manos suaves y blancas oprimieron tiernamente, persuasivamente, la curva de sus pobres hombros derrumbados... Y, de pronto, la mujer estaba delante de él, impidiéndole ver la casa, impidiendo que la casa le viera.

—¡Lou, mi querido Lou! ¿Qué tienes? ¿Cómo se te ha ocurrido la idea de venir aquí? Hace apenas un minuto he visto la puerta abierta, la cama vacía... He corrido como una loca por las calles... Afortunadamente, te he visto de lejos... ¡Lou! ¿Cómo has podido hacerme esto? ¿Cómo has podido darme este disgusto?

Una puerta se abrió, en alguna parte, muy cerca... una puerta... demasiado tarde... Aquel rostro, más cerca aún, muy cerca del suyo, no le dejaba ver nada.

—¿Sí? —dijo una voz de mujer—. ¿Han llamado ustedes?

Bonny volvió un poco la cabeza, muy poco, y contestó:

—Perdone. Ha sido un error.

La puerta volvió a cerrarse, y la vida se cerró con ella.

—¡Allá! —susurró Durand—. ¡Allá... arriba! Alguien... para cuidarme...

—Estoy aquí —dijo ella dulcemente—. Aquí, Lou, delante de ti. Y sólo yo puedo hacer algo por ti.

Débilmente, Durand se movió para tratar de ver, ya que ahora no cabía pensar en subir la escalera.

Ella se desplazó al mismo tiempo y Durand volvió a encontrarla delante de él.

Hizo otro movimiento, volviendo al mismo punto; un movimiento como una llama que vacila...

Ella continuaba estando delante de él.

Se reanudaba el vals, el lento y terrible vals de la muerte.

—¡Allá arriba! —suplicó—. Déjame ir allá arriba... aquella puerta... por piedad...

Ella habló, y su voz no era más que compasión y lágrimas. ¡Lágrimas de miel!

—Deja que te lleve a casa. Amor mío... Cariño mío...

Sus ojos también lloraban. Y sus manos le retenían, tan suaves, tan suaves que Durand apenas se daba cuenta.

—¿No tienes bastante con lo que has hecho? —También él lloraba débilmente—. Concédeme esta suprema oportunidad... la única... Déjamela.

—¿Qué daño quieres que te haga yo? ¿Tienes más confianza en un desconocido que en mí? ¿No crees que te quiero? ¿Dudas de mí?

Durand sacudió la cabeza... ¿Cómo podía saberlo? Cuando todas las fuerzas nos han abandonado, la mente se embota y el discernimiento también. Lo negro se convierte en blanco y viceversa. El último en hablar tiene razón.

—¿Me quieres de veras? ¿De veras, Bonny? ¿A pesar de todo?

—¿Cómo puedes preguntármelo? —Y allí, en pleno día, en plena calle, Bonny se inclinó sobre sus labios: jamás un hombre recibió un beso más tierno, más ligero—. Interroga a tu corazón, ahora —murmuró ella—. Pregúntaselo a tu corazón.

—He pensado unas cosas tan terribles... Debían ser pesadillas. Pero en aquel momento parecían muy reales. He llegado a creer que querías librarte de mí.

—¿Has creído que yo era la causa de tu... enfermedad? ¡Mira! Aquí están mis brazos; allá arriba está la puerta. Escoge. Ve a lo que prefieras...

Durand, tambaleándose, dio un paso hacia ella, que ahora estaba erguida, y dejó ir su cabeza contra el pecho de la mujer:

—Estoy muy cansado, Bonny... Llévame a casa.

Un aliento rozó sus cabellos.

—Bonny te llevará.

Le ayudó a descender el escalón, el único peldaño que había podido subir, en el camino de la salvación.

Entretanto, a los dos lados de la calle, unos transeúntes se habían detenido, aquí y allá. Contemplaban con curiosidad aquella emotiva escena, sin saber de qué se trataba.

—¡Por favor, caballero! ¿Tendría la bondad de buscarnos un coche? Mi marido está enfermo y tengo que llevarle urgentemente a casa.

Bonny habría conmovido a las piedras. El transeúnte se tocó el ala del sombrero y se alejó apresuradamente. Unos instantes después un coche dobló la esquina de la calle; el amable transeúnte, de pie en el estribo, guiaba al cochero. El fiacre se detuvo y el hombre ayudó a Bonny. Sostuvo a Durand por un lado, mientras ella le sostenía animosamente por el otro, con una fuerza que nadie hubiera sospechado en una mujer tan menuda. Entre los dos, le condujeron hasta el coche y le instalaron cómodamente en el asiento.

Tras haberse sentado junto a Durand, Bonny apoyó la mano por espacio de un segundo en el hombro del caritativo desconocido, en señal de emocionada gratitud:

—Gracias, caballero, muchas gracias. No sé qué habría hecho sin su ayuda.

—No tiene importancia, señora. —El hombre le dirigió una mirada llena de compasión—. ¡Dios les bendiga a los dos!

—¡Quiera El acoger mi propia plegaria! —respondió Bonny, mientras el coche se ponía en marcha.

Detrás del fiacre que empezaba a rodar, un hombre se había parado en el primer peldaño de la escalera. Contempló cómo se alejaba el vehículo. Encogiéndose de hombros en señal de incomprensión, terminó de subir los peldaños: era la hora de empezar sus consultas.

Durante el breve trayecto en el coche que les llevaba a casa, Bonny dio muestras de una admirable solicitud:

—¡Déjate ir, tiéndete! —decía—. Apoya tu cabeza en mis rodillas, amor mío, notarás menos el traqueteo.

Unos instantes después, se encontraban delante de su puerta. Aquellos instantes habían bastado para reducir a la nada el interminable calvario de Durand... ¡Cuántos sufrimientos inútiles! Pero no lo lamentaba, abandonándose a la ilusión, ya que la idea de que aquella mujer le amaba le había hecho olvidar la atroz realidad.

El cochero la ayudó a transportar a Durand. Cuando llegaron a la verja, dejó un momento el enfermo al cuidado de su benévolo auxiliar:

—Espérame aquí un segundo, querido; agárrate a la verja, mientras voy a buscar dinero para pagar la carrera. Tenía tanto miedo por ti, que he salido sin acordarme del bolso.

Entró corriendo en la casa y Durand se quedó solo con el cochero. Aquellos instantes le parecieron, al desdichado, una eternidad. Finalmente, Bonny volvió, siempre corriendo, pagó al cochero y sostuvo al enfermo, esta vez sin ayuda de nadie.

Unos peldaños, una última bocanada de aire puro y habían entrado. La puerta se cerró detrás de él. ¿Para siempre? ¿Por última vez?

El vestíbulo, como un túnel de penumbra interminable... El perchero... La parte inferior de la escalera... Poco antes, cada centímetro de aquel trayecto había costado una lágrima de sangre.

Pero el amor le envolvía y todo le era igual. ¿O tal vez era la muerte que le abrazaba ya? Sucede a veces que delante de la muerte todo da lo mismo.

Luego vino el subir la escalera. Bonny le arrastró peldaño tras peldaño, dando pruebas de una gran fuerza y de una indomable voluntad.

A medio camino, cuando abordaban el último tramo, Durand se detuvo.

—Espera un poco.

—¿Qué pasa?

—Déjame mirar el salón, antes de subir más. Tal vez no vuelva a verlo nunca. Quisiera decirle adiós. —Tendió un dedo tembloroso, por encima de la línea huidiza de la barandilla—. Mira... la mesa junto a la cual nos hemos sentado tantas veces, por la noche, antes... antes de que me pasara esto. Y la lámpara... Ha iluminado tu cara, Bonny... Las luces del hogar, las luces del amor agonizan... No volverán a brillar nunca más para mí. Adiós.

—Vamos —susurró Bonny.

Le arrastró hasta la cama; le ayudó a tenderse en ella; le quitó los zapatos, la americana. Luego cubrió lentamente aquel cuerpo con sábanas y mantas, como si fueran una mortaja.

—¿Estás bien, Lou? ¿No encuentras la cama demasiado dura? —Le pasó la mano por la frente—. Esa loca aventura ha agotado todas tus fuerzas.

Durand la miraba, y sus ojos estaban llenos de una extraña y patética ternura. Su mirada era como la de un perro herido que suplica que se le remate.

Ella se volvió pero, irresistiblemente, sus ojos tornaron a posarse en Durand.

—¿Por qué me miras así, querido? ¿Quieres decirme algo?

Con el dedo, Durand le hizo señas para que se acercara un poco más. Ella inclinó la cabeza, para oírle mejor. Durand levantó penosamente la mano para acariciar un mechón rubio y sedoso que se rizaba en su frente lisa y fresca. Luego se incorporó trabajosamente sobre un codo.

—Te quiero, Bonny —murmuró—. Sólo a ti... mi único amor. Desde el primer día hasta el último... hasta el final... y en el más allá... Sí, Bonny, ¿me oyes? En el más allá... sin fin.

Ella se inclinó todavía más, lentamente, con un movimiento inseguro; como el que se inclina sobre algo desconocido, y vacila. Su rostro había cambiado: Durand no había visto nunca en él tanta dulzura. Tenía la extraña impresión de encontrarse ante un rostro nuevo. Era, calando tímidamente la máscara a la cual estaba habituado, el rostro que ella debió y pudo tener, pero que nunca había tenido. Un rostro detrás del cual se sentía un alma, y que el mundo no había desfigurado aún hasta el punto de hacerlo irreconocible.

Aquel rostro se acercó al de Durand vacilando, como si fuera al encuentro de un universo inexplorado de emoción... Había lágrimas en los ojos de aquella mujer. No era una ilusión: Durand las veía.

—¿Un poco de amor te bastaría, Lou?

—Un poco, mucho... ¡no importa!

—Entonces, habrá existido un instante en el que te habré amado. ¡Este!

En el beso que le dio, sin que él la hubiese suplicado ni obligado, había toda la amarga dulzura, toda la nostalgia sin esperanza de un amor que habría podido ser. Y él supo, en el fondo de su corazón, que era el primer beso que ella le había realmente dado.

—Soy feliz —dijo Durand, con una sonrisa de dicha—. Nunca he pedido más.

Buscó la mano de Bonny y, apretándola en la suya, cayó en un sueño agitado, en un olvido febril, por espacio de unas horas.

Cuando se despertó, el día acababa de difuminarse por poniente, como una sutil ceniza blanca. El día tocaba a su fin. Bonny seguía sentada a su lado, en la cabecera de la cama, con el rostro vuelto hacia él y tendiendo todavía la mano. No parecía haberse movido, soportando sin desfallecer aquella experiencia nueva: sufrir por otra persona. Probablemente le había velado, sin haberse ausentado ni un segundo, con la única compañía de aquel rostro en el que se leía la muerte.

Durand soltó la mano de la mujer:

—Bonny —dijo, con un suspiro de atroz sufrimiento—. Prepárame uno de tus tónicos. Estoy dispuesto. Creo que es preferible que tu...

Involuntariamente, ella volvió la cabeza, un instante, luego se inclinó de nuevo:

—¿Por qué me pides eso ahora? Yo no te lo he propuesto.

—Sufro —dijo Durand simplemente—. Estoy cansado de sufrir. —Se volvió un poco—. Hazlo por bondad de alma... por caridad...

—Más tarde —dijo ella evasivamente—. No hables así. No vuelvas a decir esas cosas.

El sudor perló el rostro del enfermo. Su respiración se escapó sibilante:

—Cuando yo no quería, tú me obligabas. Y ahora que yo suplico, tú me lo niegas... —Se incorporó con un gran esfuerzo y volvió a caer—. En seguida, Bonny, sin demora; no puedo más... Es igual hacerlo ahora que más tarde. ¿Por qué esperar a que la noche haya avanzado? ¡Bonny! ¡Ahórrame esta noche, Bonny! ¡Ahórrame esta noche! Es tan larga, una noche... tan negra, tan solitaria...

Bonny se puso en pie lentamente, frotando con aire distraído una contra otra sus manos heladas. Luego, más tiernamente aún, se dirigió hacia la puerta, la abrió, se detuvo para mirarle. Finalmente salió y Durand la oyó descender la escalera, detenerse dos veces como si no tuviera fuerzas para continuar, y echar a andar de nuevo.

Estuvo ausente alrededor de diez minutos, durante los cuales Durand fue presa de las llamas que le lamían por todas partes. Por fin, la puerta se abrió: Bonny entró. Llevaba un vaso en la mano. Se acercó a Durand, y dejó el vaso sobre la mesilla de noche, lo bastante lejos para que él no pudiese cogerlo fácilmente.

—¡No... todavía no! —dijo Bonny con voz apagada, al ver que Durand extendía la mano. Espera un poco.

Encendió la lámpara y cruzó la habitación para tirar un fósforo al hogar. Se demoró junto a la chimenea, mirando fijamente el hogar, sin observar nada concreto. Durand lo sabía: no había nada que ver. Bonny parecía sumida en un ciego ensueño.

Pero Durand, por su parte, volvía a verlo todo en sueños. Absolutamente todo. De nuevo, valsaba con ella, el día de su boda... «Un vals de luz, amor mío; un vals azul, todo oro y blancura...» Y oía de nuevo la voz divertida, detrás de la puerta del dormitorio: «¿Quién es?» «Su marido.» Ahora recorrían el paseo a orillas del mar, en Biloxi, cogidos del brazo; un golpe de viento se llevaba su sombrero, y ella reía al verle correr tratando de atraparlo... Una vez más, esparció sobre ella los billetes de cien dólares como mariposas... Una vez más...

...una vez más, la última...

El instante más cruel de la muerte no es el paso de la vida al no ser, es la pérdida del recuerdo.

Una luz deslumbrante, vacilante y amarilla, brilló en medio de sus sueños de agonizante. Volvió la cabeza y vio a la mujer, al lado de la chimenea, tendiendo hacia el hogar un rollo de papel. Cuando la llama ascendió lentamente hacia su mano, cogió hábilmente la antorcha de papel por el extremo calcinado, para asegurarse de que todo quedaba completamente consumido.

Al final, tiró las cenizas y las aplastó cuidadosamente.

—¿Qué haces, Bonny? —susurró Durand.

Ella no se volvió.

—Quemaba un papel —dijo.

—¿Qué papel?

—La póliza de un seguro de vida de veinte mil dólares —respondió Bonny con voz inexpresiva

—¿Por qué te tomas esa molestia? Había caducado, como ya te dije.

—No, estaba al día. Yo empeñé mi sortija y pagué las primas atrasadas.

La vio ocultar súbitamente el rostro entre las manos,

como si después de destruir aquel documento no pudiera soportar lo que había hecho.

Durand suspiró.

—¡Mi pobre Bonny! ¿Tanto deseabas ese dinero? Yo habría podido...

No terminó la frase. Permaneció unos segundos silencioso, inerte.

—Será mejor que me beba eso, sin más demora —murmuró.

Reunió sus fuerzas para extender el brazo. Su mano se acercó al vaso y lo cogió.

LXIII

En un abrir y cerrar de ojos Bonny se había vuelto y lanzado sobre él. Durand no habría imaginado nunca que un ser humano pudiera desplazarse con tanta rapidez. ¡Pero ella era tan lista! Vio pasar su mano como un relámpago, como un rastro blanco que desfilaba delante de sus ojos: le arrancó el vaso, que fue a estrellarse contra el suelo, fuera del alcance y de la vista.

Vio su rostro que parecía fundirse, difuminarse, surcado de lágrimas; semejante a un rostro percibido detrás de un cristal chorreante de lluvia. Bonny le apretaba contra ella, convulsivamente; notaba contra su mejilla la dulzura de un seno. Nunca había sospechado que Bonny tuviera tanta fuerza en el abrazo; nunca le había amado tan apasionadamente.

—¡Oh! ¡Dios mío, por piedad! —exclamó con frenesí—. ¡Mírame! ¡Perdóname! ¡Haz que todo esto no haya existido! ¡Lou! ¡Querido Lou! ¡Hasta ahora no me he dado cuenta! ¿Qué es lo que he hecho?

Cayó de rodillas delante de él, como aquella otra noche, en Biloxi, la noche en que habían vuelto a encontrarse. Pero, ¡qué diferencia! ¡Cuánta falsedad y cuánto cálculo, entonces, en sus plegarias y en sus actitudes! Y, ahora, ¡cuánta pasión incontrolable en el remordimiento, que ninguna palabra podría apaciguar! Sollozaba, jadeaba, tan in-

capaz como un niño de dominarse; las palabras se estrangulaban en sus labios. Por otra parte, tal vez era un niño
que lloraba, ahora, delante de él: un ser nuevo, nacido en
ella; la chiquilla reducida al silencio durante veinte años
y que, por fin, volvía a ser ella misma.

—Estaba loca... había perdido la cabeza... Pero cuando
estaba con él, no veía a nadie más que a él, tú desapare-
cías... El ha resucitado todo lo malo que había en mí... me
ha hecho creer que el mal era el bien...

Sus dedos suplicantes acariciaban el rostro del hombre,
tocando sus labios temblando, como para devolverles el
color que tenían otrora. Pero nada, ni los besos ávidos con
que cubría aquel rostro, ni las lágrimas con que lo inundaba, nada podía devolver la vida a aquel hombre.

—¡Yo le he matado! ¡Yo le he matado!

Rebelde hasta el fin, martilleó el suelo con sus puños,
maldiciendo su impotencia ante la mala pasada que el destino le había jugado. Luego, de repente, dejó de llorar; se
calmó tan súbitamente como si el miedo hubiese golpeado
su nuca encorvada. Irguió la cabeza. Volvió a ser toda
mesura, vigilancia, astucia... ¿Por qué? Durand no habría
podido decirlo. Se volvió, miró hacia la ventana detrás de
ella, en un movimiento de aprensión secreta y cruel...

—Nadie te separará de mí —murmuró entre sus dientes
apretados—. No te abandonaré. No, no es demasiado tarde; ¡no, no! Voy a llevarte lejos de aquí, a un lugar seguro... Date prisa, vístete. Nos marcharemos juntos. Tengo
fuerzas suficientes para los dos. ¡Y vivirás! ¿Me oyes, Lou?
¡Vivirás!

Dio un rodeo para ir hasta la ventana, adosándose a la
pared; luego, sin acercarse demasiado, miró prudentemente hacia fuera, oculta por la cortina. Durand vio que movía
la cabeza.

—¿Qué pasa? —murmuró Durand—. ¿Qué miras?

Bonny no respondió. Con un brusco movimiento se
echó hacia atrás, como si temiera que la vieran desde la
calle.

—¿Quieres que apague la luz? —inquirió Durand.

—¡No! —Bonny hizo un gesto de horror—. ¡No, por el
amor de Dios! Eso es lo que yo tenía que hacer. Creerían
que es la señal de que... de que todo ha terminado. Nues-

tra única oportunidad consiste en marcharnos en seguida, dejando la lámpara encendida, como si... como si estuviéramos aún aquí.

Regresó junto a él corriendo, aunque sin olvidarse de dirigir una mirada de espanto hacia la ventana; se sentó a su lado, en la cama; Durand intentaba ya valientemente deslizar un pie dentro de un zapato; ella se apoderó de la otra pierna:

—¡Aprisa! ¡Tu zapato! Basta con eso... no tenemos tiempo de ocuparnos del resto.

Le ayudó a ponerse en pie; le sostuvo, como habría sostenido a un maniquí que hubiera caído si ella le hubiese soltado.

—Apóyate en mí, yo te ayudaré. ¡Así! ¡Así! Un paso; otro... ¡Así! ¡Oh, Lou! Un pequeño esfuerzo. Lo hiciste ya, y esta vez no estás solo; yo estoy contigo. Esta vez es nuestro amor el que se evade con nosotros... ¡para seguir viviendo!

—Nuestro amor —susurró Durand valerosamente—, nuestro amor que se evade. ¿A dónde vamos?

—Tomaremos el primer tren que salga, no importa a dónde. Lo esencial es salir de esta casa...

Bonny luchaba heroicamente, como si fuera el propio genio de la vida, disputando su presa a la muerte. Retenía a Durand cuando se dejaba ir hacia adelante, tiraba de él cuando oscilaba demasiado hacia atrás. Franquearon la puerta del dormitorio y salieron al rellano. Pero, en la escalera, hubo un momento en que Bonny estuvo a punto de perder la partida: Durand perdió el equilibrio, amenazando con caer de cabeza y arrastrarla en su caída.

Ella se había echado hacia atrás, con toda la fuerza tensa de su pequeño cuerpo, y había podido retenerle.

Ni un gemido se había escapado de sus labios, y si Durand hubiese rodado a su perdición, sin duda se hubiese aferrado a él hasta el final, dispuesta a perecer con él antes que soltarle.

Luego, mientras recobraban el aliento, semiacostados sobre la barandilla, ella de espaldas, él reposando la cabeza sobre el hombro femenino, Bonny encontró tiempo para acariciarle los cabellos, echándolos tiernamente hacia atrás, y murmuró:

—Animo, amor mío. Mientras yo esté aquí no te pasará nada. ¿No es demasiado duro para ti?

—No —murmuró Durand débilmente—, puesto que tú estás conmigo.

Reanudaron el descenso, más prudentemente todavía, esta vez, peldaño tras peldaño, a pequeños pasos.

Estaban casi abajo; no les faltaba más que un peldaño, cuando Bonny se paró súbitamente. Y en el silencio, dominando sus dos respiraciones, oyeron...

Llamaban a la puerta de la calle... suavemente pero con insistencia. Era como un rasgueo furtivo destinado a los oídos de una persona advertida y que esperase la señal.

Al mismo tiempo, silbaban. Un silbido leve, modulado y prudente. Poco más que una vibración del aliento. Una especie de queja, como el grito de una lechuza joven, o como un soplo de viento nocturno tratando de introducirse en alguna parte.

Era intermitente. Se interrumpía, volvía a empezar, esperaba un momento para empezar de nuevo.

—¡Sssst! ¡No hagas ruido! —Durand notó que los brazos de la mujer le estrechaban con más fuerza, como si tratara de protegerle instintivamente contra algo—. La puerta de atrás —susurró Bonny—. Tenemos que pasar por allí. Aguanta la respiración, querido. No hagas ruido, por el amor de Dios, o... o moriremos los dos antes de haber podido salir de aquí.

Prudentemente, apretados el uno contra el otro, con todas sus fuerzas, dejaron detrás de ellos la escalera, se deslizaron lentamente por el comedor. Allí, Bonny perdió un valioso momento cogiendo una botella de coñac, para humedecer los labios de Durand.

—Temo darte demasiado —dijo tristemente—. ¿Estás tan agotado!

—Mi bienamada está conmigo —dijo Durand, como si se hablara a sí mismo—. Ahora, mis fuerzas no me traicionarán.

Pasaron a la cocina sumida en la oscuridad, ahogada bajo la marea azulada de la noche. El cuadrado encristalado de la puerta, bajo su cortina, se destacaba de la penumbra y les miraba.

El cerrojo chirrió suavemente. Finalmente, la puerta se

abrió y notaron en sus rostros el frescor del aire, como una dulce promesa de evasión.

Detrás de ellos, oyeron aún los golpecitos en la puerta de entrada: pero ahora eran un poco más rápidos y menos discretos. El silbido parecía decir, en un lenguaje secreto:

«Abreme. Abre. Sabes quién soy. Me conoces. ¿Qué esperas?»

Sin duda, el hombre se impacientaba.

Durand no preguntó quién podía ser. Había muchas preguntas que ya no era necesario formular. Lo único que le importaba saber, que necesitaba saber, se lo había dicho Bonny, por fin: ella le amaba.

Flotaron como restos de un naufragio hasta el patio, luego al otro lado de la verja, en el callejón que discurría a lo largo de la manzana de casas, en la parte trasera. Desembocaron en una calle lateral. Siguieron aquella calle, luego otra que debía ser paralela a la arteria principal de la ciudad.

—La estación —repetía Bonny sin cesar—. La estación... ¡Otro pequeño esfuerzo, Lou! Ya no está muy lejos. Si llegamos allí estaremos salvados. Siempre hay gente en una estación, de día y de noche... Está iluminada; nadie podrá hacernos daño. Y luego habrá un tren... no importa cuál, con tal de que vaya a alguna parte.

«Un tren —se repetía Durand por su cuenta—, con tal de que vaya a alguna parte.»

Y las palabras rimaban con los latidos de su corazón.

Avanzaban, avanzaban, avanzaban, pareja titubeante, respirando como se solloza; tambaleándose como dos seres ebrios. Y era cierto, estaban ebrios de la voluntad de vivir y de amarse en paz.

Ahora, la estación estaba a la vista: al otro lado de la plaza... Al menos, eso fue lo que Bonny le dijo, ya que Durand era incapaz de tender la vista tan lejos. Estaba allí, delante de ellos, cuando el agotamiento dio cuenta de sus energías reunidas. La voluntad de Bonny la traicionó de golpe, sus brazos se abrieron y Durand cayó al suelo, a sus pies ... Desesperadamente, ella trató de levantarlo; pero le fallaron las fuerzas, y sólo consiguió que el peso muerto del hombre la arrastrara: se derrumbó a su lado. Hubiérase dicho que era él quien la atraía, y no ella la que se agarraba para ayudarle.

—No pierdas el tiempo —susurró Durand—. Ya no puedo más...

Bonny se incorporó, se pasó una mano por los cabellos y miró a su alrededor, enloquecida.

—¡Tengo que ponerte a salvo en alguna parte! ¡Oh! ¡Amor mío, amor mío! Si permanecemos aquí mucho tiempo, corremos el grave peligro de que pronto den con nosotros...

Se inclinó sobre su rostro, para estimularle con un beso, y echó a correr, dejándole donde estaba. Desapareció en una casa que daba a la plaza y cuya entrada estaba iluminada por un globo luminoso, en el cual podía leerse: *Se alquilan habitaciones*.

Regresó al cabo de unos instantes, haciendo señas a alguien para que se diese prisa. Avanzó de nuevo hacia Durand, sin esperar, levantando su falda para correr mejor. Un hombre en mangas de camisa, que se ponía apresuradamente una americana, la siguió.

—¡Por aquí! —gritó Bonny—. ¡Por este lado! ¡Aquí está!

El hombre se reunió con ella ante el cuerpo caído en el suelo.

—Ayúdeme a llevarle a su casa.

El hombre, muy robusto, cogió a Durand en sus brazos y lo transportó hacia el hotel. Bonny corría en torno a él, tratando de ayudarle.

—Deje —dijo el hombre—, puedo llevarlo solo. Pase usted delante y mantenga la puerta abierta.

El cielo negro, tachonado de estrellas, pasaba por encima de la plaza y se reflejaba en los ojos de Durand, cuya cabeza oscilaba. Tenía la impresión de estar muy cerca de aquellas estrellas. Luego, en lugar del cielo, vio la pálida claridad del gas sobre el yeso de un techo. Después, el techo pareció oscilar, oscurecerse lentamente... Le subían ahora por una escalera. Oyó un paso ligero y rápido: Bonny subía detrás de ellos y sus tacones resonaban contra los peldaños.

—Lamento que sea tan arriba —dijo el hombre—, pero no tengo nada más.

—No importa —respondió Bonny—. No importa la habitación, no importa...

Franquearon un umbral. El techo, primero oscuro, se iluminó a medida que se elevaba la llama del gas. Las sombras se difuminaron antes de desvanecerse.

—¿Hay que tenderle en la cama, señora?

—No —dijo débilmente Durand—. ¡Nada de camas! Acostarse es morir. La cama es la muerte. —Su mirada buscó la de Bonny, mientras el hombre le depositaba sobre una butaca. Le sonrió—. Y yo no voy a morir, ¿no es cierto, Bonny? —murmuró resueltamente.

—¡Desde luego que no! —respondió ella con voz un poco ronca—. Yo no te dejaré morir.

Sus pequeños puños se cerraron, su mandíbula se endureció, y Durand pudo ver en sus ojos una chispa de desafío surgiendo como al choque de un pedernal.

—¿Quiere que vaya a buscar un médico? —inquirió el hombre.

—De momento, no, gracias Déjenos solos. Si necesitamos algo ya le llamaremos. Tome esto. —Le tendió vivamente unos billetes—. Luego bajaré a firmar en el registro.

Cerró la puerta con llave, regresó al lado de Durand y cayó de rodillas delante de él, implorando:

—¡Louis! ¡Louis! Si hubo una época en la que sólo pensaba en el dinero, en los vestidos elegantes y en las joyas, lo daría todo, renunciaría a todo en este momento por verte de pie y valiéndote por ti mismo... ¡A todo! ¡Incluso a mi belleza, si era preciso! —Sus dedos, sus uñas, se hundían en la carne blanda de sus mejillas—. ¿Y qué más podría dar?

—Dirige tu plegaria a Dios, querida... no a mí —dijo Durand débilmente—. Yo te quiero tal como eres. Incluso a costa de mi vida, no te querría diferente. No quiero una esposa buena, digna. Sólo quiero a mi Bonny... a mi Bonny egoísta y frívola... Te amo a ti, amo en ti lo mejor y lo peor, y no las virtudes que debería tener una mujer, según dicen. Sé animosa y valiente en la prueba, y no cambies... no cambies nunca. Ya que yo te amo tal como te conozco, y si Dios es capaz de amor, sabrá comprender.

Bonny, que nunca había llorado, se abandonó a las lágrimas y no se preocupó de retenerlas; todas las lágrimas de una vida, rechazadas hasta entonces, fluían ahora furiosamente, confundiéndose en una sola explosión de pesar.

Los dedos temblorosos de Durand se tendieron para seguir los surcos que las lágrimas iban trazando en aquel rostro.

—No llores más. Has llorado demasiado en estos últimos minutos. Yo quería tu felicidad y no tus lágrimas.

Bonny se tragó sus sollozos con un gran esfuerzo.

—Vengo al amor, Louis. Sólo hace medio día. Medio día en veintitrés años... Louis —inquirió Bonny, en el tono del niño que se maravilla—, Louis, ¿es esto, de veras? ¿Siempre duele tanto?

Durand hurgó en su memoria para volver a encontrar el principio de su historia.

—Duele, sí. Pero vale la pena. Esto es el amor.

Un ruido extraño y muy próximo llegó hasta ellos, a través de la ventana cerrada. Como si un gran toro salvaje sacudiera furiosamente sus cadenas y bramara, mirando al sol, a la puerta del hotel.

—¿Qué es ese ruido? —preguntó vagamente Durand, levantando un poco la cabeza.

—Un tren que entra en la estación o que maniobra en alguna vía.

Los brazos de Durand se tensaron sobre los de la butaca, y se irguió contra el respaldo:

—Es el nuestro, Bonny: es nuestro tren... Un tren, con tal de que vaya a alguna parte... Ayúdame. Ayúdame a salir de aquí. Tendré la fuerza necesaria... Llegaré...

Toda la vida de aquella mujer no había sido más que violencia, cambios repentinos, decisiones rápidas. Inmediatamente estuvo dispuesta. En un abrir y cerrar de ojos, su coraje brotó como una llama.

—A cualquier parte, no importa dónde. Incluso a Nueva York. Tú me defenderás allí, si alguna vez me...

Bonny no terminó la frase.

Pasó un brazo alrededor de la cintura de Durand, le ayudó a ponerse en pie. La interminable huida iba a empezar de nuevo. En brazos uno del otro, dieron un paso hacia la puerta. Uno solo...

Durand se derrumbó. Pero esta caída —después de tantas otras— era la última, y él lo sabía. Y dejó de resistir. Se limitó a esperar, con el rostro vuelto hacia el techo.

El rostro de la mujer estuvo inmediatamente cerca del suyo:

—No queda tiempo —susurró Durand—. No hables... tus labios sobre los míos... dime adiós.

Fue el beso supremo. Dos almas parecieron echarse la una sobre la otra en un esfuerzo desesperado para fundirse en una sola, y luego, derrotadas en su esfuerzo, fueron rechazadas cada una por su lado; una se deslizó hacia las tinieblas, en tanto que la otra permanecía en la luz.

Los labios de la mujer se separaron de los de Durand, porque había que recobrar el aliento, dejando el lugar a una sonrisa de inefable felicidad.

—He tenido mi recompensa —suspiró Durand.

Sus ojos se cerraron; estaba muerto.

Bonny se estremeció, como si ella hubiese sido la presa de los últimos horrores de la agonía. Sacudió aquel cuerpo, tratando de resucitar en él el movimiento que acababa de abandonarle para siempre. Lo apretó contra ella; pero sus brazos desesperados sólo estrechaban un cuerpo sin vida. Le suplicó, le llamó por su nombre. Hubiera querido arrancarle una moratoria a la muerte.

—¡No! ¡Todavía no! ¡Un minuto más, un solo minuto! ¡Dios mío! ¿No vendrá nadie? ¡Alguien! ¡No importa quién! ¡Sólo un minuto! ¡Tengo aún algo que decirle!

Ninguna desolación iguala a la del pagano asaltado de un duelo repentino. Para él, no hay más allá...

Bonny se echó sobre el cuerpo, y sus cabellos se deshicieron, fluyeron, cubrieron la máscara del muerto; y aquel río dorado que él había amado tanto, se convirtió en un sudario.

Con los labios, buscó el oído que ya no percibía ningún sonido, y quiso forzar aquella sordera, susurró de modo que sólo él pudiera oírla:

—¡Te quiero! ¡Te quiero! ¿Oyes lo que te digo? ¿Dónde estás? Esto es lo que querías desde siempre... ¿Acaso ahora ya no lo quieres?

Lejos, muy detrás de su dolor, oyó alzarse un mundo de ecos vagos e inútiles. Un martilleo de golpes sordos en la puerta, apoyado por un coro de vociferaciones, de espíritus malignos evocados en aquel mismo lugar, en aquel momento, ¿en virtud de qué magia? Tal vez por la lenta acumulación de sospechas, de chismorreos, rompiendo el dique y precipitándose al fin en marea acusadora... Tal vez aquel otro crimen, el de Mobile, perdido en el lejano pasado, atrapándoles finalmente, demasiado tarde... demasiado tarde. Ya que ella había huido, fuera de alcance ahora, tan seguramente como él.

—¡Abran a la policía! ¡Sabemos que están ahí! ¡Abran!

Perdían el tiempo, si pensaban impresionarla con sus palabras, asustarla con sus amenazas. Era otro el que la tenía ahora; había escapado de ellos.

—¡Oh, Louis! ¡Louis! ¡Te he amado demasiado tarde... demasiado tarde!

Los golpes en la puerta, el coro de las vociferaciones, el dolor... todo se borró y ya no quedó nada.

—...¡demasiado tarde! ¡He aquí que llega mi castigo!

La musica ha cesado. Las siluetas de los danzantes se dislocan y caen. Termina el vals.

INDICE